MAZARINE PINGEOT

MARA

Julliard

Ouvrage publié sous la direction de Betty Mialet

Le papier de cet ouvrage est composé de fibres naturelles, renouvelables, recyclables et fabriquées à partir de bois provenant de forêts plantées et cultivées durablement pour la fabrication du papier.

ISBN : 978-2-266-21108-6

Pour Mohammed

Première partie

MARA ET MANUEL

I

Hicham a un mouvement de recul en découvrant le spectacle de ces deux corps presque nus, allongés sur un matelas. Élégants dans leur posture relâchée, détendus et offerts, si parfaits et pas encore marqués par la raideur ni la puanteur de la mort ; et néanmoins la mort si proche, si apparemment épousée. La scène a quelque chose d'aussi morbide que beau. Hicham, qui ne sait rien de leur histoire, éprouve un malaise. Il y a un secret qui s'exprime comme un parfum, avec ses relents de danger et d'angoisse. Mais si ce couple est venu s'installer à Tanger, c'était forcément pour cacher quelque chose.

Le port est la destination de ceux qui veulent quitter leur passé. Rien ne se sait, l'oubli fait partie de la ville, les vices et les méfaits coulent avec les eaux des égouts pour se disperser dans la mer. Hicham a toujours été respectueux des autres et ne pose pas de questions. À tel point qu'il en a perdu sa curiosité. Il s'en veut pourtant de ne rien avoir vu. Ces deux amants magnifiques ont enfoui un crime, c'est certain. Ils ont été bannis d'un endroit pour une raison ou une autre, qu'il ne connaîtra pas. Faut-il les aider à sortir de la pièce, ou faut-il refermer la porte ? Quel droit a-t-il sur ces gens qu'il connaît si mal, et depuis si peu de temps ?

Il hésite un instant, mais l'évidence s'insurge. Il demande à Khadija de l'aider et les traîne sur la terrasse. Il compose le numéro d'un médecin dont il connaît aussi bien le talent que la discrétion.

1995

L'aube est une heure inquiète. Les vies se croisent, junkies épuisés, prostituées qui sortent seules des boîtes de nuit et bonnes de grandes maisons qui arrivent des bas quartiers en transpirant, des sacs de menthe et d'oranges sciant les mains usées, la démarche lourde de paysannes parturientes.

Mara n'appartient à aucun de ces mondes. Pas même à celui des hauteurs de la ville, qui l'a accueillie à leur arrivée et qu'elle a commencé à éviter, peu désireuse de se faire connaître plus avant. Cette solitude du matin l'accueille chaque fois comme une personne différente. Et le frémissement de la brise marine lui rappelle que sa chair est vierge du bonheur d'exister. Ce n'est qu'une sensation, mais aucune pensée ne vient la contredire. Mara ne pense pas tandis qu'elle monte et descend les ruelles, faisant fuir les chats affamés et galeux, elle s'éprouve. Comme elle éprouve la douce odeur du four de la boulangerie qui finit d'éveiller tous ses sens. Mais quand elle rentre, le soleil est levé, le pain a refroidi, déjà, elle n'est plus seule, son corps sous le regard des autres retrouve sa pesanteur, et il y a de la tristesse qui s'insinue quelque part, une peur devant la journée. Aussi est-elle soulagée lorsque, en passant la porte, elle voit Khadija préparer le thé et mettre la table.

Dans ce soulagement aussi il y a de la tristesse. Cette présence féminine épicée arrache toujours une pointe de douleur au bas du ventre, un abîme s'ouvre et se ferme simultanément, et le pont se baisse qui permet de passer d'une rive à l'autre, de faire un pas vers la femme de quarante ans mais qui en paraît soixante, et qu'elle chérit tout en sachant bien que leurs relations seront toujours biaisées par leurs positions respectives. Pourtant, au-delà de l'argent s'est tissé un lien silencieux entre les deux femmes.

Mara monte les escaliers et rejoint Manuel encore assoupi sur la terrasse couverte transformée en chambre à coucher. Elle s'allonge et le serre, pour nier la possibilité d'une séparation. Manuel comprend et la rassure du mieux qu'il peut pour la même raison – il faut abolir la distance. Si seulement ils pouvaient ne faire qu'un.

Khadija monte un plateau sur la terrasse. Ils se lèvent, passent un peignoir, et s'assoient devant le port. Manuel allume une cigarette qui le fait tousser. Mara lui prépare des tartines. Ils parlent peu. Ce n'est plus nécessaire. Ils ont déjà beaucoup parlé. Leur vie se réduit de plus en plus à l'essentiel. Si une parole est inutile, ils ne la prononcent pas, à moins qu'ils n'aient envie d'écouter leurs voix.

Ils tiennent les grandes eaux à leur merci et à leurs pieds, sur leur terrasse en haut de la médina. Atlantique et Méditerranée s'épousent calmement le long du détroit où viennent mourir les foules de déshérités. Eux, ils sont au-dessus, ils dominent, à l'abri de murs blanchis à la chaux et d'un toit solide. Ils ont tout de suite été heureux dans cette maison. Elle leur offrait un point de vue sur leur angoisse, et leur permettait de la tenir à distance. Ils ont appris à nager à la piscine du Minza, un maître nageur leur a donné des leçons particulières de crawl.

C'est la seule mesure qu'ils ont prise avant de s'installer dans un port cerné de toutes parts par les courants, et où se rejoignent les eaux. Ils se rendent souvent au cap Spartel afin de percevoir ce moment du mélange, l'instant de la fusion : l'eau méditerranéenne a-t-elle la même couleur que celle de l'Atlantique ? Se fondent-elles l'une en l'autre – mais alors qui absorbe l'autre ? Ou coulent-elles de conserve, côte à côte, inséparables, mais distinctes ?

Ils vivent ici depuis cinq ans, dans ce palais qu'ils ont acheté, sur les hauteurs de la casbah. C'est vrai qu'à Tanger on appelle un peu facilement palais tout ce qui s'érige en couleurs et hauts plafonds. Des pièces exiguës, qui portent le rêve sédimenté par une littérature pas si riche que ça – celle de marginaux drogués américains pour une large part – mais porteuse de fantasmes qui ont la vie longue. D'autant que Tanger n'est pas qu'un support au fantasme : c'est une ville fantasmatique, fantastique peut-être. Une ville carrefour, une ville bas-fond où se croisent les milliardaires et les harragas, un résumé d'humanité sous les chants des muezzins. Une ville forte qui recueille encore tous les désœuvrés et pécheurs, parce qu'on peut s'y perdre. L'anonymat, la liberté, le droit au secret, c'est encore ce que promet Tanger – quoique la promesse ressemble parfois à une publicité mensongère : entre le port et l'Espagne en face, des fantômes de cadavres flottent par centaines.

Ils ont laissé en France une identité fausse et tout ce que le monde extérieur avait fait d'eux, pour renaître au Maroc, renaître à eux-mêmes, l'un par l'autre. Ce n'est pas qu'un choix théorique. Ils ont aussitôt aimé ce port, les villas somptueuses dans lesquelles on donne des fêtes non moins somptueuses, mais aussi les ruelles de la vieille ville, le mélange bruyant des voix et des ethnies, les drogues faciles et l'oubli. Ils ont fait ce plongeon vertigineux hors de tout contexte pour trouver leur subsistance intérieure, avec la ferme conviction que cet amour-là les tiendrait hors du vide.

Le petit déjeuner passé, Manuel sort se promener dans les rues du Petit Socco. Il a besoin de rompre avec le silence.

Ce silence a longtemps été celui d'une harmonie entre eux. La terrasse et les bruits confus parvenant de la ville les ont bercés dans leur solitude à deux qui était plénitude. Mais le silence s'est alourdi, insensiblement. Manuel a l'ouïe assez fine pour percevoir ces nuances qui transforment sans qu'on s'en rende compte la paix en guerre sourde, puis en guerre ouverte.

Dans ce silence désormais pèse une absence, flottent le doute, l'ouverture vers l'ailleurs, la possibilité d'une scission. Dans ce silence un problème plane, un léger froncement de sourcils qui obscurcit le regard de Mara, une amertume aux coins des lèvres, un vague mouvement du visage qui le transforme, qui le durcit, le vieillit.

À qui ressemble-t-elle sous ce masque d'elle-même mais qui n'est pas elle-même ? Ces traits, ce regard, ce rictus sont à la fois Mara mais aussi quelqu'un d'autre. Quelqu'un qu'il ne connaît pas, qu'elle porte en elle et qui pourrait lui faire peur.

Il ne peut pas lui demander : « Qu'est-ce qui a changé ? Qu'est-ce qui se passe en toi ? » Elle ne pourrait pas répondre et il le sait. Il est alors obligé d'attendre que le changement soit plus profond et qu'il éclate au grand jour, ou qu'il disparaisse comme il est venu, simple frétillement d'une autre vie, simple signal qu'une fin est possible, une fin à cet équilibre qu'il avait fini par croire pérenne.

Il veut bien entendre ce signal. Il veut bien faire en sorte de tenir à merci les nuages sombres qu'elle a fait entrevoir. C'est pour réfléchir à cette question qu'il est descendu dans les ruelles étroites et sombres pour rejoindre hors de la casbah le cœur de la ville. Loin d'elle le sortilège s'effacerait peut-être, la lucidité reprendrait le dessus, ce rictus n'est pas figé dans la pierre après tout. Pourquoi y voir les signes d'une tempête !

Manuel se dirige vers le port.

S'il avait un ami, il pourrait lui dire, non pas expliquer, mais dire. Les amis, lui semble-t-il, sont là pour formuler objectivement ce que vous ressentez confusément. Mais Manuel et Mara n'ont pas de véritable ami. Ce qu'ils savent d'eux-mêmes, ils ne peuvent pas le dire. Qui comprendrait ?

Alors il marche, pour se laver de ses pensées, pour faire le vide. Il observe les scènes de rue. Là, un enfant pleure. Une femme se dispute avec l'épicier pour une dette qu'elle n'a pas remboursée. Elle crie, invoque ses enfants qui ont faim, son père qui a fait le pèlerinage à La Mecque, son mari qui est mort et auquel l'épicier n'aurait jamais osé parler de cette façon. L'épicier se calme pour la calmer, mais intérieurement il bout, Manuel le voit, prend sa place, puis il prend celle de la femme, au fond personne n'a tort, et c'est un problème qui se pose souvent. Il n'y a que des points de vue, comment dépasser les points de vue ? L'épicier va-t-il surmonter son discours d'épicier pour faire preuve d'humanité ? Le peut-il seulement, n'a-t-il pas lui aussi des enfants à nourrir ? Quant à elle, fait-elle du cinéma ou exagère-t-elle juste un peu la situation ? Il ne fait aucun doute qu'elle est en représentation, elle sait qu'on la regarde et elle n'en a pas honte, ou peut-être en a-t-elle honte, mais cette honte doit retomber sur l'épicier, c'est là sa stratégie. Elle doit payer, c'est un fait, mais si elle ne le peut pas, doit-elle mourir de faim ? À qui donner raison, comment ferait un juge dans ce cas ?

Tandis qu'il erre sans but, Manuel s'interroge : au fond les gens ne peuvent pas vivre ensemble puisqu'ils ont des intérêts contraires, ce qui ne se manifeste pas forcément tragiquement, mais dans des conflits comme celui-ci. Y a-t-il un moyen de les dépasser, existe-t-il un intérêt supérieur ? Pas quand il est question de nourrir ses enfants. Mais à ce stade de sa réflexion, il est contraint de songer aux enfants, le sujet même qu'il voulait éviter.

De même qu'il n'a pas pu s'empêcher de voir, alors qu'il ne les regardait pas, les deux femmes enceintes passer à un mètre de lui. Le monde n'a pas pu d'un coup charrier ces corps fertiles sur son chemin. Sa perception des choses a changé, et désormais elle leur donnera le sens de son manque et de son inquiétude. Se dessineront les formes de ventre, dans les bruits diffus de la ville s'élèveront les pleurs d'enfants. C'est ainsi, un sixième sens lui est né, et il est conscient qu'il en est de même pour Mara. Aussi est-ce devenu une douleur de se promener à ses côtés. Il voit tout ce qu'elle voit, il devance son regard sans plus pouvoir la protéger, éprouvant sa douleur parce qu'à ses côtés. Pourquoi ce projet est-il né ? Après tout ils auraient pu s'en passer, ils ont bien vécu avant sans cette idée qui est en train de les détruire. D'où est-elle arrivée, comment une idée nouvelle a-t-elle pu s'immiscer dans leur couple résolument fermé à l'extérieur ?

Cette idée n'est pas née du couple. Elle est née d'ailleurs, de plus loin que Mara, de Mara parce qu'elle est simplement une femme et qu'il l'a vue soudain se réduire à sa condition biologique. Et cette condition biologique d'être vivant lui a rappelé qu'ils étaient séparés.

Manuel est furieux. Ce désir de grossesse lui échappe, le partager ne suffit pas parce que ce désir vient du corps de sa femme, et, s'il vient du même lieu que celui du plaisir qu'il lui donne, il est d'une nature différente. Il s'agirait pourtant d'eux deux, de sa semence à lui, qui germerait dans son ventre à elle, quelle plus belle preuve de leur unité ? Mais dans cette unité émergent des signes de scission, et c'est cela qu'il ne comprend pas. Comment est-il possible que ce rêve d'une fusion absolue témoigne pour la première fois de leur séparation ? Pourquoi sont-ils plus que jamais deux alors qu'ils désirent faire de l'un ?

Peut-être parce que ce bébé ne naît pas.

Et s'il allait prendre un café avec Hicham ? Hicham est son associé à Tanger, celui par qui il vend les produits qu'il reçoit de France, celui qui accessoirement lui fournit de la drogue. Peut-on appeler ça un ami ? Il est en tout cas celui qui s'en approcherait le plus. Hicham lui a fait connaître la ville, l'a présenté à des clients, des commerçants, mais aussi des poètes, des ivrognes, des écrivains et des junkies. Les frontières sont ténues. Et Manuel traverse les frontières aisément.

À Hicham, qu'il pourrait rencontrer au Café de Paris – il y passe ses matinées, pour lire les journaux et voir passer les gens, la position est centrale, on peut toujours y faire des affaires sans se lever de son siège –, il pourrait raconter ce projet, cette angoisse : Mara veut un enfant. Il y a des problèmes. C'est une chose à la fois personnelle mais si universelle qu'il est possible d'en parler sans trop en dire, de chercher un réconfort dans l'expérience des autres. Toutes les familles ont vécu des drames qui restent enfermés dans les cadres de la famille, mais les langues se délient dès qu'on partage, ou qu'on fait semblant. Manuel sait faire parler les autres en donnant un peu de soi en échange, un soi mesuré, contrôlé, de l'anecdotique, mais qui donne toujours l'impression qu'il est possible de lui faire confiance. Il a déjà remarqué que les autres aimaient se livrer, parler d'eux, qu'il suffisait de lever la barrière en changeant de ton, en s'intéressant, alors les récits d'expériences abondent, on déserte la surface pour approcher un premier niveau de profondeur, qui reste social malgré tout, mais qui permet de faire le lien entre le social et une nouvelle forme d'intimité.

Manuel a donné un but à sa promenade. De savoir qu'il va rejoindre Hicham change son pas. Il était hésitant, lent, un peu douloureux, ses muscles se sont tendus, volontaires, et la démarche est plus allègre. Il remonte les marches vers le Minza, change de trottoir pour ne pas tomber sur une connaissance qui par hasard en sortirait, se mêle à la sueur de la foule, allume une cigarette et se brûle la main avec ces allumettes qu'on peut paraît-il allumer sur un jean, mais qui se consument aussi vite que la flamme est forte.

Au Café de Paris, il cherche du regard. Hicham est là qui lui fait signe.

« Comment va Mara ? » demande Hicham. Manuel se crispe, hésite. Maintenant qu'il est là, devant, lui, il n'a plus envie de parler de Mara. Se reposer, lire le journal de Hicham, échanger avec lui des nouvelles qui ne le concernent pas, qui bruissent, il a besoin de ce bruissement, de cette mélodie du quotidien qui étouffe les drames, la force de l'habitude. « Bien, tout va bien, et toi, ta famille ? » Ces formes de politesse arabes où l'on s'assure que tout le monde se porte bien, de la femme jusqu'à l'arrière-grand-mère, et où l'on répond indifféremment oui, tout le monde va bien, en énumérant toutefois tous les membres de la famille, avant d'entrer dans les détails, lesquels signifient la plupart du temps que beaucoup vont mal – même s'ils vont « bien ».

Hicham est un homme de quarante ans, aux traits fins, presque émaciés, au corps long et agile. Il a une forme de beauté féline dont il sait jouer quand elle peut servir à la négociation. Marié et père de deux enfants, il ne profite pas moins d'une liberté toute masculine sous ces latitudes.

Manuel le connaît depuis maintenant quatre ans. Ils commencent à partager des émotions, mises à distance par des discours, mais des émotions tout de même, ce qu'ils appelleraient des points de vue. Hicham masque sa sensibilité aux autres. La camaraderie masculine autorise plus d'intimité qu'une relation amoureuse, c'est sous cette bannière qu'ils peuvent avancer chacun de son côté pour se rejoindre quelque part, dans ce lieu qu'investit lentement ce qu'on peut appeler une amitié. Il faut jouer d'un code de pudeur, Manuel le manie avec talent, lui qui doit encore se cacher, sait comment dire sans jamais dire. Il a eu quelques amis, mais Mara les a remplacés, comme elle a remplacé tout le reste. Elle a pourtant toujours encouragé cette amitié avec Hicham, pour une raison qu'elle ignore elle-même. Il ne les met pas en danger. Hicham ne juge pas, c'est ce que Manuel a aimé chez lui, ce que Mara a senti aussitôt, et c'est ce qui lui a ouvert la porte du palais du haut de la médina. « Viens dîner demain si tu veux », propose Manuel, qui a besoin que son couple se repose de lui-même. « Volontiers. » Hicham dit oui pour faire plaisir, parce qu'il est toujours disponible, et parce que cette invitation lui fait plaisir, aujourd'hui, à 11 heures du matin, au Café de Paris. Demain sera un autre jour. Manuel le sait. Il le rappellera dans l'après-midi pour qu'il s'engage plus formellement. Et si Hicham ne venait pas, il ne s'en formaliserait pas. Hicham n'a d'ailleurs plus besoin d'inventer des excuses pour Manuel. C'est l'heure marocaine, le temps ne passe pas au même rythme que là-bas, en France, dans cette famille qui fut la sienne où l'on dînait à 19 h 30, avant de regarder les informations à la télévision. On prévenait les invités une semaine à l'avance, et le jour de leur venue on dressait le couvert de porcelaine. On mangeait des plats préparés trois heures durant en faisant attention de bien fermer la bouche et de ne pas trop se resservir, on ne goûtait pas la cuisine tant il importait de ne pas donner l'impression de manger, à peine même de respirer. Alors franchement, Manuel se fiche qu'on réponde ou non à ses invitations, elles-mêmes informelles. Il a décidé que tout ce qui ne relève pas de l'amour serait rendu à sa légèreté. La gravité n'est réservée qu'à cet unique sujet, et celui-ci exige le sacrifice du reste.

En compagnie de Hicham, Manuel se repose. Hicham, c'est l'extérieur. Il ne sait rien de leur couple sinon ce qu'il en a vu. Il admire la force qu'ils dégagent, cette croyance fanatique en leur amour. Jamais il n'a osé poser de questions à Manuel, sinon furtivement : d'où viennent-ils, comment sont-ils arrivés à Tanger ? Manuel se ferme à chaque question. Il répond, mais toujours de manière factuelle. Hicham sait ainsi qu'il a vécu en banlieue parisienne dans une famille relativement modeste, ce qu'on appelle la petite bourgeoisie. Qu'il n'y avait pas de livres ni de disques à la maison ; qu'il a un frère, ou un demi-frère, ce n'est pas clair ; que ses parents sont toujours en vie mais qu'il ne les voit plus. Qu'il vit avec Mara depuis bientôt quinze ans, qu'ils ont donc dû se rencontrer à l'âge de quinze ans, et qu'ils ont plus ou moins rompu les liens avec tout ce qui les entourait. Il ignore s'il a fait des études, Manuel reste vague sur ce point aussi. Il a un certain bagage, mais un bagage éclectique, le propre des autodidactes.

Hicham voit en lui une forme de curiosité contrariée, une ouverture sur le monde toujours sous contrôle. Il connaît la carrière de Mara, il sait également ce qu'on en dit dans les cercles de Tanger. Ce couple plaît mais intrigue, personne n'a jamais réussi à en connaître plus que ce qu'ils montrent. Néanmoins des bruits courent – à Tanger et dans ces milieux internationaux aussi bien qu'étroits, les bruits courent toujours. On les laisse faire leur chemin, et au fond on s'en amuse sans s'y intéresser davantage, parce que tous, dans cette ville, ont des choses à cacher. Il y a un respect pour le passé des autres – qui ne tient qu'à l'exigence qu'on en ait pour le sien.

Parfois des questions malencontreuses brisent la loi du silence, mais elles se perdent aussitôt dans une fin de non-recevoir et l'on se le tient pour dit, assuré de ne pas revoir la personne pendant quelques semaines. Des exceptions cependant peuvent surgir : des confidences contre d'autres confidences, une solidarité entre gens méfiants, le désir de se délester du poids d'un passé en le partageant. Ni Manuel ni Mara n'y ont jamais cédé.

Ils sont ensemble depuis une heure. Leur dialogue est ponctué de silences, jamais gênants. C'est aussi pour cette raison que Manuel apprécie Hicham, ils peuvent se taire sans que le fil soit rompu, sans que leur présence s'en trouve alourdie. Aujourd'hui, pourtant, Manuel n'est pas tranquille. Il a envie de briser une barrière et de lui poser des questions, sur sa femme, ses enfants, une conversation qu'ils n'ont jamais eue. Mais comment commencer sans provoquer une résistance chez l'autre ? Sans changer de registre, avec le danger de ne plus pouvoir revenir en arrière ?

Après tout Manuel n'a jamais fait de confidences, ni à Hicham ni à personne d'autre. Sauf à Mara. Et ça n'est pas difficile de parler à Mara. Elle sait tout de lui. Nulle introduction n'est nécessaire, nul enrobage, nulle rhétorique. Entre eux le langage est nu. Le mot se réduit à son sens. Il n'est que le faible reflet de ce qu'ils savent déjà, le simple véhicule d'une idée ou d'un sentiment qu'ils ont deviné. Aussi Manuel n'est-il pas très à l'aise avec la langue. Soit il se tait, soit il dit, mais il ne parle pas. L'arabe est sa solution de repli. Mais autour d'eux tout le monde parle arabe, et il voudrait que cette conversation reste intime. C'est Hicham qui lui ouvre la voie.

« Tu as des problèmes, Manuel ? Tu as l'air soucieux, si je peux faire quelque chose... » Une simple proposition sans aucune pression : c'est à Manuel de choisir, Hicham ne se formalisera pas d'un refus. Il ne fait que faciliter une entrée en matière. Sans doute a-t-il senti qu'il devait l'aider juste un peu. « Nous n'arrivons pas à faire un enfant. » Si cette réponse abrupte déstabilise Hicham, il n'en montre rien. « Vous avez vu un médecin ? — Oui. Il a dit de ne pas s'inquiéter pour l'instant, que ça ne marchait pas à tous les coups, qu'on ne pouvait pas être maître de ça. — Il n'y a donc pas de problème... physique ? — Je ne crois pas. Rien qu'il ait vu en tout cas. — Alors il faut attendre. — Oui. » Ils se taisent un moment. « Mais ça devient un problème pour Mara. — Depuis combien de temps vous essayez ? — Presque un an. Quand on a pris la décision, on était dans une joie que tu n'imagines pas, comme si on n'avait jamais cru pouvoir la prendre, cette décision. Et là, d'un coup, c'était possible de se voir autrement, de s'imaginer parents. Et puis aujourd'hui, l'image a rouillé si tu veux. Ça devient une obsession, surtout pour elle. Moi, je peux attendre, je ne suis pas pressé. Mais elle... — C'est normal. Une fois qu'une femme veut ça, elle ne pense plus qu'à ça. — Oui. Et je ne sais plus quoi faire. Je ne peux pas faire qu'elle tombe enceinte.

J'ai l'impression qu'elle m'en veut, je me sens, comment dire, impuissant. Tu vois ? Elle me renvoie une image de moi d'impuissance, c'est dur à supporter. » Comme les gens qui n'ont pas l'habitude de se livrer, Manuel s'aperçoit qu'il en dit trop, qu'il étale sa faiblesse, qu'il a l'air de se plaindre, mais c'est trop tard, il a commencé.

Hicham ne semble pas gêné par ces confidences, au contraire. Une sorte de gratitude s'esquisse. Il n'est pas dans son caractère de forcer les choses, et soudain ça lui est offert, là, sans prévenir. Manuel, cet homme qui n'a jamais montré que la surface, poli, drôle, affectueux, colérique, mais dont il ne connaît finalement rien, Manuel lui confie un rôle. Ce rôle néanmoins est délicat. Hicham doit être à la hauteur. Il médite sa réponse avant de parler. « Dès qu'une femme n'est pas satisfaite, elle nous renvoie à notre impuissance. Elles savent comment nous mettre hors de nous. — Mara n'est pas comme les autres. Elle n'a jamais essayé de m'humilier. »

Hicham a fait un faux pas. Il ne faut pas toucher à Mara, il le sait pourtant. *Mara n'est pas comme les autres*. C'est vrai d'ailleurs. Mara est étrange, il ne la comprend pas. Elle ne veut pas séduire, elle est ailleurs, intouchable. Pas même froide, seulement distante, lointaine, elle résiste à toute relation. Elle dégage une forme d'indifférence au monde qui fait qu'il n'y a pas de prise. Mais Hicham respecte la femme de son ami. Une femme disons irréprochable, belle, désirable, intelligente, mais différente. « Elle n'essaie pas de t'humilier, elle souffre, et c'est sa manière à elle de faire front. — Elle a toujours fait front avec moi. Cette fois elle m'exclut. Je n'ai jamais été confronté à ça, tu comprends. On a vécu tellement d'années ensemble, on se connaît tellement bien. Je ne pensais pas qu'un jour elle pourrait m'échapper. — L'autre nous échappe toujours, c'est ce qu'on ressent tous la plupart du temps. Ce qui n'est pas habituel, c'est que pour toi ce soit la première fois. — Tu ne peux pas comprendre, Hicham, pardon, mais personne ne peut comprendre. — Ce que tu vis là, je l'ai vécu mille fois. La première année après la naissance de ma fille – et j'adore ma fille, j'adore mes enfants, tu le sais –, on n'a quasiment pas eu de rapports sexuels avec ma femme. Elle refusait. Elle n'existait que pour sa petite, son corps était devenu un corps de mère, j'ai cru que j'allais la quitter. Et puis les choses sont rentrées dans l'ordre. On en a fait un deuxième, c'était moins dur la deuxième fois, mais quand même, pendant six mois, abstinence. Maintenant elle est la mère de mes enfants, mais je n'ai plus de femme. — Je ne pense pas que ça se passera comme ça avec Mara. — C'est possible, vous avez une relation... différente. Après la naissance je suis parti une semaine pour faire la fête, avec de l'alcool et des femmes, pour me prouver que j'étais toujours libre. C'est une réaction stupide, je sais, immature, mais c'était plus fort que moi, j'avais besoin de me rassurer, de savoir que je ne changerais pas. Ça fout la trouille. Il y a des choses qui ressortent... — Qu'est-ce qui ressort ? » demande Manuel un peu trop vivement, comme si cette simple idée pouvait le mettre en colère. « Je ne sais pas, des choses, qu'on ne peut pas exprimer, des angoisses d'avant, tout est remis sur le tapis, et puis ça passe. — Il faut que j'y aille. »

Hicham se demandera toute la journée s'il a été trop loin, ou s'il s'est mal exprimé, ou si l'autre lui en veut de l'avoir amené à se confier. Jusqu'à ce que Mara l'appelle pour confirmer le dîner du lendemain soir.

Mara est restée sur la terrasse. Quelque chose ne va pas. Il y a cette ombre entre Manuel et elle. Ce désir croissant, frustré, douloureux qui la dépasse. Elle voit bien que Manuel n'éprouve pas l'acuité de cette douleur-là, qu'il l'observe, qu'il se sent rejeté. Mais au lieu de le plaindre elle lui en veut. De cet enfant qui ne vient pas, comme s'il le lui refusait, comme si elle n'en était pas digne. De cette sensation qu'une chose plus forte qu'elle, qu'eux, la rattrape, cette vague qu'ils avaient tenue à distance et qui pourrait bien les submerger. De la possibilité d'une destruction.

Elle garde son calme pour le moment. Elle s'y emploie en tout cas, en faisant des exercices de yoga, assise en tailleur sous le voilage qui la protège du soleil.

Son corps est marqué. Elle y inscrit des phrases, des codes, des chiffres parfois. Un tatouage représente des vagues au bas de son dos, la pointe émerge de son saroual quand elle ôte son tee-shirt, les profondeurs s'abîment un peu plus bas. Il y a aussi des cicatrices, des entailles qu'elle se fait au cutter comme on se ronge les ongles, de légers filets de sang, à peine une blessure, qui dessinent des motifs le long de ses cuisses, motifs légers presque invisibles, qui marquent chaque événement de sa vie, ce qu'on appelle les souvenirs « marquants ». La mémoire est traître, elle a décidé que sa peau en ferait office. Elle a déjà prévu le tatouage qu'elle irait faire dans la rue de Fez à la naissance du bébé, un mandala sur l'épaule gauche qu'elle peint en série depuis quelques semaines. Elle a aussi demandé à Manuel d'inscrire quelque chose de lui dans sa chair. Son pied porte la marque d'une brûlure en forme de fleur, c'est le sceau de son compagnon et le témoin d'une nuit d'amour où des intensités nouvelles de plaisir ont été atteintes. Il lui a demandé de lui faire la même chose en échange. Ils ont le même pied gauche, ils l'appellent leur tache de naissance.

Mara n'a jamais été que son corps. Elle a vécu de lui, l'exhibant pour des magazines. Puis par lui, le dédiant à l'amour, à Manuel. Aujourd'hui ce corps lui demande d'être mère. C'est une définition qu'elle ne connaît pas. De mère, elle n'en a pas eu. Elle ne connaît pas de corps qui soit sa mère. La mère, pour elle, c'est l'absence, le non-lieu, le rien.

Elle se sent proche de son squelette. Des os comme du bois mort, une structure vide de pantin. Tous ces attributs de féminité qu'elle a exhibés au cours de son métier, tout cela n'était que du toc, des paillettes. On l'a habillée, on l'a maquillée, on l'a coiffée, on l'a massée, caressée, pour masquer le squelette, pour vêtir ce vide, pour créer une forme artificielle et mensongère autour de rien. Aujourd'hui sa nudité est morbide. Seul Manuel savait la remplir. Désormais il ne suffit plus. Son corps ne sait plus recevoir, il est extérieur à elle, elle vit à ses côtés.

Elle erre, détachée de tout, carcasse inutile.

Où peut bien être Manuel, qu'a-t-il d'autre à faire que d'être là avec elle ?

Mara a déchiré ses dernières aquarelles en attendant, et jeté des magazines qu'il gardait, où elle posait dans des robes de créateurs. Puis elle a fait le ménage. A mangé tous les restes. Même la nourriture ne s'accroche pas, rien ne prend, rien ne se fixe sur son corps longiligne qui n'en peut plus de tendre vers la beauté, ce cadeau fait aux autres, et dont on lui sait gré alors qu'elle n'en est que la dépositaire ingrate et impatiente.

Pourquoi son sang continue à couler chaque mois ?

Chaque fois elle vit une semaine de deuil, muette et vindicative.

Tout ce chemin qui n'a été parcouru qu'en vue de cette stérilité...

Elle hait Manuel. Il ne sait que lui offrir du plaisir,

cette chose si éphémère et qui prend des couleurs mortifères à force de n'être rien d'autre que soi, une sensation, une émotion partagée puis enfuie qui refuse de s'incarner. Une petite mort de moins en moins petite. Une mort. Chaque fois qu'ils font l'amour un enfant, un espoir meurt. L'orgasme la plonge dans un état d'hébétement et de tristesse, cependant ils continuent, attirés par le corps de l'autre, la violence des ébats raconte la rage encore amoureuse pourtant, raconte l'amour et son obstination à rester cette vibration continue qui résonne dans le vide.

Cet amour n'enfante pas. Ils savent pourquoi. Mais ce pourquoi ne suffit pas.

Une histoire stérile doit s'arrêter.

Elle descend vers la mer, choisit la plage municipale. Il y a du monde, on peut se baigner tranquillement, sans regard assassin, sans adolescent à la barbe naissante qui vient vous insulter ou qui appelle ses copains cachés derrière la falaise et qui descendent en bande, et s'il n'y a pas un homme à vos côtés, s'il n'y a pas une diversion fortuite, vous pouvez craindre pour votre vie, pour votre corps, pourtant consciencieusement vêtu d'un maillot de bain une pièce le plus couvrant possible, pour votre chair mise à nu par ces regards de convoitise et de haine sous lesquels vous n'êtes plus une icône mais seulement de la chair à meurtrir, à souiller.

Et vous vous surprenez soudain, alors que vous n'y êtes pas sur cette plage méditerranéenne et populaire où seules des mères de famille voilées se baignent, tout habillées, se noyant une fois sur dix dans leurs linges, à les désirer ces regards qui vous humilient, qui vous renvoient à ce que vous êtes : une jeune Occidentale qui vend son corps, une fille qui ne sera pas mère, un corps inutile sinon pour donner du plaisir, un corps de pécheresse, doublement, triplement pécheur.

Au milieu des familles, elle pénètre dans l'eau, plonge la tête pour échapper aux cris d'enfants, assourdis sous la vague brunâtre qui charrie des flaques de gasoil qu'ont laissées les ferries en partance. Elle aspire par les narines cette eau polluée et salée, ça lui rentre dans la gorge, les poumons, elle sort la tête en toussant, ses yeux pleurent les larmes de la mer, rougis, brûlés. Il n'y a pas moyen de se laisser de côté, de s'oublier le temps d'une éclaircie sous ce soleil toujours menacé par la brume océane.

Il n'y a pas moyen d'oublier les naufragés enfouis au fond de l'eau, des cadavres en décomposition, les yeux attaqués et les viscères dévorés par des bancs de poissons, des chairs noires, brunes, des cheveux crépus attachés aux bas-fonds comme des algues, des poumons noyés gonflés comme des éponges marines, cette eau qu'elle a toujours eue en horreur et sur laquelle elle flotte, maintenant, comme du bois mort, un corps coupé de ses racines.

Elle sort, se sèche, s'habille et part sans un regard en arrière parce qu'elle ne veut pas voir un horizon.

Elle remonte les ruelles escarpées. Elle a froid, ses cheveux gouttent sur ses épaules et rendent sa chemise transparente. Elle serre contre son torse ses bras qui ne la réchauffent ni ne la cachent, maigres sur cette poitrine maigre qui pointe sous le tissu comme un appel d'air.

En haut, dans le salon, Manuel fume. C'est ce qu'il fait, il fume. Rien d'autre. Il ne fume pas en lisant ni en contemplant le port, il fume les yeux fixés sur ses doigts tachés, il observe sa respiration, sa trachée enflammée et douloureuse, la lente descente de la fumée dans les bronches, la légère toux qui interrompt le geste de sa main à sa bouche. Ici les corps s'autosuffisent. La main remplit la bouche qui la remercie. Circuit clos. Il ne recrache pas la fumée. Seules les matières immatérielles se maintiennent à l'intérieur. C'est ce qu'elle se dit en observant le mécanisme autarcique. Il s'arrête pourtant et la regarde avec attention. Il voit des cheveux mouillés, des lèvres bleuies, des yeux rouges, des doigts figés sur l'étoffe, des yeux tristes, le rictus a disparu. Il lui fait signe pour qu'elle s'approche. Elle obéit, docile, et vient s'asseoir sur ses genoux. Ils se bercent l'un l'autre, ce geste qu'ils ne peuvent adresser qu'à eux-mêmes, et à l'enfant en eux qui n'a jamais été bercé.

La vie commence tard dans la casbah. Depuis la terrasse, Mara attend que le jour se lève pour aller chercher le pain. Le matin des bateaux arrivent d'Espagne, d'Algésiras ou de Tarifa. Elle les regarde décharger leur flot d'humanité, des touristes ou des travailleurs qui rentrent au pays, selon les époques. Des visites aux familles, pour enterrer un mort ou marier une cousine. Ce bateau elle l'a pris plusieurs fois avec Manuel avant qu'ils ne s'installent vraiment.

Au début, ils vivaient chez des amis, ou plutôt des connaissances, suffisamment riches pour accueillir des hôtes distrayants – un détail pour eux. Les lits et les repas sont préparés par d'autres qu'il suffit de payer, et encore on ne s'en aperçoit pas, quelqu'un d'autre s'en occupe, qu'on paye aussi, à la fin de chaque mois. On s'éloigne autant que possible de l'argent. L'avantage de ce milieu, c'est qu'il est trouble, et accepte des marginaux ou des pauvres du moment qu'ils ont du talent, ou une renommée, ou un nom, ou un style. Ça donne du piquant.

Mara est mannequin, intelligente, fantasque : ça a suffi pour pénétrer ce monde. Elle a de l'argent même si elle a arrêté de travailler. Elle porte un nom d'emprunt, mais ça elle ne le précise pas, un nom d'artiste en quelque sorte, un pseudonyme, de toute façon quelle importance puisqu'elle ne connaît pas son vrai nom. Elle a choisi de porter celui de Manuel. Expliquer des détails administratifs prendrait trop de temps, toujours moins toutefois que celui qu'ils ont mis pour fabriquer leur nouvelle identité. Le secret, c'est un parfum dont aime à s'entourer leur couple, la présomption d'une faute est là. Quelque chose, un flou, un doute, une ombre.

Ils ont tous les deux la peau mate, lui plus qu'elle peut-être, on les prendrait volontiers pour des locaux. Ils parlent arabe à peu près, avec un bon accent, connaissent les coutumes, et savent s'y dérober. Ils suivent le tempo de la ville. Une femme travaille chez eux. L'argent fond, ils dépensaient beaucoup au début. Puis de moins en moins.

Leur vie n'est pas tout à fait oisive. Manuel s'est associé avec Hicham pour faire un peu d'import-export, des produits de luxe, ça rapporte assez, en attendant. Mara, elle, fait encore ici ou là une publicité, de quoi vivre une année au Maroc. Ce n'est donc pas un problème. Elle n'a pas fait d'études mais a toujours aimé les livres d'histoire. Et puis elle peint. Pour son plaisir, des choses laides et tristes, elle n'y peut rien, elle les sait laides, elle les veut laides, ça se déchire sur la toile, et alors elle est calme, paisible, « sereine », dirait-on.

Lui... lui, c'est autre chose, on voit qu'il a été un mauvais garçon, on voit aussi qu'il est plus fragile. Il faut faire attention à ce qu'on dit, à ce qu'on fait, ou trouver la manière de le dire, de le faire pour éviter la réaction qu'on ne peut jamais prévoir. Pour ceux qui ne le connaissent pas, ça ne saute pas aux yeux. Il est poli, séduisant, aimable. Le danger peut naître de l'intimité. Ses parents en ont fait les frais, qui l'ont vu partir un jour sans donner de nouvelles, et puis de temps en temps, une lettre, une carte postale, jamais d'explication. Quelle explication donner quand on n'en a pas soi-même ? Et c'est quand on n'en a pas qu'on devient violent. On croit longtemps que cette violence est une force, sauf que c'est une force qu'on ne contrôle pas. Ceux qui le pensent fort et ceux qui le pensent faible ne pourront pas s'entendre. C'est une question d'interprétation d'un même fait. Mara, elle, évite de se poser la question.

On se demande souvent ce que font les gens qui travaillent peu en dehors de leurs heures de travail. Mara et Manuel vivent, c'est tout. Ils se promènent, peignent, mangent, mais ce qu'ils font le plus, c'est l'amour.

Ils s'aiment. À n'importe quelle heure de la journée ou de la nuit, portés par un désir qui ne faiblit pas, ils s'épuisent à s'aimer. Ils s'aiment dans la fatigue, le tourment, mais ils s'aiment.

Alors pourquoi ces cauchemars et ces souvenirs fugaces qui surgissent comme des coups de piolet les laissant hébétés ?

Ils ont réussi à exorciser les peurs par des habitudes très strictes. Tous les jours se ressemblent pour eux. Ils ont conçu ainsi le temps pour qu'il demeure, la stagnation des minutes qui se répètent a annihilé leur irréversibilité. Ils ont cru arrêter cette marche, empêcher l'imprévu, fixer cette quiétude, en jouir tout en la contrôlant. Dans ces limites, leur bonheur avait atteint la perfection. Et seule la vie peut menacer la perfection. Mais ce qu'ils vivaient n'était pas tout à fait la vie, qu'ils avaient volontairement bannie. Il n'y avait que du sentiment, du sexe et du sentiment, immuable, définitif, croyait-on, indestructible. Alors pourquoi vouloir réinsuffler une forme violente et implacable de vie – un enfant ? L'inverse même de ce qu'ils ont construit, cette passion de fureur contenue, cette folie matée à deux qui passe aujourd'hui pour une belle réussite, aux yeux des autres, mais les autres ne savent rien.

Le présent se fissure, le désir d'autre chose l'a ébranlé, un futur informe s'y est engouffré, qui pour le moment n'advient pas. La promesse maladroite que leur amour prendra un sens en plus, un sens au-dehors, un sens objectif qui leur échappera mais qui témoignera d'eux, de ce sentiment qui n'a d'existence que dans leur cœur, leur corps, et qui disparaîtra en même temps qu'eux.

Il fait chaud dans la cuisine sombre du rez-de-chaussée. Khadija prépare un couscous et des salades pour le dîner. Assise à côté d'elle, silencieuse, Mara lui passe les ustensiles, épluche les carottes, lave les navets, ajoute un peu de cannelle et de fleur d'oranger dans un plat, du cumin dans un autre. Les casseroles sifflent au-dessus du fourneau. La lumière est filtrée par des carreaux de couleurs vives. Seule une lampe rouge est allumée, sur une table. La pénombre se répand peu à peu, dissimulant les deux femmes dans des vapeurs lourdes. Mara se sent bien, Khadija l'apaise, l'agitation de ses mains et l'immobilité de son corps l'apaisent, son odeur l'apaise. Dans cet espace chaque geste a un sens, une histoire. Chaque pincée de sel distille un héritage.

Mara voit des générations et des générations de femmes confinées aux cuisines, où se murmurent les secrets, les rumeurs, les drames insoupçonnés, les angoisses, les amertumes, les espoirs ; où s'expriment les frustrations du corps mais aussi ses délices, où les tabous sont levés, les propos échangés sans pudeur, la parole libérée par le carcan de la cuisine. Un lieu clos d'où rien ne sort que les plats destinés aux hommes, guindés et s'ennuyant dans la salle à manger, représentant... représentant la position sociale, la position familiale, la position politique, la position assise. À la cuisine on ne représente rien, on transforme les aliments, on les malaxe dans des mains écorchées, parfois manucurées lorsque des fêtes et mariages obligent à recouvrir les ongles incarnés de carmins étoilés, on goûte, on rit, on se tait quand un homme entre, on rit encore quand il sort. Et puis on soupire.

Jusqu'à un certain âge, les enfants ont le droit de cité dans cet antre des femmes. Les enfants et les femmes sont alliés. Plus tard les mondes se séparent, et si l'on est garçon, on est chassé du paradis – cette éducation maintient fermement les distances, peut-être parce que c'est dans ces distances que s'alimentent, en plus des brimades et des souffrances, le plaisir de la conspiration, l'excitation des interdits.

Mara se rêve fille de Khadija ou de l'une de ses semblables, grandissant dans une cuisine, au milieu de jambes aux veines gonflées de varices, des jambes blanches aux poils longs qui sentent le savon de Marseille, une odeur de propre mêlée à la sueur, une odeur de cuisine qui à force imprègne la peau. Des jupes longues, des jupons, du tissu sous lequel on cache les secrets. Mais on ne peut pas cacher grand-chose aux yeux innocents des enfants qui viennent s'y réfugier, sous ces jupes. Innocents et déjà si savants de ce qui se trame. Une enfance dans un bruissement féminin, des sentiments qu'on assaisonne, le poivre qui fait éternuer et les oignons qui font pleurer, des larmes faciles, des reniflements oubliés, des mains qui caressent, qui bousculent, qui épluchent et qui nattent.

Si elle avait grandi dans cet univers, peut-être ne serait-elle pas devenue cette femme froide, distante à tout et à tous excepté Manuel, cruelle par indifférence.

Dans cette cuisine, elle ne se serait pas sentie abandonnée, elle n'aurait jamais eu à mentir, à inventer des histoires pour se donner une consistance, à raconter une fausse journée, pour rien, pour que la réalité se dissolve sous les mots, pour que les mots soient plus forts que la réalité, la réinventent, ou l'effacent. Elle n'aurait pas pris l'habitude de dire toujours l'à-côté du vrai, le pas vraiment vrai, le contraire ou le différent, elle n'aurait pas eu honte, pas eu peur de dire ce qui est. Ni d'interroger, sans redouter les réponses ni les silences. Un silence dans cette cuisine est plein, nourrissant. Ici elle aurait pu se développer, croître, devenir une adulte, parce qu'elle aurait été enfant.

Khadija est là qui recrée pour elle ce monde qu'elle n'a pas connu. Un monde où le rêve est aussi puissant que le réel. Un monde d'enfance. Elle se doute bien que la vie de la fille de Khadija, à la campagne, attendant sa mère et mangeant des patates chaque jour en espérant qu'un bout de viande échoue sur une table dans leur cabane de torchis, n'a pas la saveur de sa rêverie : ça ne l'empêche pas de l'envier. Khadija déborde de maternité, quand elle serre sur son cœur Mara comme si elle avait trois ans, quand elle lui caresse les cheveux, l'air de rien, quand elle la regarde, un reproche dans les yeux ; ces gestes elle s'y est peu à peu abandonnée, comme s'ils étaient plus naturels qu'elle, finissant par déborder son rôle d'employée.

Et Mara, qui aurait plus besoin d'une mère, d'une sœur, d'une amie que d'une cuisinière, la paye aussi pour pouvoir se permettre ces épanchements secrets. Elle ne la paye pas pour qu'elle se taise, elle la paye pour l'aimer. Autrement elle ne saurait pas faire. Autrement elle serait gênée.

Quant à Khadija, elle ne fait pas une affaire de la frontière sociale. C'est ainsi. L'argent n'empêche pas le sentiment, il y a du sentiment, et s'il y a de l'argent en plus, c'est tant mieux, ça ne gâche rien. Il a tenu à rien que Mara ne soit l'employée. À sa beauté. Simple conjoncture.

Khadija fredonne une chanson dont Mara connaît bien l'air. Elle laisse passer la chanson avant de lui poser la question. « Tu as eu tes enfants tout de suite ? Je veux dire, ça n'a pas été difficile ? » Khadija sait qu'il y a un problème. Elle sent des tensions agiter la maison, le visage de Mara s'est durci. Ces choses-là ne trompent pas. Khadija a beau être une femme de la campagne, elle a des intuitions sûres. Mara est aride, son corps s'est tendu, ses yeux sont cernés. Elle ne dort plus, et quand elle dort des cauchemars la réveillent. Khadija entend ces cris venus d'un autre temps, le temps de l'enfance, quand la peur s'empare du noir et ne peut plus s'arrêter. Khadija laisse des grigris sous les lits, se livre à des imprécations, son soutien silencieux ne fait pas encore effet. Elle a d'autres solutions.

Khadija attendait que Mara lui pose la question. « J'en ai perdu deux à la naissance avant d'avoir ma fille, *amdoullah*. Et puis j'ai eu mon fils, tout de suite après. Et encore un troisième », soupire-t-elle. Mara sait que Khadija ne prend pas la pilule, qu'elle ignore comment ça fonctionne, et qu'elle n'est pas la seule. Un matin, elle était arrivée irritée, marmonnant des prières. Mara lui avait demandé si quelque chose de grave s'était produit. Khadija lui expliqua qu'elle ne pouvait pas se permettre d'avoir un autre enfant, pas tout de suite. Elle travaillait depuis deux ans chez Mara, elle n'avait pas l'intention de perdre sa place. Ils n'avaient pas assez d'argent, elle était fatiguée, trop fatiguée pour une nouvelle grossesse, mais elle ne pouvait aller contre la volonté de Dieu, ni de son mari. La volonté du mari se réduisait au désir immédiat de la pénétrer. Mais on ne peut rien contre le désir de l'homme, et Khadija ne connaissait pas assez le fonctionnement du corps, sinon par intuition, pour se prémunir d'un quatrième enfant.

Mara s'était étonnée : ne prenait-elle donc aucun moyen contraceptif ? Elle avait eu du mal à trouver le mot en arabe, mais lui avait fait comprendre qu'on pouvait, qu'on devait maîtriser son corps à défaut de maîtriser celui de l'autre. Khadija, honteuse, sortit alors de son sac une plaquette de pilules. « C'est le médecin du dispensaire qui me l'a donnée. J'en ai pris une ce matin. Mon mari ne doit pas l'apprendre. » Mara observa la plaquette. « Mais, Khadija, il faut la prendre pendant tout un cycle, pas uniquement après les rapports avec ton mari. Ça ne marche pas comme ça ! » Khadija la regarda sans comprendre. Le médecin le lui avait bien expliqué, mais ça n'était pas logique. La pilule entre ses doigts était devenue une potion magique qui empêche d'avoir des enfants au moment où on le souhaite. Mara lui demanda depuis quand elle pensait être enceinte. « Hier soir », répondit Khadija. Mara appela son médecin pour qu'il lui prescrive la pilule du lendemain. Laquelle avait la même forme que la pilule précédente. Khadija ne chercha jamais à savoir pourquoi l'une avait une efficacité immédiate tandis que l'autre agissait sur la durée. Le problème fut réglé d'une autre façon. Son mari fut écrasé par une voiture. Fin de l'histoire. Contraception radicale.

« Pourquoi tes deux premiers enfants sont-ils morts ? — Dieu les a rappelés à lui. — C'est tout ce que tu sais ? Ils avaient quel âge ? — À la naissance. — Et qu'as-tu fait... comment tu as fait pour... — Pour ne plus être triste ? — Oui, comment fait-on après deux enfants morts ? — On pleure, j'ai pleuré beaucoup, j'ai prié, et puis je suis retombée enceinte. Mon mari a failli me quitter, et quand je lui ai donné une fille, tout est rentré dans l'ordre. » Un mari doit quitter sa femme si elle ne lui donne pas d'enfant. Une femme qui ne procrée pas n'est pas une femme. Mara reste silencieuse. « Après que mes deux enfants sont morts, j'ai fait un pèlerinage. » Mara est prête à tout, à croire aux djinns et aux astres, à la médecine chinoise, à tout sauf à l'analyse. Il y a quelque temps, elle n'aurait pas prêté l'oreille à ce qu'elle considérait comme les lubies de Khadija. Désormais elle l'écoute avec un espoir déraisonnable. « Un pèlerinage à La Mecque ? — Non, ce n'est pas la peine d'aller aussi loin. Juste à côté de Tanger, il y a un marabout, sur la côte, qui donne la fertilité. Avant, on y amenait les troupeaux, les vaches malades, pour qu'elles donnent naissance à du beau bétail. Devant tous les miracles, on a commencé à y amener les femmes. Depuis, tous les ans en été, des pèlerins se rendent là-bas quelques jours, font sept fois le tour du marabout, dorment dans des chambres qu'on peut louer et repartent. Les chambres ne sont pas luxueuses, peut-être que vous auriez du mal à rester là-bas. Il n'y a pas de toilettes, pas de cuisine, il faut tout emporter, un réchaud et des draps. Les familles ou les couples arrivent en camionnette, avec des matelas, des couverts, des casseroles... mais les Marocains voyagent toujours comme ça. Il y a une paillote en été où on peut manger des sardines. La mère fait le pain dans un four en terre. La colline appartient à cette famille depuis des générations. Ils nourrissent les pèlerins qui ont un peu d'argent, et ils gardent le marabout. À côté, un riche Occidental s'est fait construire une maison sans en avoir le droit, un mur la sépare du marabout, mais tous ses enfants ont été frappés par le sort. Un petit garçon est mort, paraît-il, juste après qu'ils ont commencé à prendre leurs vacances là-bas. — Tu crois vraiment que ça marche ? Tu connais des gens pour qui ça a marché ? — Pour moi. Quand je suis rentrée après une semaine auprès du marabout, je suis tombée enceinte de ma fille. Et elle a vécu. — Mais je ne suis pas marocaine, je ne connais pas ta religion, je n'y crois pas... — Ça n'est pas une question de religion. Un marabout est un lieu saint pour tout le monde. Une fois là-bas tu sauras prier. — De toute façon, je ne risque rien à y aller, n'est-ce pas ? — Il faut y aller parce qu'on doit y aller. — C'est un bel endroit ? — C'est le plus bel endroit que je connaisse. Il y a l'Océan, des falaises et une très longue plage. Le chergui n'entre jamais, la montagne protège la plage. C'est un endroit de paix. Vous ne pouvez pas trouver la paix à Tanger. — Pourquoi ? — Parce que c'est la ville. La ville a été vidée de son âme. » Cette dernière phrase est murmurée, on entend Manuel descendre l'escalier. Les femmes se taisent. « Ça sent bon, qu'est-ce que vous préparez ? — Un couscous. — Tu peux m'aider à monter les verres et sortir le cabernet du frigidaire ? »

Mara s'empare du plateau déjà prêt sur lequel reposent les verres à vin et les amandes grillées. L'alcool sépare à nouveau les deux mondes. Khadija au fond ne porte pas de jugement. Elle a même une curiosité pour l'interdit. Mara souvent lui propose de goûter, pour la taquiner, éprouver ses résistances et sa foi. À force de travailler chez eux, Khadija tient moins aux préceptes de l'imam, dans la maison elle se sent protégée. Jamais elle ne toucherait à l'alcool, mais le servir à ses patrons lui donne un certain plaisir, un sentiment de puissance et de transgression.

Manuel tient comme chaque soir une revue de presse à l'intention de Mara qui ne lit pas les journaux. C'est son seul lien avec le monde extérieur, la voix et les explications de son mari qui se tient au moindre fait des dernières informations. La politique le passionne depuis qu'il ne vit plus en France. Il a l'impression d'avoir découvert son pays en le quittant. Son pays et ceux qui l'entourent. Il a appris l'économie en autodidacte, achetant d'abord des « Que sais-je ? », puis des manuels plus étoffés. Il est abonné à plusieurs journaux français, marocains et américains, et parcourt le monde chaque matin à travers les caractères d'imprimerie qui bavent sous ses doigts.

Quelqu'un frappe à la porte. Ils entendent de la terrasse Hicham échanger avec Khadija les formules de politesse, puis ses pas résonner dans l'escalier. Mara se lève pour l'accueillir, avec une chaleur nouvelle, la présence de Hicham lui donne l'impression que tout est comme avant, que les choses suivent leur cours, et qu'il n'y a pas besoin de s'inquiéter.

Hicham n'a jamais été tout à fait à l'aise avec Mara, pas seulement parce que c'est une femme d'une autre culture, qu'on aborde différemment, à qui l'on prête des pensées et des actes sulfureux. C'est aussi parce qu'il y a quelque chose d'étranger en elle, d'étranger à elle-même, qui provoque une forme de gêne, expression confuse d'une peur tacite. Ce soir, pourtant, elle lui apparaît plus présente, sa beauté qui d'habitude éloigne l'invite au contraire à entrer en contact, à la regarder avec une curiosité nouvelle.

Mara ne se livre jamais, mais elle sait se moquer d'elle-même, faire rire à ses dépens, c'est le seul accès qu'elle offre, sa manière de désacraliser sa beauté.

Manuel propose un verre à Hicham tout en l'embrassant sur les joues. C'est une façon de se saluer que Manuel a fini par faire sienne après quelques résistances. En France, il évitait tout contact physique, la poignée de main étant l'ultime effort concédé.

Hicham s'assoit, toujours heureux de se trouver sur cette terrasse qui domine Tanger. S'il est le seul et unique invité du couple, c'est qu'il échappe au carcan dans lequel un siècle d'histoire commune et conflictuelle enferme les Marocains comme les Français. Nulle ambiguïté dans leur relation, les dissensions si elles affleurent sont exprimées et annulées du même coup. Hicham appartient à Tanger, la ville internationale. Il ne renie ni ses racines ni son peuple, il ne se réduit pas à eux. Ni Manuel ni Mara ne tombent dans la culpabilité occidentale, pas plus que dans cette forme de supériorité naturelle qu'aucun droit de l'homme ni révolution n'a pu faire refluer de la stature européenne à l'endroit des pays du Maghreb. C'est l'avantage de cette ville, des êtres perdus s'y retrouvent, ayant lesté derrière eux préjugés et rapports préconçus. On y renaît, on s'y refait, et, si l'argent sépare, il n'est pas un objet de honte. Demander un service ne renvoie pas à une humiliation. Manuel comme Mara ont fui toute pression sociale, tout intérêt pour les hiérarchies et les relations induites par un statut, une place. Ils ont construit un monde autour d'eux dans un décor qu'ils ont fini par habiter, aimer, et transformer en monde intérieur. Une forme de naïveté les pousse, après tout ils sont issus eux-mêmes d'un milieu loin d'être privilégié. Leur milieu n'en était pas un, un non-milieu, des non-conversations, où une forme de consommation primaire avait pris la place de l'échange.

Chez lui comme chez elle, on faisait des courses en semaine, et des courses le samedi. Le reste du temps, on rangeait les courses, et on les consommait. La vie était rythmée par les va-et-vient entre le centre commercial devenu lieu de loisir, et la maison devenue succursale. Leurs familles se ressemblaient, de ce point de vue, des personnes non dénuées de sentiment, mais si loin d'en prendre conscience ou de les exprimer. On ne conversait pas, on s'informait. Parfois on se disputait, c'étaient les seuls signes de vie. Il a fallu partir. Sortir de la caverne. Fuir loin et vite. On n'avait pas le temps de faire des plans de carrière ni de vouloir devenir riche, on n'avait que la possibilité de devenir autre dans un monde de vivants d'où les objets seraient bannis. Manuel, très tôt, a développé une conscience politique, c'était sa porte de sortie, Mara n'a pas tant réfléchi, elle a profité de la première chose qui lui a permis de partir, le hasard de ses traits. Mais sa colère, elle, n'a pas de visage. Sa révolte a toujours été mâtinée d'une forme d'indifférence, à elle-même, aux autres.

Ce soir pourtant, elle sort de sa réserve. Quelque chose a changé. Son désir a brisé les cercles magiques qui la protégeaient en l'enfermant. « Hicham, tu as déjà entendu parler de Sidi Mraït ? » Hicham est étonné d'une question si directe. Mara fait un aveu. Il est admis dans le cercle des confidences. « Oui, j'y vais assez souvent en été. C'est à une heure de Tanger à peu près. — Tu y vas pourquoi ? s'étonne Mara. — Pour me baigner. Et pour les sardines grillées. Elles sont formidables. — Et qu'est-ce que tu penses du marabout ? — C'est un lieu saint, je le respecte. — Tu le respectes ou tu y crois ? — Si tu veux aller là-bas, c'est pour une raison précise, la seule démarche prouve que tu y crois et que tu n'as pas besoin de me poser la question. Moi, je n'ai pas besoin d'y croire. J'ai déjà ce qu'il me faut. — Tu penses que je dois y aller ? — Oui. »

Manuel ignore ce dont il s'agit. Il assiste médusé à l'échange brutal dans sa rapidité et sa précision. Aucun n'a fait l'effort de biaiser ou de prendre des précautions oratoires. « Qu'est-ce que c'est, Sidi Mraït ? — Un lieu saint, répond Mara. — Une plage sur l'Atlantique où un marabout est enterré. Les gens font le pèlerinage. On dit qu'il apporte la fécondité. Des récoltes, et des femmes. — Tu nous y emmèneras ? — Demain si vous voulez.

Tôt le matin, on peut déjeuner là-bas. — Tu es d'accord, Manuel ? Tu ne seras pas obligé de te recueillir. Il est temps de renouer un peu avec les esprits et les forces obscures, qu'est-ce que vous en pensez ? — Je pense que tu as raison », dit Hicham. Mais Manuel ne semble pas aussi convaincu, vexé surtout qu'elle ne lui en ait pas parlé avant. « Tu verras, ajoute Hicham, ça va te plaire, le lieu est sublime, l'herbe est parfaite, et la plage déserte. Juste quelques fumeurs de chichon qui écoutent Bob Marley, et des routards égarés. Il y a aussi parfois les gens des villages qui descendent des montagnes avec leurs enfants sur le dos. Si sortir de Tanger n'était pas aussi pénible, j'irais tous les jours en été. — Manuel est un rationaliste. Il ne croit en rien. Même pas au vieux djinn qui habite la maison. — Vous avez un djinn ? — Bien sûr, un djinn bienveillant. Je surprends souvent Khadija en train de lui parler. Elle m'a assuré qu'elle l'avait déjà vu. Je la crois. — Et tu crois aussi que tu es hantée ? » demande Manuel.

Mara le regarde droit dans les yeux, blessée par ce ton agressif. « Il faut croire que nous sommes tous les deux hantés, Manuel. Mais là, il ne s'agit pas d'un djinn bienveillant. — Quand achèterez-vous une voiture ? demande Hicham pour couper court. — Demain. Demain nous achetons une voiture. Tu connais quelqu'un qui en vend ? Une bonne vieille voiture qui a déjà un peu vécu. »

Khadija monte avec les plats. Manuel ressert du vin. La discussion chemine agréablement en évitant les points de tension. Un parcours sinueux contourne les mines et les barrages militaires, une petite guérilla menée de front contre l'ennemi invisible.

À 1 heure du matin, Hicham se lève pour prendre congé. Rendez-vous est donné pour le lendemain matin.

La journée s'annonce chargée. La plage, le garage. Une nouvelle tentative.

Manuel et Mara se retrouvent seuls. Il lui caresse la nuque, mais elle repousse sa main. Manuel explose. « Tu iras seule voir ton marabout, et lui demander qu'il t'engrosse. — Peut-être qu'il sera plus efficace que toi. » Au lieu de la gifler, il lance un verre contre le mur, le fracas le soulage. « Visiblement c'est plutôt toi qui n'es pas efficace. » Mara pince ses lèvres mais refuse d'alimenter la dispute. Il peut la continuer seul. Ses ongles s'enfoncent dans sa chair. Elle doit se faire mal pour s'empêcher de répondre. Se faire mal c'est lui faire mal. Regarde mes mains, tu les as mises en sang. — Tu crois pouvoir devenir une autre parce que tu changes de pays et de vie, mais c'est toujours toi. Tu ne peux pas te changer, tu comprends, Mara. Tu as passé ta vie à fuir les problèmes au lieu de les résoudre. Mais là ça ne marche plus, le problème il est là, à l'intérieur de toi. Or tu voudrais encore que le problème vienne de moi, tu penses que je ne veux pas te faire un enfant, que j'ai le pouvoir de dire à mon sexe : "Surtout ne laisse rien sur ton passage"... Qu'est-ce que tu vas t'imaginer, que je suis plus responsable que toi ? Tu as oublié peut-être d'où on vient, tu as oublié que c'est une histoire à deux, qu'on l'a tous les deux choisie, qu'on était prêts à en assumer toutes les conséquences ! — Je vais me coucher. — Ah non, c'est trop facile. Tu ne veux pas parler ? Tu aurais préféré te passer de moi pour le faire ? Mais tu peux, tu sais, c'est même la chose la plus simple et sans doute la plus raisonnable à faire. Essaye, vas-y, demande à tes amis, ramasse un type dans la rue, paye-le, même. Après tout ça ne sera pas la première fois dans cette famille qu'un enfant ne connaîtra pas son père... — Tais-toi, Manuel, je ne veux pas t'entendre.

— Non, je sais que tu ne veux pas m'entendre, tu ne m'entends plus depuis que tu t'es foutu cette idée dans la tête, elle te rend dingue. Tu vas faire quoi, aller prier, quémander à des sorciers et des esprits qu'ils aient un peu pitié de toi ! Il faut dire qu'il y a de quoi avoir pitié. Tu veux un enfant ? Mais quelle mère tu feras, tu te l'es déjà demandé ? Qu'est-ce que tu vas lui raconter à ton gosse ? »

Cette fois Mara s'est levée et barricadée dans sa chambre, la tête entre les mains, elle pleure de rage. Manuel sort de la maison et marche, les yeux exorbités par la colère. Il s'arrête dans un bar à putes, boit une, puis deux vodkas, danse avec une jeune fille, ravissante et pas chère. Une fois que la fatigue a eu raison de sa colère, il rentre. Mara ne dort pas. Elle peint, avec ses doigts, mélangeant le noir et le sang, elle se barbouille le visage, les seins, le ventre. Ses joues sont striées de larmes salies. Manuel, soudain calmé comme après chaque éruption, vient poser ses mains sur ses épaules, qu'elle rejette violemment. Il lui attrape les poignets, et la tient contre lui, de force, jusqu'à ce que ses tremblements cessent. Il la berce en lui chuchotant des mots d'amour et des mots de pardon. Il est 4 heures du matin quand ils vont se coucher. Il lui administre un demi-Lexomil pour qu'elle s'endorme sans heurt, dans ses bras. Manuel règle le réveil. Ils ont l'habitude des réveils difficiles, et de ne rien laisser paraître sinon des paupières légèrement gonflées.

À 7 heures, ils retrouvent leurs corps imbriqués l'un dans l'autre. Leur peau colle. Ils ont du mal à se détacher. Une fois levés, la vie reprend son cours, ils ne parlent pas de la veille. Prennent leur petit déjeuner, les traits tirés, se douchent et s'habillent, mais elle lui prend la main en descendant les escaliers.

Manuel se dit : « Il n'y aura pas d'enfant ici. Il n'y aura pas d'enfant né des batailles nocturnes, des coups et des pleurs. Il n'y aura pas de témoins de nos guerres, de nos défaites, il n'y aura pas de victoire, et c'est bien mieux ainsi. Pour moi je ne souhaite aucune victoire. Elle, elle a toujours l'impression de les remporter. Elle croit encore avoir gagné sur quelque chose, sur sa vie ou son destin, elle ne fait que s'y enfoncer un peu plus. Elle lutte, contre elle, contre moi. Elle lutte. Il n'y a que ça qu'elle sache faire. Il n'y aura pas d'enfant. »

Mara se dit : « Ce n'est pas grave, Manuel ne frappe plus, il s'en prend aux objets, il change, bientôt il sera prêt, nous serons tous les deux prêts, bientôt l'enfant, bientôt la fin des armes. »

En bas, Hicham les attend, adossé à sa vieille Mercedes, incapable de dissimuler un sourire amusé, peut-être satisfait. Mara, en le mettant dans la confidence de leur « problème de couple » sans en référer à Manuel, qui lui-même lui en avait livré des bribes, l'a fait entrer dans un jeu dont il ne connaît pas encore la finalité ni les règles, mais qu'il accepte de jouer, relevant malgré lui un défi silencieux que personne n'a lancé, mais qui plane de façon dangereuse. Un jeu très peu ludique, et pourtant un jeu.

Mara monte à l'avant. Elle ne veut rien rater de la route qui mène à Sidi Mraït. Peut-être au retour de la promenade la vie ne sera-t-elle plus la même. Mara interroge ce qu'elle voit, et ce qu'elle voit a depuis quelque temps l'allure de signe, le nombre d'ânes croisés compte, pigeon noir ou pigeon blanc, chaque visage annonce un événement. Une puissance obscure habite les êtres et les objets, elle estompe les frontières, entre les morts et les vivants, ceux qui un jour pourraient naître, ceux que l'on ne connaît pas mais que l'on a fortement désirés, imaginés, inventés, entre les parents les enfants les frères les sœurs les Arabes et les Occidentaux, les hommes et les femmes.

Manuel, à l'arrière, observe les mêmes choses, qui construisent un paysage dont il éprouve l'épaisseur, la pérennité. Des siècles sont passés par là sans rien changer. Et rien ne changera. Il n'a pas confiance dans la volonté des hommes, ni même dans leur désir. Manuel attend patiemment, il observe, mais il n'interprète pas. Il se tient prêt. C'est sa seule sagesse.

Hicham quant à lui conduit gaiement, entretenant la conversation. La sortie de la ville est difficile, des embouteillages, des policiers exaltés par leur rôle, livrés à la colère que donne une once de pouvoir – sifflet au bec et hurlements inarticulés, gestes dynamiques et mécanisés. Mais une fois sur la route d'Asilah et de Larache, les montagnes d'un côté, la mer de l'autre, il se tait. Ils ont pris l'autoroute, vide parce que chère. Ils écoutent radio 2 M, puis une cassette de Madonna, de sa période *Like a Virgin*, puis plus rien parce que Mara arrête l'autoradio et ouvre grand sa fenêtre.

Ils sortent à Asilah, longent le rond-point jusqu'à la route défoncée qui dessert les plages. De grands eucalyptus forment une haie, puis la route devient plus sinueuse, escarpée, les trous dans le bitume se font plus réguliers, les ânes remplacent les Fiat. Ils traversent quelques villages de bord de route. Un immeuble de six étages isolé s'érige en plein dans un virage dangereux, derrière lui s'étend la vallée où coulent des ruisseaux et où paissent des moutons, l'immeuble siège délibérément sur la route, comme si ses habitants l'avaient pris pour un balcon géant, dont le seul attrait est de voir ceux qui passent.

Des silhouettes apparaissent pour mourir aussitôt, sans doute sorties d'un trou ou d'une caverne, des enfants gardent les troupeaux, un bâton à la main, dans de larges tee-shirts bariolés, vagues souvenirs de la mondialisation à laquelle ils ont préféré la solidarité aux chèvres ; des sourires, des mains qui se lèvent dans un temps arrêté que la voiture en passant interrompt, puis laisse derrière elle – deux temps télescopés qui ne se sont finalement jamais rencontrés.

Derrière un lacet de route trône un rocher solitaire. Il ressemble à une stèle qui aurait été abandonnée par un petit poucet local afin d'indiquer le chemin. En face, une route de sable monte dans la colline. Hicham s'y engage.

Sa voiture connaît l'état des chemins marocains et s'y adapte avec souplesse. Les passagers sont néanmoins secoués. On a ouvert toutes les fenêtres pour respirer l'effluve léger et ambré – ce parfum iodé ne peut pas tromper, la mer les appelle. Mara, Manuel, et même Hicham se sentent soudain gais.

C'est en arrivant sur ce chemin cabossé que la joie a été libérée. Il fallait bien qu'elle attende quelque part, tapie dans un espace oublié, descellé à la faveur d'un embrun. Cet effet-là, sur le corps, si simple, si immédiat est un étonnement vite dépassé pour une autre évidence : mais qui avons-nous été avant de venir là ? Ils avaient quitté la France pour Tanger, ils s'étaient rapprochés de la mer et avaient choisi une maison avec vue sur l'horizon. Cela ne les avait pas empêchés de rester encombrés d'eux-mêmes, malgré la croyance obstinée qu'ils s'étaient recommencés. Mais là, sous ce ciel d'été qui permet la transparence des sons et annonce le roulement des vagues, Mara et Manuel mesurent soudain le poids qu'ils ont porté, au moment même où il s'évapore, en un instant, parce que au détour d'un virage c'est l'Océan qui s'impose, là, en bas de la falaise.

Ici, enfin, terre et mer semblent faire bon ménage. On

ne pourrait pas les dissocier l'une de l'autre. C'est peut-être la montagne qui donne au paysage cet aspect de majesté. Alors ils sont heureux, tout au long du chemin, d'un bonheur rare, pur, fondé sur cet accord miraculeux entre le paysage et eux-mêmes. Leur place est là, la place qu'aucun pays, aucune famille ne leur a jamais offerte, celle que la société leur refuse, ici et ailleurs.

Parfois Mara observe Manuel dans le rétroviseur. Le partager avec lui confère au moment une finalité dont le bonheur est trop souvent dépourvu. À cet instant ils sont réconciliés.

Ils se garent sur le parking déjà occupé par quatre ou cinq voitures. Un vieil homme, une canne à la main et une casquette sur la tête, veille sur elles. Il faut encore marcher sur un petit chemin pour arriver au marabout, puis à la plage. Sur la gauche, une décharge, sur la droite, une fontaine où se lavent les locataires des chambres mitoyennes au marabout.

Mais Hicham les entraîne vers El Baraka, la paillote au centre de la plage, accrochée à la montagne. Ils s'installent sous l'un des parasols en bambou où l'on peut louer des chaises longues.

Mara, elle, ne s'assied pas. Elle part se promener seule le long de la plage, jusqu'au pied du marabout qui la surplombe. Tout à l'heure, elle va essayer de prier, là-haut. Le marabout doit lui donner une réponse.

Une prière. Quand elle était enfant, elle s'asseyait à côté de la fenêtre et attendait. Cette attente était sa prière. Dans les feuilles mues par le vent se dessinaient des ombres, des silhouettes. Elle voyait se matérialiser un corps maternel, sortant de la barrière aléatoire des fleurs et des branches. Elle pouvait le voir marcher jusqu'au perron, sonner à la porte, entendre le bruit de la sonnette, mais rien ni personne ne montait jusqu'à sa chambre, ça s'arrêtait là, au seuil, la main tendue puis disparue. Elle se concentrait pour faire revenir la forme, mais, quand la forme fuyait, il lui fallait attendre le lendemain et se préparer à nouveau, entrer dans une concentration qui lui faisait quitter son corps, son esprit, et n'être que ce vide entre des feuilles d'arbres qui s'incarnait peu à peu.

Son corps priait mais pas elle, à peine aurait-elle admis cet appel, un appel sans phrase est-il encore un appel ? Et il n'y avait pas, de toute façon de mot juste pour dire ce qu'elle souhaitait vraiment.

Ni litanie, ni imploration, sa prière était silencieuse. La vie intérieure de Mara s'est toujours passée de mots.

Cette fois, pourtant, elle sait que c'est par les mots qu'elle accédera à la prière, puisque le corps s'est tu.

Elle va essayer de prier dans ce lieu saint, elle ne sait pas comment faire, il n'y a plus de force en elle, mais ce lieu en a, elle le sent. Il faut essayer. Elle voudrait que Manuel y croie, lui aussi. Elle est tentée de faire le chemin seule, de l'abandonner sur la route qu'ils ont longée ensemble, s'il le faut, pour faire un enfant...

... Mais non. Ce chemin n'existe pas en dehors de leurs pas conjugués. Il a pris naissance une fin d'après-midi dans le sous-sol d'un bar, et la toile qui s'est tissée mélange les fils indissolublement, on ne les démêle pas sans les couper.

1980

On lui avait donné rendez-vous dans un bar où l'on cherchait une serveuse. Un coup de téléphone d'un ami qui travaillait, avant, avec elle. « Je t'ai trouvé du travail. Quelqu'un a entendu parler de toi et voudrait te rencontrer. » Elle ne cherche pas à savoir qui, Mara rencontre tellement de gens, avec qui elle parle un soir et qu'elle oublie le lendemain, ses petits boulots, les lascars avec qui elle traîne, les anciens du lycée, les fantômes des fêtes dans lesquelles elle se retrouve par hasard. Elle arrive à 18 heures dans un bar un peu glauque parce qu'il fait encore jour, et que sa lumière triste gagne encore sur la pénombre des lampes rouges posées sur des petites tables rondes. Un jeune homme, son âge peut-être, l'attend, accoudé au comptoir. Il boit un Coca et s'entretient avec le barman. « C'est avec vous que j'ai rendez-vous pour le job ? » Le barman lui indique d'un signe de tête le garçon de dos. Il se retourne à peine. « C'est bien moi. » Elle attend quelques secondes, indécise. Le barman la dévisage. L'autre ne la regarde pas. Elle se sent mal à l'aise. « Bon, et qu'est-ce qu'il y a à faire ? — Vous avez déjà une expérience de serveuse, je crois. — Oui, qui vous l'a dit ? Pardon, mais je n'ai pas compris qui vous a parlé de moi. — Peu importe, répond le jeune homme, le visage penché sur son Coca. Vous voulez visiter ? » Pourquoi pas, mais le local n'a pas l'air immense, elle en a fait le tour d'un simple coup d'œil. L'autre se lève et la précède vers un escalier au fond de la salle, caché par un paravent. Mara est surprise par sa jeunesse mais n'a pas peur, elle a vécu des situations plus étranges, après tout elle aussi ment sur son âge. Elle le suit dans les escaliers qui descendent vers une voûte, qu'on ne peut imaginer de l'extérieur. Une grande salle est aménagée pour danser, un autre bar au fond. Ça sent l'humidité et le tabac froid. L'endroit lui plaît malgré tout. Elle s'avance au milieu de la pièce, observe le lieu. Quelques statuettes en bois à l'effigie de Bouddha trônant sur des plinthes en pierre. Des carreaux teintés tamisent les lumières, des bouteilles sont alignées sur une étagère derrière le bar. Mara se glisse derrière le comptoir en bois, ouvre les tiroirs, s'imaginant le soir, ici, entourée d'une foule de jeunes gens qui dansent et s'embrassent. Il faudrait demander combien elle toucherait, puis calculer si les pourboires additionnés au salaire lui permettraient de louer un studio dans le centre-ville.

« Comment vas-tu ? » Mara ne comprend pas la question. Pourtant elle relève brutalement la tête tandis que son pouls s'accélère. Il fait sombre dans la cave. Elle cherche à dévisager son interlocuteur dont elle a à peine perçu les traits en entrant dans le bar. D'emblée sa présence l'avait mise mal à l'aise, mais il lui est impossible de savoir pourquoi. Elle est presque certaine de ne l'avoir jamais rencontré avant. « On se connaît ? demande-t-elle, presque agressive. — Oui et non. »

Elle attend. Ses mains se sont refroidies d'un coup. Le jeune homme ne lui fait pas peur, mais dans sa voix, dans son regard, il y a quelque chose qui lui est familier, un sentiment d'étrangeté, une vague frayeur qui remonte mais qui ne doit rien à des détails concrets. « Ce qui est drôle c'est que tu t'appelles Mara maintenant, et moi Manuel, ça se ressemble. — Je ne connais pas de Manuel. — Sauf que Mara, c'est un prénom rare. »

Mara est gagnée par un pressentiment qui ne prend pas encore forme. « C'est moi qui me suis appelée Mara, en réalité je m'appelle Kathy. Je déteste ce prénom. — Et pourquoi Mara ? — Je ne sais pas. J'avais lu un jour un livre où il y avait la sœur d'une héroïne qui s'appelait comme ça. — Mais tu ne t'appelles pas Kathy. — ... — Tu ne connais pas ton autre prénom ? — Si. — Et pourquoi tu ne l'as pas gardé ? — Parce que je n'ai rien à voir avec lui. — Moi j'ai choisi de m'appeler Manuel. En plus d'Antoine. Et tu sais pourquoi ? — ... — Parce que c'est la seule chose dont je me souvienne. Ton vrai prénom, Emmanuelle. »

Mara s'adosse au mur. Ses jambes se dérobent sous elle. Elle a perdu sa voix, et les mots, aucune langue ne peut remonter jusque-là. Jusque-là où les phrases n'existaient pas encore. Où les images se sont effacées, recouvertes par d'autres, refusées, raturées, expulsées du sommeil. Antoine, pourtant, ce prénom, prononcé par ces lèvres-là, avec une voix qu'elle ne connaît pas mais dont l'inflexion parle d'une familiarité outrageante, ce prénom, oui, c'est un écho à des sons qui ressurgissent avec brutalité. Toine, Toine, son premier et seul mot, pas même un mot, une syllabe, avant, avant ce qui a été sa vie d'emprunt, avant Kathy, avant Mara, avant la longue attente, la lente révolte, la vague détresse. Toine. Mais que peut-elle dire d'autre ? Il n'y a rien que ce Toine, qu'elle a prononcé dans une autre existence, un autre lieu, mais qui ne se rattache qu'à une absence, une silhouette, des taches de couleurs. Pourtant elle sait obscurément qui est Manuel et, s'il est là, c'est que son histoire peut commencer. Les lacunes seront toujours plus nombreuses que les liens, se dirait-elle plus tard, mais sa présence à lui, dans ce sous-sol voûté au cœur duquel elle s'était sentie bien, immédiatement, revêt une forme d'évidence qui s'abat sur elle sans qu'elle y prenne garde, ce quelque chose qui en apparaissant lui fait prendre conscience qu'elle l'avait toujours attendu. Ce point vers lequel ses actes, ses erreurs, ses errances se portaient, un point qu'elle n'aurait su situer dans le temps ni l'espace, dont elle ne connaissait pas les coordonnées, auparavant, et dans lequel pourtant elle reconnaît le centre, aussitôt, sans aucun doute possible. « Comment tu m'as trouvée ? Elle ajoute aussitôt : Je ne me souviens de rien. — Moi si, un peu, assez pour te chercher en tout cas. — Mais pourquoi je ne me souviens de rien ? — Parce que tu avais un an et demi. Peut-être que tes parents ne t'ont jamais parlé. Moi, ils m'ont raconté certaines choses. Et puis j'ai trouvé une photo. — Et le job ? » Mara pose cette question comme si elle était essentielle, plus encore que le reste. « Le job, c'est un prétexte. J'avais peur que tu ne viennes pas si je t'avais dit la vraie raison. — Je serais venue. Bien sûr que je serais venue. Je n'ai rien à perdre, tu ne peux pas être pire que le reste. Et tu sais des choses. — Pas beaucoup. — Ça suffira. »

Mara et Manuel se regardent. Ils ne savent pas ce qu'il faut faire. Ils ne se connaissent pas. Et pourtant une force les accompagne, quelque chose de plus que leurs présences assemblées les arrache à la solitude, tandis qu'ils sont réunis dans cette cave à l'odeur de renfermé. C'est rare que Mara soit décontenancée. C'est rare aussi de retrouver son frère dont on avait fini par oblitérer l'existence.

Après il est difficile de se séparer. Maintenant qu'ils ont trouvé un fil, ils ne le lâcheront plus. Si l'on se dit au revoir, quand se reverra-t-on, est-ce qu'une voiture en sortant ne l'écrasera pas, est-ce qu'elle ne sera pas empêchée par les autres, par elle-même, de le rejoindre dans ce café, le lendemain ou le surlendemain, est-ce que la moindre contingence ne pourrait pas détruire ce qui n'est encore qu'une possibilité, mais la première, d'exister sans différer la vraie vie, celle dont on croit qu'elle viendra un jour jusqu'au moment où il faut bien se résoudre au fait qu'elle vient de passer. Ils tremblent l'un et l'autre, leur corps leur échappe, leur corps est leur lien, ils sont nés du même ventre. Ce sont des convulsions, presque, une transe qui les amène d'une rive à l'autre, une fièvre qui fait le travail à leur place, eux qui sont si loin, encore en retard, hébétés.

Alors ils partent ensemble et en silence. Suivent des rues au hasard. Manuel se tourne vers elle, pour la voir dans la lumière du jour. Mara le regarde à son tour. Peut-être cherchent-ils quelque chose dans le visage de l'autre, quoi ils l'ignorent, des traits communs, les traits de quelqu'un d'autre. Ils sont encore dans l'étonnement, ne peuvent se dire grand-chose, ils ne savent pas. Sinon la vie dans leurs familles adoptives, mais c'est quelque chose qui leur a toujours été extérieur. Déjà ont-ils ça en commun. Ces années d'errance chez des gens qu'ils n'ont pas appris à reconnaître comme parents, qui n'ont jamais fait mystère de leur statut, qui les ont aimés à leur manière, mais qui n'ont pu surmonter la distance dans laquelle chacun s'était installé. Mara, comme Manuel, a refusé de s'intégrer, leur fuite a été ressentie comme une offense, ils sont restés des enfants sauvages et orphelins. Mais aujourd'hui ils ne le sont plus. Et cette nouveauté, tout en les laissant dans un état de stupeur, n'a pas encore pénétré leur esprit. Alors ils marchent, pour lentement se laisser absorber par cette nouvelle. Leur naissance a fait irruption dans leur vie, ils ont seize ans.

Au bout d'un moment, Manuel prend la main de Mara. Ils ne se sont pas encore touchés. C'est une décharge électrique. Qui les mène dans une autre rue, puis dans une autre encore, jusqu'à la porte d'un hôtel, il loue une chambre, somnambules, ils préfèrent monter les étages plutôt qu'attendre l'ascenseur, ni l'un ni l'autre ne pense, une fois encore leur corps se charge de les guider. Tout est encore possible, il pourrait ouvrir la porte et s'asseoir en face d'elle, commencer à parler ou poser des questions, mais elle ôte son manteau, puis son pull, puis sa chemise, elle ne peut plus s'arrêter, il la suit, et dans une urgence qui n'a pas vocation à s'éteindre, ils s'enlacent, s'embrassent, il la pénètre avec brutalité et c'est alors seulement qu'ils reconstituent leur origine.

Après il n'y a ni gêne ni tristesse.

Après, ils restent enlacés, et recommencent.

1995

Mara trempe ses pieds dans l'eau, qui se retire. Tout là-bas il y a ce même garçon qui lui a posé cette question étrange, comment vas-tu ?, un matin dans un bar, alors que justement elle n'allait nulle part. Elle connaît toutes ses aspérités, chaque espace de sa peau. Elle a appris son enfance, son adolescence, ses tourments, ses pensées les plus secrètes, les crises, les accalmies, leur rythme et leur durée.

Ce qu'elle ne sait pas, c'est d'où il vient.

Ce qu'elle ne sait pas, c'est d'où elle vient.

C'est ce qui leur a offert une liberté à nulle autre pareille, mais aujourd'hui Mara se cogne contre ce silence.

Elle revient vers la paillote. Hicham est allongé sur une chaise longue. Elle ne voit pas Manuel. Il doit être dans l'eau. Pas trop loin de la rive. Il a peur. Il ne sait pas bien nager. Un instant la frayeur la submerge, puis repart. Manuel sort de l'océan. Il est seul. Il ne se sait pas observé. Elle le voit comme s'il était un étranger. Elle le trouve beau, cette beauté qu'elle partage. En le regardant, elle éprouve à nouveau son propre corps, échappé si souvent, lointain bien qu'amical, son corps fantôme auquel elle a été si attachée parce qu'il la différenciait de sa famille d'adoption, des gens petits et blonds, un peu gras.

Cette beauté c'était la marque de quelqu'un d'autre, un don qui ne lui appartient pas, mais dont elle est redevable, elle ne sait pas à qui. Un héritage familial qu'elle a reçu et dont elle s'est servie, sans considérer qu'il lui appartenait en propre. Mais qu'elle chérissait parce qu'il la reliait à un être en chair et en os, à un teint mat, à des cheveux bruns, à des yeux noirs, à des muscles longs et fins. Elle a aimé son propre corps comme on aime le corps d'un autre. Mais aucune femme ne s'y est jamais reconnu.

Mara a longtemps pensé que si elle posait pour des magazines, quelqu'un, un jour, chercherait le numéro du standard du journal, demanderait comment la joindre, parviendrait jusqu'à son attaché de presse qui lui ferait part d'un appel étrange, et lui laisserait un numéro, qu'elle mettrait du temps à composer ; elle finirait par le faire, au bout du fil une voix féminine, un peu rauque, lui répondrait : « J'ai eu tellement de mal à te trouver, mais te voilà, je ne te quitterai plus, tu comprendras, je peux tout expliquer. »

Cet appel n'est pas venu.

Elle-même n'a pas cherché à savoir.

Ils n'en ont jamais parlé, Manuel et elle.

C'est la première fois que cette évidence lui apparaît, tandis qu'elle le regarde s'allonger à côté de Hicham. Une digue s'est fissurée, elle ne fait rien pour la colmater, n'en laissera rien paraître tant qu'elle ne saura pas comment orienter le courant. Cette fois Manuel la voit, imperceptiblement son visage change d'expression, plus tendu, mais toujours cette lumière dans les yeux, un feu follet.

Elle s'allonge à ses côtés, et pose la main sur son ventre. Elle presse la peau lisse de Manuel de sa paume, se rassure, aucun paragraphe, aucun dialogue ne s'immisce entre sa main et le ventre de l'homme, pas même une virgule, un souffle, ils sont collés et ils communiquent. Mais quand elle ôte sa main, elle sait que des mots devront habiter l'espace qui désormais les sépare.

Quels sont les premiers mots qu'ils ont entendus et dans quelle langue ? Si elle l'apprenait peut-être pourraient-ils se parler à nouveau. C'est une conviction hésitante, mais qui fait son chemin.

Manuel se lève, la main posée sur son torse pend maintenant dans le vide. Il n'en a fait aucun cas et se dirige sans se retourner vers la mer. Il transporte une colère palpable, dont l'objet est si fuyant qu'il lui sera difficile de la mater. Elle va et vient, sans qu'aucun d'eux soit capable de l'amadouer.

Mara connaît ces fluctuations. Elle a une patience construite à cet effet. C'est la seule réponse qu'elle ait trouvée. Dans ces moments-là, toute parole peut déclencher la tempête, et le silence n'est pas plus efficace, puisqu'il reste ouvert à toutes les interprétations – celles de Manuel étant plutôt fantasques, Mara préfère ne pas chercher à les connaître.

Ces irruptions de rage sont de plus en plus fréquentes. Parfois Mara se dit qu'elles pourraient l'aider à se détacher. En réalité, elles la lient pour de mauvaises raisons, la renvoyant à une solitude qui lui est insupportable.

Mara est irritée de se voir entraînée dans une situation qu'elle ne contrôle plus. Elle était venue ici pour une raison précise, l'humeur de Manuel est susceptible de la détourner de son but.

Ce but a été choisi sans l'aide de Manuel, peut-être

contre lui, aussi ne peut-elle légitimement s'étonner de son comportement. Néanmoins elle avait espéré qu'il l'aiderait à rester seule, qu'il atténuerait sa présence pour qu'elle ne se soucie pas d'autre chose. Elle lui en veut de faire obstacle à sa tranquillité d'esprit. Elle commence à ressentir qu'il lui faut son aval pour continuer, qu'elle n'a pas la force, toute seule, ou plutôt que sa force à lui, passive, sera à même de contrecarrer sa volonté.

Tandis qu'elle songe en rond à des questions qui n'ont pas de réponse, elle ne s'aperçoit pas de la présence de Hicham à ses côtés et de la gêne que le silence a installée.

Elle n'a jamais prêté attention à ce garçon, comme elle prête peu d'intérêt en général à ce qui l'entoure. Hicham, c'est l'ami de Manuel. Mara ne le connaît que par Manuel qui lui raconte des choses que lui raconte Hicham, en les déformant légèrement, mais en conservant son accent.

Ce désintérêt n'est pas un manque de curiosité de sa part. C'est une décision prise de longue date. Plus encore, une conquête qui n'a pas été sans difficulté, puisqu'elle a fermé une à une les portes d'un désir autre que celui qu'elle avait pour Manuel, d'une amitié autre que celle qu'elle accordait à Manuel, et de toute autre sorte de curiosité intellectuelle. Son amour fou l'y avait aidée, mais après un certain temps il avait fallu qu'elle l'accompagne d'efforts, à peine conscients et qui ne rejoignaient aucun plan conçu, plutôt une force aveugle qui décidait pour elle.

À présent un homme est allongé à quelques centimètres d'elle, qui cherche quelque chose à dire pour nouer un contact ou simplement pour sortir d'un malaise. Elle a le temps de se demander pourquoi l'embarras s'est emparé de lui, alors qu'un instant auparavant il n'y avait rien de tel et que le naturel, certes distant, avait jusque-là protégé leurs rencontres.

Très vite pourtant elle est gagnée elle aussi par cette inquiétude, que rien d'objectif ne peut expliquer. Un vide s'est installé entre eux à la seconde même où Manuel s'est levé.

Ils ne se sont jamais retrouvés seuls. Manuel a toujours été entre eux, permettant la fluidité de la conversation. En réalité ils ne se connaissent pas, n'ont jamais abordé un thème qui puisse les découvrir au-delà des mots cordiaux, des mots communs et socialement acceptables.

La voilà qui cherche ce qu'elle pourrait dire, qui ne soit ni idiot – ne la prend-il pas déjà pour une femme creuse qui n'a jamais rien à dire –, ni ambigu, c'est bien la dernière chose qu'elle voudrait lui céder, quoiqu'elle ignore ce qui pourrait lui paraître ambigu.

Mara sent la maîtrise échapper à Hicham, et au lieu de le laisser s'empêtrer dans ce sentiment absurde qui après tout n'a rien de grave, elle s'engage dans l'idée de l'aider, de les aider, à surmonter ce silence dont elle ne comprend pas pourquoi il est désagréable.

Plus elle cherche, moins elle trouve. Pourquoi ne serait-ce pas à lui de faire le travail ? Pourquoi ont-ils tous les deux le même but et ne se rejoignent-ils pas pour autant ?

« Tu ne commences pas à avoir faim ? » demande-t-elle. Mara n'a pourtant pas faim. « Si, un peu, je vais aller commander pour 13 heures. Que veux-tu faire ? Aller après au marabout ou maintenant ? » Mara n'aime pas ce ton d'intimité. Elle n'a pas à planifier avec Hicham ce qui relève d'une décision qui ne regarde qu'elle. On ne va pas au marabout comme on va faire des courses, cette désacralisation d'un projet dont elle continue de douter la met hors d'elle. Pourtant elle se contient. La tentative maladroite de Hicham n'était pas malintentionnée. « Qu'est-ce que ça change ? — Rien. Juste pour savoir à quelle heure ils lancent les sardines. — Dis-lui de les lancer tout de suite. »

Hicham se lève prestement et va discuter avec deux jeunes garçons qui attisent le feu du barbecue. Mara se retrouve seule, soulagée mais mécontente. Manuel barbote au bord de l'eau, comme un enfant. Elle pourrait lire, écouter de la musique sur le walkman de Manuel, mais elle ne souhaite pas quitter sa mauvaise humeur. Et concentre sa pensée pour le faire revenir à petits pas et croiser Hicham, qu'ainsi ils engagent tous deux une conversation dont elle pourrait s'extraire. En vain, aucun des deux hommes ne répond à ses ordres silencieux.

Pire. Hicham revient et se rassoit à côté d'elle. Mara se sent impuissante et fulmine. Pourquoi ne va-t-il pas rejoindre Manuel ? Il reste là, comme s'il se satisfaisait de cette situation.

En réalité, Hicham ne sait pas pourquoi il ne va pas se baigner. Il connaît Mara depuis maintenant quelques années, et jamais il n'a subi sa présence comme aujourd'hui. La beauté de son corps l'a toujours tenu à distance, comme une belle sculpture qu'on regarde mais qu'on ne touche pas. Pour la première fois il la sent à ses côtés, il sent le parfum de hâle et de légère transpiration qui émane d'elle. Elle est allongée, tendue sur son transat, ses mouvements quoique peu nombreux sont brusques, elle se gratte le bras jusqu'au sang et il remarque des cicatrices. Elle a l'habitude de les dissimuler sous des manches longues ou des écharpes. Elles réapparaissent, rougies, boursouflées, comme la piqûre de moustique que l'on gratte et qui de simple petit point rouge devient verrue blanche et gonflée. Choqué,

Hicham essaye de ne pas regarder. Choqué parce que ces cicatrices sont une marque de vie sur ce corps qui ne laisse rien paraître qu'une allure maîtrisée, presque robotisée. Ces cicatrices abîment une beauté tout extérieure, qu'aucune flamme ne semblait habiter. Elles sont les stigmates d'une flamme. Hicham perçoit soudain que ce corps est une construction, cette absence de sensualité une fabrication, qu'une grande force se dégage, une force de neutralisation. Il n'aurait jamais soupçonné qu'il puisse y avoir la moindre rétention, la moindre destruction chez cette femme, et que tout ce qu'il avait vu auparavant n'était qu'un résultat. Tout à son trouble, il ne s'aperçoit pas que Mara lui parle.

« Ça c'était avant de rencontrer Manuel. » Hicham ne comprend pas sur le coup qu'elle fait allusion à ce qu'il regarde avec tant d'insistance, pensant que c'était passé inaperçu. Il ne comprend pas parce que Mara ne lui a jamais parlé d'elle. Cependant, s'abritant derrière Manuel, elle signifie qu'au-delà de lui, Hicham ne pourra rien apprendre d'elle. « Ne sois pas gêné, c'est une ancienne cicatrice qui ressort au soleil. Ça me démange. C'est tout. » Tout en disant cela, Mara a précisément l'intention de le mettre mal à l'aise. Elle sait qu'il n'osera pas aller plus loin, et préfère évacuer tout mystère, réduire le suspens qui s'est installé entre eux. Mara n'a pas d'amour-propre. Ou si elle en a un, il prend des détours particuliers pour s'exprimer. Il lui importe peu qu'on ne l'aime pas. Elle préfère rebuter Hicham que le séduire. Mais alors pourquoi cet instant d'embarras tout à l'heure ?

Là, sous le regard d'un homme étranger, elle a senti son corps différemment. Un léger frisson a parcouru sa peau, il était peut-être dû à la brise, à la faim, à l'attente de cette rencontre avec le marabout, à ses espoirs, à la colère de Manuel, au déplacement de repères qui ont fait leur temps.

En un instant elle a retrouvé le rapport normal qu'elle aime avoir avec lui : neutre, presque inexistant. Fière de sa maîtrise, inquiète de cette irruption du « pas comme avant », du neuf sous forme embryonnaire, du dangereux.

Manuel est maintenant revenu, il est en contre-jour, sa silhouette se découpe sur le bleu, un bleu presque noir d'être brossé par le soleil.

Quand ils s'assoient à la table en bambou sous la paillote, on a déjà servi les salades et les Coca-Cola, ils aperçoivent un couple qu'ils fréquentaient à leur arrivée. Des milliardaires épris d'art et du Maroc, ou encore des Marocains, ces gens qu'on peut aider facilement en leur donnant un peu d'argent et qui vous rendent tant de services parce qu'ils ont « le cœur sur la main ».

Mara n'a pas beaucoup de conscience morale, mais elle perçoit ce que certaines situations peuvent avoir d'humiliant. Plus précisément, elle sent la gêne de Hicham quand l'homme se lève pour les saluer, parlant fort de la qualité des sardines mais du manque de propreté de l'établissement. Hicham connaît la famille qui le tient, les fils font la cuisine et le service, les parents sont établis au-dessus, et supervisent, quand il le faut. L'homme s'éloigne, rebuté par le silence des trois convives qui n'ont pas vraiment relancé la conversation. Mara le voit discuter avec sa femme, et les regarder avec mépris. Les sardines arrivent. Personne ne parle. C'est Hicham le premier qui rompt le silence. « Eh bien, bon appétit, j'espère que vous n'êtes pas trop dégoûtés. » Mara est vexée de se voir rejeter du côté du vieux couple désagréable, mais elle comprend. Manuel en revanche n'entend pas accepter cet amalgame. « Tu sais très bien par qui on est dégoûtés, et on va pas commencer à s'excuser d'être blancs, occidentaux et riches. — C'est pourtant déjà en soi un crime », sourit Hicham.

Mara, que cette discussion laisse indifférente, s'abandonne à une rêverie. Blancs, occidentaux et riches, aucun de ces qualificatifs en réalité ne leur convient, ou ne peut les définir. Riches, ils le sont devenus, puis l'ont moins été, mais aujourd'hui c'est vrai qu'ils n'ont pas de problèmes d'argent. Blancs, elle a des doutes : l'un comme l'autre sont mats de peau, et il ne serait pas impossible qu'un sang plus foncé soit entré dans la lignée une ou deux générations plus tôt. Seulement ces mots, génération et lignée, sont des notions abstraites. Quant à occidentaux, cela semble en effet une évidence, mais encore une fois elle ne pourrait le jurer. Elle trouve cette discussion bien ironique. Il ne lui déplaît pas qu'on la définisse, même négativement, c'est un habit qu'elle porte quelques minutes, comme enfant elle aurait pu aimer se déguiser, ce qui n'était pas le cas, mais qui devint finalement son métier.

La conversation a repris entre Hicham et Manuel, Mara comme souvent se tait. De l'extérieur on pourrait penser qu'elle n'a rien à dire, ou au contraire qu'elle pèse chacun de ses mots, lesquels ont une portée particulière. Les deux interprétations sont possibles. Et cette dernière aussi : elle n'est jamais complètement avec les autres, entend les paroles, mais ne les écoute pas. Manuel lui parle. Elle les voit à nouveau là, assis devant elle, s'essuyant les doigts sur des feuilles de papier maladroitement découpées en quatre en guise de serviette et qui absorbent les taches de gras sans pour autant les effacer. Elle les voit là, les observe comme si elle les découvrait, heureuse de retrouver ces figures amies surgissant subitement du monde hostile qu'elle habite le plus souvent. Manuel la sort chaque fois de ce rêve mauvais. Un rêve qui a les couleurs de l'enfance, une enfance nue, qui se passe de souvenirs.

Mara ne se souvient pas. Elle ne veut pas se rappeler, parfois des images ou des sons la ramènent là-bas. Mais elle serait incapable de raconter, de décrire. Aucune anecdote, pas même un dialogue ne pourrait lui revenir en mémoire, les contours sont flous, les visages s'effacent. Elle les a pourtant côtoyés longtemps. Ce qui reste, c'est un goût. Le goût du pain d'épice du Géant Casino, écœurant, et celui d'une moutarde bon marché, aussi sucrée que chimique. Un goût de dégoût. Voilà ce qui reste. Et malgré le flou des contours, c'est ce monde-là qui revient l'habiter lorsqu'elle n'a plus la force d'une présence. Des ombres, des ambiances, des peines diffuses qui ont bien du mal à se fixer. Se fixeraient-elles qu'elle pourrait les détruire, mais elles la hantent, comme les fantômes de défunts encombrant une maison. Mara est cette vieille demeure visitée, dont les portes pourtant en ruine sont cadenassées. Les cadenas sont aussi gros que les trous dans le bois, ils prennent toute la place, bientôt il n'y aura que poussière mais les cadenas seront restés. Un hôte est venu l'y cueillir, un jour, et l'en a fait sortir.

Manuel à cet instant la regarde avec tendresse. Puis se reprend.

Il est temps de se rendre au marabout. Ce regard de Manuel lui a redonné confiance. Quant à Hicham il ne la dérange plus. Toute à son projet elle se rend agréable, commande de la pastèque, fume une cigarette, boit un thé à la menthe, ne refuse rien de ce qu'on lui propose. Quand tout est fini, qu'il ne reste rien sur la table, elle se lève et prend congé. « C'est l'heure de la prière des désespérés », annonce-t-elle en souriant.

Sur le chemin de galets et de crottin d'âne, Mara songe à cette croyance soudaine. On peut bien lui dire que cette idée de marabout est une idiotie, ne tient à rien qu'à un espoir. Mais l'espoir est tenu par sa fin, la croyance est plus profonde, elle n'est pas espérance, elle est. Ce qui meut. Sa croyance ne se matérialise pas, ne s'inscrit pas même dans le temps. Sa croyance n'est pas celle d'avoir un enfant, elle est de pouvoir enfanter. Si elle n'avait jamais d'enfant, si un jour elle devait s'agenouiller, à quatre-vingt-dix ans, pour tomber la tête la première sur le carrelage froid au goût de fer, elle ne perdrait pas pour autant sa croyance. Parce que sa croyance est devenue sa vie, son être, son identité. Mara est cette femme d'enfantement, elle est celle qui survivra au néant de son origine, celle qui inversera le cours des choses, sans quoi elle n'a plus de raison d'être. Sa croyance, c'est que sa vie prenne un sens, une direction. Mais elle doit maintenant faire une prière. Pour cela, il faut oublier sa croyance et accepter la possibilité du non-sens, de la stérilité. Afin qu'il puisse advenir quelque chose qui ne vienne pas d'elle, mais du monde. Pour que quelque chose lui soit donné, elle doit être prête à recevoir.

Et sa prière c'est cela, se mettre en position d'accueil.

Il fait frais. Mara a fermé les yeux. Là, au cœur du marabout, elle entend alors une voix, et cette voix lui parle d'un lieu qu'elle doit trouver.

Un lieu. Mara ne remet pas en cause la voix qui a parlé à son oreille. Elle l'a entendue distinctement. On pourra dire qu'il s'agit d'autosuggestion et sans doute s'agit-il de cela, qu'importe puisque c'est apparu.

Apparu ou plutôt formulé, entendu, elle n'a rien vu, et c'est un problème puisqu'il s'agit d'un lieu. Les visions qu'elle avait, enfant, ont disparu. Restent aujourd'hui des mots, qui devraient recouvrir des images mais n'en sont qu'une énigme. Trouver le lieu. Mara n'aura pas la patience, elle pensait l'avoir trouvé, son lieu. Tanger au-dessus de deux mers, une ville étrangère où elle parle un ersatz de langue, avec son grand amour. Elle ne veut plus partir, ailleurs ce sera pareil sinon pire. Cette plage peut-être ? Mais il leur faut des bruits de la ville. La nature seule est inquiétante. La mer par exemple, avec ses rouleaux répétitifs qu'elle entend résonner entre ces murs peints à la chaux, ce vacarme-là est menaçant, douloureux par son tumulte trop régulier, par son retour permanent qui dit le cours du monde, mais pas de la vie. La vie commence, s'abîme et se tait. La mer ne se taira jamais, le temps pour elle n'est ni linéaire ni cyclique, malgré les marées, malgré les équinoxes et les lunes, il y a des petites révolutions mais dans un cours infini qui rend toute durée inutile. Il n'y aura ni génération ni décadence, seuls des acmés et des abîmes qui se succèdent si bien qu'ils sont dépourvus de caractère tragique. Et pourtant c'est bien le tragique d'une éternité que porte en elle cette lourde masse d'eau et de sel, broyant des corps et des navires. Alors Mara, même si elle a fui sa banlieue, ne s'éloignerait pour rien de la ville. D'ailleurs il n'y a aucune raison que le lieu soit perdu dans la nature, un lieu ne peut pas être perdu, c'est au contraire un repère, et c'est ainsi que la voix l'entendait. Elle doit trouver son repère. Se retrouver quelque part où puisse à l'abri éclore de la vie.

Doivent-ils pour cela s'isoler plus encore qu'ils n'ont déjà réussi ?

Dehors la chaleur bruit. Insectes et ânes qui broutent, des pas aussi, des voix plus lointaines. Il faut sortir. L'intensité va retomber. Elle commence à avoir froid. De sa poche elle sort quelques pièces qu'elle donne au gardien, et ressort à la lumière qui confère aux contours leur certitude. Les voix se taisent au contact du soleil.

Mara revient sereine le long du chemin, et va se baigner.

Depuis la mer, elle observe la plage, les pierres et les maisons.

Manuel la rejoint dans la mer et l'enlace. « Tu as trouvé quelque chose ? » lui demande-t-il. Peut-être, que répondre d'autre ? Il la prend au sérieux, ou le lui fait croire, et elle lui en sait gré. Ils avaient jusque-là tenu à distance les tristesses, en additionnant leurs forces. Le courant les porte vers le large. Un moment ils sont tentés de se laisser aller, cette tentation les traverse en même temps, ils se sourient parce qu'ils le savent. Manuel comme souvent prend les devants pour la ramener vers la plage.

Ils ont pied et les vagues se brisent au loin. Elle a maintenant envie de rentrer et de se coucher avec lui. Hicham discute avec des gens. Il connaît tout le monde sur cette plage. Les quelques Européens sont des habitués de longue date. Les autres viennent des montagnes, enrobés de serviettes en guise de voile, des chapeaux multicolores sur la tête. Les femmes doivent avoir chaud sous ces couches de toile, et combien de kilomètres ont-elles parcouru pour descendre sur la plage ? Parfois un âne les accompagne qui porte des sacs. Les enfants courent derrière, le visage durci par le climat, des infections parfois mal soignées, les pieds nus aux vieilles écorchures épaissies en peau surnuméraire, les dents gâtées, le regard fou mais heureux d'une enfance sauvage. Aucun d'eux ne se baigne, ils ne savent pas nager, ils traversent la plage avant de remonter tous ensemble sur les falaises qui cachent des sentiers. Mara observe ces vies, avec l'arrière-pensée tenace qu'elles auraient pu être la sienne. Toutes les enfances lui donnent envie, elle voudrait vivre à leur place, une journée, juste pour voir, tout lui paraît mieux que la sienne.

Qu'est-ce qui peut pousser une femme à abandonner ses deux enfants ?

Ils se rallongent sur leurs transats, le soleil sèche leur peau brunie, presque plus mate que celle de Hicham. Et le temps passe, à ne rien faire. À attendre.

Quand le soleil commence à descendre, ils s'en vont.

Mara est heureuse de rentrer chez elle, et se réjouit de ce bonheur simple et précieux qu'elle n'a jamais connu avant ici. Khadija les attend, assise sur sa chaise dans la cuisine sombre. Elle n'a pas mis l'électricité pour des raisons d'économie, habituée à voir dans l'obscurité. La pièce embaume la chermoula et le pain. Manuel allume toutes les lumières, il craint le noir, ouvre le four et regarde ce qui y mijote. Il propose à Hicham de partager leur repas.

Mais Hicham doit retrouver sa famille. Mara l'embrasse, elle lui est reconnaissante. Quelque chose s'est produit aujourd'hui qui les relie.

Elle monte se doucher à l'eau froide.

Puis se promène sur sa terrasse en calculant des proportions.

« Demain, tu peux appeler ton maçon ? — Qu'est-ce que tu veux faire ? — C'est une surprise. — Pas trop grosse, j'espère. — Fais-moi confiance. »

Mais Manuel ne l'entend pas ainsi. Lui faire confiance ? N'a-t-elle pas rompu le pacte ? Il est trop tard pour reculer. Il l'accompagnera au bout d'une folie déjà trop avancée pour faire marche arrière.

Alors il va chercher son carnet d'adresses et le jette sur la table. « Débrouille-toi. » Mara a la tentation d'être vexée, mais accepte ce geste parce que au fond elle le sait juste. Et qu'elle n'en prenne pas ombrage ne le rassure pas.

À table, ils boivent une bouteille de vin blanc en

silence. Les mains de Mara tremblent. C'est de l'impatience qu'il prend pour de la nervosité. Lorsqu'ils commencent à être saouls, ils vont se coucher. Et font l'amour, pour essayer de se relier.

Ce n'est pas concluant, mais ils sont apaisés, le temps de s'endormir.

Des chapelets de points d'interrogation qui se transforment en suspension, des points qui érigent des intervalles entre eux. Une carte d'inquiétude se dessine sur leur peau, les murs se dressent tandis que les distances s'étendent, déserts arides et hostiles qu'aucune eau ne traverse. Les muscles se tendent et bougent nerveusement. Le souffle jamais ne rejoint le roulis de la mer, en bas, derrière les ruelles obscures et dangereuses que les junkies ont reconquises.

Au matin, les résolutions de Mara n'ont pas baissé en intensité. L'épuisement la rend juste de mauvaise humeur. Mais cette humeur participe de sa détermination. Elle cherche le numéro du maçon, et le compose, avant même de boire le jus d'orange que Khadija lui a préparé. Rendez-vous est pris pour le jour même, à 3 heures.

Manuel la laisse pour aller travailler.

Elle se détend.

Plus tard, elle descend les ruelles, un sac de plastique à la main. Elle se rend au hammam du quartier. Elle aime ce milieu moite de femmes anonymes et grasses qui la prennent par la main, la lavent et la massent avec une certaine rudesse. On lui fait comprendre qu'elle est trop maigre, que son ventre est creux et ses jambes effilées. Et cette critique lui plaît aussi. Que des femmes la regardent sans jalousie, sans peur, que des mains palpent, étirent, frictionnent, que des voix grondent, que des chairs de femmes l'étouffent, qu'on lui enjoigne de manger, de s'épaissir, de devenir une femme, qu'on lui donne des conseils pour séduire, qu'on lui explique les lunes et les marées, les aliments sucrés ou salés selon le sexe de l'enfant désiré, qu'on la recouvre de savon noir et huileux, qu'on la râpe avec une éponge rêche qui déchire la peau et laisse des traînées rouges, qu'on lui montre du doigt ses cicatrices, les sourcils froncés, l'air de reproche, qu'on la pèle, qu'on fasse des boules avec ses peaux mortes qui tombent en miettes noires, qu'on ne s'épile pas, qu'on exhibe des jambes poilues et dodues, des toisons abondantes, des aisselles noires, des ongles incarnés, des mains usées qui sentent la lessive et qui connaissent les corps de femmes.

Elles sont âgées parfois, et celles qui ont son âge paraissent dix ans de plus, leur peau est pourtant lisse, n'a connu ni alcool, ni fumée, ni soleil, des peaux de nouveau-nés qui n'ont jamais servi, des peaux immaculées sous les couches de vêtements, des visages rougis et masqués aux regards quand ils retrouvent leur carnation laiteuse, des cheveux longs, qu'on ne coupe plus, et qui ne blanchissent pas, des bourrelets de chair qu'on trimballe avec désinvolture, des seins lourds qui tombent, aux mamelons mûrs et marron.

Ses vêtements dans un coin, elle avance nue au milieu de ces femmes entre elles. De pièce en pièce la vapeur est plus chaude, on lui jette de l'eau sur le corps, l'une d'elles l'attrape et la frictionne, puis une autre lui déverse un seau d'eau glacée cette fois. Cette violence est bonne, la chaleur recouvre aussitôt les pores qui se dilatent.

Au fond de la dernière pièce, au centre d'une ronde de femmes, trois enfants malmenés. La grande fille rit de participer à un rituel qui lui renvoie une image d'elle plus tard, une image qu'elle aime, qu'elle envie, jusqu'au jour où il n'y aura plus d'image sinon celle du souvenir d'elle-même petite fille, qui se sentait dans une telle sécurité et un sentiment de puissance, protégée entre ces murs ruisselants, acceptée dans les bavardages et les plaisanteries. Les deux autres semblent beaucoup moins heureux. Un petit garçon passe de main en main en hurlant, on le tripote comme un jouet, on l'asperge, on lui soulève le bras, la jambe, on lui lave les fesses, puis le pénis, avec une décontraction exemplaire, on le prend dans les bras, on l'étouffe entre des seins, il ne parvient plus à se détacher de la chair de femme, de la graisse, des eaux, des seins puis encore des seins, des cheveux qui tombent sur son visage, son corps est compressé, chatouillé, trituré, son corps leur appartient. Il n'est pas encore un homme, jusqu'à sept ans il appartient au monde féminin, il en connaît la force, l'oppression, les ventres et les toisons, les rires sarcastiques et amoureux, il est leur objet, avant qu'il ne les haïsse, elles se l'incorporent, inscrivant en lui les prochains stigmates d'une terreur des femmes qui bientôt se muera en mépris ou peut-être en passion. Il est dans l'antre maternel, toutes ces femmes sont sa mère, le maternel est l'élément dans lequel il baigne, se noie, on le couvre de baisers en riant, on ne sèche pas ses larmes, on les lave à grand jet d'eau froide. Il est récuré.

Mara s'approche de lui et tente de le prendre dans ses bras, mais il recule, effrayé, les gestes de Mara sont étranges, leur douceur lui fait plus peur encore que la toute-puissance femelle. Elle ne montre pas la blessure, il faut comprendre qu'un enfant vous rejette. Mais ce qu'elle voit, c'est qu'il la rejette parce qu'elle ne porte aucune de ces marques féminines dont les autres sont parées. Rien chez elle ne dit la mère, la peau est lisse et les muscles tendus, rien ne déborde, rien ne sort, rien n'est donné, abandonné, ouvert. Mara est close. Son ventre se serre. Cet enfant à portée de main, nu, comme sorti de tous ces ventres, s'éloigne d'elle.

Mara fuit la vapeur qui l'étouffe. Elle se sèche à peine, remet à la hâte ses vêtements, et sort dans la rue qui paraît fraîche à ses cheveux humides. Elle ne se rend compte de rien et court chez elle. Là, assise contre le mur de sa chambre, recroquevillée sur elle-même, elle attend le maçon.

Manuel n'appelle pas. D'habitude, il prend de ses nouvelles au cours de la journée, deux, trois fois. Mais elle va désormais bannir l'expression d'« habitude ». Ses habitudes sont des cache-misère, des guises de structures, des poutrelles et des clous, de la rouille surtout, des mensonges qu'il est temps de mettre au jour. Il faudra penser à traquer dès qu'une habitude se pointera et la démolir avec la dernière énergie.

Tandis qu'elle échafaude des tactiques de destruction, c'est le maçon qui frappe à la porte. Khadija lui ouvre, elle l'entend d'en haut échanger des mots de politesse qui n'en finissent pas. Ça l'agace, d'ailleurs elle ne sait plus très bien pourquoi elle l'a fait venir. S'il était arrivé à l'heure, elle aurait encore su. Elle lui aurait même expliqué avec enthousiasme, mais l'heure est passée, et de trois quarts d'heure encore. Trois quarts d'heure qu'elle aurait dû prévoir puisque aucun ouvrier n'est arrivé à l'heure chez elle depuis qu'elle habite le Maroc trois quarts d'heure en trop. Trois quarts d'heure qu'elle aurait pu employer à peindre, à lire, à s'instruire, à progresser, à devenir différente, à penser, à rêver, à se faire plaisir, mais aucune de ces occupations bien sûr ne lui est venue à l'esprit. Ce qu'elle a fait de ces trois quarts d'heure n'entre dans aucune catégorie, sinon celle de la prostration, une activité qu'elle connaît bien. Pourquoi d'ailleurs appeler ça une activité ? Elle trouve soudain la langue absurde.

L'homme monte, précédé par Khadija. Les hommes ici n'aiment pas trop se retrouver seuls dans une maison étrangère en présence de femmes. Elle voit sa gêne mais n'en a cure. Elle n'attend de lui qu'une chose et ne souhaite pas s'embarrasser de délicatesse. Elle écourte donc les salutations et lui montre ce qu'il faut faire, le plus vite possible pour éviter les revirements.

Il faut une surface qui sépare. De la pierre, du ciment, de la chaux, peu importe. La seule chose qu'elle exige, c'est qu'il fasse ça vite. Elle se montre inflexible, il promet, elle n'ignore pas que cette promesse est faite pour la satisfaire sur le moment mais n'engage à rien dans l'avenir. Elle lui fait donc promettre avec plus de solennité, le menaçant de ne pas le payer s'il ne respecte pas les horaires convenus. L'homme semble un peu blessé, elle redevient douce, invente une explication qui pourrait l'amadouer, il y a forcément alors une histoire d'homme, un mari qui oblige, qui attend, qui ne supportera aucun retard.

La médiation d'un sexe masculin a un effet immédiat. Mara est toujours satisfaite de voir le prévisible confirmé. Une satisfaction méchante. La confirmation que son mépris est justifié, qu'il n'est pas besoin d'explorer beaucoup plus loin, de sortir du cercle, de quitter la maison, d'ouvrir les fenêtres pour chercher un ailleurs. Les ailleurs sont forcément tous pareils. Sinon pourquoi serait-elle ici ?

L'ouvrier n'a pas de nom : elle l'a aussitôt oublié. Hicham la mépriserait pour cette attitude, elle en est sûre. Mais ce qui l'inquiète plus encore c'est de penser à Hicham. Elle n'éprouve pourtant aucune culpabilité, plutôt un plaisir à traiter l'ouvrier ainsi, elle veut qu'il ne soit qu'utile, elle veut le réduire, le contenir dans les seules limites de l'utilité. C'est ce qu'elle a toujours fait avec les autres, à part Manuel puisque Manuel n'est pas l'autre. Khadija peut-être aussi a échappé à cette réduction. C'est à peu près tout. Mara aime être entourée de choses, les êtres vivants la dérangent.

Demain à la même heure donc, des parpaings seront déjà posés.

Manuel rentre et le dîner se passe mal. Il n'en est pas encore à crever l'abcès, la colère est là, il n'a pas envie de lui lâcher la bride, il en jouit de cette colère c'est évident et elle jouit de le laisser souffrir. Ils évitent de se regarder, mais quand l'autre tourne les yeux, celui qui le peut observe le visage d'en face avec haine. Cet homme-là, en face d'elle, qu'elle connaît si bien et qui lui fait si bien l'amour, celui-là qu'elle aime totalement, absolument, ou qu'elle a aimé ainsi, devient peu à peu un étranger, comme les autres.

Mara refuse de céder à la panique. Quelqu'un en elle refuse de céder, qui désire aller jusqu'au bout. Et il doit en être de même pour Manuel.

Bientôt l'intimité renaîtra. Se parler redeviendra possible. Un mot n'aura d'autre signification que celle qui est la sienne. Et le silence ne pèsera plus aussi lourd.

Le lendemain le maçon arrive à l'heure avec un apprenti. Ils se mettent au travail. Mara observe chaque geste, le regard fixé sur les mains qui s'agitent, le ciment qui salit le sol, le seau en caoutchouc qui a vécu, les mélanges lents et épais, les outils rudimentaires. D'un seul coup ça se met en place, ça s'érige, quelque chose prend forme, quelque chose de simple puisqu'il s'agit de quatre murs, une pièce, la forme est extérieure pour le moment, elle cache autre chose qui n'existe pas encore tout à fait, qui n'attend que d'être rempli.

À la fin de la journée le travail est presque fini. Manquent encore les revêtements, et la peinture, et le toit, mais ça s'est installé dans l'espace. Mara se sent déjà mieux. Elle fait monter Khadija et lui demande de préparer un couscous. Khadija regarde les murs, puis Mara comme si elle était devenue folle, mais s'abstient du moindre commentaire, habituée aux lubies de sa patronne. Habituée surtout à ne pas désapprouver ceux qui l'emploient.

Mara s'en rend compte. Elle redescend pour l'aider à éplucher les légumes.

Khadija reste silencieuse. Elle ne prononce aucune critique, qu'elle règle donc tout cela avec son mari. Elle se garderait bien de faire la moindre remarque, même si elle observe depuis quelque temps la dérive de ce couple. Sans doute est-ce comme ça partout, elle sait bien, elle, que les couples ne sont pas faits pour s'entendre. Ces deux-là pourtant semblaient à part, si à part que c'en était un peu terrifiant, cette autosuffisance, ce rejet de tout ce qui n'était pas eux. Ces brouilles les rendront un peu plus normaux, c'est tout ce qu'elle espère, même si elle tirait une certaine fierté de l'originalité de ses employeurs, comme si elle rejaillissait sur elle sans lui nuire. Elle les défend souvent quand elle en parle aux autres « employées de maison », comme les appellent les Occidentaux, « bonnes » comme les appellent les Marocains, avec autant de mépris que les Occidentaux, mais un mépris plus franc.

Khadija ne se prive pas pour autant de se désolidariser d'eux quand il le faut.

Le parfum des légumes et du curcuma dessine un espace dans cette cuisine où les tensions stagnent, en attente. Les deux femmes silencieuses traquent les pas de l'homme, les bruits de clefs qu'on cherche dans le sac, puis qu'on introduit dans la serrure, le grincement de porte, le pas tantôt léger tantôt lourd mais reconnaissable entre tous. L'arrêt dans l'entrée, le journal posé sur le buffet, le manteau ou la veste accrochés à la patère, les quelques instants de recueillement avant de pénétrer une autre aire, un monde différent où rien de ce qui est resté à la porte ne filtre. Ce sont des bruits qui annoncent, et c'est le silence que Mara et Khadija cherchent par-delà le sifflement de la cocotte-minute, le grésillement du four et du plafonnier dont l'ampoule est défectueuse, par-delà les bruits de la rue, du port au loin, ce silence qu'elles essayent de faire en elles pour entendre la venue, dont les bruissements sont infimes, mais résonnent à l'intérieur, résonnent dans la peur, l'inquiétude, le désir.

Et ils finissent par arriver ces bruits. Dès qu'ils se matérialisent, c'est la peur qui l'emporte, l'envie de revenir quelques instants, juste quelques instants en arrière, quand tout était encore possible, quand on était encore dans l'attente, quand on était encore dans la rêverie lascive qui donne même aux moments difficiles une douceur excitante.

Aucune des deux ne bouge. Manuel s'encadre dans la porte, éclairé par la seule lumière de la cuisine. Il n'a pas allumé les lampes de l'entrée, contrairement à son habitude. Le visage qui se découpe sur fond noir est tragique, mais c'est la mise en scène de fortune qui lui donne cet air. Mara ne peut s'empêcher d'en être troublée.

Dès qu'il entre dans la pièce, la vue de ces deux femmes assises qui l'observent sans bouger inquiète Manuel. Il s'est forcément passé quelque chose. Depuis quelque temps il se passe chaque jour quelque chose. Quelque chose d'invisible et de non-dit, une lubie de Mara, un changement d'humeur, un souvenir qui remonte, une rancœur qui surgit.

Il sait bien que Mara a quelque chose en tête. Il a peur de ce qui l'attend. Interroge Mara des yeux. Celle-ci soutient son regard et se résigne à se lever pour le précéder dans l'escalier. Elle aurait voulu qu'il y ait une sorte de cérémonial, mais ce serait trop lui demander, alors elle l'emmène là-haut comme une condamnée.

Une fois qu'ils arrivent sur la terrasse, elle se retourne et tente de lui sourire. La crainte se lit sur son visage.

Et Manuel découvre les quatre murs encore dégoulinants de ciment frais, ces parpaings gris et sales, laids au cœur d'une terrasse aux proportions parfaites, qui forment quelque chose sans doute, il préfère ne pas savoir quoi, il s'interdit d'y penser, même si une réponse évidente s'est immédiatement formée en lui. Mais cette réponse ne lui plaît pas. Pas du tout.

« Qu'est-ce que c'est que cette horreur ? — Ce n'est pas fini, mais ça va être bien, tu verras. — Tu crois que je me suis cassé le cul à transformer ce taudis en palais pour que tu viennes tout foutre en l'air avec tes idées de malade ? — Mes idées de malade ? C'est quoi mes idées de malade ? — Il suffit de regarder ça, ce truc immonde, tu vois, ces parpaings-là, c'est une idée de malade ! — Pourquoi ? Ça ne convient pas à tes goûts d'esthète ? — Si ce n'était que laid, ça ne serait pas trop grave. — Tu ne sais même pas ce que je veux faire. — Et je préfère ne pas le savoir. — Vraiment, tu n'en as aucune idée ? — Si. La pire. Celle qui confirme que tu es devenue folle. — Ah oui ? Et je peux savoir à quoi tu penses ? — Il faut vraiment prononcer ces phrases ? — Oui, il le faut. — D'accord : je pense que tu as fait construire une chambre d'enfant et que ça pue déjà l'angoisse, la mort, et que si ce pauvre gosse arrive un jour, eh bien il est très mal barré. — Tu penses vraiment que j'aurais eu cette idée-là ? Tu le penses vraiment ? Tu crois que je serais une si mauvaise mère, qui enfermerait son enfant ? C'est bien parce que tu penses tout ça que tu n'en veux pas ! — Je vais te le redire calmement : je veux un enfant parce que tu le désires, et qu'on a toujours tout partagé. Sauf que cet enfant nous sépare. Cet enfant-là, rien que l'idée de cet enfant, c'est déjà une séparation, bordel ! — Tais-toi, maintenant, je n'ai plus envie de t'entendre. — Qu'est-ce que tu croyais ? Qu'on peut baiser impunément avec son frère ? Qu'on peut se cacher quelque part à Tanger, se marier et faire l'amour toute la journée, bouffer, baiser, se baigner, jouir toujours jouir avec la personne qui a partagé le même ventre ? — Tu te sens coupable peut-être ? C'est quoi, le remords, le sentiment du péché ? Tu voudrais qu'on reprenne une vie normale, que j'aille vendre mon corps à des magazines et que je me marie avec un photographe de mode, et qu'on se prenne des rails de coke tous les soirs en buvant des coupes de champagne pour oublier à quel point on s'emmerde ? Ou bien tu veux retourner dans ton trou voir tes bouseux, ils te manquent, peut-être que c'est ça, hein ? Ils te manquent ? T'avais pas une petite fiancée là-bas qui t'était promise, une bonne fille du pavillon d'à côté qui t'a pris en pitié parce que tu étais un enfant adopté, c'est exotique, t'as dû souffrir et en plus t'es un peu basané ? C'est son souvenir qui te ronge, là, dis-moi ? Qu'est-ce que tu regrettes ? — Ce que je regrette, pauvre conne, c'est toi. Toi comme tu étais avant, avant cette obsession-là qui nous pourrit la vie, qui nous empêche de parler, de nous regarder, de manger ensemble, j'arrive même plus à te dire bonjour normalement. J'ai épousé ma sœur pour ne pas me reproduire. Et voilà ce que tu es devenue. »

Mara le frappe au visage. Il tente d'attraper ses bras, mais elle se débat et frappe encore. Les pleurs succèdent à la violence. Il arrive à l'immobiliser par terre. Et avec la même violence il la pénètre, et la pénètre encore, lui tirant les cheveux en arrière, la retournant. Une fois leurs corps un peu calmés, ils se taisent, et de ce silence émergent finalement des mots.

« Je l'ai fait construire parce que j'ai besoin d'un lieu. Un lieu rien que pour nous, qui soit vraiment étanche, où rien n'entre, aucun bruit, juste un peu de lumière du jour, et où tout puisse se dire. J'ai besoin de calme pour être avec toi, qu'on soit seuls au monde, vraiment seuls. On pourra dormir, et regarder la mer, de là on ne verra que la mer, pas le port. C'est là que sera conçu notre enfant. Parce qu'on se sera retrouvés. — Tu crois vraiment qu'on a besoin de murs pour être tous les deux ? — Apparemment il faut se protéger encore. — Moi, je n'ai pas besoin d'être protégé, Mara, je t'aime. — Tu veux dire que je ne t'aime pas assez ? — Peut-être. Peut-être que ça ne te suffit plus. Peut-être que ce n'est pas une question de sentiment. Peut-être que tu as à nouveau peur, que tout ce qu'on a construit n'est pas encore assez solide, que ça s'est fissuré, que ça ne pourra jamais être étanche à ta tristesse. On peut essayer ça, si tu veux. Je suis prêt à tout essayer pour que tu retrouves une sécurité. Mais je te préviens, je ne suis pas sûr que ce soit la bonne manière. — Tu en proposes une autre ? — Je vais y réfléchir. — Tu vas trouver, Manuel, c'est toujours toi qui as trouvé. — Peut-être que cette fois-ci c'est toi qui dois trouver. »

Mara ferme les yeux. Elle voudrait s'endormir. Elle le voudrait tellement. Une époque est finie. Il a raison. Mais elle fera tout pour la retrouver telle quelle, jusqu'au moment où elle aura la certitude que ce qui est passé est passé, et que pour renaître il faut mourir un peu, et que pour mourir, il faut vivre un peu.

... Les murs se construisent, du blanc recouvre maintenant les surfaces, le plafond est posé. Elle fait insonoriser la pièce, l'isole à la chaleur et au froid, elle pose un matelas et un drap blanc, dessus. Elle referme la porte sur eux. Chaque jour et chaque nuit ils l'inaugurent. Ils retrouvent pendant quelques semaines la passion des premiers jours, le bonheur fou qui porte en lui sa fin. C'est leur caisse de résonance, mais Manuel veille à ce que ça ne devienne pas leur tombeau.

Après tout peu importe s'ils s'éteignent aussi doucement. N'est-ce pas là la fin de tout inceste ? S'éteindre l'un en l'autre. Ne rien laisser derrière soi.

L'enfant, ou la mort.

Les jours passent. La porte du palais ne s'ouvre plus, Mara a donné ordre à Khadija de ne pas ouvrir. Pendant quelque temps, a-t-elle dit. Mais ce temps s'éternise. Manuel préfère ne pas s'interroger sur le bien-fondé de cette caisse hermétique, il y est heureux avec elle. Ils ont retrouvé leur unité – ébréchée cependant : un goût d'amertume et de fatalité qu'il tente de laisser à l'extérieur chaque fois qu'il entre.

Coupés du monde, seuls, clos, ils réduisent les actes quotidiens à leur seule nécessité, dépouillent leur existence de tout ce qui pourrait être superflu. Se lèvent, se lavent d'un jet d'eau sur la terrasse, se caressent, mangent du pain et de l'huile d'olive, se reposent, se concentrent, attendant que le fond surgisse, que le trésor, forcément caché à l'intérieur, la vérité, la source, apparaisse enfin.

Manuel refuse de se demander si derrière le vide résistera une force, une évidence. Peut-être n'y a-t-il tout simplement rien. Peut-être le vide est-il leur réalité. Tout le reste n'est qu'un recouvrement infini.

Manuel a décidé de ne pas voir, pour profiter encore, juste encore un peu, avant la chute ou l'enfermement définitif.

Jusqu'à quand tiendront-ils ? Mara a une capacité de résistance inquiétante. Manuel a rendu les armes et laisse le cours des choses supplanter la volonté.

Khadija est leur seul lien avec l'extérieur. De plus en plus son visage marque la désapprobation quand elle leur apporte de l'eau, puis un déjeuner. Mara refuse de la regarder, c'est Manuel qui lui parle. Sans chercher à justifier quoi que ce soit.

Un jour, elle manifeste le désir de partir, de trouver du travail ailleurs, ce qu'elle voit là la rend trop malheureuse. Mais Manuel le lui interdit. Si elle part, c'est le projet tout entier qui s'effondre. Il se rend compte à quel point il est fragile, ce projet, qu'il ne tient qu'à l'aide d'une autre personne, d'une personne extérieure, qui malgré tout perpétue le lien avec le monde, un lien de plus en plus tendu, de plus en plus hostile.

Au début le téléphone sonnait souvent, avec insistance, sans doute Hicham. Puis il a fini par se taire, on commence à les oublier. L'argent finit par manquer.

Et les règles reviennent. C'est une semaine de silence et de deuil. Chaque mois cette semaine revient. Ce sont les règles du monde, du dehors, qui s'immiscent dans leur intimité.

Manuel fait des pompes chaque matin pour alimenter ses muscles et son corps. Mara maigrit, les os deviennent plus saillants, la peau se tend, elle perd ses couleurs, son éclat, mais pas sa douceur. Le toucher devient le sens le plus affûté dans ce lieu où le regard n'a qu'eux où se poser, où l'ouïe a été amputée des bruits extérieurs, où le goût a été réduit aux mêmes aliments. Mais le toucher découvre toujours des choses nouvelles, des nuances inconnues, des subtilités qui accroissent la connaissance que chacun a de l'autre.

Ils ne parlent plus qu'à peine, gémissent, murmurent. Les mots s'articulent de plus en plus difficilement. La pensée elle-même s'épuise, de tourner en rond, ils atteignent un état quasi végétatif, entrecoupé de leurs ébats qui les maintiennent en vie.

Cette vie qui ne tourne qu'autour de ça.

Bientôt il n'y aura plus d'air, que leur souffle, épuisé. Mara a perdu ses forces, se lever lui est devenu difficile.

Mais Manuel ne réagit pas. Ils ont descendu trop bas la pente, toute autre velléité que d'aller au bout de cette logique l'a quitté. Il y a une forme de bonheur dans ce flottement, la démission de toute résistance.

Un fracas s'introduit avec force dans le sanctuaire. Ce n'est encore qu'un son, auquel il ne leur est plus possible de rattacher une image. Les sensations sont déliées les unes des autres, l'univers du frère et de la sœur est devenu impressionniste, des sons côtoient des odeurs infimes qui côtoient des souvenirs de couleurs, quant aux formes elles ont acquis une parfaite indépendance. Les associations, si elles ont lieu, sont fruits du hasard. Le monde a perdu ses contours pour se fondre dans une subjectivité éclatée, un point d'attache fortuit, leurs corps encore vivants. L'intimité n'existe plus, fondue dans l'espace, les frontières ont disparu et la pensée s'est assoupie. Ils auraient aimé mourir ainsi.

Pourtant le fracas est bien l'indice d'une réalité autre, et cette réalité, c'est un poing qui frappe contre la porte. Les coups sont assenés avec une violence régulière. Ils ne s'arrêteront que lorsque la porte s'ouvrira. Manuel est tenté de se lever, mais c'est trop d'effort. Mara gît, quasi inconsciente, les bruits lui arrivent éloignés alors qu'ils résonnent dans la pièce, assourdis néanmoins par les couches de polystyrène qui recouvrent la porte comme les murs. La serrure commence à céder. Et d'un coup, la lumière du jour pénètre dans la pièce comme un coup brutal de projecteur. Les silhouettes d'un homme qui paraît grand et d'une femme plus petite se dessinent dans la clarté éblouissante. Manuel ne reconnaît personne, sans doute n'essaie-t-il pas d'identifier les visages.

Ça apparaît. C'est là.

Le sens a déserté la possibilité du monde.

II

Assis sur la banquette, Hicham les observe. Jamais il n'a vu Mara aussi abandonnée. La sauvagerie se mêle à une lascivité, l'une et l'autre absentes de ses gestes généralement sous contrôle. Se dégage d'elle la sensualité qu'il avait toujours refusé de voir ou qu'elle avait toujours cachée sous une froideur proche de l'hostilité. Le choc est fulgurant et le laisse hébété. Le moment est inopportun. Pourtant la tension de son bas-ventre lui fait mal. Il se replie sur lui-même pour n'en rien laisser paraître, confus, bouleversé. Il n'ose observer Manuel dont la nudité lui semble soudain indécente. Sa beauté même a quelque chose de scandaleux. Une force se dégage qui exclut Hicham du tableau. Leur supériorité éclate par-delà la déchéance. La rage monte en lui.

Qu'ont-ils fait ? Il se surprend à parler tout haut, s'adressant à Khadija qui devient une complice de fortune. Pour qui se prennent-ils ces Françawi qui débarquent à Tanger comme si c'était chez eux parce que là-bas on n'accepte pas leur perversion ou leurs malversations ? C'est quoi ici, un cimetière ? La poubelle des Occidentaux ? Ils croient qu'on peut venir comme ça crever au Maroc pour des raisons *sentimentales* ? Que c'est plus romantique ? Ils n'ont pas vu que c'était juste plus facile de crever ici que dans leur putain de pays ? Que dans la rue on ramasse des macchabées tous les deux jours, des gosses qui se shootent à la colle ou qui se font trucider pour trois dirhams ?

Khadija secoue la tête. Il parle fort. Manuel l'observe sans que Hicham puisse déterminer s'il comprend ses paroles. Ce qui accroît sa colère. « Tu t'en fous, hein ? T'es au-dessus de tout ça. Et la boîte qu'on était en train de monter tu t'en fous aussi. Je suis une merde sur laquelle on marche, parce qu'on a des projets plus élevés, plus métaphysiques. Mais d'où vous venez tous les deux ? On ne vous a pas appris la politesse ? Faut vous servir comme on a servi vos parents ? Ça passe pas ça, non. C'est inscrit dans vos gènes. » Khadija pose un bras autour de son cou et tente de le calmer en lui murmurant des mots rassurants, des mots de mère. Le volume de la voix de Hicham s'atténue puis se brise en sanglots avortés. Enfin il se tait.

C'est le silence d'après la bataille où les forces ont été épuisées, de tout côté. Le silence qui descend quand il est trop tard, et qu'il faut enterrer les morts, l'urgence passée, l'espoir jugulé que la vie donne encore, quand on n'attend plus rien sinon de recouvrir la toile d'une bâche qui transforme au plus vite la scène en souvenir.

La tentation pourtant reprend l'ascendant, et Hicham contemple le frémissement de peau sous la légère brise oubliée dans la touffeur de la pièce, le dessin et les courbes si gracieuses ; le visage est tourné et recouvert d'une masse de cheveux noirs et épais. Il se sent soudain un intrus dans le sommeil de cette femme. Mais il refuse d'en sortir, et c'est plus loin qu'il voudrait aller, l'accompagner, violer cette intimité que l'autre gardait jalousement. La violence renaît.

Le médecin arrive à point nommé et sort Hicham de l'inquiétante torpeur dans laquelle il était plongé. Il s'agenouille aux côtés de Manuel et de Mara tandis que

Khadija expose la situation, préférant à la synthèse une floraison de digressions desquelles émerge tant bien que mal un fil à peu près cohérent – si tant est que cette histoire ait quelque chose de cohérent. Hicham reste silencieux. Les premiers soins prodigués, le médecin affirme que la vie des deux personnes ici étendues est peut-être en danger. Qu'il faut les amener à la clinique de Casablanca. Il pose quelques questions sur leur origine, leur provenance, leur famille, mais ni Khadija ni Hicham ne sont à même de répondre. Aucun livret de famille ne traîne, pas plus de carnet de santé qui aurait pu apporter des éléments biographiques. Aucune trace d'un passé quelconque, cette maison est belle, joliment décorée, témoigne d'un goût propre et sûr, mais ne dit rien d'autre sur ses habitants.

Hicham ne s'était jamais rendu compte à quel point il *ne* connaissait *pas* Manuel. Quant à Khadija, elle a l'habitude de ne rien savoir tout en sachant beaucoup de choses. Des choses qui n'accèdent jamais au stade de la formulation, des choses ineffables.

Hicham déambule dans le « palais » en essayant de redécouvrir ses pièces exiguës plongées dans l'obscurité. Son regard a changé, il se fait inquisiteur, et questionne les objets et les meubles, qui de décoration passent au statut de témoins muets. Néanmoins ils ne livrent pas leurs secrets. Il lui faudra revenir.

Khadija s'active et habille Mara, puis Manuel, dociles. Mara ne s'est toujours pas réveillée. Manuel observe cette agitation sans réagir. Les choses rentrent dans un ordre, on ne sait encore lequel, mais c'est un ordre que génère l'action. Hicham reste dans un état second, mais il sait ce qu'il a à faire.

Les ambulanciers sont arrivés et ont descendu les corps inertes. Un fracas de voix, de fer et de corps se frayant un chemin dans l'escalier sinueux a envahi le sanctuaire et c'est la vie qui s'est à nouveau engouffrée dans ce qui était devenu un mausolée. Khadija en éprouve un soulagement mêlé de crainte, celle qu'on peut ressentir lorsqu'un lieu sacré est profané. Elle ne sait quoi faire pour aider ses employeurs sans violer un peu plus leur décision, et tient à les couvrir elle-même avant qu'ils ne sortent par la haute porte en bois dans la ruelle escarpée où nulle voiture ne peut entrer.

Il faut traverser la casbah avant d'arriver au parking où les attend l'ambulance. Hicham est assis à l'avant. Il connaît un médecin à l'hôpital de Casablanca qui s'occupera d'eux en priorité. L'autoroute désormais relie les deux villes. En deux heures et demie ils arrivent devant la porte des urgences. On les monte dans des chambres séparées et il semble à Hicham que c'est la meilleure chose à faire. Tandis qu'on procède aux premières analyses, un policier vient à la rencontre de Hicham et lui demande les nom, prénoms, nationalité et adresse des deux personnes inconscientes. Hicham ne peut pas en dire beaucoup plus. Qui prévenir ? Hicham ne sait pas. L'ambassade de France paraît la plus à même de fournir des renseignements.

L'ambassade n'a pas plus d'informations à fournir. Par la Sécurité sociale cependant, on retrouve le nom de famille de Mara. Un nom courant. Mais c'est le prénom qui intrigue Hicham. Mara ne s'appelle pas Mara.

Il hante les couloirs, attend, passe des coups de téléphone, sort fumer une cigarette, croise des familles qui attendent elles aussi, puis qui partent. Lui n'a rien à faire d'autre. Il dormira chez un ami, pour revenir à l'heure des visites. Pour le moment le médecin ne lui a pas donné de détails susceptibles de le rassurer. Plus inquiet pour elle que pour lui. La police n'a pas fini son enquête. Comment un couple a-t-il pu se laisser mourir sur son toit ? Posée ainsi la question lui paraît incongrue. Mais il refuse de leur expliquer l'étrangeté de ce couple, elle lui appartient. Des faits, il peut en fournir. Des explications, aucune, d'ailleurs en possède-t-il lui-même ?

Le seul indice qu'il peut donner, et qui est déjà une trahison, c'est l'attente, en vain, d'un enfant. Un double suicide, parce qu'ils n'arrivent pas à féconder ? La conséquence paraît disproportionnée. Mais dans un pays où la fertilité est l'un des piliers du mariage, les policiers peuvent entendre cet argument. Sauf que le suicide n'en est pas vraiment un, on ne prend pas autant de temps à se donner la mort. Quelque chose leur échappe, quelque chose qui, soupçonne Hicham, tient à leur relation. Il en éprouve même une morsure de jalousie. L'impuissance à démêler cette folie le met hors de lui. Cependant les événements tels qu'ils se sont déroulés ne lui apparaissent pas si absurdes. Ni à Khadija d'ailleurs qui les a pourtant si fort condamnés. Quiconque est entré dans leur logique ne peut s'étonner de ce qui leur est arrivé.

La troisième nuit, avant de quitter l'hôpital, Hicham demande à son ami médecin de déterminer si Mara est stérile.

Une semaine plus tard, Manuel a repris des forces, et le résultat des analyses tombe.

Mara peut avoir des enfants, rien ne l'empêche physiologiquement de procréer.

Hicham garde l'information pour lui, et entre dans la chambre de Manuel. Celui-ci le regarde, et attend. Une fois de plus Hicham se sent responsable du sens à donner à tout cela, du sens pour eux deux, le sens qui permettra ou non de maintenir à flot leur amitié, ou plus modestement leur relation. Il fait alors comme si rien de ce qui s'était passé ne pouvait passer pour étrange. Un simple accident.

Manuel est faible, il a du mal à entretenir une longue conversation. La question qui lui brûle les lèvres finit par arriver : comment va Mara ? Le désespoir qui s'écrit à ce moment sur son visage pourtant défiguré par les analgésiques et la douleur prend Hicham de court. « Je crois qu'elle va s'en sortir. » Manuel retombe dans les limbes. Rien n'a été dit de ce qui s'est passé. Encore une fois Manuel a réussi à mener la discussion par ses silences. Hicham s'en veut en sortant de la chambre. Il n'est pas prêt à recommencer comme avant. Il est bien décidé à bousculer le statu quo. Il faut leur laisser le temps de se rétablir. Après, ils devront expliquer.

Mara se réveille lentement, le sang semble irriguer à nouveau son visage et lui rendre ses couleurs d'origine. Elle garde des marques de fatigue, ses yeux sont vides et cernés, elle n'a pas l'air heureuse d'être revenue à la vie. Les médecins passent devant elle sans qu'elle les voie. Hicham l'observe par la vitre. Parfois elle remue les lèvres, il ignore ce qu'elle dit. Sans doute a-t-elle demandé des nouvelles de Manuel. Le huitième soir, Hicham entre enfin dans sa chambre. C'est la première fois qu'ils sont seuls. Hicham se tient devant son lit, Mara le regarde sans le voir. Ses yeux sont graves mais on ne sait ce qu'ils fixent. Hicham a longuement préparé ce qu'il avait à lui dire. Et pourtant, devant elle, il se sent paralysé.

Au fond qu'a-t-il à perdre ? Rien. Ou peut-être tout.

Une porte s'ouvre, c'est l'infirmière qui vient prendre la tension et faire une piqûre dans la jambe pour prévenir tout risque de phlébite. Elle l'explique à sa patiente en même temps qu'elle accomplit ses gestes avec application, la cuisse de Mara est constellée de petits bleus. Hicham observe le rituel si réconfortant de l'hôpital, des portes qui s'ouvrent toutes les heures, des plateaux-repas livrés et débarrassés, des discussions, des voix, des appareils, tout ce qui prend en charge le corps, comme si celui-ci n'appartenait plus à son propriétaire. Et c'est cela qui lui saute aux yeux tout à coup : le corps de Mara n'appartient pas à Mara.

L'infirmière partie, Hicham est à nouveau confronté à l'obligation qu'il s'est donnée de parler. Mais une fois encore le silence le prend à la gorge. C'est Mara qui finit par l'aider. Comme si elle s'apercevait soudain qu'il était là, à son chevet. « Tiens, Hicham, comment vas-tu ? » Cette simple question les réinstalle dans leur dialogue habituel, des mots qui ne recouvrent aucune situation réelle. Répondre comment il va n'a aucun rapport avec ce qu'il va dire, ce qu'il pourrait lui demander, avec sa présence à elle dans ce lit d'hôpital, avec sa présence à lui à ses côtés. « Je me pose trop de questions en ce moment pour savoir comment je vais. » Mara l'interroge du regard. Elle ne fait pas semblant de s'y intéresser. Paradoxalement cela redonne du courage à Hicham. « Trop de questions à ton sujet, à ton sujet et à celui de Manuel, bien sûr. — Ne prends pas cette peine, tu perdrais ton temps. — Je ne crois pas, non, que je perdrais plus de temps que je n'ai déjà perdu. Et j'estime que j'ai droit à quelques explications. À moins que vous retrouver tous les deux à moitié morts soit quelque chose qui dans ton code d'existence soit normal. Pour moi ça ne l'est pas. Je pensais que nous étions un peu amis, je sais que je me trompais, mais je le pensais. Alors ces mois de silence qui se terminent sur cette scène pathétique, il y a de quoi se mettre en colère. — Se mettre en colère pour quoi ? — Je n'aime pas toucher des morts, je n'aime pas quand en plus ces morts ont presque choisi que je les touche. Voilà ce qui me met en colère. Je suis en colère pour moi. — Je comprends. Et c'est pour cette raison que je devrais répondre à des questions ? — C'est une raison suffisante, non ? — Et les flics, pourquoi tu crois qu'ils viennent m'emmerder avec leurs questions ? Pour la même raison, exactement la même. — Pas tout à fait, non. Vous avez perturbé l'ordre public, vous avez voulu venir crever chez nous, ils n'aiment pas ça, c'est sûr, ils sont même un peu en colère comme moi. Mais je crois avoir plus de raisons qu'eux encore. »

Mara se tait. Elle a les yeux fermés, comme si elle s'était endormie. Il sait bien que ce n'est pas le cas, qu'elle réfléchit ou plutôt qu'elle combat quelque chose. Oui, c'est bien cela, elle est en train de lutter, son front se plisse et le rictus de sa lèvre témoigne d'une souffrance qu'elle fait encore l'effort de contenir. « Pose tes questions. » Hicham n'imaginait pas qu'elle cède si vite. « Je ne sais pas par quoi commencer, parce que en réalité je ne sais rien de vous deux. Vous avez débarqué dans ma vie, et avez voulu en sortir, sans prendre en compte le fait que j'existais. Vous m'avez invité chez vous, nous nous sommes promenés à Tanger, nous nous sommes baignés ensemble, nous avons mangé, discuté, travaillé, mais jamais vous ne m'avez raconté quoi que ce soit. — Tu les poses tes putains de questions ? Tu vois pas que je suis prête à répondre ? — D'accord. D'où venez-vous, qui êtes-vous, pourquoi tu t'appelles Kathy et non pas Mara, pourquoi tu te fais appeler Mara, quel crime avez-vous commis, que fuyez-vous ? » Hicham a déballé ces questions comme pour s'en débarrasser. Elles sont là devant Mara, jetées à ses pieds, en attente d'être relevées, mais elles pourraient aussi bien être piétinées, et se consumer sur place. « Pourquoi est-ce que je te raconterais mon histoire ? Ta colère ne suffit pas. » Hicham réfléchit à ce qu'il va dire, mais Mara attend, il n'a pas le temps d'inventer. « Parce que je pense pouvoir te sauver. » Il n'a pas dit *aider*, c'est pourtant ce qu'il voulait dire. Le mot *sauver* est venu se substituer à ce qui aurait été plus évident, plus modeste, plus normal étant donné leurs relations, mais il a dit *sauver*. Hicham s'attend à la voir rire, se moquer, rejeter ses questions avec mépris. Mais il faut croire que Mara a été affaiblie par ces deux mois de sous-alimentation et de séquestration volontaire. Des larmes coulent sur ses joues.

Elle ne lui dira pas. Non, elle ne lui dira pas qu'ils sont frère et sœur.

« Plus tard. — Si c'est plus tard, tu risques de changer d'avis. — Je dois d'abord en parler avec Manuel. — Non, pour une fois, décide seule. Est-ce que ça ne serait pas une sorte de commencement ? — De commencement de quoi ? Je ne vois que des fins. » C'est une question rhétorique. Mara gagne du temps, elle ne sait elle-même par où commencer, mais il faudra bien. C'est le moment, et elle le sait, de sortir de la chambre close. Et Hicham lui propose justement de lui tenir la main pour aller au-dehors. « Nous nous connaissons depuis combien de temps, Hicham ? — Depuis presque quatre ans maintenant. — Et tu ne sais rien ? Manuel ne t'a jamais rien raconté ? — Tu en doutes ? — Non, en réalité, je n'en doute pas. Tout ce qui est derrière nous, je veux dire tout ce qu'on a laissé en France, on ne le regrette pas. — J'en ai eu l'impression. — Non seulement on ne le regrette pas, mais ça n'existe plus. Ça ne doit plus exister. En arrivant ici, on a tiré un trait sur le passé, d'un commun accord. On l'a effacé. Voilà. À tel point que je ne me rappelle plus grand-chose. Je n'y pense jamais. Je ne veux pas y penser, et j'ai tellement souhaité ne pas y penser que, même si je le voulais, je ne le pourrais sans doute plus.

— Pourtant, tu vas me le raconter. — Il n'y a pas grand-chose à raconter. Tu risques d'être déçu. — Pour changer de nom et couper tout lien avec avant, il faut bien avoir quelques raisons, non ? — Pas forcément. Il suffit de haïr d'où on vient. — D'où viens-tu ? »

« Je viens d'une famille qui ne me ressemble pas. D'une banlieue sans corps ni caractère, où des pavillons petits-bourgeois s'alignent les uns à côté des autres, répétant une vie normalisée, qui elle-même n'a de rite que la répétition. Une vie tenue par les courses deux fois par semaine, au Géant Casino du coin, des Caddie pleins qui remplissaient de joie ceux qui les poussaient. De joie et du seul sens qu'ils aient donné à leur existence, ou plus exactement que leur existence leur avait donné, parce que eux n'ont jamais rien choisi. Une vie rythmée par les émissions télévisées, des jeux la plupart du temps. Du divertissement parfois, qui semblait le comble de l'intellectualisme à ces gens méprisants pour tout ce qui relevait de la culture, des livres, des valeurs, haineux à l'encontre de tout ce qui n'était pas eux, de tout ce qui leur était inaccessible. Des gens qui ne se parlaient pas, ou uniquement par médias interposés. Ils commentaient ce que faisaient les voisins comme ce que disaient les hommes politiques, mais jamais ils n'entraient dans une forme d'intimité, à tel point qu'on pouvait douter qu'ils en aient eu une quelconque, d'intimité. Peut-être l'intimité est-elle le privilège de ceux qui admettent le questionnement.

» Jamais je n'ai entendu de mots d'amour, vaguement

de tendresse peut-être mais d'une tendresse convenue, des mots de tout le monde réutilisés en seconde main, des mots vides dont on se sert comme d'ustensiles de cuisine, dans un but déterminé. Jamais gratuitement. La gratuité ne faisait pas partie de ce monde-là, tout devait se payer.

» Ils étaient trois. Un père, une mère et un fils. Et quand j'emploie ces mots, je me rends compte à quel point la langue peut être mensongère. C'était ce qu'on appelle une famille. C'est-à-dire des gens liés parce qu'ils habitent dans la même maison, qu'ils ont un passé commun pour la seule raison qu'ils l'ont vécu côte à côte, mais pas ensemble. Rien ne rapprochait ces personnes sinon une forme d'identité qui les rendait semblables les unes aux autres. Leurs relations étaient extérieures à eux, ils étaient reliés comme des points sur une feuille, par l'espace que cela dessinait, mais profondément ils étaient seuls. Cet espace était vide, il ne délimitait rien, sinon l'intérieur du dehors, ce qu'il ne fallait pas quitter sous peine de trahison. La trahison, c'était simplement le fait de penser autrement, de voir autrement, d'espérer. L'espoir pour moi signifiait le désir d'un ailleurs, d'un autrement, quand pour eux c'était une grandeur quantitative, des additions et des multiplications.

» Pour autant ils n'étaient pas foncièrement méchants, et c'est peut-être ça le pire, je n'ai rien à leur reprocher, ni violence ni gestes déplacés. Ils ont fait pour le mieux comme on dit, avec leurs moyens.

» Je suis arrivée pour remplacer quelqu'un, une petite fille je crois, morte à la naissance. Une petite fille qui aurait été blonde comme eux, aux yeux aussi bleus que les leurs, un peu grasse si elle avait hérité des traits familiaux, par miracle jolie peut-être, mais plus probablement disgracieuse. Une peau laiteuse, des pieds courts, une poitrine généreuse si elle avait atteint l'âge de la puberté, et sans doute leur aurait-elle apporté la joie que je n'ai pu leur offrir.

» Je devais avoir un an ou deux quand je suis arrivée dans cette famille. Je n'ai aucun souvenir précis d'une enfance qui fut morne et linéaire, sinon ce sentiment d'étrangeté lorsque je rentrais de l'école et que je m'assoyais à la table commune, avec ces personnes si différentes que je ne comprenais pas.

» J'ai toujours su que je n'appartenais pas à cette famille, que j'étais née d'autres parents, qui sont longtemps restés mystérieux et héroïques avant de se transformer en scélérats. Mes parents adoptifs ne cultivaient pas le secret quant à mes origines, mais ils étaient maladroits et ont mis du temps à m'expliquer les choses, sous la pression de réflexions blessantes et de questions que je rapportais de l'école, de voisins. Ma différence était évidente, dérangeante, j'étais brune, la peau mate, plus grande que les enfants de mon âge et décharnée. Mes grands-parents faisaient des efforts pour m'accorder la même tendresse qu'à mon "demi-frère". Mes parents avaient vite renoncé devant ma résistance, et malgré tout, mes oncles et tantes jouaient la comédie de la normalité, mais aucun n'arrivait à cacher la sourde répulsion ou la simple incrédulité que je leur inspirais. Leurs efforts mêmes étaient la preuve de mon exclusion, à laquelle je contribuais de toutes mes forces. Mais lorsque mes questions se sont faites plus précises, on s'est muré dans un silence offensé. "C'est nous tes vrais parents, la preuve, qui c'est qui t'élève depuis que t'es en âge de marcher, qui te donne à manger, t'a changé les couches et payé la cantine ? Tu crois que tes 'vrais' parents se seraient remués pour toi ? Alors pourquoi est-ce qu'ils t'ont abandonnée, tu peux nous le dire ? C'est comme ça que tu nous remercies ?" Parce qu'il fallait en plus que je les remercie, ils n'avaient que ça à la bouche. Il est certain qu'ils ont dû faire des sacrifices pour moi, et que je les ai fait souffrir, qu'ils ne méritaient pas ça, mais les remercier... ça non, je ne le pouvais pas. J'avais ma fierté, celle de mes origines inconnues, et cette fierté c'était mon socle, ma colonne vertébrale, mes seules fondations.

» Je me souviens de petits déjeuners silencieux, de dîners devant la télévision, ma mère venait m'embrasser le soir, mais c'était un baiser froid, désincarné, plus tard j'ai compris qu'au fond elle avait peur. Mes parents étaient terrorisés. À peine me touchaient-ils, pour me donner le bain, m'essuyer le visage, m'habiller. Très vite j'ai appris à faire ces gestes seule. Je ne mangeais pas, c'était la première marque de ma contestation. Ma mère aimait cuisiner, elle préparait des plats peu élaborés, mais nourrissants, à base de crème et de beurre. Je picorais dans mon assiette, faisant provision de gâteaux secs sous mon lit. Elle le savait, n'en parlait pas, très vite le contact fut rompu entre nous. Les gestes se réduisirent à l'essentiel. Un pacte de non-agression fut passé en silence. Le seul qui continua à me chercher querelle était mon frère, mais cela ne dura pas. Il rejoignit la coalition assez vite, et je restai seule comme je l'avais souhaité, redouté aussi, comme je savais que je l'étais, profondément. J'avais fait coïncider ma conviction et mon angoisse. J'avais créé le vide autour de moi, mais ce vide était là bien avant.

» À treize ans, j'étais déjà mûre pour mon âge. J'enchaînais les histoires d'amour, découchais, rentrais tard, j'étais ce qu'on appelle une fille facile, et pourtant personne ne se moquait de moi. Je traînais avec des bandes, j'étais la fiancée des caïds, je n'avais peur de rien ou j'avais peur de tout, je me fichais de mon corps, de ma réputation, des larcins que je commettais avec eux, des soirées alcoolisées à la bière qui nous laissaient étendus sur des matelas de fortune dans des squats ou des appartements sordides. Mes parents n'avaient aucun pouvoir sur moi. Je rentrais parfois dans cette maison que je n'ai jamais considérée comme la mienne, on faisait quelques réflexions sur mon passage, on parlait de moi à la troisième personne : "Tiens, la voilà qui rentre, où est-ce qu'elle est allée encore traîner", mais ça n'allait pas beaucoup plus loin. Mes parents n'osaient pas dire ouvertement ce qu'ils pensaient, j'étais perdue à leurs yeux, et pourtant ils ne me mettaient pas à la porte.

» On se retrouvait en famille pendant les fêtes. Des oncles, des tantes, les grands-parents, des cousins. Il y en avait bien quelques-uns que j'appréciais, mais pour tous j'étais un élément inquiétant qui perturbait l'ordre des choses. Au début de l'adolescence, ça les excitait les jeunes fils de mes oncles de s'encanailler avec une fille de la famille qui transgressait les règles. Ils m'admiraient tout en éprouvant une répulsion sourde. Combien de fois je suis entrée dans des pièces où le silence se faisait alors brutalement. Je les connaissais, ces discussions, pour les avoir surprises : "L'adoption est difficile, on lui a tout donné et en échange, rien, pas même un peu de gratitude, jamais un mot gentil, jamais un merci. Le pire c'est le mensonge, elle ne peut pas s'empêcher de mentir, il paraît que c'est normal chez ces enfants, on aurait dû aller consulter, mais allez la traîner devant des médecins... Et puis on ne voulait pas y croire, on voulait espérer qu'elle deviendrait notre fille, qu'elle ferait un peu partie de la famille. Le problème c'est qu'elle n'a pas de cœur. D'où elle peut bien sortir, on n'en sait rien, c'est qu'on ne peut rien faire contre les gènes."

» L'expression que j'avais le plus entendue était "ces gens-là", je venais de ces gens-là, des gens mystérieux, à la peau mate, qui vivaient ailleurs, ou dans des souterrains, une secte dangereuse d'où on m'avait arrachée. J'étais de ces gens-là, la couleur de ma peau ne m'identifiait pas facilement, j'aurais pu être espagnole, italienne, un peu philippine, mexicaine, indienne ou arabe. J'observais autour de moi les différents types de visages, ne me reconnaissais dans aucun. J'étais cependant attirée par les beurs, les Algériens et les Marocains des cités, c'étaient ceux qui me semblaient le plus proches. Et pourtant un monde nous séparait. Je n'avais rien à voir avec leur vie. Imaginer que ma mère puisse habiter l'une de ces tours était inconcevable. Je voyais la misère, ces filles qui tombaient enceintes à seize ans, que faisaient-elles, abandonnaient-elles leurs bébés ? Était-ce une loi de la pauvreté, ou y avait-il quelque chose de culturel ?

» Que mon abandon fût culturel, c'était la thèse tacite de mes parents. Dès le départ ils m'avaient recueillie comme la victime qui portait les marques du fléau, un petit être qu'il faut sauver, dont il faut incurver la destinée, mais les "gènes" avaient été plus forts et ils s'étaient pliés au destin. Avoir fait entrer dans leur monde une fille de "ces gens-là" était leur malédiction, ils ne s'étaient pas assez méfiés ; après la perte de leur fille, dans leur détresse, ils avaient voulu le plus vite possible remplacer, ignorer le deuil, acheter un enfant et le mettre là dans une chambre rose et un lit à barreaux qui ainsi n'aurait pas servi à rien. Qu'elle ait les cheveux noirs était gênant, mais ça allait s'arranger, je finirais bien par leur ressembler.

» En réalité mes parents n'ont jamais supporté la différence. J'étais une enfant silencieuse et observatrice. Ils n'arrivaient pas à se débarrasser de mes yeux, "arrête de nous regarder comme ça, tu vas finir par nous porter malheur", mes yeux leur faisaient peur, ils se sentaient jugés. J'avais quatre ans et ils se sentaient jugés. Ils n'avaient pas tort, je les jugeais, je n'ai pas arrêté de les juger. Si bien qu'ils avaient réellement fini par se demander d'où je venais pour les juger ainsi, pour qui je me prenais, pour une princesse peut-être, enlevée par des ennemis du royaume ? Or c'est bien ce que je pensais. J'étais nécessairement une princesse ignorée que sa mère recherchait. J'ai passé mon enfance à attendre le moment où je pourrais aller à sa recherche. À écrire des signaux sur ma fenêtre au cas où elle passerait devant notre maison, à observer les gens dans la rue afin qu'aucune ressemblance ne m'échappe. Je ne savais pas comment procéder, mais il me fallait me démarquer le plus possible de cette famille, pour qu'on ne me confonde pas avec eux, pour qu'on me reconnaisse, pour qu'on ne puisse pas me reprocher d'avoir trahi. Non, je n'ai pas trahi, jamais je ne me suis sentie proche de cette famille blonde, j'ai été digne de ma mère, fidèle jusqu'au bout, je n'avais pas le choix. Je ne pouvais revenir en arrière, j'avais fini par me convaincre qu'ils étaient méprisables, que je devais les rejeter pour rester moi-même.

» *Moi-même*, c'était une drôle de notion. Je n'avais aucune autre identité que celle que mes rejets avaient construite. Mes pauvres parents, j'ai fini par les plaindre, ils n'y pouvaient pas grand-chose en effet. Je ne pense pas que je les aurais appréciés s'ils n'avaient pas été mes parents. C'est ce que je me disais, à quel titre les aimerais-je, nous n'avons rien en commun. Pourtant j'éprouve encore pour eux une lointaine tendresse, un peu de regrets aussi. Mais c'est ainsi, ils ne sont effectivement peut-être pas tombés sur la bonne personne, je ne suis pas tombée sur les bons parents, je ne pouvais pas tomber sur les bons parents, les seuls bons parents que j'envisageais étant les miens. Ce que je ne comprenais pas, c'est que j'éprouvais aussi une colère, une colère plus grande que tous les autres sentiments, une colère contre ces parents justement qui m'avaient abandonnée, une colère qui me faisait tenir, qui me permettait de ne pas me haïr, pas complètement du moins.

» Je pensais au fond de moi que s'ils m'avaient laissée, c'est que je ne méritais pas d'être aimée, que j'avais dû être un poids, une honte peut-être, quelque chose qu'on rejette, qu'on doit rejeter, que tout ça était de ma faute, et je le prouvais une fois de plus à mes parents adoptifs. Je ne pouvais pas être aimée.

» Alors cette colère était salvatrice même si je ne me l'avouais pas, elle était la preuve que je gardais un peu d'estime pour moi. Une estime bien médiocre, que j'ai écrasée dès mes premières aventures avec des hommes. Je m'amourachais du premier venu, et plus précisément de ceux qui pouvaient me faire du mal, qui me traitaient sans égard, qui me baisaient comme un trophée, parce que ces gènes qu'on avait tant invoqués m'avaient aussi donné la beauté. Cette beauté m'éloignait encore plus de ceux chez qui je vivais. Ils ne l'aimaient pas, ils la redoutaient, c'était la beauté du diable comme je les ai entendus dire, une beauté dont je n'étais pas fière puisqu'elle avait contribué à me faire rejeter de ce milieu, et détester des filles de l'école, à m'attirer au contraire tous les garçons. Une beauté que je tenais forcément de ma mère. C'était donc mon seul bien, la preuve de ma différence. Je m'en suis servie, j'ai essayé de l'abîmer, je n'aimais pas ma beauté. Elle m'était extérieure et témoignait de mes origines. Je ne savais qu'en faire. J'ai couché avec des hommes de tous âges, m'attachant à eux sans jamais les aimer, me croyant amoureuse, et pourtant je ne me souviens d'aucun en particulier. Je ne cherchais rien chez eux, sinon un peu de perdition, pas même du plaisir, je n'en éprouvais pas, ou, lorsque j'accédais à une forme de jouissance, je leur en voulais. Si je savais m'abandonner, c'est même ce que je savais le mieux faire, j'éprouvais le plaisir dans la douleur, et j'ai tout fait pour le tenir à distance. Pourtant je le recherchais, mais il fallait qu'il soit assorti d'une forme de destruction pour me plaire.

» J'ai pris beaucoup de drogues, sans plaisir, ce n'était pas difficile dans le milieu où je traînais. On fumait de l'herbe et de l'héroïne, on sniffait de la cocaïne. Je n'avais pas d'argent, mais il y avait toujours quelqu'un pour vouloir partager ce qui dans la solitude le tourmentait de remords ou de dégoût. J'ai été l'alibi des drogués, celle qui est toujours partante, qui rend l'appel au dealer convivial, l'alignement des traits sur la table festif. On a moins l'impression d'être accro quand les autres le sont aussi, je relativisais leur dépendance en la partageant, sauf que je n'étais pas dépendante. Dès que la poudre entrait dans le nez, ils juraient d'arrêter, bientôt, un jour, c'est la conversation préférée des drogués, je haussais les épaules, je savais bien qu'ils avaient besoin de moi pour continuer. Je les ai accompagnés au bord de la tombe, et je revenais parmi les vivants. Beaucoup sont morts, pas moi. Quelque chose se refusait à l'abîme, une lumière, un éclat, un souvenir peut-être, qui fit que, malgré les errances, j'allais quelque part.

» À l'époque il n'y avait pas grande différence entre errer et aller quelque part puisque j'ignorais où et que j'empruntais les chemins les plus sinueux, les plus escarpés. Je me sentais pourtant tenue. Personne ne m'y aidait, on me craignait, on me désirait, certains hommes m'ont même aimée, avec passion, ceux qui ont soupçonné mon incapacité à les aimer en retour, ceux qui ont senti mon indifférence profonde malgré les manifestations d'amour, ceux qui ont voulu me sauver. J'attirais beaucoup cette catégorie de personnes qui se fait un devoir de sauver les autres. Filles comme garçons, j'accédais un temps à leur demande, leur faisant croire qu'ils me soulageaient, puis je partais sans prévenir ou détruisais tout d'un coup, avec une certaine volupté à voir dans leur regard le désappointement et la déception. J'avais une forte propension à la cruauté, cette perversion qui tend à jouir de l'échec des autres quand ceux-ci s'évertuent à faire votre bien. Ils voulaient que je m'en sorte ? J'allais coucher avec n'importe qui. Je faisais en sorte qu'ils me retrouvent à moitié morte, ou vomissant, ou dans une posture humiliante. J'aimais alors leur regard horrifié et la démission qui faisait son chemin. Eux aussi finissaient par m'abandonner. Avaient-ils le choix ? Je ne le leur laissais pas, c'était mon jeu favori, j'étais toujours la plus forte.

» Ça aurait pu continuer longtemps. Je travaillais à droite à gauche pour me dédouaner auprès de ceux chez qui je squattais. J'apportais ma part. À quatorze ans déjà je ne vivais plus chez mes parents, leur rendais parfois visite à l'improviste, dormais chez eux pour donner le change quelques soirs de la semaine, leur mentais sur mon mode de vie. Je ne voulais pas non plus qu'ils appellent les flics, je devais les rassurer sur mon indépendance, ma capacité à prendre ma vie en main. La honte les retenait de parler de moi à leurs voisins ou de me dénoncer à la police. Ils prenaient mes explications pour argent comptant, sans chercher à en savoir plus, apaisant à peu de frais leur conscience. Je dormais facilement chez les autres, ou les invitais chez moi. Je n'aimais pas être seule.

» Comment aurais-je pu ? Je n'avais rien en moi qui pût me donner matière à m'entretenir avec moi. Ma pauvreté intérieure n'a jamais été démentie, et pourtant j'ai tout fait pour me prouver le contraire, quand j'ai eu plus d'armes pour tenir la solitude. Et puis je n'étais pas bien avec moi-même, l'idée de bien manger, de prendre un bain, de me faire du bien m'était étrangère. Tout était douloureux, ou absent, je ne sentais pas mon corps et je n'avais pas d'émotions. Je servais dans des bars la nuit. Je mentais sur mon âge, on me payait au noir, j'attirais la clientèle, je portais des jupes courtes. Là pourtant je me fis quelques amis, des collègues avec qui j'ai appris à rire. Je me suis alors rendu compte qu'avant quatorze ans je n'avais jamais ri. Cette légèreté qu'on dit propre à la jeunesse m'était étrangère. Le vin et les bières aidant, j'ai commencé à baisser la garde. Me suis laissée aller à partager des moments agréables, à discuter de sujets qui n'avaient jamais été abordés dans ma famille, la politique, les idéaux. La simple possibilité de penser le monde qui m'entourait ne m'était jamais venue à l'esprit. J'ai rencontré des militants et des idéologues. Je les ai écoutés, avec intérêt, je découvrais un monde qui m'était inconnu, l'abstraction, la réflexion qui projetait nos pauvres vies vers des ailleurs irréels. Je n'osais pas parler, complexée par mon manque de connaissance, mes bien courtes études. J'ai commencé à lire. C'étaient des pamphlets ou des textes de Trotski, je ne me reconnais pas tout à fait là-dedans, mais il y a eu ce plaisir des mots.

» Et puis j'ai découvert l'histoire. Marc, le barman qui travaillait à mes côtés, était inscrit à la fac d'histoire, il me donnait à lire ses cours et ses manuels. J'appris à lire une carte du monde, à localiser les pays, à connaître l'histoire de France, mais aussi celle des États-Unis, des colonies, de la Chine, en vrac, j'avais soudain découvert une raison d'être seule, une façon de me nourrir. Le matin, lorsque je me réveillais, j'ouvrais un livre qu'il m'avait prêté et je prenais des notes.

» C'est la première chose que je fis pour moi. Je ne

tenais pas à impressionner qui que ce soit, je ne passais pas d'examens, personne n'attendait de moi une réussite quelconque, mais j'avais ce désir d'apprendre qui fit renaître un autre désir, lointain, celui de dessiner. Je me souvins alors que, jusqu'à l'âge de dix ans, je passais mes soirées à peindre et à faire des croquis, j'avais des carnets entiers de dessins, des mondes imaginaires et des visages, des paysages, la vue de ma chambre par tous les temps. J'avais un certain talent pour ça, je ne connaissais rien à l'art, mes parents n'ont jamais mis un pied dans un musée de leur vie et il n'y avait pas de livres à la maison. Avec mon premier argent, lorsqu'il m'en restait après avoir payé le loyer et la nourriture, j'ai acheté des livres d'art. Des petits formats, des livres de mauvaise qualité avec des reproductions en noir et blanc. Mais cela suffisait à satisfaire cette soif grandissante. Je recopiais des modèles, j'apprenais le nom des artistes, je me cultivais. Je n'avais pas de structure, mais un désir était né.

» C'était la première fois. Je m'étonnais moi-même d'avoir pu vivre si longtemps sans aucun désir. Je percevais que vivre c'est désirer, je me demandais comment j'avais pu survivre si longtemps, sans rien qui me donne envie. J'en voulus encore plus à ma famille adoptive de m'avoir privée de cette joie, de cette simple joie qui m'aurait sauvée. Je pouvais parler de mes découvertes avec Marc, il m'écoutait, me corrigeait, me répondait, c'était un échange, un échange de biens gratuits entre deux personnes. Dans cet échange je suis devenue une personne, je suis devenue une personne parce que lui-même l'était à mes yeux, le premier homme que j'estimais, que je n'utilisais pas. Il n'avait d'ailleurs pour moi aucun désir, mon physique ne l'impressionnait pas, Marc préférait les hommes. Mais il avait aussi déjà aimé une femme. La sexualité était pour lui un problème. Nous n'en parlions pas. Que notre relation soit asexuée l'a aussi rendue possible. Il me posait parfois des questions sur moi, je n'aimais pas ça, je n'avais rien à répondre, rien dont je puisse être fière, alors il a cessé, et c'est en parlant de livres que j'ai commencé à parler, un peu.

» J'avais un ami. J'ai mis du temps à l'accepter, l'accepter c'était donner prise, c'était pouvoir le perdre. Et j'ai accepté de pouvoir le perdre. Pour autant je n'ai pas changé radicalement, je continuais de sortir avec des types peu recommandables, de passer des soirées à sniffer de la coke, de boire plus que de raison. Je ne pleurais jamais. C'est pourtant à cette époque que j'ai entrevu la possibilité d'être triste. Les lendemains de cuite, quand je retrouvais Marc et qu'il me faisait la leçon, avec gentillesse, sans porter de jugement, je me sentais minable. À lui j'ai eu envie de faire plaisir, parce qu'il n'attendait rien de moi sans doute. Ou parce que c'était la première personne qui admirait quelque chose chez moi, je n'aurais pas su dire quoi, et quoi que je fasse cette admiration ne se démentait pas. Mais elle était silencieuse, ne revendiquait rien, il me laissait être.

» Certains soirs je retombais pourtant dans l'apathie, je regardais les livres éparpillés autour de moi, avec haine, à quoi tout cela me mènerait-il, pourquoi gâcher son temps à apprendre des choses qui seraient détruites en même temps que moi ? Des émotions remontaient peu à peu, je les chassais, elles me paraissaient dangereuses, je fus même tentée de quitter ce travail pour ne plus voir Marc. Il me faisait du mal. Il me faisait trop de bien pour ne pas me faire mal. Et c'est ce que j'ai fait, je suis partie, j'ai démissionné, je suis allée chercher ailleurs. Je n'ai pas répondu à ses appels, j'ai replongé avec ivresse dans tous les vices, renoué avec ceux qui m'étaient le plus nocifs. Je n'ai pas osé jeter les livres, mais je les ai rangés dans un coin, et les évitais du regard bien que la chambre soit petite et qu'ils prennent de la place. J'ai décidé de ne plus les voir et ma pièce a été amputée d'un angle.

» Du temps a passé, je ne me souviens de rien, la répétition, la drogue, l'ennui, la fuite. Six mois plus tard, Marc a rappelé. Je n'ai pas décroché mon téléphone, mais j'ai écouté son message. Il me demandait de le rappeler d'urgence, savait que je cherchais du travail, il en avait pour moi, sans lui puisque apparemment je ne voulais plus le voir, mais dans un bar qui semblait très intéressé par ma candidature. Je trouvais étrange qu'il mette autant d'énergie pour me trouver du travail après la façon dont je l'avais traité, j'ignorais même qu'il me savait au chômage. Mais comme j'avais sérieusement besoin d'argent, et sans doute avais-je aussi besoin d'entendre sa voix, je l'ai rappelé.

» Il m'a donné rendez-vous à 19 heures, avant son service, dans un café à côté du bar où nous avions travaillé ensemble. Au téléphone, il a fait comme si nous nous étions quittés la veille, et ça m'a mise en confiance. J'éprouvais pourtant quelque appréhension à le retrouver. C'était la première fois que je ressentais un trouble, non que j'étais amoureuse ou quoi que ce soit, c'était plutôt un sentiment de honte, de culpabilité mêlé de soulagement. J'étais heureuse de le revoir, et cette émotion m'a prise au dépourvu. D'habitude j'étais à l'aise dans mes relations avec les autres parce que ça m'était égal. Je ne séduisais pas, n'attendais rien de personne. J'avais déçu Marc, et j'en étais meurtrie, étonnée qu'il cherche à me revoir, qu'il accepte aussi simplement ma lâcheté et ne m'en tienne pas rigueur. Je me suis rendue au café, intimidée, il m'attendait, un peu tendu lui aussi. Il ne m'a fait aucun reproche.

» “Je me doutais bien que tu allais partir un jour, m’a-t-il dit, mais je suis content que tu aies accepté de revenir.” Je me taisais. J’aurais voulu lui demander pardon mais j’en étais incapable, je ne m’étais jamais excusée auprès de qui que ce soit, je ne savais pas faire. Mais il n’attendait pas ça de moi, ni que je m’explique sur cette fuite soudaine. Tout était normal, chacun était comme il était, il ne m’a pas jugée. Je m’en chargeais. Il m’a posé quelques questions pour renouer le fil, “comment vas-tu ? que fais-tu en ce moment ?”. Mes réponses vagues n’ont pas aidé à entretenir la conversation, il faut dire qu’il n’était pas facile de parler avec moi, je n’avais jamais rien à dire, je n’ai toujours rien à dire, alors je préférais me taire. J’avais toujours vécu dans le silence, le silence ne me faisait pas peur, ou bien il était terrorisant mais cette terreur m’était plus familière que les mots. Il m’a demandé ce que je lisais. Je lui ai répondu : “Rien. Rien depuis que je ne te vois plus, il faut que tu me donnes quelque chose à lire.” Et là, le lien a été rétabli, le désir de cette vie nouvelle est revenu avec violence. Comment avais-je pu ranger tous ces livres dans un coin et les ignorer ?

» Il m’avait apporté un livre sur la guerre d’Algérie. Je l’ai saisi comme s’il s’agissait d’un bijou ancien, l’ai respiré, ouvert, caressé. Ce livre m’a accompagnée dans tous mes voyages. Je l’ai lu et relu, j’ai besoin qu’il soit à mes côtés, c’est ainsi. Je lui ai dit merci. Nous nous sommes tus quelques instants. Je pensais que nos retrouvailles touchaient à leur fin et que j’allais rentrer chez moi, dans cette vie qui n’en était pas une, avec ce bien précieux qui serait le témoignage d’une amitié qui aurait pu exister, quand il me rappela qu’il m’avait proposé un travail.

» Je m’étonnais qu’il songe encore à m’aider, je ne lui avais rien demandé. Devant ma mine perplexe, il m’a expliqué que quelqu'un avait entendu parler de moi, dans un bar de jazz, que ce quelqu'un était très ami avec une de ses camarades de la fac qui lui avait demandé si je ne cherchais pas du travail. Je trouvais ce cheminement un peu compliqué, tout ça pour mes talents de serveuse. Mais je ne posais pas de questions, après tout pourquoi pas, ce ne serait pas la première fois qu'un homme aurait remarqué mes yeux noirs et mes longues jambes. "Pourquoi pas ?" lui ai-je dit. Il parut soulagé. Mais je prenais tout ce qui m'arrivait pour normal, naturel, mon existence elle-même me semblait si gratuite, si mystérieuse, que tous ces détails n'avaient pas de quoi me rendre suspicieuse, et que mes capacités d'étonnement avaient atteint leurs limites, je n'avais pas beaucoup de gratitude, sans doute parce que je savais que le désir que je pouvais susciter n'avait rien à voir avec ma personne, je n'en éprouvais aucune fierté – au contraire. J'en voulais presque à ceux à qui je plaisais, il m'était difficile de dépasser le mépris que suscitait chez moi l'intérêt que les autres pouvaient me porter. Je les jugeais imbéciles et naïfs, il y avait erreur sur la marchandise, et je m'employais à les démentir bien assez vite. Aussi ai-je noté le nouveau rendez-vous qu'il me donna sans commenter.

» Une fois sa mission remplie, Marc parut se détendre, toujours surpris de me voir accepter les événements de la vie avec une telle facilité. Il aimait ça, chez moi, je l'avais déjà remarqué. Il disait qu'il n'avait jamais rencontré quelqu'un qui ait aussi peu de préjugés, mais moi j'aurais aimé en avoir des préjugés, ça aurait été la preuve de mon implication, ou seulement d'une appartenance. Je l'ai laissé payer les cafés et l'ai quitté en hésitant, je n'avais pas envie de rentrer chez moi. Il me souriait avec bonté, et j'ai préféré fuir son regard, comme d'habitude. Ce soir-là je me suis couchée tôt, le livre sous mon oreiller, je ne l'ai pas ouvert.

» Le lendemain était comme les autres jours, avec l'idée de ce rendez-vous qui me donnait un but et qui m'a permis d'organiser mon temps comme si j'avais quelque chose à faire. Je me suis habillée sans y songer, mais avec application, chacun de mes gestes était fait méthodiquement, j'étais un automate, je manquais d'habitudes régulières pour me couler entièrement dans le mécanisme de mon corps, mais j'avais tout de même organisé ma vie pour ne pas penser. Ce n'est pas si difficile de donner une forme au vide, et de s'en satisfaire. Je ne dessinais plus depuis que j'avais quitté mon travail au bar, à l'époque j'étais encore inscrite au lycée, je continuais d'aller parfois en cours, en touriste, juste pour faire quelque chose. On avait voulu me renvoyer pour absentéisme, mais le proviseur ayant compris que seul le lycée continuait de me donner une structure avait fini par me réintégrer, me menaçant d'appeler les services sociaux si je ne respectais pas le contrat. Alors je me levais, prenais mes affaires, faisais mes devoirs. J'avais même de bonnes notes en arts plastiques et en histoire, ce qui était nouveau et réjouissait mes professeurs, pour autant je n'arrivais plus à me couler dans le moule, les autres lycéens étaient si éloignés de mes préoccupations ou de mon absence de préoccupations, de mon mode de vie, j'étais à la limite de la désocialisation, pourtant quelque chose me retenait encore de franchir le cap. Il me semblait que ma vie ne commencerait jamais, qu'elle était aussi vierge de passé que d'avenir, que le temps s'écoulerait comme il le faisait depuis le début, sans moi ou devant moi. J'étais coupée de moi-même, j'observais sans grand intérêt cette fille trop belle avancer en traînant les pieds partout où elle allait, je n'attendais même plus que quelque chose se passe, j'essayais de tuer en moi cette attente que je savais vaine, je n'avais d'énergie que dans la violence, toute autre chose me fatiguait, ma violence même me fatiguait. Je n'avais pas la force d'être triste, tout sentiment aussi m'épuisait, je trouvais ça inutile, je me demandais souvent quand cela allait s'arrêter, sans avoir l'idée de mettre fin à mes jours, il aurait fallu pour cela plus de dégoût, ou simplement de la détresse, mais cela aurait encore été des manifestations de vie. Je ne pouvais pas mourir, j'étais déjà morte.

» Je suis arrivée en retard, une fois de plus, dans le café où m'attendait Marc.

» Il buvait une bière et m'en commanda une pendant que j'ôtais mon manteau. Il me dit : "Écoute, je ne sais pas pourquoi on te veut pour ce boulot-là, et j'espère que ce n'est pas pour de mauvaises raisons. Je ne voudrais pas porter la responsabilité de t'amener dans un piège. — Ne t'inquiète pas pour moi, lui ai-je répondu, peu importe la raison pour laquelle on me veut, du moment que c'est payé. — J'ai confiance dans la fille qui m'a parlé de ça, c'est pour ça que je t'ai appelée, mais maintenant ça me paraît bizarre. — Tu sais, beaucoup de monde est passé au bar et nous a vus ensemble, beaucoup de monde me connaît, alors il n'y a rien de bizarre, et de toute façon je serai assez vite fixée. — Je viens avec toi." J'ai souri parce que s'il m'arrivait quelque chose Marc serait incapable de me défendre. J'étais plus forte que lui, je m'étais déjà battue, j'avais souvent côtoyé des armes, j'avais traîné avec tous les dealers du coin, dont l'un m'avait laissé un cran d'arrêt que je gardais toujours dans ma poche, il avait l'air d'un grand dadais cérébral, son pull tombait sur son torse glabre, il flottait dans ses vêtements et n'avait jamais dû frapper qui que ce soit de sa vie. J'ai dit : “D’accord, tu rentres avec moi, mais après laisse-moi me débrouiller, je t’appellerai pour te raconter.”

» Nous nous sommes levés et avons marché un peu avant de trouver l’entrée du club de jazz. Il fallait descendre quelques marches pour entrer dans un lieu sombre, qui sentait la bière et la cigarette froide, une odeur que je connaissais bien, celle de tous les bars avant qu’ils n’ouvrent leur porte et que le brouhaha remplace les odeurs. Il y avait un type, un jeune type accoudé au comptoir. Je ne le voyais pas bien, le temps d’accommoder mes yeux à la pénombre. Un autre, un vieux celui-là, est venu nous saluer. Ça devait être le patron. Il y a eu un moment d’hésitation, j’ai fait signe à Marc qu’il pouvait y aller. Il s’y est résigné, l’autre l’a suivi peu après. Je me suis retrouvée seule avec ce jeune gars qui ne s’était toujours pas retourné. Et qui a fini par lever la tête.

» D’emblée j’ai senti que l’atmosphère de la pièce changeait. Ce n’est pas la beauté de ce type qui m’a saisie, d’ailleurs je le voyais à peine, mais quelque chose dans son attitude. Quelque chose se passait, que j’étais bien incapable d’identifier. Il m’a fait visiter la pièce, le bar, puis nous sommes descendus au sous-sol où une grande salle voûtée devait accueillir les bœufs. J’entendais cette voix rauque, grave déjà, alors qu’il devait avoir mon âge. Il parlait peu, mais chaque mot résonnait et se plantait dans un lieu inconnu de moi qui émettait d’étranges vibrations.

» Et là, il me demande : “Comment vas-tu ?”

» J’étais pétrifiée, je sentais bien qu’il y avait quelque chose de familier qui aurait dû être évident, mais que cette évidence fût cachée me pétrifiait encore plus. Je reculais le moment où je pourrais le dévisager, je n’arrivais pas à franchir cette seconde de sidération, je savais que passer de l’autre côté, c’était changer de vie.

Tout cela n'était pas clair bien sûr, mais la fulgurance de l'émotion contenait ces informations, les unes entremêlées aux autres, comme une boule de cheveux. J'ai fini par le regarder, chercher dans ce visage un indice qui me permette de comprendre. Je me suis défendue : "On se connaît ?"

» Après tout ça pouvait être un type rencontré dans une de ces soirées d'où l'on rentre la mémoire tronquée, et pourquoi pas quelqu'un avec qui j'aurais couché. Sa réponse ne m'a pas éclairée, j'ai attendu qu'il m'explique tout en redoutant que la magie s'évanouisse d'un seul coup. Et tout de suite il m'a parlé de mon prénom et du sien alors que ni l'un ni l'autre ne nous appelions réellement ainsi.

» C'est à ce moment que j'ai su qu'il venait d'autre part, de ce lieu secret même à moi, qui m'avait jusque-là empêchée de sombrer complètement, celui auquel je n'avais pas accès, mais qui hantait les impasses de ma mémoire.

» C'est alors qu'il a brisé les murs enfermant cette mémoire. Avec un seul mot. Mon prénom. L'autre. Le plus ancien, mon vrai prénom, celui que ma mère m'a donné. Emmanuelle.

» Je n'avais plus été appelée ainsi depuis l'âge de un an, et je suis incapable de me rappeler quoi que ce soit, mais ce prénom, Emmanuelle, prononcé par sa bouche, ses lèvres, sa voix, a retrouvé le même chemin et illuminé d'un éclair un savoir si enfoui que je le croyais mort. Je compris alors pourquoi lui-même s'était donné ce prénom, Manuel, je compris qu'il se souvenait mieux que moi.

» Je l'ai regardé, longtemps, hébétée. Je ne pouvais pas bouger, trop de choses se bousculaient en moi, des questions et des cris, je devais les trier, les faire sortir un par un pour qu'ils n'encombrent pas pour toujours ma parole. C'était Antoine... C'était lui. Mon frère. »

Mara s'arrête. Tout ce récit, elle l'a en elle depuis si longtemps, elle n'en livre que quelques bribes à Hicham, l'essentiel. Ce qui suffit à la cohérence. Mais elle est obligée de s'arrêter. Continuer c'est trahir. Hicham l'observe, prenant lentement conscience de ce qu'elle vient de lui avouer, il cherche à contenir la stupéfaction, pour ne pas la heurter, pour qu'elle continue, pour qu'elle garde confiance en lui. Mais il ne peut pas.

« Comment as-tu pu ? » Mara, au lieu de se révolter contre cette question qui lui demande des comptes, à elle qui a passé sa vie à n'en rendre à personne, oublie la trahison, oublie le secret, et entreprend de justifier ce qui fut le sens de sa vie, jusque-là.

« C'était mon frère. J'avais retrouvé l'unique preuve d'une histoire possible. D'une origine, d'une famille, et plus largement d'une réalité. Je ne me souvenais de rien de l'année et demie que nous avions partagée, pourtant tout ce qui me constituait venait de là. Il avait été mon enfance. Mon premier rapport au monde, après ma mère, mais l'avais-je seulement connue ? La deuxième personne que j'ai vue, que j'ai touchée, que j'ai entendue, celui qui avait habité le ventre de la même mère. Que ma mère devienne "notre" la faisait exister tout à coup.

» C'était mon frère. Et pourtant un étranger. Je rencontrais un homme qui avait vécu quinze ans loin de moi, dans l'ignorance de mon existence bien qu'il m'affirme le contraire, qui avait été élevé par des gens lointains qui n'avaient rien à voir avec le début de notre vie, ni la préhistoire de notre vie, ni je l'espérais avec notre vie à venir. Alors cet élan violent qui nous a poussés l'un vers l'autre était sans doute l'émotion de se retrouver, et de faire revenir sur nous une histoire inconnue, de réintégrer une trame dont on ignorait tout mais dont nous étions deux maillons. Oui, nous étions des maillons d'une chaîne trop courte, amputée, mais d'une chaîne quand même. Nous avons cherché l'un en l'autre les ressemblances, les traits distincts, les dents le palais la langue les pupilles les sourcils, puis bientôt les pieds, la paume des mains, le majeur, le pouce, le genou, le coude, la racine des cheveux, les aisselles, le bassin, le nombril et plus loin. Nous avons cherché dehors à l'intérieur touché regardé senti goûté, pour que rien n'échappe, nous nous sommes connus plus qu'aucune mère, qu'aucun père ne peut connaître ses enfants même s'il les a faits, nous nous sommes aimés plus qu'aucune mère, qu'aucun père ne peut aimer ses enfants. Nous sommes entrés l'un en l'autre avec une urgence que rien n'aurait pu différer, le soir même, et puis tous les autres soirs. Nous étions effrayés par une possible séparation, notre survie tenait désormais au fait d'être ensemble. Nous avons dû tout raconter, depuis le début de nos souvenirs, rattraper le temps, mais l'un en l'autre. C'était la seule sécurité pour ne plus revenir en arrière, pour trouver le lieu de la tranquillité, le lieu qui était le nôtre. Notre place sur terre c'était en l'autre, et je ne peux pas l'expliquer. »

Hicham n'a jamais vu de larmes sur le visage de Mara. Aujourd'hui elles ne lui paraissent pas incongrues. Il n'a pas l'idée d'en être choqué, lui-même est tétanisé sur sa chaise. Il n'ose faire un mouvement de peur qu'elle ne s'arrête, de peur aussi de tomber, de la faire taire, de sortir. Mara parle de plus en plus bas et pourtant sa voix sort avec plus de force.

« C'est sans réfléchir qu'on s'est retrouvés dans un hôtel, le premier soir. Il faisait nuit déjà. Nos corps nous dictaient notre conduite, il n'était pas possible de faire autrement. Comme nous ne nous connaissions pas, je n'avais pas l'impression de transgresser quoi que ce soit, transgression par rapport à quoi ? La famille ? La société ? La nature peut-être ? Mais nos corps semblaient se jeter l'un sur l'autre tellement naturellement. J'ai pensé plus tard que peut-être, en effet, cela pouvait ne pas être normal, mais j'ai rejeté cette pensée au plus loin, parce que nous étions tous les deux là, et c'est contre cette pensée que nous avons décidé de vivre, elle donnait de la valeur à notre amour, il ne pouvait pas y en avoir de plus fort.

» Au début, nous vivions collés l'un à l'autre. Je l'accompagnais partout où il allait lorsque nous n'étions pas au lycée. Manuel travaillait mieux que moi, il était plus structuré, sans doute sa famille d'accueil lui avait-elle transmis ça, au moins, mais c'est à peu près tout. Il avait subi le même sort que moi, ou plutôt il l'avait provoqué. Il n'avait pas la même violence à l'égard de ses parents et de ses frères et sœurs – nous étions tous deux arrivés dans des familles qui avaient des enfants, la DDASS avait dû considérer qu'en nous séparant, il fallait qu'on retrouve une fratrie, en échange. Il éprouvait juste une profonde indifférence pour les siens, à tel point qu'il avait demandé à vivre en internat, au lycée Malebranche. Et il l'avait choisi pour se rapprocher de moi.

» Manuel effectuait des recherches depuis qu'il avait dix ans. C'étaient des informations volées ici ou là, il avait fini par obtenir de sa mère des renseignements succincts certes, mais qui l'avaient peu à peu mené au souvenir de moi. Puis à l'orphelinat, dont sa mère adoptive lui avait donné l'adresse et où, un peu plus âgé, il avait fait le siège. Il s'était lié d'amitié avec l'une des responsables, c'était un adolescent charmant quand il le voulait. Au fond de lui, il n'y avait que colère et désir de revanche, mais il avait déjà appris à faire bonne figure et à user de la séduction : son enfance, il l'avait passée à en faire une arme contre les adultes. Enfant, il ne l'avait jamais vraiment été, mais il a joué sa partition longtemps. Il était adorable, j'ai vu des photographies de lui à presque tous les âges, un air d'innocence et un charme qui trompaient tout le monde. Ses parents l'aimaient, ses frères et sœurs en revanche avaient compris qu'il mentait en permanence, ils avaient très tôt eu l'intuition de l'imposture. Aussi se méfiait-il d'eux.

» Peu à peu, il a obtenu la preuve de mon existence, me localiser a pris plus de temps encore, mais il était patient, méthodique. Il se trouva que nous habitions des départements voisins. Lorsqu'il s'en est rendu compte, il a caché son euphorie et fait en sorte que ses parents acceptent de l'inscrire au lycée Malebranche. Il a dû pour cela rapporter de bons résultats à la maison, tout en montrant des signes de dépression. Pendant une année il n'a plus mangé, ne voyait plus personne, lui qui était passionné de sport a commencé à sécher les cours pour, le jour venu, exposer à son professeur de gymnastique son mal-être et son souhait d'aller en internat. Ses parents ont fini par céder, pressés de toutes parts par les professeurs et l'administration scolaire. On s'étonnait un peu, mais il a su inscrire une logique sous ce choix, le besoin de prendre du recul sans s'éloigner trop de sa famille, la crise identitaire normale pour un enfant adopté, le difficile passage de l'adolescence. Il avait mis dans sa poche la psychologue de l'école, et ses plans ont marché.

» Il a fallu ensuite me retrouver. Il menait son enquête avec une application et une persévérance qui, lorsque je l'ai su, m'ont donné pour la première fois le sentiment d'avoir une importance. Manuel connaissait beaucoup de monde, il travaillait le week-end dans des cafés, sortait dans toutes sortes de milieux, enquêtait. Jusqu'à ce qu'il rencontre Stéphane, mon frère adoptif, sans savoir qui il était, un soir dans une discothèque. Ils ont bu, discuté, Manuel questionnait les gens qu'il rencontrait sur leur vie et les gens aimaient ça, ils lui faisaient confiance, se sentaient écoutés. Il a tout de suite soupçonné quelque chose, cette sœur cadette, qui avait son âge, arrivée à un an et demi dans cette famille, pour la faire imploser, petit à petit ; le prénom qu'elle s'est choisi et qu'elle a imposé très tôt, échappant à l'identité qu'on avait voulu lui imposer. Il a voulu revoir Stéphane, ils sont devenus amis, d'une certaine façon. Manuel ne l'aimait pas, mais il lui fallait s'assurer que son intuition était bonne. Il était mûr pour son âge, après tout il était beaucoup plus jeune que Stéphane, mais il faut croire qu'il lui plaisait. Je crois qu'il m'a vue, une fois, tandis qu'ils buvaient des bières avec d'autres amis. Je suis passée devant leur café, Stéphane m'a montrée du doigt, j'ai détourné la tête, je détestais tous les amis de Stéphane et tout ce qui touchait à lui de près ou de loin. Pourtant j'ai senti un regard sur ma nuque longtemps après être passée. Pour une fois, ce n'était pas un regard désagréable.

» J'ai vite oublié. Je ne parlais pas avec Stéphane. Il ne me serait pas venu à l'esprit de l'interroger sur ses copains. Manuel s'est convaincu qu'il s'agissait de moi, en me voyant sans doute, nous nous ressemblons. C'est comme ça qu'il m'a retrouvée, il lui était simple, après ça, de me donner rendez-vous. Cependant il ne l'a pas fait tout de suite. Il m'a suivie, m'a vue dans ce bar où je servais, n'a pas osé m'aborder, pas comme ça, comme un client. Il ne voulait pas non plus entrer en contact avec moi par Stéphane. Il s'est alors débrouillé pour rencontrer Marc, a découvert où il étudiait, a suivi quelques cours, on ne lui donnait pas seize ans, il pouvait tout à fait passer pour un étudiant. Là il a séduit l'une de ses amies. Et ainsi de fil en aiguille m'a donné rendez-vous dans ce bar. Marc m'a dit après s'être souvenu de lui, l'avoir remarqué sur les bancs de la fac, l'avoir même trouvé séduisant.

» Je n'ai revu Marc que quelques fois. Nous n'avions pas d'amis, à vrai dire, nous les fuyions, nous n'avions besoin de personne, c'était aussi sans doute une façon de nous cacher. Nous devions construire une vie loin de ceux qui nous avaient connus. Qu'elle soit radicalement neuve. Nous naissions à nouveau l'un à l'autre et à une existence différente qui ne pourrait faire l'économie d'une rupture complète avec l'existence d'avant. D'un point de vue affectif, ce n'était pas difficile, mais d'un point de vue matériel, cela prendrait plus de temps. Nous étions tous les deux au lycée, il nous fallait passer notre bac pour avoir une réelle liberté et nous engager dans la vie active sans rendre de comptes à nos parents respectifs. Peu à peu nous avons mis en place des contacts pour acquérir une indépendance financière, petits boulots, stages. La seule ambition était de pouvoir gagner suffisamment d'argent pour partir. Nous ne savions pas ce que nous voulions faire, mais nous espérions qu'une fois seuls et loin nous pourrions nous consacrer à des désirs mis de côté pour l'heure.

» C'est un casting sauvage qui nous a donné la solution. J'étais heureusement au lycée ce jour où une femme et un homme faisaient le pied de grue à la sortie. J'étais en fin de première, et n'assistais que sporadiquement aux cours pour me garantir la tranquillité du côté de l'établissement. À 18 heures, je me dépêchais de retrouver Manuel au café qui faisait l'angle entre la rue de mon lycée et un grand boulevard. L'homme et la femme se sont approchés de moi et m'ont posé des questions. J'étais méfiante, et surtout pressée de partir. Puis j'ai compris qu'ils me proposaient un travail et plus encore : m'engager dans une agence de mannequins qui me ferait faire des essais dans des petites campagnes de publicité. Je leur ai donné mon numéro et leur ai promis de réfléchir. Rien ne me retenait, ni les scrupules de parents protecteurs, ni les miens, mon corps m'indifférait et la vacuité du travail n'avait rien à envier à ceux que je faisais pour gagner quelque argent. Pourtant je devais en parler à Manuel. Il n'a pas tout de suite réagi. J'ai été étonnée de son hésitation, puis j'ai compris qu'il était réticent à me voir m'exposer aux yeux de tous, non pas tant par souci de "clandestinité" que par simple possessivité. Mais il a été obligé de reconnaître l'intérêt de ce travail lorsque je lui ai fait miroiter l'avenir qu'il pouvait nous offrir. Lequel a été confirmé dès mon premier rendez-vous. On m'a prise en photographie, sous toutes les coutures, on a constitué pour moi un "book", et j'ai très vite été rappelée pour faire des publicités. Ça a été aussi simple que ça. Je n'ai plus arrêté de travailler, d'abord pour de petites marques puis pour des créateurs de plus en plus prestigieux. Au bout de six mois j'étais indépendante, au bout de un an j'étais riche. Nous avons quitté notre banlieue pour monter à Paris, loué un appartement cossu, coupé les liens avec nos parents tout en les rassurant, j'avais des preuves objectives de ma soudaine ascension sociale, je leur envoyais de l'argent. Mes rapports avec eux avaient changé, ils éprouvaient en même temps que cette peur ancestrale une forme d'admiration mêlée de mépris pour ce que je faisais. Ils ne refusaient pas l'argent. Après tout c'était un dû, je réglais mes dettes avec eux, et bientôt ne leur devrais plus rien.

» Manuel, s'il se sentait libéré à maints égards, souffrait de vivre de mon argent sans en gagner lui-même ou en gagnant des sommes si dérisoires qu'elles nous mettaient en porte-à-faux. Je l'ai introduit peu à peu dans le milieu de la mode et du luxe, qu'il n'aimait pas. Mais il n'avait pas le choix, et il a fini par monter une agence de presse représentant de jeunes créateurs. Il travaillait sans cesse, pour que sa société soit rentable au plus vite et qu'il puisse m'offrir un dîner dans un grand restaurant, puis un voyage dans un hôtel quatre étoiles. Nous étions des enfants pauvres soudain jetés dans l'univers du luxe. Nous nous sentions comme des voleurs, mais sans aucune culpabilité, avec la pensée permanente que cela pourrait s'arrêter du jour au lendemain, que nous serions pris, démasqués, et séparés. La conscience de ce sursis rendait à cette vie l'intensité dans laquelle notre relation l'avait déjà plongée. Nous avions une impression de liberté et d'impunité sans égal.

» Manuel a fini par bien gagner sa vie, jamais à la hauteur de mes contrats, mais enfin l'honneur était sauf. Nous voyagions beaucoup, je découvrais des pays que je n'aurais jamais pensé découvrir, dont j'ignorais tout, l'histoire, la culture. Nous apprenions directement ce que nos études auraient dû nous apprendre, directement et différemment, sans méthode, mais avec enthousiasme. Lorsque nous allions au Japon, nous lisions de la littérature japonaise, des guides, des livres d'histoire, notre soif de savoir s'était d'un coup éveillée, d'autant plus impétueuse qu'elle était restée longtemps endormie, tout au moins pour moi, Manuel avait toujours eu cette curiosité. Nous avons même appris des langues étrangères, j'étais obligée de parler anglais, un peu espagnol, et je me suis découvert des facilités insoupçonnées.

» Peu à peu, j'ai délégué à Manuel certaines parties

de mon travail. Je voulais me rapprocher encore plus de lui si cela était possible. Secrètement, je rêvais qu'il devînt mon agent, dans le fantasme d'une vie totalement, absolument fusionnelle. C'est ce qui a fini par arriver, quand ma notoriété a été suffisamment assise, et que je ne craignais plus de ne pas travailler. C'est lui qui négociait mes contrats, lui qui trouvait les défilés. Je n'avais pas coupé tout lien avec mon agence, mais j'avais imposé qu'il fût mon contact direct, celui qui représentait mes intérêts. Il me semble que nous étions heureux.

» Pas tranquilles cependant. L'inquiétude était toujours là, et pas seulement comme un moteur, mais comme le courant qui parfois nous tirait vers le bas, nous plongeant dans des soirs gris et alcoolisés. Les drogues, la fatigue, l'alcool, tout ça nous amenait parfois au seuil d'une crise. Manuel a toujours été violent, calme et violent, d'autant plus violent qu'il paraît calme et que ses cris, parfois ses coups, sont aussi abrupts qu'imprévisibles. J'ai appris à les éviter, mais on n'est jamais totalement en sécurité avec lui. Il y a cette colère, au fond, toujours prête à sortir, mais si protégée par les masques successifs qu'il a façonnés que personne ne la décèle. Nous nous sommes battus presque aussi souvent que nous avons fait l'amour, nous nous sommes blessés, au sens propre, nous avons exploré tous les états, la léthargie, le manque, l'inconscience, la surexcitation. Toujours ensemble, nous ne savions pas vers où nous allions : vers un accomplissement et une réussite que rien n'aurait pu laisser présager ou vers une destruction qui nous ressemblait davantage ? Nous oscillions entre ces deux points de mire, sans choisir. Mais enfin nous avons connu des moments de bonheur, je crois, oui, parfois je regrette presque cette époque, même si elle avait quelque chose de factice.

» Au début, Manuel m'avait reproché son sentiment d'humiliation à devoir vivre de mon corps. Il me reprochait qu'on me regarde, qu'on me flatte, qu'on me veuille. J'ai dû pendant un temps m'éloigner plus encore de ce corps pour ne pas le sentir coupable. Pour qu'il ne soit pas un obstacle à notre union. Mais je ne savais qu'en faire une fois dans ses bras. Je ne pouvais l'ignorer la journée et le récupérer la nuit. Peut-être n'avais-je pas fait le travail nécessaire pour vraiment m'en séparer et qu'il devienne un uniforme. À force de l'instrumentaliser, il ne me servait plus à rien. Alors Manuel a commencé à me reprocher ma froideur, mon incapacité à jouir dans ses bras. Et la jalousie s'est emballée. Il me demandait quelque chose d'impossible, une contradiction que je n'avais pas la force de surmonter, mais cette faiblesse il l'attribuait à mon amour. Nous étions bloqués dans cette aporie, quand il a décidé de changer.

» Un soir, je rentrai d'un shooting, épuisée. Il m'attendait, devant un verre de vin, de très bon vin – nous avions désormais les moyens de nous l'offrir, pas le goût mais le vin, et puis le goût est venu, il suffisait d'acheter les bouteilles les plus chères et de s'y habituer. Il m'attendait parce qu'il avait quelque chose à dire. Il voulait s'excuser. Il avait compris, m'a-t-il dit. Moi-même, qui n'avais rien saisi, je suis restée muette d'angoisse. Le jour était-il venu où il m'apprendrait une réalité atroce, un secret qui briserait l'histoire que nous avions commencé à inventer ?

» Tout pouvait s'arrêter. J'avais cette vieille habitude de m'attendre au pire : s'il y a une chose que j'ai toujours crainte, c'est la déception, je m'étais auparavant arrangée pour ne pas être déçue. Désormais j'avais quelque chose à perdre, et ce quelque chose était devenu tout pour moi.

» Ce jour-là, Manuel m'a expliqué. En faisant de moi un objet de désir pour les autres, il se l'était subtilisé à lui-même. Par ma chair et sa faute, nous avions perdu la possibilité de jouir. De jouir ensemble. Il fallait la retrouver sinon notre couple était foutu.

» Il n'aurait jamais été foutu pour moi. Notre couple c'était mon salut, je me fichais bien qu'il soit vivant. Mort, il m'allait aussi bien. Il m'allait peut-être même mieux encore, parce que je retrouvais une emprise.

» Alors à mon tour je compris que j'avais œuvré comme pour tout depuis le début, que j'avais réussi à tuer petit à petit ce qui me rendait si heureuse, que ce bonheur me terrifiait et qu'il était préférable de le réduire, le plus possible, le plus qu'il était en mon pouvoir. Heureusement ce pouvoir s'était confronté à un vrai obstacle, à Manuel lui-même, qui entendait imposer son altérité, à moi ! sa sœur ! Le premier qui me prouva qu'il existait quelqu'un d'autre que moi, quelqu'un d'autre que mes fantasmes, mes personnages imaginaires, ce fut mon frère, ce fut cet autre moi-même.

» Nous avons donc dû réapprendre à jouir ensemble. Le temps et la patience venaient de lui, la seule chose que j'ai pu faire est de ne pas avoir barricadé les entrées, j'ai laissé être une possibilité, et lui l'a prise, qui m'a instruite, jour après jour, nuit après nuit, de lui j'ai appris mes muscles ma peau mes poils mon odeur mon plaisir. Je les ai appris parce que je savais ce qu'il éprouvait en me palpant me reniflant me léchant me pénétrant, j'ai aspiré sa jouissance et elle est devenue la mienne. Les résistances ont été vaincues, une à une, comme la méduse à qui l'on coupe une tête, qui repousse sans cesse. Nous vivions à nouveau l'un dans l'autre.

» Pourtant nous travaillions beaucoup. Nous avons calculé la somme totale que nous enverrions à nos parents et nous leur avons écrit qu'à compter du jour où ils auraient touché la dernière mensualité, ils n'entendraient plus parler de nous. Nous échafaudions des plans, discutions des endroits où nous aimerions vivre. Manuel se chargeait de compter ce que nous avions et d'évaluer combien de temps nous pourrions tenir. Nous avions derrière nous une longue habitude d'ascèse et si le luxe soudain dans lequel nous avons été plongés nous a exaltés un temps, il nous éloignait de nous-mêmes et d'une quête plus profonde – que nous n'avons pourtant jamais entamée, mais qui restait là comme un horizon. Ce rêve d'une vie loin de tout où notre amour serait la seule richesse. Rêve puéril sans doute, mais qui pourtant recelait une forme de violence et de refus, qui témoignait d'une insatisfaction profonde – et toujours de cette radicalité qui réglait les problèmes.

» Je crois que nous avons été d'accord sur presque tout. Nous ne parlions pas des heures, le soir, ou au milieu de la nuit, comme le font les gens qui s'aiment. Nous étions souvent silencieux, à tel point que cela décontenançait les quelques personnes que nous fréquentions malgré tout. Parler avait pour nous deux limites : c'était dangereux – nous évitions certains sujets, comme pour protéger une vérité plus grande que les mots. Et c'était inutile – peut-être cela me renvoyait-il à ce sentiment constant de vide intérieur : puisque je n'avais rien à dire, je ne disais rien. Ça n'était pas frustrant : notre silence était communion, du moins lorsque nous étions seuls. Pour le reste... Nous savions nous tenir à table, discuter affaires ou faire semblant.

» Parfois pourtant nous parvenions à formuler des tristesses d'enfance, des inquiétudes et des attentes. Je connaissais un peu la vie qu'il avait menée, et qui ressemblait tellement à la mienne qu'il me semblait l'avoir vécue. La seule chose sur laquelle Manuel était resté discret était ses aventures avec des filles. Rien de bien important, mais tout de même, j'avais du mal à l'imaginer partager quoi que ce soit avec quelqu'un d'autre. J'en éprouvais un mordant sentiment de jalousie, que je gardais pour moi car ça le mettait en colère. Lui non plus je crois ne supportait pas d'avoir pu aimer d'autres personnes que moi, aimer physiquement bien sûr. Manuel n'a jamais éprouvé de sentiments pour ces filles, pas plus qu'il n'a éprouvé de sentiments pour ses parents, ses frères et sœurs, ses professeurs, ou qui que ce soit. C'est ce qu'il m'a dit, je n'ai pu que le croire sur parole, après tout nous étions pareils, exactement pareils.

» Quant au dernier sujet, le plus tabou, nos origines, nous l'avions évoqué au début de notre relation, puis nous avions abandonné. Ça nous faisait mal, ça ne servait à rien, nous avons décidé d'un accord tacite que nous n'en parlerions plus jamais. Les recherches de Manuel s'étaient arrêtées à moi. Je n'ai jamais su s'il avait voulu en savoir plus, remonter plus loin, s'il avait en me cherchant espéré mon aide pour résoudre ce mystère.

» Du jour où il m'a trouvée, la quête a été close, nous avons décidé de tout construire à partir de rien, avec l'énergie d'une revanche. Malgré tout, c'était bien là, comme un cancer dont on attendait inconsciemment les métastases.

» Une fois que nous eûmes payé nos dettes, une fois que nous fûmes assez riches pour commencer une nouvelle vie, nous sommes partis. C'est à Tanger que nous avons atterri. Nous connaissions la ville, pour y être allés plusieurs fois, invités par un collectionneur qui m'aimait bien. C'était la ville qui nous ressemblait le plus. Nous savions dès le deuxième séjour que c'était là que nous disparaîtrions.

» Il y a plusieurs manières de disparaître à Tanger. Nous avons pris la plus douce. Manuel s'est chargé seul de trouver la maison, elle était en ruine à l'époque, et d'y faire des travaux. Il a pris là-bas quelques contacts pour installer un nouveau bureau de presse. C'est à ce moment qu'il t'a rencontré. Nous étions convenus que j'arrête de travailler et qu'il se chargerait à son tour des finances. Il en avait besoin et cela ne me dérangeait pas. Je ne détestais pas mon métier, je ne l'aimais pas non plus, ça ne me manquerait pas. Je n'avais pas peur de l'oisiveté avec lui, à vrai dire je n'en avais jamais fait l'expérience, mais je pensais pouvoir lire les livres que je n'avais pas lus, dessiner, me baigner, je serais tenue par sa présence, je ne craignais pas de me perdre.

» Pourtant il m'a fallu du temps pour m'y faire. Me retrouver avec moi-même lorsqu'il n'était pas là a été douloureux au début, le commencement d'une nouvelle vie, plus dure et plus intense où j'ai appris à me nourrir un peu, toute seule, à combler ce vide que j'emportais partout avec moi et que rien, ni l'excitation, ni les fêtes, ni les rencontres, n'avait pu combler. J'étais décidée à affronter cette solitude et ce face-à-face, je pensais qu'il était temps, que ma vie ne commencerait pas vraiment tant que j'en étais incapable. Nous avons peu à peu fermé nos comptes en banque, résilié nos abonnements, coupé les liens qui nous restaient en France. J'ai démissionné, sans donner de raisons. On m'en a voulu, on a essayé de me retenir, je faisais gagner de l'argent à l'agence qui ne comprenait pas que je puisse vouloir arrêter.

» Nous avons envoyé à nos familles leur dernier chèque et une lettre d'adieu, et nous sommes partis en voiture, avec quelques bagages, pour un voyage qui allait durer des semaines. Nous disions au revoir à la France, nous arrêtant dans des petits villages et des régions que nous ne connaissions pas, au bord de fleuves, dans des hôtels familiaux, des campings parfois, nous avons été jeunes pour la première fois de notre vie, insouciants et heureux. Puis nous sommes arrivés à Sète où nous avons embarqué pour Tanger. Nous avions une cabine pour deux, dans laquelle nous sommes restés enfermés presque tout au long de la traversée, sortant parfois pour voir l'écume se former derrière le paquebot, nous promenant sur le pont, observant les familles encombrées d'enfants et de sacs plastique. Nous nous nourrissions de cacahuètes et de vin dans notre chambre, nous faisions l'amour.

» Une fois arrivés à Tanger, nous avons passé les douanes sans trop attendre, Manuel avait tout organisé. Nous étions au Maroc. Le bruit de la ville, les moteurs de Mobylette, le chant des muezzins nous a pris à la gorge. J'avais commencé à apprendre l'arabe en France, Manuel le parlait bien mieux que moi, il parlementait avec les policiers du port, j'écoutais cette langue gutturale et hargneuse avec délices. Une fois sortis du port, nous avons mis quelque temps à retrouver le chemin de la casbah, les fenêtres ouvertes. C'était en mars, nous avions quitté la France sous des pluies glacées, nous trouvions la chaleur du printemps. Nous avons eu l'impression de naître. Je n'avais pas vu la maison finie. Nous l'avons visitée avec retenue et timidité, notre maison nous impressionnait, nous savions que c'était chez nous pour de longues années, toute la vie peut-être, même si cette idée de toute une vie était neuve, et à vrai dire très abstraite.

» Lorsque nous sommes arrivés sur la terrasse, nous avons su que nous avions trouvé notre lieu. Nous sommes restés longtemps à regarder le port, notre bateau qui a repris le chemin de la France, les embouteillages, la plage, le brouhaha porté par la chaleur. Nous nous sommes regardés et nous avons ri, avec une simplicité qui ne nous ressemblait pas. Nous étions deux enfants, oui, nous étions profondément deux enfants, mais c'était la première fois que nous l'éprouvions.

» Nous avons remis les tâches administratives à plus tard, d'autant qu'elles étaient lourdes, lourdes en temps et en conséquences. Nous avons erré dans les puces de Tanger des jours et des jours et acheté pour rien des meubles Art déco, des plats, des lampes. Nous mangions dans des échoppes des brochettes épicées et des briouats, nous buvions du thé à la menthe partout où on nous en proposait. Ce n'étaient pas des vacances, c'était plus vaste que ça, des vacances qui n'en finiraient jamais, des vacances en mode de vie, nous étions en vacances de notre existence d'avant, mais cela devrait en devenir une nouvelle. Et pour qu'elle soit neuve, nous avions des projets. Si les tâches administratives qui nous attendaient étaient pesantes, c'est que nous avions l'intention de changer de nom et de nous marier.

» Nous avons côtoyé la bonne société pendant un temps, puis nous l'avons désertée. Parce que ces murmures qui gonflent le silence ont fini par peser, parce que nous nous fichions des histoires et des secrets des autres qui auraient peut-être voulu qu'on s'y intéresse pour partager les nôtres. Notre indifférence pour cette société nous en a exclus, nous nous sommes détachés naturellement de ce qui constituait notre dernier lien avec le monde d'avant. Nous avons alors cru être libres.

» Notre mariage s'est déroulé dans la plus totale intimité. Nous avons dû nous convertir l'un et l'autre et cela nous plaisait de lire le Coran et d'en réciter des morceaux. Nous n'avions aucune éducation religieuse, c'était notre premier contact avec un texte sacré. Pour autant, nous ne respections pas les commandements. Ce qui nous a plu c'est de changer encore une fois de prénoms, ceux qui sont inscrits dans notre acte de mariage, des prénoms musulmans, Omar et Selma. Nous ne sommes pas allés jusqu'à les porter, mais parfois, dans notre maison, nous nous appelions ainsi, pour jouer à ceux que nous ne pouvions pas devenir : nous n'avions pas accès à la foi. Notre croyance à nous se portait vers une réalité qui nous échappait, et elle nous semblait si mystérieuse qu'un mystère supplémentaire aurait été de trop. Il n'y avait pas la place pour un espoir autre qu'en cette vie-là, notre vie à deux, elle nous était bien suffisante.

» Notre mariage. La signature de l'adoul. Officiellement mari et femme, ensemble dans ce nouveau pays qui deviendrait notre matrice, dominant la mer, nous nous sommes abandonnés à un plaisir de vivre qui sonnait comme de la légèreté. Je me suis mise à peindre et à suivre des cours. J'avais besoin de connaître les règles. C'est ce qui m'a toujours manqué, les règles. Je n'avais aucune ambition ni nature d'artiste, peu m'importait la qualité de mes peintures, elles me faisaient du bien, et c'est ce que je leur demandais. J'exprimais ce que jamais des mots ne parviendraient à mettre en forme, dans une sorte de révélation que j'entendais bien cantonner à mes toiles, puis ranger dans la chambre, face contre mur.

» Mais il y avait ces moments de vide, d'angoisse même, quand Manuel partait le matin et me laissait seule des heures entières, livrée à moi-même qui ne savais quoi faire de ce moi-même, toujours un peu inquiète de sortir, préférant la prison de notre maison à l'étrangeté de la rue. Ma curiosité était contrariée par ma peur du dehors. Je restais alors sur la terrasse, observant le défilé des voitures et des bateaux, qui me donnait l'illusion d'être un peu dans le monde tout en me renvoyant à ma position en hauteur, dans un point du ciel sans existence autre que relative, un point qui n'avait pas de réalité. Je m'enlisais dans ce que d'autres appelleraient une dépression mais qui n'était qu'un sentiment de perte de soi, une annihilation progressive de ma présence à moi-même, une dépossession de ma conscience qui s'agrandissait à tel point qu'elle n'avait plus de centre.

» Quand Manuel s'en est aperçu, il a voulu que nous partions ailleurs. Mais je ne voulais pas, je devais surmonter ce vertige. Prétextant que je ne mangeais plus – préparer mes repas me semblait inutile et fastidieux –, il m'a proposé de prendre une employée pour faire le ménage et la cuisine. Avant même que je réponde, il m'a avoué avoir déjà engagé quelqu'un. J'étais en colère, qu'on vienne me déranger dans mon abri, mais comme il me l'imposait, je n'avais pas la force de m'y opposer. Et puis Khadija est arrivée.

» Avec elle peu à peu s'est tissée une relation. Pas d'amitié, mais de complicité. Sa chaleur me redonnait du courage, le fait que quelqu'un puisse m'observer m'a guérie de cette habitude dont je n'avais pas mesuré les effets. Nous avons préparé des plats ensemble, elle m'a appris à cuisiner, m'a raconté sa vie, des histoires, m'a bercée. J'étais bien avec elle, il me suffisait de respirer son odeur et d'écouter sa voix, j'étais à nouveau en sécurité. C'était la première femme que je connaissais à qui je pouvais faire des confidences, ou simplement avec qui partager des tâches quotidiennes. Nous étions ensemble, dans une chaleur et des parfums qui constituaient un espace commun. Seul le niveau social nous séparait, mais j'étais peu au fait des classes sociales, étant moi-même déclassée. J'avais juste gagné l'argent qui m'attribuait une place que je n'avais jamais faite mienne dans une société que j'avais de toute façon quittée. Khadija, elle, ne pouvait certainement pas comprendre ça, mais elle sentait que nous étions plus proches que les apparences ne pouvaient le laisser supposer.

» C'est peut-être elle qui la première m'a mis en tête l'idée d'avoir des enfants. Au début je ne faisais pas attention, j'attribuais cette obsession des enfants à sa religion et à sa condition, que fait une femme ici sinon des enfants ? C'est son seul statut social, sa raison d'être. Mais peu à peu, la représentation de moi enceinte a fait son chemin, ce qui ne m'avait jamais traversé l'esprit, qui me semblait même incongru, a pris l'apparence d'une chose *normale*. Je me suis rendu compte que je n'étais pas nécessairement exclue du destin *normal* de toute femme, que je n'étais pas si différente des autres, que j'appartenais d'une certaine façon à une communauté biologique. J'avais une appartenance, certes très large, et presque abstraite, mais suffisante pour m'autoriser à penser, seulement penser à cette possibilité. Que Manuel fût mon frère ne devait pas m'empêcher d'être une femme complète. Il existait forcément des exemples.

» Longtemps la simple idée de pouvoir enfanter m'avait paru incongrue. Je ne m'étais jamais envisagée comme une femme. Je pris conscience que lorsque je croisais des femmes enceintes je les évitais du regard. Ce qui me mit en colère. Pourquoi étais-je incapable de simplement supposer que je puisse un jour devenir mère ?

» Je commençais à faire des rêves de ventre arrondi, de seins gonflés. Je tâtais ma peau à la recherche d'un signe. Je peignais des formes rondes, des cercles que je remplissais de mandalas et toutes sortes d'objets. Je m'attendrissais devant les enfants croisés dans la rue. Je posais des questions à Khadija qui prenait grand plaisir à me répondre jusque dans le détail le plus cru. L'obsession suivait son cours. Je n'en parlais pas à Manuel, pressentant là une faille, un possible point de séparation. Pourtant il fallait bien que je finisse par le mettre dans la confidence de cet espoir insensé qui n'était encore qu'un rêve. Mais le temps a passé, et de n'être point partagé, il est devenu une décision, aveugle, fanatique.

» Ce n'est que lorsqu'il a été trop tard que j'ai enfin osé lui parler. "Je veux un enfant", lui ai-je dit. Il n'avait pas suivi mes batailles et mes cheminements intérieurs, aussi fut-il surpris et peut-être vexé devant ma détermination. Et il fut maladroit à remonter le même chemin emprunté pour arriver au point où j'étais, moi. Il fit l'effort pourtant, entre deux crises de violence, des verres cassés et des toiles trouées. Il voulait me rattraper, je ne lui en laissais pas l'occasion. Sans doute est-ce pour cela que nous n'avons pas réussi. J'avais pris cette voie toute seule, et quelque part je l'en avais exclu.

» J'ai arrêté la pilule sans que nous nous soyons concertés mais sans le lui cacher. Chaque mois, je passais quelques jours dans la plus sombre humeur. Parfois il arrivait à me détourner de mon obsession, le plus souvent je lui faisais payer mon échec. Au début tout cela n'était pas manifeste, c'étaient des inflexions de voix, des conversations qui n'arrivaient pas à prendre, des éloignements insensibles, puis ça a pris plus d'ampleur, une guerre sourde a commencé à saper nos fondations. Nos silences n'avaient plus la même qualité. Manuel a dû être très malheureux. Je n'avais pas le temps d'y songer, toute à l'observation de mon corps, au calcul de mes cycles, aux images de maternité qui chaque fois avaient cet effet magique d'un filtre empoisonné. C'est comme cela que tu nous as cueillis. Manuel t'invitait parce qu'il avait peur de se retrouver seul avec moi. Il lui fallait un tiers et ce tiers c'était toi.

» La suite tu la connais. Nous sommes allés jusqu'au bout. Je pensais qu'en nous enfermant tous les deux dans une chambre forte, nous pourrions recréer les conditions d'un amour absolu. C'est cela que je voulais, retrouver l'absolu. De cet absolu devait naître quelque chose. Quelle bêtise, n'est-ce pas ? Rien ne peut naître de l'absolu. Par définition. Puisqu'il n'y a que lui-même. »

Mara lui a-t-elle raconté tout ça ? Non, sans doute, pourtant Hicham se retire de la chambre en ayant compris l'essentiel. Elle dormait lorsqu'il a fermé la porte. Il lui a tenu la main jusqu'à ce qu'elle s'assoupisse. Pour rien au monde il ne pourrait quitter cette femme, là, abandonnée sur son lit d'hôpital, si fragile et si démunie. Elle l'a bien mis en garde qu'elle détruisait ceux qui voulaient la sauver. Mais Hicham, comme les autres, se croit plus fort.

En longeant le couloir pour sortir fumer une cigarette, il s'arrête un instant devant la chambre de Manuel, hésite à entrer, et passe son chemin. Il doit sacrifier l'un pour sauver l'autre, son choix est déjà fait.

Parler à Hicham c'était dire adieu à Manuel. Mara souffre de la présence à quelques pas d'elle de cet homme qu'elle a voulu emmener dans sa chute. Elle sait qu'ils ne se verront plus. Elle voudrait être morte pour ne pas avoir à se séparer ou pour se séparer sans se rendre compte. Il est là, elle pourrait le voir, seule une mince cloison les sépare. Pourtant cette cloison c'est tout le temps qui s'ouvre devant elle, un temps si vide qu'il en est vertigineux, un temps où il n'y aura plus que du neuf dont elle ne veut pas et auquel elle est condamnée.

Elle aimerait pourtant aller lui parler, lui demander pardon. Mais elle a peur, de sa réponse, de son hostilité. Elle préfére le quitter sans savoir. Sans doute a-t-elle peur aussi de ne pouvoir le quitter si elle le voit. Il faudrait qu'on l'emmène, lui ou elle, loin, et qu'ils ne sachent rien, qu'ils repartent en aveugle chacun de leur côté, avec l'espoir dont ils ne pourront se défaire de se retrouver un jour, par hasard.

Hicham l'a compris, c'est son intérêt. Il est secrètement mandaté pour arranger les choses sans que personne n'ait de décision à prendre. Elle voudrait lui demander, lui faire promettre de garder un contact avec Manuel. Mais elle n'a pas le droit. Ce serait tricher. Pourtant se taire c'est aussi penser que cela est possible, que sans l'en informer il parlera avec Manuel, qu'ils échafauderont des plans ensemble, qui l'incluent, elle. C'est laisser à cette espérance tout le pouvoir de nuisance dont elle compte bien se nourrir.

Elle fait appeler Hicham à son chevet.

Les médecins ne lui parlent pas de Manuel. Consigne a été donnée de séparer ces deux-là, et de ne rien dire qui pourrait aggraver leur état. Les paroles sont floues, à peine entendues elles sortent de sa mémoire qui sélectionne, de loin, le moindre indice sur son mari, son frère. Puis on lui annonce qu'elle va être transférée à l'hôpital de Tanger. Seule. Elle s'assoit sur son lit si brusquement que sa tête tourne. La panique s'empare d'elle, sans qu'elle puisse prononcer un mot. Ainsi s'accomplit la séparation. Et de ne rien savoir la poignarde d'autant de questions qu'elle voudrait poser : où, dans quelle ville, dans quel état, dans quel pays, est-ce en France ? La douleur d'être coupée, physiquement du lien de sang qui l'irriguait est si tranchante qu'elle ne peut plus bouger. Pourtant, Hicham a promis...

À nouveau elle cesse de s'alimenter, ses membres ne répondent plus, son corps ne répond plus, plus personne autour d'elle n'a de réponse, son être entier a cessé de répondre. Hicham vient à son chevet chaque jour, lui parle, l'interroge, lui expose ses projets, qui arrivent sans doute jusqu'à son cerveau, et demeurent inertes, des mots morts, posés comme les pierres du kaddish. Elles pèsent de plus en plus lourd, toujours le sens échappe, il ne rattrape pas son collier de verbes et de noms, qui se détachent pour se reformer en un amas incohérent, un éboulis de ce que l'autre reconstruit chaque jour. Mais les fondations manquent, et chaque jour les mots retombent. Il y a voyage, il y a retour, il y a retrouver, il y a parents. Il y a aussi dispositions, recherches, j'ai trouvé, j'ai appelé, il y a une piste.

Et puis il y a encore *mère*, et ce mot-là fait plus mal que les autres, il tombe encore plus loin, et la lapide à chaque coup. Mais le jet de pierre finit par atteindre le cœur, ou ce qu'il en reste, la partie amochée et qu'elle croyait amputée, la source. Cela prend des mois. La léthargie est profonde, les signes de conscience rares, puis à nouveau plus fréquents, pour finir par se relier les uns aux autres et devenir un flux. Les yeux se remplissent et s'opacifient, leur transparence s'atténue, on a l'impression qu'elle regarde, puis qu'elle voit. Puis qu'elle voit des objets, puis enfin des personnes.

Un jour elle prononce le nom de Hicham, faiblement. Une infirmière est dans la chambre. C'est le premier indice que Mara revient à la vie. Elle aura côtoyé deux fois une extinction douce puis une renaissance. La mort ne veut pas d'elle, ou c'est elle qui ne la veut pas encore. Peut-être est-ce grâce à ces villes entières de phrases que Hicham a construites semaine après semaine et qui ont fini par prendre place dans une géographie où elle a trouvé des repères. Des villes verticales qu'elle remonte peu à peu comme une échelle qui s'élève vers un ciel dégagé où la lumière à nouveau fait exister un monde, des contours, d'autres êtres. Un monde objectif et extérieur qui redessine la frontière, de son corps puis de sa personne entière, en s'en distinguant.

Mara peut alors parler avec Hicham, étonnée de le voir encore là, si persévérant que sa présence a quelque chose de l'évidence qui lui manquait. Hicham, de son côté, bien que les yeux cernés et encore amaigri, observe s'éveiller cette femme qu'il n'a encore jamais caressée, avec la terreur de l'homme face à l'enfantement. Et sa joie pure aussi. Il lui tient la main et parle moins. Il attend que ce soit le moment. Et quand le moment sera là, elle lui dira : « Alors raconte-moi ce projet. »

Deuxième partie

MARA ET HICHAM

III

Le projet, il est simple. Mara l'a formulé bien avant Hicham, dans cette chambre à la grande fenêtre, d'où elle observait le jeu des feuilles. C'est quand elle a rencontré Manuel qu'elle l'a mis de côté. Ensemble, ils ont construit leur histoire sur l'oubli de cette idée, ils l'ont rendue impossible. Manuel est parti et elle ne le verra plus. Il est temps d'y revenir.

Elle attend de Hicham qu'il formule ce qui de sa bouche à elle ne peut sortir. Et Hicham, avec cette simplicité qu'elle pensait interdite, le lui expose : ils vont partir pour la France et retrouver le début de sa vie, chercher la mère, le père, savoir enfin.

Mais revenir en France sonne pour Mara comme un retour en arrière. Il doit lui démontrer qu'au lieu d'un échec, c'est la seule solution pour repartir, à nouveau. Elle le laisse faire les préparatifs, acheter les billets, vider son armoire, trouver un hôtel sur place, et les contacts, passer les coups de téléphone, faire tous les premiers pas dont elle espère qu'ils ouvrent une route sur laquelle tranquillement elle pourra cheminer. Hicham prévoit qu'il faudra de l'argent, qu'aucune porte ne se ferme complètement avec de l'argent. Mara en a, mais son compte est commun avec celui de Manuel. De cela aussi Hicham se charge, il retire juste ce qu'il faut pour ne pas éveiller la colère. Moins Mara connaîtra les détails, moins elle pourra se raccrocher à un quelconque signe de la présence de Manuel quelque part, pas loin. Hicham le sait, et c'est pourquoi ce départ du Maroc lui semble nécessaire. Les choses se font vite, ou ainsi paraissent-elles à Mara qui ne s'occupe de rien, travaillant à gommer toute responsabilité de sa part. La vie à l'hôpital lui convient. On lui sert à manger, on lui pique la jambe, on entre dans sa chambre, on lui parle, on la borde, on refait son lit, on lui dit quand dormir, quand manger, quand marcher, on a parfois des attentions, elle aime ces infirmières bien portantes dont les mains au henné effacé sont aussi douces qu'efficaces. Elle préférerait rester là, encore un peu. Le dévouement de ces femmes est une tendresse bienfaisante.

Cet homme est pourtant là pour la faire sortir. Alors elle s'habille, un jour de mai, avec des vêtements d'extérieur, des vêtements qui la protègent mais qui la changent, des chaussures pour affronter le béton des rues et une chemise propre que plus personne d'autre qu'elle ne lavera. Elle se coiffe avec difficulté, chacun de ses gestes se heurtant à une résistance qui le rend douloureux. Elle ne se regarde pas dans le miroir ébréché de la salle d'eau, elle évite les vitres des fenêtres qui lui renverraient son image, elle doit faire un effort pour se durcir, reprendre les mouvements d'automate qui la feront passer du dedans à l'extérieur, cette armure laissée depuis longtemps aux coulisses.

Hicham l'attend sur le seuil, elle prend son temps. Mais il faut bien qu'elle se retourne, et lui donne son bras, qu'il soutient avec plus de force qu'il n'en faut. Il la conduit par les couloirs hors de la grande bâtisse décatie aux couleurs tristes. En bas un taxi les attend qui les conduit directement à l'aéroport. Mara s'empêche de regarder par la vitre, ces paysages qu'elle va quitter, peut-être pour toujours, cette vie qui se défait à chaque chaos de la vieille Mercedes au moteur dix fois trafiqué. On longe la mer, elle s'est assise de l'autre côté. Fermant les yeux derrière ses lunettes de soleil. Ils ne parlent pas, ne se touchent pas non plus. Hicham la laisse faire ses adieux, avec un certain malaise. Le silence de Mara loge toujours les interrogations et les inquiétudes de ceux qui le partagent malgré eux.

L'aéroport est proche, mais les embouteillages de la sortie de Tanger rendent les minutes pénibles. Ils finissent pourtant par arriver dans un soleil blanc que réverbère le grand bâtiment d'Ibn Batouta. Des hommes et des femmes se pressent vers le comptoir, djellabas, voiles, enfants en pagaille, et canotiers, on rentre ou l'on repart vers le lieu de travail. Hicham enregistre les bagages en discutant avec le chef d'escale, dans un arabe rapide et guttural qui parfois semble de la colère. Mais Mara sait qu'il n'en est rien, que cette langue a la musique de la dispute, l'entendre lui procure le seul plaisir de cette matinée. Dans la salle d'attente, elle reste assise, immobile. Hicham achète des cartouches de cigarettes et commande des cafés, se lève, se rassoit.

L'avion est enfin prêt, ils sortent à pied de l'aérogare et traversent le tarmac, sous la chaleur aussitôt transformée en souvenir. Dans l'avion il fait froid. Mara tente de dormir tout au long du voyage. Par les hublots pourtant se détachent la côte, les minarets de Tanger qui s'éloignent, les bateaux qui bientôt seront des points, dans la mer qui très vite cédera la place à Gibraltar, puis la côte espagnole, les terres brûlées de l'Andalousie. Et bientôt des paysages de plus en plus domestiqués et urbains annonceront la France, mais cela elle ne le verra pas, elle a fini par sombrer.

Hicham est bien éveillé, lui. La conscience de ce qu'il

est en train de faire a surgi brutalement face à lui, dans cet avion qui le mène sans retour dans une vie nouvelle.

Une famille pauvre, dans un village plus pauvre encore. Cette famille n'était pas si pauvre dans ce village vraiment pauvre. Dix frères et sœurs. Une mère analphabète dont la fonction principale était d'accoucher, et qui a trouvé en ses fils aînés des aides précieuses pour s'occuper des plus petits. Un système familial qui a fait ses preuves, et finalement perdure, puisque les aînés continuent d'entretenir les petits – pour ceux qui ont réussi, et permettent à leurs frères et sœurs de faire les études que souvent eux-mêmes n'ont pas pu mener à terme.

Parmi eux Hicham, troisième fils, peu choyé dans son enfance au contraire de ses deux grands frères parce qu'on espérait une fille – la mère du moins. Le père, on le voyait peu, il travaillait tard, ou restait au café avec ses amis et n'aimait pas s'encombrer de sentiments, attendant sans doute que les garçons deviennent des hommes pour s'entretenir du monde – un monde réduit aux dimensions d'Oujda. Le père était maçon, la mère n'a jamais travaillé, non seulement parce qu'elle élevait ses enfants, mais encore parce qu'elle aurait trouvé indigne de travailler, ce qui tombait bien puisque le travail était rare à l'époque et que le tourisme n'a jamais réellement pu s'installer dans cette ville.

Hicham, qui a trouvé en l'école un refuge inespéré, y a fait une brillante scolarité. Mais en débarquant à l'université de Tanger où il souhaitait étudier le droit, il s'aperçut que son niveau était plutôt faible, comparé à ceux qui venaient des grandes villes. Comme il était travailleur et intelligent, il rattraperait le retard perdu. Après tout, il se doutait bien qu'à Oujda, le niveau n'était pas franchement élevé. Les professeurs refusaient d'aller s'enterrer dans ce trou perdu, et pour ceux qui avaient ce qu'on appelle la vocation, ils devaient faire face à des parents qui préféraient garder leurs enfants chez eux ou les faire travailler plutôt que les envoyer à l'école. Si bien qu'il était rare qu'un professeur rencontre un élève brillant qui justifie le sacrifice et la dureté du métier de professeur dans ces petites villes du Maroc. Et pourtant ce fut le cas. Hicham rencontra ce professeur, qui, lui, rencontra Hicham. Il le marqua à vie. Un professeur d'arabe classique qui lui fit lire les grands chefs-d'œuvre de la littérature traduits, de Homère à Flaubert, en passant par Dostoïevski, Tolstoï, beaucoup de Russes. Hicham dévora tout ce qu'il parvenait à trouver dans la petite librairie de la ville, dénichant de vieilles éditions, peut-être précieuses, de romans du XIXe. Quelques auteurs marocains, mais il y en avait peu.

Pour trouver l'argent, il avait vendu des bonbons, des graines de tournesol séchées, des cacahuètes, acceptait d'aider son père sur les chantiers moyennant quelques dirhams, puis il devint serveur dans les cafés, et enfin dans le bar de la ville où l'on vendait de l'alcool. Ainsi fut-il très vite familiarisé avec ce qu'on peut sans exagération nommer la débauche : les hommes venaient ici pour se saouler. Il lavait les vomissures, nettoyait les verres, resservait un énième whisky Coca, se risquant parfois à suggérer qu'il était peut-être de trop, rentrait tard, les vêtements puant le tabac froid et les vapeurs d'alcool. Par le propriétaire du bar, petit mafieux local, il fut chargé de vendre le haschich, et devint livreur à domicile. C'est ainsi qu'il finit par vraiment gagner sa vie, mettant de côté pour partir à Tanger où l'université de droit avait répondu favorablement à sa demande d'inscription. C'est aussi de cette façon qu'il garda contact avec les fournisseurs, et ne cessa jamais vraiment de vendre à l'occasion, ainsi que de consommer.

Une fois à Tanger, il put enfin prendre son temps. Sans cesser d'aller en cours et de réviser, il sortait, rencontrait des gens d'extraction variée, commença à constituer ce qu'on appelle un réseau. Sociable et malin, Hicham rendait service, savait devenir indispensable, sans perdre de vue ses études. Ce qui ne suffit pas à le sortir d'affaire. Tout ce qu'il gagnait, il l'envoyait quasi intégralement à sa famille. Il fallait se loger et se nourrir, acheter des livres, encore, et il s'épuisa vite. Si bien qu'il arrêta progressivement de suivre les cours, et monta un premier commerce de babouches et babioles « exotiques » avec un ami franco-marocain qui faisait des allers-retours entre Tanger et Toulouse. Il reprit des cours de français, sa première langue au lycée, et fit son premier voyage à vingt-deux ans à Toulouse où il découvrit le vin, les musées et de nouveaux amis. Là il perfectionna son français, qu'il finit par parler presque couramment.

Hicham avait eu une période religieuse vers onze ans. Tous les vendredis il se rendait à la mosquée et faisait ses cinq prières quotidiennes, se réveillant à l'aube avec son père et sa mère. Mais cette crise mystique lui passa vers la seconde, période à laquelle il commença ses trafics en tous genres. Sa mère désapprouvait son travail au bar, mais elle n'insistait pas devant les billets qu'il rapportait chaque semaine. Si elle le méprisait et n'en faisait pas mystère, si elle le traitait plus mal que les autres, il avait acquis une place prépondérante dans la famille parce que c'était lui qui rapportait le plus d'argent. C'était une sorte d'échange, une forme de reconnaissance contre des dirhams. Il n'aimait pas retourner là-bas, mais téléphonait à ses frères régulièrement pour prendre des nouvelles. Quant à ses dernières petites sœurs, il ne les vit pas grandir. Il était parti trop tôt, elles étaient des étrangères pour lui. Il avait pourtant la figure du héros. Les rares fois où il rentrait chez lui, il les couvrait de cadeaux, ainsi que toute la famille. Achetant ainsi la paix pour les quelques jours à venir.

Sa mère ne lui demanda jamais ce qu'il faisait, il était rare qu'on parle, et la communication déjà délicate était devenue impossible du fait de son éloignement – non pas tant géographique que social. Si toute son ambition le portait à se défaire de son passé, il lui restait attaché par sa « charge ». On le prenait pour un traître, il se vivait lui-même comme un traître, et il buvait quand ce sentiment devenait trop violent.

Il eut à la fac quelques aventures. Des jeunes filles libérées qui acceptaient de coucher sans mariage en retour, ou du moins prétendaient ne rien attendre. Une fois qu'elles avaient commencé, rien ne les empêchait de continuer, elles étaient de toute façon considérées comme des prostituées, à part pour les quelques étudiants émancipés, néanmoins prisonniers de l'opinion publique. C'est donc sur la jeune sœur voilée d'un de ses camarades de l'université que Hicham jeta son dévolu, et il résolut de se marier. Il ne l'aimait pas, la trouvait séduisante, sa conversation était plutôt intéressante pour une jeune fille enfermée dans une tradition et dotée de parents très à cheval sur les convenances. Se marier, pensait-il, était un passeport en grâce auprès de sa famille. Et ce fut le cas le temps des préparations de la noce.

Sa mère invita toute la ville, des cousins de cousins de voisins, il fallait que ce mariage fût le témoin de sa richesse nouvelle et de sa position sociale. Elle voulait montrer aux uns et aux autres à quel point son fils avait réussi. Il y eut deux noces, à Oujda et à Tanger, dans la famille de la mariée. Tout fut respecté à la lettre, les plats de viande qui se succédèrent toute la nuit, les quatre tenues de la mariée, les youyous des femmes, les photographies faites par un professionnel ! L'arrivée des hommes à la noce des femmes, les retrouvailles, quelques danses, des gens assis qui observent, se scrutent les uns les autres, et le sourire triomphant de la mère. Les frères et sœurs ravis de cette occasion pour se retrouver et s'habiller, les sœurs surtout, tout à leur maquillage et à leur brushing, ongles de mains et de pieds manucurés et peints, henné sur les mains et les chevilles, des préparatifs qui durent des heures mais qui les rassemblent autour de murmures, d'informations et de rumeurs.

La nuit de noces fut de courte durée, les mariés étaient fatigués, la jeune femme terrorisée. Hicham avait déjà connu plus de plaisir. Ils finirent par savoir s'entendre, sur tous les plans. Hicham appréciait sa femme qui était une fille ouverte et attentive, qui visiblement l'aimait réellement. Elle devint un pilier dans sa vie, ce qui ne l'empêcha pas d'explorer les à-côtés. Il avait trouvé un équilibre satisfaisant jusqu'à la naissance de sa fille qui le prit au dépourvu. Sa femme vivait son bonheur aussi neuf qu'ancestral tandis que lui la regardait l'oublier peu à peu pour consacrer ses ressources affectives à l'enfant. Il s'éloigna, jouant parfois avec la petite fille mais sans être vraiment à l'aise. Un fils naquit un an et demi plus tard. Hicham tenait son rôle de père de famille. Le minimum syndical était assuré. Parfois s'élançaient en lui des sentiments pour ces petits êtres qui, disait-on dans les familles, lui ressemblaient. Mais il était encore trop proche de ses jeunes années consacrées à élever ses frères. Il était trop tôt pour s'y remettre. Sa mère vint parfois à Tanger, elle parlait avec sa femme, s'occupait des enfants qu'elle qualifiait de *miskin* parce qu'ils voyaient insuffisamment leur père, semblait aimer ces petits sans doute parce qu'ils étaient petits mais trouva une nouvelle raison d'en vouloir à son fils, communiquant son ressentiment à sa jeune femme.

Ses allers-retours en France n'aidaient pas Hicham à se sentir heureux en famille. Il était en quelque sorte en exil dans sa propre maison. Ce qu'il aimait, ce qu'il aime encore aujourd'hui, c'est voyager, découvrir d'autres lieux, d'autres mœurs, d'autres femmes, parler, négocier, se cultiver : sa boulimie n'est jamais rassasiée, il apprend vite, ingurgite, digère, assimile, et thésaurise. Ce dont il a envie, ce n'est pas seulement de partir, mais d'apprendre, de se transformer, de devenir celui qu'il désire, pas celui qui par hasard est là.

C'est à ce moment qu'il a rencontré Manuel, lequel lui a fait part d'un projet d'import-export dans l'industrie du luxe. Il connaissait les grandes maisons et leurs attachés de presse, les magazines spécialisés pour lesquels Mara a longtemps travaillé, il avait seulement besoin de quelqu'un à Tanger, qui parle arabe bien sûr mais qui connaisse un peu les circuits. Le peu d'études que Hicham a fait en droit lui a servi pour établir les statuts. Les deux garçons s'appréciaient, Manuel représentait une chance pour Hicham d'agrandir son champ d'action, Hicham était inespéré pour Manuel qui s'y connaissait en affaires mais était peu expérimenté dans les usages marocains. C'est un peu par hasard qu'il avait choisi cette voie, aidé par un collectionneur tangérois. Il avait hésité à faire commerce de tableaux, les peintres sont nombreux dans le nord du Maroc, et il a préféré vendre ce qui n'était pas susceptible de l'intéresser, évitant ainsi de mélanger l'enjeu lucratif et ludique et le goût pour le beau qui un jour l'a sauvé et qui continue de constituer un étalon dans une existence aux fondations fantômes.

Presque chaque jour ils se retrouvaient au café, pour lire les journaux et discuter avant de monter dans les bureaux que Manuel avait loués sur la place du Grand Socco. Hicham ne posait pas de questions. Manuel, lui, interrogeait parfois Hicham, qui lui avait raconté par bribes, au fil des questions, d'où il venait, qui était sa famille. Il ne s'était pas tout de suite rendu compte que Manuel l'avait doucement amené à ce qui mis bout à bout pouvait donner lieu au récit de sa vie. Comme s'il avait fallu ruser pour aboutir à ce qu'il aurait livré sans résistance, sa vie n'ayant pas de mystère. Hicham pourtant s'était plié à cette façon. À ces détours. Jamais il n'avait devancé la question, et s'était tenu à des réponses claires et succinctes. Il y eut des jours pourtant où cette situation le mit en colère. Mais comment briser un silence qui ne se dit pas, comment sauter un obstacle transparent, abattre des cloisons invisibles ? La frontière de Manuel était trop floue, elle se déplaçait et finissait par tout entourer. Manuel était prisonnier, où qu'il mette le pied. Sa force était d'avoir convaincu Hicham de le suivre.

Mais c'est avec Mara, se souvient-il, qu'il était le plus mal à l'aise. Son refus à elle de communiquer était plus frontal encore. Elle ne disait rien, ne posait même pas de questions.

Et pourtant, quelque chose là-bas, dans ce palais décati de la casbah, l'avait attiré. S'il s'était rendu à leurs invitations, c'était avec autant d'appréhension que de désir. Il était rivé à cette terrasse, jusque dans ses rêves.

C'est là qu'il les avait trouvés, à moitié morts. C'est là aussi que sa décision avait commencé à se former. À l'hôpital qu'elle s'était formulée.

Dans cet avion, elle se concrétisait.

Les questions qu'il a évité de se poser jusque-là l'envahissent. N'est-il pas en train de commettre une erreur magistrale ? Il laisse derrière lui deux enfants et une femme, une mère, des frères, des sœurs, un pays, une vie déjà installée, construite aux normes et sans malfaçon, c'est ce qu'il pensait peut-être avant de rencontrer Manuel puis Mara, mais son regard sur cette existence a changé.

Tandis que l'avion est pris de secousses au-dessus des Pyrénées, il essaie de se rappeler : que reste-t-il de ce garçon d'Oujda ?

La première vision de la France, c'est le béton et les voitures rangées dans les immenses parkings qui entourent l'aéroport, le flux permanent sur les routes qui y mènent, l'autoroute propre et grise, les échangeurs, et les ronds-points, le réseau si bien ordonné et pourtant dense de la grande ville, sous un couvercle léger de nuages gris. Mais il faut ce choc à Mara pour accepter d'être partie. Elle sait gré à son pays d'être à première vue si laid pour n'éprouver à son égard aucune culpabilité ni tendresse. L'hôtesse annonce une température bien inférieure à celle qu'ils ont quittée. Hicham sort de la valise un manteau et en couvre les épaules de Mara. Ils s'engagent dans les bus qui les attendent pour les conduire dans l'immense hall, les passagers sont moins excités qu'à l'atterrissage – qu'ils ont applaudi. La fatigue se lit sur les visages, la fatigue de reprendre la vie brièvement interrompue dans les airs, les circuits habituels et la signalétique qu'ils connaissent par cœur, les parents qui attendent à la sortie, la voiture familiale ou le RER, et les appartements exigus où les armoires sentent le renfermé, les ustensiles ont perdu la vie que leur fonction quotidienne leur confère, aucune odeur, les pièces froides parce qu'on a éteint le chauffage depuis plus d'une semaine, les amis qu'on n'a pas tout de suite envie de voir parce qu'on voudrait rester encore un peu dans l'ambiance du Maghreb, et qu'ils rappellent que, ici, rien n'a changé. Mara n'éprouve rien de tout cela, elle préfère éviter tout sentiment de familiarité pour garder l'impression qu'il ne s'agit en quelque sorte que d'un voyage d'affaires. Hicham se réfugie dans les aspects pratiques, et son efficacité fait passer plus vite l'amertume du retour. Pourtant il faudra arriver à l'hôtel, s'installer, et, avant d'entreprendre toute démarche, vivre un peu. La perspective de ce soir les angoisse tous les deux. Dormir dans le même lit, dîner en tête à tête dans une brasserie proche de l'hôtel, parler...

Mais Hicham a plus de ressource que Mara ne pouvait le craindre. La chambre a deux lits placés côte à côte, la salle de bains est grande et il commande aussitôt une bouteille de bordeaux. La fin d'après-midi s'étire devant eux comme un vide légèrement dangereux. Il n'est pas question de ne rien faire, Hicham emmène Mara se promener dans les rues de Paris, visiter un musée, acheter quelques vêtements, juste pour s'approprier la ville. Ils s'arrêtent pour un café, la conversation a du mal à prendre, Mara voudrait faire un effort mais parler reste insurmontable. Au terme de cette journée, la fatigue les saisit. Ils dînent rapidement et rentrent s'allonger dans la chambre d'hôtel. Hicham n'entreprend rien. Alors seulement, une fois la lumière éteinte, il se met à parler.

« C'était difficile aujourd'hui, n'est-ce pas ? — Pas très facile, en effet. — Je ne pourrai pas faire tout le travail, Mara, si tu n'essayes pas un peu d'être présente, si tu ne veux pas un peu être là avec moi. — Je sais. — Ne crois pas que je veuille à tout prix retrouver tes parents, pour t'épater ou je ne sais quoi. Moi aussi j'ai laissé derrière moi des gens qui m'aiment et qui m'attendent. C'est une tentative, tu comprends. Je n'ai pas dit à ma femme que je partais définitivement, et peut-être que je ne suis pas parti définitivement. C'est horrible et dégueulasse, j'en ai bien conscience, mais de toute façon je ne pouvais plus continuer comme ça. Je ne l'aime pas, j'aime beaucoup mes gosses, mais je n'ai rien à faire dans cette vie. Ça fait plusieurs mois que je ne vis plus avec eux, on n'a pas divorcé, ma femme refuse, et moi je ne tiens pas à lui faire plus de peine. Et pourtant, tu vois, c'est une rupture assez violente d'être là avec toi, c'est excitant, mais c'est aussi dur pour moi, alors si tu ne m'aides pas un tout petit peu à t'aider, on n'y arrivera pas. — ... — Mara, tu sais que je t'aime, tu penses que c'est normal qu'on t'aime, et que ça te dédouane de tout, mais tu te trompes. Ou tu penses que parce que tu souffres, le reste a peu d'importance. J'ai toujours remarqué cet égoïsme chez toi, cette indifférence totale aux autres, et c'est vrai qu'il y a quelque chose d'attirant là-dedans. Mais ça ne m'ira pas. Je te le dis ce soir parce que je ne veux pas revivre des journées comme celle-là. Et aussi parce que je ne veux pas t'en reparler. N'attends pas de moi que je quémande un peu d'attention ou un peu de tendresse. Je viens d'aussi loin que toi, et je n'ai pas été élevé dans le respect de la femme, si tu vois ce que je veux dire. J'ai essayé d'atténuer ce côté machiste qui m'exaspère chez mes frères, mais tu le réveilles violemment. Je ne suis pas Manuel. Je ne suis pas ton frère, je n'ai aucun droit sur toi, mais toi non plus sur moi, alors tu vas devoir apprendre à sortir un peu plus de toi, sinon on reprend l'avion et nos chemins se séparent. Et ce n'est pas ce dont j'ai envie. »

Sa voix se fait chuchotante dans la nuit parisienne. Mara a les yeux grands ouverts sur le plafond, elle a bien entendu ce que lui a dit Hicham. Et elle fera ce qu'il lui dit. Elle n'attendait que ça, qu'on lui donne des ordres.

Quand Mara se réveille, Hicham est déjà douché et habillé. Elle ignore les efforts qu'il fait pour ne pas laisser s'exprimer le désir longtemps contenu, pourtant elle lui sait gré de cette apparente simplicité des rapports. Elle repousse le moment où il lui faudra toucher un autre homme que Manuel, ce serait pour elle la preuve par l'expérience de leur séparation. Et de ne pas avoir à résister, à faire semblant, lui est pour l'instant un soulagement qu'elle devine de courte durée. Mais Hicham se révèle plus fin qu'elle ne l'aurait imaginé si elle avait effectivement pris la peine de penser quoi que ce soit sur lui. L'intelligence qu'il déploie ne la laisse pas indifférente, et elle se rend compte du mépris dans lequel elle l'avait tenu jusque-là. C'est par l'étonnement qu'elle commence à sortir de sa torpeur et à le regarder. Peut-être est-ce de sa part un calcul, mais ce calcul est juste, et cela suffit. Son discours de la veille l'a ébranlée, il a posé la limite quand elle serait à nouveau allée trop loin faute de savoir s'arrêter – faute d'avoir de bonnes raisons de s'arrêter.

Manuel était prêt à l'accompagner au-delà de n'importe quelle limite, plus rien ne retenait leur élan vers le fond, et leur anéantissement aurait été une juste conclusion. Mais Hicham n'est pas de cette espèce. Il s'oppose. Il trace autour d'elle des frontières à ne pas dépasser. Il dessine des chemins dans cette vaste surface plane et indifférente. Mara pourrait être ici ou autre part, dans son corps ou dans celui d'un autre, il lui importe peu d'habiter un espace sans porte, sans seuil, sans étage, sans cuisine et sans chambre. Il n'y a pour elle nulle part la place pour l'intimité, la distinction de l'intériorité et du reste, les lieux qu'elle traverse sont vides de toute présence, de toute magie, et quand elle croise des gens, elle voit à travers eux leurs squelettes, rien d'autre ne lui paraît réel que les structures mortes où s'engouffrent les vents.

Lorsqu'elle ouvre les yeux, Hicham est en pleine conversation téléphonique. C'est un homme occupé, un homme d'action. Mara l'observe comme un étrange phénomène, avec une amorce de plaisir. Elle le trouve beau, le combiné à l'oreille, la voix basse pour ne pas la réveiller, le visage sérieux et concentré, le geste sûr, quelque chose d'animal et de très maîtrisé à la fois se dégage de lui, cette virilité dont elle mesure l'écart, l'étrangeté et le charme. Ce charme se traduit en une légère palpitation, une accélération sanguine aussitôt disparue, mais qui laisse ce goût tendre d'un fruit qu'il faudrait croquer encore. Hicham raccroche et quitte la chambre à pas feutrés. Elle se lève de bien meilleure humeur.

Il boit un café tandis qu'elle s'assoit à sa table. Elle a fait un effort de toilette, il le remarque du coin de l'œil sans manifester d'étonnement. S'il a préparé un emploi du temps serré, c'est aussi pour échapper à cette tentation trop ardente et trop proche que représente Mara, le corps de Mara, la présence de Mara. Il sait avec évidence qu'il ne peut pas brusquer les choses s'il veut la garder, mais c'est un supplice qu'il ne peut éloigner que par une activité soutenue.

« Nous devons prendre le train pour le centre, nous avons rendez-vous à midi avec Mme Bernard, qui travaillait dans votre orphelinat. » Mara le regarde, éberluée. « C'est un peu brutal, Hicham, je ne sais pas si je suis prête. — Ça sera brutal de toute façon, et rien ne nous garantit qu'elle nous dira quelque chose. — Comment tu l'as retrouvée ? — Je préfère ne pas t'en parler, si tu permets, je ne suis pas sûr que tu apprécierais. — Tu veux dire que Manuel est en cause ? — Non. » Mara devient livide, elle ne contrôle plus sa voix. « Alors... tu as appelé mes parents ? C'est ça, tu es entré en contact avec eux ? — Bien entendu. Le consulat a dû les retrouver lorsque tu étais à l'hôpital. — Mais, qu'est-ce que tu leur as dit ? Je ne veux pas qu'ils soient mêlés à quoi que ce soit de mon existence ! Que savent-ils ? — Pas grand-chose, et je me suis fait passer pour un enquêteur. Je ne leur ai rien dit sur toi qu'ils n'avaient appris par le consulat : que tu étais en réanimation au Maroc, où tu vivais... Ils pensent qu'il s'agit d'un suicide et ça ne les a pas étonnés. Et, pardon d'être aussi cynique, mais cette histoire de suicide va nous ouvrir des portes. »

Il nomme trop vite, trop facilement les choses qu'elle aimerait repousser au fond, dans leur lit bourbeux, avec le reste. Pendant un instant elle éprouve à son encontre une formidable colère, le sentiment d'un viol. Il a incontestablement pris le dessus, Mara en reste sidérée. Pourtant elle voudrait le lui dire, lui faire prendre conscience de sa goujaterie : « Tu ne peux pas faire des choses comme ça. » Mais il les a faites. Mara ne peut rien objecter.

Elle retrouve le métro parisien avec le même émerveillement que la première fois. C'est elle qui a demandé à ce qu'ils descendent sous terre. Ils attendent sur un quai bondé, serrés l'un contre l'autre, ce sont les odeurs qui parviennent à toucher sa personne oubliée, les sédiments enfouis dans lesquels elles se frayent un chemin, qui n'est pas celui du souvenir mais d'une perception identique, d'un voyage dans le temps, grâce auquel elle prend du champ, s'éloigne de Hicham, pour rejoindre un point non connu de lui, inconnaissable de lui, un point qui n'a plus d'existence que pour elle.

Encore une fois Mara se tait, mais son silence n'est pas hostile, il est solitaire. Dans un métro on ne se parle pas. Pourtant Hicham pose sa main sur la sienne, accrochée à la barre centrale. Il la tient par cette simple imposition de main et leurs corps se rejoignent à la faveur d'une tige de métal.

Lorsqu'ils parviennent à la gare, Mara conduit Hicham à travers une jungle signalétique vers le quai. C'est un train Corail tout neuf qui n'a de moderne que la décoration déjà datée qui montre le mauvais goût de ce qui fait semblant. Hicham aide Mara à monter et à ranger sa valise. Il est prévenant en tout, Mara le remercie d'un signe de tête. Ils s'assoient face à face, déployant des journaux devant eux pour faire passer les heures du voyage. La tension que les mots de Hicham avaient un peu vidée s'est recomposée, mais les éléments ne tiennent pas ensemble, il suffirait de peu pour la briser à nouveau. Pour le moment ils en sont empêchés par leurs voisins. Hicham ne se départ pas de sa politesse et de ses inhibitions en public. Aussi la colère monte-t-elle, en même temps que ce désir persistant qui intensifie chaque émotion. Le train s'ébranle, Mara observe le paysage d'abord urbain puis industriel, Hicham observe Mara, elle finit par se retourner, se sachant regardée, ne pouvant échapper à ce regard.

« Qu'y a-t-il ? finit-elle par demander. — Rien, je te regarde, j'aime te regarder. — Et moi, que suis-je censée faire ? — Aimer ça. »

Mara esquisse un sourire. Elle sent sur sa jambe remonter un pied, discret et têtu à la fois. La répulsion immédiate lutte en elle contre le plaisir coupable. C'est qu'elle lui en veut d'avoir envie qu'il continue. La fureur de ne rien pouvoir faire embrase ses joues. Il la regarde toujours avec fixité et sérieux, comme on mate un cheval réticent. Le pied continue son ascension. Puis il se retire brusquement, en même temps que Hicham cesse de la regarder pour examiner à son tour le paysage, l'air satisfait. Il ne lui parlera plus de tout le voyage, sinon pour lui proposer d'aller chercher un café au bar, ce qu'elle refusera dans un mouvement d'humeur. Elle en aurait pourtant bien bu.

Le train finit par s'arrêter. Trois minutes d'arrêt, le couple sort du wagon, sous un ciel lourd plein déjà des odeurs de campagne.

Mara commence à avoir peur. Le comportement de Hicham l'avait distraite, mais sur ce quai inconnu, dans cette ville inconnue, si petite qu'on voit les arbres l'enserrer, la possibilité d'apprendre quelque chose la prend aux tripes avec une brutalité qui lui coupe le souffle. « Sois courageuse, lui enjoint Hicham, avec douceur. — De quel courage tu me parles ? Nous y allons, n'est-ce pas ? Pour ce qui est de mes sentiments, ça ne te regarde pas. »

Hicham se tait. Il craignait qu'elle n'oppose à ce voyage l'indifférence dans laquelle elle avait réussi à se murer des années durant, le détachement qui lui aurait permis de contrecarrer chacune des avancées. Ces émotions violentes et contraires sont pour lui une satisfaction, même si elles représentent aussi un danger. Il sait Mara incontrôlable, le tout est que cette fois elle aille jusqu'au bout, sans s'échapper à nouveau.

Ils marchent côte à côte le long de cette voie ferrée, traînant leur maigre bagage sur le quai chaotique où l'herbe combat le béton. La gare est provinciale, deux guichets dont l'un fermé, une ancienne enseigne en fer forgé annonçant le chef-lieu, quelques bornes automatiques, et des gens dont on peut difficilement imaginer ce qu'ils font là, affaires, commerce – mais quel commerce peut bien fleurir dans cette ville, ce ne peut être du tourisme, à moins qu'ils n'aillent visiter des membres égarés de la famille, comme eux, finalement, qui tranchent pourtant sur cette humanité clairsemée. Lui grand et élancé, la peau fortement basanée, ceux qui lui ressemblent sont ici parqués dans des tours ou dans les prisons, on en rencontre peu, encore une fois c'est la province qui ne croise pas naturellement le chemin de l'Afrique ; elle trop bien vêtue ou sans assez d'apprêt pour se couler dans un paysage ni urbain ni champêtre, où des motos attendent, bouillonnantes, sur le parking, tout feu dehors, gaz d'échappement et ronronnements de moteur, des jeunes garçons et des jeunes filles, casque au bras, qui fument une dernière cigarette avant de reprendre le chemin vers un autre lieu de ralliement, le bar PMU peut-être ou les arrières du stade. Là ils vont rouler des joints et peut-être amorcer quelques gestes d'amour sous les anoraks, écluser des bières bon marché, et parler de meilleures drogues qu'ils ne peuvent pour l'instant pas se fournir, faute de moyens et faute de réseau, il faut monter « à la ville » pour se procurer quelque chose de potable sans se faire remarquer, on connaît les boîtes et les circuits, ce sera pour la prochaine fois, pour le moment on se côtise et l'argent se fait rare, les familles se sont serré la ceinture, le travail manque, et on n'a pas envie de se salir les mains.

« Tu vois, dit Mara à Hicham, ces jeunes-là, qui ont vraiment l'air de s'emmerder au plus profond d'eux-mêmes, c'était moi jusqu'à l'âge de quinze ans. » Hicham a du mal à faire le lien entre la Mara qu'il connaît et ces jeunes gens désœuvrés, qui exsudent l'ennui et l'angoisse. « Tu n'imagines pas... », continue-t-elle.

Mais elle s'arrête là. Sans doute ne peut-il imaginer quel fond de détresse et de vide intérieur elle a pu atteindre, combien ce fond peut être le lit de toute une vie, et combien furent contingentes les circonstances qui l'en sauvèrent. Contingentes et si nécessaires, lui semble-t-il aujourd'hui que Manuel n'est plus là. Lui seul a partagé cette misère morale avec elle et pouvait comprendre de quoi elle parlait ou de quoi elle souffrait sans qu'elle le lui explique, sans qu'elle en ait honte.

Maintenant elle est là, avec ce parfait étranger. Étranger à son histoire, à sa culture, à son enfance. Que vient-il faire ici, cet homme d'Afrique, qui envoie encore de l'argent à sa famille pour qu'elle en remontre aux voisins en sacrifiant le mouton le jour de l'aïd et la vache pour le mariage des sœurs, que veut-il lui faire découvrir dans cette banlieue de banlieue de banlieue d'une ville moyenne ? Que vient-il chercher, lui, qui frissonne sous la brise mais qui a appris les horaires de trains et d'avions, les *jet lags* et les bars d'hôtel. Pourquoi est-il là, avec elle qui aurait voulu ne jamais venir, dans ce lieu oublié, où elle a passé une année de sa vie, la première, la plus lointaine, avec l'autre, son frère, celui qu'à cette époque elle prenait pour le monde, et qui lui fut arraché, pour quelle raison elle l'ignore, pourquoi séparer des frère et sœur déjà abandonnés par leurs parents, pourquoi ne pas les avoir laissés grandir ensemble à l'orphelinat, sans parents mais ensemble ? Quelqu'un a fait le voyage et les a déposés tous les deux, leur donnant un baiser sur le front mais ne se retournant pas pour ne pas être poursuivi par cette image de deux enfants en pleurs qui regardent sans comprendre, qui savent sans doute déjà un mot, un seul, celui qui nomme la personne qui s'en va.

Manuel est parti, ça aurait dû être sa route, à lui aussi. C'est Hicham qui la devance. Elle s'étonne de sa présence. Il lui faudra comprendre la raison pour laquelle il l'accompagne sur ce chemin initiatique, cette ville qui n'en est pas une mais qui abrite l'un des orphelinats de

France où des femmes laissent leurs nouveau-nés à peine tombés du ventre. Des frontières infimes se lèvent les unes après les autres sur leur passage. Elle se rapproche de lui qui lui donne la main, comme à une petite fille, une main chaude et confiante dans laquelle elle s'oublie à mesure que l'angoisse l'assaille.

Ils finissent par rejoindre le centre-ville, si proche de la gare qu'ils n'ont marché que dix minutes, les deux taxis de la gare ayant été réservés par de plus avisés qu'eux. C'est Mara qui demande l'adresse de l'orphelinat. Ils auraient pu organiser ces différents trajets depuis Paris, mais Hicham a jugé préférable qu'ils se perdent, errent et trouvent par eux-mêmes le chemin. Il faut bien que ce voyage commence à devenir réel. Que Mara interroge d'elle-même un homme en veste à carreaux est un soulagement qu'il n'attendait plus, ou plus tard, c'est-à-dire plus tout à fait.

Tout le monde ici connaît l'orphelinat, on ne l'appelle pas comme ça. Pour s'y rendre, il faut une voiture. L'homme regarde le couple d'un air suspicieux. Hicham est un peu gêné, mais Mara soutient ce regard, bien décidée à ne pas se justifier. Elle songe avec une forme de fascination que ce chemin de croix, sa mère avant elle a dû l'emprunter. Cette identification possible la heurte de plein fouet. Peut-être s'illusionne-t-elle, peut-être cette mère était-elle déjà partie, reléguant à quelque membre éloigné de sa famille le soin de porter les nourrissons à l'orphelinat. L'important n'est pas là. Pour la première fois elle rencontre sa mère dans cet étrange sentiment de honte, de culpabilité et de détresse, aperçu au détour de cette rue, face au visage rubicond de cet homme à la veste à carreaux. Mais c'est en même temps la violence d'une sourde révolte qui se réveille, celle qu'elle a tenue sous silence, préférant protéger celle qui l'avait abandonnée plutôt que de la haïr, pour préserver un semblant de sens.

Ils s'arrêtent au café de la place de la Mairie pour boire un verre, et peut-être trouver quelqu'un qui les conduirait jusqu'à l'orphelinat. Mara observe Hicham et se dit que rien ne peut être plus exotique pour lui. Les clients boivent un petit blanc au comptoir, la serveuse dresse les tables, il est bientôt midi. Les odeurs d'une cuisine lourde avivent leur faim. L'absurde de la situation la fait sourire et pourtant elle est bien obligée de reconnaître que Hicham a l'art de s'adapter, il semble plus à l'aise qu'elle. Elle se rend compte que cette aisance lui plaît, cette capacité à se trouver bien partout, cette élégance de nomade. Peu à peu, la présence de Hicham lui inspire du calme et du réconfort, mais l'intrigue aussi. C'est le premier « autre » avec qui elle partage autant de temps et d'intimité.

On les informe qu'un car passe toutes les demi-heures et s'arrête devant la Maison des jeunes. Elle n'est pas bien famée, cette Maison des jeunes, c'est un foyer de délinquance, des orphelins y vivent, certes, mais on y place aussi des enfants qu'on ne veut plus chez soi ou que le juge chargé de l'enfance envoie pour les séparer de leurs familles. Mara écoute ce bourdonnement où la souffrance s'exprime, insidieuse comme ces parfums vieillis qui mettent quelque temps à sortir du flacon. Hicham abrège la conversation. Il règle les cafés et prend le bras de Mara qui se laisse conduire jusqu'à l'arrêt de bus.

« Je dois te dire que nous aurions pu entreprendre ces démarches auprès d'une association qui s'occupe désormais du droit aux origines mais qui est établie dans le Sud-Ouest. J'ai pensé qu'il était préférable de se rendre ici où l'une des éducatrices qui vous a connus a bien voulu nous recevoir. Elle fait elle-même partie de cette association. Seule toi peux entreprendre ces démarches. Elle t'attend. — Je vois que tu as bien balisé l'entreprise. — C'est ce que tu attendais de moi, non ? — Que t'a-t-elle dit d'autre ? — Rien. Elle ne pouvait rien me dire à moi. » Ils se taisent jusqu'à l'arrivée du car. Mara se sent de plus en plus oppressée, sa respiration se fait plus rapide. Hicham pose une main sur sa cuisse et lui murmure à l'oreille : « Je suis là, il ne peut rien arriver de pire que de ne pas savoir, n'est-ce pas ? »

Mais elle ne peut plus répondre, sa voix est bloquée dans sa gorge qui fait mal.

Le trajet est court. À la descente de l'autocar elle allume une cigarette sur laquelle elle tire goulûment. Elle a l'impression de vivre cette scène au ralenti, comme dans un accident de voiture où l'on voit arriver le fossé, la roue qui éclate, et le tonneau peut-être fatal. Il sonne à la grille d'une grande bâtisse austère. Le gardien, qui a été informé de leur visite leur ouvre. Sur le perron les attend une femme d'un certain âge, les cheveux tirés en arrière et des lunettes rondes sur le nez, France Bernard. Elle observe Mara à la recherche d'un souvenir. Mais celui-ci a été recouvert par des images plus récentes, des photos de Mara sur des couvertures de magazine. Mara à son tour regarde la femme avec appréhension, mais aucune lueur de reconnaissance ne vient épargner son angoisse. On se serre la main. Hicham s'occupe des présentations, et France Bernard les précède dans un petit bureau où elle les invite à s'asseoir.

C'est encore une fois Hicham qui prend les devants. Les deux femmes semblent aussi intimidées l'une que l'autre. Mme Bernard cependant plus habituée à ce type de situation se reprend. « C'est donc vous le jeune homme que j'ai eu au téléphone. Vous savez, j'ai accepté de vous rencontrer en pariant sur votre franchise. Mais il est rare que je donne rendez-vous à quelqu'un qui n'est pas directement concerné. Aussi, je me vois obligée, Mara, de vous demander si vous souhaitez réellement entreprendre cette démarche. » Mara demeure silencieuse, pétrifiée. Hicham et France Bernard restent suspendus à ce silence d'où tout peut encore advenir. « Je vous comprendrais si vous jugez cela trop tôt, ou si vous revenez sur votre décision ou sur celle de votre compagnon. Cela ne concerne que vous, et la démarche est lourde et difficile, alors réfléchissez bien. »

Qu'on s'adresse à elle de cette manière renvoie Mara à la solitude abyssale qui est la sienne, cette solitude où s'ancre la véritable responsabilité. Ni Hicham, ni Manuel, ni aucun système de défense ne peut plus être invoqué pour échapper à cette décision, et cette décision, même si elle concerne Manuel, n'a toutefois plus rien à voir avec lui. Sa vie, à cet instant, doit s'en libérer ; à cet instant, elle doit choisir si cette vie lui appartient ou si elle préfère la laisser aux autres pour plus de commodité. Elle n'a pourtant pas l'impression de choisir lorsqu'elle finit par prendre la parole. « Oui, je veux savoir. Mais pour moi il est de toute façon trop tard. — S'il était vraiment trop tard vous ne seriez pas là. » Mara observe cette femme aux paroles tranchantes. « Je ne me souviens pas de vous. — Vous n'aviez que quelques semaines lorsque vous êtes arrivée et vous êtes repartie à un an et demi. Cela me paraît normal. — Moi non, ça ne me paraît pas normal. — Vous voudriez aussi vous rappeler vos parents, votre naissance. Mais sachez que tout cela est en vous aussi, que ce n'est pas perdu. Ce n'est pas perdu car ça a existé. Je suis là pour vous assurer que ça a existé. — Comment pouvez-vous savoir ça ? — Vous n'êtes pas la première, je ne veux pas relativiser ce que vous êtes en train de faire, mais c'est assez naturel. J'ai travaillé quarante ans avec des enfants abandonnés ou orphelins. Je suis restée en contact avec les plus âgés qui ont quitté l'orphelinat à l'âge de six, huit ans. Pas tous, certains ne veulent plus entendre parler de l'orphelinat ou de leur petite enfance. D'autres sont revenus alors qu'ils avaient été adoptés à votre âge. C'est pour cette raison que nous avons monté l'organisation Droit aux origines, pour des enfants qui désiraient savoir d'où ils venaient. La nouvelle directrice de l'orphelinat est elle-même une orpheline née sous X qui a fait beaucoup avancer les recherches en maternité et permis de faire lever le secret dans certains cas. Nous œuvrons aussi pour ouvrir les archives administratives à ceux qui en font la demande. Mais avant cela, nous avons besoin de parler aux enfants – pardonnez-moi de les appeler les enfants, certains ont votre âge – pour être assurés qu'ils auront le courage et la force d'aller jusqu'au bout. C'est pour cette raison, Emmanuelle, que j'ai besoin que nous discutions un peu. — Je m'appelle Mara. — Bien sûr, Mara, excusez-moi. Peut-être serait-il préférable que monsieur nous laisse une petite heure ? »

Mara se tourne vers Hicham, perplexe. Elle préférerait qu'il reste. Mais celui-ci s'est déjà levé. « Je sors dans la cour, juste à côté, tu m'appelles si tu as besoin de moi. » France Bernard lui adresse un signe de tête en guise de remerciement.

« Vous me permettez de vous tutoyer ? » Mara acquiesce. « C'est ton compagnon ? — C'est un interrogatoire de police ? Je dois montrer patte blanche pour savoir d'où je viens ? — Bien sûr que non. Tu n'es pas obligée de répondre. — C'est en quelque sorte mon bon Samaritain. — J'ai entendu dire que tu avais fait une tentative de suicide. — Apparemment. — Pourquoi ? — Ce n'était pas à proprement parler un suicide, au contraire. — Au contraire ? — Que voulez-vous savoir au juste ? Si je suis assez solide pour en entendre davantage ? — Tu en sauras davantage si tu le souhaites. Ce n'est pas mon but de faire de la rétention, mais de m'assurer de ton état psychologique, oui. — Bien, alors je vais vous dire une chose, si vous êtes un tant soit peu responsable de mon placement, jugez-vous à moitié coupable du fait que je ne sois pas la personne la plus équilibrée de ce putain de pays. — Je sais que ton adoption ne s'est pas bien passée, et je le regrette plus que tu ne peux l'imaginer. Je t'ai suivie de loin en loin, mais sache que je ne pouvais rien faire, ce n'est pas de mon ressort mais de celui de la DDASS et du juge, je n'étais qu'une petite éducatrice à cette époque. C'est aussi contre ça que je me bats. — Contre quoi ? — Contre les adoptions visiblement ratées, même si personne ne peut présager du tour que ça va prendre. — Mais vous pouviez très bien le présager, n'est-ce pas ? — Ta famille était une famille bien, tu sais, ou en tout cas... — Je ne vous parle pas de ça, et vous le savez parfaitement. — De quoi me parles-tu alors ? — De mon frère, de mon frère dont on m'a séparée alors que je n'avais que lui. »

France Bernard garde le silence un moment. « Alors il t'a retrouvée. — Bien sûr qu'il m'a retrouvée, et nous avons quitté nos familles respectives pour rester ensemble. Pour essayer de rattraper ce que vous avez brisé. — Je n'y suis pour rien, Emma..., Mara. Et, bien que j'aie été soumise au secret professionnel à l'époque, c'est moi qui ai donné à ton frère les indices qui le mettraient sur ta piste. »

Mara s'arrête de parler. Sa colère est brusquement freinée par les paroles de Mme Bernard. Son ton se fait plus doux, même si son débit reste celui de la logorrhée ; elle aura tout le temps, plus tard, de méditer cet échange. « Alors expliquez-moi pourquoi on nous a séparés. — Pour que vous ayez une famille d'accueil. Les fratries empêchent souvent qu'on place les enfants, les familles ne sont pas prêtes à adopter deux enfants. Ils ont bien fait attention de vous trouver des familles avec enfants, pour que vous grandissiez avec des frères et sœurs. Tous les deux. Tous les deux vous avez eu des frères et sœurs. — Mais aucun de nous deux ne les a jamais considérés comme tels. — Je l'ai su. Ta famille nous a contactés à plusieurs reprises, elle a souffert que cela ne marche pas, tu sais ? — Je m'en fiche, je n'ai pas à me sentir coupable de quoi que ce soit. — Tu as raison, je te disais ça juste pour que tu te rendes compte qu'ils t'aimaient, à leur manière. — Je ne suis pas venue ici pour que vous me parliez d'eux. — En effet. Tu es là pour en savoir plus sur tes parents biologiques. — Mes parents. — Si tu préfères. Mais pour ma part je ne suis pas sûre que le seul fait de procréer confère le titre de parents. — Je préfère éviter les leçons de morale. — Ce n'est pas de la morale, Mara. As-tu des enfants ? — Non, comment voulez-vous que je fasse des enfants ? »

France Bernard regarde Mara avec attention, elle sent qu'elle a touché là un nœud. C'est à vrai dire souvent à ce moment de leur vie que des femmes cherchent à s'inscrire dans son association. Troubles physiques, crises d'angoisse, terreur devant l'enfantement.

« Écoute, Mara, je vais te dire ce que je peux te dire, ce que je sais. Pour le reste, c'est à toi de faire tes recherches. Ton dossier n'est pas secret, ta mère n'a pas accouché sous X, et personne n'a fait la démarche de demander l'anonymat. Même si je pense que ton père l'aurait souhaité. Ce que je vais te dire, c'est ma seule conscience qui m'enjoint de te le dire. — Pourquoi ? — Parce que tu as le droit de savoir. Néanmoins ça peut avoir des conséquences sur la vie d'autres gens. C'est donc une lourde décision que je prends. Aussi, je te demande d'en faire bon usage. Je ne vais rien te faire signer, tu es en droit évidemment d'en faire ce que tu voudras, je te le demande, c'est tout. — Comment pouvez-vous me demander ça ? Ce que vous faites est-il illégal ? — Pour donner accès aux informations à un enfant, on est obligé de demander aux parents encore en vie s'ils l'acceptent. — Vous l'avez fait ? — Non. — C'est donc illégal ? — Oui. — Pourquoi faites-vous ça ? — Pour des raisons que je pourrai t'expliquer, mais pas tout de suite. — Vous avez un rapport avec mes parents ? — Non. — Je ne comprends rien. — Tu comprendras plus tard. — Qui étaient mes parents ? »

« Pour commencer je préfère te prévenir tout de suite que je ne sais pas grand-chose. Je peux juste te raconter comment vous êtes arrivés.

» Je ne sais plus quel jour c'était. Il pleuvait, je crois. Ça remonte à presque trente ans, tu comprends, et j'ai connu beaucoup d'enfants, beaucoup de situations, comment dire, difficiles. Pourtant je me souviens bien de vous deux. C'était en 1964. À cette époque, nous avons vu arriver des enfants d'une nouvelle origine. Français, mais au teint mat. Des enfants métis, comme toi, comme ton frère. Des enfants moitié français, moitié algériens. »

Mara a décidé de fermer les yeux pour accuser le coup des révélations qui ne manqueraient pas de se succéder : deux adjectifs déjà lui ont fait l'effet de deux coups de poing ajustés.

« Ce que je te dis là, je ne fais que le supposer. La seule chose que j'ai vue et que je peux te certifier, c'est qu'un homme d'une quarantaine d'années est venu un matin accompagné d'une femme qui n'était pas la sienne, sa sœur peut-être. Il portait deux nourrissons dans un panier, deux nourrissons qui sentaient très mauvais, ils n'avaient pas été changés depuis plusieurs jours vraisemblablement, et qui dormaient. Je ne pourrais pas exactement te le décrire, il n'était pas ce qu'on appelle un bel homme, un peu gras, les cheveux déjà blancs, sans doute avaient-ils été blonds, les yeux bleus, la peau rougeâtre. De grosses mains mal dégrossies. C'est la femme qui portait le couffin. Elle baissait les yeux et n'a pas osé nous regarder, la directrice de l'institut et moi, durant toute la visite. On était moins regardants à l'époque, néanmoins on essayait de connaître les raisons de l'abandon.

» Il nous a alors dit que sa femme de ménage était morte en couches, qu'elle s'appelait Meriem, qu'elle n'avait aucune famille et qu'il ne pouvait s'occuper des deux enfants qu'elle laissait. La directrice prenait des notes et j'ai osé poser une question, ce que je ne faisais jamais : “Elle est algérienne ? — Oui, m'a-t-il répondu. — Et elle n'a pas de famille en Algérie ? — Non, elle n'en a plus, sa famille ne veut plus en entendre parler. — Mais est-elle au courant ? — Je vous ai dit qu'elle ne voulait plus en entendre parler. — Mais vous les connaissez ?” Je commençais à devenir insistante et la directrice me fusilla du regard. “Je ne pensais pas qu'il fallait un certificat d'abandon d'orphelins !” dit-il. La directrice s'excusa en mon nom et poursuivit son questionnaire, beaucoup plus pratique : l'âge, le sexe, les prénoms.

» Vous étiez des nourrissons d'à peine un mois, un garçon et une fille, du même âge puisque vous étiez jumeaux. »

À ce mot, Mara rouvre les yeux : c'était la confirmation d'une idée qu'elle avait toujours fuie en refusant d'en savoir plus sur ses origines. Manuel et elle avaient été étonnés d'avoir tout juste un an d'écart lorsqu'ils s'étaient rencontrés, étonnés parce que ça voulait dire que la naissance de Mara avait déclenché l'abandon, ou que ses parents étaient morts à sa naissance, mais que Manuel les avait connus un an de plus, peut-être deux ans. Or il n'en avait aucun souvenir. L'un comme l'autre avaient parfois envisagé cette possibilité, et c'est souvent dans les instants de fusion la plus fulgurante que cette conviction revenait sans détour se loger droit au cœur. Mais ils avaient repoussé cette éventualité pour garder un peu de quant-à-soi, de cette altérité qui les maintenait dans une guise de couple.

« Alors pourquoi avons-nous des dates de naissance différentes ? — Nous avons été obligés, sans quoi vous n'auriez jamais été adoptés. On n'adopte pas facilement des fratries, encore moins des jumeaux. — Peut-être aurions-nous préféré. — Nous étions moins psychologues à l'époque. Nous pensions que trouver une famille d'accueil était l'idéal pour les enfants. — Antoine le savait-il ? — Non, je ne le lui ai pas dit, je pensais qu'il le découvrirait par lui-même si le destin en décidait ainsi, mais que je n'avais pas à trahir l'institution pour laquelle j'ai travaillé plus de la moitié de ma vie, même si je ne cautionne pas tous ses choix. — Très bien, notre mère était algérienne, femme de ménage, et vous dites qu'elle est morte en couches. — Oui, vous étiez arrivés plus tôt que prévu. Apparemment, elle n'aurait pas eu le temps de se rendre à l'hôpital, elle est morte en vous mettant au monde, vous êtes donc bien orphelins de mère, elle ne vous a pas abandonnés. »

Est-ce une délivrance, qu'est-ce qui est important, que sa mère ne l'ait pas abandonnée ou qu'elle n'ait plus aucune chance de la rencontrer ? La détresse qui est une déception abyssale se mêle à une forme de soulagement. Puis elle décide de remettre à plus tard l'analyse de ses émotions. Elle a pour le moment la force d'en entendre davantage, il faut que le flot ne s'interrompe pas, qu'il se déverse jusqu'à la dernière goutte, alors elle verra si elle survit ou non.

« Et mon père, comment pouvez-vous être sûre que mon père est vivant puisque ce type a dit ne rien savoir ?
— Parce que je suis sûre que ce type est ton père. »

Mara reste interloquée, cela ne ressemble en rien au roman qu'elle s'était raconté : seule la mère vivait encore, le père n'avait jamais pris aucune forme, et celle que lui dessinait France n'était pas glorieuse. Mais à quoi s'attendait-elle, se dit-elle avec une ironie amère, toujours cette histoire de princesse éconduite et d'amant mort en des circonstances héroïques ? « Comment pouvez-vous en être sûre ? »

« Comme je te l'ai dit, j'ai vu passer beaucoup de parents. Certains n'assumaient pas leur paternité ou leur maternité, ils avaient honte, ou s'étaient déjà détachés, on les reconnaissait à la longue. Mais là, il y avait un autre élément qui entrait en jeu. Ce type visiblement était un ancien de l'OAS. J'ai réussi à m'en convaincre en lui posant quelques questions auxquelles il a bien fini par répondre : oui, il avait vécu en Algérie, il avait ramené cette femme pour l'aider, disait-il. On la considérait là-bas comme une traîtresse. Mais on considérait une femme comme une traîtresse si elle couchait avec l'occupant, tu comprends. Et s'il avait fait l'effort de la ramener, c'était sans doute pour des raisons plus profondes que faire son ménage. — S'il l'aimait, pourquoi nous aurait-il laissés ? — Je n'en sais rien. Ce n'était pas facile d'élever deux enfants tout seul, deux enfants métis par les temps qui couraient, je t'assure que ce n'était pas facile. Je me souviens qu'il sentait fort l'alcool, peut-être avait-il bu pour se donner du courage. Il avait des yeux bleus injectés de sang. — Et la femme à ses côtés ? — Entièrement soumise. Il la traitait comme une moins-que-rien, mais je suis quasiment sûre qu'elle était de sa famille. Totalement subordonnée à son autorité. Peut-être était-elle sa maîtresse après tout, mes souvenirs ne sont plus si précis et je ne m'engagerais pas là-dessus. — Rien ne vous dit, à part votre intuition, que ce type était mon père ? Je dois vous croire sur parole ? — Rien, non. Ce que je peux te donner, ce sont ces renseignements-là. Cet homme a signé un registre sous son vrai nom. Et puis je me rappelle autre chose. Lorsque la directrice a demandé comment vous vous appeliez, il a eu l'air d'hésiter. Je ne pense pas que votre mère ait eu le temps de vous donner des noms, ou si c'était le cas, elle aurait choisi des prénoms arabes, n'est-ce pas ? Il a fini par vous donner ces prénoms, Emmanuelle et Antoine, mais il était évident qu'il venait de les inventer. Nous avons bien été obligés de les noter, cependant, tu sais, s'il avait vraiment été le patron de cette femme, il aurait dit qu'il ignorait vos prénoms. Il n'avait pas besoin de vous en donner. C'est à ce moment-là que j'ai compris. Maintenant, tu en fais ce que tu veux. Je peux te donner son état civil. Je ne sais pas s'il vit toujours. À partir de là toi seule peux continuer les recherches. Je t'en ai déjà trop dit. — Alors, pourquoi m'avoir dit tout ça ? — Parce que j'étais militante à cette époque, plus que militante. J'ai repéré cet homme. J'ai vu en lui l'ennemi contre lequel mes amis étaient morts. »

Mara tente de comprendre ces paroles. Elle a oublié cet épisode de l'histoire, et pourtant elle sait qu'elle le connaît. C'est ce livre que lui avait donné Marc et qu'elle avait lu et relu, sur la guerre d'Algérie. Pour quelle raison en avait-elle fait son livre de chevet à une époque où elle n'était qu'une adolescente désœuvrée, fermée à tout désir et à toute question ? C'est étrangement ce choc-là qui la bouleverse le plus, ce petit souvenir de son histoire à elle, cette lecture qu'elle faisait chaque soir, dans cette chambre solitaire, cet élan vers quelque chose qu'elle avait en elle, cette vérité qu'elle portait depuis toutes ces années. Le reste fait lentement son chemin à travers sa conscience. De toutes les émotions imbriquées les unes dans les autres, il lui faudra faire le tri, les démêler et les ranger, c'est la façon d'en rester maître, ou de le devenir. Mara pour la première fois est face à un récit qui ne concerne qu'elle, qui a à voir avec son être, sa vie et peut-être sa mort. Elle s'est laissée aller ou elle s'est protégée le plus longtemps qu'elle a pu, mais en guise de protection c'est une forme de destruction qu'elle est allée chercher, mis à part cet amour unique et incestueux dans lequel elle a vécu intensément une vie qui la condamnait.

France Bernard la laisse quelques instants encaisser ce qu'elle lui a appris. Elle observe Mara qui semble chercher en elle-même. Sa beauté la frappe soudain, mais tout autant cet air de souffrance qui a marqué ses traits si profondément qu'ils en ont perdu leur éclat. Et pourtant cette beauté est bien là, derrière les traits qui s'échappent, une beauté profonde qui paraît avoir intégré les marques à tel point qu'elle pourrait les masquer à un œil moins averti. Les yeux sont cernés, un bandeau olive les souligne, les joues sont creuses et les prunelles noires enfoncées dans leur orbite. Les doigts sont décharnés, les trapèzes accentuent la longueur du cou. Il manque à cette femme la santé qui la rendrait resplendissante, mais c'est peut-être cet air mortifère sous le hâle de la peau qui retient l'attention. Elle se souvient d'elle petite, toujours accrochée à son frère. Ces deux-là, il n'aurait pas fallu les séparer, c'était déjà si évident à l'époque. France le sait si amèrement qu'elle a pour la première fois enfreint la loi. Cette vieille écorchure ravivée devant le visage fiévreux de Mara. Sans doute n'avait-elle pas prémédité de lui livrer toutes ces informations. Néanmoins, lorsque Hicham l'a contactée, elle a su qu'elle pourrait peut-être rétablir quelque chose. La curiosité et un vague désir de rédemption ont fait le reste. Elle était restée froide au téléphone, mais depuis qu'elle savait qu'elle allait revoir cette enfant, ses nuits avaient été agitées.

Déjà elle avait aidé son frère. Mais ça avait été facile. Cette fois elle n'avait pas eu peur de se mettre dans l'illégalité. Ces deux enfants, c'est son échec, même si elle n'a pas elle-même pris la décision de les séparer, a même lutté contre sa directrice de l'époque, elle ne peut s'ôter de l'esprit ce gâchis qui date d'avant elle, mais qu'elle n'a pas contribué à arrêter. Pourtant elle les a aimés ces deux petits, n'a été avare ni de tendresse, ni de caresses, ni de mots doux. Lorsqu'elle les a vus partir, son cœur s'est déchiré comme il se déchirait, il faut le dire, à chaque départ. Elle a continué d'avoir des nouvelles par les familles déçues ou détruites. Puis par les journaux. Mara avait choisi la lumière, et malgré ce changement de prénom, elle avait deviné qu'il y avait de sa part une ultime tentative pour qu'on vienne la chercher et qu'on lui dise enfin : « Je t'ai vue naître. » Ce choix, inconscient sans doute, il ne revenait pas à France de s'exprimer là-dessus, avait pour moitié atteint ses objectifs. Jamais elle n'avait disparu de la mémoire de cette femme maintenant âgée qui collectionnait les couvertures de magazines en ressassant son ressentiment et en se promettant d'être présente le jour où on aurait besoin d'elle. Ce jour-là a fini par arriver.

France griffonne sur un papier un nom et une adresse obsolète, sans doute, mais qui pourrait servir. Elle le tend à Mara qui le prend en silence et le met dans la poche de sa veste sans le regarder. Elles se lèvent en même temps. Mara s'approche de la porte. France Bernard l'arrête d'un geste : « Sache, Mara, que c'est moi qui me suis occupée de vous, je vous aimais, au moins vous avez reçu mon amour, ce n'est pas celui d'une mère, je sais, mais je veux juste que tu saches que vous avez été très aimés pendant un an et demi... Et que je n'ai cessé de penser à vous. »

Mara ne sait comment réagir. Elle en veut à cette femme de lui avoir livré tout ça, elle lui en veut de les avoir séparés, elle lui en veut d'être la preuve de son abandon, de ce début de vie misérable, de ce choix de famille, de ce parcours qui l'a amenée là. Elle sait que ce sentiment de colère ne devrait pas lui être destiné. Pourtant elle a bien entendu les mots de France qui la touchent au même endroit que sa colère. Aussi ne dit-elle rien et sort-elle de la pièce sans se retourner.

Elle longe le couloir à la recherche de Hicham, le sentiment d'angoisse augmente à mesure qu'elle se perd dans ce bâtiment. Non, elle ne se rappelle rien, mais les fantômes sont tenaces, elle fend l'atmosphère comme si la brume qu'elle formait était opaque. Par la fenêtre d'une grande salle vide, elle l'aperçoit dans la cour, qui fume une cigarette. Il prend le soleil que filtrent d'épais nuages. Mara ne sait pas comment sortir de ce labyrinthe, pourquoi n'a-t-elle pas pris le chemin de l'aller, elle l'ignore, sans doute pour échapper à France qui pourtant ne la suit pas. Elle finit par ouvrir la fenêtre et par enjamber le châssis. Hicham se dresse d'un bond et vient à elle, inquiet.

« Partons tout de suite s'il te plaît. — Et Mme Bernard ? — Plus tard. Je veux partir. — Allons-y. »

Ils partent au pas de course, Hicham derrière elle, jusqu'à ce qu'ils sortent de l'enceinte et reprennent le chemin de l'arrêt de bus. Ne voulant pas l'attendre, ils continuent à pied sur les routes de campagne. Le temps pour Mara de se calmer. Hicham attend qu'elle prenne la parole. Cette fois l'assurance qu'il tâchait de conserver avant le rendez-vous est près de le quitter. Aurait-il fait un mauvais choix ? Mais Hicham a décidé de chasser les remords, c'est ainsi qu'il a réussi à partir de chez lui et à mener une vie loin des siens.

Pourtant il attend les premiers mots de Mara, et cette attente est une dépendance, il ne peut la qualifier autrement.

Au bout d'une demi-heure de marche, Mara lui tend le papier griffonné par France Bernard. « C'est mon père paraît-il, je suppose que nous allons lui rendre visite. — Marcel Doinier. — Oui, j'aurais dû m'appeler Emmanuelle Doinier, tu vois à quoi j'ai échappé ? — Que t'a-t-elle dit d'autre ? — Que ma mère est morte en me mettant au monde... Et aussi qu'elle était algérienne. »

Cette nouvelle trouble Hicham. Quelque chose comme un court-circuit dérange sa logique, Mara l'étrangère, la lointaine, aurait une sorte de familiarité avec son univers, ce qui ne lui convient pas. Mais le sentiment est fugace, après tout qu'elle soit arabe ne change rien à son étrangeté. « Veux-tu qu'on s'y rende maintenant ou qu'on prenne une chambre d'hôtel pour se reposer ? — Maintenant, avant que je ne change d'avis. » Ils s'attardent néanmoins quelques minutes au café de la place de la Mairie, munis d'une carte, à la recherche du village dans lequel le père vit peut-être encore. Ce n'est pas très loin, forcément, il a choisi l'orphelinat le plus proche. Il fallait se débarrasser du problème au plus vite.

Mara aime la fureur qui monte en elle, c'est ainsi qu'elle veut cueillir cet homme dont elle ne sait rien sinon qu'il a les yeux bleus et les cheveux blancs, un homme qui n'a pas eu le courage d'élever ni même de reconnaître ses enfants parce qu'ils étaient de sang mêlé. La colère se transforme en allégresse, une allégresse mauvaise. Des phrases victorieuses pleines de vindicte et de juste fureur montent en elle, des discours entiers adressés du haut d'une estrade au peuple qui montre du doigt le bourreau. On le conspue, on lui crache dessus, bientôt on l'embrochera comme ces sans-culottes dont elle avait lu les récits sanglants aux côtés de Manuel qui l'éduquait peu à peu à l'histoire d'un pays dont il ignorait s'il était le leur. Une énergie nouvelle la traverse, qui rend toute contrainte matérielle inexistante : il faut louer une voiture. Rien de plus simple ; en trois secondes, elle a réglé l'affaire.

Faut-il téléphoner avant ? Certainement pas. L'effet de surprise joue dans son scénario un rôle non négligeable. Et s'il n'était pas là ? Peu importe, on loue une chambre d'hôtel à proximité et on y retourne dès que possible. Hicham se laisse emporter avec soulagement par cet enthousiasme dangereux. Il est acide, il le sent bien, mais il sera toujours temps de le calmer ou d'en récolter les fruits pourris.

En une demi-heure la voiture est louée, les valises déposées à l'arrière, la carte sur le tableau de bord. C'est Mara qui conduit, elle retrouve les réflexes oubliés depuis longtemps. Au Maroc, il était rare qu'elle prenne le volant, s'étant recluse de plus en plus dans un périmètre pédestre. Ils empruntent de préférence les petites routes, pour voir du paysage, se faire une idée de l'endroit où elle est née peut-être, ménageant ainsi un laps de temps de préparation, une acclimatation à l'idée de le rencontrer ce père subit, honni en même temps que découvert, mais secrètement fascinant. Ne serait-ce que pour toute cette vie tue enfermée en lui, qui aurait pu être la sienne, la leur, cette histoire qu'il connaît, qu'il a participé à faire, dont il s'est détaché, dont il les a détachés, il en est la preuve vivante – s'il vit encore – le responsable coupable initiateur victime peut-être, dépositaire au moins.

Mara allume la radio et cherche une station musicale pour couvrir son excitation. Elle ignore s'il lui déplaît que Hicham soit témoin de tout cela, elle se sent bien avec lui, dans une intimité évidente où la gêne a été dépassée et où les silences ont pris une nouvelle texture. L'adresse est à une heure de route à peu près, si l'on emprunte les départementales. Ils parlent peu mais ils sont proches pendant ces minutes, ces trop courtes minutes de séparation entre un avant et un après. Quand ils arrivent au village, la pression monte en même temps que l'excitation retombe pour laisser la place à une anxiété désagréable. Ils se garent et restent un moment sans bouger. Puis Mara brise le silence : « Tu m'accompagnes. »

Ils marchent le long des rues, les nuages font place à quelques éclaircies, il fait lourd. Mara s'arrête devant le numéro écrit sur le bout de papier. Elle sonne. Les quelques secondes qui séparent la sonnerie de la réponse à l'interphone sont suspendues dans le temps d'une vie qui pourrait bien se renouveler là, bifurquer ou faire boucle. C'est une voix de femme qui jaillit.

« Nous voudrions voir Marcel Doinier. — Marcel Doinier ? Vous devez faire erreur. Vous êtes chez les Laurence ici. » L'attente est stoppée net et l'élan qui avait soulevé Mara s'abîme dans un désespoir aussi vif que bref. Hicham s'approche de l'interphone : « Excusez-nous, nous cherchons M. Doinier qui a habité ici il y a quelques années. Peut-être était-ce l'ancien propriétaire, c'est très important, vous n'avez vraiment aucune information ? Pourrions-nous vous parler une minute ? — Je vous ouvre. » Mara l'interroge du regard. « Tu n'as pas envie de voir comment c'est à l'intérieur ? »

Elle ne sait plus vraiment de quoi elle a envie. Sa précipitation lui a fait oublier tout simplement de regarder dans un annuaire pour vérifier si ce père vivait toujours là. Elle aurait voulu que tout soit fait tout de suite, dans un épilogue à la hauteur de ses déceptions. Une petite fille capricieuse, qui aurait souhaité s'économiser la peine, et que tout lui soit livré sans qu'elle ait d'effort à faire, sinon cette location de voiture et ce trajet qu'elle estime déjà assez héroïque. Une femme vient leur ouvrir, un peu plus âgée que Mara, un enfant dans les bras. Hicham lui sourit, décidé à faire oublier leur étrange requête. Il prend en charge la discussion, voyant qu'il ne peut compter sur Mara, encore subjuguée par la déception.

« Cette jeune femme recherche son père. On nous a dit qu'il habitait là. Nous venons de l'orphelinat de T. Nous sommes désolés de vous déranger, mais cela vous ennuierait-il de nous montrer sa maison ? » La femme est surprise, mais pas méfiante. Elle les invite à la suivre. « Vous savez, on a changé toute la décoration, je doute que vous retrouviez quoi que ce soit de l'époque. — C'est pas grave, c'est juste pour sentir l'atmosphère. » En entrant, Mara tente de s'imaginer quelle a pu être la vie de cet homme, la maison est petite mais agréable. Sans doute l'était-elle moins du temps de Marcel aux yeux bleus. Elle ouvre enfin la bouche pour murmurer un merci. Pendant qu'elle monte à l'étage et avance prudemment dans les chambres, Hicham demande à la femme si elle a un annuaire téléphonique. Celle-ci lui propose même un café.

« Y a-t-il une cabine téléphonique pas loin ? — Oui, sur la place, à deux pas. Mais vous pouvez utiliser mon téléphone si vous voulez. — On vous dérange assez comme ça. — Pas du tout. J'étais en train de faire le ménage vous voyez, rien de très passionnant. Votre amie a été abandonnée par son père ? — Oui. — Et il habitait ici ? — Ici oui, vous connaissiez les anciens propriétaires ? — Oui, je les ai rencontrés, mais personne du nom de Marcel Doinier. Ça devait être celui d'avant. — Nous aurions dû vous téléphoner avant, mais nous étions tellement persuadés de le trouver là... C'est stupide. — Je vous en prie, téléphonez, si au moins je peux vous aider à quelque chose. — Le problème, c'est que je ne sais pas quoi lui dire. Il n'a peut-être aucune envie de la voir. »

Hicham a baissé la voix. Ces confidences l'étonnent lui-même. Mais l'inconnue entre dans le jeu : « Vous n'avez qu'à dire que vous êtes fleuriste ou un truc comme ça, et puis vous prenez rendez-vous. — S'il vit encore. — Attendez, laissez-moi chercher dans l'annuaire. Comment s'écrit Doinier ? » Hicham lui montre le papier. Mais dans l'annuaire, il en existe quatre. « J'ai une idée, dit la jeune femme. On peut faire semblant de faire une enquête téléphonique, il est censé avoir quel âge ? — Au moins soixante-quinze ans. Mara en a trente. Et je sais aussi qu'il a fait la guerre d'Algérie. — Ce n'est pas le seul. — Non, mais c'était un barbouze, un mec de l'OAS. — C'est tout ce que vous savez ? Alors il faut se faire passer pour un journaliste qui écrit sur la guerre d'Algérie. — Vous avez du ressort. Quel métier faites-vous ? — J'ai arrêté de travailler depuis la naissance de mon fils, mais je suis institutrice. — OK, alors vous m'aidez ? Je commence par celui-là. — Je peux écouter ? — Bien sûr. Faites-moi signe si vous sentez que ce n'est pas le bon. »

À l'étage, Mara s'est assise sur une chaise en face de la fenêtre. Elle entend l'enfant babiller en bas. De la fenêtre, elle peut voir le jardin exigu où pousse un grand chêne. Sa mère a-t-elle aussi vécu dans cette maison, s'assoyait-elle face à la fenêtre, le ventre lourd, les yeux dans une végétation si différente de celle de son pays natal ? Qui avait-elle laissé là-bas ? Des frères, des sœurs ? Une mère, un père ? qui l'ont reniée ? Ou avait-elle gardé de bonnes relations avec sa mère au moins, une mère peut-elle renier une fille pour une raison politique ? Qu'est-ce qu'est venue faire l'Histoire dans cette histoire-là ? Aimait-elle cet homme ou était-elle sa bonne à tout faire, et même les enfants ?

Si ces questions sont amères, elles ne manquent pas non plus de douceur de pouvoir être formulées. Elle se sent bien dans cette maison, peut-être est-ce cette femme qui leur a ouvert avec tant de simplicité qui lui confère ce charme. Mais si sa mère a souffert là, pourquoi ne le ressent-elle pas ? N'est-on pas lié par des liens invisibles lorsque le même sang coule dans les veines ? Qu'est-ce qui pourra faire d'elle une fille si elle n'éprouve pas la douleur d'une mère dans le lieu de son affliction ? Mais sa mère était peut-être heureuse parce qu'elle les portait tous les deux, que leur présence la comblait en comblant tous les manques ? Mara sent une chaleur en elle.

Comme cette idée germe, l'enfant pleure. Mara grimace. Elle a presque touché sa mère ou son fantôme sur cette chaise là à cette fenêtre qui n'a pas pu changer de place, et puis voilà, cette vie-là qu'elle entend c'est celle qui aurait pu habiter cette maison, des cris d'enfant et une mère qui simplement ouvre la porte à des visiteurs troubles et troublés, mais à qui elle accorde cette clémence parce que pour elle tout va si bien. Elle aurait pu être cet enfant, elle aurait pu être cette mère. Mara se lève brutalement. Pourtant elle attend un peu avant de descendre, le temps de calmer l'aigreur qui monte et qui la ravage. Elle commence à savoir que cette aigreur finira par la consumer, et que si elle ne ressemble pas à cette femme, c'est qu'elle n'a en elle ni bonté ni générosité, mais une haine mâtinée d'une indifférence de façade, qui un jour s'est transformée en un amour mortel. Elle sait que, quelque part tapie, une violence attend de se déchaîner. Elle ne sait pas en revanche comment l'éradiquer avant qu'elle ne détruise les mauvaises cibles.

Tandis qu'elle descend l'escalier, elle entend Hicham parler au téléphone et découvre la femme assise à ses côtés, l'oreille à l'écouteur. Ils ont l'air presque joyeux, comme si c'était un jeu de chercher cette ordure ! Elle sent monter en elle ce que justement elle venait de décider de cloîtrer. Aussi préfère-t-elle sortir et fumer une cigarette pour laisser passer l'orage.

Derrière elle Hicham s'encadre dans la porte : « Nous avons localisé deux Marcel Doinier qui pourraient correspondre. » Le « nous » heurte Mara, mais elle ne relève pas. La facilité qu'a Hicham de nouer des contacts banalise leur relation. Mais quelle relation ? Le flou dans lequel elle la maintient lui convenait jusque-là, il y avait une confiance tacite qu'elle n'avait pas voulu verbaliser de peur de briser l'indicible complicité qui s'était construite entre eux jour après jour, de son lit d'hôpital à ce jardin étranger qui aurait pourtant pu être le sien. Elle n'est pas en droit de lui reprocher quoi que ce soit ni même de lui demander des comptes.

L'exclusivité avait été son seul modèle de rapport humain, l'ouverture aux autres la contrarie parce qu'elle n'a pas de mode d'emploi. Son hostilité globale était son mode de vie, cette clôture parfaitement réalisée jadis, avec Manuel, désormais loin mais forcément quelque part – ce quelque part qui ne la laisse pas en paix. L'amertume l'envahit, de partager ces moments-là seule, sans lui qui aurait légitimement eu la place que l'autre a prise, de force, et qu'il relativise par ses comportements *sociaux*. Elle sait que cette vague de colère est sans fond, que Hicham n'en est qu'accidentellement l'objet, que sans lui elle ne serait pas arrivée ici. Manuel n'est pas là, c'est à lui qu'elle devrait en vouloir, Manuel ne peut être là, sa présence et ce jardin sont incompatibles.

Hicham, lui, appartient au monde. Les avancées qu'il lui a déjà fait faire sont infinies au regard des années d'immobilisme. Alors elle finit par se retourner et murmurer à contrecœur : « Je te suis. »

Hicham la ramène dans la cuisine où la femme donne maintenant à manger à son fils. Elle la remercie avec la chaleur dont elle est capable, et caresse furtivement la tête de l'enfant. Ce contact la brûle, elle garde sur la pointe de ses doigts la légèreté du duvet blond. La femme leur souhaite bonne chance. Ils reprennent la route.

Le temps se fait plus lourd et quelques gouttes tambourinent sur le pare-brise. Les odeurs du sol se libèrent de leur long enfermement. Mara accueille l'orage comme un signe, le signe qu'il faut ainsi continuer et surmonter les obstacles intérieurs qui ne manqueront pas de joncher le parcours. Mais ce parcours a un but et dès lors ces obstacles qui auparavant semblaient des impasses apparaissent comme des obstacles. Mara se rend compte qu'il aurait été prématuré de rencontrer aussitôt son père, que l'état d'excitation dans lequel elle se trouvait avant de sonner à ce portail était factice. Qu'il était préférable de faire de la route, se tromper, revenir sur ses pas, sonner à d'autres portes pour que le but soit précédé d'une démarche qui soit sienne et pas seulement due au volontarisme de Hicham. Mara est habituellement inapte à la légèreté, pourtant dans cette voiture qui les conduit à une petite révolution, elle y prend goût. À la radio passe une chanson des Rolling Stones, *Sympathy for the Devil*, ils chantent ensemble, couvrant la voix de Mick Jagger. Puis c'est au tour de Neil Young. Hicham l'interroge sur les musiques qu'elle aime : celles qu'on entend, là, par hasard. Et de chercher en sa mémoire les groupes qu'elle aimait écouter lorsqu'elle était plus jeune. Au Maroc, ils n'avaient rien importé de France. Ils passaient sur leur vieille chaîne des chants gnawa et Oum Kalsoum. De la musique soufie qui allait bien avec leur mode de vie. Entendre ces airs de rock volontairement oubliés libère brutalement un pan du passé auquel elle se révèle attachée.

Certes elle n'était pas heureuse à l'époque. Cette simple phrase la fait sourire. L'a-t-elle jamais été ? Quoi qu'il en soit elle se surprend à éprouver une nostalgie, la mémoire atténue toujours et arrange les couleurs, ce cliché aussi la réjouit, mais ces chansons, attachées à des rêveries, à des instants d'exaltation, à des moments de destruction aussi – c'est ce qu'ils écoutaient, ses amis junkies en serrant le garrot, ou après un rail partagé de cocaïne –, sont la trace d'une intériorité qu'elle n'a pas été à même de détruire. Son pouvoir a des limites et la vie a joué en elle sans elle, elle aurait pu économiser des forces si elle avait su tout cela. Il peut être si bon de se savoir impuissant.

Elle énumère tous les groupes qu'elle a aimés. Hicham les connaît, les radios marocaines les diffusaient sur les campus universitaires, les étudiants s'échangeaient des cassettes qu'ils plaçaient dans le transistor rafistolé d'un camarade de chambrée plus bricoleur que les autres. La pop et le rock avaient voyagé plus vite que l'éducation et les droits de l'homme. Et puis le Maroc avait été dès les années 1950 le repaire des premiers hippies, qui avaient apporté leur musique et leur littérature. Tanger était déjà un centre de la décadence et de la culture underground, abandonné par le roi qui se méfiait du Nord, à juste titre sans doute, c'était la ville interlope de toutes les populations riches ou pauvres consommatrices de drogues. Le Rif approvisionnait en haschich et en légendes, on le fumait en écoutant les Rolling Stones dans les squats où brûlaient des bougies et de l'encens venu de plus loin encore. Mais au début des années 1980 l'ambiance n'était déjà plus la même, cette musique appartenait aux grands frères tandis que la répression s'abattait sur le pays, et qu'il était temps de songer que cette insouciance venue des États-Unis était un leurre, tandis que la drogue faisait ses premières victimes dans les ruelles de la médina. Hicham pourtant avait échappé à toutes les modes, celle de venir en France, celle de s'acoquiner avec des Européens qui laissaient espérer une meilleure qualité de vie moyennant des services plus ou moins avouables, celle de la religion qui commençait très discrètement à raviver ses racines. Il travaillait dur pour gagner la vie de sa famille et s'en libérer du même geste, il avait une ambition qui passait par le savoir. Il fut coupé dans son élan, mais il n'en conserva pas moins la curiosité des livres de droit et d'économie, des journaux et des essais politiques. Il vivait dans un monde où on ne choisit pas son métier, mais il n'y avait aucune amertume en lui, c'était ce métier qui lui avait fait rencontrer cette femme occidentale qui n'incarnait pourtant en rien le rêve occidental. L'ironie étant qu'elle n'était plus occidentale depuis quelques heures maintenant. Du moins en partie.

« Il faut que je te dise... » Hicham a attendu un peu, profitant du moment de paix qu'ils ont vécu, comme deux jeunes gens se remémorant des souvenirs qu'ils ont déjà, à trente ans, et d'une jeunesse heureusement passée, l'adverbe qualifiant le temps révolu, à la croisée de chemins qu'ils sont en train de prendre sur cette route. « Je n'ai pas d'adresse, juste la ville où il habite ; si c'est le bon, il n'aura pas déménagé bien loin. Quant à l'autre Marcel Doinier, ça sera plus compliqué. Il faudra aller au cadastre ou un truc comme ça. — C'est pas grave. Au point où nous en sommes, quelques jours de plus ne changent rien, au contraire, ça nous laissera le temps de nous acclimater. »

Hicham jouit de ce « nous »-là avant de reprendre : « Je trouverai un petit hôtel et de là nous pourrons faire nos recherches. Ça ne devrait pas être trop difficile, nous avons de la chance qu'il y ait peu de Marcel Doinier de cette génération. — Il suffit d'un, tu sais. Il n'y en avait pas jusqu'à aujourd'hui, il peut bien y en avoir des dizaines. C'est le trajet inversé que je parcours depuis le début, de toute façon. Que tout le monde soit mon père, puis quelques-uns, puis un peut-être. Il y en a eu un, c'est sûr, pour m'amener dans cet orphelinat. »

Hicham prend aussi plaisir à ce singulier, dont Manuel est sorti à la faveur de la grammaire. Il sent que l'inquiétude se dilue, il y a un nom, quelques lignes sur un Bottin, c'est déjà si concret que le temps qu'il leur reste est à eux. À peine une expectative.

Ils arrivent presque trop vite dans une ville de taille moyenne dont les faubourgs ressemblent à tous les faubourgs y compris ceux des grandes villes, super- et hyper-marchés, halles aux chaussures et aux vêtements dans de grands entrepôts à l'esthétique absente. Ronds-points, feux rouges, de maigres arbres plantés dans le bitume, les HLM cèdent la place à des maisons plus petites, d'anciennes fermes peut-être, divisées pour abriter plusieurs familles, sur lesquelles parfois s'allument des panneaux publicitaires, la campagne est un vague souvenir. Ils se garent au centre-ville. Sortir de la voiture est chaque fois la même rupture un peu difficile, entre l'ambiance calfeutrée intime et confortable et le dehors inconnu de l'un comme de l'autre qui tente de les séparer à nouveau. Hicham prend le bras de Mara, décidé à ne pas se laisser avaler par la laideur de la ville. Le contact physique fait son office. Elle lui serre la main en signe d'acceptation. Si Hicham ne sait pas où se diriger, il n'en montre rien. Le mieux est d'aller prendre un café dans l'un des établissements qui entourent une grande place manifestement centrale.

Tandis que Mara s'assoit et observe autour d'elle, tâchant de mettre de l'ordre à l'intérieur, il ne perd pas de temps en questionnant le barman. Lequel ne connaît pas les noms de famille, mais des Marcel, il en voit tous les jours. Un vieux d'une soixantaine d'années, les yeux bleus, la peau blanche. Il y en a bien deux qui correspondent à peu près à la description. L'un habite dans le quartier de l'Horloge, l'autre, il ne sait pas. Le quartier de l'Horloge, c'est déjà une indication. Ils s'y rendent en voiture. Se garent à nouveau, reproduisent les gestes qui deviennent une habitude, entrent dans le premier café qu'ils repèrent et posent à nouveau la question. Oui, il y a un Marcel Doinier, il habite à trois rues de là. Tout semble si facile, mais Mara n'en éprouve aucun étonnement. C'est ainsi que cela doit se produire. Elle y croit désormais si fort qu'aucune contrainte ne peut la contrarier. Que ce soit celui-ci ou un autre, elle le trouvera. C'est là une conviction qui ne supporte aucune impossibilité. La magie n'a plus rien à voir avec ça, celle des visages que les feuilles découpaient, dans l'arbre de son enfance, celle de ses questions aux secrétaires de l'agence de mannequins, dans l'attente d'une demande incongrue, à l'intention de Mara L. Une magie inopérante, qui n'a perdu sa force qu'au jour du renoncement, le départ au Maroc dont l'une des conséquences était d'atténuer la pensée magique – revenue par la bande quand il s'était agi de concevoir un enfant. Cette fois il s'agit d'un savoir, et qu'il n'ait aucun pendant dans la réalité n'enlève en rien son pouvoir. Mara se sent forte d'un pouvoir nouveau.

Ils se dirigent lentement avec une quasi-nonchalance à l'adresse approximative qui leur a été donnée, profitant de la nouvelle éclaircie qui chauffe à blanc le bitume humide. Mara demande à Hicham de sonner, juste pour ne pas éprouver l'irrépressible déception, qui sera brève, cette fois, elle en est sûre. Ils forment un duo désormais, comme dans ces séries policières des après-midi de semaine dont elle s'abreuvait enfant, encore murée dans la maison familiale. Mais ce jeu n'est là que pour masquer l'appréhension, ils la sentent l'un comme l'autre, et s'autorisent à l'alléger, sans être dupes pour autant. Ils lisent les noms sur les boîtes aux lettres, c'est au numéro 4 qu'ils s'arrêtent, stoppés net par ce nom, « Marcel Doinier », qui les renvoie très crûment à la réalité.

La nuit est presque tombée. C'est l'heure du dîner, et encore, d'un dîner tardif. Les volets sont clos dans les maisons, on entend des conversations feutrées, le murmure lancinant de télévisions diffusant leur fameuse clarté bleue qui nuit tant aux visages. Le moment est mal choisi, Mara et Hicham se regardent avant de sonner : n'est-il pas préférable de remettre au lendemain ? Est-ce un mouvement de lâcheté ou de bienséance ? Mara fronce les sourcils : de la bienséance ? Quelle ironie de se poser ici cette question, doit-on ou non déranger un vieil homme qui n'a pas été gêné de laisser deux enfants à l'orphelinat du coin. La colère revient, née de son hésitation. Quel étrange élan que de vouloir préserver ce type à qui elle doit une bonne partie de ses souffrances. N'est-ce pas une réaction d'enfant à l'égard de parents ? Cette intuition la trouble, comme si elle annonçait le moment où ça se jouerait pour de bon. Hicham n'attendait que le feu vert de Mara, comme convenu il sonne au portail, lequel n'a pas d'interphone. En revanche la maison ressemble un peu à la précédente, un petit pavillon modeste mais agréable, de l'extérieur du moins. Un jeune homme finit par sortir et s'avance vers eux.

« C'est à quel propos ? — Marcel Doinier, il habite bien ici ? demande Mara, coupant la parole à Hicham. — Oui, c'est pour quoi ? » Hicham répond du tac au tac, poussé par une idée subite qu'il n'a pas eu le temps de soumettre ni au doute ni à la réflexion : « Nous avons des informations importantes à lui communiquer venant d'Algérie, de la part d'un ancien ami à lui. Il saura de qui nous parlons. » Le jeune homme va chercher un homme plus âgé, qu'une démarche lourde handicape. Une vieille blessure peut-être, ou bien l'âge. Il regarde attentivement les deux inconnus : « C'est pour quoi ? demande-t-il brutalement. — Mon père m'a fait promettre d'aller vous voir à sa mort, il avait des documents à vous transmettre. Il paraît que vous vous êtes connus pendant la guerre. — Ton père ? C'est qui ? — Mohammed. — Mohammed ? Mohammed Berada ? — Oui. — Il est mort ? — Il y a un mois. — Condoléances. Entrez. »

Hicham n'a pas de mérite, Mohammed étant le nom le plus habituellement donné en Algérie comme au Maroc, l'homme, s'il avait fait la guerre, devait bien avoir connu un Mohammed. C'était statistiquement certain. Mara ne cherche pas à comprendre comment il s'y est pris, elle entre, pleine du courage que la brutalité de l'homme en face d'elle lui a instillé. Elle entre en guerre, puisque c'est la seule attitude où elle se sente à l'aise.

Elle est convaincue qu'il s'agit de lui. Toute peur l'a abandonnée, elle a mis de côté ses hésitations et ses vieilles blessures, bien décidée à ne pas se laisser intimider par cet homme vieux, à la peau rouge de ceux qui boivent plus qu'il ne faut sans être réellement alcooliques, les yeux noyés de sang, une gourmette au poignet d'où saillissent des poils abondants, de grosses mains d'ancien travailleur manuel, une voix dure qui les accueille froidement. Le sésame a dû être efficace, elle voit mal comment sans cela ils auraient pénétré dans cette demeure. Il les fait entrer. Dans la salle à manger qu'ils peuvent apercevoir du seuil, par la porte entrouverte, dînent une femme du même âge à peu près que Marcel Doinier, un jeune homme, une jeune femme. Et cette évidence lui saute maintenant aux yeux : le garçon qui est venu leur ouvrir est son fils. Elle ne s'était pas attendue à ça. Hicham s'aperçoit de sa stupéfaction.

« C'est votre famille ? demande-t-il sans façons à l'autre qui claque la porte. — Oui, ma femme, Élisabeth, et mes deux enfants, Marc et Bénédicte. — Quel âge ont-ils ? demande Mara d'une voix blanche. Vingt-deux et vingt-quatre. Passez au salon si vous le voulez bien. — On ne voudrait pas interrompre votre repas, se reprend Hicham. — C'est déjà fait. » La famille attablée ne se lève pas, attendant sans doute un signe du père pour bouger, son autorité est palpable, mais c'est ce qui redonne du courage à Mara.

« Nous venons d'arriver en ville. Désolé de ne pas vous avoir prévenu mais on n'avait que votre adresse », s'enlise Hicham, espérant que Marcel Doinier ne relève pas. Il n'aurait pas d'explication à fournir. « Assoyez-vous, vous voulez boire un verre ? On a débouché du bordeaux. Ou peut-être que votre religion l'interdit ? »

Mara s'aperçoit qu'il la prend pour une Algérienne, la fille peut-être de ce Mohammed. « Je veux bien un verre de vin », dit-elle pour gagner du temps. Le vieil homme se rend dans la salle à manger où les murmures reprennent. Elle l'entend dire : « C'est rien, de vieilles histoires du passé. » Les autres se taisent, un sujet sans doute qu'on n'aborde pas en famille.

Hicham est nerveux, il a compris tout comme Mara qu'il s'agit bien de celui qu'ils cherchent. Il rentre dans le salon, deux verres à la main. « On vous aura au moins apporté ça, hein, le plaisir d'un bon petit verre. Votre père pourtant ne buvait jamais, lui. — Nouvelle génération. On cultive même nos propres vignes maintenant. — C'est vrai, j'ai entendu dire ça, bien que je ne sois pas retourné là-bas depuis la guerre. — Ça vous manque ? » L'homme est un peu déstabilisé par la question. On le voit faire un effort de diplomatie qui lui est très peu naturel. « Bien sûr que ça me manque, mais tel que c'est devenu, je n'y remettrai pas les pieds. Vous ne pouvez pas comprendre, vous êtes trop jeunes. — Et Meriem, elle vous manque ? » demande Mara.

Un silence s'abat dans la pièce. L'homme devient rouge. On peut suivre l'avancée d'une fureur rentrée dans le tremblement progressif de ses membres. « Qui êtes-vous ? — Qui peut-on être à votre avis ? — Vous êtes de sa famille ? Les enfants de Jelloul ? — Oh non, pas les enfants de Jelloul, je ne sais même pas qui c'est. » Mara se tait, laissant du temps à Marcel Doinier pour que des réponses possibles fassent leur chemin. Le vieil homme se lève en soufflant bruyamment. « Je ne sais pas qui vous êtes, mais vous avez intérêt à sortir d'ici avant que je vous foute dehors. — Ça ne serait pas la première fois, n'est-ce pas ? — De quoi parlez-vous ? Qui vous êtes pour venir me faire chier chez moi à propos d'histoires vieilles de trente ans ? » Marcel Doinier semble s'être d'un coup radouci, comme rattrapé par un souvenir tenace plus fort que sa fureur. « L'histoire vieille de trente ans, c'est moi, papa. »

À ce mot, l'homme retombe sur le canapé, pris d'un vertige qui ne les émeut pas. « Oui, c'est moi, la fille de Meriem. Et non, lui n'est pas ton fils, mais Antoine se porte bien. Enfin c'est une façon de parler, comment peut-on bien se porter quand on a été laissé à la porte d'un orphelinat à deux semaines ? » Il ne réagit pas. Visiblement choqué. « Tu pensais ne jamais me revoir, tu avais oublié mon existence ? Ce n'est pas que tu n'aimais pas les enfants, n'est-ce pas ? Tu en as deux en bonne santé et bien français, ils dînent encore chez leurs parents à vingt-cinq ans, bravo, c'est une réussite. — ... — Tu ne dis rien ? C'est tout ce que ça mérite ? Que ta grande fille de trente ans vienne te faire une petite visite de courtoisie, et rien, pas un mot de bienvenue... — ... — Tu ne peux pas faire comme si j'existais pas puisque je suis là ! » Mara élève la voix. Le silence de son père la met hors d'elle. « Ils le savent, à côté, que t'avais déjà une famille ? — Ça suffit. » La voix n'a plus rien à voir avec celle de tout à l'heure, elle se fraye douloureusement un chemin à travers la gorge nouée de Marcel. « Ne t'avise pas d'aller faire un tour dans la salle à manger. — C'est une menace ? — Qu'est-ce que tu peux savoir ? — Tu as raison, il n'y a rien à dire. On ne va pas rattraper le temps passé, n'est-ce pas ? Alors je vais te poser une question, juste une question. » Le vieil homme a fermé les yeux, mais avant qu'elle ne prenne à nouveau la parole, il commence à parler comme pour lui-même : « Si cette question concerne ta mère, je peux te répondre tout de suite : je l'ai aimée. »

Mara est stupéfaite, ce n'était pas la question qu'elle voulait poser, pour elle la réponse était claire. Mais ce n'était pas celle-là. « Je l'ai aimée, et je ne te dis pas ça pour te faire miroiter des choses ou me faire pardonner ou je ne sais quoi, de toute façon il est trop tard pour tout. Pas trop tard pour parler d'elle encore une fois avant ma mort. » Mara n'aime pas la tournure que prend la conversation, elle ne la maîtrise plus et des palpitations commencent à l'agiter. Cette émotion tenue à distance est en train de la gagner, ce n'est pas devant ce type pathétique qu'elle s'autoriserait à se laisser aller.

« Ta mère, je l'ai aimée. Et elle m'aimait elle aussi, sinon elle ne se serait pas fâchée avec toute sa famille pour me suivre. Sa famille me haïssait déjà à l'époque, Jelloul s'était engagé au FLN, son plus jeune frère allait le suivre. Il n'y a qu'avec sa mère qu'elle gardait un contact secret. Elle m'a suivi parce qu'elle m'aimait, tu vois. — Parce qu'elle t'aimait ou parce qu'elle était enceinte d'un Blanc colonialiste ? — Elle n'était pas enceinte quand nous sommes rentrés en France. C'est après, parce qu'elle n'arrivait pas à s'acclimater, que j'ai décidé qu'il fallait qu'elle ait un bébé. Pour s'occuper, pour oublier. — C'est toi qui as voulu ça ? Tu espères peut-être que je vais te croire ? — Je n'espère rien du tout, et que tu me croies ou non ne changera rien. Si j'accepte de parler ce n'est pas pour toi, c'est pour elle. » Mara se le tient pour dit. « Elle était dépressive au début. Ici elle n'a pas été bien accueillie. — Par tes amis de l'OAS ? — Mes amis de l'OAS, puisque tu as l'air si bien renseignée, la tenaient en estime, eux. C'étaient les seuls. Les petits commerçants, et même les intellectuels de gauche que votre génération encense, ne l'ont jamais acceptée. Ils jugeaient qu'elle était une traîtresse, une vendue. Alors ne me parle pas de morale, tu veux. Je sais où sont mes valeurs, et j'en ai fait suffisamment l'expérience dans ma vie pour savoir que je ne me suis pas trompé. — Mais tes valeurs n'étaient peut-être pas assez solides pour assumer d'élever des Arabes ? » Marcel Doinier pour la première fois la regarde. Il va pour répondre, mais semble être saisi par une vision. « Elle était magnifique, si belle que même les femmes d'ici ne l'aimaient pas. Je dois dire que tu lui ressembles un peu. — Il paraît évident que je ne tiens pas grand-chose de toi. — Tant mieux pour toi. Ta mère était la plus belle femme que j'aie jamais rencontrée. — Ce qui pouvait faire supporter ses origines ? — Je ne te permets pas de parler comme ça. — Alors pourquoi nous as-tu déposés en mentant ? Comme les enfants de ta femme de ménage ? — Parce que j'ai eu peur. C'est tout. Parce que je ne savais pas quoi faire, je ne voulais pas qu'on sache que j'étais le père. Je ne pouvais pas m'occuper de vous. — Pourquoi ? Tu étais pauvre ? Tu ne savais pas donner le biberon ? — Parce que vous l'aviez tuée. »

Mara est rejetée dans son fauteuil comme par un uppercut. Hicham se lève pour interrompre le duel. La fille tient du père, sans doute, mais il est plus fort qu'elle. Pourtant, ce n'est pas qu'un duel qui se joue là, cette phrase il l'a dite sans intention première de blesser à mort, c'est toute sa haine à lui qui est ressortie, un ressentiment vieux de trente ans contre ces enfants qui ont brisé une possibilité de vie en venant au monde. Mara est transparente, c'est Meriem qui a ressurgi, le visage vidé de son sang, et du sang en abondance entre ses cuisses d'où viennent de sortir des corps, sanglants eux aussi, mais doués de vie. Il n'a rien contre cette étrangère qui se trouve être sa fille, sinon qu'elle vient rencontrer une mémoire mal cicatrisée. Il lui parle comme si elle n'existait pas, ce qu'il débite sur un ton lancinant hanté d'une souffrance sourde, il le porte depuis longtemps, à tel point qu'il semble à Hicham que Mara vient à point nommé pour l'en délivrer. Aussi prend-il la parole afin d'interrompre ces deux voix qui jamais ne se rencontrent.

« Pourquoi ne pas avoir ramené les enfants là-bas ? Ils ont bien une grand-mère, n'est-ce pas ? — Ils étaient fâchés, je vous l'ai dit. » Marcel Doinier se tait. La question visiblement le dérange. « Vous avez préféré les abandonner plutôt que de les donner au FLN, c'est ça ? — Je pense que je vous en ai suffisamment dit. Vous n'avez plus rien à faire ici. — Où vit cette grand-mère, vous lui devez bien ça ? »

Il réfléchit un moment, puis finit par décider qu'il importe peu désormais qu'ils retrouvent cette partie-là d'une famille qui n'a de toute façon plus rien à voir avec lui, s'ils font la promesse qu'ils ne reviendront pas. « À l'époque ils vivaient à une vingtaine de kilomètres d'Alger, mais je doute qu'ils y soient encore. Ben Slama. C'était la famille Ben Slama. »

Mara est demeurée silencieuse pendant la fin de la conversation. Elle laisse Hicham faire ce qu'il faut faire, il le sait toujours. Mais elle finit par s'éveiller de son absence. « Je suis sûre que vous avez une photographie. Si vous me la donnez je vous garantis que je ne remettrai plus jamais les pieds ici. » Encore une fois, Marcel Doinier est perplexe, puis il finit par se lever et sortir de la pièce. Hicham et Mara se taisent. Il n'y a rien à dire. Les paroles résonnent encore. C'est un lieu saturé où aucune perspective n'est possible.

Le vieil homme revient, une photographie en noir et blanc à la main. Il devait savoir où la trouver, ça ne lui a pas pris beaucoup de temps. Mara la prend sans la regarder, se lève et sort de la pièce. Les deux hommes la suivent. Avant de quitter la maison, elle se dirige vers la salle à manger, juste pour voir le visage de ses enfants. « Bon appétit, pardon d'avoir interrompu votre repas, mais nous avions de mauvaises nouvelles à annoncer. »

Marcel Doinier ne bronche pas. Hicham reste sur ses gardes, persuadé que l'autre serait capable de tuer si la provocation allait trop loin. Mara a pu contempler ces figures blanches aux yeux bleus. L'air de la salle à manger ne respire pas le bonheur, c'est tout ce qu'elle avait besoin de voir avant de partir. Le vieil homme les raccompagne sans un mot. Hicham lui dit au revoir sans lui serrer la main. Mara va pour partir, mais au dernier moment elle se retourne. « J'allais oublier de te dire au revoir, cette fois je ne vais pas manquer l'occasion. » Marcel Doinier ne répond pas, mais ses yeux sont brouillés. Le retour de la mémoire, même s'il a semblé le maîtriser, ne le laissera pas en repos.

Hicham conduit dans les rues sombres de la ville, faiblement éclairées par des lampadaires modernes. Pas âme qui vive. La voiture est silencieuse. Ni l'un ni l'autre n'a envie de parler. Il décide de rouler jusqu'à Paris, laissant derrière lui la province endormie, les routes de campagne et ces paysages verts et gras où les champs se prolongent à perte de vue, passant du jaune vif au jaune cendré des blés en pleins épis, longés çà et là par des arbres robustes. À cette heure, aucune couleur ne dessine les vastes plaines, elles se perdent dans une nuit sans étoiles. Ils croisent quelques phares allumés et entendent le vent prendre possession de la terre. Hicham est fatigué, c'est une sourde colère qui le tient encore en éveil. Il aurait envie de la laisser là, dans ce passé qui la rejette mais qui ne concerne qu'elle, pour rentrer chez lui, sur ses terres arides et lourdes d'une histoire qui serait la sienne. Depuis ce jour, dans la chambre d'hôpital, un poids pèse sur sa poitrine, une colère folle mêlée d'horreur et de fascination l'ont poussé à venir là, avec elle, à la racine d'un secret qu'il partage malgré lui et qu'il combat à son tour, sans s'autoriser à le trahir. Pourquoi se trouve-t-il là, enfermé dans une voiture aux côtés d'une femme qu'il désire et qui lui fait peur, muette et douloureuse, à des milliers de kilomètres de sa maison, de ses enfants, de sa vie, travaillant à ne pas lui en vouloir, à ne pas la haïr, pour surmonter l'inceste, ce crime dont il est témoin et à cet égard complice, complice de ce qui fait son tourment, l'amour de cette femme pour son frère, son ami. La rage monte. Elle lui a dit un jour qu'à essayer de la sauver on finissait par sombrer soi-même. A-t-il été assez idiot pour relever ce défi ?

Mara de son côté n'arrive pas à dormir malgré le bercement du moteur. Une phrase de son père lui vrille le cerveau. Le ciel s'éclaircit, on approche des grandes villes et du halo de lumière qui toujours les surplombe. Grandes banlieues, entrepôts, échangeurs d'autoroute où le trafic se densifie, péages imposants, les nouvelles portes des cités modernes, stations-service volumineuses, où les camions font des haltes plus courtes, puis les premières tours, des immeubles décrépis bien que neufs, des paraboles à chaque étage, des panneaux publicitaires sur le pignon de maisons anciennement champêtres avalées par l'urbanité, les voies passent à quatre, puis à huit, les panneaux indiquent d'autres grandes villes que Paris ; auparavant, Paris était le point de convergence de toutes les routes, maintenant qu'il est là, il invite à s'y engouffrer pour ne plus en sortir, ou à le contourner, les autoroutes fusionnent, pour s'ouvrir sur d'autres embranchements qui annoncent qu'une fois entré dans la capitale, de loin une île close bien qu'étendue sur des kilomètres, on pénètre dans un nouveau labyrinthe qu'aucun contour ne rassemblera en unité, faut-il prendre la porte d'Italie ou la porte d'Orléans, Hicham n'en a aucune idée, Mara sait qu'il serait plus simple de traverser Paris de l'intérieur à cette heure de la nuit, mais l'idée d'ouvrir la bouche l'épuise.

« Par où on passe ? — Où on va ? — À l'hôtel. — Alors tout droit et à droite. » La voix de Hicham manifeste une animosité sourde, Mara s'en rend compte et s'en étonne. N'est-ce pas plutôt à elle d'être accablée, triste, furieuse ? Mais sa perplexité la détourne de ses propres ressassements, et l'éveille tout à fait. Elle observe Paris de façon neuve, s'apercevant que tout ce qu'elle fera désormais sera nouveau, que ses yeux ont été dessillés, qu'elle-même n'est plus cette orpheline perdue, mais la fille abandonnée de Marcel Doinier qui a rejeté ses enfants parce qu'ils avaient tué sa femme. Pendant un instant elle regrette celle qu'elle était auparavant, vierge de tout savoir qui vieillit et qui identifie. C'est avec une lucidité nouvelle qu'elle regarde les immeubles et les gens sortir des bars qui ferment, son regard sur la ville a changé, le point de vue a trouvé à s'enraciner. Elle voudrait faire partager ce sentiment à Hicham, lui montrer cette capitale dans laquelle elle a vécu si longtemps en touriste, ne s'y sentant jamais chez elle, comme partout ailleurs, et la redécouvrant comme un lieu qui a quelque chose à voir avec elle, une partie de sa vie qui a pris des contours différents en appartenant soudain au passé. Le temps a surgi devant elle, une chronologie se déploie, l'éternel présent qu'elle avait habité se structure sous ses yeux en espace et en étapes, Mara découvre l'irréversibilité qui donne enfin un sens à ce qu'elle est. Et le moment qu'elle vit devient un point sur une ligne en train de se dessiner.

Mais Hicham est fermé, l'hostilité suinte de son

visage, de ses mains crispées sur le volant, de son buste droit et rigide. Elle indique le chemin d'une voix timide. Il suit les indications sans un mot. Devrait-elle le remercier, lui caresser les cheveux ? Il fait obstacle à toute initiative. Il gare la voiture et se rend directement à la réception pour savoir s'il reste une chambre à deux lits. On lui donne la clef, Mara le suit, le cœur battant. Ils prennent l'ascenseur qui les mène au troisième étage et, après avoir longé un couloir éclairé par les seules veilleuses – ni l'un ni l'autre n'a osé allumer la lumière –, s'engouffrent dans la chambre. Hicham s'enferme dans la salle de bains et en ressort pour s'allonger aussitôt dans son lit, se tournant vers le mur. Mara qui est restée assise dans le fauteuil, se lève doucement et s'approche de lui. Elle avance une main tremblante vers son torse, sous la chemise de pyjama, et descend tendrement vers le bas. Le temps s'arrête, Hicham n'esquisse pas un geste tandis qu'elle sent vibrer sous sa paume la peau fébrile. Soudain il se retourne, la saisit par les bras avec violence, lui ôte sa chemise et sa jupe, la renverse à terre et sans un baiser s'enfonce en elle qui gémit. Hicham ne prononce pas une parole, toute la tension de son corps se déverse en elle qui tressaille. Il la tient par les cheveux, sa tête est tirée en arrière, son dos frotte contre la moquette, elle a mal, mais sous ce mal, un plaisir violent prend possession de son corps dans l'angoisse que cela cesse. Cela ne cesse pas. Au matin, ils ont le corps de deux boxeurs K-O mais vainqueurs.

Le temps est gris encore lorsque Mara ouvre les rideaux, elle a faim. Elle sent ses membres fourbus, son estomac se rétracter, ses muscles lui faire mal, et c'est le corps qui convient à ce matin, un corps douloureux, mais à la faveur de cette douleur, devenu réel. Elle ignore encore quelle suite donner à cette nuit, et n'ose se retourner sur Hicham qui peut-être la contemple. Il y a un regard vers elle, son dos en éprouve la chaleur. Elle reste ainsi, pour jouir du moment où tout est encore possible, enveloppé d'une douceur nocturne et d'une sérénité qui doit à la tranquillité des corps. Hicham finit par se lever et s'habiller, sans un mot. Ce silence ne l'aide pas à décider de ce qui va se passer. Une humeur sombre entoure Hicham, c'est palpable, la texture de la pièce s'en ressent. Mais ce qu'elle a découvert cette nuit a ébranlé sa passivité. Elle respire son odeur avec la volupté du sursis. C'est le premier homme avec qui elle partage cette intimité depuis Manuel, et l'intimité est différente, il y a quelque chose de l'éblouissement tapi dans son attente. Un éblouissement qu'elle se garde bien de reconnaître tandis qu'il fait son chemin dans ses veines doublement bouleversées, le trajet du sang n'est définitivement plus le même. La joie n'est pas encore là, la reconnaîtrait-elle ? La vivacité des émotions en fait pour l'instant office. Pourtant c'est encore l'ombre qui domine.

Elle se retourne enfin, Hicham est prêt à descendre pour le petit déjeuner, leurs regards se croisent, aucun mot n'est échangé. Mara affronte pour l'une des premières fois la peur. Elle connaissait par cœur Manuel, quant aux autres elle n'a jamais rien su d'eux. Ils n'étaient pas importants. Elle s'habille en vitesse et rejoint Hicham à sa table. Il boit un café noir comme à son habitude, en lisant le journal. Elle pose sa veste sur le dossier de la chaise, face à lui, et se rend au buffet qu'elle dévalise, œufs brouillés, bacon, fromage, tartines, beurre salé, une nourriture dont elle n'a cessé de ressentir le manque. Il lève à peine les yeux tandis qu'elle s'assoit. Mara commence à manger, silencieusement, la poitrine dans un étau. Elle voudrait qu'il la touche, un pied sur le sien suffirait, un geste rassurant, un geste d'amour, un contact physique. Mais rien.

Mara est de plus en plus nerveuse. Elle mange vite pour sortir fumer une cigarette avant qu'il ne se lève. Lorsqu'elle remonte dans la chambre, il est allongé sur le lit, les mains croisées sous sa tête. Mara hésite sur le pas de la porte. Il faudra bien qu'ils se parlent, dans cette pièce close. Mais elle-même redoute ce moment. Elle finit par s'asseoir sur l'autre lit et attendre. Ils ne s'aident pas. Mara cède. « Si tu veux partir, fais-le tout de suite. — Merci pour ton autorisation. — Je croyais qu'on parlait toi et moi, que les choses entre nous passaient par la parole. — La parole ? Tu as dû aligner cinquante mots depuis qu'on est partis. — Tu les comptes ? — Oui. — Je ne t'ai rien demandé, Hicham, tu ne peux pas me faire payer, c'est lourd tout ça, je sais, je sais que c'est dur pour toi, mais... — Non, tu ne sais pas. Tu ne t'es jamais posé la question. Ça t'est totalement indifférent, mais c'est pas grave. De ça, je ne peux pas t'en vouloir. — Et de quoi peux-tu m'en vouloir ? — De rien, Mara, c'est bien le problème, de rien de concret. Mais le fait est que je t'en veux. »

Mara sent des larmes monter. Ce n'est pas le moment de la quitter. Il a fait déjà tout ce trajet, elle ne veut plus qu'il la quitte. Elle a perdu le pouvoir qu'elle pensait avoir sur lui tant qu'elle n'avait pas d'égards. Est-ce donc toujours comme ça ?

« Et que dois-je faire ? Me flageller ? — C'est bien ce que tu fais depuis que t'es gosse, non ? » Mara fronce les sourcils. « Ces cicatrices, ce n'est pas un accident, n'est-ce pas ? Mais je ne mérite peut-être pas d'être marqué sur ton corps. — Tu voudrais le mériter ? C'est ce que tu souhaites pour moi, que je t'inscrive là dans ma peau, et que ça me fasse mal ? — Non. Je ne te souhaite que du bien. Mais je doute que ça arrive un jour. — Ça y est ? Déjà découragé ? Je te croyais plus coriace. — Moi aussi. Je ne mesurais pas l'adversaire. — Je suis ton adversaire ? — Non, le tien. Ça me fatigue. — Alors pourquoi cette nuit ? — Parce que je n'en pouvais plus. Tu peux comprendre qu'à vivre à côté de toi vingt-quatre heures sur vingt-quatre je ne supporte plus la frustration ? — Tu ne supportes pas non plus quand elle est passée. — Je ne considère pas qu'elle est passée. » Mara est soufflée par cette goujaterie, mais elle ne dit rien. « Je serai toujours frustré avec toi, Mara, c'est un problème. Un problème parce que je ne serai jamais serein, mais aussi parce que je suis dépendant de ton corps, de ton odeur, de ta voix... »

Le ton est encore empreint de colère. Une colère qui met à distance Mara, et pourtant, cette dernière phrase est pour elle une décharge de joie violente, suivie d'un soulagement qui lui redonne la confiance perdue ce matin. Elle va vers lui et le prend dans ses bras, la distance n'en est pas pour autant diminuée.

Ils restent allongés l'un à côté de l'autre plus d'une heure. Hicham se demande ce qu'il faut faire désormais. Continuer le voyage ? Rentrer au Maroc ? Il a ce qu'il attendait depuis longtemps, mais il lui semble que ça arrive trop tard, que cette histoire a pénétré trop loin dans la sienne jusqu'à la gangrener. Il aime Mara, mais cet amour commence à l'amputer d'autre chose. Au fond de lui, s'il s'autorise cette heure de réflexion qui lui donne l'illusion d'une liberté encore intacte, il sait que sa décision est prise, qu'elle a été prise dès le début, et que c'est en cela qu'elle est une décision, car dans l'instant présent, il ne pourrait pas en jurer. Il suit un cours qu'il a lui-même tracé, mais dont il avait sous-estimé les obstacles, les reflux de jalousie, le poids d'une vie marquée par le crime le moins avouable, par la responsabilité d'un secret qu'il a fait sien, malgré les moments de révolte qui n'en finiront pas de joncher le parcours.

Mara de son côté goûte la proximité du corps de Hicham. Elle s'étonne de la présence d'un homme à ses côtés, comme d'une nouveauté radicale et inespérée qui la projette dans un ailleurs, un ailleurs trop protéiforme pour qu'elle s'y love comme dans un foyer, un ailleurs inquiétant, mais cette inquiétude, elle commence à la désirer. La violence des paroles de son père bloque encore quelque chose en elle, un désespoir brut, une colère qui a gagné un nom. Elle sait ce qu'elle veut. Désormais ce n'est plus à Hicham de la mettre dans un train et de louer la voiture. Elle mettra le temps qu'il faudra, s'autorisera encore quelques errances, mais le but se dessine. L'Algérie est sa destination.

Ce voyage, elle ne veut pas le faire seule. Et ce n'est plus par peur. Alors elle prend une respiration, et pour la première fois elle lui demande quelque chose. Une demande est une mise à nu. Jamais Mara n'avait été capable d'une telle prise de risque. « Je veux que tu viennes avec moi en Algérie. Je veux que tu m'accompagnes jusque là-bas. Pas tout de suite. Parce que je veux, avant, qu'on vive un peu. Ici, à Paris, qu'on se promène, qu'on dîne dans de bons restaurants, qu'on passe du temps ensemble, sans rien avoir à faire, sans obligation ni de ta part ni de la mienne, ou sans sacrifice. Juste comme ça, comme un couple normal. Je veux que nous soyons un couple normal. Et après, nous irons là-bas, et ce sera différent. Nous irons là-bas en couple. — On ne t'a jamais appris qu'il fallait dire “je voudrais”, c'est pourtant les premières leçons dans tous les livres de français qu'on donne aux petits Arabes pour qu'ils soient bien polis avec leurs anciens maîtres. — Je te dis ce que je veux, ça n'engage que moi. Je ne te donne pas d'ordres. Et si tu veux jouer à ce jeu-là, je suis presque autant arabe que toi. — C'est vrai ça, j'avais oublié. Ça nous met sur un pied d'égalité. — Pourquoi es-tu ironique ? — Je ne suis pas ironique, Mara. Mais tu ne te rends pas compte que sous tes airs de ne jamais prendre de décision, c'est toujours toi qui décides de tout. — Ce n'est pas vrai. Je ne serais jamais venue si tu ne m'avais pas emmenée ici. — Peut-être, mais tu en avais envie, tu n'attendais que l'occasion. — Tu veux dire que tu es une occasion ? — Oui, bien sûr, je suis une occasion. Que veux-tu qu'on soit d'autre les uns pour les autres ? — Je ne sais pas, je pensais qu'il pouvait y avoir des choses plus profondes. — Ça n'empêche pas. Pour moi, tu es l'occasion d'éprouver de l'amour, pour la première fois. C'est une belle occasion, je t'assure, mais je trouve que je la paye très cher. — Alors il faudra me faire payer à mon tour ? — Forcément un peu, c'est plus fort que moi. Je ne peux pas à la fois endosser tes secrets, t'aimer, et accepter que tu partiras malgré tout. — En vérité, tu voudrais juste l'exclusivité, mais tu sais bien que c'est foutu, l'exclusivité ! — L'exclusivité de coucher avec son frère, je n'en vois pas de plus absolue. »

Mara se lève, en proie à une fureur qu'elle n'est pas à même de maîtriser. Elle prend des ciseaux à ongles posés sur le buffet et s'entaille la cuisse droite, remontant de bas en haut. Un mince filet de sang commence à ourler et descend lentement sur la jambe. « Tu l'as ta cicatrice, tu es content ? »

Hicham s'est levé d'un bond pour l'arrêter. Trop tard, il lui prend le bras, l'immobilise et fait tomber les ciseaux par terre. Il la traîne dans la salle de bains où il l'assoit sur les toilettes. Prend du coton dans la trousse de Mara, de l'alcool dans la sienne et tamponne la blessure. Mara a le regard vague où les noirceurs s'égarent. Il la porte sur le lit et l'allonge. Elle semble partie, peut-être est-ce la douleur qui a vidé son visage de ses couleurs, même la vie paraît s'être enfuie, il n'y a qu'un masque douloureux, un visage mortuaire qui terrifie Hicham. Il caresse ses cheveux, lui parle doucement dans l'oreille, l'entoure de ses bras, l'embrasse. « Je vais te soigner, nous resterons à Paris quelques jours comme tu l'as dit, et puis nous partirons en Algérie. » Mara tremble sous le corps de Hicham, elle a l'air d'être en proie à une crise d'épilepsie. Il la garde contre lui, jusqu'à ce qu'elle se détende. Dès qu'il la sent s'affaiblir, il va chercher un quart de Lexomil qu'il a toujours sur lui et lui fait boire un verre d'eau. Tandis qu'elle s'endort, il défait ses vêtements et s'occupe de sa jambe, mêlant au sang une larme qui s'échappe de ses yeux. Douze heures plus tard, Mara s'éveille, elle a mal à la tête. Hicham est à ses côtés qui la veille et l'observe. Elle hésite entre la honte et le sommeil, à nouveau. Mais il prend son menton dans sa main et plonge ses yeux dans les siens. « Maintenant on recommence tout. Tout ce que tu veux je le veux aussi. » Mara soupire et pose une main timide sur lui. L'orage est passé. Dehors il fait nuit. « Allons manger une entrecôte et boire du bordeaux. » Hicham sourit. « Tu veux dire, ce bienfait que la France a apporté à ces bourricots ? » Il l'aide à se lever, la douleur se réveille. Mais Mara la connaît, c'est une vieille amie. Ce qu'elle peut lui offrir, c'est de ne plus en jouir.

Comme deux convalescents, ils déambulent dans les rues lavées par la pluie. Mara se souvient d'adresses où elle dînait régulièrement avec Manuel mais aussi les gens de son métier, agents, photographes, des endroits à la mode, une mode d'il y a quelques années déjà, probablement passée, passée pour elle en tout cas pour qui cette époque semble si lointaine. Ce n'est pas là qu'elle a envie d'aller, pas dans l'immédiat, la ville qu'ils redécouvrent doit être neuve pour elle sous peine de trahir son compagnon. À moins qu'il ne le lui demande, par curiosité pour cette ancienne vie où il a du mal à la situer. Une vie festive toute d'extériorité. Mara a été connue quelque part, dans ces bars et ces boîtes de nuit où la saluer était un privilège. Elle a laissé ici et là des images d'elle-même qui témoigneraient de sa réalité passée. Si elle pensait ne jamais revenir il lui paraîtrait moins insoutenable de revisiter ces lieux comme des musées où les fantômes se donnent la main, pour une dernière fois prendre congé. Mais c'est encore précoce. Elle a besoin de garder l'anonymat quelques jours, de s'habituer, de reprendre contact, avec ces rues, ces monuments, avec elle-même qui se relie chaque jour un peu plus. Ils se dirigent vers le Marais, qui pullule de petits restaurants, dont la clientèle est faite autant d'habitués que de touristes. C'est exactement ce qu'ils sont, les deux à la fois.

Ils entrent dans une salle chaude et enfumée, où le deuxième service n'est pas loin de se terminer. Mais on est à Paris, une table est aussitôt dressée. Ils commandent une bouteille de vin et regardent la carte, ce simple geste qui soulage, tranquillise, la promesse nécessairement tenue d'un plaisir à peine différé. Hicham remplit leur verre, ils le boivent presque cul sec, se resservent, et se détendent de concert, leurs corps éprouvant en accord les bienfaits de la chaleur, du vin et des parfums de cuisine. Mara est soudain pleine de reconnaissance, ils ont passé une première nuit douloureuse et violente, trop intense, mais elle laisse la place à une deuxième, attendue celle-là, préparée, désirée, cette simplicité de dîner avec un homme qu'on aime et de savoir qu'on rentrera ensemble, pour se coucher dans le même lit, et jouir sans plus d'inquiétude de pouvoir se donner l'un à l'autre.

Hicham prend la main de Mara. Son épuisement est devenu fatigue légère que le vin adoucit. Elle-même sent encore sa jambe l'élancer, mais l'alcool joue son effet anesthésiant. Elle lui sourit. Les mots sont toujours durs à venir entre eux, et pourtant ce n'est pas forcément un problème. Cela aussi ils doivent l'apprendre. Trouver un langage commun qui soit une double traduction des pensées de l'un, des sentiments de l'autre, un espace où ils pourraient se rejoindre sans renier leur monde privé.

« Il ne faut pas aller trop vite sinon j'aurai l'impression d'avoir vécu toute une vie en quelques mois. — On ne va pas trop vite justement. On régresse, on repart, il faut bien arriver à construire quelque chose, non ? — C'est ce que je voudrais. » Mara sourit.

« Raconte-moi. Raconte-moi comment c'était chez toi, dans ta famille. — Tu apprends vite, pas encore à répondre, mais à poser des questions. » Hicham la regarde avec tendresse, il n'y a aucune acrimonie dans ses paroles. À peine de l'ironie. Une douce ironie.

Les plats arrivent. Deux belles entrecôtes entourées de frites. « Dommage pour toi, d'abord je mange. — On ne rentrera pas tant que tu ne m'auras pas dressé ton arbre généalogique. — Pas la peine de remonter dans le temps, déjà ma seule génération, on en a pour quelques heures. — Moi, j'ai tout mon temps. — On a peut-être des choses plus urgentes à faire, non ? » Mara hausse les épaules en souriant et mange ses frites avec les doigts. « Pourquoi tu ne me racontes jamais rien de toi ? — Peut-être parce que tu ne me l'as pas encore demandé. — Je ne sais même pas si tu as des frères et sœurs. — J'en ai dix. — Impressionnant ! réplique Mara. Et tu t'entends bien avec eux ? — Ce n'est pas vraiment une question qu'on se pose là-bas. Les plus petits, je les connais à peine, les plus grands, on a été élevés de la même manière, c'est-à-dire dans un univers où l'intimité n'existe pas. À cinq dans la même chambre, on a vite fait de ne plus se supporter ou de s'ignorer. La plus grande proximité que j'ai avec mes frères, c'est quand on jouait au foot. Je les aime beaucoup, si tu veux, mais on n'a pas grand-chose en commun. — Ce n'est pas possible, je ne comprends pas. — Imagine une entreprise, eh bien là c'est pareil sauf que ce qu'on fabrique, ce sont des enfants. Les confidences, les cajoleries ou les trucs comme ça étaient superflus. Mais je ne me plains pas, j'ai bien aimé mon enfance. Je me sens très étranger à tout ça aujourd'hui. — Et ton père ? — Inexistant. C'était ma mère le chef de famille. — Elle était bonne avec toi ? — Pas particulièrement. »

Mara reste songeuse. Elle a du mal à s'imaginer ces dix frères et sœurs grandissant dans une promiscuité qui aurait dû favoriser l'amour, au moins l'intimité, sans pour autant former une famille... « Et toi, tu l'aimes ? — Je ne me pose pas la question. — Mais quand même, ce n'est pas possible de ne pas aimer sa mère ! Ou de ne pas le savoir ! — Aujourd'hui nous avons des rapports économiques, c'est tout. » Mara l'interroge en silence. Comme il ne répond pas, elle insiste : « Qu'est-ce que tu veux dire ? — Que tant que je lui envoie de l'argent, elle me fout la paix. » Le ton semble clore la discussion. Hicham conclut pourtant : « Tu vois, ce n'est pas brillant, et je n'ai pas envie que ça gâche notre dîner », Mara obtempère. Elle cherche à faire diversion mais ne peut chasser l'image d'une femme avide et toute-puissante emprisonnant sous ses jupes dix enfants enchaînés les uns aux autres.

À la fin du repas, ils reprennent leur chemin en sens inverse, l'esprit un peu grisé par les deux bouteilles de vin. Les rues se sont vidées, il est tard, même pour une capitale, qui a cédé la place aux noctambules, ceux pour qui le dîner est une formalité apéritive, et qui s'engouffrent dans les boîtes de nuit pour n'en ressortir qu'à l'aube, quand les premiers métros démarrent, et que les employés qui travaillent en grande banlieue s'installent dans les trains, la tête pantelante et le souffle encore ronflant, se recroquevillent sur les sièges en skaï, bercés par le ronron des rails, rêvant à d'autres contrées, une main néanmoins sur la poche où sont rangés les papiers.

Hicham tient la main de Mara, il l'a mise dans sa poche pour la réchauffer. Elle fait un détour pour lui montrer des rues qu'elle a côtoyées jadis, des perspectives, la Bastille et sa victoire ailée. Ils remontent vers le port de l'Arsenal, s'y arrêtent quelques instants, la présence de l'eau est ici apaisante, domestiquée, paisible, elle doit pourtant bien rejoindre à un endroit donné la tourmente de l'Océan qui s'écrase sur les plages de là-bas. De la musique sort d'une fenêtre, des voix, des rires, de la fumée, par d'autres filtre une lumière tamisée, des taxis tournent en rond, ils arrivent à l'hôtel, fourbus et agréablement las. C'est une nuit douce qui enveloppe les corps imbriqués l'un en l'autre dans des courbes arrondies, il n'y a plus d'angle ni de brusquerie cette fois-ci. Tout semble si naturel. Ils s'endorment dans l'évidence. Celle-ci a disparu au réveil.

Juste avant que Mara n'ouvre les yeux, Marc la tenait par l'épaule et lui racontait le parcours sanglant de ses oncles morts pendant la bataille d'Alger. Des rues de la casbah de Tanger se confondaient avec celles d'Alger, et on pouvait entendre des coups de feu au loin. Mara avait peur, mais tant que Marc la touchait, elle se sentait rassurée. Jusqu'à ce qu'une bombe explose à ses pieds et qu'elle se réveille, hagarde, mettant quelque temps à reconnaître la chambre d'hôtel et l'homme qui ramasse la corbeille à papier qu'il a fait tomber en passant devant la commode.

Elle se dresse aussitôt sur son lit, pour chasser ces images, intriguée néanmoins par l'impression de réalisme du rêve qui la poursuit. « Quelle heure est-il ? — 9 h 30. — Tu peux ouvrir les rideaux ? »

Hicham s'exécute. Une lumière violente envahit la pièce. Mara ferme les yeux, blessée par l'éclat, et se rallonge. L'angoisse matinale a commencé. Que faire, par quoi commencer, comment remplir cette journée qui ne l'attend pas, qu'aucun emploi du temps nécessaire ne viendra structurer, sinon celui qu'ils élaboreront artificiellement, juste pour faire quelque chose ? La tête lui tourne, le vin de la veille pèse sur son estomac, elle n'a envie de rien sinon de s'opposer. Peut-être est-ce parce qu'elle a ouvert quelques vannes, l'alcool aidant. Mara a le sentiment d'avoir trop donné.

Hicham se douche, s'habille en chantonnant, il n'a pas encore remarqué l'humeur noire de Mara. Quand il la voit somnolente, il la secoue pour qu'elle se prépare à son tour et profite de cette journée. Le seul mot de « profiter » la met hors d'elle.

« Profiter de quoi ? Comment tu sais qu'elle va être belle, cette journée ? Je déteste le soleil à Paris, il est sale. » Hicham a très bien saisi ce qui se jouait. Il ne s'en formalise pas. « Allez, Mara, sors de ce lit, ça ne sert à rien de rester enfermés. J'ai envie d'aller visiter des trucs, de faire quelques courses. Bouge-toi. — Vas-y tout seul, je reste là. » Hicham soupire, il n'est pas question pour lui de la laisser seule. Dès qu'ils seront sortis, les démons reculeront, c'est une vieille méthode qui a fait ses preuves.

Il va chercher ses vêtements rangés en boule dans le placard et les jette sur le lit. Il improvise alors un emploi du temps serré, « Guide bleu » à l'appui : « Centre Pompidou, promenade sur les quais, Notre-Dame, puis on remonte vers le Panthéon, je suis sûr que tu n'es jamais entrée dans le Panthéon, petit restaurant dans le quartier de la Sorbonne, sieste peut-être. L'après-midi visite du Louvre, puis très vite le soir viendra et l'on pourra s'asseoir à une terrasse. — Je te dis que je n'ai pas envie. Je ne suis pas une touriste, j'ai déjà fait tout ça. Je ne me promène pas avec un guide. — Bon, je cacherai mon guide si tu veux. Mais je ne pars pas sans toi. — Alors allume la télé parce que la journée sera longue. — Ce qu'on va faire, c'est qu'on va déjà aller petit déjeuner, fumer une cigarette et parler de la suite. — J'ai pas faim. — Dépêche-toi, Mara, j'ai presque épuisé mon quota de patience. » Mara le scrute pour voir s'il plaisante. Il n'en a pas l'air. Contrariée, elle se lève lentement, s'habille en prenant tout son temps, brosse ses cheveux enfermée dans la salle de bains et finit par sortir, le visage fermé. Sans un mot elle le suit.

Ils trouvent une terrasse ensoleillée où ils commandent tartines et café. Comme il l'avait espéré, Mara commence à se détendre, sans renoncer complètement à sa mauvaise humeur, préférant lui céder qu'à Hicham. Elle allume une cigarette avant de prendre la parole d'une voix éraillée : « Je te préviens, on ne va pas pouvoir rester à Paris indéfiniment. — C'est toi qui as proposé. — Je me suis trompée, j'y arrive pas. — Très bien, on prend l'avion quand tu veux. — Pour où ? — Pour Alger. — C'est trop tôt. — Alors où veux-tu aller ? — Nulle part. — On reste à Paris encore quelques jours, on va aller au cinéma et au concert. — Ça ne sert à rien. — Non, mais c'est divertissant. Et puis on partira pour Alger. — Et après ? — Après, on verra. Ça dépend de ce qu'on trouvera là-bas. — Je n'ai aucun endroit où vivre, tu comprends ça ? Toi tu as une famille à Tanger, des racines à Oujda, moi je ne peux plus vivre là-bas, je ne peux plus vivre à Paris, je ne peux tout de même pas vivre dans cette ville minable où ce minable vit, je ne pourrai pas vivre en Algérie parce qu'il n'y a aucune raison. — C'est pas la peine d'anticiper, dans un mois tu seras déjà différente d'aujourd'hui et peut-être que tu penseras autrement. — Je ne vois pas pourquoi tout à coup je désirerais quoi que ce soit. — Moi, je désire des choses, et suffisamment pour deux, donc tu me suis et tu ne poses pas de questions. — C'est ce que j'ai pas arrêté de faire. Ça ne suffit plus. — C'est déjà quelque chose, en attendant mieux. — Qu'est-ce que tu veux qu'il m'arrive de mieux ? Que je rencontre ma famille et que je lui tombe dans les bras ? Et alors ? — Et alors, tu verras. Arrête d'attendre que des choses t'arrivent. — Il n'y a rien à sortir de moi. — C'est faux. Tu peux recommencer à travailler. — Je suis trop vieille. — Tu peux faire autre chose. — Je ne sais rien faire. — Des études par exemple. Tu as de l'argent, du temps libre, tu peux faire des études. »

Mara le regarde avec étonnement. Elle n'y avait jamais pensé. Jamais elle n'avait pensé qu'elle pourrait être à l'initiative de quelque chose au sein de sa propre vie. « Je n'ai aucun don pour les études, je n'ai même pas mon bac. — Qu'est-ce que tu en sais, à cette époque tu pensais à autre chose. — Tu me fatigues parfois à être aussi enthousiaste. » Mara dit cela sur le ton de la réconciliation, l'effort que fournit Hicham l'attendrit. Il y a un père, se dit-elle soudain, un père. Alors pourquoi n'y aurait-il pas la suite du père ?

« Ce que nous allons faire, étant donné que moi, je suis plutôt et miraculeusement d'excellente humeur aujourd'hui pour supporter tes rechutes, c'est que nous allons dès maintenant dans une agence de voyages et préparer notre départ pour l'Algérie : comme ça tu sauras quand nous partirons, tu sauras ce que tu dois attendre, et même l'heure, et ça sera sans doute plus simple pour profiter des journées parisiennes. — Tu as exclu de toi-même les nuits ? — Oui, j'ai pris cette liberté. » Mara sourit, soulagée par cette perspective.

Le matin n'a pas encore touché à sa fin, il y a ce long après-midi à remplir. Mais ce jour-là devient d'un coup supportable. Mara mange d'un bon appétit. Ils prennent leur temps pour terminer leur petit déjeuner, détendus. « Qu'est-ce que nous faisons ici ? C'est bien un séjour en amoureux, n'est-ce pas ? — À mi-temps, oui. — Je ne sais pas ce que tu me fais mais je suis trop bavarde avec toi. — Figure-toi que ça te va très bien, de parler un peu. » Et c'est vrai, jamais Mara n'a parlé avec autant de légèreté. Entre Manuel et elle, il ne pouvait rien y avoir de léger. Elle avait cru que c'était là la vérité des choses, des relations, des êtres, ce silence où tout s'abîme, ce rapport permanent à une idée de profondeur à laquelle on ne peut déroger sous peine de trahir et qui impose l'exactitude du langage au point de le détruire, une tyrannie de la phrase qui finit par se taire, et quand les mots sortaient c'était dans un déluge de cris, mais eux non plus n'étaient pas articulés, ils disaient le mal, la haine, ils voulaient la blessure.

Mara chasse l'image de son frère qui, aux moments les moins opportuns s'invite et la montre du doigt, un sourire ironique aux lèvres.

Hicham s'aperçoit de son trouble. Il lui prend la main, la serre. Mara se détache avec difficulté de cette ombre qui la suit partout. Parfois, grâce à la voix de Hicham, à ses gestes, à ses promesses, à ses paroles, elle parvient à lui fausser compagnie. Mais le combat se joue sur une scène invisible. Mara n'écrit pas la pièce, elle la subit.

Ils quittent le café, et le trouble ne s'est pas dissipé. « Es-tu formellement sûr que Manuel n'est pas mort ? » La question prend Hicham de court. L'ombre s'est déplacée. Elle va de Mara à Hicham, qui ne l'a pas vue surgir. Et pourtant elle l'accompagne lui aussi. La présence n'est pas la même, sa volonté est plus ferme de la chasser. Il se rembrunit, heurté par cette intrusion directe : « Oui, je suis sûr. Du moins jusqu'aux dernières nouvelles. Sans vouloir te décevoir je n'en prends pas. — Excuse-moi. J'avais besoin de savoir. — De savoir quoi exactement ? — Que tu ne me caches rien. — Que je ne te cache rien ou que Manuel va bien ? — C'est la même chose. — Non. Ce n'est pas du tout la même chose : tu veux pouvoir me faire confiance ou tu veux avoir des nouvelles de ton frère ? — Te faire confiance. » Mais la réponse, même si elle a été donnée sans hésitation, ne rassure pas Hicham. « Il nous suivra jusqu'au bout, n'est-ce pas ? — Je ne peux pas faire comme s'il n'avait pas existé. — Alors fais semblant et épargne-moi. — Ne me demande pas de faire semblant. — C'est pourtant ce qu'il te manque. Tu crois que tout doit être vrai ou faux, caché ou totalement explicite. Mais tu sais il y a des entre-deux dans les relations normales entre les gens. — Nous n'avons pas une relation normale. — Nous avons une relation gangrenée par ton putain de secret qui n'en est plus un depuis que tu m'as mis au courant. C'est ça la situation. Mais c'est pas parce que tu m'as tout raconté que je te dois quoi que ce soit, ce serait même plutôt le contraire. Et ce que tu me dois, c'est de ne pas me renvoyer en permanence à ton passé et surtout à ton frère. — D'accord. J'ai compris. Je ne te poserai plus de questions. — Non, tu ne me poseras plus de questions, et si j'estime qu'il y a quelque chose à dire je te le dirai. — C'est toi qui décides alors ? — Non c'est toi qui décides, soit tu pars à sa recherche et on s'arrête là, soit tu fais ton deuil et on peut aller acheter ces billets pour que tu supportes de vivre deux heures de plus avec moi dans une ville où tu n'as rien à faire. » Mara serre les lèvres. Le message est clair. Elle sait qu'il a raison. Mais comment porter seule son histoire ?

Ils déambulent, chacun enfermé en soi-même, hostiles, dans des rues qu'ils ne voient pas. Des gens les croisent, des voitures klaxonnent, des bicyclettes les dépassent, le ciel est changeant, les devantures des boutiques pourraient être des tentations. Ils longent le Centre Pompidou, ses tuyaux de toutes les couleurs, l'attroupement des badauds autour de jongleurs et autres bonimenteurs, la fontaine de Niki de Saint Phalle et de Tinguely, autant de monuments que Mara aurait aimé montrer à Hicham, et qui défilent devant eux, invisibles.

Aux Halles, Mara qui ne supporte pas la pesanteur d'un silence qui les oppose finit par tenter une diversion. Elle emmène Hicham dans une boutique de sport afin qu'ils achètent tous deux une paire de baskets. « On en aura peut-être besoin en Algérie. S'ils habitent dans un bled du Rif. » Hicham sourit, cette attention montre à sa façon que Mara tente à la fois de réduire l'impact du voyage, de le neutraliser, mais aussi qu'elle l'accepte, sans plus d'arrière-pensées. « Ça ne s'appelle pas le Rif là-bas, c'est la Kabylie. — Ah oui, c'est vrai. Il faudrait que je révise un peu. — Et s'ils sont kabyles, ça veut dire que tu n'es pas vraiment arabe ! — C'est censé être une bonne nouvelle ? — Ça n'est pour le moment pas une nouvelle. Mais avoue que le sort me poursuit : je quitte ma femme et ma famille pour suivre une jeune et belle Française, avec tout l'exotisme qui va avec, et j'apprends qu'elle est tout aussi arabe que moi. — Pas tout à fait quand même, Mara rit, et puis entre les Marocains et les Algériens ce n'est pas l'amour fou, non ? — Pas pour nous, on vit à la frontière depuis des générations. — Tu veux dire que tu pourrais être mon cousin ! » Mara s'aperçoit au même moment sur quelle voie elle vient malgré elle de les engager. Et la réplique de Hicham fuse : « Ou ton frère. »

La discussion retombe, l'un et l'autre sont soudain dégrisés. Ils ne savent pas comment reprendre le fil. « Ce n'était pas très drôle, avance Mara. — Qu'est-ce qui n'était pas drôle, ma réponse ou la tienne ? — Ni l'une ni l'autre, sauf que moi je ne l'ai pas fait exprès. — Bien sûr, tu ne le fais jamais exprès. C'est bien ce qui m'inquiète. — On choisit nos tennis et on n'en parle plus. — Très bien. Pour rien au monde je ne souhaiterais être ton frère ou ton cousin, et c'est pour cette raison-là, si tu veux le savoir, que le fait que tu sois arabe ne me plaît pas. Cette idée de la grande famille, tu vois. — Pour ça ne t'inquiète pas, je ne me sens pas appartenir à une grande famille. Et d'ailleurs à aucune famille du tout. — Tu pourrais, si tu le voulais, appartenir à une famille. — Ah oui, laquelle ? — Tu sais bien ce que je veux dire. Ça se construit, une famille, et à deux en général. — Et puis ça se défait. Tu en sais quelque chose, n'est-ce pas ? — Ce sont des choses qui arrivent. Mais je n'ai pas *abandonné* ma famille comme tu sembles le prétendre, et ensuite je ne vois pas en quoi ça me condamne à ne pas en construire une nouvelle. — Avec moi ? — Qui d'autre ? — Est-ce que tu es en train de me proposer quelque chose ? — C'est une proposition sans délai. — Tu attends quoi ? — Moi ? Je n'attends que toi. Je me sens prêt, à t'épouser, à faire des enfants... »

Mara en reste sans voix. Si elle a déjà été mariée – et encore, quel mariage ! –, on ne lui a jamais proposé de faire des enfants. Ils n'ont plus abordé le sujet, depuis cette scène, sur la terrasse. Hicham était au courant, c'est lui qui les a amenés à Sidi Mraït. Mais que savait-il au fond, qu'est-ce que Manuel lui a raconté, quand ils étaient amis, associés ? Ils devaient bien discuter, même si Manuel n'avait pas l'art de se livrer, il lui a forcément dit quelque chose. Le trouble de Mara est visible. Elle tend sa Carte Bleue à la vendeuse qui emballe les chaussures. L'environnement extérieur a cessé d'être. Il l'a replongée d'un coup dans l'abîme d'une souffrance qu'elle pensait sans fond. Mais l'émotion de s'entendre proposer cette simple et naturelle possibilité de faire des enfants, à deux, ensemble, même dans un magasin de chaussures, la prend au dépourvu. Elle n'est pas coutumière de cette violence qu'un autre lui inflige, même si c'est une belle violence. C'est elle, normalement, qui s'occupe de ça. Ils sortent de la boutique. Elle est livide.

Hicham lui prend la main. « Je t'ai dit qu'il n'y avait pas d'échéance. Tu as le temps. Au moins d'y réfléchir. — Ce n'est pas ça, Hicham. C'est juste que je ne m'y attendais pas. — Vraiment ? Tu n'attends rien de moi ? — Je ne sais pas, je ne réfléchis pas beaucoup en ce moment. — Est-ce que tu as déjà pris de vraies décisions dans ta vie, à part celle de partir ? — J'avais pris celle de faire un enfant. Tu le sais. — Oui, mais tu étais seule à l'avoir prise, cette décision. Cette fois je te le propose. Je te propose qu'on prenne une décision à deux. Ça serait le commencement d'une vie à deux. C'est trop tôt et ce n'est pas le bon moment. Pourtant c'est fait. Et je ne te demande pas de me répondre tout de suite. »

Mara serre sa main. Tout un champ de possibles déferle devant elle. Il y en avait eu tant avec Manuel. Le souvenir douloureux de ces derniers mois passés avec lui ressurgit. Ce désir les avait menés là, dans cette pièce, enfermés, un corps à corps qui n'avait accouché que de cette inconscience, partagée elle aussi et accueillie sur des lits d'hôpital.

« Je suis en train de réapprendre. Mais il y a tellement de choses dont j'ai cru avoir fait le deuil. — Comme quoi ? L'amour ? Le couple ? — Non. Tu sais bien que non. Est-ce que je ne te donne pas des preuves du contraire ? — Des indices, pas des preuves. — Pour ça, tu n'en auras jamais. Ça n'existe pas vraiment, les preuves. C'est en tout cas la seule certitude que j'ai pu tirer de tout ça. — Et la certitude de vouloir un enfant, qu'est-ce qu'elle est devenue ? — Je pense qu'elle est intacte. — Reste à savoir si tu veux le faire avec moi. — Je pense qu'il est possible que je le veuille. — Tu ne sais pas encore. — C'est... brutal. Et il y a une autre question : je ne suis pas sûre de pouvoir. — Cette question en comportait bien d'autres. — Que veux-tu dire ? — Qu'on ne fait pas facilement un enfant avec son frère. — Nous parlerons de tout ça plus tard. Je ne me sens pas d'aborder ce sujet là, tout de suite avec toi. Et je n'ai pas envie de mélanger ce que tu viens de me proposer avec ce qui s'est passé avant. — OK. Excuse-moi. »

Elle s'arrête de marcher, et débite d'une traite : « Hicham, ce que tu me demandes là, c'est... c'est pour moi ou c'était pour moi inimaginable jusque-là, tout de suite, à cette minute précise. Je ne sais pas trop ce qu'il faut dire, ou plutôt je ne sais pas très bien exprimer ce que je ressens, mais ce que je ressens est plus grand que moi, et que mes possibilités de le dire. Alors je le dis vite et mal, mais oui, oui pour tout, merci de me donner tout ça, que je le mérite ou non n'est pas la question n'est-ce pas, je sais déjà ce que tu vas me répondre, mais ce problème de légitimité est là, être heureuse un jour, je ne l'ai pas envisagé, et que tu l'envisages à ma place est déjà un grand pas, il faudra juste que je me mette au diapason et je suis bien meilleure pour faire reculer tout le monde, tu le sais aussi, mais il faut qu'à ton tour tu mettes de côté ce que tu sais, ce que je t'ai dit, ta jalousie ou ta colère, je savais que ça te rattraperait un jour, et que je paierais indéfiniment ce que toi tu appelles un crime, et en même temps tu me proposes de l'expier, à ta façon, moi je ne veux rien expier, je veux juste croire que je ne suis pas enchaînée à ce que j'ai fait, je ne regrette pas, comment veux-tu que je regrette, c'est la plus grande partie de ma vie et je pensais qu'elle m'engloutirait ; et maintenant tu me dis qu'elle ne m'avalera pas, et je veux te croire, c'est ce que je souhaite le plus, te croire. Mais avant, je veux juste m'assurer, es-tu bien sûr de tout ce que tu m'as proposé ? — Je n'ai aucun doute là-dessus. — Tu as réussi à suivre ? — Tu n'as jamais parlé aussi longtemps, mais globalement je crois que oui. La prochaine fois je prendrai des notes. — Alors tu as le droit de m'embrasser, non ? — Tu veux dire officiellement ? — Le plus officiellement du monde. »

Les passants se retournent, ils ressemblent à des amoureux en voyage de noces dans la ville romantique, ils sont beaux, ils ont l'air heureux. C'est ce qu'on se dit lorsqu'on les croise. Ce bonheur-là étalé, touchant ou agaçant, il saute aux yeux, il interrompt le cours des choses, il renvoie à chacun d'entre eux qui a vécu à un moment ou à un autre cet instant de grâce qui fait date dans une vie, auquel on revient comme à un point fixe, la preuve qu'on a été heureux un jour, mais qu'on l'est moins à présent. Et il y a de cela dans ce baiser, un immense soulagement, la confirmation écrite que le cancer a été vaincu, qu'il reste encore un peu de vie, que le sursis a été annulé, et que finalement tout ce à quoi on avait renoncé est rendu possible.

Il y a aussi une douleur sourde, l'absence de ceux qui s'invitent au moment inopportun et qui voudraient altérer la pureté du baiser, les souffrances accumulées qui ne s'échappent pas en fumée, les cloisons sont étanches, les portes rouillées qui ne savent plus s'ouvrir, l'inquiétude d'un avenir encore trop nu, que des gribouillages pourraient vaguement esquisser, et dans lesquels il faudrait lâcher prise pour retrouver une figure évidente, et des signes lisibles. Non, ce ne sont pas des amants en voyage de noces, et ceux-là qui se retournent sur eux se trompent forcément, ils ne font que projeter leur propre désir, leurs propres souvenirs, c'est bien de cela qu'est fait un baiser, cette incertitude où des lignes de hasard se rencontrent et font sens. Parce que de la rencontre naît une nécessité. C'est leur premier baiser, indépendant du reste du corps, ni un préliminaire ni une conclusion, un baiser solitaire qui vaut union. Et il dure, longtemps, ils s'y abandonnent l'un et l'autre, malgré l'armée d'ombres en faction qui donne l'assaut. Puis il faut reprendre son souffle, et retrouver un fil, mais l'élan est donné.

Ils ne vont pas retourner à l'hôtel pour la deuxième fois de la journée.

Il faut passer à l'agence de voyages, parce que, avant l'Algérie, ils seront en suspens.

Mais à l'agence, Mara est saisie d'un trouble qu'elle n'avait pas prévu. Elle s'était préparée à une révélation. Rien de cela. Les affiches représentant une Algérie idyllique, les Algériens assis dans la salle d'attente, préparant leur retour estival au bled où l'argent qu'ils amassent laborieusement comme agents de service et techniciens de surface en France leur permet de construire une à une les pièces de la maison qu'ils réservent à leurs vieilles années et à leurs enfants qui pourtant n'iront jamais s'installer dans ce pays qui n'est pas le leur, la laissent froide.

Et quand la jeune fille, derrière son comptoir, lui demande ses papiers, Mara se rend compte qu'ils sont vierges de toute identité : ce prénom choisi de Mara a été homologué, et figure à côté des autres prénoms, pas plus les siens au fond. Quant au nom de famille, c'est celui de ses parents adoptifs. Il n'y a plus trace de Manuel. Elle se souvient bien d'avoir, à l'hôpital, signé des papiers qui entérinaient le divorce. Elle se souvient aussi que Hicham s'est procuré pour elle de nouveaux papiers. Comment, elle l'ignore, mais au Maroc, si l'administration est plus kafkaïenne encore qu'en France, le degré d'absurde laisse la marge à une liberté et une efficacité qu'il suffit de payer. Elle n'avait rien remarqué au moment de l'embarquement, ni lorsqu'elle a passé la douane en arrivant à Paris. On avait jeté un regard désinvolte sur sa photographie et on lui avait rendu les papiers qu'elle s'était empressée de ranger dans son sac. Mais là, elle entend la jeune femme lire à haute voix les informations qui d'un coup la choquent. Rien de ses origines algériennes ne figure sur le passeport, rien de sa vie marocaine non plus, c'est le retour au degré zéro de son existence. Des papiers vierges. Seul le tampon du départ du Maroc occupe la dernière page, mémoire courte d'un passeport neuf, une date, le reste est à remplir, passé et futur remis au même niveau, des pages blanches.

Comment prouver qu'elle n'est pas cela, qu'elle n'est plus cette identité floue et trompeuse, qu'elle vient de là-bas ? Y a-t-il une façon de retrouver un nom ? Les registres algériens l'ont-ils gardé en mémoire, sa mère existe-t-elle encore, dans un livre, dans un cahier, dans un album de photos ?

Quand la jeune femme pose sa question habituelle :

« voyage touriste ou professionnel ? » puis ajoute, en regardant Hicham, « ou familial ? » Mara répond : « C'est un voyage personnel. » L'hôtesse comprend d'autant moins lorsqu'elle s'aperçoit que Hicham est marocain, mais ne pose pas d'autre question. Le tourisme en Algérie est chose rare en ces années de terreur. « On a besoin de savoir qui entre sur le territoire. C'est dangereux, vous savez ? — Pour quelqu'un qui est censé vendre des billets, c'est une publicité un peu contre-productive, non ? dit Mara agacée, avec une inconséquence qu'elle ne soupçonne pas. — Nous avons des accords avec le gouvernement français, on fait attention à nos ressortissants. — Nos ? — Je suis française, comme vous, répond la jeune femme. — Si vous l'êtes autant que moi, c'est que vous ne l'êtes pas vraiment. » La femme regarde à nouveau le passeport et s'étonne. « Vous avez un passeport français. Donc vous êtes une ressortissante. — Je veux bien être protégée par le gouvernement français, mais je dois partir là-bas. — C'est la raison pour laquelle je vous demande de quel type de voyage il s'agit. — Et je crois vous avoir répondu. Personnel. »

Hicham s'interpose. « C'est un voyage familial, nous avons de la famille là-bas, que nous devons absolument visiter. — Très bien, il suffisait de le dire. »

Hicham écarte Mara du comptoir. Elle va s'asseoir dans la salle d'attente, un vieil homme lui cède sa place, qu'elle refuse et s'adosse au mur, sous les yeux mi-curieux mi-réprobateurs des clients de l'agence. « Nous voulons connaître les démarches pour partir. — Il vous faut un visa, ce qui ne sera pas facile étant donné les circonstances. Les consulats français ont été fermés, et il n'y a plus de vol Air France. Si vraiment vous voulez vous rendre là-bas, il va falloir vous accrocher. — Dans quelles conditions peut-on avoir un visa ? — Journalistes, et encore, ça dépend, et pour des raisons familiales, mais vous voyez, tous ces gens, ils attendent qu'on leur trouve le moyen de rentrer chez eux. »

Ils sortent de l'agence, sous les yeux étonnés des autres clients. « Qu'est-ce qui t'a pris ? — Quoi ? Je n'ai rien fait. Mais elle se prend pour qui, cette fille ? Ce n'est pas un commissariat de police, c'est une agence de voyages ! — Elle est obligée, elle a reçu des consignes. — Elle n'a pas posé ces questions aux autres. — Parce qu'ils sont algériens. — Et que moi je ne le serai jamais, comme je ne suis pas vraiment française, comme je ne suis pas marocaine, comme... — Elle ne voulait pas t'humilier, je crois que tu ne comprends pas bien la situation là-bas. Et puis qu'est-ce que ça peut te faire ? — Tu ne peux pas comprendre, Hicham. — Non, je ne peux pas comprendre. Tu as deux passeports, deux noms, plusieurs prénoms, tu es libre. — C'est le contraire. — Le contraire c'est de s'appeler Hicham..., d'avoir un passeport vert et de rester deux heures à l'aéroport, le temps de vérifier que tu ne figures pas sur une liste de suspects, et ça, à peu près partout où tu vas dans un pays européen. Alors qu'on te pose deux ou trois questions pour entrer en Algérie, ça ne me paraît pas la fin du monde. — Oh ça va, tu es le pauvre petit Arabe victime de racisme, et moi j'ai tous les droits, sauf peut-être pour entrer dans ce pays de victimes où il n'y a que de pauvres petits Arabes, tu crois que ce genre de discours va me faire pleurer ? — Non, je ne m'attendrais jamais à une chose pareille de ta part. »

Mara accélère le pas. Manuel était beaucoup plus complaisant avec elle. Leur souffrance était leur trésor. Même cachée, ils la savaient là et la cajolaient à leurs heures perdues. Mais ça ne marche plus. Dès qu'elle a la tentation de se laisser aller à ce sentiment d'injustice,

Hicham la prend de court. Il ignore l'injustice, ou plutôt ignore le sentiment que sa vie aurait pu et aurait dû être meilleure, relativement à ses qualités intellectuelles et humaines. Et ce n'est pas fatalisme, mais acceptation d'une simple évidence. Pour autant, il ne comprend pas qu'on ne cherche pas à rectifier, à changer, à déplacer. Sa mère n'était qu'une longue plainte, contre l'injustice du monde, contre la pauvreté du père, contre sa condition, contre le proviseur du lycée qui avait renvoyé son frère cadet. Hicham en a nourri une haine tranchée pour toute forme de lamentation. C'est un esprit rationnel. On décompose une situation en ses éléments, et on calcule le pouvoir qu'on a d'en changer l'agencement. Mara est décontenancée face à cette manière de penser. Elle n'autorise pas l'immobilité douce ni le confort d'un enracinement dans ce qui fait mal. Elle lui en veut. Ses mécanismes sont enrayés, Hicham jette de petits cailloux qui les ralentissent. Jusqu'à la panne totale, peut-être. Mais alors que restera-t-il ?

Il la laisse un peu marcher devant, le temps qu'elle calme sa rage, puis la rejoint et l'enlace.

Tandis qu'ils marchent le long des quais, détour non concerté pour rentrer à l'hôtel, la mauvaise humeur de Mara s'estompe peu à peu. Elle cache les sourires que Hicham finit par lui extorquer, mais revient à de meilleures dispositions. Hicham en a oublié de rendre compte à Mara de la discussion avec la femme de l'agence, Mara en a oublié de le lui demander. Il décide de remettre à plus tard ces informations.

Lorsqu'ils rentrent à l'hôtel, ils sont fourbus, mais apaisés. Hicham propose de se reposer ; Mara a une autre idée. Ils ont une heure devant eux avant de commencer le rituel de l'apéritif, et du choix du restaurant. La veille il fallait tuer cette heure, aujourd'hui, elle paraît courte. « Si tu n'es pas trop fatigué, accompagne-moi. — Ça dépend où. — Juste à l'angle de la rue. J'ai repéré une librairie. — Tu veux acheter un guide ? — Un guide, et des livres d'histoire, des romans, des récits... — Vas-y toute seule, et choisis-moi quelques livres. » Mara s'étonne, elle a pris l'habitude qu'ils fassent tout ensemble. Elle hésite avant de sortir. « Vas-y, je t'assure, je vais prendre une douche, me reposer un peu et regarder la télé. — Tu veux être seul ? — Pourquoi pas ? »

Mara ne s'attendait pas à cette réponse, elle a posé la question par taquinerie, la franchise de Hicham la désarçonne. Comment peut-il vouloir être seul, c'est-à-dire sans elle ? Comment ne pas se vexer d'un désir excluant ? Manuel et elle voulaient être ensemble, tout le temps, et, lorsqu'ils ne l'étaient pas, ils se téléphonaient, pensaient à l'autre, ils avaient besoin de ce lien constant, tendu, exigeant. Être indispensable à l'autre, c'était sa seule légitimité.

Alors si elle n'est pas nécessaire à Hicham, quel est le lien qui l'unit à lui ? Hicham est un étranger, rien ne les rattache, rien ne les oblige à rester ensemble, il suffit qu'il change d'avis, ou qu'elle parte, il suffit d'une décision, d'un caprice, ou d'un rien pour que tout cela s'évanouisse. « Ne me regarde pas comme ça. J'ai envie d'être seul une heure dans une journée, ça te rend triste ? — Oui. Ça me rend triste. — C'est pourtant toi qui me l'as proposé. — Mais pour que tu te reposes. — Eh bien, justement, je vais me reposer. — De moi ? — Arrête, Mara, je ne comprends pas. Ce n'est pas grave si on n'est pas tout le temps collés l'un à l'autre. — Mais il y a quelques jours, tu ne l'envisageais même pas. — Si, pourquoi pas, si ça se présente. J'ai toujours bien aimé être seul, ça n'a rien à voir avec toi. — Comment veux-tu que ça n'ait rien à voir avec moi puisque nous sommes deux ? Si tu veux être seul, c'est que tu veux être sans moi. — Tu dramatises légèrement. J'ai besoin de me retrouver un peu moi-même. Et tu sais quoi ? j'ai envie d'être sans toi pour pouvoir penser à toi. — Qu'est-ce qui me le prouve ? — Je croyais que tu avais pris la sage décision de te passer de preuves. — Alors tu voudrais que je te fasse confiance, comme ça. — Bien sûr. — Et le jour où tu voudras être seul parce que tu ne me supporteras plus, comment je ferai la différence ? — Ce jour-là, je te le dirai, ou je partirai. — Tout a l'air très clair avec toi. Je n'ai pas l'intention de te faire confiance les yeux fermés. — Je sais bien, mais tu ferais mieux de baisser un peu la garde. D'autant que c'est moi qui devrais être vexé. — Pourquoi ? — Pourquoi ? Mais parce que tu veux que je t'accompagne uniquement pour te rassurer, pas du tout parce que tu as *envie* d'être avec moi. — Pardon, mais je ne fais pas la différence. — Et c'est pour ça que je t'aime plus que tu ne m'aimes. Moi j'ai envie d'être seul, et si je suis seul je n'ai pas l'impression d'être séparé de toi. Et ce n'est malheureusement pas de mon corps que tu es dépendante. Quoique... — OK, pas la peine d'en discuter plus, je vais à la librairie avant qu'elle ne ferme. »

Mara encore une fois est en proie à des sentiments contraires. Elle sait qu'avec Hicham, il va falloir oublier les formes du passé, ne plus tout attendre de lui, ne plus en dépendre. Mais cette relation nouvelle ne ressemble à rien qu'elle connaisse. Elle échappe à sa maîtrise et à ses projections. Mara est fatiguée ; en une même journée, elle est passée de la colère à la détresse, de la détresse à la joie, du désir à la satisfaction et de la satisfaction à la vexation. Et tout cela du fait de Hicham. Son premier réflexe, celui d'avant, lui enjoint de fuir. Elle n'a pas envie de changer pas envie de souffrir pas envie de remettre en cause des schémas longuement construits et qui fonctionnent. Elle n'a pas envie de faire d'effort, de donner à quelqu'un d'autre le plaisir de la voir en faire, de donner à quelqu'un d'autre la joie de la voir changer. Mais si elle fuit maintenant, c'est pour toujours. Et aller où, faire quoi ? Continuer d'errer, seule cette fois ?

Elle sort de la chambre d'hôtel avec humeur, espérant jusqu'en bas qu'il la rejoigne et s'excuse. Mais Hicham ne cède pas. Qu'il n'entre jamais dans son jeu lui impose d'en redéfinir les règles, et elle est bien contrainte d'admettre que c'est lui qui les dicte. Pourtant, elle sait au fond qu'il ne s'agit pas là d'un rapport de force, et c'est ce qui la déstabilise.

À peine est-elle dehors que la tension accumulée s'évanouit. Le ciel est bleu, la librairie est à quelques centaines de mètres, une femme marche doucement, un homme la salue, les bourgeons sont en fleurs et les pollens virevoltent. Il y a du plaisir palpable dans cette rue de printemps, du plaisir qui ne lui est plus inaccessible puisqu'elle en est – ici et maintenant –, pleinement présente à la douceur de l'air et au parfum des premières fleurs. D'un coup elle ne comprend plus l'état précédent de colère qui aurait pu la rendre insensible à la beauté charnelle du moment. Les raisons qui ont présidé à ce pic de rage s'effondrent, elles n'ont pas de place sous ce soleil-là qui chauffe son dos et ses cuisses, quelque part peut-être demeurent-elles en suspens, comme ces brisures de pétales qui hésitent à tomber, mais elles se délient, s'estompent. Elle marche allègrement, délestée de ce poids qui partout l'accompagne, débarrassée par miracle sans doute, mais où est le vrai, dans cet instant où la légèreté offre aux choses un contour clair, simple, dessiné au crayon, ou dans ces heures sombres où la lucidité semble mieux encore souligner le trait, quitte à en vider la couleur. Tantôt elle voit l'allure, tantôt elle voit le corps douloureux des passants courbés sous un poids trop réel. Qu'ils s'avancent vers leur mort est une certitude, mais cette incertitude du chemin qu'ils vont prendre et la joie subite à faire des détours est pourtant bien réelle elle aussi, bien qu'impalpable, en ce moment de grâce, qui perçoit l'imperceptible, le muable, le flou, l'inutile, l'infime. C'est le sentiment de vie qui tout à coup l'anime, et qui rend dérisoire ce qui à d'autres instants semble si douloureux, impossible, infranchissable.

Comme Hicham a eu raison de rester seul ! S'il avait été là, aurait-elle éprouvé cette joie lumineuse ? Aurait-elle été attentive à autre chose qu'à lui, à ses questions, à ses réponses, à ce qu'il faut lui dire, lui taire, à ce qu'il faut prévoir, ou à simplement partager cette douce chaleur ? La partager ça aurait déjà été la vivre pour l'autre, et plus pour soi.

Être seule. Un sourire aussi léger que son pas est accroché à son visage. Elle entre dans la librairie, et le sentiment la poursuit. Acheter des livres n'est pas un acte habituel pour Mara. Elle a eu des livres, mais ignorait d'où ils venaient. C'étaient ceux de Manuel, ceux récupérés chez des amis. Jamais elle n'est entrée dans une librairie pour le simple plaisir d'acheter un livre. Dans sa famille adoptive, personne ne lisait. À l'école, l'étude des ouvrages classiques l'ennuyait. Seul Marc avait réussi à l'intéresser pendant un temps, toutefois pas suffisamment en profondeur pour qu'elle prenne seule le relais. Les livres comme le cinéma la dérangeaient. Elle n'était pas forcément bien avec elle-même, mais ce mal-être était encore ce qu'il y avait de plus confortable. En sortir, c'était inévitablement se mettre en danger. Elle avait peur de se perdre dans l'univers des autres, n'en ayant pas de propre. Peur d'oublier quelqu'un, de dévier de sa voie, de trahir quelque chose. Les livres et les films étaient des ennemis potentiels. Or cette peur n'affleure à aucun moment tandis qu'elle observe les rayons. Elle a disparu à tel point qu'elle cherche à s'en remémorer la nature. « Comment ai-je pu avoir peur, se dit-elle, comment ai-je pu me priver de ça, de toutes ces étagères qui m'apprendront peut-être quelque chose du monde ? Que craignais-je ? » Même enfant elle n'avait pas de curiosité, même lorsqu'elle prenait des drogues ce n'était pas par curiosité, même des hommes elle n'a pas eu la curiosité. Et même de sa mère. Mais quelque chose en elle s'est produit. Elle en a la preuve, là, dans cette joie simple à lire les titres des ouvrages dont elle ignore tout. Et l'angoisse aurait pu la reprendre devant ces rangées innombrables de livres – lequel choisir, elle n'a aucun indice, pas même le début d'un fil qui la ferait naviguer au milieu de ces couvertures. Pourtant, elle n'est pas inquiète. Lit les quatrièmes de couverture, pour voir, pour sentir. Certaines l'accrochent, et cela suffit à les lui faire choisir.

La pile devient lourde sous son bras. Elle les met de côté. Puis demande à la libraire de l'aider. Elle demande d'abord quelque chose qui soit agréable, palpitant, un roman qu'elle n'ait pas envie de finir, qu'elle ne puisse pas s'arrêter de lire, peu importe le style, pour l'instant elle ignore qu'il peut y en avoir de meilleurs que d'autres. Une fois que la libraire lui a préparé une sélection éclectique, celle qu'on donne aux enfants pour qu'ils s'intéressent à la lecture, Mara formule une demande plus spécifique : « Et sur la guerre d'Algérie ? » La libraire la précède au sous-sol où sont classés par thèmes romans et livres d'histoire. À nouveau elle sélectionne pour elle des livres de genres différents, qui devraient, ensemble, rendre compte d'une réalité diffuse, d'une ambiance et de faits. Mara finit son inspection en demandant un guide. La libraire la laisse devant le rayon voyages. Mara reste longtemps à feuilleter les différents guides sur l'Algérie, mais aussi sur le Maroc, et d'autres pays. Ceux qu'elle a traversés n'ont pour elle d'autre réalité que celle d'un décor. Quelques souvenirs néanmoins ressurgissent à la lecture des pages sur Tanger, ce sont de doux souvenirs, aucune amertume ne vient teinter la joie d'une découverte.

Elle remonte avec elle un « Guide bleu », un « Guide vert », et des livres de photographies sur Alger, qui viennent s'ajouter à la pile déjà formée qui l'attend près de la caisse. Les deux sacs pèsent lourd au bout de ses deux bras, et ce poids est pour elle la promesse d'autant d'heures concrètes et pleines. Lorsqu'elle remonte dans la chambre, Hicham est allongé, lumières éteintes, la clarté du jour a décru. Elle pose les sacs sur le lit, ouvre les lumières, et commande au *room service* une bouteille de vin blanc. Elle s'assoit ensuite à côté de Hicham et lui montre les livres qu'elle a achetés.

Hicham est lointain. Peut-être a-t-il été blessé par son attitude, ce décalage permanent entre eux attriste Mara. Si seulement il pouvait deviner dans quel état elle est rentrée, et le partager. Mais la magie n'opère pas, elle ne pourra faire l'économie de quelques mots pour retrouver le contact. Hicham n'est pourtant pas fâché, juste un peu las. Heureux malgré tout devant l'enthousiasme qu'elle montre en énumérant ses emplettes. Ce n'est que lorsqu'elle pose la main sur sa joue et s'excuse, l'implorant silencieusement de passer à autre chose, qu'il soupire et accepte : « Bien sûr, ce n'est pas grave. — Mais alors pourquoi tu fais cette tête ? — Ce n'est rien, je suis un peu fatigué. Ça ira mieux dès que le vin arrivera. »

Quand le rituel devient inutile pour l'un, il continue d'opérer pour l'autre.

Tandis qu'ils boivent un premier verre, Mara ouvre le livre de photographies et feuillette les pages. Hicham s'assoit à côté d'elle et ils regardent, silencieux, les premières images du pays qu'ils vont rencontrer. Ce sont des montagnes qui tombent dans la mer, des maisons blanches et des femmes vêtues de noir. Constantine, un pont suspendu qui relie des blocs de pierre, des ruelles en cascades qui grimpent et descendent, des images qui sont familières à Mara par leur proximité avec ce qu'elle connaît du Maroc. Pourtant, quelque chose les différencie. Est-ce l'histoire qui influe sur la perception qu'on peut en avoir ? Ce territoire lui fait peur, il abrite trop d'inconnues, de non-dits, de violence absente des photographies et pourtant insidieuse dans les couleurs et la rugosité des montagnes. « Tu sais, dit Hicham, ces photographies-là datent d'avant 1992, elles ne rendent pas compte de ce qui se passe en ce moment. — Je ne sais pas ce qui se passe. Enfin, j'ai entendu parler de la guerre, mais je ne comprends rien. — Disons qu'on n'y va pas au meilleur moment. Qu'il y a des massacres de civils chaque jour. Et que nous n'aurons pas facilement les billets. — Quoi ! s'écrie Mara. — Nous devons obtenir un visa, et ça ne sera pas simple. Les frontières sont quasiment fermées. Il n'y a plus d'avion à moins de passer par Londres, Dakar, ou je ne sais où encore. — Mais pourquoi ? C'est grave à ce point-là ? — Tu ne lis jamais les journaux ? — Tu aurais pu le remarquer, depuis le temps. — Il va peut-être falloir que tu t'y mettes, alors. Parce que là où nous allons, c'est le chaos, la guerre civile. Y aller c'est se mettre en danger, surtout qu'ils ne sont pas tendres avec les Européens. — Ça m'est égal. J'irai, tu n'es pas obligé de me suivre. — Bien sûr que je te suis, mais tu es assez inconsciente.

Il faudrait te documenter un peu, avant, ou juste écouter les informations. — Ça ne me paraît pas trop difficile. — Tu verras après si tu veux toujours y aller. — Je ne vois pas le rapport. S'il y a des massacres chaque jour, il y a aussi la possibilité que ceux qu'on cherche soient tués. Comment peux-tu croire que je vais hésiter ? — Je ne crois rien, je te trouve juste un peu légère. — Et toi, qu'est-ce que tu connais de tout ça ? — Je suis quotidiennement ce qui se passe là-bas. — Tu ne m'as rien dit, pourquoi ? — D'abord c'est inconcevable que tu sois aussi ignorante. Ensuite, chaque chose en son temps. Quand j'ai appris que ta mère était algérienne, je ne t'en ai pas parlé tout de suite, je voulais que cette nouvelle, tu l'assimiles, tu en profites, avant qu'on s'occupe des difficultés. Ce n'était pas le moment, n'est-ce pas ? — Il n'y a pas de moment, Hicham. Si tu voulais me protéger, c'était inutile. Toute ma vie j'ai été protégée de l'Histoire. — Je sais. Mais je pense, sans doute à tort, que cette histoire, tu dois la connaître un peu plus avant de te rendre là-bas. — C'est pour ça que j'ai acheté tous ces livres. — Je vois, ça me fait plaisir. — Tu ne serais pas en train de devenir une sorte de pygmalion ? — Je serais ravi si c'était le cas. — D'accord. Après tout c'est encore le meilleur rôle qu'un homme puisse jouer à mon égard. — Il faut donc que tu saches qu'obtenir les visas va être un parcours du combattant. Mais je suis sûr qu'on pourra les obtenir, précisément parce que tu dois retrouver ta famille. Sauf que là-bas, il faut que tu te prépares à ce que ce soit encore plus difficile. Je ne sais pas de quel camp ils font partie, mais les gens se cachent, les informations circulent mal. Et puis, c'est dangereux. — Tu me l'as déjà dit. Ça m'est égal. C'est l'avantage de ne pas avoir une vie remplie et pleine de sens », dit Mara avec une ironie amère.

Hicham lui caresse les cheveux. Mara est excitée par les perspectives qui s'ouvrent devant elle. Inconsciente, encore, mais étonnée d'avoir si longtemps échappé à toute histoire, à tout contexte, d'avoir cru pouvoir vivre à la marge du monde, d'avoir été contrainte de vivre à la marge du monde, d'avoir ignoré qu'elle appartenait malgré elle à un réseau de lignées, de drames, de conflits, d'avoir pensé pouvoir vivre avec un homme, son frère, en dehors de toute autre famille, de toute morale, de tout pays. Elle aurait pu vivre n'importe où sans bagage. Désormais des cartes se dessinent, et des chemins obligés qu'aucune guerre ne lui fera renoncer à emprunter. Les semaines qui s'annoncent ne manifestent plus l'angoisse du vide des jours qui les ont précédées. Peu importe à Mara de ne pas partir immédiatement. Elle sait que le temps occupé à lire ces ouvrages, les journaux, à écouter la radio, à visiter des bibliothèques est incompressible, qu'elle en a besoin tant pour son information que pour sa maturité. La quête du visa et la psychose collective imposeront leur période, il lui semble qu'elle fait déjà partie du voyage, et que le temps à rattraper pendant ces jours de transit est lui-même le prélude nécessaire sans lequel le voyage ne serait qu'un déplacement dans le temps et l'espace, sans continuité avec le reste de sa vie.

Si Mara ne connaissait que très vaguement la réalité algérienne de ces dernières années, c'est aussi qu'elle était tue, méconnue, délaissée par les intellectuels et les politiques obnubilés par les Balkans, peu retransmise, et mal analysée. Personne ne parvient encore à connaître les circonstances exactes des tueries ni à savoir avec certitude qui sont les assassins, les interprétations vont bon train, islamistes, militaires, règlements de comptes entre factions rivales. Tout se passe dans l'ombre, le secret semble encore ce qu'il y a de plus sûr, c'est une guerre sans visage que seuls les corps ensanglantés de femmes et d'enfants sortent de l'anonymat. Mara demande à Hicham de l'éclairer, mais lui-même se noie dans les informations contradictoires. Depuis 1992, après l'assassinat du président Mohamed Boudiaf, fondateur du FLN en 1954, l'islamisme est sévèrement réprimé. Mais qui sont ces islamistes, et qui sont les acteurs réels du gouvernement, où se sont déplacées les lignes de fracture qui avaient divisé, pendant la guerre d'Algérie, la politique de résistance algérienne ? On entend ici et là que ces anciens du FLN, nomenklaturistes déguisés en démocrates, sont partie prenante dans les massacres, mais cette voix est ténue, inaudible. Hicham pourtant a l'ouïe fine. L'histoire de l'Algérie ne lui est pas étrangère, tout petit déjà il était au fait des conflits qui l'envenimaient. Par un hasard de la géographie, il s'était trouvé de l'autre côté de la frontière. Mais toute guerre algérienne finissait par avoir des répercussions sur les villes mitoyennes. Aussi la montée de l'islamisme algérien avait-elle été regardée de près par le roi du Maroc, qui avait déployé une politique de fer contre les tentations de son peuple. Hicham explique tout cela à Mara, qui l'écoute, les sourcils froncés.

Et c'est ainsi que leurs journées se structurent d'elles-mêmes : visites au consulat, déjeuners sur une terrasse, retour à l'hôtel pour des séances de lecture, à moins qu'ils ne s'arrêtent dans un jardin public pour lire au soleil. Mara est grave, passionnée, elle pose des questions à Hicham, lui donne des informations, commence à construire un discours. Les phrases sont comme les lignes qui dessinent la figure en intégrant les points devenus invisibles. Hicham observe avec un bonheur réservé cette femme qui se déploie sous ses yeux. Elle n'est pas encore stable, les disputes continuent, bien que plus occasionnelles, mais son visage lui-même change, son regard autrefois éteint acquiert une lumière qu'il ne lui connaissait pas. Elle apprend vite, son esprit vierge est aussi mobile et ductile qu'il manque de structure. Il lui arrive cependant de s'arrêter au milieu d'une page et de regarder Hicham : « Tu ne t'ennuies pas ? »

Mais Hicham ne s'ennuie pas. Il n'est pas totalement désintéressé dans l'affaire. Ce qu'elle est en train de construire, cette histoire qu'elle se réapproprie par bribes dans un effort désordonné, c'est avec lui qu'elle la partage. Il ne pouvait faire moins contre les liens du sang.

Le matin, ils allument la radio. Le soir, ils regardent les informations. C'est encore un effort pour Mara, comme si cette ouverture sur le monde restait, pour une part infime, une guise de trahison. Manuel s'éloigne à mesure qu'elle se tourne vers cet avenir. Pour autant, elle ignore si elle accomplit ce travail pour elle seule, penser en dehors de lui n'est pas encore un fait acquis. Le temps passé avec Hicham, partager cette aventure intellectuelle avec lui est un fait acquis. Mais Mara est trop accaparée par ses découvertes pour réfléchir à ça.

« Je ne comprends pas, qu'est-ce que sont devenus les membres du FLN ? — Ce n'est pas clair, mais il y en a qui sont sans doute devenus militaires, d'autres ont peut-être viré de bord pour devenir islamistes, et d'autres encore sont à la solde du gouvernement qui m'a l'air louche dans cette guerre. — Qu'est-ce qu'ont pu devenir les frères de ma mère ? — Ils ont pu tout devenir. Je n'en ai aucune idée. Mais il faudrait s'en faire une avant que tu les rencontres. — Tu crois qu'ils pourraient être devenus des terroristes ? — Pourquoi pas ? — Et leur mère ? Est-ce que les femmes ne sont pas un peu épargnées ? — Non. Tu l'as bien entendu l'autre jour : le village entier décimé. »

Mara se rend compte de la difficulté de retrouver des membres d'une famille inconnue au beau milieu de cette guerre. Si l'impatience de mettre un visage, des traits, un air de famille, sur l'image de sa mère, joue une grande part dans l'inconscience qu'elle semble afficher, c'est un autre motif qui l'anime. Un motif encore brumeux, qui reste à l'ombre de ses recherches, tapi dans le déchaînement de sentiments contradictoires, mais suffisamment puissant pour qu'elle ne puisse totalement l'ignorer. Mara a besoin, envie, de se retrouver au cœur de cette guerre. Et ce n'est pas seulement comme une enfant qui veut se confronter à la réalité de l'existence, bien qu'il y ait de cela, aussi ; c'est d'abord pour elle l'occasion absurde en même temps qu'inespérée de rencontrer sa mère, celle qui trente ans plus tôt s'est retrouvée au cœur d'un conflit différent mais lié, avec la même violence, la même peur, les mêmes déchirements familiaux, nationaux, les mêmes ambiguïtés, la détresse et l'exil. Cette Histoire qui a accouché d'elle, c'est la sienne, qu'elle a l'opportunité de revivre, une génération plus tard, marchant sur les traces d'une autre vie dont elle est issue – issue aussi de cette violence, jusque-là ignorée, soudain découverte à elle et qui fait encore le lit d'un pays qu'elle veut faire sien. S'approprier, par l'horreur revécue, celle qui fut à l'origine de sa petite histoire, à elle, si longtemps non écrite, et qui voit des paragraphes entiers se reconstituer jusqu'à créer un lien que l'actualité elle-même se charge de faire. C'est le moment pour elle de réintégrer un passé en mouvement que le présent là-bas réactualise chaque jour, par la terreur recommencée. Et si c'est la terreur qui l'a vue naître, alors elle ne peut en faire l'économie. C'est le fil qui lui manquait, l'épreuve sera la preuve d'une existence enfin reconstituée.

Mais les démarches traînent, les frontières sont bloquées, les visas se font attendre. L'impatience ne les décourage pas, elle demeure au contraire le moteur de recherches qui comblent leurs journées. Ils sont dans l'action. Mara est sortie de la magie. Hicham lui a fait rencontrer le monde.

Tous les matins, Hicham se rend au consulat. Une queue chaque jour le précède, des Français d'origine algérienne ou des Algériens coupés de leur pays, inquiets pour leur famille, impuissants face aux procédures, qui viennent se rassurer, recueillir des informations. La France a fermé ses frontières à son ancienne colonie. Les familles sont divisées, ceux qui travaillent en France ont presque tous laissé des frères, des parents, des enfants là-bas. Ils ne peuvent pas les faire venir, les consulats ont été fermés. Quant à partir, c'est prendre des risques de mort, ce que la France tente d'empêcher. Les rumeurs s'emballent, des villages entiers auraient été massacrés, femmes et enfants égorgés, pour quelles raisons, qui sont les assassins, chacun y va de son interprétation, mais nul n'est à même de comprendre. Certains de ceux qui ont combattu en 1962 attendent leur tour dans la file d'attente. Tous condamnent la colonisation comme la source du mal, mais personne ne peut inscrire ce qui se passe dans une cohérence politique.

Hicham tend l'oreille, il en apprend plus dans l'enceinte du consulat que dans les journaux. Aucune image, aucune photographie n'est parvenue pour éclairer l'opinion. On a récemment appris l'assassinat des sept moines de Tibérine enlevés en février, la France se souvient de la vague d'attentats qui s'est abattue sur elle l'année précédente, plus loin encore, le détournement avorté d'un avion par le GIA... Ce qui se passe sur le sol algérien est invisible. La presse n'a pas droit de cité, les ressortissants ne parviennent plus à rentrer chez eux, les bruits circulent, mais les informations n'arrivent pas. Où se trouvent les acteurs du conflit ? Qui sont-ils, ces fantômes de l'Histoire qui se déplacent sans cesse, brouillent les pistes ? Islamistes ? Militaires ? Qui sont les victimes ? Les camps s'affrontent parmi les Algériens qui patientent.

Hicham comprend chaque jour un peu plus qu'il sera sans doute impossible pendant longtemps de se rendre là-bas. Comment l'annoncer à Mara ? Cette décision si difficile à venir va-t-elle résister à la première confrontation ? Au fil des jours, il semble qu'elle ait elle-même pris conscience de la difficulté. Mais Mara est dans une autre logique. Elle est en pleine éclosion. La passion avec laquelle elle s'est emparée de l'histoire de ce pays n'est pas intellectuelle. Elle la rattache à quelque chose de profond et vibrant en elle, une émotion enfouie depuis l'enfance, un visage sans traits, qui peu à peu se dessine dans les collines abruptes de Kabylie. Pour elle, c'est la preuve que vit encore la sienne, d'histoire. Qu'elle n'a pas été balayée par les années, la poussière, l'oubli. La terreur en constitue le fil, mais c'est le fil qui lui importe. La terreur est une contingence qu'elle accepte, elle ne pouvait s'attendre à moins. Comme le pays dont elle est issue, Mara ne peut s'épargner la violence. Cette violence est un élément, qui a toujours fait partie en sourdine de sa vie. Sans fondement elle était juste absurde, partagée par d'autres elle peut désormais être admise. En faire l'épreuve, c'est pour elle rattraper le temps, le lien, l'origine.

Souvent Mara revoit le visage de son père. Il hante certaines pages de ses livres, elle le reconnaît ici ou là sous des descriptions de pieds-noirs, et les analyses de leur ambivalence à l'égard des « indigènes ». Un portrait psychologique commence à prendre forme. La brutalité de l'homme s'estompe dans la brutalité des événements. Elle lit les récits de pieds-noirs, les romans situés dans une Algérie française, les mémoires de soldats et de résistants, les biographies des derniers grands politiques assassinés au début du conflit. Elle lit 1830 et 1962, les populations rurales et les populations urbaines, les dépossessions foncières et la haine des intellectuels, le nationalisme religieux et le nationalisme laïc, le terrorisme, encore et toujours, sous toutes ses formes, comme si au final c'était la seule politique – absurde mais avec lendemains – qui émergeât d'une tentation de sens, d'une tentation d'histoire. La haine commence à faire place à de la compassion. Parfois elle s'arrête, observe la rue, les arbres, les passants, et n'en revient pas d'être là, assise à lire ce pan d'histoire qu'elle ignorait si bien. Elle n'est plus la même.

L'existence de Mara n'a jamais été aussi intense que depuis les premières années de vie amoureuse avec son frère. Développer un aspect de son être est une possibilité de vie qu'elle n'avait pas envisagée, elle s'enivre de cette éducation sauvage qui voit sa pensée se former en se transformant, se remplir dans un appétit vorace. Le partage avec Hicham est un bonheur simple de sa journée. Ils descendent déjeuner et se racontent qui la visite au consulat, qui les découvertes d'un aspect de la guerre. Ils sont suspendus aux événements. Ils s'informent, échangent, mettent en commun.

L'exaltation de Mara est confuse. Hicham se méfie. Quand il revient un jour en fin de matinée il la retrouve assise sur le balcon de la chambre d'hôtel, un livre à la main. Tandis qu'il entre, elle lève la tête et lui sourit. Le cendrier est déjà à moitié plein. Un tic récemment apparu secoue sa jambe. Mara avait toujours paru très calme à Hicham, anormalement calme, lointaine, indifférente. Sans doute n'était-ce qu'une façade puisqu'il a fallu qu'elle se craquelle un peu pour que les signes de nervosité apparaissent. Peut-être ces symptômes sont-ils d'une certaine manière rassurants : si la maladie se déclare, c'est qu'elle se propose à la guérison.

Et chaque jour Mara demande où en sont les nouvelles. « Nulle part » est la réponse régulière. La déception se fige un temps sur son visage, pour s'évanouir. Au fond, quelle serait sa réaction s'il lui annonçait qu'ils partaient le lendemain ? Elle n'a pas encore fait le tour de ce qu'elle cherche à savoir, et qui n'est pas une science exhaustive, mais la construction d'une idée et d'un paysage intérieur, dans lesquels situer ses propres personnages. Le statu quo leur convient. L'impatience reste diffuse, mais encore insuffisante pour s'exprimer. La découverte livresque n'a pas de fin, le désir se renouvelle chaque jour et maintient une tension qui suffit à envisager que les jours se répètent pendant un certain temps.

Hicham pourrait faire que cette répétition s'arrête. Il a du nouveau, il a des pistes ; pourtant, il n'en dit rien. C'est encore trop tôt.

Peu à peu le soleil s'impose sur Paris, et ils commencent à manquer d'air. La mer leur manque. Le sable, les plages s'étalant à perte de vue, le bruit lancinant des rouleaux, les horizons ouverts, la quiétude. Cet appel ressemble à celui d'un giron. Un soir, tandis qu'ils dînent à une terrasse, fatigués de leur journée studieuse, elle propose à Hicham de partir quelques jours à la mer la plus proche. Hicham ne connaît pas les distances françaises, il est déjà allé à Toulouse, et dans le bassin d'Arcachon, pour des raisons professionnelles, il connaît Marseille aussi. Mara propose Trouville. « Je connais un petit hôtel pas très cher, on peut y rester juste quelques jours, le temps de tremper les pieds dans l'eau et de manger des fruits de mer. » Hicham acquiesce, heureux que l'initiative vienne d'elle. Il se doute bien qu'ils marcheront sur des plates-bandes déjà foulées, que des souvenirs l'y attendent, et qu'une fois encore il devra affronter les ombres d'un passé pour lui inimaginable, mais les éviter ne serait pas cohérent avec le chemin qu'ils sont en train d'emprunter.

« Cette fois c'est moi qui me charge de tout. Ça nous reposera de l'attente, du consulat, et de l'Algérie. » Le lendemain matin, Hicham est seul à l'hôtel. Il a besoin de réfléchir. Mara est partie de bonne heure acheter les billets. Les rôles sont inversés. Elle rentre dans la chambre avec fracas : « Nous partons à 15 h 15, gare Saint-Lazare, j'ai acheté des maillots de bain, j'ai réservé l'hôtel pour deux jours. » Cette assurance fut sans doute la sienne dans son époque faste, quand elle était encore l'égérie d'un certain grand créateur. Hicham la découvre sous ce jour nouveau, intimidé.

Mara va dans la salle de bains, fait couler l'eau, retourne dans la chambre et s'agenouille devant lui, ôtant un à un les boutons de sa chemise, puis de son pantalon. Lentement elle le déshabille, il ne bouge pas. Elle le fait se lever et l'amène sous la douche tiède, qu'ils prennent ensemble, se serrant l'un contre l'autre. Elle lui lave les cheveux, le torse, les jambes, le rince. Hicham se laisse faire. Les mains sont habiles. Sans doute n'est-ce pas la première fois qu'elles accomplissent ces gestes... Il chasse aussitôt cette pensée et tente de vivre pleinement la joie de ce don.

Ils ont deux places dans un compartiment où quatre autres personnes sont déjà assises. Hicham a acheté des journaux à la gare, Mara a emporté une biographie de Thomas Robert Bugeaud, maréchal de France, à la grande hilarité de Hicham. L'un en face de l'autre ils se regardent en souriant, puis se plongent dans leurs lectures, vite déconcentrés par la conversation des quatre autres personnes qui semblent se connaître, un couple d'un certain âge et leurs amis, qui leur annoncent très vite qu'ils les quitteront à Évreux. Des regards traînent sur Mara, Hicham s'en aperçoit avec une certaine fierté. Le couple souhaite visiblement engager la conversation, ils répondent poliment aux questions, gardant une certaine distance. Ni l'un ni l'autre n'a l'habitude des rencontres faciles. Les questions les plus anodines ont toujours été les plus embarrassantes pour Mara. Depuis l'enfance, elle a préféré mentir, inventer, ou garder le silence. « Mes parents sont morts, ils venaient d'Inde, du Mexique, ou de Colombie, ils étaient architectes, ou avocats des hommes du cartel de Medellín. » Elle n'a plus l'âge qu'on lui demande ce que font ses parents, elle entre dans celui où on lui demande si elle a des enfants. Le couple ne s'aventure pas sur ce terrain, mais elle sait qu'à tout moment la curiosité peut venir la chercher là où elle n'a pas envie d'aller. Aussi se tient-elle sur ses gardes. Hicham quant à lui devine que son prénom suscitera une réaction de méfiance instantanée, aussitôt recouverte par une politesse redoublée. C'est encore un prénom qui écorche les oreilles dans certains milieux français, on en connaît peu, des Arabes. Ce sont ceux qui couvrent les pages de faits divers, qui ont alimenté la rhétorique d'un parti florissant. Ils sont associés à une vague peur, que ne suscitent plus les Portugais ni les Italiens. Ils ont apporté cette religion sanguinaire qui ne parvient pas à se fondre avec la leur. Tant qu'ils sont cantonnés à une fonction, un serveur ou un employé de maison, on les aime bien, mais dans un train, aussi proche, il pourrait faire tache. Tous les deux ont le teint mat. C'est leur beauté qui les sauve. Elle est internationale cette beauté, elle endort les suspicions, elle crée une bienveillance spontanée. Les intentions de ces voyageurs sont peut-être très éloignées de ce qu'ils imaginent, du haut d'une paranoïa entretenue par des faits récidivistes. Hicham et Mara éprouvent les mêmes inflexions de crainte, mais d'être ensemble allège cette vieille inquiétude. Ils prennent conscience, à la faveur d'une situation inédite, de ce qui les rassemble. Amusés de réagir de façon identique dans ce lieu qui les expose ensemble tandis que leurs histoires pensaient-ils restaient irréductibles, ils se sentent bien plus forts pour affronter les indiscrétions possibles. Des mensonges à deux deviennent une histoire. Ils s'amusent à l'écrire à quatre mains : « C'est ma femme, nous allons faire une cure. — Il m'accompagne pour jouer au casino. — Juste pour m'amuser, rassurez-vous, je ne suis pas un joueur. Où nous descendons ? Mara ? — Au Normandy. — Nous sommes invités tous les ans, c'est une amie d'école du directeur. Je suis avocat, ma femme est décoratrice. J'ai oublié mes cartes, nous sommes en vacances. Non, nous n'avons pas encore d'enfant, mais c'est en cours. »

Quand Hicham prononce cette phrase, Mara croise son regard, le jeu devient le leur, ils en veulent trois, une vraie famille, et ces paroles ne s'adressent plus aux autres passagers. « Ça ne sera pas simple, étant donné notre travail qui nous prend du temps, mais nous avons décidé de nous arrêter dès que nous en aurons les moyens, pour voyager un peu. » Le train arrive à Évreux. Le couple et leurs amis prennent congé, enchantés des agréments inespérés du trajet. Mara et Hicham restent seuls. Et le récit s'arrête. Des images continuent de flotter entre eux, tandis que le train repart, traversant la campagne normande, riche et grasse, vaches et prairies verdoyantes, que le soleil dore, déjà des maisons à colombages, une architecture qui annonce un pays différent.

« J'ai faim », dit Mara, pour revenir à un présent plus concret. Hicham lui caresse les jambes. « Dès qu'on arrive on va manger les huîtres que tu m'as promises. » Puis il se plonge dans la lecture de ses journaux. Aucune nouvelle d'Algérie, elles arrivent au compte-gouttes, et les journalistes ne savent qu'écrire, incapables de mettre sur des informations incertaines une logique qui donnerait un fondement à un article. Il s'en tient aux nouvelles de politique intérieure et extérieure, de politique française donc. Mara a du mal à se concentrer sur son livre, les cahots du train la bercent et l'endorment. Elle se met à la fenêtre, le visage enfoncé dans son poing, et regarde passer le paysage, laissant sa rêverie filer au même rythme. Le train s'arrête régulièrement, finit quand même par arriver à la gare de Deauville-Trouville.

Ils descendent, encore somnolents, mais l'air de la mer les saisit. Tous deux ont le réflexe d'aspirer des bouffées d'air avec une joie que seul le corps sait prodiguer, sans prévenir. Mara le conduit le long des quais jusqu'au petit hôtel, qui surplombe une brasserie. Des mouettes crient et s'agglutinent sur le sable du canal, la marée est basse, les odeurs marines remontent, les bateaux sont arrimés dans la vase. Ils dépassent des crêperies et un manège, les vendeurs de poisson n'ont pas encore installé leurs étals, la halle se dresse au loin. L'hôtel est à mi-distance de la gare et de la mer. Ils s'y arrêtent pour déposer leurs affaires, mais avant d'aller voir l'eau, ils commandent un plateau de fruits de mer et une bouteille de sancerre blanc sur une terrasse. L'après-midi a déjà commencé, les derniers clients prennent leur café. Hicham offre une cigarette à Mara, ils sont bien. Il n'a presque jamais mangé de fruits de mer. Si Tanger est un port, l'habitude des coquillages vivants n'y est pas arrivée, du moins chez les Marocains, les Européens parvenant toujours à s'en faire livrer. Il goûte ces mollusques gluants et iodés, et tout ce qu'il pourrait découvrir, en cet instant, sur cette terrasse au soleil avec la femme qu'il aime, ne pourrait lui déplaire. Que le goût soit étrange participe de l'initiation. Elle est heureuse d'être à l'origine, pour lui, de découvertes. Elle ignorait qu'elle pouvait lui faire connaître un univers qui lui appartienne, dans une certaine mesure. Elle ignorait que quoi que ce soit pût lui appartenir. Et il ne s'agit pas que de bulots ou de palourdes. Elle se rend compte dans le même temps que des goûts sont pourvoyeurs de souvenirs, et qu'un passé existe bien en elle, ne serait-ce que par le témoignage de ses sens. Elle a un vécu sensoriel, qui ne se raconte pas, qui ne fait pas identité, mais qui donne à sa vie une épaisseur qu'elle est étonnée de devoir admettre.

Ils ont mangé en silence, occupés par leurs impressions multiples. Quand vient le café, ils reprennent le cours d'une conversation badine, hésitant entre aller se baigner et faire une sieste dans la chambre à la fenêtre ouverte qui filtre une brise fraîche. « De toute façon nous allons faire les deux », tranche Hicham. Ainsi fut fait. Après une petite heure sous les draps sans couverture, ils se préparent à partir à la mer, sandales, serviettes de bain, crème solaire, livres, un peu d'argent pour acheter une glace. Ils se dirigent comme deux vacanciers estivaux vers la plage qui s'étend d'un bout à l'autre de la côte. Des familles ont pris leurs quartiers d'été, des corps sont allongés sur le sable, la densité humaine ne parvient cependant pas à obstruer l'horizon lisse de cette mer étale et sombre. Hicham est étonné de voir autant de monde, les plages du Maroc sont bien plus désertes. Les aménagements pullulent, restaurants, minigolfs, jeux pour les enfants. Des villas dominent la plage, collées les unes aux autres. La mer est plate, aucune sauvagerie dans ce paysage marin, quelque chose de début de siècle, une image d'Épinal, qui ne coïncide pas avec celles qu'il a laissées là-bas. Mara l'observe découvrir ce paysage domestiqué et charmant, station balnéaire ancienne déjà, si proche de Paris qu'elle en est devenue un point de rassemblement incontournable pour les fins de semaine. La vie ici est rythmée, et pas par la nature : le casino, les promenades en bois qui guident les pas, parallèlement à la mer, les restaurants, tout cela emprisonne les éléments dans un dessin humain, très joliment tracé. À l'horizon, on peut voir Le Havre et ses grandes cheminées, de l'autre côté Deauville, plus chic encore que Trouville, moins charmant. La campagne elle-même sent partout la main de l'homme. Hicham est d'abord impressionné. Chez lui la terre aride reste la terre aride, l'Océan frappe à sa guise les falaises et les étendues de sable qu'on appelle des plages, la végétation anarchiste pousse en se battant contre les ordures abandonnées sans scrupule. Chez lui la nature est belle parce qu'elle réussit malgré la tentative des hommes à s'imposer, mais c'est au prix d'un combat sans règles. Ici elle semble amicale et docile, pour autant les bateaux qu'il voit partir en mer et qui ne reviendront qu'à la nuit iront trouver la solitude de toutes les mers, dès que la côte n'est plus visible.

Mara installe la serviette et se déshabille. Elle porte un maillot deux pièces que Hicham ne lui connaissait pas. Jamais là-bas elle n'aurait osé paraître si dénudée. Hicham en éprouve un pincement de colère. « Tu es quasiment nue, tu t'en rends compte ? — Quoi ? » Mara marque un temps d'étonnement. « Ça te pose un problème ? — Moi non, mais on te regarde. — Enfin, Hicham, tout le monde est presque à poil sur cette plage, regarde là-bas, les filles qui font du monokini ; moi j'ai gardé le haut. — Excuse-moi, mais ça me choque. — Eh bien, sois choqué, et quand tu te seras remis, tu me reparleras. — OK, je vais faire un tour. »

Hicham s'avance vers la mer et marche au bord de l'eau. Des sursauts d'une nature ancienne viennent encore le perturber, dans sa relation à Mara, mais surtout dans son mode d'être à ce monde nouveau, ou autrement appréhendé. Il tente de calmer cette colère subite, conscient qu'elle réveille en lui des réflexes qu'il aurait voulu chasser, furieux aussi d'avoir laissé entrevoir à Mara cette part de lui-même primitive et profonde. Ce qu'il ignore, c'est qu'il a réveillé les mêmes fantômes chez elle. Le visage de Manuel s'élève entre eux, c'est lui que voit apparaître Hicham dans le ciel de Trouville, cet éternel ennemi qui ne les laissera pas en paix, toujours sur le qui-vive, prêt à surgir à la moindre occasion, ici provoquée par Hicham, malgré lui. Oui, Manuel ne devait pas avoir ce type de réaction, le corps de Mara lui appartenait si bien qu'il pouvait le laisser s'épanouir à la vue des autres. À tel point qu'il a même pris la charge de le produire, ce corps, s'occupant jalousement de ses affaires, de ses voyages, de ses campagnes de publicité, de ses relations avec les créateurs, avec les photographes. Sa possessivité s'exprimait avec plus d'élégance, plus d'intelligence. Hicham se surprend à admirer cet adversaire que l'absence rend inattaquable. Il ne parvient pas à échapper à la comparaison, qui dans les gestes quotidiens le poursuit. Manuel connaissait mieux Mara, il savait ce que signifiaient un silence, une pointe d'humeur, un sourire, il répondait à ses attentes, il n'avait pas besoin de régler, d'ajuster, de construire une relation qui vivait d'elle-même, une relation inscrite dans la chair, dans l'histoire, dans les cœurs, comme aucune autre relation ne peut l'être, une relation soustraite au temps. Tandis que pour Hicham cette relation est en permanent chantier, les pierres se descellent, il faut les remonter, les empiler, les cimenter et les jointoyer. Chaque heure est une conquête jamais définitive.

Ce qu'il propose à Mara lui apparaît soudain comme un vaste mensonge. Lui, si sûr de lui, qui jamais ne doute de la façon dont il doit réagir pour la faire mûrir, et peut-être un jour pour la rendre heureuse, remet en cause l'évidence qui faisait sa force. Non pas l'évidence de son sentiment, mais l'évidence d'un modèle dans lequel son intelligence l'avait convaincu de s'engager. C'est une autre évidence qui s'impose à lui, celle imparable de cet amour-là, singulier et transgressif, qui surmonte ses obstacles, parce que aucun obstacle, même le plus grand, le crime de chair, n'est à même de l'abolir. Hicham s'enfonce dans ce trou noir, le même qui les a aspirés, sur cette terrasse, à Tanger. Il était pourtant conscient de ce danger-là, mais convaincu qu'il pourrait l'affronter. Il voit ses forces s'amenuiser, il n'est pas plus fort que ceux qui ont voulu la sauver, elle l'avait prévenu. Ces pensées l'emmènent jusqu'au bout de la plage, là où la falaise prend le relais. Il hésite à revenir, à quoi bon, quand une main saisit la sienne. Il se retourne. Mara est derrière lui. Et c'est comme un miracle qui interrompt brutalement la chute libre.

Sans doute a-t-elle senti la faiblesse passagère de Hicham, sans doute a-t-elle vu elle aussi le visage de Manuel surgir devant elle, avec son rictus ironique, et son regard de condamnation. Elle y a répondu par une colère nouvelle. Elle s'est alors levée, chassant l'agacement que la réflexion de Hicham a suscité, et l'a rejoint en marchant vite, le plus vite possible, dans une urgence qui dément sa conviction : ils ne peuvent pas se séparer, pas pour le moment, pas au milieu de ce qu'ils ont engagé, ensemble. Ils peuvent se sauver l'un l'autre ; seuls, ils ne seront plus rien. Manuel est l'indice d'une vigilance qu'elle doit maintenir coûte que coûte jusque... jusqu'à un point, un lieu, un moment qu'elle saura reconnaître, et qui les laisseront en paix.

Oui, Manuel l'accompagne, partout, dans ses rêves et ses souvenirs. Mais il est tenu à distance, une distance suffisante pour que Hicham s'invite et y dresse quelques fondations. Pourtant quand elle dit : « Viens, allons nous baigner », elle ne peut s'empêcher de songer à cette dernière fois, sur la plage de Sidi Mraït, avant d'entrer dans le marabout. Manuel et elle s'étaient déjà éloignés, mais leurs corps restaient aimantés, en fusion, le simple contact de sa main sur son ventre, et cette baignade dans les vagues d'où ils pouvaient contempler la paillote, le marabout, la falaise, et Hicham, qui à cette époque-là n'était que le troisième, l'invisible, l'ami de la « famille », ignorant de quelle genre de « famille » il s'agissait.

Ils sont bien trois désormais. Chaque pion compte, et leur jeu est difficilement perceptible. Pourtant, le principe de vie joue aussi, et ce sont les présents qui semblent l'emporter. À cet instant du moins. Hicham s'avance dans l'eau, tenant toujours la main de Mara, leur crainte de l'élément se réveille en même temps que le plaisir, les vagues sont infimes, les courants réguliers, ils nagent sur quelques mètres et ont toujours pied lorsqu'ils se redressent. « Ne nous disputons pas, demande Mara. — Excuse-moi, je croyais en avoir fini avec ces vieux démons, mais tu vois, la nature revient au galop quand on s'y attend le moins. — Ça ne me dérange pas, du moment que toi ça te dérange. Hicham sourit : « Mais moi ça me dérange quand ça te dérange. » Mara plonge la tête dans l'eau et la ressort : « Alors on n'en parle plus, dommage, j'aime bien quand tu t'excuses. »

Hicham lui attrape les jambes et la fait tomber, il l'empoigne par la taille et l'enlace, tous deux ressortent à la surface, manquant d'air, et replongent, jusqu'à ce qu'ils aient froid et qu'ils reviennent en courant vers leurs serviettes. Une fois allongés sur le sable, le soleil les réchauffe délicieusement. Ils s'assoupissent.

L'après-midi avance, Hicham et Mara sortent de leur léthargie et décident de rentrer à l'hôtel par les petites rues de Trouville. L'insouciance s'est assombrie, l'heure du plaisir naturel est passée, ils vont devoir puiser d'autres ressources que celles du corps. Avancer dans une journée n'est toujours pas une évidence pour Mara. Elle doit convoquer toute sa volonté pour chasser les bouffées d'angoisse attendant leur créneau pour réapparaître, canalisées le reste du temps, lorsque celui-ci est employé. Ignorer à ce point de quoi sera fait le lendemain n'est pas pour la rassurer. Cette idée de s'inventer chaque instant est pour elle une réalité très concrète, très douloureuse. Le temps immobile s'est interrompu à Tanger. Il a repris sa course depuis que Hicham est entré en lice. Elle fait des détours dans les hauteurs de la ville pour différer le retour dans cette chambre étroite où aucun repère ne l'attend. Quand elle regarde sa montre, il est déjà 7 heures. Hicham, qui apprécie à ses côtés cette promenade exotique, n'a pas vécu la même durée. Mara propose de rentrer pour se changer avant d'aller dîner, tout lui convient à lui, qui ne craint pas les lieux vierges. Il ignore à quel point vivre reste un labeur pour Mara.

Dans la chambre, Mara prend une douche qu'elle fait traîner pour étirer le temps utile. Elle s'habille quand il prend sa douche à son tour, s'abandonnant aux vertiges d'un brutal sentiment de solitude. Elle en perd toute sensation de réalité, les murs s'effacent, les vêtements qu'elle met n'ont plus de texture, elle ne les sent pas, ne se voit pas s'asseoir sur le lit et laisser son regard errer à travers la pièce, bien au-delà des cloisons, dans un lieu sans contours ni couleur – ce lieu qu'elle connaît bien et qui fut le décor de son enfance, un vide océanique.

Il faut que Hicham l'appelle à plusieurs reprises pour qu'elle revienne à elle, reprenant conscience de sa présence et de ce qui l'entoure, de Hicham, nu et dégoulinant qui lui demande simplement une serviette. Hicham, inquiet, ne peut que spéculer sur ce qui se passe. Est-elle en train de penser à Manuel ? À ces heures passées, après les baignades tangéroises, dans le confort d'un couple coupé du monde ? Est-elle en proie à cette nostalgie qu'il craint par-dessus tout ? Quel autre souvenir pourrait la faire sortir d'elle-même, s'oublier au point de ne plus entendre sa voix ? Il en est contrarié, blessé, inquiet de ce silence où peuvent se loger les questions dangereuses. Aussi l'interrompt-il. « Allons prendre l'apéritif, je dois te dire certaines choses... » La curiosité aiguillonne Mara. « Certaines choses ? De quel ordre ? — Des choses que je n'ai pas eu le temps de t'expliquer à Paris, parce que je n'en savais pas assez, mais je pense que c'est le moment. » Peut-être ne l'aurait-ce pas été si Mara avait été joyeuse. « Très bien, je suis prête. » Ils choisissent de retourner à la plage pour s'installer sur la terrasse d'un restaurant planté dans le sable. Hicham commande une bouteille de vin, Mara une friture d'éperlans, dès que le serveur s'éloigne, elle pose son visage entre ses mains et attend.

« Tu connais la situation en Algérie ? — Autant qu'on peut la connaître d'ici. — C'est bien pire que ce qu'on peut lire dans les journaux. C'est une vraie guerre civile, incompréhensible, illogique, mais surtout atrocement violente. Des villages entiers sont massacrés, on égorge les femmes, les enfants, les vieux, sans que ça semble poser de problème à personne, et pas au gouvernement algérien en tout cas. Il a imposé depuis quelques années une censure radicale, les journalistes étrangers n'ont pas le droit de venir sur le terrain et les journalistes algériens ne peuvent écrire que ce qui va dans le sens de la propagande officielle. Des agents du gouvernement occupent les imprimeries, rien ne peut filtrer. Bref : c'est impossible d'aller là-bas. »

Passée la stupeur, Mara a un mouvement de révolte. « Pourquoi tu retournes tous les jours au consulat alors ? — Parce que c'est là que je récolte les informations. Les familles sont encore les mieux informées. Je ne sais pas exactement par quel moyen, mais les Algériens qui vivent ici savent ce qui se passe, et ils deviennent fous parce que les frontières sont fermées, qu'ils ne peuvent pas aider les leurs, ni les faire venir en France ni les rejoindre – ça serait trop dangereux. Ça réactive des sentiments de haine envers la France qui les a "lâchés". — C'est ça que tu voulais me dire ? — Il faut que toi tu comprennes que tu dois attendre. Nous allons rester en France un peu plus longtemps que prévu. »

Mara accuse le coup. « Pourquoi en France ? — Parce que c'est d'ici qu'on va pouvoir avoir des informations sur ta famille. » Mara le regarde, interdite. « À force de côtoyer les Algériens que je croise au consulat, j'ai fait des connaissances utiles. Je n'ai pas grand-chose sous la main, juste le nom de famille de ta mère, vaguement son origine géographique, et son histoire avec ton père. — Et alors ? — Et alors sa famille n'est pas totalement inconnue. Je pense avoir rencontré un homme qui l'a connue. — Comment ça, connue ? — Qui a connu sa famille. Un voisin en quelque sorte, qui a immigré en France après la guerre pour des raisons économiques. — Qu'est-ce qu'il t'a dit ? » Mara ne parvient pas à réprimer son excitation. « Il m'a raconté des choses intéressantes, mais il ne sait pas ce qu'ils sont devenus depuis 1992. — Dis-moi. — L'histoire de ta mère, visiblement, est assez connue, en tout cas dans son quartier d'Alger. Parce qu'elle a déchiré sa famille. Ce n'est pas un cas isolé, bien sûr, mais sur ses dix frères et sœurs, deux frères ont rejoint le FLN et ont pris les armes. Un autre est devenu religieux et a rallié la résistance islamique ; les autres, je ne sais pas trop dans quel camp ils étaient. Quand ta mère est tombée amoureuse de ton père, qui l'employait dans sa plantation, ou plutôt quand ton père est tombé amoureux d'elle, ses frères l'ont prévenue qu'ils tueraient ton père. Tes grands-parents ont dû prendre le parti de tes frères. Mais il faut croire qu'elle l'aimait vraiment puisqu'ils se sont enfuis. — Je ne peux pas croire qu'elle aimait ce type, contre son pays. — C'est pourtant ce qu'on m'a raconté, et ce qui semble correspondre à la version de ton père. Il était peut-être différent à l'époque. Ou il était très beau, je n'en sais rien. — Ils se sont enfuis ? » Mara imagine ses parents abandonner propriétés et familles pour se réfugier en France, traqués par les frères vengeurs. « Mais alors ils ne voudront jamais me voir ! — Je ne sais pas. Je ne peux pas imaginer que ta grand-mère ne soit pas bouleversée de savoir que tu existes. Le problème n'est pas là. Étant donné la situation, tu risques encore plus gros si tu tentes d'y aller. C'est l'heure des vengeances, on dit que des villages sont décimés, même plus pour des raisons politiques ou religieuses, mais juste pour de vieux règlements de comptes. Même au sein de ta famille, ça doit être la guerre. Si l'un est religieux et que les autres sont dans l'armée... Alors si tu y vas, tu seras la cible idéale.... »

Mara réfléchit. Ce qu'elle vient d'apprendre la paralyse. Il y a trop d'informations en même temps, il lui faut mettre des images, faire des liens, comprendre ce nœud de fils familiaux intriqués dans ceux de l'histoire, et elle au milieu, rejeton oublié, caché, invisible, qui se découvre une famille au moment même où elle est peut-être en train de la perdre. « Qu'est-ce que nous pouvons faire ? — Comme tout le monde. Nous pouvons continuer d'obtenir des informations et peut-être arriver à faire passer un message là-bas, à ta grand-mère – j'ai cru comprendre que ton grand-père était mort –, pour sonder la situation. Pour le reste, je crois qu'il va falloir songer à s'installer. On ne peut pas rester en transit éternellement. Si les choses mettent du temps à se calmer, il faut qu'on trouve une solution pour vivre, trouver un travail, un appartement. Il faut se poser un peu, Mara, je sais que cette idée t'effraie, mais à un moment donné il faudra bien que tu y penses. Que ce soit avant ou après l'Algérie. — Je ne peux pas. Que veux-tu que je fasse comme travail, je ne connais plus personne, j'ai voulu ne plus connaître personne, je ne peux pas m'imaginer recommencer une vie à Paris, c'est comme régresser. — Eh bien, admets de régresser un peu, si c'est pour amorcer autre chose, ça vaut mieux que de ne rien faire. Tu envisageais ta vie sans la gagner ? Tu attendais que ça te tombe dessus ? — Je n'envisage rien en ce qui concerne l'avenir. — C'est fini, ça, tu vas devoir y réfléchir sérieusement. Tu vas devoir accepter de t'engager un peu plus dans la vie, sinon c'est toi qui avais raison, je n'aurais jamais dû me trouver là ce jour-là à Tanger. »

Mara est prise d'un accès de panique. Tant qu'il y avait cette perspective, retrouver sa famille, tout s'agençait si simplement. Après, elle n'y a jamais songé. L'après dépendrait de ces retrouvailles. Pourtant elle est bien obligée d'admettre que Hicham a raison. Ce moment, elle l'a repoussé de toute son énergie, à grand renfort de refoulements. Mais il est arrivé. « Que veux-tu que je fasse, je ne sais rien faire. — Tu apprendras. — Et toi ? — Si j'obtiens des papiers, je trouve n'importe quel travail. Sinon je reprends mon bureau à Tanger, j'emploie quelqu'un là-bas pour faire la permanence et je me charge de toutes les commandes sur la France. — Tu as déjà pensé à tout ça ? — Forcément. Tu ne crois pas que je vais passer ma vie à faire du tourisme ? — C'est ce que tu fais, là, avec moi, du tourisme ? — Nous avons fait une pause, nécessaire, après tout tu es en convalescence. Mais on va commencer à manquer d'argent, et ce n'est pas quelque chose qui me laisse indifférent, si tu veux le savoir. — Alors tu vas repartir ? — Je viens de te dire que non. C'est avec toi que je veux réorganiser ma vie. Avec toi et un travail. »

Mara se ressert à boire, la tête lui tourne. « C'est la réalité, Mara, tu ne peux pas fuir éternellement la réalité. — Et pourquoi pas ? — Parce que ce n'est pas possible. — Si. J'ai bien réussi à le faire. — Et tu as vu où ça t'a menée. » Elle n'a rien à répondre à cela.

Le soleil décline, caressant horizontalement leurs épaules, puis seulement leur visage, pour disparaître derrière la ligne devenue noire. Ils ne parlent plus. La bouteille est vide. Le serveur pose l'addition sur la table. Hicham sort son porte-monnaie, règle et se lève.

« Tu vas rester ici longtemps ? » Mara sort de sa torpeur et le suit. Il se dirige vers la plage. « Marchons un peu, ça nous fera du bien. » Mara obéit, elle est incapable de prendre la moindre décision, incapable de faire le premier pas dans cette vie qu'il lui annonce. Ils marchent le long de la mer tandis que les derniers baigneurs replient leurs serviettes et rentrent chez eux. Mara se sent si éloignée de tous ces gens dont l'existence est réglée par quelque chose d'autre qu'eux-mêmes. Où ont-ils trouvé cette évidence qui rend leurs gestes si sûrs, leurs départs et leurs arrivées agencés, leur chronologie cohérente et leur vie ordonnée ?

Mara est seule, coupée du monde, elle ignore même comment on cherche du travail, se souvient bien des petits boulots qu'elle a enchaînés, dans les bars et les restaurants, mais refaire ça, jamais, elle a passé l'âge d'être mannequin et la simple idée de replonger dans ce monde lui fait horreur. Son passé se met soudain à défiler. Les séances interminables de photographie, l'effervescence des défilés, les verres bus chez Castel et chez Gérald, les bouteilles de champagne qui n'en finissent pas d'arriver sur leur table, ainsi que les « amis », admirateurs, les gens de la nuit, les fiévreux, les drogués, les festifs, les alcoolisés, les ennuyeux, et Manuel qui surgit au moment où Mara ne parvient plus à se débarrasser des collants, qui l'invite à danser et lui susurre quelques mots à l'oreille, son corps contre le sien, chaud et légèrement humide qui sent la cigarette et la transpiration, sa main qui caresse son dos, lui prend la nuque et l'emprisonne, ils quittent la boîte de nuit, sans prendre congé, à 4 heures du matin, et marchent dans la nuit glaciale, se tenant serrés, rassurés, solides, ils arrivent dans leur rue, font le code de la porte cochère, montent les étages, se déshabillent si vite qu'elle ne se souvient plus de ces gestes-là, et plongent dans leurs draps, l'un en l'autre, jusqu'au matin bien entamé d'une journée nouvelle. Le taxi qui vient la chercher pour l'amener au studio ou au magazine, les cafés pris avec les photographes les plus convoités de l'époque, les fêtes et encore les fêtes, les avions et ce bruissement constant, le silence soudain de leurs tête-à-tête, les déclarations de revenus qu'il faut remplir, les visites chez le comptable, les signatures de contrats, les coups de téléphone au banquier, les cafés où ils prenaient leur petit déjeuner, la vie rapide et soyeuse, qui n'avait d'autre sens que d'être partagée. Est-ce dans ce Paris-là qu'elle va s'installer à nouveau ? Comment échapper aux lieux et aux visages qui lui rappelleront nécessairement l'avant ? Et pourtant il lui serait facile de trouver un travail de cette manière. Certaines de ses collègues sont devenues rédactrices de mode, comédiennes, agents, ou ont rejoint les bureaux de création de leur styliste, attachées de presse, journalistes spécialisées. Elle ne peut pas. Ni pour elle ni pour Hicham. Il la force à se confronter non seulement au réel, mais aussi au passé. C'est un risque qu'il prend, elle sait qu'il le sait, en éprouve une forme d'admiration. Mais il la contraint aussi à faire ce choix, comme pour vérifier jusqu'où il peut lui faire confiance.

Même après avoir fait l'amour avec une tendre passion, Mara ne trouve pas le sommeil. Que fait Manuel ? Où peut-il bien être ? Et s'il cherchait à la retrouver ? Irait-il visiter lui aussi son ancien quartier, ses anciens amis, peut-il imaginer qu'elle soit revenue là, à Paris ? C'est la réponse la plus logique, où aller sinon dans cette ville qu'elle connaît déjà, qui reste ce qui ressemble le plus à un chez-elle. Rappeler ces gens, n'est-ce pas une infime chance d'avoir de ses nouvelles ? Mara se rallonge, désespérée par l'assaut de ces dangereuses pensées. Elle n'aurait pas dû les laisser advenir, comment fera-t-elle désormais pour ne pas appeler ? En avoir le cœur net. Mais s'il est dans les parages, c'est tout ce qu'elle est en train de construire qui est remis en jeu. Elle sait bien qu'elle ne résistera pas à la tentation. Aussi se relève-t-elle pour chercher dans sa trousse de toilette un somnifère qui l'assomme jusqu'au lendemain.

C'est mal en point qu'il était sorti de l'hôpital. Comme drogué. Avant de quitter la chambre vétuste et les couloirs aux odeurs de pharmacie, il avait eu la visite de Hicham. C'est celui-ci qui avait parlé, d'un trait, évitant son regard, mais avec une fermeté qui lui avait épargné toute réponse. Manuel n'attendait plus rien. S'ils avaient échappé à la mort, c'était pour mourir d'une autre façon, chacun de son côté. Il savait que cette chambre forte qu'elle avait fait construire sur la terrasse serait leur tombeau, leur couple n'y pouvait survivre, il aurait préféré une mort physique que ce sentiment poisseux et brisé qui l'accompagnait depuis qu'il avait repris conscience. Il n'était pas question pour lui de rendre visite à la chambre d'à côté. Ce n'était plus un mur de brique qui les séparait, il n'avait d'autre possibilité que partir, et Hicham venait de le lui confirmer, s'engageant à prendre soin d'elle. Cela suffit à Manuel pour taire ses dernières tentations et partir vêtu des affaires que lui avait apportées Khadija.

Il avait quelques derniers points à régler. La mise en location de la maison, la clôture de son compte, les démarches administratives pour déléguer à Hicham les responsabilités du bureau, l'ouverture d'un nouveau compte, les indemnités pour Khadija à qui il demandait de s'occuper de la maison lorsque celle-ci serait louée ou vendue. Il agit comme un somnambule. Manuel avait laissé son âme cloîtrée entre les murs blancs. Tandis qu'il faisait une valise sommaire, il avait demandé à Khadija en pleurs de lui promettre de faire détruire la chambre. Peut-être alors, quand il serait loin, les esprits seraient-ils libérés et pourrait-il retrouver un peu de lui-même.

Hicham lui avait demandé de lui donner des nouvelles de temps en temps. Juste des signes de vie, en envoyant régulièrement à l'agence une lettre, une carte, une signature. Manuel n'avait pas répondu, mais il connaissait l'adresse par cœur. Il avait laissé la majeure partie de l'argent à Mara, gardant pour lui ce qui suffirait pour partir. Errant dans les rues comme un zombie inconscient des paysages familiers qu'il voyait pourtant pour la dernière fois, il avait suivi en automate les rues qui le menaient au port. Mais devant le défilé des paquebots qui faisaient les allers-retours vers la France et l'Espagne, il avait changé d'avis et était remonté dans une chaleur sèche vers la gare. Il avait acheté un billet en direction du sud, premier pas vers les terres d'Afrique où il avait décidé de se perdre. Casablanca, Marrakech, et plus bas, le désert de Taroudant. Il avait dormi dans des chambres d'hôtel miteuses, où on lui proposait du kif et des filles. Il acceptait le kif. Pour les filles, son corps était encore anesthésié, aucun désir ne le traversait. Le matin, il sortait dans les rues de plus en plus invisibles et qui se terminaient par le sable, achetait un petit pain et des dattes, marchait droit devant lui, jusqu'à être assommé par la chaleur de midi. Aux portes du désert, il était resté quelques jours, le temps de faire affaire avec des touaregs qui vivaient de randonnées à dos de chameau.

Mais Manuel ne voulait pas faire de tourisme, c'est

traverser le désert pour arriver en Mauritanie qu'il avait négocié. Moyennant une certaine somme d'argent, il était parvenu à convaincre l'un d'eux de l'accompagner jusqu'à la frontière. Pendant des jours entiers, il s'était laissé porter à dos de chameau, un keffieh sur la tête, échangeant trois mots par jour, fumant de longues pipes quand le jour déclinait. Le silence du désert faisait écho à son silence intérieur. Il s'était senti momentanément apaisé, vide d'espoir dans un lieu qui n'exigeait rien de lui, et dont les forces telluriques se substituaient à sa propre faiblesse. Sa peau s'était asséchée, une fine pellicule de sable l'avait recouverte, son visage s'était tiré, les traits s'étaient creusés, Manuel était devenu maigre, mais la tension de son corps le portait encore. Il avait commencé à oublier le langage, même le son de sa voix résonnait étrangement lorsqu'il émettait un son. Plus rien ne sortait de lui, pas même la transpiration par les pores de sa peau, à peine les bouffées de fumée qu'il recrachait à moitié après avoir longuement inspiré et tiré sur la pipe qu'il partageait avec Saïd, son compagnon de route.

Il avait emporté dans son bagage des objets et des vêtements, des bijoux qu'il comptait vendre sur la route, pour payer son voyage, faire du troc. Le soir, ils dressaient la tente, plantaient des bâtons dans le sable et soulevaient la lourde toile de laine, se confrontant au vent. Saïd lui avait appris à faire du feu avec quelques brindilles glanées ici et là sur les arbustes qui survivaient à l'océan de sable. Un jour qu'ils n'avaient presque plus d'eau, Saïd fit un détour vers une oasis où se dressait un village de quelques maisons couleur de sable. On les y reçut avec les honneurs, une poule fut tuée, un tajine préparé par les femmes du village, tous mangèrent autour d'un feu de bois, en silence.

Mais Manuel n'était pas accessible au mysticisme

pourtant prégnant d'un ciel bleu nuit blanchi par les constellations. Ces immensités le calmaient, mais ne le pénétraient pas. Il parvenait encore à ne penser à rien, et c'est le désert qui l'y aidait. Quand son esprit commençait dangereusement à tanguer et que son imagination le devançait, il demandait à Saïd une pipe. Ses nuits étaient sans rêves, ses journées pleines d'étendues à perte de vue qui recommençaient sans cesse. Manuel perdait la conscience du temps. Il ne savait plus depuis combien de jours il était parti, son passé s'était détruit en même temps que toute dimension d'avenir. La répétition des jours lui convenait. Il ne voyait pas d'autre vie possible.

Pourtant, au bout de quelques jours, les paysages avaient commencé à changer, Saïd semblait plus prudent, la présence de militaires était palpable même si on ne les voyait pas. Traces de pneus, plastiques que le vent emporte, pelures d'orange. Saïd connaissait les chemins de traverse pour éviter les bases, confiant en l'argent de Manuel s'ils devaient faire une mauvaise rencontre. Ils étaient en plein cœur du Polisario, proches de la frontière avec la Mauritanie. Saïd connaissait de l'autre côté un chamelier qui pourrait l'emmener plus loin dans les terres.

Manuel avait acquiescé à toutes ses propositions, il n'avait aucune volonté propre sinon fuir le Maroc et mettre le plus de distance possible avec l'Europe. Son corps ressemblait désormais à celui de Saïd, sous son écharpe bleue, il passait aisément pour autre chose que ce qu'il était, mais ce qu'il était avait perdu toute substance, restait à peine un souvenir. Manuel se débarrassait à chaque kilomètre gagné d'une ancienne identité qui n'avait de réalité qu'à travers Mara. S'éloigner de Mara, c'était s'éloigner de ce moi amputé qui n'avait de complétude qu'avec l'autre. Ce qu'il avait vécu lui semblait une illusion qui grossissait à mesure qu'il s'avançait dans les terres. Sa seule réalité, c'était cet air sec et chaud, le poil rugueux du chameau, et la poussière qui recouvrait ses bras brunis, que les poils accrochaient. Plus rien n'existait que ce présent brut, et le goût du kif.

Manuel avait traversé les longs déserts de Mauritanie. Il avait vendu sur la route quelques bijoux sans valeur et racheté des antiquités. La caravane s'était alourdie, un chameau supplémentaire portait son bagage. Lorsqu'il était arrivé aux abords de la capitale, il avait payé son guide et pris un taxi qui l'avait amené à un hôtel sale où il avait fait la connaissance de quelques trafiquants locaux. Il avait vivoté d'un commerce improvisé, fuyant les quartiers étrangers et les lieux plus touristiques. Ses journées s'enfoncaient dans les bas-fonds d'une ville dont il ne distinguait même plus la pauvreté. Tout lui était égal, son corps parmi d'autres choses, qu'il entretenait à raison de doses quotidiennes d'alcool et de drogues.

Un jour, sans raison, il avait décidé de partir vers l'est. Bus et taxis locaux l'avaient accompagné jusqu'à la frontière algérienne. Là plus personne n'avait accepté de l'emmener. Les nouvelles étaient mauvaises. C'était la guerre de l'autre côté. Des massacres de population depuis quelques années déjà décimaient des régions entières. Manuel en avait entendu parler à Tanger, où des intellectuels algériens avaient trouvé refuge. Mais le danger, c'est justement ce qu'il cherchait aujourd'hui. La possibilité de se faire tuer gratuitement sans préméditation, sans organisation de sa part.

Il avait passé clandestinement la frontière et voyageait à la tombée de la nuit. Dans les villages, c'était la peur qui l'accueillait. Rares étaient ceux qui lui offraient l'hospitalité. Il ne disait pas qu'il venait de France, mais son accent le trahissait, aussi avait-il inventé une histoire qui justifiait sa présence. Il était à la recherche de sa famille, dont il n'avait plus de nouvelles depuis des mois. Manuel connaissait ses origines algériennes. Lorsqu'il avait proposé à Mara de s'installer au Maroc, ce n'était sans doute pas tout à fait un hasard. Il se rapprochait inconsciemment du pays de sa mère.

Ici, on avait cru à son histoire : son physique l'accréditait. Manuel avait sillonné les campagnes, posant les mêmes questions et offrant le même récit. Certains le cachaient mais le mettaient en garde. Le couvre-feu l'empêchait de continuer de voyager de nuit. La terreur qu'il découvrait dans toutes les maisons l'éveillait un moment de sa torpeur. Pourtant lui n'avait pas peur. Le récit des atrocités confirmait sa vision du monde. Ceux qui l'accueillaient voyaient en lui le témoin possible et inespéré de drames invisibles à peine relayés par la presse. On l'aidait à gagner les villages vers le nord, et à poursuivre sa route jusqu'à Alger. Il consignait ce qu'on lui racontait dans un journal de bord, pour que son passage ne soit pas vain.

Dans les faubourgs d'Alger, une famille avait bravé sa méfiance et lui avait offert gîte et couvert. Manuel avait dû insister pour payer son séjour. Il avait réitéré son histoire d'une famille perdue. Il s'était dit que cette famille-ci aurait pu être la sienne comme d'ailleurs toutes celles qu'il avait côtoyées. Mais il avait chassé ce sentiment, et, une fois encore, passé son chemin.

Les gens qu'ils croisaient le sauvaient, en lui dressant la carte la plus sûre du pays, les villages et les quartiers à éviter, les familles suspectes, les affinités islamistes. Manuel se disait que s'il avait vécu, c'était pour livrer au monde une vérité cachée, cachée comme lui se cachait chez ceux qui avaient le courage de le garder chez eux. Les égorgements et les meurtres s'alignaient dans son cahier, qu'il noircissait chaque soir, à la lumière de la bougie.

Quand il était arrivé sur le port, devenu au fil des jours sa destination, il était monté à bord du premier navire marchand, en direction du Proche-Orient. Il avait offert au capitaine ses services et une bague. L'équipage n'était pas regardant, la main-d'œuvre tendait à manquer dans ce pays exsangue. Manuel avait embarqué et s'était proposé pour toutes les tâches les plus ingrates, nettoyage, corvées de nuit. Il avait dormi avec d'autres marins, peu bavards, chacun paraissait avoir quelque chose à cacher. On jouait aux cartes dans les rares heures libres. Certains faisaient la prière, d'autres buvaient, personne ne posait de questions. C'est ainsi que Manuel avait commencé une vie sur les mers. Les journées se succédaient, il se perdait dans la répétition des opérations manuelles. Il n'avait sur lui aucun livre. Dans les ports d'escale, certains achètent des journaux, il ne les regardait pas. Il continuait néanmoins de griffonner chaque soir son carnet de bord, mais n'y consignait que des faits dépouillés, vidés de leur sens.

Il avait changé de bateau plusieurs fois, appris les différents métiers de navigation. Sa peau était tannée, ses cheveux avaient poussé, décolorés par le soleil, il avait appris des rudiments de langue des pays accostés. Lorsque le navire était à quai, il descendait avec les autres, dans les mêmes bars et les mêmes hôtels de passe. Et comme les autres, il louait des femmes pour raccourcir les nuits. La première fois qu'il avait touché à une femme étrangère, son corps était resté froid, il lui avait fallu quelque temps pour retrouver une mécanique qui s'était désormais substituée à l'acte d'amour. Aucune émotion, une sensation pure, organique, matérielle, n'évoquant pas d'image, ni trace de sentiment. L'acte était brutal, son corps rendu à sa nature animale.

Parfois pourtant, après avoir fumé sa cigarette, les larmes lui montaient aux yeux.

Quelques filles cependant étaient parvenues à le distraire. Elles étaient souvent petites et bavardes, idéalement blondes. Amicales, ou drôles, tendres, à l'écoute. Mais rien ne sortait de lui. La tendresse aurait pu le mettre en danger, il ne cédait pas à ces tentations et devenait brutal quand il sentait vaciller les premières digues. L'amitié restait une porte de sortie. Mais c'était une amitié virile, même avec les femmes qu'il côtoyait, une forme de solidarité tacite, une acceptation de l'autre sans jugement. Manuel connaissait bien ce sentiment, c'était celui qui l'avait accompagné toute sa vie d'avant et empêché de nourrir des relations amicales d'un autre type. Réfractaire aux confidences, il appréciait que d'autres soient à même d'accepter un rapport qui en soit exempt, pour des raisons similaires ou tout aussi obscures, des raisons qui barraient le front de rides comme coupées au couteau, et de cicatrices le corps, seuls témoins d'un passé lourd et silencieux, un passé qui habite comme une ombre le pont des navires et que balayaient les vents du grand large.

Manuel avait compris sa fascination pour l'Océan qui déjà l'avait amené à le traverser et à le surplomber, depuis une terrasse d'un autre temps. La perte qu'il offrait était à la mesure des crimes commis. Le visage fouetté par les embruns, la mauvaise nourriture, la suie des cales, le tangage et le roulis, c'était ce que Manuel avait trouvé de mieux pour survivre, et ainsi qu'il concevait la suite. Mieux que le désert, mieux que les chaleurs africaines, loin et proche des guerres et des souffrances du monde, coupé de ce monde tout en recevant parfois des nouvelles, il continuait néanmoins de poster de loin en loin quelques cartes sans rien écrire à une adresse à Tanger. Hésitant chaque fois, et finissant par céder à la dernière impulsion qui le rattachait à un souvenir.

Pourtant, quand il remontait sur le pont, il oubliait aussitôt le geste qui sur les terres le voyait redevenir l'âme perdue dans un corps errant, la torture lui conférant les formes humaines dont il se délestait en mer. En mer, il était une âme morte qui se laisse voguer, diluée et éparse au sein des éléments. Une promesse le tenait encore, c'était le dernier lien humain, une promesse qu'il avait faite en silence, par un simple signe de tête, tandis qu'il pensait n'avoir pas à la tenir ni à lui survivre.

Manuel avait découvert des pays, des paysages, des langues qu'il aurait pu tout aussi bien ignorer, et qui s'étaient imposés à lui d'abord dans l'indifférence, puis peu à peu dans leur réalité, leurs nuances, leurs richesses. La beauté avait redécouvert le chemin d'une sensibilité étouffée, la beauté brute, qui laissait les émotions de côté pour pénétrer avec une violente évidence dans un regard neutralisé et néanmoins vaincu. Manuel se vidait de toute intériorité pour consigner ce qu'il voyait, il se faisait pur spectateur et, à force, son regard s'était chargé des paysages et des différences. Il écrivait, il notait, des couleurs, des immeubles, une architecture, des trous d'obus dans des murs, des cafés à la mode où la jeunesse dorée buvait des cocktails venus d'Amérique, des enfants qui sautaient d'un promontoire pour plonger dans une eau où flottait du kérosène, des jeunes femmes voilées, d'autres à moitié nues sur les roches chauffées à blanc par un soleil noir, des bicyclettes et des Vespa, de vieilles Mobylette et des voitures trafiquées, des parfums de lilas et de bougainvilliers, d'huile de moteur et d'essence, de charbon et de combustible d'anciens temps, des chambres propres et impersonnelles, des pièces nues et poétiques, des lits tachés de sang et de sperme, des cheveux bouchant le lavabo commun, des traces de vomi et des seringues baignant dans la cuvette, des moquettes trouées, des parquets obsolètes, des tapis anciennement luxueux, du béton frais, des paillasses et des matelas à même le sol, des lits à baldaquin entourés de moustiquaires, des fenêtres qui donnaient sur la rue, une avenue ou une impasse, un jardin ensoleillé ou une arrière-cour sombre et puante, des junkies adossés au mur dans les jambes desquels couraient des rats, ou des enfants qui jouaient à la poupée cassée, souvenir de la colonisation, rideaux sales et troués, stores vénitiens, carreaux brisés ou fraîchement lavés, et les femmes plantureuses, maigres, mères de famille, jeunes filles à peine majeures, vieilles décrépites, filles importées de plus loin, noires ou à l'accent de l'Est, des toxicos et des désespérées, des femmes d'affaires et des lascives, des filles tristes, comme lui.

Manuel ne se posait plus la question du temps, il passait sans dimension d'avenir, à peine savait-il où ils allaient débarquer, à peine demandait-il les itinéraires. Les coordonnées marines lui convenaient, sa géographie devenait mathématique ; pour le reste, les ports fournissaient en images son esprit asséché.

Et puis un jour, alors que le navire vogue sur les eaux méditerranéennes, en direction de Gênes où une cargaison doit être livrée, les instructions changent. C'est à Marseille qu'il faut la débarquer.

Manuel en éprouve un sentiment de rage et d'impuissance.

Il est bien décidé à rester à bord pendant l'escale. Il ne peut toutefois empêcher l'émotion de monter tandis que les côtes approchent. De loin, il aperçoit Notre-Dame-de-la-Garde qui surplombe la ville. Marseille. La

France. Son passé. La ville le relie à un territoire trop chargé, un territoire où peut-être elle est revenue. Tandis qu'ils accostent dans le port industriel, Manuel reste sur le pont et regarde approcher le quai bétonné où s'entasse le jeu de puzzle géant des containers de toutes les couleurs. Certains d'entre eux sont laissés vides pour offrir un abri aux trafiquants divers et aux prostituées, on y trouve des tables de jeu, de l'alcool détaxé, des drogues en tous genres. Il faut connaître.

À droite de leur bateau, deux paquebots attendent leurs passagers. L'un part pour la Tunisie, l'autre pour l'Algérie. Manuel voit défiler des familles, une longue file de femmes portant enfants et glacières, des sacs Tati chargés de victuailles, de cadeaux et de vaisselle pour la route, des couvertures pour dormir sur le pont, des Thermos, des gâteaux, les objets d'une transhumance, incongrus dans une société de consommation où tout s'achète et tout se jette, ces gens voyagent avec leur vie. Tous embarquent pour la Tunisie. La file où le mot « Algérie » est peint sur le sol, elle, est vide. Le navire reste à quai, obéissant au blocus tacite. Manuel songe à ces journées passées dans les villages et les montagnes, chez ces familles rares qui l'ont accueilli et caché, pour lui dire, lui raconter, voyant en lui l'unique espoir que cela se sache. Il entend au loin des conversations et des ordres en français, dans cet accent chantant, et d'entendre ces mots lui assène un coup, l'éveillant aux douleurs enfouies, lui rendant, en même temps que la sensibilité, l'abîme de souffrance recouvert jour après jour par la répétition des heures et le sel de la mer. Pourtant il demeure paralysé, incapable de retrouver sa cabine, hypnotisé par le paysage de ces hommes qui marchent, courent, s'agitent, parlent et crient, les voitures qui se garent, marques et immatriculations bien connues, les odeurs de frites et de merguez qui çà et là parviennent jusqu'à ses narines, poussées par des vents contraires. Ses camarades, à peine les dernières manœuvres accomplies, défilent devant lui, lui enjoignant dans diverses langues de se joindre à eux.

Manuel ne peut résister à l'appel de sa terre. Il sort de la zone portuaire pour rejoindre le Vieux-Port, longeant les murs, observant ceux qu'il croise, de peur de les reconnaître ou d'être reconnu. Sa crainte n'est pas fondée, il a peu de chances de tomber par hasard sur une connaissance, mais le fait d'être en France réactive les trésors de méfiance. Il choisit un petit restaurant dans une rue sombre et peu passante, et commande une bouillabaisse, un peu honteux de céder à une gourmandise qui doit plus à la mémoire qu'au palais. Il se sert un verre de rosé, d'une bouteille qu'il a attentivement choisie, et boit, en fermant les yeux, goûtant la douceur empoisonnée de cet instant.

Pourtant, à la fin du repas, il décide de rentrer au port et de dormir sur le bateau. C'est dans l'urgence qu'il retrouve le chemin de la zone franche. S'il ne repart pas tout de suite, il risquerait de s'égarer dans Marseille et de laisser passer l'heure du départ.

Il passe les deux jours qui suivent enfermé en fond de cale, à attendre que les autres reviennent, mangeant des conserves et buvant de la mauvaise bière.

Quand le bateau repart enfin, il a le courage de remonter sur le pont pour voir s'éloigner une dernière fois la côte française, et les insupportables possibilités que, malgré elle, elle charrie.

IV

Ils arrivent tard à Paris. Fourbus, le visage chaud d'un soleil refroidi par le vent mais qui n'en a pas moins brûlé les peaux. Ils se réinstallent dans l'hôtel qui les a jusque-là hébergés, prenant conscience qu'ils inaugurent une dernière période de transit avant de chercher un logement où s'installer. Le retour est à la fois la preuve qu'ils ont commencé à créer un quotidien avec leurs affaires, leurs repères, leurs habitudes figées dans la chambre d'hôtel, et le début d'une nouvelle inquiétude, une mise en mouvement dont ils ne connaissent pas l'issue. Mara a peur du lendemain, et du jour qui le suivra. Quitter cette chambre devenue familière, et que la présence de Hicham comme des livres rend apaisante, l'attriste. Retrouvera-t-elle cette quiétude inventée, bâtie de toutes pièces, jour après jour, tandis que l'air qu'ils respiraient s'enrichissait au fur et à mesure d'une épaisseur et d'un parfum qui était le leur ? Elle finit par s'endormir, bercée par le ronronnement des voitures qui pénètre par la fenêtre entrouverte et le léger tissu qui gonfle en même temps que la brise.

Au réveil, ce sont encore des nouvelles de massacres qui les accueillent à la radio.

Hicham et Mara se regardent, choqués. Ils ne font aucun commentaire, ces nouvelles valident la décision de Hicham de s'installer à Paris, en attendant. Sauf que, ce matin-là, ils ne savent que faire. Comment recommencer une vie ? Par de menus gestes qui, s'additionnant, prennent forme, dessinent une trajectoire ? Ils sont déjà passés par la façon brutale.

Ils se vêtent, et commandent un petit déjeuner dans la chambre. Ils n'ont pas encore le courage de descendre.

Pour Hicham néanmoins, les démarches ne sont pas compliquées. La société qu'il a créée avec Manuel a ralenti ses activités, mais elle existe toujours. Une secrétaire et un salarié gèrent les affaires courantes à Tanger en attendant les ordres. Il faut juste relancer la machine, il n'a pas perdu les contacts ni les fournisseurs, tout au plus quelques clients. Hicham n'est pas inquiet, il a en lui des ressources nouvelles, une énergie décuplée par la responsabilité qui désormais lui incombe, à lui seul. Il pense devoir trouver un nouvel associé, pour ne plus avoir à s'occuper que de la partie française, et, pour cela, il doit retourner au Maroc. Il peut encore étirer le temps en réglant une partie des problèmes par téléphone, mais il doit annoncer à Mara que le voyage est maintenant imminent. Voudra-t-elle l'accompagner ?

C'est une fois qu'ils ont terminé leur café qu'il lui pose la question. Mara ne sait pas quoi répondre. Rester seule est encore inenvisageable pour elle, ce n'est pas tant de Paris qu'elle a peur que d'elle-même. Pourtant revenir à Tanger lui paraît tout aussi impossible. Hicham promet de trouver un hôtel neutre, qu'elle ne connaît pas, dans un quartier excentré qui ne l'obligerait pas à revenir sur ses traces. Mais ce n'est qu'un pis-aller. Mara sait bien qu'en atterrissant, c'est un passé encore trop frais qui lui sautera au visage et qui risque de l'engloutir. « Tu ne peux pas attendre ? demande-t-elle pour temporiser. — Non, dit Hicham, une ou deux semaines au plus, mais ça ne change rien, qu'est-ce qui t'aura décidée d'ici là ? — Juste le temps de m'habituer à l'idée. » Il semble à Mara que tous les chemins sont bloqués, tous ceux qui partent de cet hôtel et l'en éloignent. Hicham pose une main sur son bras. « Je vais t'aider à trouver quelque chose, il faut que tu te poses quelque part, qu'on ait une piste, tu ne peux pas rester comme ça, détachée de tout. — Comment peux-tu m'aider ? Tu ne connais personne ici. Il n'y a que moi qui pourrais faire quelque chose, mais je n'ai pas le courage. »

À peine termine-t-elle sa phrase qu'elle en éprouve une forme de honte. Pas le courage... Comment peut-elle manquer à ce point de nerf, d'ambition, de... courage. Est-ce bien elle, la fille de cette mère exilée, bannie par les siens, par amour, bravant les conflits et les haines familiales pour mener une existence étriquée dans le centre de la France où personne ne l'a accueillie ? Qu'a-t-elle fait, elle, quand elle est arrivée ? Elle a dû travailler, ils avaient tout perdu en quittant l'Algérie. Le père de Mara n'avait pas d'argent. A-t-elle fait des ménages, des gardes d'enfants ? Que donnait-on comme travail aux immigrés algériens tandis que des jeunes appelés continuaient de se faire tuer là-bas ? Récurer les porcheries et les sanitaires ? Qu'offrir de mieux à ceux qu'on ne désire pas, trop liés à une histoire de sang et de violence que la France veut oublier. Mara éprouve ce vertige du vide, aujourd'hui, à Paris, dans cette capitale qui a vu son ascension fulgurante, sa notoriété s'épanouir en même temps que son statut social, dans cette ville où elle connaît tant de monde haut placé qui pourrait lui ouvrir des portes, ou simplement lui rendre service.

Mara se sent vaciller. Elle a honte, oui, devant cette mère imaginée, fantasmée, cette mère en qui elle voit autant une héroïne qu'une victime. Et c'est cet héroïsme

qu'il serait temps pour elle de reprendre à son compte. « Je vais passer à l'agence, voir s'il y a encore des gens que je connais. Ça sera déjà un début. » Hicham s'étonne de ce prompt revirement, mais hoche la tête sans commentaire. « Nous devons aussi chercher à nous loger. Si tu veux m'accompagner dans les agences immobilières, je pense que tu feras meilleure impression que moi. » Mara acquiesce. « Ce matin, si tu veux.
— Ça sera un commencement. »

C'est ainsi qu'ils finissent par sortir de la chambre.

Des agences immobilières, il y en a déjà trois dans l'avenue perpendiculaire à leur rue. En chemin ils se mettent d'accord sur ce qu'ils souhaitent : un petit appartement, deux pièces dans un quartier légèrement excentré, le 12e ou le 11e peut-être, Mara préfère s'éloigner du centre. Dans la première agence, une femme les accueille et leur propose de s'asseoir. Après qu'ils ont décrit à peu près leurs souhaits, elle leur présente des photographies d'appartement. Mara les regarde sans les voir, son imagination est gelée, elle ne se voit nulle part, surtout pas sur ces images glacées de pièces qui ont appartenu à d'autres. Quand il s'agit d'aborder les problèmes du loyer, la femme pose des questions plus précises : le revenu mensuel, les garanties. Ni l'un ni l'autre ne peut répondre clairement. Devant l'embarras de l'agent immobilier, Hicham finit par expliquer qu'ils viennent d'arriver en France et qu'ils recommencent leur vie, ils ont encore de l'argent qui leur permettrait de tenir une petite année. Mais les garanties ? Ils n'en ont pas. La femme fronce les sourcils. Ça va être plus compliqué que prévu. Mara ne réagit pas.

Ils quittent l'agence immobilière pour entrer dans la suivante. Tous les deux refroidis par les exigences de la première. Quand l'agent en vient aux mêmes questions, Mara prend son élan et raconte : qui elle est, sa vie de mannequin. L'arrêt de sa carrière pour des raisons « personnelles », les possibilités qui s'ouvrent à elle dans une agence de publicité qu'elle connaît bien pour avoir travaillé avec elle de nombreuses années. Elle déploie son curriculum vitae sans lésiner sur les détails et les noms qui impressionnent. Hicham lui-même est stupéfait, jamais il ne l'a entendue se vanter ou évoquer ces souvenirs avec fierté, enthousiasme, assurance. Elle s'est soudain transformée en femme d'affaires, prête à vendre des anecdotes auxquelles elle n'accorde aucune importance pour un petit deux pièces dans un quartier excentré de Paris. Hicham admire l'effort qu'elle doit fournir à cet instant devant ce jeune agent qui peut-être se souvient de couvertures de magazines ou d'affiches sur les abribus. Il est visiblement impressionné, le récit est d'autant plus crédible que le visage et la prestance de Mara en témoignent. Il leur promet de leur trouver quelque chose, passant sur les questions de garanties et autres broutilles.

Quand ils ressortent, Mara est vidée, écœurée, mais Hicham la félicite : « Bravo, tu as bien joué ! — Ça ne m'amuse pas de faire ça, Hicham. — Je sais, et tu as tort, tu devrais te sentir plus libre par rapport à tout ça. À moins que tu n'en gardes effectivement un souvenir trop sacré pour le profaner ? — Arrête, tu sais bien que ce n'est pas ça. — Non, je ne sais pas, je me demande parfois. Quel problème il y aurait sinon à tricher un peu. — C'est juste que j'aurais préféré ne pas avoir à me servir de mon passé, ce que je voudrais c'est qu'il passe vraiment. — Je ne vois pas pourquoi. Ou plutôt je ne vois qu'une raison à ça. — Ne recommence pas. — Si tu voulais vraiment que ton passé passe, tu ne le fuirais pas comme ça. Ce que tu veux, c'est le garder, au contraire. — Arrête, Hicham, ce n'est pas le moment de s'engueuler. — Non, tu as raison. Il n'y a jamais de bon moment pour ça. Mais c'est peut-être le moment pour toi de régler quelque chose, sinon tu n'arriveras jamais à retrouver du travail. » Mara en veut à Hicham de la pousser à renouer les contacts avec cette ancienne vie. Il sait qu'en retrouvant ces gens elle aura peut-être un moyen de retrouver la trace de Manuel. À moins qu'il ne sache au contraire qu'elle n'a aucune chance d'en entendre parler là, à Paris, parce qu'il suit sa trace ailleurs... N'était-ce pas elle qui le lui avait fait promettre ? Toujours savoir si Manuel est vivant ou pas. Ne pas lui en parler. Hicham a-t-il tenu cette promesse ? Pour qu'il la tienne, il lui faut nécessairement la complicité de Manuel. Mara observe Hicham : il sait des choses qu'elle ignore, et ce déséquilibre la met en colère. Mais il ne sait aussi peut-être rien, lui poser la question serait encore une façon d'éveiller les ressentiments. Elle vient de lui dire qu'elle ne voulait pas de dispute. Alors elle se tait. Cet après-midi, elle en aura le cœur net.

L'immeuble a été rénové et l'accueil a changé d'emplacement. Mara finit néanmoins par le trouver et demande à l'hôtesse si Antonio Bruger est là. L'hôtesse acquiesce sans manifester le moindre étonnement : « Vous avez rendez-vous ? — Non, répond Mara en rougissant, mais pouvez-vous lui dire que Mara est à l'accueil, s'il a cinq minutes pour me recevoir, je suis une vieille amie. » L'hôtesse s'exécute, les sourcils froncés, méfiante. Au bout d'une minute, son visage s'éclaire, visiblement l'homme au bout du fil est enthousiaste, Mara peut entendre ses éclats de voix. « Montez au sixième, il vous reçoit tout de suite. » Mara remercie d'un signe de tête, rassurée par cette première petite victoire, on ne l'a donc pas oubliée. En attendant l'ascenseur, elle croise plusieurs jeunes femmes, des assistantes sans doute, des secrétaires, qu'elle ne connaît pas. Elles sont trop jeunes pour qu'elle ait pu les connaître. Elles l'observent à la dérobée, Mara avait oublié qu'ici chacun s'épie, se juge et se jauge. Ce rappel la fait sourire. Toutes ces règles oubliées qui étaient pourtant celles qui organisaient inconsciemment sa vie. Elle se retrouve heureusement seule dans l'ascenseur et arrive au sixième étage où à nouveau elle croise des visages inconnus, puis des plus connus mais qui ne la voient pas. Son rythme cardiaque s'accélère. L'architecture, le plan d'occupation, l'atmosphère : cet étage a moins changé que l'entrée de l'immeuble. Elle se dirige machinalement vers le bureau d'Antonio, vérifiant sur la porte qu'il s'agit toujours de celui-ci, et frappe.

La porte s'ouvre aussitôt. Il s'est levé pour l'accueillir, visiblement ému, surpris, ou excité par l'énormité de cette visite qui nourrira deux mois de conversations au quartier général, un bistrot parisien à dix mètres de l'immeuble. « Mara ! J'avais pensé ne jamais te revoir, ma beauté ! Je n'en reviens pas ! — Salut, Antonio. Je suis rentrée à Paris il y a quelques semaines, je voulais voir comment ça allait. — Tu aurais pu téléphoner ! — J'ai perdu tous mes numéros, tu le sais. — Oh oui, je le sais ! Que tu n'étais plus joignable, ça je le sais ! Du jour au lendemain. C'est pas le genre de chose qui passe inaperçu. — Pardonne-moi. Mais j'avais besoin de quitter tout ça. — Je comprends, je comprends ! Je ne suis pas en train de te faire la morale alors que tu viens de revenir ! On en parlera plus tard si tu veux, mais pour l'instant laisse-moi te regarder. »

Il la fait tourner autour de lui, Mara se laisse faire, comme l'ancien modèle qu'elle était, mais ce qu'il observe, ce ne sont pas ses mensurations, ce sont les marques du temps : Mara a changé, ces transformations ne sont pas mesurables, l'œil de l'expert ne s'y est pas trompé, si son visage a mûri, elle est physiquement la même. C'est autre chose qui éveille la curiosité d'Antonio, quelque chose d'indéfinissable. Il est troublé par cette impression d'être avec la même mais une autre, et cette autre, il ne la connaît pas.

« Que fais-tu à Paris ? Tu te réinstalles ? — Oui, pour le moment. — Et tu rends visite à tes vieux amis ? — Comme tu peux le voir. — Allons prendre un café. » Mara apprécie la délicatesse d'Antonio qui se doute évidemment qu'elle a quelque chose à lui demander. Elle était la figure de proue de cette agence, dans ses années fastes. Antonio lui garde cette reconnaissance et la traite en amie. Mara lui en sait gré, s'apercevant du même coup que tout ne s'efface pas par la seule grâce de sa volonté.

Elle le suit dans les couloirs sous les regards curieux. Les bruits courent vite, jusqu'à son ancienne assistante qui visiblement a pris des galons. D'autres secrétaires et rédactrices viennent à sa rencontre, émoustillées par cette apparition. Personne, et pour cause, n'a eu de nouvelles de Mara quand elle a décidé de tout quitter. Déjà, à l'époque, les rumeurs allaient bon train, un drame, un problème d'argent, la fuite dans un paradis fiscal ou l'enlèvement par un nabab, ce qui après tout ne serait pas la première fois – sauf que Manuel avait disparu en même temps. On l'accueille avec un enthousiasme mêlé de curiosité. Mara reçoit ces marques d'amitié avec un plaisir mélangé, la gêne de savoir qu'en partant elle a éveillé les rancœurs, l'incompréhension, son indifférence à toutes ces personnes avec lesquelles elle avait pourtant partagé des années de travail, quittées sans préavis et sans un mot. Des secrets trop lourds l'ont éloignée des autres. Et de les voir aussi sympathiques à son égard la renvoie à son imposture. Antonio tente de traverser le petit groupe agglutiné autour d'eux, en tenant la main de Mara pour qu'elle ne soit pas noyée par les questions et la sollicitude. Ils finissent par arriver devant l'ascenseur, et Mara se sent obligée de promettre de repasser – promesse qu'elle ne tiendra pas, pense-t-elle. Revenir c'est forcément raconter. Parler de sa vie a toujours tenu d'un exercice périlleux auquel elle est pourtant exercée, mais dans cette vie-là il y a Manuel, et le faire revivre à la faveur des mots est un effort auquel elle n'est pas prête.

Une fois qu'ils se retrouvent seuls dans l'ascenseur, Mara respire. Antonio lui sourit, inquiet de l'effet de cet attroupement sur Mara. Il la connaît suffisamment pour savoir qu'elle ne se livre pas facilement, ou qu'elle s'arrange pour ne rien dire. Or il veut savoir.

Ils s'installent dans le café que Mara connaît si bien pour y avoir pris un grand nombre de déjeuners et petits déjeuners. À cette heure de la journée, il n'y a pas grand monde. Antonio choisit une table isolée pour la mettre en confiance et commande deux cafés. « Alors ? » Mara le regarde, en soupirant. « Il y a tellement de choses à dire, reprend Antonio, qu'on va commencer par un commencement. Pour le reste, nous aurons le temps. » Mara reste silencieuse, il faut que la question de Manuel soit mise sur le tapis sans quoi elle n'arrivera pas à formuler quoi que ce soit. Est-ce à elle de le faire, ou Antonio sait-il des choses qu'il pourrait lui annoncer sans qu'elle ait à faire un effort ? Mais il continue : « Raconte-moi ce que tu as fait, en quelques mots et sans rentrer dans les détails. »

S'en tenir aux faits est une porte de sortie. Mara décide de se lancer. « Nous sommes allés vivre au Maroc. Nous y avons passé près de cinq ans, et nous nous sommes séparés. Je suis revenue vivre ici, avec quelqu'un. — Bon, voilà déjà un bon début. Et tu n'as plus de nouvelles de Manuel ? — Non. Nous ne nous parlons plus. » Mara s'entend dire ces phrases qui semblent décrire une situation si banale qu'elles lui paraissent comiques. « Ça, je n'en reviens pas. — C'est comme ça. » Elle voudrait fermer la discussion. Elle non plus n'en revient pas, et n'en reviendra sans doute jamais, il est inutile de retourner le couteau. « Je ne sais pas ce qu'il est devenu, ni où il est. Peut-être qu'il est à Paris, ou peut-être autre part. » Mais cette affirmation résonne comme une question. Antonio saisit la nuance. « Je n'ai pas eu de nouvelles de lui depuis que vous êtes partis. Ça m'étonnerait qu'il soit à Paris, sinon je suppose qu'il serait passé me voir. »

Mara ferme les yeux un quart de seconde, son attente se dissout comme une violente dépressurisation dont elle s'étonne qu'elle ne fasse pas plus de bruit. Manuel n'a pas donné signe de vie, mais s'il était à Paris, contrairement à ce que pense Antonio, il ne l'aurait sans doute pas appelé. Elle est pourtant fixée sur une chose : elle n'apprendra rien de ce côté-là. Le soulagement se mêle à la déception, et cette déception à la culpabilité. Elle sait qu'il vaut mieux pour elle qu'il en soit ainsi. Parler de Manuel avec Antonio est déjà une trahison vis-à-vis de Hicham, mais que peut-elle faire contre ce mouvement de désespoir qui la projette contre un mur invisible, recouvert de chaux blanche et rugueuse ? Il lui faut puiser dans une énergie nouvelle pour sortir de sa pièce et revenir à Antonio dont elle n'a pas entendu le début de la question. Elle croit comprendre qu'il s'agit de ce nouvel homme dans sa vie. « Il s'appelle Hicham, il est marocain. — Tu l'as rencontré là-bas ? — Non, enfin oui. Mais il n'a rien à voir avec notre divorce. Enfin, je n'ai pas quitté Manuel pour lui. C'est après. Je ne sais pas si j'ai envie d'en parler. De Hicham oui, mais de ce qui s'est passé avant, pas trop. C'est un divorce et c'est tout. — OK, on n'en parle plus. Dis-moi pourquoi tu es revenue à Paris alors ? — Parce que je ne pouvais plus vivre au Maroc. Et parce qu'il faut que je travaille. — D'accord. Il faut que tu travailles. Tu débarques après cinq ans de silence et tu me demandes du travail. — Oui. Je débarque, mais justement j'ai l'intention de revoir certaines personnes qui m'ont manqué. Et je ne te demande pas du travail, juste des conseils. — Ça va. Évidemment que je vais t'aider, mais comprends en même temps que ça m'énerve, que j'ai été blessé quand tu es partie. Et surtout quand au bout de un an j'ai été bien obligé de te rayer de mon carnet d'adresses. J'ai même imaginé que tu étais morte. — C'est ce que je voulais, disparaître. Je voulais couper les ponts. Et ça n'a rien à voir avec toi, Antonio, tu le sais bien. Je voulais juste changer de vie. Tu ne peux pas m'en vouloir pour ça, n'est-ce pas ? — Profondément, non. Mais j'ai quand même un brin de narcissisme, figure-toi, et j'en ai souffert. — Alors pardonne-moi. — Bien sûr que je te pardonne, après tout on n'a pas signé de contrat de mariage tous les deux. Mais je pensais que l'amitié se passait de contrat. — Oui, je sais. Je te demande pardon. — Bon, on ne va pas se faire une scène de ménage. Je suppose que tu t'attendais à braver quelques agacements. — Oui, je m'y attendais. — Donc j'apprécie que tu viennes me voir plutôt que de continuer à te cacher. — J'avoue que j'ai hésité. — Qu'est-ce qui a fait pencher la balance ? — Je ne sais pas. — Ta recherche de travail ? — Pas seulement. J'avais envie de te revoir et en même temps j'appréhendais pour les raisons que tu sais, mais aussi pour les souvenirs qu'il y a, ici, dans cet immeuble, et dont je n'ai pas forcément besoin en ce moment. — Je peux comprendre. Tu n'étais pas obligée de te déplacer, il suffisait de m'appeler. — J'avais peur, je t'ai dit, que tu ne veuilles pas me voir. Justement pour ça... ton narcissisme », et Mara en disant cela sourit du coin des lèvres.

Antonio répond à son sourire et décide de donner un tour plus léger à la conversation. « Est-ce que tu accepteras de venir dîner avec ton Hicham à la maison ? — Oui. Tu es toujours avec... — Olivier, parfaitement. Nous sommes toujours ensemble. — Alors d'accord, avec plaisir. — Je vais essayer de te trouver quelque chose : tu as déjà pensé à ce que tu voulais ? — Non. Je n'ai aucune idée et, comme tu ne l'ignores pas, je ne sais rien faire. » Antonio sourit à nouveau. « Tu sais, tu es toujours aussi belle, tu pourrais t'y remettre, pas forcément pour les mêmes produits, mais je suis sûr que même certains seraient ravis de retravailler pour les défilés avec toi. T'es un peu une figure "historique" ! — Arrête. Je ne recommencerai jamais, tu le sais bien. — Alors tu pourrais essayer de faire du stylisme, ou du rédactionnel. — Ni l'un ni l'autre, j'ai envie de sortir de ce milieu. — Alors ça va être plus difficile pour moi de t'aider. — Tu n'es pas obligé. — Sois plus précise, dans quel domaine ? — En fait, il y a quelque chose que j'aimerais bien faire, je ne sais pas si j'en serais capable, c'est de travailler dans une galerie d'art. — C'est une très bonne idée ! Bien sûr que tu en serais capable ! Il faut te remettre un peu dans l'actu, voir ce qui se fait, la cote des artistes et visiter les expos et les galeries, pour le reste, tu sauras très bien. — Tu crois vraiment ? — Écoute, Mara, je ne me fais pas de souci pour ce que tu peux faire. Tu t'es toujours très bien débrouillée, n'est-ce pas ? C'est comment tu vis qui m'a toujours plus inquiété, mais ça, ça ne me regarde pas. »

Mara le regarde avec reconnaissance. Elle est surprise de la simplicité avec laquelle elle a pu le retrouver, lui, avec qui elle a partagé tant de nuits festives et de voyages, sans jamais être une amie intime. Elle connaît pourtant son compagnon, a déjà séjourné chez lui, dans sa maison de campagne, mais ni l'un ni l'autre n'était trop disert sur sa vie personnelle. Elle se rend compte néanmoins qu'elle avait sous-estimé cet homme, discret et pourtant extraverti, qui veillait sur elle, toutes ces années, et même ces années d'absence. Elle ne peut pourtant s'empêcher de trouver ça un peu suspect, cette bonté gratuite, cet intérêt pour elle. Mara ne sait pas accueillir les dons, elle préfère payer, pour se sentir quitte. La générosité la met mal à l'aise, elle a du mal à y croire. La perversité et la bassesse lui sont plus familières, elles ne lui font pas peur. Et là Mara a peur. Elle mérite si peu cette conversation au café avec quelqu'un qui lui pardonne qu'elle est déjà en train de chercher une façon anodine de le blesser. Mais elle se reprend aussitôt quand il pose sa main sur la sienne. Elle lui lance un « merci » effrayé. Antonio lui donne sa carte et inscrit son numéro personnel. Il lui promet de l'appeler prochainement, et de chercher pour elle parmi ses connaissances. Mara remercie encore, retrouvant sa froideur habituelle, qu'Antonio connaît bien, mais qu'il a fini par ignorer. Il la serre dans ses bras, et lui donne un baiser sur le front.

Elle décide de marcher un peu avant de rentrer. Il faut que ses émotions se décantent. Elle s'autorise, avant de réfléchir à ces retrouvailles, à laisser filtrer quelques souvenirs, des images qui n'ont pas attendu qu'elle lève l'interdit pour s'imposer. Mais c'est la jouissance qu'elles lui procurent qu'elle ne censure plus pendant ces précieuses dix minutes. Elle se laisse submerger, et quand elle commence à s'enfoncer dans les détails, elle en sort en reprenant son souffle et en se réprimandant. A-t-elle un quota de trahisons quotidiennes ? Elle se dépêche de rentrer à l'hôtel, pour que Hicham mette fin à cette danse.

Quand elle le retrouve, il est au téléphone et parle en arabe. Nouveau sursaut, pour Mara, qui ne l'avait pas entendu parler cette langue depuis qu'ils sont en France. Ni lui ni personne d'autre. En même temps que le passé se resserre autour d'elle, elle a conscience qu'il est temps de le quitter. C'est Tanger qui ressurgit dans les sons gutturaux qui s'échappent de la gorge de Hicham, les rumeurs des voitures mêlées aux appels des muezzins, les odeurs de gasoil imprégnées d'épices et de parfums de cuisine qui s'échappent des fenêtres, au loin les sirènes des navires que les moteurs de Mobylette recouvrent, et ce ciel lourd qui se délite au fur et à mesure de la journée, selon que la marée est montante ou descendante. Hicham lui fait un signe de tête, mais il a l'air concentré sur une conversation visiblement délicate. Mara a la fugace impression de ne plus exister, Hicham est reparti dans ses terres, dans sa langue. Elle s'assoit au balcon et prend un livre, pour chasser cet éclat de solitude. Quand il raccroche, il sort à son tour sur le balcon et prend place en face de Mara.

« Alors ? — Alors ça s'est bien passé. Antonio va essayer de me trouver quelque chose. Je vais chercher ailleurs, mais je peux lui faire confiance, il a un réseau solide. — Parfait ! Tu as été efficace ! — Oui, répond laconiquement Mara, une certaine amertume dans la voix. — Et qu'est-ce que ça t'a fait de retourner là-bas ? — Étrange. — Mais encore ? — Je ne sais pas. Je ne peux pas te dire, ça m'a fait un peu mal et un peu plaisir. Antonio nous invite à dîner chez lui. Il veut te rencontrer. — Très bien. Tu prends une date, quand tu veux. — Et toi ? — Moi je dois retourner à Tanger. Il faut que je trouve quelqu'un pour tenir le bureau là-bas et mettre un peu d'ordre dans nos affaires. Je dois relancer les clients... — Tu dois partir quand ? — Le plus vite possible. Tu viens avec moi. »

C'est dit avec une telle fermeté que Mara se sent soulagée de ne pas avoir à prendre cette décision, même si retourner au Maroc lui coûte. « Tu vas appeler ton ami pour lui dire de laisser des messages ici s'il a quelque chose à te proposer. Nous dînons avec lui si tu veux avant de partir, et on passe une semaine dans un hôtel que je réserve à Tanger. Après, tout sera plus simple. » Mara hoche la tête mécaniquement. Elle fera tout ce qu'il dit. Et ce qu'il dit a certainement à voir avec l'inquiétude de la laisser seule, si proche de cet univers qu'il ne connaît pas, et qui appartenait à un autre.

Dès l'après-midi les billets sont pris, l'hôtel réservé. Hicham est préoccupé et ne semble pas prêter attention à Mara qui souffre silencieusement. L'impression de pouvoir cesser d'exister au rythme du regard d'un autre, qui lui a promis tant d'avenir, et qui pourrait aussi bien tout lui retirer dans un caprice ; la nécessité de retourner là-bas, sans avoir d'autre choix que de le suivre parce qu'elle a peur d'être seule ; ces fragilités-là sont nouvelles. Mara ne supporte pas les séparations. Il lui faudrait un sceau, une promesse de sang, un crime partagé, ces choses qui unissent qu'on le veuille ou non, indépendamment des désirs et des aléas de la vie, ces forces souterraines qui dépassent les individus et ne leur offrent pas le choix de décider. Un sein. Une fusion. Tout sauf cet homme qui parle au téléphone dans une langue qui n'est pas la sienne. Elle n'arrive pas à se concentrer sur le livre qu'elle est en train de lire.

Quand Hicham lui pose la main sur l'épaule et lui propose de sortir, elle sort d'un long cauchemar où la chambre, la voix, la présence de Hicham s'étaient noyées. Elle le regarde, interdite, Hicham prend le parti de ne rien relever et la pousse à sortir pour prendre un verre et programmer leur séjour. Toujours docile, elle le suit. Une fois au café, Hicham lui demande assez sèchement ce qui ne va pas. « Rien », répond-elle. Elle n'est pas prête à renouer un fil que selon elle il a rompu. Mais Hicham est fatigué de la porter à bout de bras. « On ne peut pas rester immobiles toute notre vie même si je sais que c'est ce qui t'irait encore le mieux. » Elle ne fait aucun commentaire. « On ne part qu'une semaine, et après on s'installe vraiment. Tu vas trouver du travail, et tout repartira normalement. — Normalement, raille-t-elle. — Oui, normalement. Je sais que tu sembles vouloir mettre tous les bâtons possibles dans les roues, mais moi, c'est ce que je souhaite, si tu acceptes que j'aie un point de vue. » Mara hoche la tête. Ni l'un ni l'autre ne fera des efforts ce soir. Et c'est moroses et tristes qu'ils rentrent à la nuit tombée pour se coucher tôt et s'aider de quelques médicaments pour trouver le sommeil.

Le lendemain, Mara reçoit un coup de téléphone d'Antonio. Il lui promet de lui trouver un travail, a déjà lancé quelques recherches et lui propose des dates pour le dîner chez lui. Mara lui apprend qu'elle doit s'absenter une semaine mais que dès la suivante elle serait heureuse de répondre à son invitation. Cette simple garantie qu'il y aura un après le Maroc a un effet apaisant. Et que quelqu'un pense à elle, qu'il y ait dans cette ville un homme qui l'attend, ne serait-ce que pour partager un repas. Mais elle se rend compte au fur et à mesure de la journée que d'autres choses l'attendent à Paris : les recherches qu'ils sont en train de mener pour retrouver la famille de sa mère, l'homme que Hicham a rencontré et qu'elle doit voir à son tour, la lecture des livres encore inentamés.

Ces pensées rendent à Mara une marge dans laquelle

il lui est possible de déplacer les peurs. Son attitude vis-à-vis de Hicham est moins hostile, et celui-ci retrouve la force de faire ce pas toujours nécessaire pour la récupérer. Néanmoins leur proximité jusqu'au départ est entachée. Ils ne parviennent pas à restaurer le lien précieux et fragile qui les unissait. Chacun reste sur ses gardes. C'est que le monde les a envahis.

Ainsi pense Mara, qui se voit renforcée dans cette croyance que seul dure ce qui vit retiré du monde des hommes.

Et puis il faut partir. Ce qu'on redoute finit par arriver. Ils s'installent dans l'avion de Royal Air Maroc, elle au hublot, lui au milieu, chacun muni de livres et de journaux pour ne pas être obligé de parler. Mara ne parvient pas à se concentrer, elle a déjà fait ce voyage plusieurs fois, quand elle ne vivait pas encore à Tanger et qu'ils commençaient à y songer. Même avion, même place, au hublot, même repas informe et sans goût, même « seidati oua seidata », les deux heures quarante de vol annoncées, une température lourde et une heure de plus. Hicham aussi connaît ce vol par cœur. Mais il voyageait d'habitude seul et pour des raisons professionnelles. Jamais il ne s'est retrouvé aux côtés d'une femme qu'il aime dans un avion en vol vers son pays, et chacun de ces ingrédients est une première fois, l'avion, la femme, son pays, ainsi réunis dans ce voyage pourtant dangereux qui pourrait être le dernier. Chacun est renvoyé à une situation singulière parce que répétée et pourtant différente. Au bout de une heure, Hicham décide de rompre la glace et de ne pas laisser les souvenirs de Mara l'envahir. Son bras entoure son épaule et il lui chuchote à l'oreille des mots simples qu'elle-même aurait été incapable de prononcer : « Je suis heureux de partir avec toi, Mara. » Ils n'appellent pas de réponse, il les lui donne. Mara se contracte avant de se détendre, des mouvements contraires la déchirent. Elle finit par céder sa main qu'il garde à l'intérieur de la sienne. La chaleur envahit Mara qui se laisse porter par les bruits de moteur, elle somnole sans penser à rien, c'est bien la seule concession qu'elle parvienne à faire, accédant même à un début de désir vaporeux qu'irradie le soleil qui tape à travers le hublot. Lorsqu'ils arrivent à proximité, elle s'éveille tout à fait, et regarde la mer découper les premières côtes. Son cœur s'emballe, une sueur fine perle sur sa poitrine, une envie de pleurer aussi soudaine que brève qu'elle parvient à maîtriser. Elle tente de s'éveiller tout à fait pour échapper à ce laisser-aller, mais l'engourdissement est profond. Ses nerfs sont à vif. Son visage est encadré par le hublot, elle tourne complètement la tête à Hicham qui ne voit qu'une masse de cheveux noirs, découvrant au rythme irrégulier de sa respiration des taches de peau. Une veine qui bat sur son cou lui raconte ce qui se passe. Et il n'intervient pas. Quand l'avion se pose, il regarde à son tour ce pays qui est le sien. Il reconnaît l'air à sa lourdeur et sa couleur particulière qui teinte la transparence. C'est chez lui, et plus tout à fait. Hicham aime cette terre trop vite aride quand elle quitte l'Océan, mais il aime aussi cette femme qui ne peut plus y vivre.

La file des passagers gonfle au contrôle de police. Mara craint d'y faire des rencontres désagréables. Ce sont toujours les mêmes Français qui prennent cette ligne, mais à cette époque encore précoce, ils ne sont pas là. Quelques têtes lui disent bien quelque chose, mais elle se garde de les observer, nerveuse, serrée contre Hicham, retrouvant les odeurs et les voix bien connues, avant même de passer cette frontière symbolique qui la sépare de la zone franche de Tanger. Ils patientent encore pour récupérer leurs bagages et s'engouffrent vers la sortie, à travers la foule des familles venues attendre les arrivants. Gandouras et djellabas, bébés qui hurlent dans les bras, cabas lourds au bout de mains rugueuses, thés à la menthe et cafés au lait qui se mêlent aux effluves de transpiration. Dehors, Hicham hèle un taxi, une vieille Mercedes blanche au moteur trafiqué qui sent l'huile et l'essence. Tanger, Hôtel InterContinental. Le chauffeur discute avec Hicham dans cette langue gutturale qui la prend au corps en même temps que ces routes encombrées et bordées d'eucalyptus, traversées par des ânes et des écoliers. Aux abords de la ville, la circulation se fait plus dense, les klaxons commencent leur concert, la pollution est fouettée par des vents iodés, les faubourgs sont laids, comme ceux de toutes les villes, immeubles en construction dont les premiers étages sont déjà habités et qui ne seront sans doute jamais terminés, marchés et échoppes sur les bords de route, étals de pastèques et melons, figues de Barbarie vendues un dirham par des enfants de dix ans, le visage hâlé et les pieds chaussés de baskets de contrebande. Les minarets crachent par les haut-parleurs des voix enregistrées de muezzins, des policiers tentent de rationaliser le trafic en le rendant impraticable. La conversation entre les deux hommes ne tarit pas, Mara en comprend les rudiments, mais elle a déjà oublié sa grammaire, même si elle peut lire les panneaux qui encadrent les avenues. La voiture s'engage dans des rues plus étroites, et remonte une colline. À un croisement on peut apercevoir la mer, le port, vite caché par des immeubles des années 1930, mais en arrivant à l'hôtel la même vue se dévoile, dégagée, sur la Méditerranée et l'ensemble de la ville en contrebas. Sa main s'accroche à la poignée de la portière. Ce panorama a fait remonter au creux de son ventre une aigreur qui lui donne la nausée.

La voiture s'arrête. Mara reste assise quelques minutes pour chasser ce malaise tandis que Hicham récupère les bagages à l'arrière. Il lui ouvre la porte, elle en descend, le corps douloureux et le visage pâle, pour respirer le parfum des bougainvilliers qui n'atténue pas son trouble. Incapable de parler, elle suit Hicham dans l'hôtel, puis dans la chambre dont la fenêtre donne sur le même paysage. Elle ouvre grands les volets, et court aux toilettes pour vomir. Hicham derrière la porte lui demande si tout va bien. « C'est juste la voiture, ça m'a donné mal au cœur », répond Mara qui s'asperge le visage et les cheveux d'eau du robinet. Elle s'assoit quelques instants sur la cuvette des toilettes et se raisonne. Hicham tape à nouveau à la porte. « J'arrive », dit-elle en se levant péniblement. Quand elle sort, il la prend doucement dans ses bras et la porte sur le lit. Une brise pénètre dans la chambre, atténuant la lourdeur de l'air. Il lui caresse le front en lui chuchotant « Ça va aller ». Mara ferme les yeux et s'abandonne à la douceur de sa main sur son visage. Qui ne s'arrête pas là. Il la déshabille doucement, sans qu'elle ait à bouger, embrasse sa peau, son ventre, ses cuisses, et se tient sur elle, la regardant tandis qu'elle garde les yeux fermés, concentré sur un plaisir qui pourrait la sortir de ses impressions douloureuses. Les mouvements du corps s'accélèrent, de doux, ils deviennent violents, Hicham veut posséder cette femme sur sa terre avant même qu'elle ne soit séduite par les forces obscures de quelques djinns auxquels il sait qu'elle est sensible. Il redevient un simple mâle qui marque un territoire trop entamé, pour que la victoire soit sûre. Le corps de Mara brûle, elle a mal sous les assauts sans tendresse de Hicham, et même si ce mal est plus efficace pour chasser les démons, elle lui en veut, mais sa violence à lui a raison de la sienne, plus souterraine. Elle est obligée d'ouvrir les yeux pour croiser ceux de Hicham, durs et fixes sur son visage. Cette expression lui fait peur, elle veut le repousser mais alors il enserre ses poignets et la tient immobile. Son plaisir solitaire s'éteint, elle rejette la possibilité de lui concéder quoi que ce soit, et c'est pourtant quand ses bras sont meurtris au point de la faire crier de douleur qu'elle est prise dans les soubresauts d'une autre sensation, un orgasme violent qui la prend malgré elle et la laisse exténuée. Quand Hicham se redresse, il s'assoit à ses côtés sans plus la regarder.

« Je ne t'ai pas amenée là pour un pèlerinage, je te préviens. » Il se lève et va prendre une douche froide qui laisse des traînées rouges sur son torse et son dos. Quand il ressort Mara est toujours dans la même position, les yeux dans le vague, et le corps brûlant. Hicham la contemple, attendant peut-être une réponse. Elle se détourne et remonte la couverture sur elle.

« OK, je te retrouve dans une heure, habille-toi, on descendra dîner à l'hôtel. » Il sort de la chambre, encore furieux, inquiet de la laisser seule, mais que pourrait-elle faire, s'échapper ? Pour aller où ? Hicham choisit de rester au bar et de préparer la journée du lendemain, jetant un coup d'œil régulier sur les ascenseurs et l'escalier. Il donne ses rendez-vous à l'hôtel ; pour le reste, il sera bien obligé de se rendre au bureau. Enfin il téléphone à sa femme pour parler à ses enfants, demande des nouvelles de toute la famille et lui promet de lui envoyer de l'argent, peut-être de passer les voir un jour prochain. Les pleurs de sa fille derrière la voix sèche de sa femme le torturent, aussi met-il fin rapidement à la conversation et commande-t-il un double whisky.

Quand Mara descend, elle a fait des efforts de tenue. Une robe cintrée descend juste au-dessous des genoux, des talons hauts élancent sa silhouette, elle a remonté ses cheveux et mis des boucles d'oreilles. Quand Hicham la voit descendre les escaliers il ne peut s'empêcher d'être ébloui, sa peine s'efface en un clin d'œil, il désire cette femme, avec une violence qui justifie son choix. Les regards des autres hommes sont tournés vers elle, serveurs et clients, ceux des clientes aussi sans aménité. Quand elle l'aperçoit et qu'elle lui fait un signe de la main, Hicham éprouve une bouffée de fierté qui balaye la culpabilité qui le minait depuis le coup de téléphone. Elle s'avance vers lui, s'assoit au bar, commande un Bellini à la pêche et allume une cigarette. Ses poignets portent encore la marque des doigts de Hicham, il les caresse, un sourire imperceptible sauf pour elle qui les lui retire. « Tu as commencé à t'acclimater à notre beau pays ? demande-t-il, ironique. — Et à ses hommes qui se transforment dès qu'ils rentrent chez eux ? — Ou qui se montrent tels qu'ils sont. — Est-ce que je vais rester cloîtrée dans la chambre d'hôtel ou tu me donnes une autorisation de sortie ? — Je vais essayer de faire preuve de clémence. — Faudra-t-il que je te baise les pieds pour te remercier ? — Sans doute, et même plus. » Mara hoche la tête, et ose enfin regarder l'assemblée derrière eux. Personne qu'elle connaisse. « J'ai emporté un maillot de bain, tu connais des plages par ici ? — Il y a une piscine à l'hôtel. Si tu veux faire du tourisme, je peux te trouver un guide. — J'oubliais que je n'étais qu'une épouse pendant une semaine. — Ce n'est pas sûr pour une femme de se promener seule dans certains quartiers... — Vraiment ? — En particulier vers la casbah. — Je l'ai entendu dire, mais tu sais comme j'aime le danger. » Hicham l'observe qui le met au défi. « Je n'aimerais vraiment pas qu'on vienne me raconter que tu as traîné par là. — Tu as des espions dans la ville ? — Ça vaut mieux, ça peut même sauver des vies. »

Mara serre les lèvres. Elle devine qu'il fait référence à Khadija, elle ignorait qu'elle travaillait encore là et que Hicham avait gardé le contact avec elle. Mara se rend compte qu'elle ignore beaucoup de choses que Hicham sait, ou qu'elle suppose qu'il sait. À sa façon il la tient, aussi accepte-t-elle de s'avouer vaincue pour le moment, et annonce-t-elle une trêve. « Si nous allions dîner pour nous changer les idées ? — Je suis ravi que tu le proposes. » Ils se lèvent en même temps, Mara le précède vers la salle à manger, un garçon les place à une table face à la baie vitrée. Hicham commande une bouteille de vin, Mara lit la carte attentivement, goûtant en imagination tous les plats proposés. Elle commande un couscous à l'agneau, sachant qu'elle va y retrouver le condensé des saveurs oubliées.

Quand le serveur repart, Hicham pose sa main sur la sienne et approche son visage du sien. « J'ai calculé les risques et je me suis dit qu'il était préférable que tu m'accompagnes, mais si j'ai l'impression que je me suis trompé, on repart aussitôt à Paris. Je ne te perdrai pas, Mara, à la première épreuve. » Mara ne répond rien mais enregistre. La fermeté de Hicham la rassure, elle ne sait pas encore si elle lui obéira en tous points, mais ce qu'elle sait, c'est qu'elle a envie d'être la femme de cet homme, même traîtresse, même transgressive. Le contact de sa paume sur le dos de sa main, c'est cela qu'elle veut, ce point fixe et brûlant qui la cloue quelque part à un périmètre étroit autour de lui. Et qui lui dessine la limite qu'elle décidera peut-être de franchir.

Ils dînent en tâchant de parler d'autre chose, mais une tension nouvelle les encercle, tension qui donne à leur nuit une couleur différente, intense, passionnée.

Au matin, Mara met quelque temps à retrouver des repères, mais en ouvrant les volets, les images de la veille lui reviennent en plein cœur. Elle se tourne vers Hicham qui dort toujours. La nuit a été courte, c'est le bruit de la ville qui l'a réveillée, un chantier pas loin et le cri des hommes. Elle profite de ce moment de fausse solitude pour essayer de dominer la situation. Hicham doit se lever bientôt, des tâches l'attendent, il a mis son réveil qui devrait sonner d'ici quelques minutes. Mara s'assoit sur le lit et l'observe. Quelque chose a changé. Cet homme qui était venu pour la secourir est devenu l'homme qu'elle commence à aimer, elle avait de la tendresse et de la reconnaissance pour lui, elle se découvre un lien inquiet et douloureux, ce qui pour elle est le premier indice du sentiment amoureux. Pourtant, c'est ici, dans ce lieu où tout a commencé, qu'elle prend conscience de ce qui l'attache. Au moment même où elle aurait pu le fuir, elle est contrainte de s'avouer empêchée, quoique tentée. Tentée parce que empêchée. La figure de Manuel en reprenant de l'ampleur s'est vue concurrencée par cette autre, bien présente, qui jusque sur ce terrain miné a pris une place qui n'existait qu'en creux, et qui se révèle charnellement incontournable. Mara a peur, mais dans cette peur, le désir a retrouvé le chemin qui fait vibrer ses sens.

Le réveil sonne. Elle observe Hicham sortir de sa nuit, le visage loin, mais le corps tendu, il se redresse soudain et la voit, assise sur le lit, un sourire vague aux lèvres. Hicham se sent confus d'avoir été ainsi observé pendant son sommeil, et reprend pied en se levant et en se dirigeant immédiatement vers la douche pour qu'elle le lave des rêves troubles qui l'ont agité. Lorsqu'il ressort, il lui adresse enfin la parole : « Tu veux m'accompagner ou tu préfères rester ? — Où vas-tu ? — Je dois aller voir plusieurs représentants, passer à l'entrepôt et puis... » Hicham hésite : « Au bureau. » Mara secoue la tête. « Non. Je ne me sens pas la force d'y aller. » Et c'est vrai, ce lieu que Manuel lui avait fait visiter quand il l'avait trouvé, pour lui demander son avis, puis qu'elle avait aidé à aménager, y accrochant même quelques toiles, parce que Manuel les voulait à ses côtés quand il travaillait, ce lieu où elle a rencontré Hicham pour la première fois, mais une fois dont elle se souvient à peine, elle ne le regardait pas à l'époque, ignorait même qu'il deviendrait leur ami avant de devenir bien autre chose, elle n'a pas envie de le revoir, accompagnant Hicham cette fois, retrouvant ces toiles échappées à la catastrophe, et toutes les traces de Manuel, stylos, signatures, photographies peut-être, et qui sait, quelques vêtements, un paquet de cigarettes de sa marque préférée, des mégots que sa bouche a touchés, un verre sale, et même son odeur. Non, cela elle ne le peut pas. Et même si elle ne s'y rendait plus depuis bien longtemps, ce bureau est la marque de leur première période à Tanger, une période heureuse, où tout était en train de se construire. Hicham ne dit rien. Il sait que personne n'a rangé le bureau de Manuel, les verres ont dû être lavés et les cendriers vidés, mais les papiers, et quelques affaires personnelles doivent encore traîner quelque part.

Et puis il y a autre chose. La possibilité d'un courrier compromettant, des nouvelles de Manuel sous une forme ou une autre. Hicham ne lui avait-il pas fait promettre de donner signe de vie ? Où ailleurs qu'au bureau aurait-il pu laisser des traces ? Hicham suppose que Manuel n'est jamais repassé, la secrétaire l'aurait prévenu, mais d'autres indices peuvent l'attendre, et ces indices, il préfère que Mara ne les découvre pas. Aussi se voit-il obligé de ne pas insister, bien qu'il craigne de la laisser à elle-même dans cette ville qu'elle connaît par cœur. En l'emmenant ici, il a pris ce risque, qu'il accepte maintenant, tout en lui fixant un rendez-vous pour déjeuner, puis à la fin de l'après-midi, balisant la journée afin de la tenir, même de loin. Il fixe l'heure et le point de rencontre dans un hôtel international, évitant les petits tripots où elle a forcément des souvenirs, les restaurants sont peu nombreux à Tanger, elle les connaît tous, sauf peut-être ceux qui viennent d'ouvrir, il se promet d'en faire la recherche. Il s'habille en silence, tendu, cette tension est si palpable que Mara s'approche de lui et l'enlace, « Ne t'inquiète pas, tout ira bien », mais ces mots n'ont pas le don de le rassurer même s'il lui sait gré d'avoir fait ce pas, il lui pose un baiser sur le front, tous deux sont encore épuisés de la veille, ils ont trop peu dormi, mais cette nuit recelait quelque chose qui malgré eux les unit plus qu'une promesse. Quand Hicham part, Mara se recouche, les fenêtres grandes ouvertes, et bercée par cette musique intime qu'est le brouhaha de Tanger, elle se caresse doucement, et c'est l'odeur de Hicham qui accompagne le mouvement.

Mara s'est assoupie. Quand elle se réveille une seconde fois, il fait déjà chaud dans la chambre, son corps est moite, le voile léger de la fenêtre est gonflé par le vent, une myriade de sensations déjà vécues se battent sous sa peau, pour lui rappeler une autre chambre où les réveils étaient semblables. Elle s'y laisse aller quelques minutes mais, dans le tourbillon qui l'attire dangereusement, se lève d'un bond et se douche abondamment à l'eau froide pour chasser ce qui risquerait bien de l'envahir et à quoi elle a promis de renoncer. Elle quitte vite la chambre pour le bar, commande un café serré imbuvable, et sort dans la ville, sans sac, sans papiers, sans rien sur elle qui pût l'identifier.

Ses pas la dirigent vers le port. Il suffit de suivre les rues qui descendent, seule dans la ville, elle a l'impression qu'elle pourrait s'y perdre, ne jamais réapparaître, comme peut-être Manuel, qui erre quelque part, il est si facile de disparaître ici sans partir. Elle avait lu, il y a longtemps, un article d'un journal français qui racontait l'exil d'un opposant marocain au pouvoir, qui pour fuir les recherches s'était noyé dans la jungle d'un bidonville proche de Casablanca. Là-bas, aucune piste ne peut aboutir, on perd son nom, sa raison sociale, son visage. Manuel aurait pu faire de même ici. Ce quartier de Tanger, comme d'autres, n'est jamais visité par les policiers. Il cache pourtant les clandestins prêts au départ, à peine dissimulés. Mara les croise, ils observent l'horizon qui semble si proche, cette côte espagnole que par beau jour on peut apercevoir avec netteté, et que sépare d'ici une mer cimetière, où les courants sont aussi meurtriers que les bateaux des gardes-frontières. Dans leurs yeux, une détermination désespérée, ce pari sur leur vie qu'ils réussiront à franchir ces quatorze kilomètres, que ça vaut le coup d'y laisser leur paye de cinq ans, d'abandonner sans doute pour toujours leur famille, pour laquelle ils décident de partir, rêvant des métiers et des salaires européens – quand ils finiront pour la plupart dans quelque prison avant de revenir à la case départ, certes par charter cette fois-ci, et sur un siège au lieu de la soute gelée. Mara les dépasse, ils ne la voient pas, obsédés par la distance qu'ils pensent pouvoir réduire à force de la contempler. Il y a dans leur corps une violence brute : quand on est prêt à mourir, que peut-on craindre ? D'autres vendent des objets à la sauvette pour terminer de payer des passeurs véreux qui peut-être ne les amèneront jamais à bon port, préférant les laisser un peu plus loin, sur une côte marocaine, empochant le prix d'une traversée qui n'est pas même envisagée.

Les rues sont plus étroites, sombres, elles descendent vers le quartier de la pègre et des prostituées. Mara n'éprouve pas de peur, elle connaît cependant le danger de ces lieux, personne ne sera là pour la sauver si elle crie au secours. Ce sont ces rues que Manuel fréquentait quand il se promenait avant de rentrer. Il connaissait les dealers et les drogués, les enfants qui à midi dorment sur les marches ou la plage, enivrés de colle sniffée toute la nuit. Qu'allait-il chercher là-bas ? Qu'est-ce qui l'attirait dans ces bas-fonds ? Manuel n'en parlait pas, c'était pour eux deux un fait acquis qui n'avait pas besoin d'être interrogé. Chacun avait besoin de côtoyer sa part obscure. Pour lui, c'était ce milieu, dont il ne pouvait jurer qu'il n'était pas issu, il se sentait là chez lui, avec des êtres aussi déracinés qui jamais ne lui demandaient d'où il venait, qui était sa famille, il était entendu dans ces quartiers qu'on venait de nulle part et que nulle part on allait. Parfois Mara l'accompagnait, mais elle avait fini par le laisser y aller seul. Elle préférait rester cloîtrée dans sa maison, à peindre des toiles abstraites puis à les déchirer. Pourtant elle retrouve des rues qu'elle se souvient d'avoir arpentées. On la regarde parfois, mais avec des yeux si vagues qu'elle y devine la présence de narcotiques puissants, d'héroïne, en abondance ici et moins chers que d'autres drogues. Le crack vient aussi de faire son entrée, elle évite ceux qui en fument, ils sont plus violents.

Soudain l'une des ruelles sombres débouche sur un puits de lumière. Elle est arrivée au port, près de la plage de la ville, où la pollution de l'eau n'empêche pas les familles de venir se baigner. Les hôtels de la côte sont décrépis et dégagent des odeurs suspectes, certaines femmes font sécher du linge au balcon, dépourvues de toute pudeur, ce qui est rare dans ce pays, ce sont les prostituées bon marché de la ville, les autres, plus belles et plus jeunes, hantent les boîtes de nuit à la recherche du client occidental, se mêlant à la foule des danseurs. Dans une boîte, s'il y a de jolies filles, on peut être quasiment sûr que ce sont des prostituées. Mara longe les immeubles, jadis imposants, on l'invective, on l'appelle « ma gazelle », on doute un instant de son origine marocaine, mais sa démarche finit par convaincre qu'elle n'est pas d'ici. Pourtant elle ne se laisse pas ennuyer, quelques mots en arabe suffisent à calmer les hommes qui harcèlent pour passer le temps, sans penser à mal, sauf si l'occasion se présentait vraiment.

Mara se dirige vers la plage, ôte ses chaussures, et marche jusqu'à la mer. Quelques enfants s'ébrouent dans l'eau, gardés de loin par des mères voilées. Des adolescents jouent au foot, avec des buts de fortune. En se retournant, elle peut contempler la ville s'élever sur les collines, et plus loin la casbah où se détache une terrasse qu'elle connaît bien, trop loin pour en voir les détails, mais devinée par sa position. Elle tourne la tête pour ne pas se laisser happer par cette vue. À gauche, le port est en pleine activité, des voitures sortent et entrent, des navires déchargent des cargaisons d'hommes et de femmes, de camions et de motos dans un halo de pots d'échappement. Une brise apaisante et marine berce la jeune femme silencieuse, elle retrouve tout, inchangé, mais elle n'est plus la même, et cette épaisseur de temps qui se superpose à ces paysages identiques la scinde en deux personnes qu'un fil malgré tout continue de relier. Les souvenirs sont trop frais, la blessure ouverte quoique saine, la gangrène a été stoppée, mais il demeure bien une partie de chair sanguinolente et à vif, qui ne faisait pas mal quand elle n'y pensait pas, et qui pourtant irradiait une forme de douleur inconsciente. Maintenant qu'elle a ôté les pansements, la douleur est plus vive.

L'heure avance, Mara ne s'en est pas rendu compte. Elle doit retrouver Hicham dans les hauteurs. Et il vaudrait mieux éviter de le faire attendre, ce premier jour. Elle se dépêche de remonter les ruelles, et arrive en sueur, trois quarts d'heure plus tard, à l'adresse qu'il lui a donnée. Mara connaît heureusement bien la ville qui manque de logique pour celui qui ne l'a pas pratiquée. Elle est tout de même étonnée d'avoir réussi à trouver son chemin avec une telle aisance, c'est que le corps parfois se souvient mieux que l'esprit. Hicham est déjà là, assis à une table proche d'une fenêtre qui donne sur la baie. Il fume nerveusement, mais son visage se détend dès qu'il l'aperçoit. Elle n'a que dix minutes de retard facilement explicables, dans ce pays, les horaires sont relatifs, la circulation empêche toute précision, et le rythme du Sud, malgré l'agitation apparente, est plus prégnant que les heures mathématiques d'un cadran de montre. Pourtant il existe un pacte tacite entre eux, qui consiste à respecter les rendez-vous à la minute près, les moindres secondes de retard se transformant aussitôt en angoisses et fantasmes légitimes.

Mara s'assoit en face de lui, essoufflée. « Tu arrives d'où comme ça ? — De la plage près du port. — Pourquoi tu n'as pas pris un taxi ? — J'ai oublié d'emporter de l'argent, mais tu vois, j'ai réussi à trouver. » Rien ne garantit que ce qu'elle dit est vrai. Il décide de la croire, ne cédant pas aux questions qui lui brûlent les lèvres. Mara a l'air calme et serein, ce qui apaise à son tour Hicham, toute la matinée rongé par cette inquiétude de la savoir livrée à elle-même dans une ville où les tentations sont nombreuses – les tentations du souvenir, les plus dangereuses pour lui.

De son côté, il a retrouvé Aïcha, sa secrétaire, au salon de thé Vienna, où les femmes traditionnelles peuvent manger des pâtisseries dans un décor baroque sans se sentir mal à l'aise, et y a fait une série d'entretiens pour embaucher un associé. Entretiens préparés par cette femme d'un certain âge qui depuis la création de l'agence travaille avec eux. Hicham était ému de la voir, même s'il l'avait régulièrement au téléphone. Il a cependant repoussé à l'après-midi la visite des bureaux, ce que Aïcha a accepté sans poser de questions. Signature de nombreux papiers, discussion sur la marche à venir, Aïcha a noté sur son calepin les instructions à suivre. Les prétendants au poste étaient ce matin au nombre de trois : un diplômé d'une école de commerce, un littéraire revenant de France où il a fait ses études dans un lycée prestigieux avant de rentrer dans son pays pour y apporter ses compétences, et un commercial, plus âgé, plus expérimenté aussi, mais à la vue moins longue. Hicham remercie Aïcha de ces trouvailles, les trois hommes ont des profils intéressants, il lui faut maintenant s'assurer qu'il s'entendra bien avec l'un d'eux, et qu'il pourra mettre en lui une confiance suffisante pour qu'il gère le bureau à Tanger, tandis que lui s'occupera de la partie française.

Plutôt satisfait de cette matinée, Hicham n'en a pas moins scruté le carrefour, espérant un visage connu. C'est celui de Mara qu'il guettait, mais l'autre aurait pu tout aussi bien surgir au cœur de la foule. C'était après tout l'un de leurs cafés, celui où Manuel et lui prenaient parfois leur petit déjeuner et invitaient Aïcha. Hicham pouvait sentir sa présence, les murs et les rues en étaient encore imprégnés, un vide était suspendu là, qui n'attendait que d'être rempli. Mais Manuel n'est pas apparu.

Aussi lorsque les entretiens s'achevèrent fut-il

soulagé de se rendre à l'hôtel où il avait donné rendez-vous à Mara. Mais une autre attente avait alors commencé, qui n'avait duré que quelques minutes ; c'étaient dix minutes de trop. Lorsque Hicham a vu Mara entrer dans la salle du restaurant, tout son corps s'est relâché, un immense soulagement, plus grand qu'il n'aurait pu le souhaiter, s'est emparé de lui, mais à quoi s'était-il attendu ? À ce qu'elle disparaisse. Hicham se rend compte des soupçons qui toute la matinée l'ont obsédé, il tente de se ressaisir, regrettant cette confiance évanouie à peine la frontière passée. Il prend conscience dans le même temps qu'il lui serait insurmontable de la perdre maintenant, et que l'ennemi n'a jamais été aussi proche quoique peut-être aussi lointain. C'est donc bien ici qu'il doit s'assurer que cette femme est à lui. L'épreuve est douloureuse mais nécessaire, sans quoi il se serait sans doute senti exilé de sa propre ville, par la seule crainte que désormais elle lui aurait inspirée. Le séjour à Tanger s'annonçait épuisant.

Il faut que Mara en France se souvienne que Tanger appartient à Hicham tout autant qu'à Manuel, et qu'elle a partagé cette ville avec eux, qu'elle aurait pu y mourir mais qu'elle a réussi à y revenir, vivante d'une autre vie, ressuscitée.

Heureux et furieux à la fois de sa propre anxiété, Hicham raconte son début de journée, détaillant chacune des impressions que lui ont faites les prétendants au poste – une discussion normale entre un mari et une femme, qui convient à Mara. Elle sait pourtant qu'il lui faudra rendre compte au moins succinctement de ces heures passées seule, aussi s'empresse-t-elle de rassurer Hicham en termes laconiques, une petite promenade jusqu'à la mer pour tremper ses pieds après une grasse matinée, pas de quoi l'inquiéter, vraiment. Ils n'en sont qu'à leur premier jour, six doivent suivre, dont cinq où elle sera encore seule, du moins hors des repas, alors autant ne pas dépasser les limites implicitement fixées pour donner à ce séjour une possibilité de paix. Ils se quittent dans l'entrée. Hicham hèle un taxi pour Mara et lui laisse de l'argent, donnant l'adresse de l'hôtel où elle a souhaité se reposer un peu et retrouver les livres emportés.

Il est temps pour Hicham de se rendre au bureau. Aussi, pour différer encore un peu les retrouvailles avec ces locaux trop chargés d'une mémoire encore vive, décide-t-il de marcher. Lui aussi a besoin de retrouver sa ville, et pas seulement de la traverser en homme d'affaires. D'en sentir le bitume, les parfums, d'en entendre les bruits, qui depuis la fin de son adolescence l'ont bercé. Il a oublié que c'était chez lui, phagocyté par son histoire à elle, ne pouvant faire abstraction de sa présence quelque part, de son passé imprégnant la ville, et d'un spectacle après lequel il ne fut plus le même, qui teinta d'une tonalité diaphane la cité qui avait représenté la couleur, après le sable obnibulant de son village d'enfance. Hicham ne s'est pas encore autorisé à goûter pour lui seul les retrouvailles avec Tanger. C'est ce qu'il essaye de faire, Mara retourne à l'hôtel, et les collines sont à lui. Combien il a laissé de côté les souvenirs d'avant, celui qu'il était jeune homme, encore réservé parmi les autres étudiants, sérieux et studieux, bien décidé à gravir les échelons sociaux, mû par une ambition profonde mais ambiguë qui tenait autant au désir de rompre avec sa famille que d'y revenir glorieux. Il offre à cette personne qu'il n'est plus quelques kilomètres d'attention nostalgique : au fond, il a réussi, son trajet a juste été dévié par une rencontre inattendue, il n'avait pas prévu qu'une femme puisse être à l'origine d'un changement de parcours. L'amour ne faisait pas partie de cette ambition, ni même de son projet de vie sinon comme accessoire commode et agréable. Et puis il a pris toute la place, celle de son métier et de son ascension sociale, celle de ses aspirations spirituelles, littéraires, critiques, celle même de construire une famille, qui certes était annexe, mais faisait partie du tout. Pour autant il n'en veut pas à Mara, au contraire, ce détournement brutal a été pour lui salutaire, il n'a pas renoncé à lui-même, mais une dimension inconnue, de ses parents, de ses frères et sœurs, de la petite société de son village, et même de ses amis, lui a été révélée, le révélant à lui-même. Il lui a fait traverser les frontières, s'adapter à d'autres vies possibles, avant même de les vivre, s'ouvrir à un avenir moins tracé, plus risqué, mais plus excitant. Hicham s'est transformé à tel point que tout en appréciant cette promenade dans les rues de Tanger il lui semble qu'il est devenu étranger, que quelque chose d'infime le sépare de lui-même et d'avant, qu'il ne coïncide pas réellement avec cet homme qui marche et qui en tout point ressemble à un Marocain de Tanger. Il a trahi non seulement sa classe sociale mais encore son pays, et s'il éprouve une forme de liberté dévorante en descendant dans la brise la colline, il ne peut combattre la vieille culpabilité, le sentiment d'une double trahison. Augmentée par l'abandon de sa femme et de ses enfants, que la lourde pension qu'il verse ne pourra jamais compenser.

Hicham ferme les yeux. Il n'aurait jamais fait cela s'il ne l'avait pas rencontrée, elle. La loyauté est une valeur qui lui tient à cœur. Mais quelque chose de plus important s'est mis en travers de son chemin.

Tandis qu'il se rapproche du centre, son appréhension croît. Retrouver ces bureaux quittés presque un an auparavant lui promet un rappel du passé qu'il a trop longtemps repoussé. C'est là que tout a commencé, là qu'il a rencontré Manuel et qu'il a créé avec lui cette entreprise chaque jour plus florissante qui fut une nouvelle chance. Le premier argent gagné, le premier statut conquis, les premiers Européens réellement approchés, et la première femme aimée. Beaucoup de premières fois ici concentrées.

Hicham ignore si Manuel est revenu, s'il est venu chercher des documents, clore des contrats. Aïcha ne lui en a rien dit, mais l'autre a peut-être demandé le silence. Quoi qu'il en soit, il a été décidé entre eux, un peu rapidement, que Manuel confiait à Hicham le soin de s'occuper intégralement de l'agence. Hicham a insisté pour lui céder des parts, et une sorte de rente mensuelle. Manuel n'a rien voulu savoir. Pourtant, Hicham fait virer un pourcentage, chaque mois, des affaires conclues sur un compte d'épargne pour le moment bloqué parce que sans destinataire. Il ne sait si cette somme sera utile un jour, ou seulement utilisée, mais ce fut son dernier geste de loyauté envers celui qui lui avait offert de devenir quelqu'un d'autre.

À mesure qu'il approche, des souvenirs anciens remontent, le mystère que Manuel traînait partout à force d'un bavardage silencieux où jamais rien d'important ne filtrait. Hicham avait fini par l'apprivoiser, Manuel peu à peu avait lâché des bribes difficiles à placer dans le puzzle où manquaient trop de pièces. Ces pièces qui soudain dans une déflagration s'étaient agencées pour donner un tableau dont Hicham comprit qu'il valait mieux le tenir secret. La perspective inattendue et plus complète avait donné à Hicham l'occasion de revisiter les comportements de Manuel. Pourtant il n'avait pas pris le temps de le faire, trop occupé à la conquête de sa femme, de sa sœur – indifféremment. S'il l'avait fait, il aurait sans doute mesuré la portée de sa solitude et de la force requise pour protéger son secret.

Manuel était de lui-même sorti du jeu. C'est désormais à Hicham de supporter le poids dont Manuel s'est délesté. N'est-ce pas là toute la logique d'un crime ? Le témoin devient complice, et coupable.

Arrivé devant l'immeuble, il appelle Aïcha d'une cabine pour la prévenir et fume une cigarette afin de se donner le courage de monter. L'ascenseur est en panne, comme la plupart du temps dans ces immeubles des années 1930 aux étages élevés et aux escaliers étroits, que des poussettes et des valises doivent gravir. Les bureaux se trouvent au troisième, la cage d'escalier est sombre, les murs recouverts d'un marbre bleu-noir, délavé, renvoient l'obscurité d'une pénombre fraîche, les marches sont raides ; au premier, la plaque d'un médecin généraliste chez qui une femme est en train de sonner, au deuxième, une agence de tourisme en face d'appartements. Hicham arrive essoufflé au troisième, sur le pas de la porte l'attend Aïcha, avec une solennité que Hicham aurait préféré éviter mais qui s'impose comme la première véritable étape d'un deuil. Elle lui souhaite la bienvenue comme s'il rentrait à la maison après des années d'absence. Hicham hoche la tête et entre dans ses bureaux. À l'abord, rien n'a changé, un couloir identique dessert les trois pièces principales : le bureau de Manuel, celui de Hicham et enfin celui de Aïcha et des stagiaires ou assistants de passage. Sur les étagères, des échantillons de tissus en pagaille et des archives minutieusement rangées. Le sol est en carreaux de ciment gris aux motifs alambiqués.

Hicham se dirige vers sa pièce et peut constater que tout y est en ordre, le ménage y est fait régulièrement, ses stylos l'attendent à côté d'un parapheur disposé là par Aïcha. Des livres de comptes, un ordinateur relativement récent, une imprimante, et sur les murs, rien. Aucune photo, ni carte postale, ni affiche, le bureau est nu à l'exception d'un miroir acheté aux puces de Tanger. D'un coup d'œil, Hicham peut faire le tour de ses affaires, rien n'a bougé, sinon qu'elles sont un peu mieux rangées que lorsqu'il est parti en catastrophe. Il dépose sur son bureau en verre sa serviette et la veste qui lui a tenu chaud toute la matinée mais qu'il a jugé utile de porter pour donner à ses entretiens une tonalité officielle. Aïcha, qui est restée derrière lui, partageant son appréhension, pour des motifs différents, est en attente d'une remarque. Hicham s'en aperçoit et la remercie de l'entretien parfait des lieux. Comme elle ne part pas, il décide de la suivre dans la troisième pièce qui contrairement à la précédente témoigne d'une activité, un léger désordre, des bruits de bureau, un fax qui ronronne, le téléphone qui clignote, les fleurs fraîches sur la table. Hicham respire à nouveau, les fenêtres sont ouvertes et les bruits de circulation pénètrent de plein fouet. Aïcha lui propose un café, qu'il accepte volontiers. Et il s'assoit quelques minutes sur une chaise, conversant gentiment avec sa fidèle secrétaire. Le nom de Manuel n'est pas encore prononcé. Elle lui demande s'il a réfléchi aux candidatures. Il ne sait pas encore, en a éliminé une, mais les deux autres ont un profil intéressant, il doit de toute façon rencontrer de nouvelles personnes l'après-midi et se fera un plaisir de demander à Aïcha ses impressions. Il les sait sûres, sans compter que c'est elle qui collaborera avec le nouveau venu quotidiennement. Une fois qu'il a repris ses forces, il se lève et se dirige vers le bureau de Manuel. Aïcha cette fois ne le suit pas, elle a compris qu'il fallait le laisser seul. Elle repart s'affairer, à ses tiroirs et ses dossiers.

Hicham ouvre la porte sur la plus vaste pièce aux persiennes closes, orientée au sud et frappée toute la journée par un soleil imperturbable. Des rayons filtrent à travers les lattes, et strient le sol. Le bureau est tel que Hicham l'a laissé avant de partir. Même son odeur a gardé quelque chose comme des roses fanées se souviennent d'un parfum ancien. Au mur, des tableaux ont été décrochés. De leur présence, il reste des marques jaunes sur le mur blanc. Hicham est incapable de remettre des images sur ces rectangles immaculés. Il ne se souvient pas qu'il y avait là des tableaux ni d'en avoir jamais vu de Mara ou de quelque autre personne. Un paysage, peut-être, mais lequel ? À moins qu'il ne soit uniquement question de modèles utilisés pour le travail, mais alors pourquoi les avoir décrochés ?

Hicham aperçoit des crayons rongés au bout, le stylo plume de Manuel, et sur une étagère une écharpe berbère bleu et noir qu'il mettait autour du cou lorsqu'il y avait du vent. Ce bout de tissu paralyse Hicham. Comment vide-t-on la maison d'un mort ? Que faire des objets dont le propriétaire a disparu, et qui demeurent les derniers indices de son passage ? Manuel n'est pas mort, Hicham l'aurait appris d'une manière ou d'une autre, mais après tout, qu'en sait-il, et faut-il penser à lui autrement s'il est condamné à ne jamais le revoir ? Il s'approche de l'écharpe et la serre dans ses mains, respirant son odeur pour y trouver une preuve. Peine perdue. La preuve est là, il s'agit toujours du même parfum, mais qu'est-elle censée raconter ? Hicham évolue dans la pièce et constate que la vie a été interrompue quand elle ne s'y attendait pas, que les feuilles et les stylos ont gardé la position des mains, le siège un peu reculé celle d'un corps qui se lève, le dossier ouvert sur un angle du bureau témoigne d'une intention inaboutie. Manuel a dessiné par ses gestes la configuration de la pièce désormais vide, il suffirait, pense Hicham, de lunettes à infrarouges pour le faire réapparaître. Comment comprendre qu'il soit encore si présent et pourtant définitivement disparu ? C'est que, justement, Manuel ne disparaît pas.

Après avoir fait le tour du propriétaire, Hicham se décide à s'asseoir au bureau et à fouiller les affaires. À première vue, rien de bien intéressant, des papiers rendus caducs et qui mériteraient d'être jetés, des devis, des factures, des notes de restaurant et de taxi, de billets d'avion aussi, les siens sans doute, tout cela mélangé à une poussière de papier et de gomme. Hicham referme le premier tiroir pour ouvrir le suivant. Même paperasse, l'écriture de Manuel sur chaque page, une signature, un paraphe, un bon pour accord, ou des annotations – écriture fine et serrée, sans rature, sans fioriture non plus, un style direct et laconique, pas un mot de trop. Comme dans son discours.

Dans le troisième tiroir, Hicham tombe sur une enveloppe scellée. Il la sort, avec quelque appréhension, et lorsqu'il voit son nom écrit dessus, il la pose devant lui et ferme les yeux. « Nous y voilà », se dit-il.

Il l'ouvre lentement, tâchant de réprimer le léger tremblement de ses mains. L'enveloppe est fine, elle ne contient pas grand-chose. Il en sort en effet deux feuillets. Sur l'un, un numéro de boîte postale, à Tanger. Le cœur de Hicham bat à se rompre. Il pose les yeux sur le deuxième. Quelques mots : « Prends soin de Mara, s'il arrive quoi que ce soit, fais-le-moi savoir, à cette adresse. Pour le reste inutile de me contacter. Je donnerai des signes de vie, comme promis. Manuel. »

Hicham repose la lettre et reste assis, silencieusement, les mains croisées sur le bureau. Sa tête bourdonne, il lui semble entendre la voix de Manuel prononcer ces mots. Sa loyauté, jusqu'au bout, mais sa démission, aussi. Il n'est pourtant pas allé au terme de la rupture, Manuel a accepté que résiste un lien, infime certes, mais un lien tout de même.

Au bout de quelques minutes, Hicham remet les papiers dans l'enveloppe et va la ranger dans son propre bureau, où se trouve le coffre dont lui seul désormais connaît le code. Il prend encore le temps de recouvrer ses esprits avant de reparaître devant Aïcha. Celle-ci le regarde, interrogative. Hicham secoue la tête. D'une voix hésitante, elle lui tend alors son courrier : « Vous avez reçu tout ça, je ne vous l'ai pas réexpédié, je pensais que ce n'était peut-être pas urgent, que ça ne devait pas sortir d'ici. » Hicham s'empare d'un paquet de cartes postales attachées par un élastique. Il observe Aïcha qui hausse les épaules, manifestant qu'elle ne sait rien de plus, et il retourne à son bureau pour les lire. Une fois assis, il ôte l'élastique et les retourne, mais elles sont vierges. Hicham ne comprend pas. Il tente de déceler un indice ; la seule chose dont il puisse se convaincre, malgré les caractères en majuscules utilisés pour l'adresse, c'est que l'écriture est celle de Manuel. Il les retourne à nouveau pour regarder ce qu'elles représentent : des paysages, des villes, des points de vue, et des noms de pays et de localités sans cohérence, sans itinéraire clair. Des ports essentiellement, et même exclusivement des ports. Hicham commence à comprendre qu'elles marquent les points de chute sur le trajet de Manuel, un parcours qu'il peut retracer à l'aide des dates de la poste tamponnées au dos, et qui logiquement est un parcours marin. Manuel s'est embarqué.

En les regardant plus attentivement les unes après les autres, il peut s'apercevoir que ces ports entourent la Méditerranée. Une carte vient de Marseille, Manuel est donc passé par la France, mais la suivante a été postée à Beyrouth. Les destinations du navire s'enchaînent, jusqu'à ce que l'une d'entre elles attire l'attention de Hicham. Sa respiration s'arrête net, au point qu'il manque de souffle. Et doit se lever et faire quelques pas pour le retrouver. Il se rassoit et reprend la carte entre ses mains. Il ne s'est pas trompé. Manuel est à Alger.

Quelle part faire aux coïncidences ou à la volonté, au hasard ou au destin ? Que fait Manuel à Alger ? A-t-il suivi la même route que Mara, fait des recherches sur sa famille, et sauté le pas ? Mais comment, par quelle voie ? Que savait-il que Mara ignorait ? Les suppositions gravitent à une allure effrayante autour de Hicham. Pourquoi Manuel a-t-il envoyé cette carte sinon pour les prévenir, la prévenir – ou les intimider ? Se peut-il qu'il ait tout simplement débarqué là parce que son navire avait pour point d'escale cette ville que Mara cherche vainement à rejoindre ? Hicham se replonge dans la lecture des cartes, les dates, les tampons, les timbres, tout indice qui pourrait le mettre sur la voie. Au bout de une heure, il s'aperçoit qu'après Alger, le bateau a accosté à Tripoli. Les deux cartes ont été inversées, l'une est peut-être arrivée avant l'autre, malgré l'envoi postérieur. Ce détail tendrait à prouver qu'Alger n'a été qu'une étape. Mais c'est trop tard. L'imagination de Hicham s'est emballée. Il devra s'assurer, auprès des premiers contacts qu'il a pu contracter à Paris, qu'aucun Manuel ne réside chez les Ben Slama, dans les faubourgs d'Alger. Pour cela, il lui faudra lui-même entrer en relation avec eux. Hicham n'a rien appris, et pourtant le peu qu'il peut tirer de ce tas de cartes vides le plonge dans une bataille invisible dont le premier adversaire est lui-même.

Aïcha frappe à la porte pour savoir si tout va bien. Hicham sursaute et range maladroitement les cartes dans le tiroir de son bureau. Aïcha entrouvre la porte et prévient Hicham que les postulants vont arriver. Hicham se lève et sort de son bureau. « Nous ferons les entretiens dans le vôtre, si ça ne vous dérange pas. Prenez la chaise, vous pouvez y assister, c'est même mieux. Prenez des notes. En attendant je reprendrais bien un café. » Aïcha s'empresse dans la kitchenette où une plaque électrique sert essentiellement à préparer le café à la turque et le thé à la menthe. Hicham l'accompagne et passe ses mains sous l'eau, puis sur son visage. Il aimerait à ce moment précis savoir où se trouve Mara, et en même temps se félicite qu'elle ne soit pas avec lui. Il est certain que les seules traces existantes de Manuel se trouvent dans ce bureau. La maison a été vidée et vendue, Khadija continue d'y travailler, et lui continue de prendre de ses nouvelles. Il suffit donc de circonscrire ces traces et de les enfermer dans ce coffre dont lui seul détient le code. Il prendra le temps de réfléchir à ce qu'il doit en faire. Pour le moment, les savoir enfermées et à son unique portée le rassure, même si leur existence représente une menace.

Il triture nerveusement un stylo sur le bureau d'Aïcha, quand la sonnette se fait entendre ; il accueille avec un soupir de soulagement l'arrivée du premier candidat. Un homme d'un certain âge, les épaules affaissées et la moustache lissée, exhalant un parfum bon marché. L'après-midi se passe lentement dans une pièce surchauffée par le soleil. Hicham somnole. À plusieurs reprises il est tenté d'appeler l'hôtel pour joindre Mara. Mais au dernier moment il s'abstient. Vers 18 heures, il prend congé de son dernier rendez-vous, consulte Aïcha sur ce qu'elle a pensé des visites, s'aperçoit qu'il est à peu près d'accord avec elle et que les postulants de la matinée étaient bien plus intéressants que ceux de l'après-midi. Il se lève, demande à sa secrétaire d'organiser quelques rendez-vous pour le lendemain, et passe dans son bureau avant de quitter les lieux. Là, il ouvre le tiroir et observe une dernière fois les cartes, comme pour les apprivoiser. Déjà elles ont un peu perdu de leur pouvoir néfaste, il a commencé à s'y habituer tandis qu'il écoutait les hommes parler de leur curriculum vitae. Son attention était sans cesse attirée vers ce tiroir et les différentes destinations de Manuel. La surprise passée, il a même fini par admirer le procédé, discret, et néanmoins tenace. Que veut exactement lui dire Manuel ? Hicham se rend compte à quel point la réception de ce paquet a initié chez lui une paranoïa dont il se croyait à l'abri.

Il ferme soigneusement à clef son bureau et salue Aïcha, redescend les marches étroites et sombres, retrouve le bouillonnement tangérois. Embouteillages et foule dense sur les trottoirs et au milieu des rues. Il prend un taxi pour l'hôtel, où il espère retrouver Mara. Il est encore tôt, mais son besoin d'elle est à cet instant urgent. Quand il arrive à la réception, pourtant, il voit les deux clefs dans leur casier, enlacées, que le réceptionniste délie pour lui en tendre une. « Madame n'est pas rentrée ? — Pas encore », s'entend-il répondre à la question purement formelle mais qu'il n'a pu s'empêcher de poser. Hicham monte dans la chambre, se douche, se change et s'allonge sur le lit pour essayer de se calmer.

Mara erre dans les rues, elle a repris le chemin de la plage, comme aspirée par la mer et les immeubles délabrés qui la détournent de la casbah. Elle est restée longtemps, assise sur le sable, à regarder les bateaux. Des enfants jouent autour d'elle. Et c'est le souvenir de ce pincement au cœur ressenti la dernière année à Tanger, tandis que son obsession s'était emparée d'elle, et que seuls les cris des enfants et les femmes enceintes semblaient émerger du brouhaha ambiant. Ce n'est plus ce désir jaloux qu'elle éprouve, mais une immense peine. Tout ce gâchis. Ce désir d'enfant plus fort qu'elle, plus fort qu'eux.

Pourtant c'est apaisée qu'elle songe pour la première fois à cette période trouble, apaisée parce qu'il y a Hicham, qui quelque part l'attend, dans l'angoisse sans doute, mais ça, c'est encore une autre histoire. Apaisée parce que son désir de maternité pourra peut-être trouver avec lui une autre issue.

Mara doucement tente de dialoguer avec l'absence de Manuel, comme pour lui dire au revoir, au revoir à ces pleurs d'enfants qui ne lui font plus mal, au revoir à la mer où ils ont appris à nager, eux si terrorisés et si fascinés par cet élément inquiétant, au revoir aux après-midi lascifs, loin du monde, séparés, au revoir à cette fusion qui la laisse amputée mais encore debout, au revoir à ce frère, sa seule famille, car elle est en train d'en trouver une autre – ou la même, la leur, au sein de laquelle ils ne seront jamais que frère et sœur, tout autre lien étant désormais impossible.

Mara s'est endormie, peut-être, sur la plage. Elle ne sait plus si elle a rêvé ou si elle méditait, si concentrée en elle-même qu'elle a fini par oublier les bateaux et la mer, le ronronnement des moteurs et le chant des muezzins. Le soleil a baissé, la lumière frôle en dorant les visages à l'horizontale. Les nuits sont précoces au Maroc, une autre vie commence alors, ce n'est pas le soleil que l'on cherche, les enfants même en bas âge sortent de leurs maisons pour la promenade du soir, jusqu'à 11 heures, minuit, ils s'endorment dans leurs poussettes ou les bras de leurs parents. Mara regarde sa montre, il est presque 20 heures, elle se lève brusquement et quitte la plage en courant. Elle hèle un taxi qui l'amène à l'hôtel. Son visage brûle, déjà hâlé par un soleil traître. Elle se hâte de monter dans la chambre, le cœur battant. Hicham a laissé un mot, il l'attend au bar. Elle redescend aussitôt et le trouve en effet accoudé au comptoir de bois verni, un whisky à la main. Il la voit arriver, les cheveux emmêlés, les joues roses. Il a le regard triste, il doit déjà avoir bu plusieurs verres. Mara s'assoit à ses côtés et commande du vin blanc. « Je me suis endormie sur la plage, excuse-moi. » Elle n'ignore pas que ces deux heures d'attente ont dû être pour lui deux heures de tourment. Sa légèreté n'est pas une excuse. Mais Hicham a aussi réfléchi. S'il ne peut surmonter ses peurs, réactivées par la ville, et l'après-midi passé au bureau, il doit garder son sang-froid, au moins devant Mara. Il y va de sa fierté, mais aussi d'un raisonnement simple : c'est lui qui a pris la responsabilité de l'emmener avec lui. Il ne peut pas le lui faire payer. Mara lui propose de l'accompagner dans la chambre d'hôtel pour se changer, il la suit, sans un mot. À la lumière de la salle de bains, il peut voir le coup de soleil sur le visage de Mara qui témoigne en sa faveur. Ce détail le rassure quelques minutes. Et c'est elle qui prend les devants, l'entraînant sur le lit, le caressant et l'embrassant avec ferveur. Hicham s'en étonne presque, mais décide de se laisser aller. C'est elle qui mène la danse, heureuse de pouvoir lui offrir cela, sans artifice, la joie du don n'est pas chose courante chez Mara aussi en jouit-elle tout autant que lui.

Ils restent allongés, nus, l'un contre l'autre, la fenêtre ouverte. Le temps est aux confidences, mais elles ne sont pas aussi aisées que les ébats physiques. Mara avance prudemment : « Comment s'est passée ta journée ? — Éprouvante, répond Hicham, qui ne compte pas lui en raconter le détail. — Pourquoi ? — Parce que je suis retourné au bureau, et que ça m'a ramené de façon assez désagréable en arrière. » Mara se tait. Elle ne comprend que trop bien. Hicham attend la question suivante, qu'il devine, mais elle ne vient pas, Mara lui fait confiance, il lui dira ce qu'il a à lui dire, elle ne peut pas lui demander si l'autre a laissé des traces, n'en a pas même envie, pas après cette journée douce et douloureuse. Peut-être le lendemain sa curiosité aura-t-elle repris le dessus, mais, pour l'instant, elle a décidé d'être avec Hicham et seulement avec lui. Manuel les dérange trop souvent. Aussi lui serre-t-elle le bras, en signe de solidarité. Hicham est soulagé, presque ému en même temps qu'étonné. Mais le doute le reprend : aurait-elle appris des choses qui rendraient inutiles ses questions ? « Et toi, qu'est-ce que tu as fait ? — Rien, j'étais encore à la plage, j'ai dormi, et réfléchi. — Tu n'as rencontré personne ? — Non ! » s'écrie Mara. Elle se relève et le regarde. « À quoi tu penses ? — À rien, je me disais juste que tu pouvais rencontrer des gens que tu avais connus. — J'essaye d'éviter, mais tu le sais aussi bien que moi, pourquoi tu me demandes ça ? Qu'est-ce que tu as ? De quoi as-tu peur ? — De tout, Mara, ici j'ai peur de tout, pour toi, pour nous, je ne me sens pas en sécurité. — Tu ne me fais pas du tout confiance, n'est-ce pas ? — Pas complètement, non. J'ai tort ? — C'est à toi de voir, Hicham. Je ne te signerai aucun papier. Mais si tu as si peu confiance en moi, tu as joué avec le feu en faisant ce voyage. — C'est ce que je suis en train de me dire. — Ce que j'aimais et qui me rassurait chez toi, c'était cette confiance tout à fait injustifiée que tu me faisais. Ça me donnait une certaine responsabilité, tu vois ? Mais si tu commences à douter, qu'est-ce qui peut rester entre nous ? — Je ne mélange pas la confiance et l'amour, malheureusement. — Et moi si. — Tu as tort. — Je n'ai pas le choix. — Moi, je crois que tu as beaucoup plus de choix que tu ne le prétends. — Écoute, rentrons à Paris. On ne tiendra pas une semaine comme ça. »

Hicham entend la proposition qui le rassérène un peu. Oui, il y a toujours cette possibilité de partir. Mais ne serait-ce pas un échec ? Un sursaut de fierté le fait se redresser : « Non, tu as raison, je dois te faire confiance, nous terminerons cette semaine. » Comment a-t-il pu se laisser entraîner au doute et à l'anxiété, à cette jalousie qui le ronge, il n'est plus lui-même depuis qu'ils sont arrivés, et cet autre personnage qu'il a malgré lui endossé, il ne l'aime pas. C'est de lui-même que Hicham a commencé à douter. Le Maroc est pour lui un lieu où sont exhumées les fragilités dont il croyait être venu à bout. Bien loin de se sentir l'hôte, il redevient le fils, le frère, l'adolescent pauvre qui a dû travailler deux fois plus que les autres pour réussir, le traître à sa famille, le traître à son pays, le traître à l'ami qui lui a donné la possibilité d'en sortir. Les rancœurs et les humiliations s'infiltrent insidieusement, comme une malédiction liée à la terre. Et il ne s'agit pas que de Manuel. Ses cartes n'ont fait que réactiver la faiblesse qui l'a saisi dès qu'il a mis le pied sur le tarmac. Le grand hôtel pour Occidentaux qu'il a choisi ne change rien à l'affaire, ce n'est que de la poudre aux yeux, de même que ses rendez-vous avec ces Marocains aux abois, qui cherchent et veulent désespérément cet emploi. C'est le sentiment soudain d'une immense imposture qui lui est tombé dessus.

Hicham reconnaît le monstre de son enfance qui s'est infiltré sans qu'il s'en aperçoive. Il doit à nouveau le combattre, et le combattre ce n'est certainement pas renoncer en rentrant par le premier avion à Paris, vaincu et divisé. Il doit lutter, contre lui-même et non plus contre elle qui de son côté affronte d'autres ennemis. Il doit redevenir l'homme fort qu'elle a connu, celui sur qui elle a posé sa tête, celui qu'elle a accepté de suivre, plutôt que de mourir. Il se lève et l'entraîne dans la salle de bains, fait couler sur eux une douche tiède, la lave et se savonne en même temps : « Nous allons nous en sortir, je te le promets », lui murmure-t-il, tenant son visage entre ses mains, fermement, les yeux plongés dans les siens. Mara acquiesce, c'est aussi ce qu'elle veut.

Dans la nuit, Hicham se résout à ce qu'il hésitait à faire et qui pourtant lui apparaît dans l'obscurité comme une évidence – s'étonnant même de sa lâcheté qui a ici le goût de la cruauté. Il dort mal, et peu. À 7 heures, il se lève, tendu par sa décision. Mara somnole encore à ses côtés, il l'observe, détendue et abandonnée.

Une fois habillé, il commande un petit déjeuner dans la chambre, préférant discuter dans la plus pure intimité, impatient qu'elle se réveille pour que ce moment délicat soit passé. Lorsqu'elle ouvre les yeux et qu'elle le voit prêt à partir, elle s'étonne et se redresse dans son lit. Mais on frappe à la porte, et une jeune femme en tablier entre avec un chariot sur lequel fument des œufs brouillés et une cafetière en porcelaine. Hicham la remercie et s'empare du plateau qu'il pose sur le lit. Mara se frotte les yeux, et leur sert deux tasses. « Tu as des rendez-vous aussi tôt ? — J'ai quelque chose à faire avant de retourner au bureau. » Mara l'interroge du regard. Les mystères n'annoncent jamais rien de bon, elle en a l'expérience, mais attend qu'il continue. Hicham marche dans la chambre, sa tasse à la main, allume une cigarette tout en ouvrant la fenêtre, il est anxieux. Mara finit par demander : « Qu'est-ce que tu veux me dire de désagréable ? — Je vais rendre visite à mon ex-femme et à mes enfants. » Mara reste abasourdie. Elle les avait même oubliés tant ils semblaient absents des préoccupations de Hicham. Elle pose sa tasse et s'empare à son tour du paquet de cigarettes posé sur la table de nuit. « Je ne peux pas séjourner au Maroc sans passer les voir, c'est indécent, tu comprends ? — Depuis quand tu avais prévu ça ? — Depuis cette nuit, sinon je t'en aurais parlé, je te le promets. » La jalousie et la colère se sont éveillées d'un même élan, bien qu'elle sache qu'elle n'a rien à craindre de cette femme. Mais en est-elle sûre ? Et ces enfants, peut-on quitter ainsi ses enfants ? Les retrouver sans émotion ? Est-ce qu'un enfant n'est pas à même de bouleverser leurs plans d'avenir ? On ne quitte jamais une famille. Mara le sait pour porter en elle le seul être qui en fasse partie, et ces autres, absents, inconnus, avec lesquels elle vit depuis si longtemps. Le sentiment de solitude abyssale qui souvent l'accompagne s'abat sur elle, la sensation d'une trahison implacable, dont Hicham n'est qu'un acteur qui joue le rôle écrit par d'autres, la renvoie à son impuissance primordiale : les autres ont toujours des liens familiaux qui seront plus forts que ceux qu'ils auront pu tisser avec elle. Elle n'est qu'un atome isolé, qui attire mais qu'on peut quitter sans conséquence.

Hicham s'assoit à ses côtés, alarmé par son silence et ce visage douloureux où des tourments se font jour, surgis de bas-fonds ignorés de lui, de temps immémoriaux, de cette enfance sur laquelle il n'a pas prise et dont il a réactivé le souvenir.

« Il faut que tu comprennes, Mara, j'aurais pu ne rien te dire, parce que te le dire c'est créer des angoisses qui n'ont pas lieu d'être. C'est mon devoir de passer les voir, je n'en ai pas envie, ça me fait peur, je ne me sens pas très glorieux, tu comprends, mais je ne peux pas me défiler. — Tu as gardé le contact avec eux, pendant tout ce temps ? — Je passe quelques coups de fil pour prendre des nouvelles, et j'envoie de l'argent. » Mara n'a rien à redire à cela. Elle savait bien au fond d'elle-même qu'un jour cette famille réapparaîtrait d'une manière ou d'une autre, qu'on ne raye pas deux enfants d'une vie de cette façon, et, quelque part, elle en sait gré à Hicham. Apprécierait-elle qu'il soit cet homme égoïste qui pour une passion abandonne, quitte, crée des orphelins ? Non, elle ne voudrait pas de cet homme. Et pourtant, s'il a tout abandonné pour elle, n'est-ce pas la garantie d'un amour profond et durable ? Hicham est moins radical qu'elle. Son compromis est bancal. Mara n'a pas appris à partager. Elle sait qu'elle ne peut lui faire de reproche, qu'il ne lui parle jamais de la tristesse qu'immanquablement cette séparation a dû être pour lui. En proie à ces contradictions, Mara ne parvient pas à émettre le moindre son. « Il faut que tu m'aides, Mara, que tu me fasses confiance. J'ai tout quitté pour toi et je ne regrette rien, mais tu ne peux pas faire comme s'ils n'existaient pas. Je passe là-bas deux heures et je te retrouve juste après, le bureau attendra. » Elle ne peut qu'acquiescer de la tête. Son appétit a disparu, les œufs sont froids dans l'assiette, elle fume sa deuxième cigarette, le regard fixé sur un point de la chambre, qu'elle ne voit pas. « Regarde-moi, s'il te plaît. Je ne pars pas tant que tu ne m'as pas regardé. » Difficilement elle tourne les yeux vers lui, ce sont des yeux morts, Hicham n'y trouve rien d'autre que du vide où s'abîment ses appréhensions. Pourtant il décide de ne pas céder aux tourments de cette femme qui déjà l'ont détourné si loin de sa vie d'avant. Il se lève, pose un baiser sur sa joue, et sort en refermant doucement la porte derrière lui. Mara se rend dans la salle de bains et avale un somnifère sans réfléchir pour pouvoir se recoucher jusqu'au déjeuner. Elle n'a pas la force d'attendre ni d'imaginer quoi que ce soit, et préfère l'inconscience médicamenteuse à une fiévreuse solitude.

Hicham prend un taxi qui l'amène dans les faubourgs de Tanger et le dépose au pied d'un immeuble moderne, architecture disgracieuse, matériaux luxueux. Il sonne à l'interphone, une voix d'enfant répond. Hicham s'entend dire : « C'est papa. » Un moment de silence, puis c'est une femme qui prend le combiné. Hicham s'annonce, on lui ouvre la porte. L'ascenseur ici comme ailleurs est en panne, malgré le standing de l'immeuble. Il monte les cinq étages, après avoir vérifié l'étage sur la boîte aux lettres : il n'est jamais venu ici. Sa femme a déménagé après son départ. Grâce à l'argent qu'il lui a laissé, elle a acheté à crédit cet appartement dans un quartier en voie de développement. Lorsqu'il arrive sur le palier, la porte est ouverte. Elle l'attend, un enfant dans les bras, un autre qui enserre ses jambes. La vision est insupportable à Hicham. Il y voit la mise en scène d'une culpabilité qu'il a réussi à refouler jusqu'ici. Pourtant, il est décidé à affronter jusqu'au bout le supplice. Les enfants le dévisagent, puis l'aînée se précipite dans ses bras, en criant « Baba ! », le petit imite sa sœur. La mère reste encadrée dans la porte d'entrée, se tenant droite, la tête haute, s'en tenant au ressentiment que lui inspire ce mari volage. « Tu aurais pu nous prévenir, dit-elle, les enfants vont partir à l'école. — Je les amènerai si tu veux. » Elle hausse les épaules et l'invite à entrer. L'intérieur est d'une propreté parfaite, les sols en marbre rose, les canapés en faux cuir, la vaisselle chinoise et les cadres dorés sur lesquels sont inscrits des versets du Coran, le salon marocain aux tissus riches de mauvais goût, Hicham observe tout ça avec un certain étonnement, mesurant la distance infranchissable entre cette vie-là et la sienne. Sa femme est désormais une Marocaine d'une classe moyenne supérieure qui entend faire la preuve de son ascension sociale, et cacher peut-être ainsi sa honte. Hicham embrasse ses enfants et leur demande de lui montrer leur chambre. Il inspecte la pièce où les jouets sont rangés dans des caisses, rien ne dépasse, les lits sont faits, sa femme a toujours eu la manie de la propreté. Il s'assoit sur l'un des lits et les prend tour à tour dans ses bras, les cajolant, leur posant des questions avant qu'eux ne lui en posent. Pourtant ces dernières finissent par arriver : « Où étais-tu ? Quand reviens-tu ? » Hicham acculé leur dit la vérité : « Papa a quitté le Maroc pour un autre pays, il ne pourra pas revenir, mais il viendra souvent vous rendre des visites », promet-il. Et au moment où il leur fait cette promesse, il est convaincu qu'il la tiendra, presque soulagé de pouvoir leur offrir cette si maigre compensation. Une heure plus tard, sa femme entre dans la chambre et lui annonce que c'est l'heure d'y aller. Hicham demande l'itinéraire, sa fille le connaît par cœur. Avant de sortir, tenant la main de ses deux enfants, il demande à sa femme de l'attendre. Il reviendra après les avoir déposés. Tous les trois descendent laborieusement les cinq étages, puis se dirigent par les rues aux trottoirs défoncés par de récentes inondations vers l'école. Sur le chemin, Hicham essaye de leur expliquer qu'ils ne verront pas beaucoup leur père, que c'est ainsi. Il tente de les assurer de son amour, qui est réel quoiqu'un peu abstrait, « plus tard vous comprendrez », finit-il par dire, conscient de l'inanité de cette phrase, mais maladroit avec ces enfants qu'il connaît si mal, et qui ne connaissent de la vie que ce que leur mère leur apprend. Leur mère, et leur grand-mère, sa mère à lui, qui sans doute ne se prive pas de le critiquer. Il ne peut leur en vouloir, ce n'est qu'un juste retour des choses, il est coupable.

Ils arrivent devant l'école, ses deux enfants se serrent contre lui, la petite fille commence à pleurer. Hicham, paniqué, la supplie de ne pas être triste, lui dit qu'il l'aime, même de loin, même en France, qu'il pense sans cesse à eux, qu'il leur téléphonera plus souvent, et leur enverra des photographies. Puis ils se séparent, et c'est un déchirement, à tel point qu'il se demande si l'idée était bonne de venir raviver la douleur. Il attend jusqu'à ce que les petites têtes disparaissent sous le préau, leur faisant signe de la main. Quand la sonnerie se déclenche, il s'en retourne chez sa femme, bouleversé, le corps tremblant, prenant conscience du mal fait et de l'impossible réparation. « J'étais trop jeune, se dit-il pour se rassurer, trop jeune pour me marier, avoir des enfants, fonder une famille avant même de découvrir la vie, de tomber amoureux, de conquérir mon indépendance. » Mais ces enfants n'y sont pour rien, victimes collatérales d'une chronologie ratée.

Sur le chemin du retour il se prend à rêver de les présenter à Mara, et de les prendre avec lui en vacances, choyés par la femme qu'il aime, adaptés en un rien de temps à cette vie recomposée comme cela arrive si souvent en France mais encore si peu au Maroc. Il sait que plus ses enfants grandiront, plus ils s'éloigneront de lui, formatés par des valeurs auxquelles il a tourné le dos, une éducation dont il connaît tous les ressorts et qu'il porte en lui encore comme une blessure... Il faut les sortir de là. Au fond, il a conscience que la priorité n'est pas là, qu'il ne peut pas les sortir de cette gangue tant qu'il n'aura pas lui-même construit un espace viable. La solution ne serait-elle pas que Mara soit à son tour enceinte ? Alors elle acceptera tout, ces enfants nés d'une autre femme, cette femme ennemie quelque part, qu'elle n'aura pas à rencontrer mais dont elle élèvera partiellement les enfants. Ses rêves se déroulent sans lui tandis qu'il marche aveugle au paysage qui l'entoure. Lorsqu'il se retrouve en bas de l'immeuble, il revient rapidement à la réalité, et prend des forces pour affronter celle qui devant la loi est encore sa femme. Il remonte les cinq étages, la chemise trempée par la sueur, et sonne à la porte.

C'est une tout autre femme qui lui ouvre, apprêtée, maquillée, vêtue d'une chemise plus avantageuse que le vague tee-shirt qui lui sert de chemise de nuit. Son visage n'est pas plus amène. Hicham entre et demande un café avant de s'asseoir dans l'un de ces affreux canapés qui sent l'antimite. Il n'est pas sensible au charme de sa femme, ne l'a jamais vraiment été. Autrefois elle était douce, soumise pour être plus précis, cuisinant bien et tenant son intérieur avec perfectionnisme, autant de qualités qui auraient fait d'elle la parfaite épouse, et raison pour laquelle son ressentiment est d'autant plus grand. Elle lui sert une tasse de café et une assiette de pâtisseries et s'assoit en face de lui, jambes croisées, l'œil mauvais, ne pouvant pour autant dissimuler sa curiosité. « Nous devons discuter, annonce-t-il. Nous devons discuter du divorce, tu dois te remarier et refaire ta vie. Tu sais que je ne reviendrai pas. En revanche, je veux qu'on trouve un arrangement pour que je puisse voir les enfants. » Contrairement aux habitudes marocaines, Hicham est allé droit au but, sans circonlocutions ni introduction interminable. Sa femme en est choquée, peu habituée à cette franchise brutale. D'autant qu'elle s'était mise à espérer autre chose pendant qu'il accompagnait ses enfants à l'école, bien décidée néanmoins à lui faire payer son absence. Elle se trouve prise au dépourvu, ce qui ne l'empêche pas de changer avec dextérité son fusil d'épaule. S'il est question de négocier, elle est prête, sa rancœur est son plus fidèle avocat. Un avocat d'ailleurs, elle en a déjà contacté un. Hicham s'en étonne, puis hausse les épaules. « Très bien, je suis prêt à te payer une pension conséquente, je n'y ai d'ailleurs jamais manqué, comme tu le sais. — Tu ne prendras pas mes enfants. — C'est mon droit. — Non, tu es parti de la maison, tu me trompes de façon outrancière, ça ne sera pas difficile à prouver, et malheureusement pour toi le droit a légèrement évolué pour les femmes. — Je ne cherche pas la bagarre, je te dis que je suis prêt à payer ce qu'il faudra pour que vous soyez tranquilles, mais je veux les voir, au moins pendant les vacances. — Je refuse qu'ils voient cette femme. — Tu ne pourras pas m'en empêcher. — Toute ta famille est contre toi, j'ai beaucoup de témoins qui pourront t'accabler, tu n'as pas beaucoup de marge de manœuvre. — Très bien, si c'est ça que tu veux, je contacterai moi aussi un avocat, tu vas y laisser beaucoup d'argent, je te préviens, alors qu'on aurait pu s'arranger à l'amiable. Et tu n'as pas beaucoup de raisons d'espérer pouvoir me priver totalement des enfants. — Tu les as abandonnés ! s'écrie-t-elle, ne parvenant plus à se maîtriser. — Je n'ai jamais envisagé de les abandonner, j'ai juste changé de vie, tu le sais. Je ne te demande pas de les partager, juste qu'ils voient leur père quelques semaines par an. Tu sais que c'est important pour eux, tu ne peux pas les priver de ça ! — Tu arrives, avec tes revendications, alors que tu as brisé nos vies ! — Je sais, je ne pourrai jamais me faire pardonner, mais c'est comme ça, il n'y a rien à redire là-dessus, pour le moment il faut essayer de faire au mieux, c'est ce que je te propose. Tu peux te remarier, comme tu dis la loi et les mentalités ont changé pour les femmes. Profites-en. » Les négociations s'enveniment. Hicham se lève pour mettre fin au dialogue stérile. « Mon avocat te contactera. Je suis désolé que ça se passe de cette manière. » Mais son ton poli et condescendant révolte plus encore sa femme qui lui claque la porte au nez. Hicham reprend le chemin de l'hôtel, énervé, troublé par les larmes de ses enfants, appréhendant les retrouvailles avec Mara, si toutefois elle est toujours là.

Mais elle est bien là, endormie comme ce matin, d'un sommeil lourd. Le grincement de la porte ni son claquement ne l'éveillent, Hicham l'appelle, sans plus de résultat. Sous le coup d'une impulsion il se précipite vers elle et se penche sur son visage. Elle respire. Passé le moment de frayeur, Hicham s'assoit au bord du lit, pour l'attendre, songeant à sa matinée. Vers 13 h 30, il entend un grognement, le corps de Mara se retourne dans le lit et s'agite. Difficilement elle ouvre les yeux, le visage froissé. Elle met quelque temps à se souvenir de ce qu'elle fait là, puis voit Hicham qui la regarde. La mémoire lui revient d'un coup. Il a le visage défait. « Quelle heure il est ? demande-t-elle d'une voix rauque. — C'est l'heure du déjeuner. Tu as pris quelque chose pour dormir ? — Oui. » Elle se lève dans un silence lourd et va s'asperger le visage dans la salle de bains. « Pourquoi tu n'es pas au bureau ? — Je t'attendais. C'est ce que je t'avais dit, n'est-ce pas ? — OK, je suppose que nous allons déjeuner et que tu vas me raconter tes malheurs. » Cette dernière parole met Hicham hors de lui. Il se lève d'un bond et la rejoint dans la salle de bains. « Écoute, Mara, j'ai tout laissé ici pour toi, j'ai deux enfants, je ne t'en parle jamais, et c'est malheureux, oui, c'est très malheureux de les voir pleurer après moi parce qu'ils ne me verront jamais. Si tu ne peux pas comprendre ça, si tu penses que tous les sacrifices te sont dus, alors nous n'avons plus grand-chose à nous dire. » Mara pince les lèvres. « Je ne t'ai rien demandé », voudrait-elle lui répondre, mais elle sait que ce n'est pas vrai, et que sa mauvaise foi pourrait les amener trop loin dans une bagarre sans retour. Alors elle s'abstient. Quant aux rêves de Hicham, ils se sont envolés au premier coup de fusil. Mara se sent obligée de dire quelque chose : « Alors ? Ça s'est mal passé, c'est ça ? — Tu n'es pas obligée de demander, ça ne te concerne pas après tout, mieux vaut garder les mondes étanches, le tien est trop hermétique pour que tu puisses t'intéresser aux autres. » Elle sait que Hicham n'a pas tort, mais il l'a toujours tenue éloignée de son ancienne vie, la réciproque n'étant pas vraie. Sa brutale apparition la déstabilise. Elle pourrait se montrer généreuse, elle le voudrait, mais quelque chose l'en empêche, une forme de jalousie qui ne la prédispose pas à la solidarité. C'est la curiosité qui prend alors le relais : « Et ta femme, qu'est-ce qu'elle t'a dit ? — Ma femme me hait, elle a de bonnes raisons. Je lui ai proposé un divorce à l'amiable. Elle veut m'emmerder jusqu'au bout. »

Le mot de divorce calme soudain Mara. Elle n'avait pas songé qu'il était encore marié, et qu'il lui faut couper des liens légaux qui sont autant de liens avec l'avant, son pays, son enfance, son âme peut-être, pour être totalement libre, cette liberté qu'il est en train de conquérir pour elle, et de payer très cher. « Qu'est-ce qu'elle te demande ? — Beaucoup d'argent, mais ce n'est pas ça le problème. — Quel est le problème ? » Mara le devine. « Elle refuse que je revoie mes enfants. » Mara va s'asseoir sur le lit, déchirée entre son intérêt immédiat et l'horreur que représente à ses yeux la séparation entre des enfants et l'un de leurs parents. Et c'est ce sentiment primitif qui l'emporte. « Elle ne peut pas faire ça, n'est-ce pas, elle n'a pas le droit ? — Elle peut facilement prouver que toute la faute du divorce m'incombe. — Et alors, ce sont tes enfants ? — Oui. Mais je n'ai pas hésité à les laisser. — Maintenant tu veux les retrouver ? » Le ton de Mara est trop ambigu pour que Hicham y décèle de l'ironie, ou de la crainte, ou encore, pourquoi pas, de la sincérité. « Bien sûr que je veux les retrouver, je n'ai jamais songé à les abandonner, tu voudrais que je sois quelqu'un comme ton père ? — Alors qu'envisageais-tu ? » Et cette fois, la question est posée avec dureté. « J'envisage de les prendre quelques semaines par an, pendant les vacances, j'envisage aussi que tu les reçoives et que tu les élèves. — Rien que ça ! » Mara regarde par la fenêtre, le ciel de Tanger, elle le connaît si bien, pour l'avoir observé nuit et jour, du haut de sa terrasse, emmurée dans sa pièce d'où devait naître un enfant, et où est mort son amour. La vie a-t-elle été plus forte qu'elle ou continue-t-elle de survivre ?

Et pourquoi pas, après tout ? Pourquoi ne pas accueillir ces enfants dont elle aime le père ? N'est-ce pas ce qu'elle a souhaité, avoir des enfants, sans être obligée de les faire ? Ce ne sont pas les siens, certes, mais ils peuvent le devenir un peu ? Le rêve fou de Hicham revient à la charge.

« Pourquoi n'irions-nous pas nous baigner demain en fin d'après-midi, je termine mes rendez-vous plus tôt et on trouve une plage vers le sud, on pourra aller dîner chez Omar après. » Les efforts de Hicham touchent Mara. Envisager quelque chose d'agréable ne lui était pas venu à l'esprit, mais cette perspective change un peu la donne. Pourquoi ne pas chercher un plaisir parallèle à l'épreuve, pourquoi ne pas s'aider un peu, cela aurait dû leur paraître évident, mais ce n'est pas dans les habitudes de Mara. S'autoriser des moments heureux au milieu de cette semaine qui ne devait promettre que des douleurs relève d'un défi nouveau qu'elle accepte de relever pour Hicham. C'est cette existence-là qu'il lui propose. Elle a fini par le comprendre, et décidé de faire les efforts pour y parvenir. Alors : « Oui, répond-elle, c'est une bonne idée. » Il sourit, enfin revigoré par une perspective agréable, lui promettant de surcroît cette dernière journée à flâner ensemble dans Tanger, ou autre part, dans un village ou une station balnéaire si elle le souhaite : « Il ne reste plus que quatre jours, ce n'est pas insurmontable, n'est-ce pas ? — Non, ce n'est pas insurmontable. »

Mais Mara n'est pas sortie de ses contradictions.

Il faut se séparer. Ils se lèvent pesamment, ni l'un ni l'autre n'a envie de se retrouver seul, ni que l'autre se retrouve seul. Mara voudrait lui demander de le suivre au bureau, pour rester à ses côtés tout l'après-midi, mais elle sait que cette simple requête sera l'objet de nouveaux doutes, alors elle se tait.

Hicham l'embrasse furtivement avant de sortir, et s'en va retrouver son bureau où l'attendent des papiers brûlants, enfermés à double tour.

Mara de son côté hésite : lire à l'hôtel, ou faire une petite promenade ? Elle décide de rester à l'abri, dans la chambre.

Mais elle n'arrive ni à se concentrer ni à rester assise, son esprit vagabonde là où son corps vagabondait, il en suit les itinéraires, malgré lui, chaque son, chaque parfum la détourne de ses lectures, ils sont autant de réminiscences incontrôlables et qui l'éloignent de son sujet, pourtant, ces odeurs et ces sons doivent ressembler à ceux de là-bas, les bougainvilliers et les haut-parleurs des mosquées doivent sensiblement être les mêmes, climat méditerranéen, monde arabe, ancienne présence française quoique à Tanger elle se fasse peu sentir et que ce soit plutôt la langue espagnole qui domine toute une partie nord du pays où des comptoirs s'étaient installés, enclaves aujourd'hui revenues à leur nationalité d'origine, hormis Sebta, supermarché de contrebande où des files de voitures patientent pour pouvoir profiter de cette manne occidentale, porte d'entrée de la société de consommation.

La ville l'attire. Les livres ne sont pas à même de contrecarrer l'attraction. C'est un désir physique contre lequel elle renonce à lutter.

Encore une fois son corps retrouve de vieux réflexes et c'est sans but apparent qu'elle commence à descendre les marches du Petit Socco, passant devant le restaurant populaire, puis les tisserands dans leur cour carrée et leurs échoppes minuscules où seul un corps plié en deux peut tenir, ce sont ensuite les marchands ambulants vendant des paires de chaussures usées, des peignes en plastique et des gants pour le hammam, de la menthe fraîche et de la coriandre, et plus loin encore les vendeurs de poissons qui hurlent les derniers lots à vendre, des sardines exposées au soleil depuis ce matin, et pourtant pêchées la nuit sur des barques à moteur par des hommes à la peau burinée, aux mains calleuses, qui sur la plage réparent leurs filets. Après eux, ce sont les fruits, melons jaunes et pastèques, pêches, quelques rares oranges pour les touristes, ce n'est pas la saison. Mara s'enfonce dans les ruelles du Petit Socco, absorbée par le spectacle jadis quotidien de ces hommes et femmes affairés à négocier. Les cabas, et les sacs Tati lourdement chargés, portés en général par les femmes qui de l'autre main tiennent un enfant au nez qui coule. Quelques Occidentaux, parfois, eux aussi des sacs à la main, mais plus maigres, contenant des babioles pittoresques, colliers de corail et bracelets en argent. Plus elle s'avance vers la casbah, plus la population est divisée entre jeunes gens désœuvrés, qui attendent sans doute leur prochaine dose, et Occidentaux chic qui louent une maison dans cette ancienne médina devenue fief international et où les Marocains viennent surtout pour travailler. Certains demeurent encore, dans les maisons les plus délabrées et lorgnées par les agences immobilières, des vieilles familles résistent à la pression de l'argent qui pourtant leur permettrait d'obtenir un appartement en ville aux sanitaires modernes et à la superficie bien plus conséquente. Elle entre par une grande porte au sein des murailles, les rues sont moins bondées, quelques voitures sont garées sur le parking, le reste est fermé à la circulation, des 4 × 4 et quelques vieilles Mercedes.

Mara s'abîme un peu plus avant dans lcs ruelles de la casbah, les murs se referment sur elle. Elle y est. Dans ce piège auquel elle aspirait depuis le début. Chez elle. Dans le décor de ses souvenirs les meilleurs et les pires. Pourtant elle ne réfléchit pas et ne laisse entrer aucune émotion, le cœur et l'esprit fermés, marchant résolument et de façon mécanique, poussée par quelque force obscure. Bien sûr, ses pas la mènent peu à peu en cercles concentriques vers son ancien « palais », bien sûr elle s'y rend presque aveuglément, croyant encore y trouver Khadija sur le seuil de la porte d'entrée, une serpillière à la main. C'est pourtant lorsqu'elle se retrouve devant qu'elle se rend compte du chemin qu'elle vient de parcourir. Son étonnement est réel. En levant les yeux sur sa maison, elle suffoque, comment a-t-elle pu se laisser aller à cet égarement, pourquoi est-elle venue là ? La maison semble habitée, les volets ont été repeints, mais le reste est identique, les murs blancs et étroits qui s'élèvent vers le ciel dans l'ombre fraîche de la ruelle, la porte en bois sur laquelle est fixée une main sculptée qui sert de heurtoir. Mara reste immobile, le cœur battant. Et si Manuel y vivait encore ? Mais c'est là une supposition absurde, Hicham lui a dit qu'ils avaient réglé la question, que le palais était vendu. Pourtant rien ne lui garantit qu'il ait dit vrai. Manuel aurait-il pu continuer à vivre ici ? Et cette chambre, sur la terrasse, existe-t-elle toujours ?

Mara observe, écoute, mais les bruits de la ville et des maisons mitoyennes empêchent de capter précisément ceux qui viennent de derrière les murs. Alors elle attend, dans l'espoir que quelque chose se passe, incapable d'aller plus loin dans sa démarche, mais tout autant de repartir. Elle s'assoit sur l'une des marches de la rue, et repose sa tête sur le mur. Le temps passe, elle ne le remarque pas, vidée pour laisser place à une attente sans objet, transformée en chose pour atténuer tout ce qui pourrait échapper de sa personne. À un moment, un volet s'ouvre, mais elle ne voit qu'un bras, un bras de femme. Elle se lève, une femme, mais quelle femme, qui dormait dans son salon tandis qu'elle est là à attendre sur une marche de la rue ? Poussée par une impulsion qu'elle ne contrôle pas plus que le reste depuis qu'elle est entrée dans la casbah, elle sonne à la porte. Des pas. La porte s'ouvre. Et c'est Khadija qui en sort. Mara a un moment d'absence, plongée en arrière comme si l'épaisseur du temps qui l'en sépare s'était d'un coup abolie. Khadija de son côté est bouche bée. Au bout d'un instant qui leur paraît une éternité, elle prend Mara dans ses bras en murmurant des imprécations au Seigneur pour qu'il la protège. Ses larmes coulent sur les épaules de Mara qui se laisse embrasser, encore choquée, incapable de réagir. Khadija l'observe, de la tête aux pieds, lui tapote les joues, son appréciation semble positive, Mara a repris des formes et des couleurs. La dernière fois qu'elle l'a vue, c'était un cadavre qui faiblement respirait, la voir vivante tient du miracle, les forces magiques et religieuses sont remerciées dans une grande loghorrée à laquelle Mara ne comprend pas tout. Elle entend que Khadija a formulé des vœux et caché des grigris sous les lits, qu'elle a préparé pour le djinn bienveillant de la maison des pâtisseries au miel, laissées sur les fenêtres, disparues le lendemain. Elle procède à tous ses remerciements, qui finissent par faire sourire Mara, mais elle l'arrête : « Khadija, qui habite la maison ? » La question lui brûle les lèvres, toutes ces heures d'attente, il faut qu'elle s'en débarrasse.

La réponse met aussitôt fin à sa curiosité, un couple d'Espagnols qui l'a achetée après leur départ. « Et toi, tu as voulu rester là ? — C'est Monsieur Manuel qui l'a exigé. » Entendre ce nom prononcé avec une telle spontanéité, sans crainte ni arrière-pensée, est un coup porté à l'équilibre déjà bien fragile de Mara. Elle chancelle, mais se reprend aussitôt, il ne faut rien laisser paraître à Khadija si elle veut en savoir plus. « Quand as-tu vu Manuel pour la dernière fois ? — Oh, il y a longtemps ! Juste avant qu'il vende la maison. Après, plus de nouvelles. Juste parfois des petites sommes d'argent qu'il m'envoie de ses voyages. — Ses voyages ? — Je crois, je reçois des enveloppes avec des timbres et des écritures bizarres. — Et c'est tout ? Il ne t'a pas écrit ? Quand il a vendu la maison, qu'est-ce qu'il a fait de sa part ? — Je ne sais pas madame Mara, je ne sais pas tout ça, je ne savais même pas que vous ne le voyiez plus. — Oh, Khadija, c'est une longue histoire, mais non, nous ne nous voyons plus, c'était mieux comme ça après ce qui s'est passé, n'est-ce pas ? — C'est vous qui savez », répond Khadija qui n'en pense pas moins. Elle a vu ses patrons s'abîmer dans une folie irrécupérable, et se laisser mourir dans cette chambre que Mara a fait construire au milieu de la terrasse, on ne sait pas pourquoi, sinon pour être plus près du ciel. Elle les a maudits, Mara surtout, elle voyait bien que ce n'était pas l'idée de Manuel, que c'est elle qui l'avait entraîné là-dedans, que des esprits avaient pris possession d'elle après lui avoir refusé d'enfanter. C'est mieux qu'ils soient séparés, Khadija en est persuadée et sans doute auraient-ils dû le faire bien avant. Mais elle s'abstient de faire part de sa vision des choses. « Comment se passe ton travail, ils te traitent bien, ils te paient correctement ? — Ça peut aller, je ne me plains pas, j'ai une bonne place, inch Allah ! »

Mara soudain sent le besoin de partir au plus vite. Tout comme elle a été attirée par ce lieu, elle en éprouve un rejet brutal qui lui donne la nausée. « Merci, Khadija, j'étais contente de te revoir, il faut que j'y aille maintenant, on doit t'attendre, n'est-ce pas ? » Mais Khadija aurait bien aimé discuter un peu plus, recevoir et donner des nouvelles. Mara la serre dans ses bras en lui promettant de revenir plus longtemps, et s'enfuit. Khadija reste sur le pas de la porte et la regarde partir jusqu'à ce que la silhouette disparaisse. Elle secoue la tête, inquiète et incrédule en même temps. Cette femme, Mara, est vraiment possédée par quelque chose. Cette vie qu'ils menaient tous les deux, coupés du monde, toujours ensemble, enfermés, elle à faire ces peintures effrayantes, elle ne pouvait mener à rien de bon. Elle les aimait bien, pourtant, ces deux-là. Il y avait quelque chose de différent chez eux, une sensibilité aux autres couches du réel dans lesquelles baigne Khadija. Mara parlait au djinn, la propriétaire actuelle sourit lorsque Khadija lui fait part de cette présence bénéfique. Khadija ferme la porte avec une pointe de nostalgie, c'est sa vie à elle aussi qui passe.

Mara redescend les rues au pas de charge, ses veines sont sur le point d'éclater, elle a perdu le souffle. Cette maison, cette femme, à l'identique, c'est le rictus de la mort qui s'impose à elle sous la douceur des souvenirs. Pourquoi a-t-elle fait ce qu'elle s'était interdit, à quoi cela lui a-t-il servi sinon à la laisser défaite, brisée. Et que dire à Hicham après lui avoir promis de faire un effort pour surmonter ces quelques jours restants ? Elle court désormais, sort de la casbah sans se retourner et prend le chemin de l'hôtel qui se trouve sur une autre colline à une heure au moins de là, mais elle ne s'en soucie pas, ni de la chaleur, ni des rues embouteillées qui sentent le gasoil, ni de l'itinéraire empirique et incertain qu'elle suit au hasard, ayant vaguement en tête la direction, ni de ses pieds qui la blessent, ni de ses larmes qui coulent sans qu'elle s'en aperçoive. Et c'est en sueur qu'elle arrive deux heures plus tard dans sa chambre, les pieds en sang, mais si épuisée que la douleur s'est dissoute. Elle se fait couler un bain, s'empare d'une mignonnette de whisky dans le miniréfrigérateur, l'avale d'un trait. Allume une cigarette, tourne en rond dans la chambre tandis que la baignoire se remplit, regarde l'heure, Hicham ne devrait pas tarder à rentrer, tente de mettre à distance la honte qui s'immisce en elle, décide de tout lui dire, puis non, finalement, de le lui cacher, après tout elle n'était pas elle-même, et puis quand même de tout lui dire, ou juste un peu, elle n'a pas trouvé Manuel, c'était ça qu'elle cherchait, n'est-ce pas, « c'était Manuel que tu voulais », se dit Mara en se regardant dans la glace, « tu voulais le revoir, savoir ce qu'il était devenu, s'il avait une femme, s'il te regarderait toujours de la même manière, s'il te prendrait la main pour t'emmener dans la chambre du haut, c'était ça, n'est-ce pas », se flagelle-t-elle. « Tu n'es qu'une salope, une pute, une traîtresse, tu as l'esprit malsain », des larmes commencent à couler, « tu as déjà presque tué ton frère, maintenant tu veux tuer celui qui a tout sacrifié pour toi, qu'est-ce que tu cherches à faire ? » Mais déjà elle ne se voit plus, les larmes brouillent ses yeux, elle se laisse glisser par terre et reste allongée contre le sol froid. Quand le bain commence à déborder, elle se lève douloureusement pour arrêter les robinets et s'assoit sur le rebord.

La porte de la chambre s'ouvre et claque. Mara ferme les yeux. Elle entend Hicham l'appeler, n'a pas la force de répondre. Voyant ses affaires éparpillées sur le lit, il entre dans la salle de bains et la voit, le visage hâve, ses yeux l'évitant, à moitié nue sur le rebord d'une baignoire trop pleine : « Qu'est-ce qui se passe ? » demande-t-il, alarmé. Mara reste muette. Hicham accourt vers elle et prend son visage entre ses mains : « Qu'y a-t-il, Mara ? Qu'est-ce qui s'est passé ? Réponds-moi ! » Dans sa voix, une panique à peine contenue. Il lui tapote les joues, la secoue, elle se dégage et se lève. Hicham l'interroge du regard, dur et perplexe. Il attend. Alors des mots commencent à sortir, butant sur le carrelage de la pièce, des mots glacés et sans écho. « J'y suis allée. Je n'ai pas pu faire autrement, et j'y suis allée. » Hicham se fige, il sait de quoi elle parle et attendait en réalité ce moment depuis leur arrivée. Mais il sait aussi qu'il n'avait rien à craindre de cette visite, que le palais a été vendu à des Espagnols, et que Khadija y travaille toujours. Il continue d'être en contact avec elle, et si Manuel était repassé, il l'aurait appris. À moins que. Manuel la paye, cet argent qu'il lui envoie a pu acheter son silence. « Qu'est-ce que tu es allée chercher là-bas ? » Au fond, c'est la seule chose qui l'intéresse, cet appel du passé, cette impossible rupture que ce détour par la casbah confirme, c'est cela qu'il redoutait. « Je ne sais pas, répond Mara, je t'assure que lorsque j'y suis allée, je ne m'en suis même pas rendu compte, c'était plus fort que moi, ce n'est pas moi qui ai décidé, c'est autre chose. Et puis quand je suis arrivée, je suis revenue à moi, j'ai vue Khadija et je suis partie en courant, je n'avais plus du tout envie d'être là, tu comprends, je me haïssais d'être là, et je me hais d'avoir pu aller là-bas... » La violence avec laquelle elle prononce ces derniers mots fait reculer Hicham, elle semble encore possédée, et cette haine qu'elle retourne contre elle-même n'est pas feinte. Aussi doit-il la calmer, et se voit-il obligé de minimiser son geste. Il l'encercle de ses bras tandis qu'elle se débat, et lui murmure comme à un enfant pris d'une colère indomptable : « Ça va aller, calme-toi, ce n'est pas grave, tu vois, tu y es retournée, et c'est tout, les choses ont changé et n'ont pas changé, toi, tu as changé, et tu ne pourras plus jamais voir ces lieux comme avant, ils ont perdu leur magie, désormais ils sont morts et tu es allée t'en rendre compte par toi-même. C'est fini, Mara, le cauchemar est fini, nous allons nous en sortir, tous les deux ensemble, je suis là. Ce n'est pas grave d'y être retournée, c'est même normal. Maintenant c'est fait, ce n'est plus à faire, tu vas te sentir libérée. »

Ainsi lui chuchote-t-il, tandis que Mara sanglote dans ses bras, jusqu'à la tombée de la nuit, l'un contre l'autre, recroquevillés, l'eau du bain a fini par refroidir, le soir est déjà bien avancé, Mara semble s'être endormie dans les bras de Hicham qui n'ose plus la réveiller. Au bout d'un moment pourtant il tente de bouger, les membres ankylosés, et doucement l'aide à se lever. Ils n'ont faim ni l'un ni l'autre. Hicham s'empare des dernières mignonnettes et remplit deux verres. Face à la fenêtre, ils boivent silencieusement, épuisés comme une terre lavée après une averse. Dans une étrange apesanteur, les blessures se volatilisent, la vodka panse les plaies, la cautérisation a été douloureuse, mais radicale, cette libération qu'a prophétisée Hicham est peut-être en train d'arriver. C'est en tout cas ainsi qu'ils se couchent, leurs corps se serrant sous un drap fin qui les enveloppe.

Les journées qui suivent sont calmes. Mara reste sur la terrasse de l'hôtel et se remet à lire les ouvrages sur l'Algérie. Hicham va au bureau sans plus s'occuper des cartes postales, et tente d'être efficace pour ne pas avoir à revenir dans les mois qui viennent. Ils ne parlent plus des événements des jours précédents qui ont en quelque sorte aspiré les appréhensions et les énergies, les convertissant en une forme d'hébétement pas tout à fait désagréable. Mara est revenue à ce monde fantasmé qu'elle s'invente au fil de ses lectures. Retrouver l'atmosphère de l'Algérie quittée depuis qu'elle est arrivée au Maroc et que le passé a pris le pas sur l'avenir est un ressourcement où elle se voit à nouveau coïncider avec celle qu'elle est devenue. Elle a recouvré une paix, en renouant avec cette mère imaginaire et cette patrie tout aussi imaginaire quoique dessinée par les historiens et les poètes. Mais cette paix n'est accessible qu'au prix d'une réclusion imposée. Trop de fantômes hantent la ville. Mara préfère ne plus sortir, évitant les tentations et les mésaventures.

L'avant-dernier jour, Hicham est plus nerveux. Il doit quitter ce bureau pour n'y revenir que bien plus tard, réglant les affaires pressantes et rangeant ces deux pièces désormais dévolues à d'autres. Il demande à Aïcha de le laisser seul quelques heures pour venir à bout d'un premier déblayage, puis de se charger du reste. C'est contraint qu'il s'enferme à nouveau dans le bureau de Manuel et fouille tous les tiroirs pour être sûr de ne rien laisser derrière lui qui puisse être compromettant ou important pour lui. Une trace, un mot. Mais Manuel a déjà dû passer par là, et à part ce qu'il a volontairement laissé, le reste n'est que paperasse sans importance.

Des dossiers sont empilés, du papier, des crayons, une agrafeuse, une lampe de chevet, des objets fonctionnels qui ont perdu leur histoire, qui serviront à d'autres, qui les transmettront à leur tour à d'autres, sans y penser. Hicham jette, il ouvre et il jette. Il déchire, il met en boule, il jette. Le ménage est fait. Aucune autre surprise ne l'attendait dans ce bureau, sinon cette atmosphère encore chargée du souffle de l'autre et qu'il a bien été obligé de respirer.

Il passe dans son propre bureau, beaucoup plus sombre. Là il connaît l'emplacement des choses, la plupart du temps anodines. Mais il y a le coffre, et il y a les cartes, dans ce tiroir fermé à clef qu'il lui faudra bien rouvrir. Que faire de ce qu'ils contiennent, où les mettre à l'abri ? Hicham s'assoit un moment sur son fauteuil et réfléchit au meilleur emplacement. À vrai dire, à part ce bureau, il n'a aucun lieu fixe où revenir. Chez sa femme ? Mais quelle idée de mélanger ces deux univers-là. À Paris, il n'est pas encore installé. Pourtant, il a du mal à se séparer de ces papiers. Se l'expliquer lui serait bien impossible.

Il ne peut s'empêcher dans un geste impulsif de plonger le tas de cartes postales dans sa serviette. Aïcha entre à ce moment, Hicham comme pris sur le fait la referme en vitesse et abrège les adieux. Il confie toutefois à sa secrétaire l'adresse de la boîte postale de Manuel et sa lettre si lapidaire, sous scellé, lui faisant promettre de ne jamais l'ouvrir. Aïcha commence à pleurer, Hicham supporte mal ces cérémonies de séparation qu'il devait subir à chaque départ de chez lui, les imprécations et les pleurs, si bien imités par sa mère chez qui le rite encourageait peut-être à éprouver de la tristesse. Il sort de façon précipitée en lui répétant que tout ira bien, qu'il l'appellera régulièrement, que l'homme qu'ils ont engagé lui semble très bien mais qu'elle doit néanmoins le tenir à l'œil les premiers temps, et enfin referme la porte, soulagé.

Derrière lui, ces bureaux désormais vides qui ne le hanteront plus, derrière lui cette semaine éprouvante à côtoyer des ombres désormais nettoyées, lessivées. Les volets sont clos, Aïcha veille, il reviendra, différent. C'est plus léger qu'il parcourt la ville, dans la hâte de retrouver Mara, libéré de ce poids, oubliant même le paquet dans son sac. Elle l'attend à l'hôtel, allongée sur le lit, un livre dans une main, une cigarette à l'autre. Elle aussi semble reposée, son regard s'illumine lorsqu'elle le voit entrer, ils se retrouvent, enfin ensemble. Elle se lève et l'embrasse, comme la nouvelle fiancée, qu'il enlace à son tour, ils se serrent l'un contre l'autre, cette tendresse est celle de retrouvailles, le souvenir des jours s'efface, cette étreinte l'absout. Une énergie nouvelle s'immisce entre eux. Ils décident de sortir dîner à Asilah, à une trentaine de kilomètres de Tanger certes, mais le fameux restaurant espagnol les vaut, même les Casablancais n'hésitent pas à réserver, malgré les deux heures de route qui les en séparent.

Ils prennent un taxi qui sort de la ville difficilement, et longent la côte atlantique jusqu'au village blanc et fortifié. Ils se mêlent à la foule, dense à cette heure, les villageois sont de sortie sur le paseo, ils vont et viennent, le long de la grande avenue, vêtus et apprêtés pour l'occasion, croisant d'autres villageois, les observant, des clins d'œil sont échangés, des enfants courent dans la foule, on achète des cacahuètes qu'on décortique le long de la promenade. La terrasse de Garcia donne sur le paseo. Une table les attend, ils observent le manège nocturne de cette faune soudain sortie du silence de l'après-midi, et commandent des poissons frits, spécialité de la maison. C'est l'un des rares endroits où l'on peut boire du vin sur une terrasse sans que personne ne s'offusque. La tradition espagnole a légué une désinvolture que ne connaissent pas les régions plus marquées par le protectorat français. Des marchands ambulants proposent à Mara des pâtisseries et des bijoux, des coquillages peints, des coraux qui ne viennent sans doute pas d'à côté. Elle décline, en souriant, achète à un gamin des rues trois cigarettes – elles sont vendues à l'unité –, et porte un toast à la fin de ce séjour, et à leur dernière journée, entièrement consacrée à eux deux. Peut-être laisseront-ils là d'autres images qui recouvriront les anciennes, et alors les prochains voyages seront moins douloureux. Ils parlent de leur retour, de leur futur appartement, de leur vie à Paris, d'un quotidien qu'ils appellent de leurs vœux, de cette normalité enfin désirée, enfin acceptée, au sein de laquelle ils pourraient peut-être construire quelque chose, une famille, pourquoi pas ? Mais avant cela, il y a l'Algérie, ce point de mire auquel Mara revient, ce passage obligé qui ne changera rien, sans doute, mais dans lequel elle place des espoirs insensés et cette idée qu'alors elle commencera vraiment sa vie.

Ils mangent avec les doigts, les crevettes et les anchois, les éperlans et les merlans, entrecoupant le repas de verres de sémillant, le vin blanc local, qui trône dans un bac de glace. Le garçon apporte des bols d'eau citronnée, pour qu'ils puissent se nettoyer les doigts, qu'ils trempent et enlacent au milieu des rondelles de citron. Leurs pieds se touchent sous la table, discrètement. Ils se sourient dans l'attente du moment où, se retrouvant seuls, ils pourront faire les gestes jugés impudiques que la situation sur la terrasse interdit. Il est tard, le paseo ne désemplit pas. Les enfants sont endormis dans leurs poussettes ou les bras de leurs pères. Des bandes de jeunes garçons cherchent les bandes de jeunes filles, aucune mixité, mais une électricité dans l'air, et les voiles qui recouvrent certaines têtes ne rendent l'exercice qu'un peu plus périlleux. Hicham et Mara les observent, amusés : « Tu as été comme ça, à leur âge ? lui demande Mara. — Certainement pas, j'étais bien trop sérieux, je vivais encore au bled, qui était beaucoup moins laxiste que celui-ci, et je devais travailler. — Alors c'est maintenant que tu rattrapes le temps perdu ? — Exactement, répond-il en lui serrant un peu plus fort la main. — Allons-y, il faut trouver un taxi vers le haut de la ville, et j'en peux plus de te regarder de loin sans pouvoir t'embrasser. » Ils se lèvent et marchent au même rythme que la marée humaine, jusqu'à prendre une rue perpendiculaire qui les mène vers les hauteurs, où attendent les grands et petits taxis. Hicham offre au chauffeur d'un « grand » taxi de payer toutes les places inoccupées pour qu'il les mène seuls jusqu'à Tanger. Après négociation le chauffeur accepte. Ordinairement, il faut attendre que le taxi se remplisse pour qu'il démarre, le nombre de places est aléatoire étant donné la taille de la banquette, mais on peut s'y entasser jusqu'à six. Ils ont ainsi pour eux le taxi vide. Hicham impose au chauffeur de prendre l'autoroute. Elle coûte dix dirhams et personne ne l'emprunte, encore moins les taxis. Sur la vieille route les accidents sont pléthores, mais c'est elle qu'on choisit, par habitude, par pauvreté. Ils gagnent ainsi un bon quart d'heure pour arriver à leur hôtel. La ville est tout aussi animée qu'à Asilah, Mara ne se souvenait pas de cet éveil nocturne. Dans la casbah, à cette heure, tout était silencieux. Elle aime rentrer tandis que la vie bat encore, la solitude de la nuit est ainsi repoussée de quelques heures, mais cette solitude a baissé les armes ce soir, elle est pleinement avec Hicham, si pleinement qu'elle ne voudra pas le quitter pour le sommeil. Et de fait, ils dorment peu, finissent au milieu de la nuit par somnoler dans les bras l'un de l'autre, s'éveillant dès que leurs corps se séparent malgré eux.

Au matin, ils n'éprouvent pourtant pas de fatigue, juste une sorte de décalage horaire, bien décidés à profiter de ce dernier jour. En bas, dans la cour de l'hôtel, ils prennent leur premier long petit déjeuner, melons et pastèques, crêpes marocaines ou raïfs, jus de fruits frais et thé à la menthe. Les aliments ont un goût différent de celui des autres jours, plus fruité, plus exotique. La jouissance est aisée en ce matin un peu voilé où une douce chaleur commence à monter. Mara interroge Hicham sur leur emploi du temps. Hicham lui propose d'aller à la plage, mais Mara attend quelque chose de plus intrigant. Il énumère alors des possibilités alléchantes, Mara l'interrompt et lui demande de la conduire à travers la ville de sa jeunesse, les quartiers inconnus, la faculté, son ancienne chambre à la cité universitaire, ses premiers petits boulots, les restaurants ou snacks dans lesquels il avait coutume de manger : « Trace-moi une journée type de Hicham à vingt ans. — Ça ne sera pas très excitant, tu sais. À vingt ans j'étudiais, et je rentrais dormir après avoir mangé un sandwich dégueulasse dans une petite rue qui n'a pas d'intérêt. — Mais elle en a pour moi ! C'est toute la partie de la ville que je connais mal, j'aimerais pouvoir t'imaginer avant. Après tout, moi je te fais bien découvrir Paris, c'est à ton tour de me donner quelques indices... » Hicham est étonné et touché par cette demande. Cet intérêt qu'elle lui porte, à lui tout entier, pas seulement à celui qu'il est devenu mais aussi à celui qu'il était, le prend au dépourvu ; il a coutume de considérer cette période comme sans importance. Il n'est pas même sûr de retrouver tous les chemins. Mais il obéit à l'injonction, lui-même soudain curieux de ces quartiers perdus de vue depuis si longtemps. Ils prennent un taxi qui les mène à la faculté. De là, il essayera de retrouver ses traces, comme celles d'un frère disparu, dans la tête duquel on tente de se mettre pour reconstituer ses itinéraires.

Un kebab poisseux, une terrasse où des hommes fument des cigarettes sans filtre en buvant des cafés noirs entre deux crachats, une boutique de livres, qu'on devrait appeler librairie mais qui ressemble plus à un bazar, des jardins à l'herbe rase où sont allongés des étudiants, mangeant des graines de tournesol et buvant du Fanta. Hicham commente en même temps que ses souvenirs reviennent, des souvenirs pas toujours heureux, même si les retrouver ainsi leur apporte une couleur posthume et joyeuse. Jamais sa jeunesse ne lui a paru aussi légère. Mara lui demande s'il y avait des femmes, des copines, des flirts. Très peu, répond Hicham, mais il ne s'étend pas, il a connu sa femme dans ces années-là, et il fut très vite question de mariage. Le flirt n'a pas fait partie de son initiation, il est passé directement de l'enfance à l'âge adulte, ses années d'étudiant n'ont rien de cette parenthèse enchantée qu'elles peuvent représenter pour d'autres. Hicham travaillait dans un café en même temps qu'il étudiait, et songeait déjà à économiser pour faire vivre son foyer. Les études n'étaient pour lui qu'une porte de sortie, vite refermée. Il n'eut le temps que d'en entrapercevoir le plaisir, déjà coupable, parce que le plaisir est inutile et peu lucratif. Pourtant, il lui revient malgré lui quelques moments d'insouciance, volés aux regards de sa famille et de cette société verrouillée. Hicham ne se plaint pas, il raconte ce que fut sa jeunesse marocaine, sans prendre la mesure de l'intérêt que ce récit suscite chez Mara. Elle non plus n'a pas vraiment profité de sa jeunesse. Mais l'inscription si forte de Hicham dans sa culture et dans un destin dessiné pour lui par d'autres paraît à Mara si éloignée de son propre modèle que pour la première fois elle se demande si sa liberté par défaut, cette absence d'attaches, familiale et sociale, ne fut pas d'une certaine façon une chance. Elle n'en a rien fait, mais au moins n'a-t-elle pas eu à se battre contre des liens si forts qu'ils brisent un individu avant même qu'il puisse éclore. Elle se rend aussi compte du chemin parcouru par son compagnon, son courage qu'il semble lui-même ignorer. Elle le regarde d'un œil nouveau. Elle prend conscience qu'il y a du plaisir à découvrir celui qu'on aime, à apprendre de lui, à voyager avec lui dans sa propre histoire – ce qu'elle n'a jamais eu l'occasion de faire, l'histoire de Manuel était la sienne.

La promenade les mène dans des rues escarpées et populaires d'un Tanger plus moderne, moins historique peut-être, excentré, là où aucun touriste ne va jamais. On peut vivre dans une ville sans la connaître, se dit Mara, qui l'a pourtant beaucoup explorée au début. On habite un quartier, et c'est tout. Celui-ci est un vrai quartier, il y a des commerces et des administrations, du linge qui sèche aux fenêtres, des pleurs d'enfants derrière les murs. Hicham s'arrête à une épicerie et achète une bouteille d'eau, plus loin des tranches d'ananas à un enfant qui tient un stand de fruits frais à un carrefour. Ils sont heureux, en cet instant, détachés du reste de la ville et de leur vie, goûtant la chair de l'ananas, se rinçant les mains sous la bouteille d'eau. Ils décident de continuer leur exploration dans les ruelles qui commencent à grimper sur le flanc d'une colline. Les rues sont denses, les femmes discutent de leur palier respectif pendant que des enfants jouent au foot, des charrettes tirées par des ânes escaladent l'escarpement, faisant tomber des brins de paille sur leur passage, d'autres transportent des briques et du ciment, aucun camion ne passe par ici, les travaux se font manuellement, les matériaux transportés les uns après les autres, les maisons sont de toute façon petites et étroites. Des menuisiers cisèlent le bois dans leur échoppe, puis ce sont les ferrailleurs, les corps de métier défilent ainsi, regroupés par blocs d'immeubles. C'est un voyage dans le temps plus que dans l'espace, Mara est concentrée sur ces hommes courbés qui coupent, scient, polissent.

La rue se fait plus large, peu à peu le soleil y pénètre, la foule plus bigarrée, et pas loin des bruits de voitures promettent une avenue d'où part un autre quartier. Le trafic se densifie, des magasins de vêtements et de téléphonie, les immeubles sont plus hauts, l'horizon plus dégagé. Mara demande à Hicham s'il sait toujours où ils sont. Hicham sourit : « Bien sûr, on va vers la mer », mais la mer est encore loin, cachée par la colline.

Soudain, tandis qu'ils déambulent sur l'avenue et que Mara regarde les boutiques, amusée par les contrefaçons, des babouches Vuitton et des gandouras Chanel, Hicham a un haut-le-cœur. De l'autre côté de l'avenue, sur le trottoir d'en face, il a croisé un regard, un regard qu'il connaît trop bien.

Il ne peut s'être trompé. La foule a avalé l'homme, mais ses yeux demeurent comme suspendus à travers les voitures et les corps qui se meuvent. Hicham cherche dans la foule le visage qui a disparu, et c'est à l'angle du carrefour qu'il le retrouve : les regards se croisent, à nouveau, avant que Manuel s'évanouisse dans la masse. Mara appelle Hicham pour lui montrer une photographie encadrée dans la boutique de contrefaçons, c'est le créateur pour lequel elle a travaillé si longtemps, bras dessus, bras dessous avec un inconnu, peut-être le propriétaire de la boutique ? Comme Hicham ne répond pas, elle s'approche de lui. Hicham revient à lui-même sous la pression de ses doigts, mais ses traits sont défaits. Mara ne s'en aperçoit pas, tout à la surprise de retrouver son ami et mentor acoquiné dans cette boutique obscure d'une rue de Tanger. « Sans doute un amant de passage », dit-elle, pour expliquer cette incongruité. Hicham a le temps de reprendre ses esprits et de faire bonne figure.

Que fait Manuel ici ? Il les a vus, les a observés, mais depuis combien de temps ? Les suivait-il ? Pourquoi ferait-il ça ? Peut-être est-il revenu pour régler des affaires, ou peut-être son navire a-t-il accosté là. Les suppositions vont bon train tandis qu'il fait semblant de prêter l'oreille à Mara. Manuel a changé, il a maigri, ses cheveux ont éclairci, cette présence soudain si concrète le décontenance. Chercherait-il à revoir Mara ? Mais alors pourquoi ce doigt sur la bouche en signe de silence lorsque leurs regards se sont croisés ? Il ne voulait pas qu'elle le voie. Hicham se dédouble en pensée pour courir après l'autre, le secouer, lui demander ce qu'il veut une bonne fois pour toutes. Seulement c'est impossible, la présence de Mara empêche toute démarche, toute manifestation de son profond bouleversement.

Il tente de se raisonner. Mara est absorbée par ce qu'elle observe dans la rue. Tant qu'elle ne sait rien, ce qui aurait pu être dramatique reste une douloureuse coïncidence qu'il doit garder pour lui. Hicham propose de se rendre au Minza pour boire un verre, il a besoin d'alcool. « On sort de ton adolescence ! s'exclame Mara. — Je crois qu'on en a fait le tour, passage à l'âge adulte. » Mara siffle pour marquer l'ascension sociale fulgurante, le Minza est le grand hôtel de Tanger où un verre coûte deux semaines de repas dans le restaurant où il avait l'habitude de prendre ses déjeuners. D'un autre côté, ce n'est que dans les grands hôtels qu'on peut consommer de l'alcool avec une femme sans qu'on la prenne pour une prostituée. Il hèle un taxi pour qu'il les éloigne au plus vite. Il observe par la fenêtre les visages des passants. Mais Manuel n'est plus là et sans doute ne le reverra-t-il plus. Était-ce vraiment lui ? un homme qui lui ressemblait ? ou un simple mirage ? Le moment d'angoisse est passé. Sa main gauche continue d'être secouée de soubresauts qu'il ne peut maîtriser, mais Hicham s'est ressaisi, éprouvant au fond de lui un certain plaisir très masculin. Manuel sait désormais que Mara et lui vivent ensemble. La passation des pouvoirs a enfin pu avoir le témoin qu'elle attendait.

Le Minza est l'endroit tout indiqué pour marquer sa victoire, dans cet hôtel où descendent essentiellement des Européens et où sans doute le jeune couple avait dû résider avant d'emménager dans la maison de la casbah. Hicham est certain que Manuel ne sera pas là-bas, le visage qu'il a aperçu est un visage qui ne fréquente plus ce genre de lieu, des bars de marins, peut-être, les bas-fonds des ports, sans doute, mais pas un grand hôtel.

Le reste de la journée se passe tant bien que mal pour Hicham tandis que Mara garde son humeur légère. Ils sont allés au café Affa, sur la falaise face à l'Espagne, où on boit du thé à la menthe et fume du kif, puis ont terminé leur promenade sur la plage où ils se sont baignés. Assez tôt, ils sont rentrés à leur hôtel pour préparer les bagages, soulagés et déjà nostalgiques. Tandis que Mara plie ses affaires et range ses livres, Hicham commande un plateau-repas et une bouteille de vin qu'ils décident de déguster face à la fenêtre, pour dire adieu seuls et ensemble à Tanger. Mara remercie Hicham de cette belle journée qui l'a réconciliée d'une certaine façon avec le Maroc, il mesure l'ironie de la phrase, mais lui sourit, sans rien ajouter, les mots sonneraient faux. Le repas arrive et ils se jettent dessus, affamés. Au troisième verre, Mara devient bavarde et raconte des anecdotes sur son ami Marc qui le premier lui a fait lire un livre sur la guerre d'Algérie. Hicham se réjouit de cette logorrhée qui lui permet de réfléchir aux derniers événements, avant de les classer comme incidents sans conséquence. C'est en tout cas ce qu'il souhaite, et ce qu'il décide, pour clore ce voyage, et reprendre cette vie entamée à Paris.

Ils se couchent tôt, avec tendresse. Le lendemain, un taxi les attend pour l'aéroport, l'avion décolle avec une heure de retard, ils ont acheté des cartouches de cigarettes et du chocolat, Mara est encore assise à côté du hublot pour apprivoiser autrement cette vue familière d'un port qui s'éloigne, et d'un rocher espagnol qui marque le début du continent européen.

À Paris le temps est gris, mais Hicham respire enfin.

Troisième partie

LE RETOUR

V

Ils se remettent assez rapidement au rythme parisien. La recherche d'appartement reprend son cours. Hicham renoue des contacts professionnels, et Mara regarde les petites annonces dans les journaux. Tanger est derrière eux, ils n'en parlent pas, c'est inutile. Hicham souvent repense à Manuel, disparu dans la foule. Mais peu à peu l'angoisse de cette vision s'estompe, il est en sécurité ici, avec Mara, qui ne s'est doutée de rien et s'est ostensiblement rapprochée de lui, comme si finalement ce voyage les avait soudés. Antonio rappelle Mara pour lui donner l'adresse et le code de son appartement. C'est leur première sortie en couple dans le monde, la première fois que d'autres, qu'ils connaissent, et pas seulement des maîtres d'hôtel ou des garçons de café, les considéreront comme une entité, élaborant le plan de table en fonction, les appelant « vous » et s'adressant indifféremment à l'un ou à l'autre, pour une réponse commune.

Ce petit événement dans leur vie à deux impressionne Hicham. Il n'a l'habitude ni de sortir dîner chez des inconnus, ni d'être accompagné par la femme qu'il aime. Au Maroc, les invitations qu'il acceptait étaient de nature différente : jamais on ne le traitait d'égal à égal. Il était le « local », l'« alibi » de ses hôtes, le

Marocain éduqué, drôle, sachant tenir une conversation, joli garçon et à ce titre la proie de certains hommes plus âgés. Mais il sentait bien qu'il était déplacé dans ces assemblées, aussi a-t-il décliné peu à peu ces invitations qui au départ représentaient pour lui une forme d'ascension sociale. Aujourd'hui, c'est lui qui est invité. Lui, ou le fiancé de Mara, et ce nouveau statut le réjouit. C'est pour Hicham d'une certaine manière l'officialisation de leur relation, mais aussi et plus insidieusement, la mise à l'écart de Manuel à son profit – Antonio connaissait bien Manuel.

Dans le détail pourtant, il se sent moins glorieux : comment s'habiller, quelle figure faire pour gagner leur estime, à ces gens de la mode que l'on dit cyniques et blasés de tout ? Hicham sait qu'il ne faut pas s'arrêter aux préjugés. Il s'en veut de se laisser impressionner par des valeurs qui ne sont pourtant pas les siennes, et de se rendre compte qu'il cherche à plaire.

Mara s'amuse à le voir s'affairer, les sourcils froncés et l'humeur mauvaise. Elle l'a toujours vu si bien s'adapter à chaque situation qu'elle en a oublié que cela pouvait représenter pour lui un effort. Elle n'ose rien dire de peur de le vexer, mais finit cependant par lui conseiller de mettre son jean et sa veste bleue. C'est déjà trop, Hicham explose : « Tu as peur que je te fasse honte auprès de tes amis parisiens ! » Mara fait mine de s'indigner : « Comment peux-tu imaginer une chose pareille ! — Tu ne m'as jamais dit comment m'habiller, mais ce soir, je ne dois pas faire de faute ! Tant que tu m'as tenu à l'écart, ça allait, me montrer au grand jour, ça change un peu la donne ! — Quelle mauvaise foi ! s'écrie-t-elle, outrée. Je t'ai tenu à l'écart, moi ? »

C'est leur première dispute depuis qu'ils sont rentrés à Paris, ils savent l'un comme l'autre qu'elle peut mal tourner. Hicham se radoucit aussitôt. « Excuse-moi, prend-il sur lui de dire, ce dîner m'angoisse. C'est tout ton passé, je ne suis pas sûr qu'ils m'accepteront. » Décontenancée par la tournure des choses, Mara baisse à son tour le ton : « Mais enfin, Hicham, ils n'ont ni à t'accepter ni à te rejeter, que veux-tu qu'ils fassent, ils sont censés être mes amis, mais ils n'ont pas de titre de propriété sur moi ! Et puis tu arrives toujours si bien à plaire, que crains-tu ? » Hicham s'assoit sur le lit et allume une cigarette, Mara s'assoit derrière lui et lui masse les épaules. « Si j'avais su que ce serait si difficile pour toi, je n'aurais pas accepté l'invitation. — Tu sais bien que ça me fait plaisir, mais il y a quelque chose du rite initiatique que je n'aime pas beaucoup. — Alors n'y pense pas, laisse faire les choses. » Laisser faire les choses, peut-être n'a-t-elle pas tort après tout. Mara elle aussi à sa façon appréhende cette rencontre avec cet ami jadis si proche, devenu un étranger. Elle fait néanmoins confiance à la légèreté apparente d'Antonio pour que tout se passe bien.

Vers 20 h 30, ils sont enfin prêts et descendent dans la rue où les ombres commencent à grandir, décidés à se rendre dans le 18e à pied. Sur le chemin, ils achètent une bouteille de champagne, et goûtent la dernière soirée printanière dans la foule et la musique de cette nuit du 21 juin. Mara raconte à Hicham la fête de la Musique. Ils s'arrêtent régulièrement sans faire attention à l'heure, pris par l'atmosphère festive. La joie des rues finit d'effacer leurs soucis. Mara regarde sa montre et s'inquiète de leur retard. « Dépêchons-nous, le presse-t-elle, on dîne toujours après 10 heures chez eux, mais ils nous attendaient pour l'apéro. » Ils accélèrent donc le pas, et sonnent à la porte d'Antonio, essoufflés.

Celui-ci leur ouvre, une coupe de champagne à la main, et les embrasse avec force effusions. Visiblement il a lui-même oublié quelle heure il était. Olivier, son ami, est assis dans le salon. Les présentations sont vite faites, le champagne servi, par les fenêtres monte la musique de la rue. Antonio pose aussitôt des questions directes pour crever l'abcès, d'où vient Hicham, quel est son métier, depuis quand vivez-vous ensemble, mais il a la délicatesse d'éviter celles qui pourraient être embarrassantes : quand et comment vous êtes-vous connus, par exemple. Un peu au fait des aventures de Mara et de la nature passionnelle de sa relation avec Manuel, Antonio sait contourner les obstacles. Il a aussi très vite compris qu'il ne fallait pas prononcer ce nom.

L'alcool détend l'atmosphère, les notes de jazz parviennent de sous le balcon, Hicham a retrouvé sa morgue naturelle et son sens de l'humour, Mara n'est plus sur ses gardes, Olivier fait des allers-retours à la cuisine pour peaufiner les plats qu'il a préparés. Tandis qu'il les invite à se mettre à table – il est, comme Mara l'avait prédit, près de 23 heures –, Antonio décide de passer aux choses sérieuses : « Je crois que je t'ai trouvé du travail, ma belle. » Hicham et Mara l'interrogent du regard, avec la même curiosité. « Tu te souviens de Catherine, celle qui tient la galerie H, rue de Seine ? — Oui, bien sûr », répond Mara qui se rappelle en effet l'avoir souvent croisée dans les vernissages, soirées, et dîners chez ce même Antonio. « Eh bien elle ouvre une nouvelle galerie rue de Turenne, avec des artistes beaucoup plus d'avant-garde, et elle aurait besoin de quelqu'un pour s'en occuper. — Tu lui as parlé de moi ? Elle a sans doute besoin de quelqu'un de plus expérimenté ? — Si je t'en parle ce soir, c'est que c'est réglé, ma chérie. Je lui ai parlé de toi et elle était enthousiaste à l'idée ! Elle te formera petit à petit et de toute façon tu ne seras pas seule. Elle a besoin de quelqu'un qui porte bien, si tu vois ce que je veux dire, et qui ait de bons contacts avec les artistes – ce que tu as, si mes souvenirs sont bons. » Mara travaillait à une époque où la haute couture était liée à l'art contemporain et où les couturiers étaient considérés eux-mêmes comme des artistes, aussi leurs égéries appartenaient-elles à ce monde hybride de mannequins et d'artistes, où le pop art était encore prégnant, facilitant ces mélanges toujours en vogue. Elle avait été la muse de certains d'entre eux, malgré elle et sans entretenir plus avant de relations avec ceux qu'elle pouvait inspirer, sinon intellectuelle. Mara était déjà fascinée par la peinture et cherchait à apprendre, par tous les moyens. C'est ainsi qu'elle avait commencé à arpenter les pièces des musées et galeries, à lire les catalogues, ce n'est qu'arrivée au Maroc qu'elle s'était mise à peindre elle-même, sans aucune ambition, mais avec une réelle nécessité.

« Vous avez été efficace, admire Hicham sans la moindre ironie. C'est idéal pour toi, non ? » Cela semble trop beau à Mara qui cherche encore où peut se nicher le problème. « Calme ta joie, mon chou ! s'exclame Antonio. — Excuse-moi, merci, vraiment je ne sais pas comment te remercier, c'est magnifique, mais il faudrait que je la rencontre avant, j'ai peur qu'elle ne se soit trompée sur mon compte. — Écoute, fais-lui confiance et c'est tout, arrête de couper les cheveux en quatre. Tu voulais travailler dans une galerie, c'est fait, je sais bien que tu vas trouver quelque chose qui cloche, mais enfin essaye de faire semblant d'être heureuse. » Mara sourit, elle se lève de table et va l'embrasser. « Merci alors, je te promets d'être à la hauteur. C'est... génial, et presque trop beau ! Trop rapide, je dois m'habituer à l'idée. — Tu as toute la soirée pour ça, je lui ai dit que tu l'appellerais demain matin. — OK », répond Mara, soudain revigorée. Olivier ouvre une nouvelle bouteille de champagne pour fêter la nouvelle, ils trinquent dans la gaieté.

Antonio raconte des histoires d'anciens mannequins, Olivier roule un joint qu'il fait tourner et qui les met dans une douce euphorie. Vers 3 heures du matin, cependant, la fatigue commence à se faire sentir, Mara et Hicham prennent congé, en promettant une crémaillère dans leur nouvel appartement qui n'existe pas encore. Antonio propose à Hicham de déjeuner avec lui, pour voir s'ils ne pourraient pas faire affaire ensemble. Ils se quittent, un peu ivres et sentimentaux. Hicham et Mara marchent pour se dégriser, la musique s'est à peine calmée, les rues sont tout juste un peu moins denses. La nuit promet d'être longue, mais pour eux elle s'achève. Ils arrivent sans trop savoir comment à leur hôtel et s'endorment avec la tête qui tourne ainsi qu'une prévisible gueule de bois.

C'est ainsi que la vie s'installe doucement à Paris. Dès que Mara commence à travailler, ils trouvent un logement dans le 20e arrondissement, un peu excentré, mais plus proche de ce qui ressemblerait à un vieux Paris. Des artisans côtoient des bars et des logements sociaux. Hicham découvre vite la vie du quartier, parle plus souvent arabe que français, fréquente un café tenu par Ounissi, un Algérien – coïncidence qui n'en est pas une, la plupart des cafés de cette rue appartenant à une communauté d'Algériens de deuxième génération. Ici il prend le pouls, écoute les nouvelles et lit les journaux. Leur appartement est au dernier étage d'un vieil immeuble qui n'en compte que trois, un petit balcon leur permet de dîner dehors, et d'apercevoir, à travers les toits, Beaubourg, le Panthéon et Notre-Dame, à condition de bien se pencher. Ils ont quitté leur hôtel avec quelques bagages, mais rien pour meubler un grand deux pièces vides. Petit à petit, Mara revient le soir avec une lampe, des chaises, tandis que Hicham s'occupe du matelas et des appareils électroménagers. C'est lui qui fait la cuisine, profitant de journées calmes, et déléguant la remise en marche de la société à son nouvel associé avec lequel il communique chaque jour. L'automne s'annonce chargé, Hicham entend mettre à profit l'été pour s'inscrire dans un quotidien.

Mara quant à elle travaille avec une énergie retrouvée, chaque jour elle se rend à la galerie où elle apprend son métier avec une passion nouvelle. C'est pour elle une expérience inédite de se lever le matin pressée de se rendre au travail, et de ne le quitter qu'à regret le soir – avec la consolation de retrouver à la maison un homme et un dîner dressé sur la table bistro du balcon. Elle découvre le plaisir de travailler. Hicham la voit se transformer. Les moments de mélancolie sont plus rares, l'attente, les subites détresses, l'ennui, ont été balayés par la seule grâce de ce qu'elle considère chaque jour comme un miracle – la rapidité avec laquelle Antonio a trouvé le métier qui précisément était fait pour elle. Antonio, elle le voit régulièrement, pour un café, un apéritif. Il passe parfois à la galerie, de même qu'il déjeune avec Hicham, sans qu'elle puisse savoir de quoi ils discutent. Elle a eu le temps et l'occasion de le remercier un peu plus chaleureusement que la première fois, lui aussi voit les changements qui ont opéré chez elle. Son regard, dur et parfois vide, s'est empli d'une lumière qui éclaire autrement son visage. Sa beauté même en a pris de l'ampleur, perdant néanmoins sa qualité tragique.

Pour Hicham, la joie n'est pas de même nature. Il goûte intensément l'idée d'avoir un appartement à lui qui ne soit pas le simple symbole de sa réussite sociale, et dévolu aux visites et aux pleurs d'enfants. Le foyer n'est plus le privilège de la femme ou des autres, mais le sien. Il construit ses étagères, range ses livres, aménage un coin de la pièce pour faire son bureau, cuisine, et attend sa femme. Rôles inversés dont il apprécie l'ironie tant qu'elle est temporaire, mesurant ses propres avancées, lui qui quelques années plus tôt et dans son pays aurait eu du mal à accepter une situation pareille : il se sent libre.

Repris contact avec les hommes rencontrés lors de mon premier voyage. Difficile de s'engager dans le conflit. Je reste caché chez le frère de Mounir. La nuit, je les aide à faire les tournées dans le quartier, pour surveiller les alentours. Peu à peu, je m'intègre dans la « milice » des patriotes. Elle fait plus ou moins partie de l'armée, mais j'ai plutôt l'impression qu'elle est privée et s'est créée pour protéger le clan. Plus le temps passe, plus je peux sortir à l'air libre, on commence à me connaître dans le coin. On sait pour qui je travaille, et malgré mon fort accent français, on me fiche la paix. Tout renfort est le bienvenu. J'apprends qu'au-delà du quartier un riche industriel a payé des mercenaires pour protéger son usine. Un peu partout, et surtout aux abords des puits de pétrole, s'organise une sécurité entretenue par les grandes firmes. Les intérêts économiques sont mieux protégés que les intérêts humains. Pour moi, ça m'est égal. Ils m'ont fourni les armes, je peux mener les deux combats de front, le jour à l'usine, la nuit au quartier. Le besoin de sommeil m'est passé depuis longtemps. Chaque nuit, on entend les aboiements des chiens, si bien qu'à force on ne les croit plus, pourtant à tout instant l'AIS peut débarquer, comme elle l'a déjà fait dans les provinces d'Alger, comme elle ne cesse de le faire.

Les événements s'enchaînent depuis que je suis arrivé. La moitié ne filtre pas au-delà des frontières. Mais ici, les nouvelles vont vite, même si elles restent des rumeurs. Assassinats qui se répètent, jour après jour, d'une province à l'autre ou d'un quartier à un faubourg. Des personnes âgées, des jeunes filles, des enfants. À Blida, le 2 et le 3 juillet, quatre personnes d'une même famille sont tuées, et six filles kidnappées à Larbâa par un groupe d'une trentaine d'hommes. C'est El Watan *qui l'affirme. Information douteuse ? Censurée ? Les cadavres n'en sont pas moins réels. Le téléphone arabe marche, recoupant les informations qu'on peut lire dans les journaux. Les doutes subsistent sur les assassins. Mais je vois bien, d'ici, combien l'identité des uns et des autres n'est pas politique mais familiale, régionale, construite sur des lignées et des histoires vieilles de centaines d'années où les rancunes ont eu le temps de s'accumuler. Toujours à Blida, un vieux couple est tué par un groupe armé. Leur fille est kidnappée. Le même jour, à Ouzra, dix-huit citoyens sont assassinés. Le groupe armé n'est toujours pas identifié. Le lendemain, un autre vieux couple de cultivateurs est tué près de Mascara – groupe armé non identifié. La population émigre, les exodes sont anarchiques, on ne sait plus que fuir, seules les milices locales qui défendent un village ou une zone définie savent ce qu'elles font et pour qui elles se battent : pour les leurs, pour la survie de leurs familles. Quant à moi, je me bats pour me battre, et si on me pose la question, je trouve toujours une parade.*

Les barrages formés par de faux policiers se multiplient, il faut faire attention à chaque déplacement. Le 5 juillet, une équipe de supporters qui venaient de fêter la victoire de l'USMA lors de la coupe d'Algérie s'est fait prendre : trois jeunes garçons tués. Même les cimetières ne sont plus des sanctuaires. Le jour de l'indépendance, une bombe a été posée à celui d'Ouzra, faisant trois morts et des blessés.

Médéa. Vingt-sept personnes sont tuées. Groupe armé non identifié. On dit aussi dans la presse privée que huit terroristes ont été abattus au même endroit. Mais qu'appelle-t-on « terroristes » ? Qui ne l'est pas de nos jours ?

Lundi 7 juillet 1997 : le procès d'Abdelkader Hachani s'ouvre. Il avait publié le 18 janvier 1992, au lendemain du coup d'État, un communiqué appelant les militaires à respecter le choix populaire exprimé à travers le suffrage universel.

Un marchand de pain à la sauvette au marché de Bachdjarah à Alger est froidement exécuté par un policier pour avoir refusé de lui donner une baguette gratuitement.

À l'étranger il semble que cette guerre ne fasse pas beaucoup de remous. Se peut-il qu'on ne soit pas au courant en France de ce qui se passe ici ?

Les explosions de voitures piégées n'en finissent pas. Chaque jour, un nouvel attentat nous est signalé. Le 9, c'était dans un cinéma d'Alger. Des cadavres sont découverts un peu partout, de Bab el-Oued à Blida.

Je suis las.

Ce n'est qu'un mois après leur retour à Paris que Hicham reçoit un appel d'Aïcha : « Vous avez du courrier personnel que je ne peux pas ouvrir, je vous le renvoie ? » Les antennes de Hicham sont mises en alarme. « Pas à mon domicile. — Où ? » demande Aïcha, mais il n'en a aucune idée. Finalement il donne l'adresse du bar d'Ounissi, et va prévenir celui-ci qu'un courrier très important à son nom lui sera adressé. Une semaine plus tard, il récupère l'enveloppe qu'Ounissi lui tend, sans faire de commentaire. Mara travaille à la galerie, il peut remonter chez eux et l'ouvrir tranquillement. Il prend une respiration avant de poser les yeux sur ce qu'il préférerait tant ne pas voir. Il ne s'était pas trompé, une carte postale, encore, envoyée d'Alger. Mais cette fois, quelques lignes ont été écrites au dos. C'est bien l'écriture de Manuel.

« Cette carte est sans doute la dernière. Tu m'avais demandé de garder un contact, ou peut-être est-ce elle qui te l'a demandé ? Cela ne semble plus nécessaire. Mara a l'air d'aller bien puisque tu en prends soin. Je lui laisse tout. Dans la carrière que je commence, il y a peu d'espoir de survie, et tu penses bien que je ne deviens pas mercenaire pour l'argent. Je ne t'ai jamais dit que j'étais arabe, un peu, je ne sais de quel pays ?

Puisque la guerre sévit en Algérie, c'est là que je mourrai. Adieu à toi, mon ami. Pas un mot à celle qui t'accompagne. Manuel »

Hicham repose la carte.

En Algérie. Manuel a décidé d'aller mourir en Algérie. *Manuel a décidé d'aller mourir* est déjà une information suffisante pour Hicham. Marin, puis mercenaire, il ne sait comment vivre ni comment mourir. En situation de guerre, la responsabilité ne lui incombera plus.

Mais en Algérie. Forcément. Que sait-il de ses propres origines ? Se rend-il en Algérie en connaissance de cause ou parce que c'est le pays le plus proche du Maroc, là où Hicham l'a vu pour la dernière fois ? En quoi cette rencontre hasardeuse dans les rues de Tanger a-t-elle décidé du sort de Manuel ? Il ne dit rien de son lien de sang avec Mara. Par délicatesse ? Croit-il qu'elle a gardé leur secret, qu'elle lui reste fidèle, par-delà la terrasse de Tanger ?

Hicham laisse tomber sa tête entre ses mains et masse ses tempes comme pour alléger ses pensées. Mais le poids de ces quelques lignes lui est tombé dessus et a touché au cœur. Il refuse toute culpabilité malgré l'invitation insidieuse de la lettre. C'est contre un sentiment de fatalité qu'il se débat : Mara veut précipiter son voyage en Algérie, Manuel se bat en Algérie. Ce mythe des jumeaux, ce serait donc vrai ?

La douleur dans le crâne s'accentue. Les mots de Manuel l'écrasent de plus en plus, leur logique implacable, leurs sous-entendus cruels. Ils ne peuvent qu'être la réaction à cette rencontre fortuite, dont Hicham redoutait les conséquences. La vision de Mara et de Hicham a dû déclencher une tempête chez Manuel. Hicham s'aperçoit alors qu'il est en train d'élucider l'attitude de Manuel, de la justifier, et peut-être même de se mettre à sa place. « Quel imbécile je suis ! » Il se lève brutalement. Il décide de dissimuler la lettre avec les autres cartes, au milieu du paquet, puis, dans un geste spontané, descend chez Ounissi pour lui remettre le paquet, à n'ouvrir et ne placer en d'autres mains que les siennes en aucun cas, sinon de mort. La solennité avec laquelle il demande ce service force le respect d'Ounissi qui lui montre où il dépose le paquet : un coffre où certains papiers importants et quelques liasses de billets attendent leur heure. Hicham lui promet qu'il ne s'agit pas de politique, l'autre place son doigt sur sa bouche et lui tapote l'épaule. « Pas de problème, mon frère. » Hicham remonte, rassuré quant à l'aspect pratique, mais toujours aussi bouleversé. Il ne parvient pas à rester enfermé, et ressort pour marcher.

Sans s'en apercevoir, il se dirige vers le 3e arrondissement. Au Cirque d'hiver, il décide de rendre visite à Mara, pour s'assurer que tout va bien, que rien n'a changé. Il la trouve en pleine visite avec un acheteur potentiel, elle lui fait signe de l'attendre dans le bureau qui donne sur un jardin privé. Il s'assoit sur un banc et fume une cigarette, en tâchant de calmer le tremblement de ses doigts. Quand elle a fini, elle le rejoint en souriant : « Quelle bonne surprise ! Qu'est-ce que tu fais là ? — Je ne sais pas, je me promenais, j'avais envie de te voir. — J'en ai encore pour trois quarts d'heure, mais on peut sortir dîner si tu veux. — C'est parfait, va travailler, je t'attends. — Tu veux le dernier catalogue pour patienter ? — D'accord, passe-moi le dernier catalogue. » Mara fronce les sourcils, Hicham n'est pas dans son état normal, mais elle remet à plus tard les questions plus intimes.

Quand elle ferme la galerie, le temps est encore chaud, c'est ce qu'on appelle l'été indien, Mara veut en profiter pour dîner sur une terrasse et essayer un restaurant qui vient d'ouvrir. Hicham suit, silencieux. « Quelque chose ne va pas ? demande-t-elle en chemin. — Non, rien, j'ai juste eu une journée bizarre, répond Hicham qui ne sait pas mentir tout à fait. — Pourquoi ? — Pour rien. Ça arrive, j'avais besoin de te voir. » Mara sourit et lui prend la main. « Alors je vais m'occuper de toi ! » Mara anime la soirée sans qu'il ait besoin ni de parler ni de penser : elle lui parle, de son travail, d'elle, d'eux, lui raconte des anecdotes, décrit des personnes de leur entourage en forçant le trait, lui énumère les foires d'art contemporain qu'ils seront amenés à faire ensemble. Ses phrases viennent toutes seules, elle ne fait plus d'effort pour tenir seule une conversation, parler n'est plus une souffrance, son métier lui fournit une matière nouvelle, une matière indépendante dans laquelle elle peut puiser à volonté. Hicham la laisse faire. Il tente de ne pas se laisser déborder par ce qu'il sait mais ne peut s'empêcher, en la contemplant, de penser à ce frère jumeau qu'elle a tant aimé. « Pourquoi tu es si silencieux ? s'inquiète Mara. — Rien, je t'assure, j'ai eu mes enfants au téléphone aujourd'hui et leur acariâtre de mère, mais je n'ai pas envie d'en parler. » Il se sent un peu honteux d'utiliser ses enfants. Il les appelle régulièrement, c'est vrai, mais pas aujourd'hui. Pourtant c'est la seule raison qui endormira les soupçons de Mara. Ils ont peu reparlé des enfants de Hicham. Celui-ci préfère régler son divorce sans impliquer Mara, mais elle suit de loin les étapes des procédures, douloureuses pour la plupart. La question des enfants n'est pas réglée. Elle le soutient dans la mesure de ses moyens.

Hicham parvient à la fin du repas à retrouver une forme de légèreté, si fragile que le moindre prétexte le ramène à Manuel, et à la peur irrationnelle de le voir arriver au coin de la rue. Il sait pourtant désormais avec certitude que cette fois, toute rencontre est rendue impossible, sinon là-bas... Et qu'il ne pourra pas empêcher Mara de s'y rendre.

Il se formule l'hypothèse d'éventuelles retrouvailles, et voilà que se matérialise devant ses yeux l'image très réelle, Mara et Manuel face à face, dans une même pièce qui se referme sur eux comme un tombeau – et lui, abandonné au seuil. « Qu'est-ce qui se passe, Hicham, tu m'entends ? » Hicham revient à lui. « J'ai pris un quart de Lexomil après le déjeuner pour me reposer, ça me met dans un état bizarre. — Mais il y a du nouveau dans ton divorce ? Pourquoi tu ne me racontes pas ? — Rien de très nouveau, c'est la lenteur des choses qui finit par m'atteindre. »

Mara s'en contente mais reste inquiète. Tout ce qui peut entamer la paix qu'ils ont consolidée ensemble est une menace qu'elle entend tenir à distance. Partager leurs craintes, c'est faire front contre leurs peines. Or Hicham enfreint la règle tacite. Soit il veut la protéger, soit il lui cache quelque chose, soit les deux à la fois. « Si tu as quelque chose à me dire, fais-le maintenant avant que ça ne prenne des proportions trop grandes. » Elle ne croit pas si bien dire, pense Hicham. L'ironie est amère, mais il est tenu au silence, c'est la loi du secret, qui remonte à bien plus loin que lui – après tout il ne fait que lui obéir. « Il n'y a rien qui vaille la peine d'être dit. Excuse-moi, je vais faire un effort. » Mara hoche la tête, sceptique. Hicham sait qu'il n'aura pas de dernière chance et rejette en arrière-plan, avec difficulté, la bataille qui fait rage.

Quand ils arrivent chez eux, il se sent moins oppressé. Mara prend une douche, il reste seul sur le balcon et fume une dernière cigarette. Elle est fatiguée, mais il insiste pour faire l'amour, pensant par là effacer la mauvaise impression qu'il lui laisse pour la nuit et les inquiétudes qu'elle peut réveiller. Mara finit par s'abandonner complètement, oubliant l'humeur maussade de son compagnon, ou décidant de la mettre au compte des caprices du corps. Cette semaine, elle a travaillé tard chaque soir. Hicham vit peut-être mal cette abstinence passagère. Cette explication la conforte. Et c'est sereine qu'elle s'endort, tandis qu'à ses côtés Hicham ne ferme pas l'œil de la nuit.

Le lendemain, Hicham demande à Ounissi de lui rendre les lettres.

Lundi 14 juillet, fête nationale en France. Le défilé doit être en train de se terminer quand une bombe explose au marché de Baraki à Alger : trente et un morts et quatre-vingt-douze blessés. J'apprends ça plus tard, évidemment. Mais j'essaye de tenir une comptabilité des morts.

Mardi 15 juillet 1997 : Le parquet du tribunal militaire de Blida annonce dans un communiqué la libération conditionnelle du cheikh Abassi Madani, président du FIS. À l'étranger, les représentants du FIS ont beau jeu de dénoncer ceux qui perpètrent des massacres et des attentats contre les populations acquises au mouvement islamique.

Se pourrait-il que l'armée utilise le masque de ses ennemis pour commettre des attentats ? Je n'en crois rien, la propagande fonctionne des deux côtés.

Des extraits de journaux :

El Watan *: « L'élargissement d'Abassi a été accueilli comme une douche froide par les forces démocratiques algériennes (...). La liberté accordée au numéro un de l'ex-FIS suscite des inquiétudes légitimes. »*

Ettahadi *(ex-Parti communiste algérien) : « La libération d'Abassi est tombée comme un couperet sur la tête de millions d'Algériennes et d'Algériens patriotes. »*

RCD *: « La libération d'Abassi Madani est une terrible faute politique qui consiste à vouloir ruser contre un fléau idéologique au lieu de lui opposer le projet patriotique et démocratique pour lequel se battent courageusement et quotidiennement les citoyens. »*

Djazairouna *« s'indigne fortement de la libération des criminels responsables des drames que subissent les familles quotidiennement ».*

Samedi 19 juillet 1997 : El Watan *annonce la mort de soixante terroristes et de deux patriotes dans un accrochage à Hattatba (Tipaza). Le quotidien* L'Authentique *annonce, lui, la mort de quatre-vingt-dix terroristes à Hattatba.*

Est-ce vrai ? L'armée est-elle en train de reprendre le dessus ?

Des témoins rescapés de la tuerie des villages Mzaourou et Oued el-Had racontent que les criminels étaient déguisés en islamistes, mais qu'ils avaient le crâne et les sourcils rasés, et qu'ils ressemblaient plus à des drogués.

Ici même on n'y comprend plus rien.

Mardi 5 août 1997 : De nombreux témoins fuyant la région de Tablat (Médéa) rapportent des informations alarmantes selon lesquelles un étrange groupe armé de plus de quarante personnes rôde depuis une semaine dans la région, repérant les villages et les habitudes des citoyens. Les témoins prétendent que ces individus sont totalement étrangers à la région et n'appartiennent pas aux groupes islamiques.

Mercredi 6 août 1997 : Explosions dans la capitale.

Jeudi 7 août 1997 : Vingt et une personnes sont massacrées au village Zeboudja (Médéa).

Samedi 16 août 1997 : Neuf personnes tuées lors d'un barrage dressé par des hommes armés sur la route Mascara-Oran.

De nombreux convois militaires se dirigent vers la région de Sidi Moussa (Alger) où un important ratissage serait en préparation.

Lundi 18 août 1997 : L'UGTA appelle à des marches contre le « terrorisme » pour le 20 août 1997.

La télévision reprend des spots publicitaires qui vantent le mérite des patriotes.

Mardi 19 août 1997 : Le général Zéroual dénonce à la télévision les « traîtres, criminels et autres mercenaires » et annonce la fin prochaine du « terrorisme ». Ça m'étonnerait. Le même jour, vingt citoyens sont massacrés à Faïd el-Batma.

Mercredi 20 août 1997 : Des marches « spontanées » contre le terrorisme sont organisées par le pouvoir militaire. Échec.

Encore un massacre au douar Souhane près de Médéa, plus de soixante morts dont des femmes et des enfants.

28 août, l'horreur encore une fois, dans un quartier d'Alger. Plus de trois cents morts, une véritable boucherie. Les armes : des kalachnikovs, des poignards et des haches.

Sabotage de la cimenterie de la ville de Chlef par des explosifs. Nos employeurs sont inquiets. Ils renforcent la sécurité de l'usine, d'autres hommes arrivent en renfort. Jusqu'à présent, on a entendu des rumeurs sur des groupes islamistes qui rôderaient dans la région, mais ils n'ont pas osé se montrer. Il faut néanmoins rester sur ses gardes.

L'autre jour, la terreur s'est emparée des habitants du quartier, à la suite de coups de feu et des rumeurs annonçant l'arrivée de hordes criminelles déguisées en islamistes. Tout le monde, femmes et enfants compris, est sorti dans la rue en criant et en s'enfuyant vers le centre-ville. On a procédé à des tirs de sommation pour tenter de les faire rentrer chez eux. L'incident s'est achevé en début de soirée.

À la télévision sont retransmises les funérailles de la princesse Diana.

L'été a passé vite. Hicham voit s'accumuler devant lui les missions et les petits voyages à effectuer. Ils discutent longuement de cette nouvelle organisation avec cette quiétude née des circonstances, et un peu de leur volonté. Un soir, tandis qu'ils dînent tranquillement, la télévision, qui n'était jusqu'alors qu'un bruit de fond, fait irruption dans leur tête-à-tête : c'est une image d'horreur qui les fauche. La fourchette de Mara tombe, Hicham repose son verre, un silence solennel s'abat dans le petit appartement qui ne résonne que du commentaire du journaliste. Sur l'écran s'étale la photographie d'une femme effondrée, après ce qu'il nomme le massacre de Bentalha. Elle est soutenue par une autre femme. La première a perdu ses huit enfants, la deuxième ses parents. Nous sommes le 23 septembre 1997.

Cette fois, Mara ne peut plus faire comme si elle n'était pas concernée. La violence s'étale là, devant elle, la douleur sans fond, le mal radical, celui que rien ne rachète et qu'aucune raison d'État, aucune idéologie ne peut relativiser. Des villages entiers massacrés, femmes et enfants au premier chef, égorgés pour la plupart, des nouveau-nés, des enfants de trois ans, des petites filles de cinq, un couteau sous la gorge, un cri, la mort, sous les yeux des frères et sœurs, des parents, des femmes enceintes que l'on éventre avant de les achever – pourquoi ?

Et pourquoi cette jubilation malsaine du journaliste à exhiber cette photographie ?

Il n'y a que l'hébétude qui réponde à cela.

L'image a de l'effet. Les rumeurs des journaux étaient jusque-là toujours sujettes à caution – trop grande proximité historique avec l'autre guerre mal digérée, rareté des témoins directs, censure des journaux algériens. On peut enfin mettre de l'émotion sur des récits que la simple relation écrite ne suffisait pas à rendre réels.

Le journal télévisé passe à autre chose. Mara et Hicham demeurent suspendus, paralysés par la nouvelle. C'est Mara qui reprend la parole, mais pour ne rien dire, sinon exprimer l'inexprimable : « Ce n'est pas possible, non ? » Hicham ne répond pas. La question n'était pas que rhétorique, Mara cherche à renouer un dialogue, quelque chose qui relève du sens, du familier. Hicham propose alors de descendre au café, pour partager avec le patron et les habitués l'horreur qu'à plusieurs on peut tenter de mettre à distance. Il faut des mots sur ces images, des mots rapides, des mots qui n'ont pas vocation à signifier, mais des mots que d'autres entendent et qu'ils répètent, dont l'écho finit par créer un barrage entre la réalité et son appréhension. Mara le suit, désemparée, elle ne peut rester seule : « Allons boire, se dit-elle, boire jusqu'à demain, oublier cette nuit, reculer encore un peu, mettre en commun de la souffrance, comme le seul baume qui reste à disposition. »

Au café Chez Ounissi, c'est la consternation. Depuis ce matin les clients passent pour pleurer, crier, analyser, théoriser, faire part des peurs, tenter d'échanger des nouvelles. Plusieurs d'entre eux ont de la famille là-bas, dans ces zones grises près d'Alger, cible des ninjas, ces combattants masqués, des islamistes, des membres de l'armée, que sait-on, sinon que les victimes sont identifiables, que des familles entières sont décimées au nom d'une rancune ancienne, que des connaissances ont disparu et il ne s'agit plus des intellectuels premières cibles des islamistes, mais bien des gens ordinaires, de bons musulmans, victimes d'une furie aveugle ou motivée par des pulsions désormais bien éloignées d'une croyance radicale ou d'une idéologie quelconque. On ne prend même plus la peine de l'enrober d'idées ou de foi, cette violence apparaît aussi nue qu'incompréhensible. Les noms des villages n'évoquent rien à Hicham, qui a pourtant pu localiser la famille de Mara dans un faubourg d'Alger. Il maîtrise mal la géographie de la ville, on le rassure aussitôt en lui expliquant que c'est loin, de l'autre côté, que le bourg où les Ben Slama sont censés habiter n'a pas été touché. Mais qui sait s'ils n'ont pas déménagé ?

Chacun tente de se rassurer quant au sort de ses connaissances ou de ses proches, aucun ne semblait habiter Bentalha. Le massacre s'est passé pendant la nuit. Ni l'armée ni les voisins ne sont intervenus. Les nouvelles sont filtrées. La guerre dure depuis six ans, mais cette première photographie a canalisé l'angoisse qui couve de ce côté-là de la Méditerranée. Jusque-là on pouvait faire comme si ce n'était pas tout à fait vrai, malgré le blocus, malgré la fermeture des consulats et de la ligne Air France désormais, on ne peut plus se dérober. Ounissi ferme la porte du café dans lequel sont restés une dizaine de clients. Il débouche des bouteilles de Ricard et de rosé. Certains refusent de boire, par respect des morts ou de la religion, d'autres au contraire ont levé toute inhibition.

Hicham et Mara se laissent doucement entraîner dans une ivresse amère. L'alcool fait pleurer certains, délie la langue à d'autres qui se mettent à raconter leur histoire. La nuit se passe ainsi à écouter les récits des uns et des autres, tous commencent en Algérie, la plupart dans des familles modestes, l'un d'entre eux est ancien professeur des universités, et puis la guerre éclate : les conflits, les bombes pour ceux qui sont enrôlés au FLN, la résistance ; pour les autres, l'attentisme, le combat des Kabyles toujours si peu reconnus ; et, à la fin de la guerre et encore après, l'émigration politique ou économique selon les bords. C'est le partage d'une même misère et de l'amour du pays lointain qui néanmoins les rassemble. Ce sont des histoires de deuil, d'exil, de trahison, des histoires tristes. Aucun n'est ici par choix, mais aucun ne pourrait à nouveau vivre là-bas, malgré les rêves d'une retraite dorée au bled où ils ont commencé à faire construire une maison. Si la guerre dure, ils ne pourront pas revenir. Le conflit a envenimé les vieilles rancunes, mais la photographie du massacre, ce soir, les réunit.

Mara se laisse aller à raconter sa propre histoire, elle a bu plus d'une bouteille et l'autocensure ordinairement si sévère s'est fissurée. Cette histoire, elle n'existe que comme récit, qu'elle tente de se réapproprier. Un père français, une mère algérienne qui l'aime et le suit, une famille proche du FLN qui la bannit, sa mort en couches, l'abandon des enfants. C'est la première fois qu'elle s'entend suivre un fil aussi logique qui la situe dans une cohérence plus vaste qu'elle et qui a à voir avec l'histoire de tous ceux-là, rassemblés dans ce bar, une histoire tributaire d'un pays, dont ils sont tous des rejetons, et dans « rejetons » elle entend « rejetés », c'est ce qu'elle dit, ou qu'elle croit dire, tous nous sommes les rejetés – les rejetés de nous-mêmes parce que en nous coule le sang d'un pays auquel nous appartenons avant de nous appartenir.

Les autres l'écoutent, avec plus ou moins de lucidité mais avec une émotion à fleur de peau ravivée par l'alcool. Hicham cependant n'a rien manqué de cette confession. Mara libère dans ce bouleversement collectif sa propre détresse si longtemps réprimée. « Il faut aller là-bas, d'urgence, il faut y aller. Je veux bien me charger de toutes vos questions, moi je vais m'y rendre, je vais les retrouver, et j'irai voir vos familles, pour savoir, pour vous dire, je vous promets que je le ferai. » Parole d'ivresse, ou vraie promesse ? Hicham penche pour cette dernière option.

Lundi 22 septembre 1997 : Quartier Bentalha, dans la banlieue est d'Alger. Durant toute la nuit, des dizaines de terroristes assassinent les habitants. Les militaires ne sont pas intervenus. Les hôpitaux comptabilisent plus de deux cent cinquante tués. La presse officielle n'en rapporte que quatre-vingt-cinq.

Je me demande parfois pourquoi je collecte avec tant de perfectionnisme ces informations.

La vraie question est : Pour qui. Pourquoi garder une trace ? Faut-il que je brûle ce journal ?

Tout ça me dégoûte profondément.

Leur vie était devenue si agréable, par cette sorte d'équilibre miraculeux qu'ils saluaient chaque jour. Le choc des derniers événements algériens a brisé d'un coup leur insouciance.

Mara se réveille la nuit en sueur. Un même cauchemar la poursuit. Le matin, Hicham lui demande de le lui raconter, mais elle n'y arrive pas. Il retient : des bruits de couteau et de chair, du sang et un enfant accroché à sa mère. Des éléments épars qu'il n'a pas de mal à mettre en forme. Il est temps d'essayer d'entrer en contact avec la famille.

Hicham se décide à appeler l'Algérien rencontré au consulat, et qui dit connaître la famille Ben Slama. Un certain Kader qui lui avait laissé son numéro de téléphone. Il lui donne rendez-vous chez Ounissi, sans Mara, pour tenter de mettre en ordre les informations qu'il peut lui fournir, et s'assurer qu'aucun Manuel n'est apparu, depuis la dernière fois. Hicham a choisi de s'impliquer dans ce voyage plutôt que de l'ignorer. Dans la bataille invisible qu'il livre, il préfère être un combattant qu'un arbitre ou qu'un simple spectateur.

Il attend Kader au fond du café. Une pluie fine tombe sur Paris, Ounissi a allumé les plafonniers du café, baignant dans la grisaille qui depuis ce matin pèse sur la ville. Hicham lit les quotidiens en buvant un café, les nouvelles d'Alger occupent une place importante, il décortique les articles, les uns après les autres, cherchant une logique, quelque chose à quoi se raccrocher qui permette de ne pas retomber sans cesse dans cette émotion dévorante que les nouvelles de massacres continuent d'entretenir.

La porte du café s'ouvre. Hicham reconnaît Kader, le visage vieilli par la tristesse et l'anxiété qu'on peut lire sur tous ces visages algériens. Hicham se lève, lui serre la main, lui demande des nouvelles de sa famille. Kader remercie Allah, ils ont été épargnés, jusqu'à maintenant. Hicham sort une carte d'Alger et interroge Kader sur sa géographie : celui-ci trace avec le doigt les frontières entre les quartiers et les faubourgs. Il montre le quartier excentré qui était encore récemment une banlieue où sa famille et celle de Mara vivent. Il semble a priori éloigné des lieux de massacres, mais ceux-ci ne suivent pas une ligne claire, ils tachent la carte comme un jet d'encre dont les flaques retombent au hasard du papier.

« Et les Ben Slama ? — Pas de nouvelles, répond Kader. — Y a-t-il un moyen de les joindre, de leur faire passer un message ? — C'est difficile, mais on peut essayer. Je suis en contact avec mon cousin qui travaille pour une fabrique de vêtements. Par le courrier administratif on peut échanger de façon assez sûre. — Il faut arriver à s'assurer qu'il s'agit bien de la famille de ma femme. Tu connais l'histoire. Je peux te la réécrire, avec des dates, approximatives, et le plus de détails possible, je n'en ai pas beaucoup. — Tu sais, là-bas, on sait tout, pas besoin d'avoir des détails précis. Les légendes familiales, elles durent. — Qui peut être approché sans danger ? — La mère, ou plutôt la grand-mère de ta femme. C'est la seule qui voudra avoir des nouvelles. C'est la seule qui continue d'entretenir la mémoire de sa fille en secret, contre le reste de la famille. Pour les frères, je ne garantis rien, je ne sais même pas pour qui ils combattent. — Nous devons nous assurer de tout ça avant que j'en parle à Mara. — Elle veut partir, c'est ça ? — Bien sûr qu'elle veut partir, ce n'est pas ce que tu veux, toi ? — Pas tout de suite, c'est trop dangereux. J'attends que les choses se calment. » Hicham comprend. La décision de Mara est inconsciente, mais elle est aussi cohérente. « De toute façon il y a peu d'espoir de pouvoir s'y rendre maintenant. C'est pour ça qu'il faut préparer les choses. Tu dois m'aider, Kader. — Je suis là pour ça, chef. Ta femme, je ne la connais pas, mais son histoire, on la connaît au bled. Elle, elle n'y peut rien, elle veut réparer, hein, c'est ce qu'elle veut, n'est-ce pas ? — C'est exactement ce qu'elle veut », renchérit Hicham, étonné par la justesse du terme. Elle veut réparer.

Ils se donnent rendez-vous deux semaines plus tard, au même endroit. « Dès que nous aurons quelques certitudes, je te la présenterai. Tu lui plairas ! » Cette conversation est menée dans un arabe fleuri, ni le vocabulaire ni l'accent ne sont les mêmes, mais ils se comprennent. Ounissi pendant ce temps leur sert à boire, il connaît l'histoire dont ils s'entretiennent, lui aussi cherche à aider Hicham. Si le couple arrive à partir, c'est un peu toute la communauté du quartier qui aura l'impression de rentrer au pays avec eux.

Depuis cette nuit dans le café d'Ounissi et le récit de Mara, celle-ci se sent intégrée dans une famille qui silencieusement prend soin d'elle. C'est une impression nouvelle que d'appartenir à un groupe, réuni par des blessures communes dans un abri de fortune, ce café du 20e arrondissement de Paris. En rentrant chez elle, elle s'y arrête souvent. Hicham la retrouve ou l'attend, tout le monde les connaît désormais, ils font partie des habitués, de ceux à qui on ne demande plus ce qu'on sert, et qui payent à la fin du mois. C'est aussi un milieu d'hommes, les femmes ne les accompagnent pas, certains sont célibataires et restent jouer aux cartes tard dans la soirée. La femme d'Ounissi prépare le couscous tous les vendredis soir, mais elle ne sort pas de sa cuisine, occupée à l'éducation de ses enfants et aux affaires de famille dont les femmes s'entretiennent. Quant aux autres, elles passent parfois devant le café, mais n'y entrent pas, jugeant le lieu maudit ou mal fréquenté, indigne pour une mère de famille. Les préjugés sont tenaces, elles ont importé leurs coutumes sans en changer un pouce, préférant s'accrocher aux rares repères qu'il leur restait, même caducs, même anachroniques, plutôt que de se disloquer. Ce sont les filles qui prennent la relève, et vont chercher les pères chez Ounissi, quand les mères s'inquiètent. Elles passent devant pour aller à l'école et en revenir, les dernières Nike aux pieds, et le petit frère tenu par une main, le sac de marque dans l'autre. Elles parlent mal l'arabe, et ne font plus leurs prières, suivent juste le ramadan parce que tout le monde le fait. L'univers des familles pénètre peu dans le bar d'Ounissi, c'est un vieil Alger qui s'est ici reconstitué, on y cultive la nostalgie et l'espoir.

Pendant que Mara travaille, Hicham regarde en boucle *La Bataille d'Alger* dont il a réussi à se procurer une cassette. Il l'étudie comme pour une mission secrète : repérer les rues, les visages, comprendre quel est ce pays mitoyen du sien, si proche et si lointain à la fois, séparé par un mur symbolique où se sont greffées l'histoire et la culture. Mais, dans ces ruelles en noir et blanc, il ne peut s'empêcher d'imaginer Manuel, une arme à la main, échappant à toutes les embuscades.

Je rencontre deux journalistes qui écrivent de leur côté un journal pour témoigner des atrocités que le monde ignore. Mouncef et Tawfiq ne peuvent plus publier – rédactions censurées, journaux fermés – et mènent dans tout le pays une enquête clandestine de grande envergure : témoignages, recoupements de sources, comptabilité des morts... Je les ai rencontrés par l'intermédiaire de Mounir, qui était imprimeur avant la guerre. Les imprimeries sont maintenant surveillées par l'État, Mounir ne peut plus exercer son travail, il tente de faire de la résistance à sa façon, mais ne porte pas plus dans son cœur les islamistes que la sécurité militaire. Au début, il a accepté de s'engager dans la sécurité privée de l'entreprise qui m'emploie, pour faire vivre sa famille. Mais c'était aussi le prétexte pour obtenir une arme facilement.

Mouncef et Tawfiq me font pénétrer un cercle étroit d'intellectuels qui se cachent et se battent à leur façon, pour la mémoire. Ils m'acceptent, sans comprendre ce que je fais là. Je me garde bien de le leur expliquer, tout en essayant de gagner leur confiance. Ils me chargent de continuer à collecter les informations, rumeurs ou vérités, de mon côté. Un réseau d'information clandestin se met en place. J'en fais désormais partie. Ces intellectuels sont les cibles les plus recherchées. C'est dangereux, mais ça ne me pèse pas. Au contraire.

Mon combat a désormais changé de nature. Je commence à voyager un peu, pour récolter les témoignages. Mais je reviens toujours ici, dans la grande banlieue d'Alger, où mes amis continuent de faire le guet.

Fin octobre, Hicham entre dans le café, *The Independent* sous le bras : le témoignage de deux officiers de police et d'un militaire qui ont fui l'Algérie accable l'armée. Des militaires déguisés en islamistes massacreraient des villages sympathisants du FIS. Il traduit l'article aux quelques clients qui sont là. C'est la consternation. Ce qu'on refusait de croire jusque-là commence à s'imposer, mais on peut encore douter. Hicham comme Ounissi refusent l'idée d'une victimisation du FIS. La confusion demeure.

Le 10 novembre, tous se retrouvent de bonne heure chez Ounissi. Mara achète des croissants, et Ounissi offre le café. Ensemble ils se rendent à la marche organisée appelant à la création d'une commission d'enquête internationale sur les massacres de population. Ils retrouvent des milliers d'autres personnes. La masse humaine qui lentement se meut entoure Mara et la porte, sa méfiance viscérale des autres a fait long feu, elle se découvre solidaire de tous ces hommes et femmes qui défilent, son destin impliqué dans d'autres destins, elle en éprouve une forme de soulagement mêlé d'étonnement. Elle n'a jamais participé à un mouvement de foule, encore moins s'est-elle intéressée à la politique ou à des revendications quelconques, le monde longtemps pour elle n'a pas existé, jusqu'à l'irruption de cette histoire, petite histoire, individuelle et lacunaire, qui d'un coup l'a propulsée dans la grande. Son aventure prend les dimensions inattendues d'une aventure collective.

On murmure dans la foule que les attentats de 1995 sur le territoire français et dont tous se souviennent si bien comme si c'était la veille auraient été perpétrés par la sécurité militaire algérienne. Hicham est furieux. Même dans cette masse qui réclame la transparence, la logique a déserté. Les gens discutent, échangent des nouvelles, certaines viennent tout droit d'Algérie, on tente d'en apprendre sur son village, son quartier, des manifestants ont perdu de la famille, d'autres n'ont rien à voir avec le conflit mais sont venus montrer leur solidarité. L'émotion est palpable dans les rangs. Dans ce moment de deuil et d'effroi collectifs, Mara découvre une force plus haute qu'elle et qui la soutient. Elle se sent portée. Elle appartient à un ensemble. Elle serre la main de Hicham avec force.

Hicham à son côté éprouve profondément l'émotion invisible qui la transporte, jusqu'à se demander si le vrai voyage pour elle n'est pas celui-ci. Pourquoi ne s'arrêterait-il pas là ? N'a-t-elle pas fait les pas nécessaires qui la reliaient à elle-même ?

Le soir même Hicham propose à Mara de prendre des vacances, pour se sortir de l'enfer dans lequel ils ont voulu s'enfermer. Mais Mara refuse. Elle veut aller jusqu'au bout. Hicham comprend que seul leur départ en Algérie pourra mettre fin à l'obsession.

De son côté, il a revu Kader, dans un autre café que celui d'Ounissi, pour éviter les mélanges de genre. Kader a pu obtenir des informations plus concluantes que les ouï-dire et les souvenirs. La famille Ben Slama habite bien dans un quartier d'Alger, le même que celui de sa famille. Il s'agit de la bonne, la bonne famille Ben Slama, celle que Hicham recherche. Une fille est partie en 1962, pour mourir en France, laissant deux nouveau-nés. La grand-mère, Aziza, vit toujours, ainsi que des frères et des sœurs de Meriem, et une batterie de neveux et nièces. La famille est divisée. Un fils a pris le maquis avec ses enfants. Aziza et ses filles vivent dans la hantise des représailles. Tout le monde peut être touché, aussi bien Aziza, qui a jadis enfanté une traîtresse, que les nièces et neveux, qu'ils soient en âge de tenir un fusil ou de téter leur mère. Ce qui maintient l'équilibre, c'est que l'autre frère et l'un de ses fils se sont engagés dans l'armée. Sans doute protège-t-il sa mère. Pour le reste... la famille est divisée, la haine y règne, le patriarche a disparu depuis longtemps. C'est le frère islamiste qui était le plus proche de la mère de Mara, mais aussi celui qui a condamné le plus sévèrement son départ. Plus personne ne parle d'elle, elle est une honte pour la famille. Mais Aziza garde sa photographie dans son porte-monnaie. La grand-mère de Kader a pu l'apercevoir tandis que Aziza triait de menues pièces pour payer une bobine de fil.

Hicham enregistre les informations et en tire les conclusions. S'ils vont là-bas, ce sera dans la clandestinité. Les frères ne doivent pas être mis au courant. Rien cependant ne pourrait les avertir que Mara est leur nièce. Elle ne porte pas le même nom. Peut-être ressemble-t-elle à sa mère, mais il suffit qu'ils ne se rencontrent pas. Celle qu'il faut rencontrer, c'est donc Aziza, la grand-mère. Kader n'a pas encore pu lui faire parvenir le message. Trop risqué. Il attend pour cela que la situation se calme, mais il demandera directement à sa grand-mère, presque centenaire, de tâter le terrain. Enfin, Hicham ose parler d'un certain Manuel. Kader entend à demi-mot : si un Français tourne autour de la maison, il le tiendra au courant.

Hicham ne sait trop comment le remercier. Il lui propose de le rémunérer, mais l'autre décline. Il a alors l'idée de lui faire envoyer un costume griffé chez l'un de ses clients. Le visage de Kader s'illumine. Hicham promet de l'inviter avec Mara dans leur appartement dès que leurs affaires seront réglées. Ils se serrent la main et se séparent, comme deux conspirateurs satisfaits de l'avancée de leur projet.

Il rentre tard, Mara boit du vin en regardant la télévision. « Où tu étais ? Je commençais à m'inquiéter. — Avec un client, on a négocié une bonne affaire, je suis content », répond-il en se servant à son tour un verre.

Est-ce cela, l'épreuve ? Que la mort vous refuse quand vous l'espérez de toute votre âme, sans la force néanmoins de vous la donner vous-même ?

Il y a un mois, des hommes masqués ont fait sauter l'usine. Des ouvriers sont morts ainsi que deux gars de la sécurité. Je n'ai été que touché. J'ai encore échappé à la mort qui se joue de moi. Un éclat de bombe artisanale dans l'épaule, plus de mobilité du bras gauche. Je suis soigné par le frère de Mounir. Il a fait des études de médecine en France, mais les moyens et le matériel dont il dispose sont faibles. Même s'il ne peut pas tout retirer, il semble que la plaie soit cautérisée. J'ai néanmoins été coupé des nouvelles pendant plusieurs semaines. Caché dans la maison de Mounir, j'attends qu'on vienne me rendre visite, et d'aller un peu mieux pour reprendre les armes.

Je profite de la convalescence pour consigner tout ce que Mouncef et Tawfiq parviennent à me rapporter ou à me faire parvenir, ils m'ont chargé d'écrire ce journal, que je tente de tenir chaque jour, malgré la semaine que j'ai passée à délirer dans le grenier de Mounir.

Pendant ces heures d'inconscience, je n'ai rien pu contre les souvenirs. Elle *est revenue. Cette blessure était sa voie d'accès. Il paraît que j'ai beaucoup parlé. Les premiers temps, Mounir était à mon chevet. C'est de sa faute si ma conscience s'est rouverte à tout ça. Peut-être serait-ce resté dans les limbes de mon délire s'il n'avait prononcé son nom, en m'interrogeant. Et qu'ai-je répondu ? Qu'ai-je bien pu lui dire lorsqu'il m'a demandé qui était cette Mara qui revenait si souvent ? Je sais ce que j'ai répondu, ce que je n'aurais pas dû répondre. Mara ? Rien que ce nom dans ma bouche, qui si longtemps lui avait barré l'accès, ces deux syllabes qui aujourd'hui me font si mal alors que je suis entouré de sang et de cadavres... Ce mot que je m'étais juré de ne plus jamais prononcer. « C'est ma sœur », je lui ai dit, mais il s'est étonné. « C'était ma femme, pardon, me suis-je repris. Je ne veux pas en parler. » Fin de la discussion. Mon visage a dû signifier que ce sujet était dangereux. Il ne m'a plus jamais questionné. Mais il y a ce nom entre nous, ce secret dans lequel il a commencé à voir un début d'explication à ma présence ici, au cœur de la guerre, à mon inconscience quand le soir nous sortions pour faire nos rondes, et que je m'éloignais bien au-delà de la limite fixée, dans des quartiers qui n'étaient plus dans notre périmètre et où la mort n'en faisait qu'à sa tête – sauf que ses caprices m'ont épargné, moi au lieu d'autres qui la fuyaient. Et cet éclat de bombe qui a choisi l'épaule, à quelques centimètres du cœur. Mounir et son frère pensent que j'ai la « baraka », que rien ne peut m'arriver. Le nom de Mara est devenu pour eux un talisman magique qui dessine autour de moi un halo où la mort ne peut pénétrer, mais ils ignorent que dans ce halo, c'est déjà la mort qui a pris place, et que cette mort chasse l'autre, la vraie, celle qui serait une délivrance.*

Il fait froid dans la maison. La famille de Mounir

s'est regroupée dans une pièce chauffée par un butane rafistolé. La chambre dans laquelle je dors, au-dessus, est calfeutrée par des couvertures et des papiers journaux. La femme de Mounir m'a encore apporté une couverture ce matin. L'extrémité de mes membres est gelée, c'est de ne pas bouger qui bloque la circulation de mon sang. Chaque jour, j'essaye de faire des exercices, je marche une demi-heure dans la pièce et descends à la nuit tombée dans la partie commune, quand les lumières sont éteintes. L'électricité est coupée vers 7 heures, obéissant à un couvre-feu tacite. L'effort de descendre et de monter les escaliers a raison de toute mon énergie. Pourtant je dors mal.

Ça doit faire un mois que je ne me suis pas lavé. Mounir et son frère ont bien essayé de me faire une toilette rapide avec un gant et un seau d'eau tiède, mais la sueur reprend ses droits dès que la fièvre remonte. Je passe ces jours de guerre dans un état second, tantôt brûlant tantôt glacé, et je me sens un poids pour toute la famille qui déjà a pris des risques pour m'accueillir. Je me donne encore deux semaines pour me remettre sur pied et les quitter. Ça les soulagera. Je leur ai donné tout ce que j'avais encore en ma possession, mais c'est bien maigre, et je mesure les sacrifices qu'ils font. Quand j'en parle à Mounir, il se vexe, me protéger semble participer de son combat. Sa reconnaissance me pèse. C'est pour le sauver que j'ai été blessé, du moins le croit-il et peut-être a-t-il raison. Sa vie à mes yeux vaut mieux que la mienne, mais ce n'est pas de l'altruisme. Le dévouement de sa famille à mon endroit date d'avant ce fameux soir. Je ne me l'explique pas sinon qu'il existe une solidarité et une bonté naturelle chez certains hommes dont la gratuité est pour moi un étonnement renouvelé. Je ne le savais pas, je ne voulais pas le savoir, je ne veux toujours pas le savoir. Croire en cette amitié désintéressée me grandirait, me ferait accéder à une forme d'humanité. Je suis venu ici pour mourir, pas pour me découvrir une foi en l'humanité. Je les laisse m'aider, mais je cherche à les payer en retour. Comme Mara, j'ai été privé de confiance envers le monde.

Et elle, comment fait-elle ? Je l'ai vue ni blafarde ni douloureuse, elle riait il me semble, ou souriait. Un masque ? Mais pour qui ? Pour celui qui l'accompagnait ? Faire cet effort c'est déjà lui accorder un prix. Je ne me l'explique pas, mais y penser c'est céder à ce que je m'interdis de faire.

Pourquoi suis-je si faible, et pourquoi n'est-ce que l'épaule qui a été touchée ? Ce sont ces odeurs d'hiver qui me tournent la tête. Bientôt Noël, personne n'y pensera ici, Noël n'existe pas dans ce pays, pas plus qu'il n'existait à Tanger.

Il me faut de l'action. Je ne peux plus rester allongé là à ne rien faire.

Tandis que j'écris, j'entends au loin une explosion. Les bombes massacrent presque chaque jour un quartier d'Alger. Une voiture explose devant un cinéma ou un café, des passants tombent, hommes, femmes, enfants, indifféremment. Jeux de massacre, quelle vision de la vie doivent avoir ces jeunes enfants qui grandissent avec ces images, quand ils ne sont pas directement touchés... La peur les accompagnera-t-elle jusqu'à la fin ? Comment se débarrasse-t-on de cette première expérience du monde ? Comment se transforme-t-on ? Comment se sauve-t-on de son enfance ? La guerre continuera jusqu'à leur mort, et cela même quand elle aura cessé depuis longtemps sur le terrain.

Même Ounissi a accroché une guirlande derrière le comptoir. Hicham lui en a demandé la raison, « On s'adapte ! a répondu Ounissi. Toute fête est bonne à prendre. » Hicham sourit, il lui est lui-même arrivé de participer à des repas de Noël chez des Européens, à Tanger. Mara est devenue songeuse, ces préparatifs qui veulent à tout prix signifier et imposer la joie l'angoissent. Pour elle, ce sont de mauvais souvenirs, des sapins auxquels les enfants accrochaient des bougies, les cadeaux le soir du 24, et le long repas imposé à toute la famille, où chacun mimait le plaisir, quand le rituel n'avait plus rien de sacré, quand cet événement dévolu entièrement à la consommation dont ses parents adoptifs étaient férus avait été vidé de tout sens, passant des après-midi entiers dans la zone commerciale où des pères Noël distribuaient de la publicité aux enfants et vendaient la même photographie : une main sur l'épaule de chaque frère et sœur, sur fond de rayonnages et d'ampoules au néon. Mara voulait échapper à tout prix à cette photo qui faisait son déshonneur, elle avait honte d'eux tous. C'est dans ces moments-là qu'elle éprouvait le plus violemment la nostalgie d'autres parents, d'une autre famille, d'une autre vie. Cette sensation diffuse tout au long de l'année se concentrait en une douleur vive à l'approche des fêtes.

Mara depuis évite Noël. À Tanger, elle était à l'abri. Il y avait bien quelques dîners organisés ici ou là, il lui était facile de les éviter. L'église reprenait du service, mais les mosquées chantaient plus haut. Quand elle était à Paris, Manuel et elle s'enfermaient chez eux et regardaient des cassettes louées au vidéoclub le plus proche. Les volets étaient fermés, rien ne filtrait du dehors, ils se serraient l'un contre l'autre sans parler, attendant que le temps passe, que le lendemain passe, que toute cette période passe, emportant avec elle ses paquets déchirés et les brindilles de sapin qui tapissaient le sol des appartements.

Mara a du mal à se débarrasser de cette humeur sombre. Pourtant, elle tente de résister à l'appel de la peine. Le passé comme un puits où l'eau reflète au fond une image si douce, des voluptés en promesse, des abîmes de jouissance où le cri fait écho, se répétant indéfiniment de bas en haut, de haut en bas. Elle regarde par la fenêtre la neige tomber en gros flocons, elle ne fera ni bonhomme de neige ni bataille de boules, elle marchera peut-être sur ce tapis intact qui se refait aussitôt les piétons passés, elle inscrira ses pas sur le feutre insonorisé, essayant d'y faire crisser néanmoins les cristaux, elle se rendra à la galerie, puis rentrera chez elle, avec une halte au café d'Ounissi, elle se réchauffera dans les bras de Hicham qui s'inquiète de son éloignement et lui prépare des plats d'hiver, souffrant du froid, et du mal du pays. Il semble à Hicham qu'il a rapetissé, il est si fin, si maigre assis sur le sofa, les genoux repliés entre ses bras bruns, son mégot au bout des doigts sur lequel il tire avec avidité, tétant. Hicham, vieil enfant meurtri par la neige qu'il ne connaît pas, et à qui Mara n'explique pas sa distance soudaine.

Mais comment ? Comment tout raconter ? Tout expliquer ? Ces après-midi d'ennui et de détresse à la fenêtre, à guetter des formes et à parler aux feuilles ?

Ces repas interminables où l'on gave les enfants de nourriture grasse à défaut d'amour, les nausées qui la prenaient après chaque dîner trop copieux, ces plats préparés par sa « mère », la voix de sa « mère », ses réflexions et ses déceptions, son amour maladroit qui s'est effiloché, ce frère et ces cousins qui rient le dimanche soir devant la télévision éclairant le salon meublé de faux rustique, les jouets de la publicité, les napperons sur la table irréprochablement propre, l'odeur chimique du détergent qui ne parvient pas à cacher celle du camembert que son « père » aime bien coulant, la pourriture qui partout rejaillit, sur le plafond, dans la cave, dans les tuyaux de la cuisine, dans les toilettes qui sentent la charogne, la pourriture qu'elle respirait partout, mais peut-être venait-elle d'elle, cette sensation d'un cadavre en décomposition, ce dégoût d'elle-même, cette impossibilité de vivre, traînée à travers les années, et transformée en habitude. Et puis, ces premières éclaircies. Comment lui raconter les larmes de 4 heures du matin, quand toute la maison dort. Les matins brumeux quand on l'arrache à ses seuls beaux rêves, le désir de se faire mal, les premières brûlures, les entailles, l'obsession des bleus qu'on regarde des heures, pour en découvrir le mystère, le goût des médicaments de la mère, cachés dans sa table de nuit, à petite dose, au début ; les premières dépendances, les premières expériences, les squats où les rats cohabitent avec les junkies, les corps qui se donnent au tout-venant, les liquides interdits qui coulent dans la gorge, les veines, les substances qu'on avale, qu'on injecte, qu'on sniffe, tous ces produits de destruction qui ne la tuent pas, quand la mort triomphe autour d'elle, les premiers enterrements, les départs, et les petits boulots, les nuits dans des cages d'escalier, chez des amis d'amis, le silence de la pensée, le silence du cœur, l'infecte survie.

Comment lui raconter tout ça, à lui qui voit en elle une héroïne d'un autre monde, beauté froide et pure qui traverse immaculée les épreuves. Alors elle renonce, mais résume : « Je n'aime pas Noël. »

Hicham ne commente pas. Lui non plus n'est pas heureux. Ces familles qui se déplacent en groupe pour dévaliser les grands magasins, ces yeux brillants de convoitise et de bonheur, ces enfants emmitouflés qui tiennent la main de leurs parents avec une telle assurance. N'ayant nulle intention de rester enfermé en cette nuit où chacun se retrouve chez soi au milieu des gens qu'il aime, il propose à Ounissi d'organiser un repas concurrent – couscous et méchoui pour toute la communauté. Mara refuse d'y participer, mais à 22 heures, tandis que les convives en sont encore à l'apéritif, elle ouvre la porte du café, s'empare d'une chaise et vient se placer à côté de Hicham dont le visage aussitôt s'éclaire.

Leur nuit de Noël se crée dans les effluves de vin rouge et le parfum des merguez. Comme à un repas d'enterrement, les souffrances accumulées par la petite communauté et chacun de ses membres se muent en une joie hystérique.

Ils ne remontent chez eux que vers 5 heures du matin, le traditionnel déjeuner de Noël se transforme en brunch sur les couvertures. Ils ne sortent qu'au soir, pour humer l'air des lendemains. Des lendemains qui leur appartiennent. Pourtant les nouvelles sont mauvaises. Les massacres ont connu une escalade en Algérie, la presse française annonce la visite clandestine de Claude Cheysson et de Bernard-Henri Lévy en novembre de la même année. C'est donc qu'on peut s'y rendre, commente Mara. Mais Hicham lui explique les liens anciens et officieux qui ont permis à ces deux personnalités de pénétrer le territoire. Celui-ci reste fermé à la majorité de la population française et algérienne émigrée.

Le couvre-feu a été décrété à partir de 18 heures. Les rumeurs sont alarmantes. On peut lire dans certains quartiers des tracts qui promettent « larmes et sang » durant le mois de ramadan. Tout le monde ici se souvient qu'avait eu lieu la même campagne en 1993 – des dizaines de citoyens avaient alors été enlevés, égorgés et jetés sur les routes par les escadrons de la mort. Ceux-là mêmes qui avaient imposé le couvre-feu dans la région de Berrouaghia.

Que faisais-je à ce moment-là pour ne pas m'en souvenir ? L'amour sans doute, dans notre palais de Tanger. Nous ne voulions rien savoir, le reste du monde ne nous intéressait pas, et nous croyions qu'il avait cessé d'exister par la seule grâce de notre volonté.

Je n'ai pas plus de cœur aujourd'hui que je vis au milieu du drame. L'évidence de l'horreur ne fait pas de moi un être plus sensible. À peine plus lucide.

J'ai décidé que ma blessure m'avait suffisamment tenu à l'écart.

Le ramadan s'annonce sanglant.

Le soir du premier de l'an, Mara fait promettre à Hicham qu'ils partiront cette année. « Comment veux-tu que je promette, Mara, ça ne dépend pas que de moi ! » Mais Mara se fiche désormais des événements extérieurs. Certains intellectuels et journalistes sont là-bas, pourquoi pas elle ? Elle peut s'inventer une mission, l'économie repart, elle l'a entendu dire, des investisseurs flairent déjà les lendemains de la guerre. Il y a peut-être des possibilités d'entrer par d'autres frontières. Mara s'emballe, Hicham l'apaise en lui promettant. Plusieurs personnes sont venues fêter le nouvel an chez eux. L'appartement est exigu, les convives se serrent, les fenêtres sont ouvertes mais le froid est reflué par la fumée des cigarettes et l'alcool qui circulent dans le sang. C'est Mara qui pour une fois a préparé le dîner. Elle a passé la journée à cuisiner. Hicham est descendu chez l'épicier quand il lui manquait des ingrédients, et l'a aidée à faire les sauces ou à éplucher les légumes, au rythme de la musique gnawa.

Les premiers invités sont arrivés vers 21 heures, des amis de chez Ounissi, d'autres de la galerie, Antonio et Olivier. Hicham a hésité à appeler Kader puis a renoncé, estimant que ce n'était pas encore le moment. L'ambiance a aussitôt pris, la circulation entre les mondes s'est faite sans obstacle autour de Mara et de Hicham. En ce soir de réveillon Mara découvre la douceur d'être entourée de personnes aimées et aimantes.

Quelqu'un s'occupe de changer les disques, de vieux tubes des années 1970, du raï, un peu de rap. Des invités se déhanchent. Mara n'a pas dansé depuis ses années parisiennes, dans les boîtes à la mode, parmi des centaines de corps, et celui de Manuel, contre elle. Hicham s'approche d'elle et la prend par la taille. Elle résiste un peu et se laisse aller. Les autres la regardent, comme avant. La beauté de son corps irradie dans cette pièce étroite, en redessine l'espace, un centre vers lequel convergent des convoitises, une certaine fascination, pour quelques-uns de vieux souvenirs. Mara retrouve ces sensations oubliées, ce sentiment de déjà-vu. À la fin de la chanson elle reprend sa place vers la fenêtre et refuse les autres danses.

Il est minuit, on débouche de nouvelles bouteilles de champagne, tous s'embrassent, se souhaitent une bonne année, trinquent. Hicham serre Mara dans ses bras, et lui promet à nouveau de faire d'elle sa femme et la mère de ses enfants. Le cœur de Mara saigne en même temps qu'il explose, l'alcool la rend fragile, les émotions contradictoires font d'elle un champ de bataille épuisé. Mais les étreintes de ces personnes réunies autour d'eux lui donnent la chaleur qu'elle a si longtemps souhaitée. Peu à peu, les gens partent, pour d'autres fêtes peut-être, ou pour rentrer chez eux, où dorment des enfants. Le comité s'est réduit, les conversations prennent un nouveau tour, plus intime, plus sérieux. Elles traînent jusqu'au petit matin.

Le dernier invité parti, Hicham et Mara s'en vont faire un tour dans la ville gelée, croisant les noctambules ivres et titubants. Ils marchent longtemps jusqu'aux premiers rayons de soleil dans la brume blanche. En arrivant aux Halles, ils s'arrêtent dans un bistro qui sert de la viande rouge et des pieds de cochon, agrémentés d'un coup de gniole. C'est le menu qu'ils choisissent, affamés par la veille et la marche dans le froid. Ils ont l'impression de flotter dans un Paris irréel, la fatigue coule dans leurs membres comme un anesthésique euphorisant. Ragaillardis par leur repas, ils décident de prendre un taxi pour aller se coucher, ne pouvant plus mettre un pied devant l'autre. Ils s'effondrent sur leur lit, après avoir ouvert les fenêtres pour chasser les odeurs de vieil alcool et de cigarettes. Ce n'est qu'en fin d'après-midi qu'ils se réveillent. La maison est sens dessus dessous, mais la ranger leur donne une occupation simple et agréable qui prolonge ces deux jours hors du temps. Ils mangent les restes de la veille, ouvrent une des dernières bouteilles de champagne, et décident de n'allumer ni radio ni télévision avant le lendemain. Ils ne veulent rien entendre du monde, protéger encore un peu leur intimité avant de reprendre la marche longue et douloureuse vers ces terres de violence où leurs pas les mèneront inexorablement.

Mais dès le lendemain, on apprend les massacres qui ont été perpétrés le premier jour du ramadan dans trois villages, Ouled Sahnine, Kherarbe et Ouled Tayeb. Près de quatre cents morts. Des centaines de blessés. Dans le café d'Ounissi, c'est l'hébétement. Ounissi avait de la famille à Kherarbe, il y a peu de chances qu'ils aient survécu. Chacun se succède pour lui présenter ses condoléances. Mara passe de longs moments en sa compagnie. Elle lui pose des questions sur l'Algérie, et sa vie d'avant. Au début, il était réticent, désormais il prend plaisir à raconter les détails qui émergent à la faveur du récit, guettant l'entrée de Mara pour continuer à raviver cette mémoire éteinte, et avec elle les siens, ses parents, sa famille, son pays. Au milieu des nouvelles sinistres, son histoire personnelle reprend chair. Ounissi change en même temps qu'il raconte. Il y avait en lui quelque chose de mort. Son histoire, il l'avait répétée cent fois à d'autres qui avaient vécu à peu près le même parcours. Qu'une oreille vierge l'écoute lui rend sa consistance, son unicité, sa valeur. Mara de son côté trouve dans les inflexions de sa voix autre chose que ce qu'elle peut lire dans les livres. Elle peut sentir les parfums et entendre les cris de chats sauvages dans les rues du vieil Alger, elle peut voyager avec lui dans ce passé qui sans doute n'a plus rien à voir avec la ville d'aujourd'hui.

Quelques semaines plus tard, Hicham annonce à Mara une visite. Un certain Kader, dont il lui avait déjà parlé, il y a longtemps. Mara le regarde, étonnée, elle n'avait plus posé de questions à son propos, croyant la piste abandonnée. Ainsi, Hicham a continué ses recherches de son côté, voulant sans doute la protéger d'une déception. La curiosité s'empare d'elle : « Que sait-il ? Que t'a-t-il appris ? — Tu le lui demanderas quand il viendra dîner ce soir. » Toute la journée, Mara ne parvient pas à se concentrer et erre dans les salles de la galerie sans voir les œuvres accrochées, répondant distraitement au téléphone, et regardant régulièrement la grande horloge au-dessus de son bureau. À 18 heures, elle commence à ranger ses affaires et à mettre son manteau, il est encore tôt, elle tente de faire avancer le temps par de menus stratagèmes qui n'ont pour effet que de le faire paraître plus long. Mais 19 heures finissent par arriver. Mara ferme la galerie à la hâte et se précipite dans la bouche de métro où la chaleur tranche avec la froide humidité extérieure. Il lui faut encore attendre de longues minutes les deux trains qu'elle a l'habitude de prendre machinalement, avant de sortir enfin à sa station. De là, quelques centaines de mètres à pied, un signe de la main à Ounissi en pleine discussion avec l'un de ses clients, puis l'escalier, et enfin son appartement qu'elle a appris à aimer comme aucun autre appartement parisien. Hicham est déjà en train de préparer le dîner, la cuisine exhale des odeurs d'épices et de coriandre, de gigot d'agneau et de chocolat. Il mélange des œufs et du sucre, elle l'embrasse sur la joue et l'interroge, avant que Kader n'arrive : « Quand l'as-tu vu, combien de fois, pourquoi ne jamais m'en avoir parlé ? » Hicham reste évasif : il l'a tenue à distance avant d'être sûr d'avoir de vraies informations. C'est donc ce soir. Kader va lui faire des révélations. L'excitation et l'anxiété s'accroissent, elle prépare la table et l'apéritif, mais Hicham la prévient que Kader ne boit pas d'alcool. « Bien sûr », dit-elle, sans trop savoir pourquoi.

Elle s'affaire autour de la table, puis à la salle de bains, remontant ses longs cheveux noirs, et mettant un peu de rouge aux joues. Son émotion l'agace, après tout il ne sait peut-être pas grand-chose, mais le seul fait qu'il ait pu connaître sa famille, les voir, leur parler, représente pour elle le lien le plus fort qu'elle ait jamais eu avec ceux-là dont elle vient. Petit à petit, dans son esprit s'impose le visage d'une vieille femme, un mélange des paysannes âgées croisées dans la casbah de Tanger, de Khadija et de son imagination.

Elle est encore dans la salle de bains quand on sonne à la porte. Prise de court, alors qu'elle traîne là depuis vingt minutes sans rien faire, sinon ranger ici et là des savons et des boîtes de médicaments, elle n'ose plus sortir. Elle entend la porte claquer, Hicham saluer en arabe et la voix d'un homme répondre dans la même langue. Hicham l'appelle, elle ferme les yeux pour se donner du courage et pénètre dans le salon où s'est assis un homme d'un certain âge, élégant malgré son évidente pauvreté. Intimidée, elle s'avance vers lui sans savoir comment le saluer, il se lève, prend sa main et la serre furtivement, maladroit et peu habitué aux relations avec des Européens d'un autre milieu. Mara le presse de se rasseoir et lui tend les coupes remplies de pistaches. Hicham propose un thé à la menthe, que l'invité accepte, avec une politesse qui masque son malaise. Mara et lui se retrouvent seuls, il n'ose pas la regarder. Elle connaît ce regard d'homme que sa beauté laisse interdit, pourtant, elle ne peut s'empêcher d'y voir une autre raison, mystérieuse, qui tiendrait à une connaissance qu'il a d'elle et qu'elle ignore. Hicham arrive enfin pour briser la gêne installée entre cet homme et cette femme rassemblés par les hasards de la vie dans cette pièce, mais que tout semble séparer. Hicham parle en arabe avec le nouveau venu, multipliant les formules de politesse, prenant des nouvelles de la famille jusqu'à la dernière tante par alliance. Une fois les formules de politesse épuisées, ils se taisent, prenant leur élan pour aborder le vrai sujet de cette visite. Tous attendent de Hicham qu'il prenne l'initiative. Il s'exécute enfin.

« Kader, tu sais pourquoi je t'ai fait venir ici. Mara a déjà entendu parler de toi quand nous nous sommes rencontrés au consulat, mais plus depuis. Je lui ai appris qu'on s'était vus à plusieurs reprises, et je pense qu'il est temps que tu lui racontes ce que tu sais. » L'introduction est solennelle, mais ce ton encourage le visiteur dont la mission lui apparaît aujourd'hui plus importante encore que les fois où il a retrouvé Hicham dans le café qui a abrité leurs réunions clandestines.

Kader s'éclaircit la voix, le ton est au début grandiloquent, mais c'est qu'il est intimidé par la présence de cette femme splendide qui boit ses paroles. Ce rôle imprévu lui confère un statut qu'il n'a jamais connu, une importance délicieuse, un pouvoir qui lui fait du bien dans son état de misère morale que la guerre a charriée avec elle. C'est aussi l'une des raisons pour lesquelles il a accepté d'aider Hicham. « Je connais votre famille, ou plutôt je l'ai connue il y a longtemps. Mais aujourd'hui encore ma mère et ma grand-mère sont voisines de votre grand-mère, et j'ai pu avoir des nouvelles. » Mara ne dit rien, de peur de l'interrompre, mais les battements de son cœur s'accélèrent. « Votre famille est depuis longtemps voisine de la mienne. C'est comme ça qu'on a pu remonter la piste, avec Hicham, et que je me suis assuré qu'il s'agissait bien de la vôtre. On connaît votre histoire là-bas, dans le quartier. Enfin, l'histoire de votre mère, surtout. Moi, je suis parti un peu après elle, je ne la connaissais pas bien, mais je la croisais souvent. Je suis un peu plus âgé qu'elle. Ma grand-mère et ma mère, elles, elles connaissent votre grand-mère. Elles font le marché ensemble et parfois vont prendre le thé. » Le discours manque de clarté et de rigueur, Kader ne sait comment construire un récit, mais cette confusion plaît à Mara pour qui une narration sèche et linéaire aurait été trop brutale. Les hésitations de Kader lui laissent le temps de remplir les trous et de remettre les informations dans une chronologie esquissée. Elle aura tout le temps, avec Hicham, de reprendre le fil du récit. « En fait, je la voyais petite fille avec ses frères. J'avais l'âge du plus âgé, et nous jouions parfois ensemble dans la rue, mais nous n'avons pas vraiment eu de relations plus poussées. C'est après que nous sommes partis que nos mères ont fait connaissance de façon plus approfondie. Après la guerre surtout, quand les femmes se sont serré les coudes et que leurs enfants sont partis ou se sont fait tuer. Voilà ce qui s'est passé. Au début, tous les étés je partais avec ma famille à Alger. Nous prenions la voiture et le bateau, à Marseille. Dans la banlieue d'Alger, un peu plus loin que notre quartier, je me fais construire une maison, une très grande maison, qui peut maintenant nous accueillir, même si elle n'est pas finie. Donc depuis le début de la guerre, j'ai beaucoup hésité à amener ma famille. C'est en 1992 que nous y sommes allés pour la dernière fois tous ensemble. Moi j'y suis retourné en 1993, après je n'ai plus pris de risques. Ma femme me l'a interdit, mais ma mère, elle, m'attend avant de mourir, alors il faudra bien que la guerre se termine pour que je rentre la voir. En attendant j'envoie de l'argent, tous les mois. »

Kader a l'impression de s'être un peu égaré et se trouble. Mais Mara lui ressert un verre de thé, en lui souriant pour l'encourager. Il fait une pause, Hicham en profite pour aller chercher les petites salades marocaines qu'il a préparées. Mara brûle d'allumer une cigarette pour arrêter le tremblement nerveux de ses doigts mais s'abstient par obligeance envers son interlocuteur dont elle suppose qu'il n'apprécie pas plus la consommation de tabac que d'alcool chez une femme. « Depuis que la guerre civile a commencé, les familles se sont encore plus rapprochées. Il y en a certaines dont des fils sont partis au maquis et qui craignent les représailles de la sécurité militaire, d'autres au contraire dont les hommes appartiennent à l'armée, alors ils sont la cible des islamistes. Tout se sait là-bas et, en réalité, les rancunes remontent à bien plus loin, des villages entiers sont menacés pour des conflits entre familles qui n'ont pas été réglés à temps. Un mariage raté, un mouton volé, ou des choses comme ça, vous savez. Certaines histoires remontent à la première guerre. On n'a pas oublié les connivences et les penchants, les fidélités à tel ou tel groupe politique à l'époque de l'indépendance. Alors tout ressort, et c'est le chaos. Et nos familles ont peur, elles aussi elles ont forcément des choses à se reprocher.

» La mienne par exemple, elle a plusieurs fils qui ont

émigré en France, pour des raisons économiques, mais on nous en veut d'envoyer de l'argent tous les mois. Ma mère vit dans une certaine opulence par rapport à d'autres gens des quartiers voisins. Alors elle suscite la jalousie. Pour votre grand-mère, c'est autre chose. Sa fille, enfin votre mère, a trahi. Elle est partie avec un Français qui était du côté de l'OAS, et Dieu l'a punie, excusez l'expression, mais c'est ce qu'on dit là-bas. Et il n'y a pas que votre mère. L'un de vos oncles s'est engagé du côté de l'armée, l'autre dans le maquis. Ils pourraient s'entretuer sans même s'en apercevoir, et en même temps, c'est un peu grâce à ça que votre famille est protégée. Aucun des deux camps n'ose attaquer l'autre, parce que chacun a eu droit à un fils. J'ai le regret pourtant de vous dire que l'un de vos oncles a été tué. Bêtement, dans un barrage. C'est le militaire qui est mort, pas l'autre. Il a laissé une femme et beaucoup d'enfants de votre âge. Certains sont devenus militaires eux aussi, d'autres sont dans le commerce. Tous vivent en Algérie. C'est de l'autre côté que vous avez des cousins en France, en banlieue lyonnaise je crois. Des fils de l'autre frère. Vous me suivez ? » s'interrompt-il soudain, s'apercevant que les informations ainsi accumulées sur une famille totalement inconnue peuvent paraître indigestes.

Mais Mara reste accrochée à ses lèvres et ne perd pas une miette du récit, aussi parvient-elle à le suivre malgré un accent prononcé qui rend certaines phrases incompréhensibles. Hicham ressert du thé, Mara offre une assiette. Kader accepte cette diversion avec plaisir, ainsi peut-il reprendre son souffle. « Enfin, bref, vous avez beaucoup de cousins, mais ça, c'est les grandes familles. Il y avait je crois huit frères et sœurs dans la génération de votre mère. Deux sœurs sont parties, dont votre mère – paix à son âme –, et ce frère-là, le militaire. Il faisait la fierté de votre famille. C'était l'aîné et il avait remplacé votre grand-père. C'était le chef. Les autres filles sont restées à Alger. Elles ne sont pas très riches, mais ça va. » Il s'interrompt, comme si le récit était terminé. Mara l'interroge du regard. Il a tant parlé qu'il ne sait plus ce qu'il a dit, ce qu'il n'a pas dit. Alors elle lui demande : « Comment êtes-vous sûr qu'il s'agit bien de ma famille ? », mais en disant cela, elle n'attend qu'une preuve infime, elle est prête à croire tout ce qu'il avancera. « Votre famille ? Mais votre histoire, elle est connue au bled ! On sait que votre mère est partie et a eu deux enfants. On sait qu'elle est morte en couches. Pourtant, c'est vrai, on ne voulait plus en entendre parler là-bas, c'était une sorte de secret honteux. Votre mère a été bannie de votre famille. »

Mara ferme les yeux. Une pointe de douleur l'a traversée. Elle se sent si proche de cette femme reniée, qu'elle a tuée en venant au monde. Sa culpabilité la consume depuis si longtemps, avant même qu'elle n'apprenne tout ça. Au fond, ne l'a-t-elle pas toujours su, qu'elle était d'une manière ou d'une autre responsable de son abandon ? C'est une autre idée qui lui traverse alors l'esprit mais qu'elle rejette de toutes ses forces : la vision du marabout de Sidi Mraït, et sa prière fervente et douloureuse. Mais qu'attendait-elle donc ? D'enfanter naturellement et simplement, avec ce frère qui partageait le crime ? Si les enfants tuent leurs parents, comment pourraient-ils devenir des parents à leur tour ?

Elle se lève un peu trop brusquement, bouleversée et honteuse de n'en rien pouvoir masquer. Hicham fait un signe à Kader pour le rassurer, la réaction est normale, il fallait s'y attendre. Il en profite pour échanger avec lui en arabe les dernières nouvelles de la guerre et leurs analyses.

Mara revient de la cuisine et s'excuse. Elle remercie Kader pour toutes ces informations si précieuses. Elle touche du doigt une vérité si longtemps recherchée, même quand elle n'en avait pas encore conscience. Cette fois, elle n'hésite plus à allumer une cigarette après avoir néanmoins demandé à son hôte si la fumée le gênait. Celui-ci sort un paquet et offre une Marlboro rouge à Hicham. Tous les trois fument en silence, le moment n'est pas au jugement ou à la bienséance. Hicham annonce alors : « Ce n'est pas fini, Mara, il y a encore autre chose. » Celle-ci lève des yeux intrigués sur les deux hommes. Hicham fait signe à Kader qu'il peut continuer. « Je n'ai fait que suivre les instructions de Hicham pour la suite. J'ai un cousin qui a une petite affaire à Alger et par qui je peux correspondre avec la famille sans les inquiéter. Je me suis permis de faire dire à votre grand-mère que vous étiez vivante, et que vous cherchiez à la retrouver. » Mara regarde Hicham, puis Kader, mais ses propos semblent sérieux. « J'ai mis du temps, il a fallu à ma mère et à ma grand-mère beaucoup de tact pour lui apprendre la nouvelle. Votre grand-mère s'est trouvée mal, elle a gardé le lit pendant une semaine, on a mis ça sur le compte de la mort récente de son fils aîné, et sans doute que ça a joué aussi. Ma mère est venue chaque jour, lui a apporté du poulet et des œufs, lui a préparé le thé. Au bout d'une semaine, elle a fini par reprendre ses esprits. Je crois qu'elle n'osait pas parler à ma mère, mais à force de la voir si proche d'elle, et si serviable, elle a dû se dire qu'elle pouvait lui faire confiance. Ma mère lui a expliqué comment elle avait appris tout ça, et que son fils était en cause, alors que, de toute façon, elle pouvait vraiment lui faire confiance, puisque leurs deux familles étaient mêlées à cette affaire, et qu'on pouvait me faire confiance, etc. Alors votre grand-mère, elle a dit : “Je veux la voir, bien sûr que je veux la voir, oui, je veux voir ma petite-fille." » Mara s'anime en entendant cela. « C'est donc qu'elle tient toujours à ma mère ? — Bien sûr, comment voulez-vous qu'une mère oublie son enfant ? "Elle me cherche, ma petite-fille que j'ai abandonnée me cherche", elle a dit. Alors ma mère lui a rappelé la situation du pays, et qu'il était difficile de voyager et de ne pas compromettre les familles. Mais elle n'a rien voulu entendre. Elle a dit qu'elle voulait vous rencontrer avant de mourir et que vous étiez l'envoyée de Dieu, juste au moment où elle perdait son fils elle retrouvait une fille. Et puis je ne sais pas, beaucoup de choses de ce genre, je crois. Elle a demandé après son petit-fils. »

Kader regarde Mara, sa dernière phrase avait une nuance interrogative. Mara jette un œil sur Hicham, qui semble lui aussi pris de court. « Pas de nouvelles, répond à la hâte Mara. — Je crois donc qu'elle veut vous voir, mais ce n'est pas si simple, parce qu'on peut difficilement passer la frontière, on ne donne plus de visa, il n'y a pas d'avion. Oh, il y a bien des journalistes et des intellectuels qui arrivent à y aller, alors peut-être, si vous avez des relations ? — Nous n'en avons pas, mais nous les trouverons, répond Mara, avec fermeté. — Cela dit, il faudra être prudente, vous risqueriez votre vie, mais aussi celle de votre grand-mère. Le départ de votre mère a créé des rancunes, elle était très convoitée à l'époque, vous savez. Vous tenez beaucoup d'elle », achève-t-il en rougissant. Mara le remercie, avec une chaleur dont on ne peut la croire capable en l'observant. « Restez dîner avec nous ! » offre-t-elle, enthousiaste. Mais la femme de Kader l'attend, il doit rentrer, les émotions l'ont épuisé, il semble vidé par l'épreuve et la logorrhée qui a brisé sa voix. Il a soif, Hicham sert un énième verre de thé. « Alors venez nous rendre visite parfois, ça me ferait tant plaisir, et si nous parvenons à partir, je vous jure que j'apporterai tout ce qu'il faut à votre mère, de l'argent, des vêtements, des lettres. Je ne sais comment vous remercier. » Mais Kader coupe court. « Vous n'avez pas à me remercier, madame, ça me fait plaisir de vous aider et d'aider Hicham. »

Kader n'a-t-il pas lui aussi en son temps convoité la main de Meriem ? Certes il n'a jamais fait sa proposition, mais comme pour les autres jeunes garçons, les yeux noirs et le corps gracile de Meriem hantait ses nuits. Il s'en souvient encore, elle est l'image de l'Algérie de son enfance. Rencontrer Mara est pour lui une façon d'annuler la guerre et les années, et d'accomplir ce désir si lointain, sans avoir à rien changer de sa vie. Cela, il ne l'a pas dit à Hicham, ce n'était pas utile.

Lorsqu'il ferme la porte derrière lui, Mara s'effondre sur le canapé et demande à Hicham de s'asseoir à côté d'elle. Il l'entoure de son bras. Elle pose sa tête contre son épaule et d'une voix assourdie lui dit « merci ». Et ce merci-là est un mot d'amour.

Pendant plusieurs jours, Mara ne revient pas sur cette visite. Hicham respecte ce silence, elle songe, elle se remémore les détails pour retracer un fil, elle se répète les mots comme une musique qu'on voudrait réentendre tant elle nous a plu et qu'on essaye de retrouver, qu'on a au bout de la langue, dans un à-peu-près agréable et agaçant à la fois. Elle baigne dans l'atmosphère de cette conversation sans vouloir en sortir, et attend que se désagrègent le souvenir de l'ambiance de ce soir-là, les émotions contradictoires qui additionnées ont fini par créer une forme de bonheur débordé d'espoir et de crainte.

Peu à peu pourtant, la force de la sensation s'amenuise, et le quotidien reprend le dessus. Il est bientôt temps de parler de ce projet désormais devenu concret parce qu'une femme, là-bas, sa grand-mère, les attend. Mara hésite à lui écrire, elle a tourné l'idée dans son esprit mais ne parvient pas à savoir par quoi elle commencerait : se décrire, dire sa reconnaissance, son désir à elle de rencontrer cette grand-mère si tardive ? Son besoin éperdu d'en apprendre plus sur cette mère ? Trop de mots, en désordre, voudraient couvrir la feuille, seule la parole serait à même de rendre compte du bouillonnement des pensées de Mara. En outre elle se rappelle bien ce que Kader a dit : la grand-mère ne sait pas lire, il lui faudra donc aller voir quelqu'un, et comment faire confiance à un inconnu, ses enfants et petits-enfants peuvent tomber dessus, et alors comment réagiraient-ils, ne mettraient-ils pas tout en œuvre pour empêcher Mara de venir ? Il est trop dangereux d'écrire. Pourtant, elle a acheté un petit carnet où elle note, à n'importe quelle heure du jour et de la nuit, les questions qui la hantent depuis si longtemps, d'autres plus anodines, de peur d'oublier, le jour venu. Deux semaines plus tard, elle est enfin à même de parler à Hicham de leur voyage. Celui-ci, voyant le moment approcher, s'est rembruni. Une autre inquiétude a commencé à monter, tandis qu'elle était tout à sa joie d'atteindre le bout du chemin.

Hicham a commis l'imprudence de récupérer le paquet de lettres confié à Ounissi. C'est plus fort que lui, il a besoin de vérifier que ses craintes sont fondées, qu'il n'a pas imaginé tout ça du fond de cette terreur plus fondamentale qui depuis leur premier départ de Tanger ne l'a pas quitté. Une nuit, alors que Mara dort, il regarde les cartes postales l'une après l'autre, les reclassant par date pour tenter de retracer une fois encore le parcours de Manuel à travers les mers et les ports de la Méditerranée. Il n'y a pas de doute, la dernière carte vient d'Algérie. Hicham entend du bruit dans la chambre et range à la va-vite les cartes postales éparpillées devant lui, mais c'est une fausse alerte, le bruit de la fenêtre entrouverte que le vent fait claquer. Ce rappel à l'ordre le fait néanmoins réagir. Il remet les cartes les unes sur les autres puis dans la grande enveloppe qu'il replace en haut du placard entre ses papiers personnels. Il attend un peu et va s'allonger à côté de Mara pour tenter de trouver le sommeil. Il doit partir le surlendemain pour Toulouse et Bordeaux, où des clients l'attendent. Les affaires ont repris, son associé est un homme sérieux mais sans génie, celui qu'il lui fallait pour organiser les choses de Tanger et le laisser s'occuper des relations à l'extérieur – qui sont exclusivement françaises. Il est tenté d'agrandir son champ d'activité en Europe et en Asie, mais le voyage en Algérie a pour le moment freiné ses initiatives. Il sait que s'ils reviennent indemnes de là-bas, son entreprise prendra tout l'essor qu'elle mérite. Il a l'énergie et le talent pour ça, mais son esprit est ailleurs, sa préoccupation principale rejoint celle de Mara, pour des raisons identiques, et pour des raisons qu'elle ne peut soupçonner.

Au petit matin, elle le trouve profondément endormi et renonce à le réveiller. Elle découvre plusieurs mégots de cigarettes dans le cendrier du salon et comprend que, encore une fois, Hicham n'a pu s'endormir avant l'aube. Ce n'est pas la première fois qu'elle se rend au travail sans l'avoir salué. D'ordinaire elle l'appelle en fin de matinée pour s'assurer que tout va bien. Cette fois, il répond à la troisième sonnerie, d'une voix endormie. Mara ne pose ni ne se pose de questions. Elle a beaucoup à faire à la galerie, il faut organiser le prochain vernissage qui aura lieu au retour de Hicham – elle a tenu à ce qu'il soit là.

Tandis qu'il est à Toulouse depuis deux jours, Mara se rend en compagnie d'Ounissi et de quelques autres à la Mutualité où un meeting a été organisé par des hommes politiques algériens et des intellectuels français, dont certains se sont rendus sur place : Mara assiste aux débats avec passion, ayant l'impression de se rapprocher un peu plus de ce pays de plus en plus stigmatisé par les médias et l'opinion internationale. Dans la foule, elle interroge des Algériens et des Européens sur la possibilité de passer la frontière. Elle s'entend dire qu'il est devenu plus aisé de se rendre à Alger, mais qu'on est là-bas pris en charge par des « officiels » et des gardes du corps et qu'il est difficile de se faire une véritable idée. Mara n'en a cure, elle n'est personne, rien qu'une enfant anonyme qui a retrouvé un nom, et ce nom se trouve là-bas.

Ils ressortent tous ensemble du meeting, tard, révoltés par ce qu'ils ont entendu. Le chiffre annoncé de morts depuis 1992 s'élève à plus de soixante-dix mille. Ils rentrent à pied, la marche est longue et il fait froid en ce jour de janvier, mais leur conversation animée les extrait des rues de Paris, ce sont celles d'Alger qu'ils ont devant eux, blanches et torturées. Mara s'arrête boire un verre de vin chez Ounissi avant de remonter chez elle. Une fois dans son lit, elle appelle Hicham pour entendre sa voix. Hicham lui murmure des mots doux, des mots qui rassurent, des mots qu'elle a attendus trente ans pour les entendre. Lorsqu'il raccroche, ses yeux se brouillent de larmes, elle s'endort sans avoir dîné ni ouvert la télévision, n'osant affronter seule les nouvelles de là-bas.

La veille du retour de Hicham, Mara cherche dans toute la maison le seul pull réchappé du grand nettoyage de Tanger, celui qu'elle a rapporté de là-bas parce qu'elle n'a pas eu le courage de l'abandonner, lui aussi. Elle fouille dans le placard du salon. Tout en haut, sa main tombe sur des papiers. Elle jette un œil, ce sont les affaires de Hicham, du courrier à en-tête de sa société, une grande enveloppe kraft qu'elle repose sur la pile, mais dont s'échappe une carte postale. Mara la regarde, c'est la vue du port d'Alger. Elle la retourne, il n'y a rien d'écrit, juste un tampon, la date. Mara la range dans l'enveloppe, intriguée. Hicham lui cacherait-il d'autres choses ? Aurait-il avancé plus qu'il ne le lui a dit dans ses recherches et pris contact avec ceux qui les accueilleraient là-bas ? Pourquoi ne rien lui avoir dit ? Elle comprend qu'il ait pu différer la rencontre avec Kader, parce qu'il n'était pas sûr, mais cette fois pourquoi ne pas la mettre dans la confidence ? Elle s'étonne un peu de ce manque de confiance, et continue de chercher le pull qu'elle finit par trouver au fond de ce même placard, derrière les manteaux suspendus. Le contact avec la laine usée provoque en elle une émotion dont elle aurait bien voulu se passer, une ombre désagréable traverse son esprit, l'association peut-être de cette carte énigmatique et de son pull bleu usé aux coudes.

Elle comprend mal la mauvaise humeur qui est la sienne jusqu'au retour de Hicham, mais l'oublie en l'entendant tourner la clef dans la serrure. Son plaisir de le voir fait reculer les nuages encore épars qui s'amoncellent autour d'eux. Ils s'étreignent comme s'ils s'étaient quittés il y a longtemps et goûtent le bonheur d'être ensemble, de dîner, de bavarder, de se coucher. Le lendemain pourtant, Mara se souvient de cette étrange carte, elle attend le soir pour demander des explications. Quand elle commence à le questionner, assez innocemment, Hicham change de couleur : « Tu as lu les cartes ? — Je ne savais pas qu'il y en avait plusieurs, je n'en ai vu qu'une, et il n'y avait rien d'écrit dessus. » Mais la vivacité du ton de Hicham l'a mise en état d'alerte. « Que veux-tu savoir ? Une carte d'Alger ?

Je demande des renseignements depuis quelque temps, cette carte en fait partie, c'est une vue du port, il me semble. Il n'y a rien de très intéressant à dire, je prépare notre voyage, comme tu peux le voir. » Mara n'insiste pas, mais le doute s'est éveillé, il n'a pas d'objet propre, pas encore, il se diffuse insidieusement en attendant de trouver l'appât. Hicham se tient désormais sur ses gardes, son explication était plausible, mais il a éveillé son inquiétude, sans compter qu'elle aurait pu tomber sur la mauvaise carte, celle où est écrit le mot d'adieu de Manuel, et alors... Hicham préfère éluder. Il s'en veut d'avoir réagi aussi violemment, mais tente de se persuader que l'incident est sans conséquence. Et il se trouve que Mara ne revient pas dessus.

Afin de faire oublier cet épisode, Hicham prend contact avec des associations et des journalistes français pour évoquer les possibilités de passer la frontière. Le pays n'est pas sûr, mais, de plus en plus, des observateurs sont envoyés là-bas pour faire des rapports. Hicham entend profiter du changement de la politique française à l'égard de l'Algérie. Avec Ounissi il commente la série de mesures et d'actes qui mis bout à bout témoignent d'une ouverture de la France vis-à-vis d'un pays qu'elle tient pourtant pour responsable du meurtre de ressortissants français, de l'attaque contre des locaux diplomatiques, mais surtout du détournement sanglant de l'Airbus : l'entretien de l'ancien ministre Claude Cheysson avec le président Zéroual à la fin de l'année précédente, la délégation des députés européens menée par l'avocat français André Soulier, tout cela conforté par l'action de l'ambassade de France et du ministre des Affaires étrangères, Hubert Védrine. Sans compter le soutien américain apporté dès septembre 1997 par l'ambassadeur des États-Unis, qui entend appuyer les mesures militaires et la politique du gouvernement algérien. Oui, le changement est évident.

Les autres leur rétorquent : ça n'a pas empêché les dernières législatives en Algérie d'être truquées. « Peut-être. Mais malgré la fraude, analyse Hicham devant ses amis réunis, les députés algériens n'ont pas déserté l'Assemblée nationale. De plus le pays dispose d'un Conseil de la nation et d'un Institut supérieur de la magistrature, n'est-ce pas une série de signes qui vont dans le sens d'une démocratisation ? Des éléments en tout cas d'un État de droit ? » Mara écoute d'une oreille, la politique lui est hermétique, les institutions plus encore. Ce qu'elle attend, c'est qu'un mot, une phrase, sorte de la discussion annonçant une ouverture concrète et physique pour les ressortissants qui habitent en France. Elle travaille sur une table du bistro au son des disputes et des débats, ces bruits d'hommes qu'elle a appris à aimer comme une musique familière dont l'absence la laisse démunie. Elle entend Saad, l'un des habitués, soutenir Hicham : « Il est même question d'un pluripartisme parlementaire, ils en ont parlé à l'Assemblée nationale, vous imaginez ça, il y a trois ans, et même il y a un an ? » Ounissi concède : « C'est sûr qu'on est loin du raz-de-marée islamiste de 1988. Tenez, il suffit qu'on regarde comment est considéré le FIS aujourd'hui, il est contraint de signer une trêve unilatérale, et à côté, qu'est-ce qu'il y a, à quoi il a cédé la place ? Au GIA, totalement criminel et sans projet politique ? » La conversation s'échauffe et les espoirs renaissent. « Les jeunes sont désespérés là-bas, le chômage est au plus haut, impossible de se loger, je le vois bien, mon cousin, qui a vingt ans, le dernier de mon frère... — Ce sont ceux-là qui alimentent les maquis ! — Attention, dit Ounissi, à ne pas croire tout ce que disent les officiels, vous vous laissez trop vite prendre. »

Mara tend l'oreille, quand Ounissi parle, une forme de sagesse se dégage de ses propos. Mara est souvent d'accord avec lui. Elle lève les yeux de son catalogue et attend la suite. « Ne croyez pas que toutes les tueries sont l'œuvre d'islamistes armés. La France ne veut pas y mettre son nez ? Très bien, l'Algérie est trop susceptible, et il faut les laisser se débrouiller ? Bien sûr ! Après avoir décidé pour eux pendant un siècle, on peut toujours se dédouaner. Laissez-les faire, mais oui, laissez-les faire, ils disent, on voit ce que ça donne. Et en attendant, qu'est-ce qu'on fait de la commission d'enquête internationale ? Bloquée, ce qui arrange bien le pouvoir, je peux vous le promettre. — Tu ne m'ôteras pas de la tête, répond Hicham qui a aperçu le regard de Mara et dont le discours s'adresse essentiellement à elle, que l'Algérie de 1998 n'est plus celle de 1994, et qu'il est temps de rétablir les relations entre les deux pays. Il faut libéraliser l'octroi de visas, et rouvrir nos consulats. Même Air France suivra, vous verrez. — Inch Allah, répond Ounissi, bien sûr que tout ça se normalise, ça va permettre de laisser cachées bien des choses et pendant longtemps. » Les autres alors se scandalisent : « Quoi, tu ne veux pas revenir dans ton pays, tu n'es pas content que ça s'arrange ? — Bien sûr que si, se défend Ounissi, il ne s'agit pas de ça, j'espère que vous avez raison. » Vers minuit, quelques clients commencent à partir, Ounissi se lève, signe qu'il veut fermer.

Mara est restée songeuse toute la soirée. Les paroles d'Ounissi demeurent en elle, comme une menace sourde. Pourtant elle aussi partage l'espoir des autres. Oui, il est plus facile de partir, oui, les visas seront plus aisés à obtenir. Mais si l'on ne peut prouver ses liens familiaux ? Cette absence de papiers, livret de famille, acte de naissance, la paralyse. Ne pas pouvoir aller là d'où sa mère est partie parce qu'elle ne peut précisément pas prouver qu'elle est sa fille est depuis plus d'un an une torture silencieuse dont elle ne fait pas état. C'est la raison pour laquelle elle a laissé Hicham aller au consulat chaque jour, la raison pour laquelle elle ne l'a pas interrogé plus avant lorsqu'il lui a parlé pour la première fois de Kader. Le sentiment d'illégitimité s'est éveillé en même temps que celui d'une injustice. « Origines maudites, vers lesquelles on m'interdit d'aller. » Mara s'est toujours arrangée pour ne pas avoir à montrer de papiers, de justificatif, laissant la partie administrative de ses affaires à son agent, puis à Manuel, qui avait fini par obtenir un contrat de mariage... Ce sont pour elle des mystères qu'elle ne cherche pas à résoudre. Tout bâtiment administratif ou officiel la terrorise. Hicham a accepté de s'en occuper de bonne grâce, non seulement pour l'aider, conscient de la détresse dans laquelle peut la plonger la seule évocation d'une carte d'identité périmée, mais aussi pour bannir définitivement de son identité la trace de Manuel, son nom, même s'il était d'emprunt, leur vie objective dont il ne reste presque rien. Il a déjà parcouru un long chemin auprès du consulat, ils n'étaient pas sur liste prioritaire, mais à force de patience et d'acharnement, il pense avoir gain de cause. De fait, la chute brutale de l'obtention des visas l'année précédente l'a laissé dans une impuissance dont il ne pouvait rien dire à Mara qui, de son côté, attendait sans oser poser de questions, persuadée que le problème venait uniquement d'elle, de cette identité suspecte, de l'illégitimité apparente de son voyage. Hicham aurait dû lui expliquer que la situation ne permettait à personne, Algériens ou non, d'obtenir ce tampon qui aurait permis de passer la frontière. Mais il n'avait pas sondé à quel point la honte de Mara était forte. Il sent pourtant avec joie approcher le moment où il pourra rentrer chez eux, les passeports à la main, et les poser devant Mara.

Et ce jour-là finit par arriver. Tôt le matin, Hicham se rend au consulat en compagnie d'Ounissi. L'atmosphère est changée depuis la dernière fois, quelque chose de différent anime la masse de personnes réunies jusque dans la rue. La rumeur d'une ouverture, de visas accordés en nombre. Hicham et Ounissi se précipitent à l'intérieur pour interroger le responsable. Ils ont du mal à parvenir jusqu'à lui, la foule est dense ce matin, est-ce le signe d'une bonne nouvelle ? Se résignant à faire la queue, ils attendent une heure, puis deux heures, l'un va chercher un journal, l'autre des chewing-gums, ils patientent en discutant avec leurs voisins, c'est ainsi qu'on s'informe. Plus loin dans la queue, Hicham aperçoit Kader et lui fait signe. Il demande à Ounissi de garder la place dans la file et s'avance vers lui. Il lui fait part des rumeurs d'ouverture. L'autre hausse les épaules, il en a entendu des centaines. Hicham engage la conversation, taraudé par une question qu'il n'ose pas poser. Au bout d'un temps, tandis que le silence s'installe, il demande d'un ton hésitant : « Tu sais, le nom que je t'ai donné la dernière fois, ou plutôt la fois d'avant. Tu as des nouvelles ? » Kader le regarde sans comprendre de quoi il s'agit, puis d'un coup son visage s'éclaire. « Ah oui, non non, pas de nouvelles, on n'a pas entendu parler de lui. » Hicham, suspicieux, l'observe attentivement pour s'assurer qu'il ne lui cache rien, puis s'en veut de ce réflexe idiot. Pourquoi Kader lui cacherait-il quelque chose ? Il lui tapote l'épaule et revient dans la file aux côtés d'Ounissi. C'est bientôt à leur tour. En réalité Ounissi ne fait que l'accompagner. Son cousin tient le café à sa place, comme chaque fois qu'il a besoin de prendre l'air.

Hicham arrive enfin devant le guichetier, réitère la sempiternelle demande.

Mais aujourd'hui : quatre tampons bien sonores, une signature. Hicham empoche les deux visas.

Il sort euphorique du consulat, n'y croyant pas tout à fait. Le temps des angoisses viendra plus tard, pour le moment il se sent victorieux de pouvoir rapporter ce trophée à Mara. Il invite Ounissi à déjeuner dans un bon restaurant, commande deux coupes de champagne. Ounissi partage sa joie et celle qu'il fera à Mara, mais reste sur ses gardes. C'est vers le danger qu'ils courent. Il n'ose pas le lui rappeler en ce moment de fête. Hicham a la tête sur les épaules, Ounissi lui fait confiance, mais pour faire plaisir à cette femme, Hicham est capable de bien des folies. Il garde ses réflexions pour lui et commande des plats au nom raffiné, cédant à une gourmandise réveillée par ce simple voyage dans un quartier qui n'est pas le sien. Ounissi bouge peu du 20e arrondissement, son quartier est sa ville. Il se sent chez lui dans ce village reconstitué où l'on parle autant arabe que français.

À la fin du repas, ils rentrent doucement par les rues fleuries d'un printemps précoce, la tête grisée par le vin et la prune qui a clos leur repas. Arrivé chez lui, Hicham propose un dernier verre à Ounissi qui refuse poliment pour aller faire une sieste. Hicham en fait autant, pour faire passer le temps plus vite. À 20 heures, quand Mara arrive, une bouteille de champagne est posée sur la table, deux coupes, et, au milieu, les passeports. Elle les aperçoit tout de suite et, au lieu de la joie escomptée, pâlit et s'assoit droite sur une chaise. Hicham attend qu'elle dise quelque chose, déçu. C'est que, pour elle, le voyage devient enfin réel.

Le bonheur vient plus tard dans la soirée, quand passe la stupeur.

Mon rôle de journaliste est presque officiel auprès de mes amis. Ils ne posent plus de questions sur le but de ma venue, mes intentions, et mes projets. Ceux-ci sont devenus clairs, je suis là pour témoigner. Sans doute étais-je un intellectuel français vivant encore en Algérie, un universitaire peut-être, un historien, je ne sais ce qu'ils ont exactement inventé sur mon compte, mais j'ai cru comprendre que j'étais monté en grade. Les soupçons d'espionnage qui pesaient sur moi sont en tout cas bel et bien oubliés. La vie se transforme peu à peu. Quand je protégeais les villages, armé, barbu, sale, les femmes ne sortaient plus, les notables étaient rackettés, les écoles étaient fermées, les instituteurs avaient peur, les jeunes partaient au maquis lorsqu'on n'avait pas réussi à les en empêcher, ils nous glissaient entre les doigts, déguisés, ou prétextant ramener des œufs et du lait du village d'à côté. On vivait sur les toits, les sens aiguisés, et, dès que la nuit tombait, les chiens se mettaient à hurler. J'ai appris hier que l'un des villages que j'avais aidé à protéger a été victime d'une descente du GIA, en représailles. Des filles ont été enlevées et certainement violées, Nassima, la femme chez qui je montais la garde, a réussi à s'enfuir, mais son mari a été emmené et décapité, les frères Hassan ont été massacrés. Je me rappelle leur terreur quand les chiens commençaient à aboyer, et j'imagine qu'une nuit semblable à celles que j'ai vécues, ils se sont mis à hurler à la mort, que des groupes armés sont sortis des buissons et ont frappé aux portes. Où se trouvait alors l'armée censée protéger les villageois ? Ils ont pourtant ratissé la région une semaine avant. Maintenant, c'est l'heure des rafles, les islamistes du maquis sont exsangues, ils meurent de faim, s'entretuent et continuent d'enrôler. Étonnant que ces jeunes désœuvrés soient encore attirés par cette vie. Il faut dire qu'ils n'ont pas d'alternative. Le chômage, la misère. Hier, j'étais pourtant à Alger, avec Mounir et Mouncef, dans un restaurant, l'ambiance était animée, il y avait un groupe de musique, je regardais les visages autour de moi, ils semblaient presque insouciants. Des notables, un couple qui se bécotait, un Français, je crois, protégé par deux hommes en civil assis à quelques tables, mais il était clair qu'ils appartenaient à la sécurité. Un petit groupe s'est mis à chanter et à danser. Puis l'orchestre s'est tu. On a continué à manger, quelqu'un a mis la sono, à un moment, le son a cafouillé et les décibels ont explosé. Silence dans la salle, la peur était revenue dans les yeux. Mais ce n'était rien, juste un problème d'ampli. Quand on a compris, un grand soupir de soulagement a traversé la salle. Nous avions tous l'impression d'avoir survécu, et l'insouciance est revenue de plus belle, sans doute exacerbée par ce sentiment d'être protégé par un « mektoub » favorable. Tous autant que nous étions, nous avions traversé la guerre sans perdre la vie. C'est un miracle dont chacun a conscience, mais les habitudes reviennent vite. On réapprend à vivre normalement, seuls les sens de la peur sont affûtés, le moindre bruit est à même de réveiller les pires terreurs. Alger reprend du souffle, il y a des restaurants et des boîtes de nuit qui rouvrent leurs portes, et les gens s'y précipitent. On essaye d'effacer l'horreur, la misère, le marché noir, on y arrive, une certaine euphorie s'empare de la ville, l'ivresse de vivre. Pourtant, certaines scènes de panique témoignent d'une peur encore bien présente. L'autre soir, Tawfiq qui assurait la permanence du bureau de son parti a été réveillé en pleine nuit par le téléphone, on hurlait qu'ils arrivaient, et qu'il fallait faire quelque chose, en indiquant juste Oued Aïch, près du quartier de Frais-Vallon. Là-bas, il a assisté au spectacle de familles entières courant dans tous les sens, pleurant, hurlant : « Ils arrivent. » Mais après avoir fouillé, on n'a trouvé personne. Ni islamistes, ni blessés, ni tués. C'est la rumeur qui a causé la panique, peut-être envenimée par les racontars et les légendes qui ont très vite pris, comme ces cavaliers de l'Apocalypse qu'on dit avoir vus juste avant un massacre à Bougara. Même la presse a parlé d'une secte d'islamistes dont l'index droit était tranché, parce que c'est celui qu'on dresse pour invoquer Allah. Mais il faut dire que les légendes sont parfois moins dures que la réalité, au moins sont-elles plus esthétiques. Comment imaginer que des hommes soient capables d'arracher un bébé aux bras de sa mère pour le jeter dans un four, ou d'éventrer une petite fille sous les yeux de ses parents avant de les décapiter ? Ce sont forcément des forces maléfiques, des mauvais génies, des esprits malfaisants. Les islamistes ne lésinent pas sur la mise en scène – ce sont des acteurs ratés, qui multiplient les rituels comme dans un film d'horreur. Pas étonnant que l'imagination s'embrase. La raison a depuis longtemps déserté ces régions, et pourtant, certains résistent, mes amis Mouncef et Tawfiq, Mounir avec d'autres moyens, moins cérébraux, plus intuitifs,

Rachid, ancien étudiant qui suit les cours presque clandestinement pour ne pas être menacé, et les autres, ceux que je côtoie aujourd'hui, le docteur Aït Ahmed, dont la famille reçoit chaque jour des lettres de menace, sa fille intimidée par de jeunes gens à la sortie du lycée, cette petite société qui résiste à sa façon, renvoyant dos à dos le pouvoir militaire et les islamistes. Pourra-t-il exister une troisième voie ? Eux finissent par m'y faire croire. Mais eux finissent par me faire croire à beaucoup de choses, il n'est plus question pour moi de mourir, la peur s'est immiscée, l'indifférence s'est lézardée, je ne suis plus à l'abri. Il me semble parfois avoir renoncé au seul projet qui me convienne, disparaître discrètement, exactement comme je suis né. Je crains parfois leur compagnie, leur force, leur courage, qui l'emporte malgré tout sur leur désespoir, c'est une leçon d'humilité que j'ai du mal à accepter. L'espoir des autres est contrariant quand on a décidé qu'il était vain.

Ici, on a l'impression qu'une éclaircie est en train d'apparaître, pourtant les massacres continuent. S'est-on habitué ? Bien sûr qu'on s'habitue à la peur, à tel point qu'il sera difficile de vivre normalement, après, sans ce réflexe de l'oreille aux aguets, sans ces images qui saturent la mémoire. Les hommes sont devenus des loups, les gestes normaux de la civilisation, aider son voisin, s'offusquer d'une insulte, exiger la politesse, le respect pour les femmes, les vieillards, l'indulgence pour les enfants, tous ces sentiments et attitudes qui sont le fondement de notre société ont été abolis, inversés. La vie n'a plus de valeur, la survie est devenue le seul sens.

Pourtant les choses évoluent, la sidération commence à laisser place à la honte, à l'indignation, à la révolte, on veut pouvoir faire de l'avenir une dimension du temps. Me laisserai-je tenter par cet élan qu'on sent partout, et plus encore à Alger, au cœur de la ville ? Le pays est en convalescence, comme moi, et les rechutes menacent encore. Mon épaule me lance souvent, mon état physique est assez pitoyable, pour le reste, malheureusement, ça va mieux.

Je m'en aperçois à la lecture de ce journal : je parle beaucoup de moi, c'est mauvais signe, et imprudent.

Guides d'Algérie, rencontre avec des professeurs spécialistes qui peuvent lui en parler, Mara commence ses préparatifs. Ses recherches la détournent de son but immédiat et personnel, trop lourd, trop angoissant pour qu'elle ne le noie pas dans quelques considérations objectives qui confèrent un décor à son imaginaire. Hicham de son côté a réservé un bateau qui part de Marseille. Il noue des contacts à Alger, pour pouvoir voyager en sécurité et avoir des points de chute, ne pouvant séjourner dans la famille de Mara, ou ne pouvant en tout cas l'envisager dans l'immédiat. Il retrouve la piste de Hanane, une photographe algéroise qu'il avait rencontrée à Tanger. Elle le prévient qu'ils seront protégés par des hommes armés, comme la plupart des ressortissants étrangers, dont les va-et-vient ne sont pas libres. Il s'agit d'éviter les assassinats d'Occidentaux en cette période où le pays rouvre peu à peu ses portes. Et offre de les héberger.

Ils comptent partir à la fin du printemps. Mara négocie avec Catherine, la directrice de la galerie, un congé de un mois, et promet d'essayer de rencontrer l'un des grands artistes algériens dont la galerie aimerait s'occuper. Cet objectif de travail la conforte dans la justification de ce voyage qu'elle doit sans cesse renouveler. Et si sa famille ne voulait pas d'elle, et si cette vieille femme n'était pas sa grand-mère, et si entretemps elle avait été tuée, ou était morte de mort naturelle ? Plus le jour du départ approche, plus Mara se sent désemparée. Ce voyage qu'elle imaginait idyllique tant qu'il demeurait impossible s'annonce sous des auspices beaucoup moins accueillants. Les meurtres quotidiens, le danger et la peur, pourquoi s'infliger cela alors qu'elle est enfin parvenue à une forme d'équilibre ? Rencontrer cette famille inconnue qui ne sera jamais pour elle une famille puisqu'il est trop tard. Se confronter à une déception inévitable puisque aucune grand-mère, si bonne soit-elle, ne pourra combler le vide constitutif de sa vie. Elle a réussi à vivre sans cela, pourquoi irait-elle menacer sa construction, certes bancale, mais qui a fini par tenir ? N'a-t-elle pas plus de choses à perdre en s'y rendant qu'en restant ? Elle tenait le même raisonnement lorsqu'elle s'est mis en tête d'avoir un enfant. Cette idée a fini par les détruire. La nouvelle idée ne détruira-t-elle pas son nouveau couple ?

Mara tait ses craintes, devant Hicham elle tente de faire bonne figure, il s'est tant démené pour obtenir les visas et les billets, et pour la convaincre, elle, qu'il fallait partir, quand elle n'avait pas même songé à l'importance que pouvaient représenter des racines. Il ne comprendrait pas son revirement soudain, ces réticences de dernière minute qui feraient passer tout le reste pour un caprice. Et ça n'en était pas un, Mara en est certaine. Il s'agissait plutôt d'un rêve dans lequel elle aurait aimé continuer à baigner quelque temps encore. N'est-ce pas ainsi qu'elle a vécu, en différant la réalité, qui finissait toujours par la rattraper, mais qu'elle parvenait néanmoins à devancer en verrouillant la bulle ?

Oh, certes, avec Hicham il lui semblait vivre pour de vrai, à condition d'avoir cet objectif irréel et salvateur, celui qui arrangerait tout. À condition surtout qu'il n'arrive jamais.

Ces moments de découragement sont entrecoupés de rares instants d'enthousiasme, alors elle voudrait avancer le temps, courir dans les rues jusqu'à la maison blanche peinte à la chaux, entrer dans une odeur de couscous et partager les cris des pleureuses pour enterrer sa mère. Et à cette occasion la faire renaître.

*J'ai reçu des menaces de mort personnelles. Quand j'étais aux côtés des patriotes, je faisais partie d'un lot, nous étions menacés, mais ensemble. Étrange de se voir ainsi visé, non seulement parce que j'ai pris les armes aux côtés des habitants qui se sont défendus eux-mêmes contre les islamistes – certains l'ont payé de leur vie – mais aussi parce qu'on a appris que j'étais français, malgré mon nom d'emprunt. On fait courir des bruits sur moi, qui ne me dérangent pas du moment que Tawfiq, Mouncef, Mounir et les autres n'y croient pas. Ils sont habitués à ce genre de propagande. Tawfiq m'a fait venir dans sa chambre d'hôtel qu'il habite depuis quatre ans, à vingt-cinq kilomètres de Tanger, un hôtel « sécuritaire » mis à disposition par le gouvernement pour les journalistes les plus menacés. Le soir, on s'éclaire aux bougies. Je partage avec lui ce bout de chambre. Il rentre parfois dans sa famille, c'est au centre d'Alger, dans un quartier populaire, mais les visites les mettent en danger, c'est aussi pour ça qu'il a demandé à être logé, au même titre que beaucoup de ses collègues d'*El Watan*. Après tout ils ont été plus de soixante-dix à être assassinés froidement, uniquement parce qu'ils étaient des témoins gênants, ou peut-être simplement parce qu'on les considère comme des « intellectuels ». Ça ne m'empêche pas de sortir le jour,* *et même de découcher, mais je ne veux mettre personne en danger, et sûrement pas Mounir et sa femme qui m'ont si bien soigné. Mouktar, notre voisin de chambre, nous rapporte chaque jour des clichés plus atroces les uns que les autres. Il sillonne le pays, parfois sans demander les autorisations, car cela l'empêcherait de se rendre immédiatement sur les lieux de massacres, pour prendre sur le vif les corps mutilés, les maisons brûlées, les femmes défaites qui parlent toutes seules. Parfois il se fait insulter par certaines, d'autres fois on lui raconte sans plus pouvoir s'arrêter. Il nous montre des rescapés, des enfants aux yeux agrandis, dont les petits voisins ont été égorgés alors qu'ils jouaient le jour même dans la rue. Et toujours, cette lenteur incompréhensible de l'armée à intervenir.*

Certains villages sont ciblés, la liste des tués est inscrite sur les murs, même les enfants. Des familles entières. Les journaux sont tiraillés entre leur devoir d'information, leurs partis pris face aux horreurs et la censure qui sévit, certains papiers économiques passent quand même qui sont pourtant presque aussi accusateurs qu'un rapport en bonne et due forme d'un massacre. On licencie à tour de bras, les bidonvilles qu'on appelle zones de transit sont pleins, on s'étonne après que le GIA trouve encore de la chair à canon. Tawfiq tente de m'expliquer, au cours des longues soirées que nous passons ensemble, à la lumière des bougies, comment l'intégrisme s'est emparé soudain de toute une partie de la population, comme une maladie contagieuse et fatale ; des amis à lui, des amis d'enfance avec qui il jouait au foot, des écoliers assis sur le même banc et qu'il invitait chez lui, soudain touchés par la grâce. Dès lors, il n'était plus possible de leur parler, ils étaient devenus fous, aveugles et sourds à toute voix humaine. La communication avait été coupée, et ils étaient devenus des ennemis mortels – des menaces pèsent sur Tawfiq. Il est sûr que tel ami d'enfance n'aurait pas hésité à l'égorger si on lui en avait donné l'ordre. Cela reste incompréhensible, malgré les explications de Tawfiq.

Et le temps passe. Le mois arrive, puis la semaine, puis le jour du départ. Tout le monde les accompagne à la gare, où ils doivent prendre le train pour Marseille-Saint-Charles, et de là s'embarquer sur le navire. Ni Hicham ni Mara n'ont dormi. Au matin, des cernes noirs cerclent leurs yeux, l'anxiété y prend plus de place que l'excitation, mais la fatigue nivelle le tout. Ounissi frappe à leur porte tandis qu'ils boivent un café en silence. Rachid et Mohammed les aident à descendre les valises. Mara explique une dernière fois à Ounissi où se trouve le compteur électrique, le robinet pour fermer l'eau, comment éteindre et allumer le gaz, où ranger les draps, les serviettes, les aliments, jusqu'à ce que Hicham l'interrompe. « Ounissi sait déjà tout ça, il est temps de partir sans quoi on risque de rater le train. » Ounissi aperçoit la terreur fugitive qui traverse le regard de Mara, puis son sourire d'excuse. C'est lui qui est chargé de garder l'appartement qu'on lui a proposé d'habiter quand il le souhaite puisqu'il est au-dessus du bar. Il récupère les clefs et promet à Mara que tout se passera bien, cette promesse valant autant pour son appartement que pour son voyage à Alger. Le ton chaud de la voix d'Ounissi la rassérène un peu, mais la fatigue la laisse à fleur de peau.

En bas, Rachid attend au volant de la voiture d'Ounissi, les autres restent sur le trottoir, Ounissi, Mara et Hicham prennent place. Hicham ouvre sa vitre et fait un au revoir général à leurs amis aux yeux embués. Une question traverse l'esprit de chacun : « Reviendront-ils ? » C'est celle que chaque famille algérienne se pose quand elle voit l'un des siens partir pour la France pour tenter sa chance, la même quand une autre, installée en France, voit l'un des siens repartir pour l'Algérie, retrouver une grand-mère ou un oncle. Des deux côtés, les départs peuvent signifier des adieux. Les mères le savent en général qui font dire des prières pour leurs enfants partis. La mer et l'histoire qui séparent ces deux pays font des voyages des transhumances, et des départs des ruptures. Les larmes ne sont pas feintes, il y a en elles la possibilité d'une séparation définitive et sa conscience aiguë.

Pour Mara c'est l'inverse, elle va rencontrer ce dont elle a été séparée et, pourtant, c'est bien le même sentiment de rupture qu'elle éprouve. En regardant les rues de Paris défiler devant elle, elle repense à ce même paysage à son arrivée de Tanger lorsque, avec Hicham, ils avaient quitté, pensaient-ils, le Maroc pour toujours. Elle les avait alors trouvées grises et laides ces rues qu'aujourd'hui elle ne veut plus quitter, parce que en les quittant elle s'aperçoit que pour la première fois elle s'y considère chez elle. Chaque détail se grave en elle comme si c'était la dernière fois, elle se fabrique des souvenirs pour le cas où elle ne pourrait plus revenir.

Hicham, lui, ne voit rien. La fatigue a raison de lui, il ne pense plus qu'à des choses matérielles, les passeports, les valises, les billets. La voiture est silencieuse, Ounissi et Rachid se taisent eux aussi, revivant d'autres départs.

Ils se garent au troisième sous-sol du parking,

s'engouffrent tous les quatre dans l'ascenseur et pénètrent dans le hall de la gare, intimidés par tout ce monde. Mara les guide, c'est encore elle qui connaît le mieux le fonctionnement d'une gare française. Les autres n'en ont quasiment jamais approché – Rachid et Ounissi restent chez eux, quant à Hicham, il a voyagé plusieurs fois en train, mais les affichages et la numérotation des trains demeurent pour lui un casse-tête. C'est dans ces lieux-là qu'ils se sentent véritablement immigrés. Les valises sont lourdes, ils ont emporté une multitude de petits cadeaux, des écharpes et des parfums, une broche en argent, un appareil photo, des livres, des vêtements pour leurs hôtes et eux-mêmes. Ounissi porte celle de Mara déjà occupée par un cabas où elle a jeté ses affaires à elle. Ils se dirigent vers le quai C d'où part le train pour Marseille. Ounissi et Rachid les accompagnent jusque dans le compartiment, puis jusqu'à leur place, s'assurent qu'ils sont bien installés, repoussant encore un peu le moment de la séparation. Mais une voix annonce le départ imminent, Hicham les pousse quasiment dehors pour qu'ils ne soient pas embarqués malgré eux, ils attendent sur le quai que le train parte, et quand celui-ci se met en mouvement, Mara et Hicham agitent un bras jusqu'à ce que les silhouettes de leurs amis algériens disparaissent. Alors, ils se regardent, émus et ne sachant comment réagir à ce point de non-retour, à ces adieux à une vie précédente. Hicham prend Mara dans ses bras et l'embrasse sur la tempe, elle refoule des larmes, il sent à travers sa chemise son cœur battre trop vite.

Pourtant, peu après, portés par le ronronnement du train, la chaleur du soleil qui tape à travers la vitre, la fatigue de leur nuit presque blanche, Hicham et Mara se sont lentement assoupis. Mara n'aurait rien voulu perdre des détails du voyage, mais elle ne peut résister à la somnolence qui l'emmène plus avant le long de ce trajet. Le contrôleur interrompt leur rêverie vers Valence. Ils observent alors le paysage où le vert le cède de plus en plus à la pierre, les petits villages perchés à flanc de coteau, le Rhône, entouré de champs, de rocaille et de centrales électriques. L'architecture change, les pierres recouvrent aussi les maisons, leur donnant une teinte chaude d'un jaune-blanc que vient taper le soleil. La végétation est pourtant verte, c'est le printemps, les grandes chaleurs de l'été n'ont pas encore totalement asséché les plantes, brûlé et jauni les champs d'herbes, les arbres deviennent des cyprès, certains suivent le mouvement du vent et s'inclinent comme la tour de Pise, désormais inamovibles, car aucun vent contraire n'est aussi brutal que le mistral. Quelques vaches paissent, qui n'ont plus rien des normandes bien grasses, des chevaux, et des paysans qui prennent soin des vergers, les cerisiers sont en fleur, c'est une explosion de blanc sur fond de verdure, une peinture japonaise mais plus copieuse, débordée par l'enthousiasme européen du peintre. Des champs entiers, à perte de vue, Mara n'en peut détacher le regard, c'est éblouissant, au point qu'elle s'oublie elle-même, tout entière prise par le paysage. Le contrôleur annonce la gare d'Avignon, trois minutes d'arrêt. Ils passent sur un pont suspendu au-dessus d'une rivière, la Durance sans doute, ou le Rhône. Sur son rivage, au loin, la ville d'Avignon, dominée par le palais des Papes qui se découpe comme de la dentelle sur un ciel uniformément bleu. Le soleil jette un éclat sur les murs et bientôt sur le quai de la gare nouvelle, tout en verre, blockhaus aérien posé là au milieu de nulle part.

Des passagers descendent. Mara et Hicham en profitent pour fumer une cigarette, une bouffée d'air chaud les saisit. Du compartiment mitoyen descend lentement un homme. Mara le reconnaît sur-le-champ, stupéfaite. Elle crie : « Marc ! », celui-ci se retourne, cherche dans la foule celle dont il a cru reconnaître la voix, mais dont l'apparition ici paraît si incongrue. Quand enfin il la repère, on annonce le départ du train, et elle remonte à la hâte dans son compartiment. Mara regarde le visage de Marc s'éloigner longtemps après qu'il a disparu.

Le surgissement du passé à ce moment de son voyage lui apparaît comme un présage. Tandis que le calcaire envahit le paysage, culminant dans la Sainte-Victoire, elle raconte comment Marc, cet ami oublié, lui a parlé le premier de l'Algérie. Cette apparition restera longtemps en elle.

Les maisons se densifient, on entre dans les grandes banlieues, des zones encore semi-rurales où se dressent les uns après les autres de grands halls que viendront occuper des supermarchés de toutes sortes. Enfin c'est la ville, les immeubles qui se touchent et forment rues, quartiers, des tunnels, entrecoupés d'éclats de lumière, et la gare Saint-Charles, où la chaleur se voit à l'œil nu dansant dans les poussières éclairées à travers les vitres de la verrière. Le train s'arrête, une voix annonce le terminus, les voyageurs se lèvent, fourbus, et font la queue dans les couloirs pour sortir le plus vite possible.

Hicham et Mara attendent que tout le monde sorte pour attraper leurs bagages et descendre du wagon sans être bousculés. Leur bateau ne part que le soir, ils ont le temps d'aller déjeuner sur le Vieux-Port, et de prendre un taxi qui les mènera à la zone portuaire, le port autonome de Marseille. Le même que Manuel avait accosté des mois auparavant, zigzaguant entre les containers de toutes les couleurs qui, vus de haut, ressemblent à des Lego. La chaleur les écrase, ils sont tous les deux habitués et ne la craignent pas, au contraire ils la chérissent, elle brasse avec elle des souvenirs si mêlés, bien que Tanger fût une ville aérée, où les vents rendent la température appréciable en n'importe quelle saison. Ils sont arrivés jusqu'à la Méditerranée, la même mer, la même eau dans laquelle ils se baignaient jadis, chacun de son côté, sur les plages islamistes les plus proches de la ville – plus loin c'étaient les stations balnéaires chic, auxquelles ils préféraient la côte atlantique plus sauvage. La Méditerranée, cette même mer qui vient lécher les côtes françaises, marocaines, et algériennes. Leur mer.

Mara voudrait toucher l'eau mais elle ne peut pas, les quais sont trop élevés, quant à la zone portuaire, les chemins sont balisés pour les voyageurs qui côtoient plus le bitume que la douceur de l'eau. Le taxi les mène à travers le centre vers le port. Il suffit de descendre, à travers une foule bigarrée, les immeubles hausmanniens, les quartiers pauvres où pendent les chemises qui sèchent aux fenêtres, les quartiers plus riches écrasés et endormis par le soleil de midi. Elle a ouvert la vitre et observe le spectacle de cette ville qu'elle ne connaît pas. C'était pourtant la première qu'avait dû voir sa mère en débarquant en France par le bateau. Une France encore un peu algérienne qui a dû la rassurer un temps, avant qu'elle ne reparte pour le centre de la France, humide, vert et gras, où le soleil jamais ne déteint les couleurs. Marseille, Alger, ce trajet qui a marqué sa vie, sans qu'elle le sache, et qui désormais apparaît comme le chemin du retour, celui qui a d'abord été foulé dans le mauvais sens, pour venir mourir en France ; celui qui est emprunté à nouveau, mais pour quoi ? Mourir en Algérie, revivre, qu'attend-elle exactement ?

Le taxi les dépose à l'entrée du Vieux-Port. Ils décident de prendre par la droite, les cafés sont plus rares, mais c'est le côté ensoleillé. Ils s'arrêtent à une terrasse, la serveuse leur propose de monter à l'étage sur le balcon où une table est libre. Il est tôt, les clients ne sont pas encore arrivés. Ils prennent place face à face, et commandent du vin blanc, une friture d'éperlans, des salades, un saint-pierre. Ils ont faim, la fatigue exacerbe leur état d'excitation. Hicham prend la main de Mara. « Ça y est, on est partis, tu as peur ? — Oui, bien sûr. — Là-bas, nous serons protégés par des gardes du corps, on ne peut pas faire autrement. Je connais une femme qui est devenue photographe de guerre depuis le début du conflit, elle avait travaillé au Maroc, peut-être l'as-tu croisée à Tanger, elle s'occupait des harragas ? Hanane. — Non, je ne crois pas. — C'est par elle et par Kader que j'ai pu organiser un peu le voyage. C'est une fille courageuse. Elle couvre les attentats et les massacres depuis six ans maintenant. J'ai retrouvé sa trace par hasard, quand je suis allé à Toulouse, un client avec qui je bosse depuis quelques années maintenant, et qui était ami avec elle, aussi. Elle nous aidera. »

Mara hoche la tête, elle a une entière confiance dans les talents d'organisation de Hicham. Pendant tout le déjeuner ils discutent de leurs craintes, des éventualités, des stratégies, puis finissent par hausser les épaules : « Nous verrons bien, n'est-ce pas ? » Il importe peu à Mara de risquer sa vie pour aller là-bas, ce risque-là a un sens pour elle, mais elle ne peut s'empêcher de demander à Hicham : « Pourquoi m'accompagnes-tu, ça semble si dangereux ? » Hicham se tait, il cherche une réponse adéquate, puis, au bout d'un moment : « Je veux être avec toi jusqu'au bout. Après tout c'est un peu moi qui ai initié tout ça, je me sens responsable, et je veux le vivre avec toi. » Mara a pleinement conscience du sacrifice, mais peut-être pas entièrement de toutes les raisons qui le poussent à rester à ses côtés. Il veut être là, oui, pour ce moment où elle retrouvera quelqu'un de sa famille. Il veut être là, sans quoi il lui manquera toujours quelque chose. On ne rivalise pas avec un frère. Mais s'il peut aider Mara à renaître, alors il n'aura pas eu besoin de sortir en même temps qu'elle du même ventre.

L'heure passe, il faut se rendre au port. Mara recule encore le moment fatidique de l'embarquement tout en éprouvant de l'impatience à y être déjà. Hicham hèle un taxi, il faut y aller dit-il, l'embarquement prend des heures, il vaut mieux arriver en avance. Mara suit. Elle monte dans la voiture, son corps ne lui appartient plus, à peine son esprit. Il s'agit désormais de laisser les choses se faire, elles ont pris un cours qu'elle ne peut plus arrêter, le voudrait-elle. Le taxi file le long de la mer, prend une branche de route rapide, qui surplombe la ville et mène directement à la zone portuaire. Les premiers barrages commencent, à l'entrée du port autonome. Papiers, billets, on les fait passer, à la suite d'autres voitures. Le taxi les abandonne à l'intérieur de la zone, là il faut encore trouver les bonnes files et les bons guichets, mais ce n'est pas difficile, il suffit de suivre les hommes vieillis avant l'heure, le visage buriné, et des sacs remplis à ras bord au bout des bras. Quelques femmes, un voile discret sur la tête, peu d'enfants. C'est le premier signe, encore très éthéré qu'il se passe quelque chose là-bas. Les grandes transhumances appartiennent au passé, on n'amène plus sa famille au pays. Les récits de massacres et d'enfants égorgés, baignant dans leur sang après avoir terminé leur courte existence dans les cris nocturnes de villages en panique, décimés par les fous de Dieu, ont fait leur travail. Seule Mara, prise dans son roman intime, enfouit ces images dans son abîme personnel.

La file des passagers est déjà longue, même si la plupart attendent dans leur voiture que les cales s'ouvrent, préférant le bateau à l'avion pour descendre leur automobile où s'entassent des vélos et des appareils ménagers en panne – leur assurant ainsi une seconde vie. Mara et Hicham prennent leur place sous un soleil de plomb. Leurs bagages qui tout à l'heure leur semblaient trop imposants apparaissent soudain misérables à côté des sacs qui s'empilent devant et derrière eux, et qui avancent nonchalamment au même rythme que leurs propriétaires. Encore une fois, Mara songe à l'autre départ, définitif celui-là, de sa mère sur un quai d'Alger. Qu'a-t-elle emporté dans sa valise ? Des photographies ? Des souvenirs ? Ou bien est-elle partie dans l'urgence, en laissant tout derrière elle ? Que restait-il de sa vie d'avant lorsqu'elle a embarqué sur ce navire, avec l'homme qu'elle aimait mais dont elle commençait peut-être déjà à se méfier ? Qui est venu lui dire au revoir ? Sa mère a-t-elle agité son mouchoir quand l'ancre a été levée ? Et que croyait-elle, qu'elle partait pour toujours, ou qu'elle reviendrait une fois les événements passés ? Pleurait-elle, se tournait-elle déjà vers l'avenir ? Le soleil était-il aussi pesant ?

Ils arrivent enfin sur la passerelle et montent dans le bateau. On leur indique leur cabine pour deux, luxe que la plupart des autres voyageurs n'ont pas pu se permettre. Elle est exiguë, le lit double donne sur le hublot par lequel ils peuvent voir le port, au loin Notre-Dame-de-la-Garde, la ville et ses collines. Mara range les affaires tant bien que mal dans la petite armoire en plastique. Ils ne savent que faire en attendant le départ et décident de sortir sur le pont pour observer le va-et-vient des voyageurs, les voitures qui pénètrent doucement dans la cale, la file de piétons qui diminue lentement, les marins qui s'activent, l'eau calme du port, où brillent des taches d'essence, la chaleur à peine nuancée par la brise marine. Le spectacle est assez prenant pour qu'ils ne voient pas l'heure passer. Enfin, la sirène retentit, on sent le sol bouger. Le paquebot se met en branle, les cordes sont détachées des bites d'amarrage, le moteur a mis en route tous ses chevaux, ils hurlent par-dessus les cris des hommes qui parviennent néanmoins à communiquer leurs informations, puis le bateau se détache et s'écarte du quai, lentement au début, et de plus en plus vite.

Marseille prend du champ, se découpe au fur et à mesure sur le ciel, prend forme, les détails s'effacent au profit des contours, la brise a repris de l'ampleur, elle fouette maintenant les visages penchés sur la rambarde. Quelques mains saluent la ville et le pays, on entend de vagues au revoir. Ce n'est pas la gaieté habituelle des départs qui règne, mais un calme anxieux, tendu, fait d'attentes et de craintes, de douleurs et d'une joie contenue d'enfin revoir les siens, ses terres, tout en redoutant qu'elles fussent transformées en cimetière. Un silence inquiétant règne sur les ponts, habituellement remplis de cris et de rires, de hurlements d'enfants, de courses effrénées et de femmes qui tentent de rassembler leurs familles. Des hommes sont assis contre le mur, d'autres au bar boivent du Coca-Cola et du café au lait, fumant des cigarettes. Il n'y a pas d'animation cette année sur le paquebot, ni boîte de nuit, ni clown pour les enfants, la piscine est fermée, personne n'a le cœur à faire la fête. Et pourtant, ils l'ont attendue, cette traversée. Tous autant qu'ils sont, sur cet immense navire, ils patientent depuis trop longtemps pour revoir leur famille. Mais l'attente s'est envenimée comme une blessure mal soignée, elle s'est chargée d'autres poisons. Peu à peu cependant la vie reprend, c'est qu'il va falloir rester vingt-six heures ensemble sur cette mer, et peut-être seront-ce les vingt-six dernières heures de répit. Alors on sort les jeux de cartes et de backgammon, les appareils photo, et pour certains des livres, des cacahuètes, dont on jette la coque par-dessus la rambarde. D'autres observent l'écume qui se referme loin derrière le bateau, des gouttes les aspergent, ce spectacle répétitif et pourtant revivifiant les apaise.

Mara et Hicham errent de pont en pont, curieux du spectacle offert, ils sont un peu différents des autres, on les regarde passer, c'est surtout la présence de Mara qui intrigue, Hicham passe facilement pour un Algérien, quant à Mara ce n'est pas tant son visage que ses manières et son habillement qui rompent avec le reste. Et si c'est une Algérienne, elle vient de la très haute bourgeoisie. Sa façon de marcher, sa coiffure, son impassibilité, sa désinvolture, rien de tout cela ne cadre avec leurs femmes et leurs filles, absentes cette année. On l'observe avec une certaine inquiétude, que peut-elle bien aller faire là-bas ? Est-ce une espionne, un membre du gouvernement français en délégation, une intellectuelle, ou peut-être une artiste qui viendrait se produire pour participer à sa manière au combat ?

Mara sent ces regards sur elle, elle se sait protégée par Hicham mais n'ose sortir seule de sa cabine. Aussi s'enferment-ils de longues heures pour regarder par le hublot le spectacle identique à lui-même défiler à une allure qu'ils sont bien incapables de mesurer. Ils lisent, se reposent, font l'amour au lieu de s'endormir, prennent une douche dans l'étroite salle de bains qui sent les remontées de canalisation, et sortent enfin tandis que le jour tombe, se tenant par la main pour être sûrs de ne pas se perdre. Ils se rendent au restaurant, un maître d'hôtel très solennellement les place, on les sert, un couscous froid aussi mauvais qu'imposant, des yaourts et des fruits. Les hommes silencieux et quelques femmes autour d'eux mangent avec avidité comme s'ils allaient être privés une fois le pied posé sur l'autre continent, ils saucent leurs assiettes et en redemandent. On se lève, le deuxième service commence. Mara et Hicham vont fumer sur le pont supérieur, tandis que la nuit est tombée et que les premières étoiles apparaissent. Ces instants sont irréels, entre deux mondes, sur des eaux agitées qui pourraient être nulle part. Ils sont en apesanteur, en suspens, en sursis. Ce n'est que tard qu'ils parviennent à s'endormir.

Au matin, la même surface plane les attend derrière leur hublot. Après avoir dormi ils retrouvent une contenance, des habitudes à peine amorcées qui les installent sur ce lieu de transit. Des images de sa mère continuent de traverser Mara, elle a emporté la seule photographie en sa possession, celle que l'homme-qui-est-son-père lui a donnée, et qu'elle regarde chaque soir avant de s'endormir depuis cette visite pénible dans ce village sans âme. La photographie est abîmée, on sent qu'elle a été triturée, malaxée, embrassée, mais le visage encore rayonne dans le noir et blanc. Peut-être certains des voyageurs autour d'elle l'ont-ils croisée, peut-être étaient-ils sur le bateau de sa traversée ? Elle a pourtant du mal à imaginer sa mère là, au milieu de ces êtres moroses, que la vie a brisés. Elle essaye de lire pour passer le temps, ils parlent peu, avec Hicham, le roulement de la mer les endort, ils se savent ensemble, proches, il n'est pas besoin de le confirmer par les mots, ils ont réussi cela. Le soir arrive, les mêmes itinéraires sur ce navire qu'ils ont fini par connaître, c'est la dernière nuit. Le lendemain, vers midi, ils accosteront à Alger.

Ils décident de se coucher tôt, sans se concerter, mais n'arrivent pas à s'endormir, la peur monte, l'excitation aussi. Mara a les yeux grands ouverts et observe cette étendue d'eau plus sombre que le ciel, des étoiles se détachent à travers le verre abîmé du hublot, une impression d'enfance la traverse, ces nuits douces d'été qu'elle passait à contempler le ciel, des images se forment, irréelles et maternelles, une douceur sucrée telle qu'elle n'en a jamais éprouvé, et soudain elle plonge dans un bain d'angoisse qui l'aspire dans des eaux obscures, et des cris ressurgissent à l'orée d'une mémoire brisée, des cris d'enfants, quelques couleurs, rien qui ait une forme reconnaissable, même si elle l'a reconnue : cette forme c'est Manuel, sa voix, son corps, l'intérieur de son être, cet océan dans lequel elle a voulu se noyer – celui qui l'appelle de l'autre côté de la Méditerranée, et qui chante maintenant à ses oreilles, comme une plainte amère et suave, ce chant de sirène auquel elle avait voulu résister tout un début de vie passé à feindre et à fuir... Elle erre dans sa songerie, bercée par le roulement du navire qui va, et cette fois il va quelque part. Elle entend la respiration calme de Hicham qui a fini par s'endormir, elle est seule face à ce futur si proche qui aspire son passé comme un tourbillon de sable remontant avec violence vers un point unique, un point culminant d'où elle pourra contempler, peut-être, la suite et l'avant.

Peu à peu elle s'endort, abandonnant à la nuit les peut-être, accueillant Manuel et Hicham dans une grande assemblée où des êtres qu'elle ne connaît pas encore l'entourent et fêtent quelque chose, mais quoi ?

L'aube la surprend, elle n'a pas l'impression d'avoir dormi, son sommeil a été si léger, elle se lève, le cœur battant.

C'est le Jour.

VI

Hicham ne la trouve pas dans la cabine. Il se douche, s'habille et part à sa recherche. Il la voit penchée sur la rambarde du pont supérieur, entourée de quelques hommes dans la même position, rares à cette heure encore matinale, leurs regards rivés sur un horizon imaginaire. Il prend mentalement en photographie l'image de sa femme tendue vers un destin incertain, et la rejoint. Quand elle se retourne, il a l'impression que ses yeux se sont agrandis. Ce sont les cernes qui creusent les orbites et confèrent au visage une fragilité neuve. Elle lui sourit timidement. Il sent la peur qui se dégage de tout son être, et la partage. Ensemble ils font quelques pas, conscients de la solennité du moment, profitant de la fraîcheur de l'air et de la paix momentanée sur ce paquebot encore fier. Bientôt il sera attaché parmi d'autres, délesté de ses occupants. Après avoir fait le tour des ponts successifs, ils se dirigent vers le restaurant pour prendre leur petit déjeuner, une dernière fois. D'autres passagers sont déjà installés. On sert des cafés à la chaîne et des petits pains ronds. C'est encore le meilleur repas, mais Mara n'a pas faim, elle a l'estomac noué. Le café noir lui suffit. Elle passe au duty free pour faire des réserves de cigarettes.

La fébrilité commence à monter sur le bateau, une

sorte d'effervescence silencieuse et grave. Des bagages sont déposés devant les cabines, ceux qui ont dormi sur le pont ont levé le camp et harnaché leurs valises, on fait la queue à la police des frontières pour remplir les feuilles blanches qui seront tamponnées à l'arrivée. Les informations demandées sont nombreuses et complexes, chacun tente d'y répondre consciencieusement, comme si chaque mot écrit pouvait être une question de vie ou de mort. La file est longue et ne semble guère avancer, pourtant leur tour finit par arriver, tandis qu'on annonce par les haut-parleurs la prochaine arrivée au port d'Alger. Mara est impatiente de remonter sur le pont pour voir les premières images de la ville. Hicham l'encourage, il va régler les questions de papier, alors elle monte seule, et regarde avancer une ville blanche et encore confuse, coiffée d'une brume légère. L'émotion la gagne. Elle voudrait qu'il la rejoigne, seule elle se laisse déborder, mais le paquebot va plus lentement qu'elle ne l'imagine et la vue d'Alger demeure la même, grossissant à peine pendant un long moment, le temps pour Hicham de la retrouver. Les maisons alors se dessinent plus clairement, des mosquées, des collines, d'autres navires amarrés, de la blancheur éclatante au soleil qui n'a pourtant pas encore atteint son zénith, des mouettes entourent désormais le bateau, la circulation maritime se fait plus dense, on croise d'autres navires, des barques au loin, de pêcheurs sans doute, et le bruit de la ville commence à parvenir malgré la brise rugissante et le moteur du paquebot qui couvrent les klaxons, les voix, les appels des muezzins. Hicham tient la main de Mara et la serre, il ne s'en rend pas compte, ni elle, tous les deux happés par le spectacle. C'est Alger, l'objet de tant de fantasmes, d'histoires lues, vues, entendues. C'est le port d'où est partie sa mère, et où a dû arriver ce père, encore avant. Ce port qui relie la

France et l'Algérie, où la guerre a ensanglanté les rues deux fois dans le même siècle, où les femmes ont résisté, manifesté, malgré les menaces de mort, malgré les espions du GIA, auparavant, ceux de l'armée française ; où la population a combattu contre les ennemis de sa liberté, des hommes du même sang, du même pays. C'est la porte de ce pays que l'histoire étouffe mais qui combat pour continuer d'exister dans une identité sans cesse à reconstruire, sans cesse à défendre, contre la France, contre les fous de Dieu, contre une malédiction qui a vu les frères s'armer contre leurs frères. C'est Alger, la ville où elle aurait dû naître, et vivre, peut-être, où elle aurait pu être quelqu'un d'autre, où elle peut toujours devenir quelqu'un d'autre.

Cette fois les fantasmes devront céder le pas. Alger est là, devant eux. Rien ne peut être plus réel, plus concret que cette agitation soudaine sur le bateau et dans la ville, les klaxons, et déjà l'odeur des pots d'échappement. La voix sort du haut-parleur grésillant pour multiplier les appels aux passagers, mais les ordres sont confus et les mouvements de foule semblent anarchiques. Certains savent vers quelle porte se diriger, on finit par les suivre. Les couloirs sont saturés, on ne peut plus se déplacer dans le navire à moins de rester sur le pont, mais c'est risquer d'arriver les derniers et d'attendre des heures que la douane et la police fassent sortir les voyageurs les uns après les autres.

Les manœuvres commencent. On a l'impression d'être dans la ville, à peine séparés par quelques mètres d'eau. Le bateau est comme une excroissance du port, il a perdu son autonomie, il n'est déjà plus un lieu de vie, juste un banal moyen de transport. Mara et Hicham se sont mis dans la file, sacrifiant le point de vue imprenable sur la ville qu'offre le pont. Ils savent que les démarches à la police seront longues et fastidieuses, qu'on leur adjoindra un service de sécurité. Ils sont attendus à la sortie du port, par Hanane, cette amie photographe d'Hicham. Une femme séduisante avec laquelle il avait failli avoir une aventure, mais qui était partie juste avant. L'attente est en effet interminable, il fait chaud, les voitures sortent peu à peu du paquebot tandis que les piétons empruntent la passerelle. Dehors, un vent brûlant les surprend, un vent du sud qui étouffe plutôt qu'il n'aère. Les formalités policières n'en finissent pas. On sent une tension particulière, même si passer la frontière n'a jamais été aisé – Mara se souvient des arrivées à Tanger qui n'étaient pas plus simples ni plus rapides. Pourtant, ici, la peur marque les visages des policiers, premières cibles des attentats. Ils sont sur le qui-vive et passent au peigne fin tous les passagers, sans exception. Ces derniers se laissent d'ailleurs volontiers interroger et fouiller, dociles. Mara s'alarme au fur et à mesure qu'elle approche du barrage. L'angoisse monte. Nom, prénom, origine : les questions auxquelles elle s'apprête à répondre seront la première épreuve du séjour. Aucune de ces cases n'a chez elle de réponse claire et définitive. Elle a joué avec elles sa vie durant, au gré des époques et des lieux dans lesquels elle a vécu, des personnes qui l'entouraient. Cette fois, elle voudrait dire la vérité, mais c'est précisément ce qu'elle vient chercher dans ce pays. Tant qu'elle n'y est pas entrée...

C'est bientôt leur tour. Hicham devine la peur de Mara et a pris les devants. Lorsque le dernier Algérien passe enfin la frontière devant eux, il tend les passeports, l'un vert, l'autre rouge, et commence à expliquer le motif de leur voyage. Il a tout organisé. Hanane, la photographe, doit les attendre non loin, accompagnée de deux policiers en civil, et munis des autorisations nécessaires. Malgré ça, Hicham ne se sent pas tranquille : le dispositif est organisé pour cela, impressionner. Le policier les observe longuement tous les deux. La femme est belle, c'est toujours la première chose que l'on remarque chez Mara, mais dans un pays menacé par l'intégrisme, cette carte peut se retourner facilement contre elle.

Après un long silence, les questions fusent. Mara n'en comprend que la moitié tant les phrases vont vite. Hicham tâche de garder son sang-froid, le ton est bourru semble-t-il, hostile. Mais l'arabe est guttural et sa prononciation donne souvent à penser qu'on s'emporte alors qu'on ne fait que demander l'heure. Mara se tient droite, tout entière concentrée à ne manifester aucune crainte. Le policier s'emporte, Hicham répète la même chose, le nom de Hanane revient à plusieurs reprises. On se méfie de la presse, ici, plus encore des Marocains. Le policier transpire, il appelle son supérieur, qui accomplit les mêmes gestes, observe les passeports avec attention, pose les mêmes questions, et leur demande de les suivre. Ils obtempèrent sans trop savoir si c'est une bonne chose.

On les enferme dans une pièce suffocante et nue, seul un banc délabré l'occupe, et une fenêtre aux volets cassés. Le sol est recouvert de carreaux de ciment gris. Sur les murs en chaux, on peut lire des inscriptions gravées. Hicham veut les déchiffrer, quel drame cachent-elles ? Mais très vite on ouvre la porte et c'est Hanane qui apparaît dans l'encadrement. Elle leur demande de la suivre, et les fait sortir de la zone franche du port. Ils montent dans une voiture où est assis un homme, sans doute celui qui sera affecté à leur sécurité. Tout se passe très vite, ils n'ont pas le temps de poser de questions, le seul but étant de quitter le lieu dans les plus brefs délais. Dès qu'ils franchissent la grille du port, l'air de la voiture change d'un coup. Hanane leur adresse enfin des mots de bienvenue, s'excusant de l'accueil peu cordial. Hicham se perd en remerciements, bien conscient que sans elle ils seraient encore dans cette pièce chaude et sans air. Mara prend alors le temps de regarder la photographe. Il lui semble, sans en être sûre, l'avoir déjà croisée à Tanger. À cette époque, elle ne sortait déjà plus beaucoup, Manuel et elle avaient commencé à couper tous les ponts avec le monde vivant de la ville. Pourtant, ce visage lui rappelle quelque chose. N'était-ce pas un jour où elle retrouvait Manuel sur la plage du port, dans les ruelles de Tanger ? N'avait-elle pas aperçu une femme, un appareil à la main, en train de photographier de jeunes Noirs penchés sur une balustrade et regardant l'horizon incertain – c'est-à-dire l'Espagne, de l'autre côté du détroit de Gibraltar. La femme lui avait alors paru courageuse. Tant de violence se dégageait de ces jeunes corps qui allaient sous peu affronter la mort. Tous leurs muscles tendus, leur regard froid et désespéré, elle les avait saisis avec son objectif. Et quand ils avaient commencé à protester, elle avait réussi à les mater, cette petite femme maigre et belle dans son visage de douleur – des traits tirés, creusés, mais qui lui confèrent une émotion patente. Oui, elle l'avait aperçue, et peut-être ailleurs encore. Manuel la connaissait-il ? Pourquoi pas ? Comme lui elle arpentait les bas-fonds de Tanger. Cette possibilité trouble Mara. Les images se superposent, elle se prend à rêver à ces autres retours dans le port du pays voisin, avec l'autre homme. Tanger, Manuel. Pourquoi le Maroc ? Manuel savait qu'ils avaient du sang arabe dans les veines. Elle se rend compte, soudain, qu'elle-même a toujours su.

Elle est interrompue dans ses pensées par la voix de Hanane, une voix un peu brisée, comme son visage, comme son regard. Elle lui parle en français, lui explique qu'ils se dirigent vers sa chambre d'hôtel sécurisée, et que dès le lendemain ils tenteront de rendre visite à sa famille. Tout cela est soudain si brutal que Mara ne sait que répondre. Elle n'a pour l'instant échangé aucun mot avec son hôtesse, la seule chose qui sort de sa bouche, au bout d'un moment indécis, est « pardon », avec une telle profondeur dans la voix que Hanane se retourne, étonnée. Hicham lui fait signe de ne pas s'en faire – l'émotion sans doute. Mais Hanane a compris. Pour masquer le trouble qui s'est emparé des passagers, elle commence à décrire la situation d'Alger. « Pour le moment, c'est un peu plus calme, explique-t-elle, on sort de l'horreur, mais les attentats continuent, les massacres aussi, sauf que les terroristes sont épuisés, et qu'on est désormais sûr de leur défaite. L'armée a repris le dessus, les repentis sont de plus en plus nombreux. Ils crèvent de faim dans les montagnes. La population est maintenant hostile, elle a vu des familles entières décimées, pour rien. Ils ont perdu leur guerre. Pourtant ils sont encore actifs. Ils n'ont plus rien à perdre, vous comprenez. Ils arrivent même encore à recruter quelques jeunes ! Avec le chômage et la crise... Et ces jeunes savent qu'ils ne vont pas vivre longtemps. À part les butins qu'ils volent sur leurs cadavres, ils n'ont plus de provisions – les terres n'ont pas été cultivées depuis le début de la guerre, on a faim dans les campagnes. Les fiefs islamistes sont de moins en moins nombreux, les patriotes en revanche de plus en plus. Quasiment toute la population a pris les armes. Les villageois maintenant se défendent tout seuls. Ils n'attendent plus l'armée – au moment même où enfin elle commence à arriver. Sinon, à Alger, la vie a complètement repris, elle ne s'est d'ailleurs jamais vraiment arrêtée. Les Algériens sont comme ça, ils peuvent s'entretuer, mais ils savent résister à la terreur. »

Mara l'écoute avec attention. Hanane raconte comme

si elle était en train de donner des nouvelles du pays à une parente longtemps partie.

Le paysage défile en même temps que les mots, des rues longées de hauts immeubles haussmanniens, des cafés, des boutiques, du blanc fouetté par le soleil, des femmes qui marchent décoiffées, sans voile et en pantalon, certaines en jupe, bravant par ces simples vêtements la virulence de ceux qui à peine au pouvoir ont décrété le port du hijab obligatoire. Parfois cependant, des trous dans le sol, des vitrines dévastées, des poteaux ployés en deux, des réverbères allongés au sol, on n'a pas eu le temps de les redresser ou de les réparer, la guerre laisse malgré tout ses traces mais c'est la vie quotidienne qui l'emporte. Mara est surprise de découvrir que l'horreur est aussi invisible. Elle pensait voir du sang et des cadavres sur le bitume, des immeubles détruits. C'est le discours de Hanane qui lui permet de ne pas oublier que ces rues algéroises restent le terrain privilégié des terroristes.

La radio émet en bruit de fond une chanson à la mode que le policier fredonne. Hanane a fait de rapides présentations et édicté quelques règles. À part le programme du lendemain, elle n'a pas encore abordé le sujet de la famille de Mara, la vieille Aziza, la grand-mère, qui l'attend dans sa maison. Mara se rend compte que c'est là, dans cette ville, que vit celle qu'elle recherche. À quelques pas peut-être, à portée de main. Jamais elle n'a été aussi proche, mais la ville a l'air tellement grande qu'elle paraît encore lointaine. Ils roulent à travers un chemin sinueux qu'elle n'est pas à même de retracer. La géographie du port lui semble aussi compliquée qu'à Tanger, la première fois qu'elle a débarqué. Il lui a d'ailleurs fallu du temps pour se repérer, la mer restant le point fixe, à condition qu'on puisse la voir. Son sens de l'orientation, tout européen, a dû là-bas s'adapter à l'illogisme du port en permanente croissance. Ici pourtant, la présence française a laissé des traces. Elle se ressent à l'architecture, au tracé des artères.

Mara se laisse porter par la petite voiture qui bientôt sort de l'agglomération. Les immeubles se font moins denses, des arbres apparaissent, la côte se laisse voir. Apparemment, on quitte la capitale, ce qui inquiète Mara. « Où va-t-on ? demande-t-elle. — À vingt kilomètres d'Alger. C'est là qu'il y a les hôtels où le gouvernement a installé les journalistes en danger. C'est totalement sécurisé. Nos familles ne viennent jamais ici, c'est nous qui allons leur rendre visite. Et encore, chaque fois on les met en danger. » Mara observe Hanane, elle explique simplement, sans forfanterie. Pourtant, elle a dû en voir, et en entendre. Combien de corps décapités a-t-elle saisis dans son objectif ? Combien d'enfants traumatisés, combien de têtes arrachées, de nourrissons éventrés ? Quel peut être son regard sur le monde après ça ? Ses yeux sont durs, un éclat de douleur garde la mémoire de ces scènes. Mais ils pétillent aussi, la vie côtoie l'enfer. Mara sent en cette femme l'épaisseur d'une histoire, l'épaisseur d'un pays, la mémoire de ses crimes et le désespoir tenace que ne gommeront plus les moments de bonheur. Elle a vu et cela ne s'effacera plus. Elle voudrait lui demander tant de choses, mais comment dépasser la gêne de ne pas trouver les mots adéquats ?

La voiture s'arrête devant un portail. Un garde vérifie l'identité des passagers et les laisse passer. Hanane se gare en bas d'un grand immeuble de béton. L'hôtel est bien placé, la vue est superbe, mais ce n'est manifestement plus un lieu de tourisme. Il est habité par des gens qui se cachent. Les chambres sont exiguës. Dans celle de Hanane, le lit côtoie un Butagaz sur lequel elle prépare ses repas. Les vivres s'accumulent par terre, elle a dressé un lit de camp et posé un matelas, il ne reste plus un espace où poser les pieds. « Vous allez habiter là quelque temps. Moi, je peux dormir dans la chambre d'une amie, juste à côté. — Pourquoi faites-vous tout ça pour nous ? demande alors Mara, toujours incrédule face à la bonté. — Pourquoi je ne le ferais pas ? — Il y a des choses plus urgentes. — Je ne fais pas de hiérarchie. Kader m'a raconté votre histoire, je suis journaliste, j'aime les belles histoires. J'ai connu Hicham, il vous l'a sans doute dit. Pour une fois que je peux participer à quelque chose d'heureux, je ne vais pas me priver. — Merci, dit Mara. Espérons que ce sera heureux, en effet. Mais je voudrais pouvoir faire quelque chose pour vous. — Je n'attends rien en retour, Mara. Nous sommes en état de guerre depuis 1992. Je ne troque rien. Je ne sais plus ce qui est normal, et ce qui ne l'est pas. Je ne sais même plus parler normalement, vous voyez, à des gens qui n'ont pas vécu toutes ces années ici. Ça me fait du bien de vous voir, une petite ouverture. Je n'ai pas quitté le pays depuis le début de la guerre. » Mara éprouve presque un remords à ne pas avoir partagé cette souffrance-là, ces années-là, dans ce pays. Un sentiment de honte l'envahit.

Elle observe la mer depuis la fenêtre étroite et à moitié obstruée. Un sourire ironique se dessine sur son visage, elle se hait de toutes ses forces. Mais ce sentiment est encore une façon de nier le reste, alors elle se retourne, bien décidée à ne plus se refermer sur elle-même et se livrer à des pensées stériles. Le mur couvert de photos la saisit, des visages de femmes, pas de sang, mais des bouches ouvertes, des yeux vidés de tout qui ont atteint le fond de la souffrance, des femmes qui pleurent, d'autres qui crient – on entend presque leur hurlement. D'autres montrent du doigt. Des femmes rescapées. Certaines d'entre elles ont perdu leur famille, leurs enfants, assassinés devant leurs yeux. Hanane a accroché leurs photos comme un puzzle pour déchiffrer une énigme. Elle rassure Mara et Hicham, elle va les enlever tout de suite. Ce spectacle est macabre, il est inutile de se morfondre plus, ces visages l'obsèdent déjà assez. Mais Mara lui demande de les laisser encore un peu. Elle les décrochera elle-même. Hanane lui explique que c'est pour un livre, qu'il ne faut pas les ranger dans le désordre, qu'elles le feront ensemble si elle le souhaite. Elle avait besoin de les voir ainsi exposées, de les mettre en « page » sur son mur, pour voir l'effet. « Tu vois, conclut-elle, même dans l'horreur on n'oublie pas de travailler à sa petite gloire. » Mara hausse les épaules en lui souriant. C'est une réflexion qu'elle aurait pu se faire à elle-même, mais qu'elle s'interdirait s'agissant de Hanane.

Celle-ci prend congé. Mara veut la retenir, Hanane promet de revenir pour le déjeuner, et d'apporter le repas. « En attendant, reposez-vous », et elle sort de la pièce, sans doute pour rejoindre une autre chambre. Elle a salué plusieurs personnes en longeant les couloirs. Tout le monde ici doit se connaître, tous sont des journalistes. Comme le leur a expliqué Hanane, la maison de la presse centralise la plupart des journaux. Ces journalistes se côtoyaient donc avant les événements. Ce sont les plus menacés qui se retrouvent là. Des femmes, des hommes, qui sillonnent les routes, dépourvus d'autorisations officielles, bravant les faux barrages et les vraies forces de l'ordre. Une telle vie rassemble ceux qui la partagent. Il y a dans cet hôtel une odeur d'aventure et de détresse, une odeur de guerre. Pourtant, il est coupé du reste de l'Algérie. Mara n'a pas encore l'impression d'avoir vraiment foulé le sol de ses pieds. À peine est-elle sortie du port qu'elle est montée dans une voiture qui l'a menée dans cette zone sécurisée et isolée. On la protège, c'est la condition de sa venue. Mais cette protection la sépare du pays.

Hicham s'est assis sur le lit et a allumé une cigarette. Tous les deux ont encore l'impression de tanguer. Les visages des femmes les encerclent, une vision d'horreur. L'exiguïté est étouffante. Le policier se retire à son tour, ils se retrouvent seuls, incapables de commencer une conversation. C'est Hicham qui décide de briser le silence : « Comment tu trouves Hanane ? — Formidable. Tu l'as aimée, n'est-ce pas ? — J'aurais pu. — Et ? — Elle est partie avant. » Mara n'éprouve pas de jalousie tant elle trouve légitime l'attirance que cette femme vaillante peut exercer sur certains hommes de qualité. Hanane ne peut pas plaire à n'importe qui, sa féminité n'entre pas dans les canons maghrébins, mais la sienne non plus, après tout. « Tu as peur ? lui demande-t-il. — De quoi ? — De tout, de demain, d'être là. — Et toi ? — Un peu. »

Mais dans sa peur à lui se loge une autre inquiétude qu'elle ignore. Une inquiétude qui a grandi depuis leur départ. Manuel est là, quelque part, cette pensée n'a pas quitté Hicham depuis qu'ils ont débarqué. Peut-être mort, un cadavre parmi d'autres, oublié dans une forêt. Mais peut-être vivant, à quelques pas d'eux. L'idée prend des proportions alarmantes dans cette chambre étroite à la chaleur étouffante. Hicham se sent impuissant. À quoi songe-t-elle, elle ?

Ils attendent, incapables du moindre mouvement, écrasés par la fatigue et l'appréhension. La faim commence à les tirailler. Hicham tente de s'assoupir, en vain. Mara est allongée elle aussi, mais a les yeux grands ouverts. Ils sont séparés par leurs mondes d'images et de peurs, jusqu'à ce que Hanane entre dans la pièce, un sac à la main. Ils se lèvent en même temps, soulagés de son arrivée. Leur estomac crie famine, et dès qu'elle dispose des olives, du pain, des pommes de terre sur la table de fortune, ils se sentent déjà beaucoup mieux. La conversation peut reprendre, ils échangent des regards qui relient leurs âmes en silence. Mara vient poser sa main sur son épaule, et s'assoit à côté de lui. Ils mangent de bon appétit, retrouvant l'énergie qui les a désertés quelques minutes auparavant, et le courage d'affronter les jours à venir. Les chimères s'éloignent.

« Vous voulez faire un tour dans l'hôtel avant qu'on aille un peu à Alger ? — Volontiers, s'empresse Mara, impatiente de quitter le réduit obscur et oppressant. Vous nous accompagnez ? — Oui, pas de travail aujourd'hui, je fais une pause... » Une fois le repas terminé, ils sortent par le couloir, prennent l'escalier et longent d'autres couloirs identiques. Hanane frappe à quelques portes, on leur ouvre, on les accueille avec chaleur. Ils rencontrent ainsi un journaliste d'*El Watan* et l'une des rédactrices qui s'occupe des sujets de société – mais des sujets tabous, féminins essentiellement. Un autre encore s'occupe des affaires commerciales, les licenciements massifs, les détournements de fonds, la manne pétrolière que se partage une poignée d'apparatchiks – l'une des causes de la guerre. Tous ont dressé le camp dans ces chambres d'hôtel, on peut y voir des photos de familles, des tapis, des bibelots en tout genre, souvenirs d'un ancien temps. Hanane présente Mara et Hicham simplement, comme ses « amis » venus de France, pour des raisons non politiques. On les regarde avec curiosité sans leur poser de questions. L'apparition de Mara fait chaque fois le même effet à ces hommes et femmes déshabitués de la beauté, son élégance fait tache. Elle s'est pourtant vêtue le plus simplement possible pour passer inaperçue, ses gestes trahissent un autre monde, d'autres critères. Quand les regards se font trop pesants,

Hanane explique qu'elle est algérienne et vient sur les traces de son passé, à la recherche de parents. On comprend à demi-mot que l'histoire remonte à longtemps, la première guerre sans doute, ou peut-être une émigration plus tardive. Pourquoi revenir en ces temps hostiles ? On ne s'aventure pas à pousser plus avant la curiosité, et Hanane a un ton définitif qui n'invite pas à poser de questions. Mara admire son tact et sa facilité à imposer des règles tacites. Ce doit être lié à la guerre, les mots qu'il ne faut pas dire, les phrases dangereuses, la curiosité mortelle. D'autres codes les remplacent, et ces codes conviennent à Mara.

La moquette des couloirs est élimée, des mégots de cigarettes traînent, le ménage ne doit pas être souvent fait sinon par les locataires qui ont d'autres priorités. Les femmes sont peu nombreuses dans l'hôtel, mais il y en a suffisamment pour assurer une mixité qui garantit une forme de vie sociale. Chacun raconte une histoire au couple, un reportage, une anecdote, le fait entrer dans sa chambre pour regarder une photo, ou lire un article que Hicham traduit à Mara. On est heureux de pouvoir ouvrir son antre secret à l'extérieur, on les invite à boire le thé ou à partager un repas. Ils ressortent de là revigorés en même temps que désolés, et ces deux sentiments iront souvent de pair durant leur voyage.

L'après-midi est déjà bien avancé. Hanane leur propose de faire un tour dans la capitale et de s'arrêter dans un restaurant à la tombée de la nuit. « Un restaurant ? s'étonne Mara. Bien sûr, ne croyez pas que la vie s'est arrêtée. De nombreux restaurants ont rouvert leurs portes. Il y a toujours la possibilité d'un attentat, mais, à force, on passe outre. On peut même aller écouter de la musique, boire de l'alcool. Si vous n'avez pas peur, je vous conduis dans l'Alger de la nuit, vous allez voir, ça vaut le coup. » Mara est enthousiaste. Elle a envie d'entrer de plain-pied dans la ville, sentir les odeurs, les peurs, voir les visages, échanger quelques mots, éprouver cette ville avec son corps, ses sens, imaginer celle qui l'a portée, une trentaine d'années plus tôt, dans les mêmes rues, sous le même soleil de plomb. C'est pour cette raison qu'elle a fait le voyage, peu lui importe ce risque qu'on lui rappelle sans cesse, elle le connaissait en décidant de partir.

Ils se garent dans une rue étroite et résidentielle. Ils croisent quelques autres Européens, aisément repérables avec le policier en civil qui les accompagne, et pourtant signes d'une ouverture progressive. Hanane leur fait visiter la casbah, les ruelles sinueuses qui montent et descendent dans un lacis blanc où jouent des enfants. L'émotion est intense quoique encore timide, elle n'ose se laisser aller au débordement qui reste tapi, cadenassé par des appréhensions de tous ordres. Les pierres usées des larges marches sont polies par d'autres pas, elle les érode à son tour, inscrivant ici une marque qui est la sienne. Peu à peu son âme se coule dans ce moule nouveau qui est sa forme propre, comme si elle retrouvait ce vase ancien d'où elle est sortie trop longtemps pour se perdre et errer de longues années. Oh, cette paix nouvelle qu'elle sent se répandre doucement en elle... Est-ce cela la grâce, cette expérience mystique qui lui est enfin donnée ? Que ne l'a-t-elle rencontrée plus tôt, s'épargnant des années de sécheresse et d'un désespoir infructueux. Tous ces détours incompréhensibles du destin pour arriver à soi. Il aura fallu Hicham, un étranger, pour la mettre sur la voie d'elle-même.

Des passants les frôlent, ils arrivent dans des quartiers plus modernes où roulent et klaxonnent les voitures, des devantures de magasins, le journal brandi par un vendeur ambulant qui a aussi dans sa sacoche des cigarettes de marque locale. Certains cafés sont pleins, thé, cafés au lait sont dressés sur les tables étroites où paressent des hommes revenus de tout. Ils n'ont rien à faire. Ils attendent. D'autres semblent plus empressés, dressés vers un but qu'on ignore mais qu'ils portent dans leurs gestes, la décision de vivre envers et contre tout, d'effectuer les gestes du quotidien, de défier les interdits édictés par les terroristes. « Au nom de quoi puisent-ils cette force ? » se demande Mara, mais une réponse commence à s'esquisser.

Ils marchent, Hanane commentant leur parcours, les lieux d'attentats, mais aussi l'histoire liée à ces rues, ces carrefours, certaines architectures, des bâtiments officiels. Des heures s'écoulent et les amènent vers le restaurant où Hanane a décidé de les inviter à dîner. C'est un vieux café d'Alger qui sert des grillades et des poissons frits. La décoration n'a rien d'exotique, ni bibelots ni couscoussiers exposés, un reste de décoration coloniale, des tables en bois, des chaises bistro, un bar où l'on sert de l'alcool, une estrade pour des musiciens où sont installés des amplis. Mouloud, le patron, embrasse Hanane et les accueille avec chaleur, parlant moitié français moitié algérien. Hanane présente ses hôtes. On leur sert un guerrouane rouge et des petites salades de concombre et poivron. Des cendriers occupent toutes les tables, une odeur de fumée se mêle aux parfums de cuisine. « C'est l'antre du péché ici, explique Mouloud, on a continué à jouer de la musique et à servir de l'alcool pendant toute la guerre, et on n'est pas près de s'arrêter. — C'était un haut lieu de l'intelligentsia française de gauche, reprend Hanane, les intellectuels se retrouvaient là et parlaient politique à la fin des années 1950. Et puis ça a été un repaire du FLN, maintenant, vous voyez, le restaurant continue de résister à sa manière. Il y a eu des fêtes mémorables après la première guerre, et jusqu'à 1992. Même après.

Des fêtes clandestines où on venait pour défier le sort et se saouler, alors que les islamistes avaient gagné les législatives. Plusieurs attentats ont été déjoués ici, mais c'est resté un bastion de l'Algérie laïque. C'est aussi la cantine des journalistes, on n'est pas loin de la maison de la presse que je vous ai montrée tout à l'heure. On s'est même organisés pour faire garder le lieu sans passer par les militaires. Ici, vous savez, c'est surtout la population civile qui se défend. Il a fallu acheter des armes aux gendarmes, qui normalement devaient les mettre à la disposition des patriotes. Mais comme il n'y en avait pas assez, un trafic s'est organisé. Certains ont gagné de l'argent en vendant les armes du gouvernement. L'armée n'a pas toujours été claire dans cette affaire, et ça, personne ne le sait. Les journaux sont censurés, et c'est difficile de fournir des preuves. — Pourtant, reprend Hicham, certains militaires ont déserté et se sont réfugiés en Europe, en Angleterre et en Allemagne. On a pu lire des témoignages dans ce sens. Ça commence à se savoir. — Le problème, c'est qu'on est en guerre, et qu'il ne faut pas se tromper d'ennemi. C'est en tout cas le message du gouvernement, on peut comprendre, non ? — Oui, sans doute, répond Hicham, n'empêche que ce n'est pas clair. — C'est notre boulot de récolter le plus de témoignages possible, après... Les historiens se chargeront du reste. »

Une telle lassitude soudain dans la voix de Hanane convainc Mara de changer de sujet. Mais tous les sujets sont comme aspirés par ce point de convergence. Elle voudrait en apprendre plus sur cette femme entièrement consacrée à son métier. D'où vient-elle, quelles études a-t-elle faites ? Comment en est-elle arrivée à cette position-là, si ferme, à cette vision de son pays ? Pourtant une pudeur l'empêche de poser ces questions. C'est revenir à la guerre, par un autre biais. Alors elle lui demande ce qu'elle a fait au Maroc, ce qu'elle a vu. Hanane saisit la perche qui lui est tendue et se plonge dans ce passé déjà si lointain pour elle, où elle était une photographe libre de ses sujets et pas encore une photographe de guerre. Ses descriptions rejoignent les souvenirs de Mara, et d'autres encore ceux de Hicham. Tous les trois se retrouvent sur ces terres communes qui appartiennent pour chacun d'entre eux à une époque révolue et qui pourtant les unit en cet instant détaché du cours des choses.

Les musiciens ont rejoint la scène, ils jouent de la musique douce. Le vin commence à porter ses fruits, l'épuisement les saoule tout autant que l'alcool, ils se sentent bien dans ce café, arrivés enfin à bon port, oubliant qu'un lendemain est possible, peut-être parce que ce lendemain est désormais certain.

Pourtant, Hicham finit par demander l'addition, ils se lèvent et retournent dans leur bunker, sur des routes noires et sinueuses, dans un silence inquiet. Mara et Hicham s'endorment d'une traite, Hanane a promis de les réveiller tôt pour mettre au point la journée à venir.

Mara s'éveille avant le soleil, elle s'habitue peu à peu à l'obscurité d'où émergent les visages des femmes. Elle voit leurs dents et leurs yeux ressortir, puis se découper les foulards qui leur donnent des airs de madones. Leur cri silencieux est plus terrifiant encore qu'à la lumière du jour. Mara les écoute, entourée de nuit, épiant les hurlements de bêtes sauvages, des chiens qui ressemblent à des loups. Au loin un coq déphasé, qui ne reconnaît plus le jour de la nuit, des miaulements de chats qui se battent à mort, le froissement des feuilles, quelque part. Elle n'a pourtant pas remarqué de végétation en arrivant. Elle imagine alors un village isolé, cerné par des bruits glaçants, les pas d'une bande d'hommes puis les cliquetis des armes. Et enfin les clameurs de bêtes hystériques et le nom d'Allah qu'on répète pour couvrir les hurlements des enfants.

Elle n'ose pas bouger dans son lit. Elle se sent si petite, si perdue, si seule. C'est la peur enfantine, soudain libérée de ses années d'enfermement. Mara s'accroche à ses draps, crispe ses doigts longs pour les retenir et s'en couvrir si besoin. Son cœur bat à tout rompre, elle s'est recroquevillée et n'ose plus bouger, de peur d'éveiller les esprits – et si un terroriste rôdait dans les couloirs ? Et si une armée s'engouffrait dans l'immeuble ? Et si une bombe était sur le point d'exploser, et si on venait la kidnapper pour la violer et la mutiler... Mara confond les époques qui se brouillent dans sa conscience pourtant aiguë de l'instant. Fuir. Mais où ? Qui viendra la sauver, tuer les criminels et la ramener chez elle, saine et sauve, dans sa famille qui aura tant pleuré de l'avoir perdue ?

Elle finit par s'apaiser tandis que les premiers rayons du soleil s'infiltrent à travers les carreaux. Elle voit Hicham étendu à ses côtés sur le lit de camp, son beau visage endormi, son nez aquilin et ses longs cils noirs, sa bouche charnue par où s'échappe un souffle paisible. Il est là. Elle n'est plus l'enfant perdue de tout à l'heure. C'est avec lui qu'elle va frapper à la maison de sa grand-mère. Il tiendra sa main dans la sienne jusqu'à ce que la porte s'ouvre. Elle voudrait l'éveiller pour entendre sa voix, les mots rassurants qu'il ne manquera pas de lui dire, mais elle n'est plus l'enfant, se dit-elle. Et c'est elle seule qui devra éprouver les joies ou les peines que lui promet cette journée, c'est elle seule qui devra commencer à vivre sa vie, avec lui cependant, avec lui. Elle attend encore un peu, laissant aller sa pensée à la soirée de la veille, Hanane et son visage maigre, sa voix rauque, ce courage entrevu comme un choix de vie. Les traits de Manuel voudraient se former eux aussi devant ses yeux mi-clos, mais elle résiste. Pourtant elle ne peut s'empêcher de regretter sa présence, c'est lui qui aurait dû être là, pas pour elle, pour lui-même. Hicham est venu par amour. Manuel serait venu pour lui, pour eux, pour ces années passées ensemble à surmonter l'absence dans la fusion. Ils devraient être là tous ensemble, partager ces moments en famille. Les conflits s'évanouiraient, les crimes s'absoudraient, les pardons seraient dits.

Mais c'est là un autre rêve qui s'achève, quand Hicham émet un grognement, et se redresse d'un bond. Mara lui sourit. « Tu ne sais plus où tu es ? — Si, ça y est, j'ai eu un moment de flottement. Tu as bien dormi ? — Je me suis réveillée tôt. — Je comprends. Viens dans mes bras avant que commence la journée. » Mara roule sur elle-même et atterrit tout contre Hicham qui la serre et la respire. Il n'ose pas prononcer de phrase trop solennelle, intimidé lui aussi par ce jour nouveau. L'hôtel est encore calme, seuls quelques plafonds craquent, des canalisations commencent à grincer, le reste est endormi. Hicham berce Mara, ils se laissent baigner par la lumière qui enfle et les réchauffe. Aucune idée de l'heure, 6 heures peut-être, ou 7. Quelques bruits de la ville lointaine parviennent jusque-là, des moteurs de voitures, un vague écho de voix, le hennissement d'une mule. Hicham finit par se lever pour regarder à travers les carreaux de la fenêtre à moitié condamnée. Il peut voir la mer derrière la colline miroiter froidement sous les rayons encore quasi horizontaux. L'heure est fraîche, il fait couler l'eau du robinet dans une vieille casserole qu'il place sur le Butagaz. Il a aperçu du Nescafé sur une étagère et prépare des tasses cabossées qu'il pose sur une natte, par terre, au milieu du fourbi et de leurs affaires. Mara se dresse sur un coude et le regarde faire, amusée par ces gestes sûrs et rapides qui surgissent tout droit d'un passé ignoré d'elle. « On dirait que tu as fait ça toute ta vie ! — Mais c'est la vérité, ma chérie. À cinq ans déjà je préparais le thé à la menthe pour mes petits frères, on n'avait pas l'eau courante à l'époque, mais on avait un puits. Et quand j'étais étudiant, je me faisais à manger dans ma chambre. Tu n'as pas connu ça, toi ! »

Mara s'est levée et revêt la gandoura qu'elle portait à Tanger, le matin et parfois dans la journée, quand rien ne l'appelait à l'extérieur. Hicham se souvient de l'avoir vue dedans. Mara tend la main pour attraper la tasse brûlante. « J'ai peur, Hicham. Et si ce n'était pas elle, ou si ce n'était pas possible d'aller la voir ? — Nous serons fixés assez rapidement. C'est quasiment sûr que c'est elle. Maintenant qu'on est là, on ne repartira pas sans rien, de toute façon. — Peut-être qu'elle ne m'aimera pas, ou qu'on l'empêchera de me voir... — Arrête, Mara, ça ne sert à rien, bois ton café, on va commencer à se préparer, Hanane ne devrait plus tarder. » Mara se lève et fait une toilette de chat dans l'étroit lavabo sur le rebord duquel est posé un savon de Marseille – peau, linge et même vaisselle, ce dernier remplit tous les offices de nettoyage. L'eau froide la réveille tout à fait, elle s'en asperge le visage et les cheveux, en fait couler le long de son dos, frissonne à son contact. La chaleur s'est désormais emparée de la pièce, elle laisse sa peau sécher, à défaut de serviette, et s'habille, cérémonieusement, d'un pantalon repassé avant le départ et d'une chemise blanche.

Elle a longuement étudié la tenue qu'elle mettrait pour cette rencontre. Paraître belle sans être prétentieuse, plaire à cette femme sans susciter la moindre envie, ne pas choquer par une jupe trop courte ou un corsage trop échancré, passer inaperçue tout en se montrant le plus à son avantage. Elle a donc fini par opter pour cette tenue simple et pratique, et des sandales minimalistes qu'elle a étrennées à Tanger. Enfin elle porte une chaîne en or presque imperceptible sur laquelle est enfilée une pierre bleue, minuscule, censée tenir le mauvais œil à distance.

Chaque bout de tissu, chaque objet orne son corps comme une protection, un talisman. Ses mains tremblent. Elle arrange ses cheveux pour la dixième fois, sans voir son reflet dans le miroir qui lui fait pourtant face. Elle n'arrive à poser ses yeux nulle part et finit par allumer une cigarette pour calmer l'agitation qui monte en elle. Hanane arrive enfin, en réalité il n'est pas tard, 8 h 30 sur le cadran de sa montre : « J'avais peur de vous réveiller, mais j'aurais dû me douter que vous tourniez en rond depuis longtemps déjà », dit-elle en souriant. Hicham lui rend son sourire en haussant les épaules, la chambre est enfumée, quatre mégots sont déjà écrasés dans une soucoupe. Mara s'est levée pour la saluer, elles s'embrassent gauchement. Hanane pose sur la table du pain et des Kiri. « Il n'est pas frais, c'est tout ce que j'ai trouvé. — Ça ira très bien – Mara parle vite – on n'a pas très faim. — Du café ? propose Hicham. — Volontiers, et passe-moi une cigarette, va, vous me donnez envie. » Ils s'installent tous les trois en tailleur autour du café et attendent que Hanane termine sa tasse pour parler. Mara lui tend du feu, impatiente. La voix rauque s'élève enfin dans un silence tendu. « On va se rendre chez Aziza. Aziza, c'est ta grand-mère. Elle est au courant de ton arrivée et elle t'attend. Je lui ai rendu visite il y a une semaine. Au début elle se méfiait, et puis elle a fini par me faire confiance. La situation est un peu compliquée. Peut-être que tu la connais déjà, mais je te la redis, pour que les choses soient claires. »

Le cœur de Mara s'emballe, elle sait pourtant à peu près ce que va dire Hanane. « Ta mère avait deux frères et des sœurs, je ne sais plus exactement combien. Peu importe. L'un des frères est un maquisard recherché par l'armée. Il a très tôt pris le parti du FIS, et ses fils avec lui. Certains sont restés fidèles au FIS, l'un d'eux est un repenti, les autres ont adhéré au GIA. Pour ceux-là, il n'y a rien à faire, ce sont des terroristes endurcis qui ont du sang sur les mains. Mais ton autre oncle était un colonel de l'armée. Il a été tué dans une embuscade il y a un an. Cette partie-là de ta famille est donc du côté du gouvernement. Ils haïssent leurs cousins, et réciproquement. Ton grand-père est mort d'une crise cardiaque, et ta grand-mère dit que c'est le désespoir de voir son fils partir pour le maquis. Ton grand-père avait adhéré à l'époque au FLN, mais un FLN laïque, et il n'a pas compris. C'était au début de la guerre civile, en 1993 je crois. Ta grand-mère vit avec deux de ses filles, qui sont plus jeunes que ta mère, et qui essayent de ne pas prendre parti, même si c'est impossible ici. Ceux qui restent neutres sont assassinés comme les autres. Pourtant, bizarrement, le fait que ta famille soit divisée les a quand même protégés de part et d'autre. C'est comme ça qu'ils ont traversé la guerre sains et saufs. Il y a aussi des petits-enfants qui vivent avec eux dans la maison. Le problème pour organiser la rencontre avec ta grand-mère était d'alerter le moins de monde possible. Elle n'en a parlé à personne, sauf à l'une de ses filles qui a fait l'intermédiaire. Apparemment elle garde le secret. Elle va même vous aider pour que vous vous rencontriez discrètement. Elles ont toutes été traumatisées par le bannissement de ta mère, et chérissent son souvenir si j'ai bien compris. Sauf qu'elles ne doivent pas le dire. Elles en parlent entre femmes, quand les hommes ne sont pas là. Pour que tu ne mettes en danger personne, on a choisi un lieu neutre, dans un autre quartier. Après, vous pourrez aller à la maison, tu te feras passer pour une amie à moi. Je leur ai dit que je faisais un reportage sur ce quartier, qu'aucun nom ne serait cité, tu seras la journaliste et moi la photographe. C'est la seule façon d'entrer dans la maison. Toi, Hicham, en revanche, tu ne pourras sans doute pas entrer car il n'y a pas d'homme pour le moment. Sauf si les beaux-fils rentrent du travail. Tu resteras dans les parages de toute façon. Nous allons donc aller dans mon quartier, là où ma famille habite, au pied de mon immeuble. Vous serez tranquilles, ce n'est pas l'endroit rêvé pour des retrouvailles, mais c'est un endroit sûr. Vous avez suivi ? »

Mara n'a pas perdu une miette des explications de Hanane. Chaque phrase est une nouvelle porte ouverte sur l'histoire de sa famille, celle de son pays, les deux semblant indissociables. « Je suis prête, annonce-t-elle.

— Alors allons-y, on pourra rouler tranquillement, ta grand-mère doit arriver avec ta tante dans une heure à peu près. » Ils sortent de la chambre. Mara y jette un dernier coup d'œil comme pour imprimer chaque image qui la sépare de sa rencontre. Ils longent à nouveau le long couloir jusqu'à l'escalier en béton, descendent dans l'écho de leurs pas et s'installent dans la petite voiture. Le policier en civil les attend déjà, il a été mis au courant du déroulement de la journée. La voiture démarre, Mara est assise derrière et dévore le paysage comme pour lui dire adieu, adieu à la vie d'avant, la vie d'ignorance, la vie d'errance, adieu à celle qu'elle fut, cette enfant mal finie qui va enfin entrer dans un autre âge.

Ce sont les mêmes virages, moins impressionnants le jour, de rares voitures les croisent, les maisons à nouveau se font plus denses, puis les immeubles, et la circulation, on entre dans la ville qui n'a plus de frontières, la banlieue sans cesse gagnant du terrain. Au bout de trois quarts d'heure dans les embouteillages du centre-ville, Hanane repart vers des quartiers plus excentrés, pour s'arrêter sur un parking au pied d'un immeuble en béton sale, posé sur des pylônes gigantesques sous lesquels des enfants jouent au foot.

Mara prend son temps pour descendre, ses jambes ont du mal à la porter. Hicham l'aide à se tirer hors de son siège et referme la porte derrière elle. Le son résonne à ses oreilles qui bourdonnent, ses yeux sont éblouis par la luminosité, elle n'a pas pris de lunettes de soleil qui lui donnent trop un air de star des années 1980. « Suivez-moi », dit Hanane, et d'un bon pas elle se dirige sous l'immeuble, où la fraîcheur les cueille.

Un peu plus loin, dans un renfoncement, deux silhouettes apparaissent : une vieille femme en manteau gris recouverte d'un voile blanc, accompagnée d'une plus jeune, qui toutefois semble âgée elle aussi, vêtue quasiment de la même manière. Hanane s'avance vers elles et les salue avec maintes formules de politesse, Mara est restée derrière, interdite. C'est la plus vieille qui fait un pas de côté pour apercevoir la visiteuse. Il n'y a pas de doute possible, elles se reconnaissent toutes deux. Mara s'approche d'elle, dans une semi-inconscience, portée par une force souterraine et se laisse étouffer dans des bras frêles mais vigoureux, un vieux corps qui tremble, secoué de sanglots. Elle respire l'odeur de menthe, de jasmin, de rose, et de vieux, le visage enfoui dans l'étoffe, les joues mouillées par des larmes qui ne sont pas les siennes, elle voudrait se blottir, s'oublier, s'endormir, mourir un peu. Puis elle se reprend, consciente soudain d'être étreinte par des bras inconnus où coule pourtant le même sang que le sien. Aziza la repousse légèrement pour la regarder, ses lèvres balbutient puis ses phrases se font plus distinctes : « Meriem, ma Meriem, c'est bien toi, je t'aurais reconnue. »

Mara comprend cet arabe pourtant si différent de celui qu'elle connaît, la mémoire de la langue lui revient, ces mots doivent être les mêmes sur toute la côte méditerranéenne. Elle ne sait comment réagir, ce que signifient ces mots et s'ils font partie d'une formule de politesse, mais quelque chose lui dit qu'ils n'ont d'autre signification que celle qu'ils disent. Et Aziza vient le lui confirmer : « Tu es le portrait de ta mère, Meriem. Tu portes son visage. C'est elle, la même, quand elle est partie il y a plus de trente ans. Elle revient, c'est un cadeau du ciel ! » À ces mots, c'est Mara qui se sent faiblir, elle ignorait qu'elle ressemblait tant à sa mère. Sur la photographie abîmée qu'elle porte toujours sur elle, elle n'a jamais perçu cette ressemblance. La tante alors s'approche : « Bonjour, moi c'est Luisa, la sœur de ta mère. J'avais trois ans de moins qu'elle. » La grand-mère s'écarte à peine pour laisser passer sa fille, et reprend aussitôt sa place : « Tu dois venir à la maison, ici on ne peut pas parler. Hanane ? On peut aller à la maison ? Je me fous de ce qu'ils vont dire. — D'accord Haja, répond Hanane, consciente que le lieu est incommode pour les embrassades et les récits en tous genres. Vous montez dans le taxi avec Mara, on vous rejoint. »

Aziza s'empare alors de la main de sa petite-fille et la guide vers la rue où passent de nombreux taxis. Il suffit d'en héler un. Les trois femmes montent à l'arrière, tandis que Hicham qui est resté en arrière de la scène s'assoit à côté de Hanane dans sa propre voiture. « Je dois aller là-bas pour rendre crédible notre petit scénario, mais après on pourra faire un tour si tu veux. — Très bien », répond Hicham, un peu décontenancé qu'on lui ait enlevé si rapidement Mara. Dans le taxi, les femmes se taisent, mais Aziza malaxe la main de Mara et la porte à son cœur, elle la regarde, lui sourit, toute sa peau se plisse, ses yeux disparaissent sous les rides tout en diffusant une chaleur humide. La voiture de Hanane les suit. Mara se rend compte qu'elle n'a pas dit un mot à Hicham, qu'elle ne l'a pas présenté. Elle essaye de l'apercevoir dans le rétroviseur, mais abandonne pour se laisser aller contre le corps de sa grand-mère. Luisa donne les indications au chauffeur et sort de son porte-monnaie quelques pièces.

Elles sont arrivées. Hanane cherche à se garer plus loin. Luisa précède sa mère et sa nièce à travers les petites ruelles piétonnes qui mènent à sa maison. Après avoir ouvert, elle crie pour savoir si quelqu'un est là, mais tout le monde est parti ou bien dans l'autre maison, la tante a expliqué qu'elles attendaient une équipe de journalistes et qu'elle préférait que la maison soit vide. Ainsi fut fait. Luisa fait alors entrer sa mère et Mara. « Il n'y a personne. » Aziza remercie Dieu et fait entrer Mara dans une pièce blanche au sol peint à la chaux et recouvert par des tapis de mauvaise facture. Tout autour de la pièce sont disposées des banquettes. Aziza fait asseoir Mara, commande à Luisa de préparer un thé, et d'apporter une assiette de petits gâteaux cuisinés depuis deux jours en vue de cette heure. « Mange, ma fille », l'enjoint la vieille femme. Mara comprend d'instinct qu'il s'agit là d'une maîtresse femme. Que s'est-il alors passé pour que la famille éclate de cette façon ? Quel rôle a-t-elle ou n'a-t-elle pas joué ?

On frappe à la porte. Hanane et Hicham sont déjà là. Mara se lève pour présenter convenablement Hicham. Il ne peut normalement rester parmi toutes ces femmes sans un homme dans la maison, mais Mara le présente comme son mari, et cela change la donne. Après tout il est un peu de la famille lui aussi. En outre, elle a besoin d'un traducteur : ce qu'elle veut demander à sa grand-mère dépasse les quelques formules de bienvenue. On les fait donc entrer tous les deux. Mara se sent épaulée de les savoir là. Peu lui importe que son histoire, peut-être très intime, leur soit dévoilée. Elle a confiance en eux. Pourtant Hanane préfère monter sur la terrasse en attendant, pour se reposer à l'ombre, dit-elle, elle a besoin de dormir.

Aziza attend que le thé soit prêt pour commencer. Elle questionne un peu Mara et Hicham sur leur vie commune, leur demande s'ils ont des enfants. « Pas encore », répond Mara, ce qui réjouit secrètement Hicham. Enfin Luisa apporte le thé et les tasses, et s'assoit en face d'elle, désireuse de participer à la conversation. Mara n'a pas encore osé parler, sinon pour répondre aux quelques questions formelles de sa grand-mère. Face à elle, soudain, elle ne sait plus quoi demander. Elle a pourtant noté sur son carnet toutes les questions qui la taraudent depuis si longtemps. Savoir le carnet dans son sac la protège, mais comment prendre la parole face à cette femme qui la dévore des yeux et attend peut-être quelque chose d'elle ? Aziza semble se perdre dans des souvenirs anciens, un silence chargé pèse sur l'assemblée. Mara se décide alors timidement : « Je dois vous dire, je ne sais rien de ma mère. Je vous ai retrouvée, j'ai retrouvé une famille, mais je ne sais rien, j'ai besoin de savoir, que vous me parliez de ma mère. »

Hicham traduit aussitôt, la vieille femme respire bruyamment et commence : « Ta mère, paix à son âme, c'est ma première fille. Elle est née en avance, toute chétive, j'ai eu peur pendant plus d'un an pour sa vie. Déjà ses frères et son père étaient jaloux d'elle, je passais tout mon temps avec elle, pour la nourrir, la soigner. On était pauvres à cette époque. Ton grand-père travaillait toute la journée comme maçon, et les garçons allaient à l'école. Après la classe, je n'avais pas beaucoup de temps pour eux, c'est peut-être pour ça que Jafer a mal tourné. » Elle fait une pause. « J'avais déjà deux garçons, et j'étais si heureuse d'avoir une petite fille, normalement dans les familles, ici, on préfère avoir des garçons, mais moi, depuis que je suis toute jeune, je rêvais d'avoir des filles, on communique mieux avec elles. Les filles, elles restent, elles vous sont fidèles. Trois ans plus tard, j'ai eu Luisa, puis Nora. Mais Meriem était l'étoile de cette maison. » Mara observe Luisa qui entend comme elle les phrases de sa mère. Mais Luisa a l'air de connaître ce discours par cœur, elle ne bronche pas. « Elle était si belle, petite déjà. De grands yeux de biche, noirs, des cheveux soyeux, les attaches fines, un peu comme toi. Elle m'aidait à la maison. Nous étions très complices, nous avions une passion l'une pour l'autre. J'aime mes autres filles, bien sûr. Mais même mes autres filles l'adoraient. » Encore un regard vers Luisa, qui semble confirmer les propos de sa mère. « Très vite, on l'a convoitée. Les enfants des voisins, des oncles, des cousins. La nouvelle de sa beauté s'est répandue très loin dans la ville. Des garçons venaient jusque-là rien que pour l'apercevoir au marché. Mais je ne voulais rien entendre, aucun mariage n'était assez beau pour ma fille.

» Et puis les événements se sont précipités. Comme il fallait rapporter de l'argent à la maison, tout le monde travaillait. Meriem avait été prise dans la plantation d'un roumi. Elle y travaillait depuis cinq ans déjà. On la traitait bien, elle gagnait sa vie, quand le patron de la plantation l'a remarquée. Il vivait là depuis des générations, on le considérait comme un Algérien, avant que la guerre ne commence. Il avait hérité de cette terre de ses parents qui eux-mêmes l'avaient héritée de leurs parents. C'était un bel homme, blond, aux yeux bleus. Il est tombé amoureux de Meriem. Pendant des années il lui a fait la cour. Elle était farouche, ma fille, mais elle me racontait tout. Moi, j'étais flattée qu'un homme puissant et riche s'intéresse à elle. Flattée mais pas très surprise. Je savais qu'un grand destin l'attendait. Je refusais sa main à tous les autres prétendants. À force, j'ai commencé à faire des jaloux, des envieux. Mon mari ne comprenait pas, on se disputait beaucoup. Mes filles parlaient à voix basse du prince charmant de Meriem. N'est-ce pas, Luisa ? » Luisa acquiesce en souriant. Des souvenirs de rires et de chuchotements palpitent sous ses paupières. « Mais entre-temps, il y a eu la fin de la guerre en France, et puis les premières revendications et les premiers soulèvements. Après, la guerre a commencé ici, les bombes un peu partout, les attentats dans la ville. Moi, je ne voulais rien savoir, je ne voyais pas le rapport. La famille de ton père, comme je te l'ai dit, me semblait aussi algérienne que moi. Je ne pensais pas qu'ils seraient inquiétés. Et puis je ne me mêlais pas de politique à l'époque. C'est mon mari qui était militant. Il était opposé à ce mariage. Il voyait les dangers qui étaient en train de s'accumuler sur nos têtes. Il m'en a voulu toute sa vie. Ils se sont mariés, c'était une belle noce malgré les menaces du FLN. Ils étaient protégés par mon mari et ses amis, on savait que c'était sa fille. Et puis ton père est l'un des derniers à avoir dû partir. Au début il n'était pas sur les listes. Ma fille était heureuse, moi j'étais heureuse. Je ne connaissais pas bien son mari, il ne nous rendait pas visite, ça la faisait souffrir d'ailleurs. Mais elle m'invitait chez elle, dans une maison magnifique, si tu avais pu voir ! Et puis mon mari m'a interdit de m'y rendre. Elle venait en cachette me voir, ses sœurs pleuraient en la voyant, nous nous enfermions dans la chambre et nous pleurions toutes ensemble. Ensuite, c'est allé vite. Ils ont reçu des menaces, et même moi, j'en ai reçu, qui m'interdisaient de la voir.

» Ils ont dû partir. Il a tout abandonné, le FLN a pris ses terres, il a pris le bateau et l'a emmenée avec lui. Je ne l'ai plus jamais revue. » Des larmes silencieuses coulent sur ses joues, elle s'arrête de parler, sa voix s'est brisée sur cette dernière phrase. C'est Luisa qui reprend, pour aider sa mère à se ressaisir : « Au début, on a eu des nouvelles, elle nous écrivait, mais son mari, il ne voulait plus entendre parler de nous. Il croyait qu'on les avait chassés, il nous mettait dans le même sac que les autres, ceux qui ont pris leur terre. Il en voulait à toute l'Algérie, à tous les Algériens, sauf à elle, je pense, mais je n'en suis même pas sûre. Dans ses lettres, elle essayait de nous rassurer, mais ça se voyait que c'était dur là-bas, qu'ils n'avaient pas beaucoup d'argent, qu'il fallait tout recommencer de zéro, qu'il faisait froid, et qu'on la rejetait un peu partout. Même son mari s'occupait moins bien d'elle. Peut-être qu'il lui en voulait à elle aussi. Ma mère pleurait tous les soirs, on faisait des prières, on avait des photos qu'on regardait ensemble, quand les hommes étaient absents. Mon père et mes frères ne voulaient plus entendre parler d'elle. À cause d'elle, mon père avait eu des problèmes avec le FLN, et puis finalement ça s'était réglé je crois, mais il l'avait bannie. On n'avait plus le droit de parler d'elle à la maison. Jafer avait pris le parti de mon père, il la haïssait, il avait toujours été jaloux d'elle de toute façon. Il était déjà extrémiste, ça ne m'étonne pas qu'il ait pris le maquis. Mais Jelloul, il l'aimait bien. Il la regrettait. Je le sais parce que parfois il m'en parlait. Il ne savait pas qu'on s'écrivait. Il était triste. »

Sa mère reprend alors la parole : « C'est au bout de deux ans qu'elle nous a appris qu'elle était enceinte, et installée dans une maison. Alors l'espoir est revenu. J'étais sûre que j'allais pouvoir voir mes petits-enfants. La guerre était terminée, les choses allaient bien s'arranger, son mari nous laisserait les voir et le mien serait plus clément. Elle nous tenait au courant de sa grossesse et assez vite elle nous a appris que c'étaient des jumeaux. » À ce stade du récit, la voix de Hicham se fait plus basse, Mara ne s'en rend pas compte, mais la traduction est de moins en moins aisée. « J'ai prié tous les jours pour vous, pour la revoir, pour vous embrasser. Et puis je n'ai plus eu de nouvelles. » Aziza cette fois s'arrête pour de bon. Elle se lève, va à la cuisine.

Mara attend quelques minutes, mais Luisa reprend avant que sa mère revienne : « On a écrit des lettres et des lettres, j'ai même essayé de contacter son mari, rien. J'ai essayé d'en savoir plus par une amie qui avait un cousin en France, mais il habitait Toulouse, il ne connaissait même pas le village où Meriem habitait. Ma mère voulait aller à sa recherche, mais elle était déjà fatiguée et mon père ne l'autorisait pas. C'était difficile de débarquer là-bas, on ne connaissait presque personne, on n'avait pas d'argent. Et puis, au bout de deux ans, on a reçu une dépêche comme quoi elle était morte en couches. Ça venait sans doute du mari, il a dû avoir pitié en fin de compte. Le scélérat. Et ce qui a failli tuer ma mère, c'est qu'il ne disait pas où étaient les enfants. Elle aurait voulu vous récupérer, mais elle croyait qu'ils étaient chez leur père. Elle ne pouvait rien faire, elle ne parle même pas bien français. Et la dépouille aussi, elle voulait la faire revenir, pouvoir au moins pleurer sa fille sur sa tombe, aller la visiter. Rien de tout ça. Il ne répondait pas. Alors moi j'ai insisté pour que le cousin de mon amie se renseigne. Au bout du compte, il a appris que ton père vivait sans enfant. On n'a pas compris. C'est lui qui a fini par cracher le morceau : il a dit au cousin de nous annoncer que vous étiez à l'Assistance publique, qu'il n'aurait pas élevé les responsables de la mort de Meriem, que c'était au-dessus de ses forces. Voilà ce qu'il a dit, mot pour mot. Je m'en souviens exactement, c'est gravé là », dit-elle en montrant son front.

Aziza est revenue dans le salon et s'est rassise à côté de Mara. Celle-ci écoute, bouleversée, frappée d'un sentiment de révolte d'une violence qui se transforme en désespoir : elle aurait pu vivre parmi eux si ce père n'avait pas fait barrage. Il a voulu pour eux une vie d'infortune. La rage la fait vibrer, mais la main de sa grand-mère vient se poser sur son bras et calme d'un coup les pulsions qui l'agitent. « On n'a pas pu vous récupérer, toi et ton frère. Je n'ai jamais perdu espoir de retrouver votre trace. J'ai eu raison. » Mara s'effondre. Des sanglots la secouent, elle ne peut plus rien faire sinon se laisser aller dans les bras d'Aziza qui la caresse comme un petit enfant. Luisa baisse les yeux, puis monte à la terrasse d'où elle redescend, un livre à la main. « C'est l'album, il y a quelques photos de Meriem si tu veux les voir », propose-t-elle.

Mara découvre le visage de sa mère encore poupon, puis enfant. Déjà la beauté de ses traits illumine la pellicule, c'est elle qu'on regarde dans un groupe, elle qui rayonne, dans sa robe blanche, ou son tablier de travail. À ses côtés, ses sœurs, ses frères, Aziza jeune femme, le grand-père jeune homme, et d'autres membres de la famille que Luisa désigne par leur nom, expliquant leur lien de parenté. Vers la fin, un carré jaune suggère une photo manquante : celle du mariage de Meriem. Nulle trace du mari dans cet album rescapé de la fureur du père. On a gommé toute trace de lien avec la France, ce lien dont Mara est l'incarnation, le témoin, la dernière preuve. Mais il n'y a plus de grand-père, Jafer est parti, Aziza est redevenue maîtresse des lieux et, s'il n'y avait la guerre, rien n'empêcherait Mara de retrouver sa place au sein de cette famille. Une place spéciale qu'occupait déjà sa mère, une place qui a été conservée, une absence encore célébrée, dans ces pages d'un album jauni, dans les prières de ces femmes devenues vieilles, dans leur espoir insensé de retrouver la trace de leur fille et sœur perdue. « Tu es un message de Meriem pour nous, Mara, dit soudain la vieille femme. Tu comprends, elle voulait continuer de vivre à travers toi pour nous revoir. Et tu nous as retrouvés. Tu es la fille de ta mère. » Mara encaisse. « Est-ce que tu sais ce que ton frère est devenu ? » Mara regarde Hicham, dont l'expression est indéchiffrable. Elle reste interdite devant cette question pourtant logique. Mais c'est un instinct plus puissant qu'elle qui l'emporte : « Oui. Il s'appelle Manuel. Nous avons longtemps été proches. Et puis nous nous sommes disputés. — J'aimerais tellement le voir, vous réunir, tous ensemble. Alors je pourrais mourir. — Je vais essayer, Aziza. Je vous promets que je vais essayer de le faire venir, juste une fois. — Je compte sur toi, ma fille. Et appelle-moi grand-mère. » Mais cette dernière phrase, Mara la comprend toute seule : Hicham a cessé de traduire.

La porte s'ouvre et des petits enfants pénètrent dans la pièce. Ils s'arrêtent en voyant les étrangers. Hanane à ce moment descend. Le temps est écoulé. Les enfants courent dans les bras de la grand-mère, une femme les suit, c'est Nora, la troisième sœur. Elle salue les visiteurs et fait monter les enfants à l'étage. Mara a eu le temps d'observer ses traits, elle ressemble à la photographie en noir et blanc, mais en plus âgée. Sa mère aurait eu quelques années de plus. Les enfants sont encore en bas âge, dix ou douze ans peut-être. Ce sont ses cousins. Elle ne peut pas le leur dire, sans doute ignorent-ils son existence. Luisa s'est levée tandis que Hanane explique qu'il faut prendre congé. Aziza reprend la main de Mara dans la sienne. « Tu dois revenir vite, ma fille. Demain, inch Allah, et tous les jours qui suivent. J'ai encore beaucoup de choses à te dire, je veux te connaître. » Mara acquiesce, le cœur gros de devoir déjà les quitter, et une vague amertume coincée quelque part. Sa grand-mère ne la connaîtra jamais. Trop de choses les séparent, un monde, un continent, une mer, une culture. Que pourrait-elle dire d'elle que la vieille femme puisse comprendre ? L'errance, la drogue, les petits boulots dans les bars, la famille d'accueil, le mannequinat, son premier et grand amour, les années à Tanger... La moitié de sa vie ne lui ressemblait pas, l'autre est inavouable. En se dévoilant elle risquerait de perdre cette grand-mère à peine retrouvée. Mais peut-être peut-elle commencer à raconter les petites choses. Des détails de son enfance, de son adolescence, de l'après. Elle a apporté avec elle des magazines dont elle a fait la couverture. Ils sont rangés dans sa valise, en attente. Peut-être cette femme qui a traversé le siècle sera-t-elle heureuse de voir ces journaux féminins, qui constituent ici un objet de délit. Peut-être aussi sera-t-elle choquée, mais il est temps de ne plus avoir peur d'un rejet éventuel. Sa mère a payé. Mara a pourtant hérité de la dette. Il est temps de l'effacer. Alors si sa grand-mère doit à nouveau la bannir, Mara saura que là n'était pas sa place. Elle reçoit l'étreinte d'Aziza avec gratitude et détermination. Demain, oui, elle lui parlera, ou après-demain, ou le jour d'après, mais sa décision est prise.

Lorsqu'elle sort de la maison fraîche et obscure, que

la chaleur la saisit à l'heure où le soleil est au zénith, elle prend conscience qu'une autre décision a été prise, solennellement et devant témoin. Il lui faut retrouver Manuel. Comment en est-elle venue à promettre, et laisser Hicham traduire ? Elle n'ose pas le regarder tandis qu'ils reprennent silencieusement le chemin de la voiture. Hanane fort heureusement fait diversion en demandant comment s'est passé l'entretien. Mara le lui raconte, fait un résumé des chemins qui l'ont amenée là, aujourd'hui. Elle évoque sa mère, heureuse de pouvoir apprendre à quelqu'un quelque chose sur cette dernière, jouissant de ce savoir encore parcellaire comme d'une nouvelle propriété. Les femmes discutent pendant tout le trajet. Hanane les emmène déjeuner dans le centre-ville et ne s'aperçoit pas du silence de Hicham.

Pendant le repas et tandis que la conversation s'anime entre Hanane et Mara, Hicham fait mine d'avoir à passer des coups de téléphone. Peut-être les passe-t-il vraiment. Il ne revient que pour le café et s'excuse auprès de Hanane qui remarque enfin son air différent, lointain. Mais elle le met au compte de l'émotion de la matinée. Elle les laisse enfin tous les deux, leur donnant rendez-vous en fin d'après-midi pour remonter à l'hôtel.

Le policier sait faire oublier sa présence. Mara et Hicham se retrouvent aussi seuls que s'il n'était pas là. Bien obligés de s'adresser la parole. Pourtant le silence demeure, de plus en plus lourd. Mara finit par le briser : « Pardonne-moi, Hicham, je n'ai pas pu faire autrement. C'était plus fort que moi. » Hicham ne répond pas. « C'est sa grand-mère à lui aussi. Elle a espéré toute sa vie nous connaître. On peut exaucer son vœu. Ce n'est pas facile, ni pour toi ni pour moi, mais on peut, tu le sais. Ou en tout cas on peut essayer. Après je te promets, je ne le reverrai plus, plus jamais de ma vie, je t'en fais la promesse absolue. » Mais Hicham continue de se taire. « Hicham, tu sais où il est, n'est-ce pas ? Tu as gardé le contact, tu me l'avais juré. Il n'y a que toi qui puisses y arriver. Je n'ai pas envie de le revoir, ce n'est pas pour moi, je t'assure. J'ai promis à Aziza parce que ça me semblait juste. Tu dois comprendre, je t'en supplie. » Aucune réaction. « Tu ne peux pas continuer d'être jaloux d'un absent. Je ne peux pas rayer mon passé d'un trait comme ça. Que crains-tu après tout ? Tu ne réponds pas ? On ne peut pas évoquer Manuel sans briser tous nos liens ? Tu crois qu'un jour on pourra être un couple normal sans pouvoir même prononcer son nom ? — Ce que tu as fait là, Mara, est innommable. Tu t'es servie de moi depuis le début, jusqu'à aujourd'hui où j'ai dû traduire ta dernière trahison. — Comment peux-tu dire une chose pareille ? Je ne t'ai pas demandé de me sauver ce jour-là, ni de m'emmener à Paris, ni même de rechercher les traces de ma famille. C'est toi qui as initié tout ça, et je t'en serai reconnaissante jusqu'à la fin de ma vie. Tu m'as sauvée, tu m'as libérée, comment peux-tu dire que je me suis servie de toi ? » Sa voix se brise, un sanglot reste étranglé au fond de sa gorge. « Manuel a toujours été entre nous, reprend Hicham, blessé à mort mais conscient de l'injustice de ses propos. Tu ne l'as pas oublié. Il t'est même arrivé de prononcer son nom dans ton sommeil. — Tu mens. — En cherchant tes origines, c'est lui que tu cherchais. Je n'ai jamais pu trouver une place au milieu de vous deux. — Je ne peux pas oublier Manuel parce que j'ai vécu une partie de ma vie avec lui, et parce qu'il est mon frère. Mais je ne le cherche pas. Ce voyage-là je le fais avec toi, je n'aurais jamais pu le faire avec lui, sinon pourquoi n'avons-nous pas rencontré Aziza avant, lui et moi ? Il aurait pu faire exactement les mêmes démarches, je l'aurais sans doute suivi. Mais c'est avec toi que je l'ai fait, avec toi seul parce que ce ne pouvait pas être avec quelqu'un d'autre. Si maintenant tu veux que Manuel disparaisse de ta vie et de la mienne, il faut que tu lui redonnes sa place de frère. Et il ne sera un frère et rien qu'un frère que s'il rencontre Aziza. Nous n'avons pu être amants que parce que nous ignorions nos origines. Mais désormais, il n'y a plus d'amour possible, plus d'amour charnel. Juste un amour de frère et sœur, un amour normal. D'avoir rencontré ma famille me fait prendre la mesure du crime, et si tu crois que je ne regrette pas de ne pas pouvoir dire qui est mon frère à ma grand-mère, à mes tantes, c'est que tu ne comprends plus rien, Hicham, que tu es aveuglé par ta jalousie. » Mara s'arrête, essoufflée. Ces paroles, jamais sorties, l'ont débordée. Hicham en est étonné et d'un coup calmé – touché malgré lui par l'argument de Mara : ne serait-ce pas la meilleure manière de se débarrasser de cette ombre que de lui rendre sa forme d'origine, celle de frère, qui exclut celle d'amant ? Lui conférer une place, un lieu, d'où il ne puisse plus bouger, des frontières qui le contiennent, au sein d'une famille qui lui assigne un rôle. Son pouvoir en serait alors réduit. Pour autant il ne s'avoue pas vaincu. La brutalité de la promesse de Mara, qu'il a dû traduire, lui reste en travers de la gorge.

Ils marchent sans parler ni regarder autour d'eux, ils ne savent pas où ils vont, ils se laissent guider par leurs pas. Des passants se retournent, ils n'en ont cure. Au bout d'un moment, Hicham s'aperçoit qu'ils se sont éloignés du centre. Ils se trouvent dans un quartier presque désert, où le voile porté par les rares femmes qui s'aventurent dehors laisse deviner une prédominance islamiste. « Revenons en arrière. » Mara s'aperçoit alors comme Hicham de l'hostilité du lieu. Ils font demi-tour et accélèrent le pas pour quitter au plus vite ce petit bourg au silence inquiétant. Dès que la vie reprend, ils soufflent, et ralentissent. Mara tourne la tête vers Hicham, ils ne peuvent s'empêcher de rire de leur inconséquence et de la frousse qui les a saisis de conserve. Hicham reprend en premier son sérieux, mais Mara compte profiter de cette accalmie. « Hicham, je te demande pardon, j'ai été maladroite. Mais il faut que tu me fasses confiance. Je suis sûre de moi, et de toi. Tu dois faire venir Manuel ici quelques jours. Après, tu en seras débarrassé pour toujours. » Hicham s'est radouci. « Laisse-moi réfléchir un peu, et puis je ne suis pas sûr de savoir où il est. » Mara fronce les sourcils. « Tu as perdu sa trace ? — En quelque sorte, oui. — Mais depuis quand ? — Je n'ai pas envie de te répondre, c'est précisément cette discussion que je voudrais éviter. — D'accord, je ne pose plus de questions, mais alors dis-moi oui, je t'en prie. — Oui à quoi ? — Que tu vas essayer. — Est-ce que tu es consciente de ce que tu me demandes ? — Parfaitement consciente. — Est-ce que tu te rends compte de la difficulté pour moi de procéder à cette démarche ? — Oui, je m'en rends compte. Je sais que ce que je te demande est quasiment impossible, et qu'il te faut beaucoup d'amour et d'abnégation pour le faire, tout ça, je le sais, tu ne peux pas savoir à quel point je le sais. — Est-ce que tu comprends donc qu'en même temps que tu me blesses, tu me mets en danger ? — Ça, non. Je te blesse, peut-être, mais je ne te mets pas en danger. Tu n'as pas assez confiance en moi. En réalité, c'est juste une question de confiance. — Alors peut-être que je n'ai pas assez confiance en toi. Et si j'accepte, je fais le pari que tu es plus digne de confiance que je ne le croyais. — Parie, tu verras, tu ne seras pas déçu. — Alors très bien, je parie. Mais il faut que les termes du pari soient clairs. Si je vois que j'avais raison, qu'on ne pouvait pas tant te faire confiance, alors nous n'aurons plus rien à faire ensemble. Je partirai sur-le-champ et tu ne me reverras plus. — Tu me fais du chantage. — Absolument. — Alors tope là, je n'ai pas peur, je ne ferai rien qui puisse t'éloigner de moi. » C'est ainsi, dans une rue d'Alger, à quelques centaines de mètres de la mer, que Mara et Hicham concluent le marché. Les voitures couvrent leurs voix, mais ils se sont très bien compris. Une poignée de main tremblante scelle un pacte qui, malgré les promesses, les terrifie.

Le policier les reconduit au centre-ville, un peu étonné de leur parcours. Il a été prêt à dégainer à plusieurs reprises, mais n'a pas osé les interrompre dans leur discussion visiblement enflammée. Il reprend maintenant la main et les dirige à bon port, là où Hanane leur a donné rendez-vous. Ils s'assoient dans un café, incapables de faire un pas de plus. « En attendant, j'aimerais qu'on ne parle pas de ça, propose Hicham. — Oui, tu as raison. Comment as-tu trouvé Aziza, et tout ce qu'elle a dit sur ma mère ? » demande enfin Mara qui attendait le moment depuis la matinée pour reparler de cette rencontre.

L'heure qui suit passe en un rien de temps. Hanane est déjà à leur table, commandant un café. « Que voulez-vous faire ce soir ? Demain, on part aussi tôt qu'aujourd'hui. On ne va pas rentrer trop tard, mais je peux vous emmener manger quelque chose avant de rentrer à l'hôtel. — D'accord, rapidement », dit Mara qui a envie de se retrouver seule avec Hicham, pour le rassurer, ou pour se rassurer. Pourtant la présence de Hanane encore une fois les apaise, leur dîner est aussi gai que le précédent. Mara est étonnée de voir la vie d'Alger si vibrante malgré la menace permanente. Ils rentrent tard par les petites routes cabossées. Hicham et Mara ont oublié qu'ils avaient sommeil et, sur le lit de camp, ils rapprochent leurs corps que le désir étreint, galvanisés par les tensions de la journée. Ils semblent se battre et c'est souvent de cette façon qu'ils font l'amour – ou plus précisément chaque fois que Manuel s'interpose.

Le lendemain, Hicham a la gueule de bois. L'exaltation de la veille est passée, la stupeur aussi, c'est maintenant le chemin de croix qui commence. Il a promis à Mara sur son lit d'hôpital de rester en contact avec Manuel. Mais il n'a pas tenu cette promesse. Ou plutôt, Manuel l'a rompue. Hicham laisse Mara et Hanane se rendre seules chez Aziza et se fait déposer au centre-ville. Il n'a pas l'intention d'entamer ses recherches le jour même, ses pensées sont trop embrouillées, et seule Hanane pourrait le renseigner. Tandis qu'il marche dans les rues de la casbah, il songe qu'il a toujours su qu'il reverrait Manuel, et plus encore qu'il le reverrait ici même. N'est-ce pas lui qui a encouragé Mara sur cette voie ? Ne savait-il pas qu'ils devaient se rencontrer à nouveau avant de se quitter pour de bon ? Que la première séparation était trop rude pour être réussie, et que ce fantôme errant qui les poursuivait devait un jour apparaître en chair et en os pour que Hicham ait enfin raison de lui. Pourtant, c'est un risque majeur qu'il prend là. Et Manuel, acceptera-t-il de rencontrer sa grand-mère, de revoir Mara, de le revoir, lui ? Au fond, il sait que oui. Manuel non plus n'a pas fait son deuil, sinon que ferait-il ici, dans ce pays en guerre, où les étrangers sont en danger de mort ? Il sait aussi que ce n'est pas un caprice de la part de Mara, que la nécessité s'est imposée à elle, et qu'elle s'y prépare avec angoisse. Sa jalousie n'en est pas pour autant apaisée. Elle brûle de ce feu toujours incandescent que cet ultime pari a pour fin d'éteindre. À l'heure dite, il prend un taxi qui le mène à la maison d'Aziza. Là, il attend que les femmes en ressortent. Le visage de Mara est presque aussi bouleversé que la veille. Hanane la devance et l'aperçoit en premier.

Ils reprennent la voiture. Mara a demandé à ce qu'on la raccompagne à l'hôtel, elle voudrait dormir. Ce matin, Aziza a continué à lui raconter l'histoire de sa mère. Les détails étaient plus nombreux, les grandes lignes plus confuses. Mara a posé des questions, Aziza prenait un plaisir infini à lui répondre, ressuscitant l'absente dont chacune était privée. L'intimité se noue au fil des heures. Mara aurait voulu rester longtemps, mais les enfants sont rentrés de l'école, il a fallu quitter les lieux. Elles se retrouveront demain. Sous couvert d'une enquête sociale, Hanane a pris quelques photographies d'Aziza et Mara. Elle a traduit tout l'entretien.

Une fois qu'ils ont déposé Mara à l'hôtel, Hicham demande à Hanane de faire un tour avec lui. Il veut lui parler. Elle accepte, intriguée, mais doit d'abord passer à la maison de la presse.

Hicham l'accompagne dans les couloirs de sa rédaction, il y croise des journalistes affairés devant leurs ordinateurs, les cendriers remplis. Elle le fait entrer en coup de vent dans la salle de réunion où sont assemblés cinq hommes et une femme, en pleine discussion sur le prochain numéro. Hanane le présente comme l'ami marocain qui l'a aidé dans son reportage sur les harragas, puis elle lui montre la maquette de l'édition en cours. Hicham se sent à l'aise dans cet univers. L'effervescence lui donne envie. Il se met à rêver à cette vie possible qu'il aurait pu avoir lorsqu'il hésitait encore entre le barreau et le journalisme, avant de devoir revenir à une réalité plus terre à terre, celle de gagner de l'argent tout de suite, qui l'a conduit de fil en aiguille à Manuel. Dans la salle de réunion, il serre la main à un certain Tawfiq – celui-là même qui chaque semaine retrouve Manuel pour le journal qu'il lui a demandé de tenir, mais ça, ni Hicham ni Hanane ne le savent. Manuel a quitté l'hôtel sécuritaire depuis plus d'un mois déjà.

Ils ressortent de la maison de la presse et se dirigent vers le restaurant dans lequel ils ont dîné le premier soir. « Nous serons tranquilles là-bas », dit Hanane qui a compris que Hicham voulait lui parler de quelque chose de délicat. Une fois qu'ils sont installés dans le café à moitié plein – sans doute d'autres journalistes venus faire leur pause –, elle lui demande très directement : « De quoi as-tu besoin ? » Hicham ne sait pas par quoi commencer, que dire en taisant l'essentiel ? Il tâtonne un peu avant d'entrer dans le vif du sujet, et se lance, le cœur battant. « Tu as entendu parler de Manuel, le frère de Mara. Et de la promesse qu'elle a faite à sa grand-mère de le ramener ici. » Hanane hoche la tête, la qualité de son écoute invite Hicham à poursuivre. « C'est une longue histoire dont je ne peux pas tout t'expliquer, mais je vais essayer d'être clair. Manuel et Mara se connaissent bien, ils se sont retrouvés quand ils avaient quinze ans à peu près, ou seize peut-être, peu importe. Après ils ne se sont pas quittés. C'est Manuel qui avait entrepris les recherches qui l'ont mené à elle, et c'était sans doute la première étape de la reconstitution que tu es en train de nous aider à faire. Ils ont vécu au Maroc, c'est là que je les ai connus. J'ai travaillé avec Manuel, pendant cinq ans, il avait une boîte de presse et d'export vers la France qui s'occupait au début de tissus de luxe, et puis de confection. Ça marchait pas mal du tout. Il connaissait du monde, Mara a été un mannequin assez connu en France, et même à travers le monde, avant qu'elle arrête pour venir au Maroc. Ils étaient donc dans la mode depuis longtemps, je pense que ça n'a pas été trop difficile pour lui de monter cette entreprise. En tout cas il m'a recruté et nous avons fait prospérer la boîte ensemble. J'ai connu Mara peu après. »

Hicham s'arrête, conscient d'arriver dans une zone dangereuse qu'il vaut mieux éluder sans perdre en cohérence. « Et puis ils se sont disputés, très violemment, je ne connais pas les raisons exactes, et ce n'est pas utile, mais ça a été une rupture radicale dans la vie qu'ils menaient là-bas. Mara est rentrée en France, avec moi. Et lui, il est parti sur les routes. Il a été marin pendant un temps, et puis, il est venu ici, en Algérie. » À ce stade du récit, Hanane lève les yeux, étonnée. « Il a retrouvé lui aussi la trace de sa famille ? — Non, je ne crois pas exactement. Peut-être qu'il sait que sa mère venait d'ici, mais ça reste confus. Manuel a traversé une crise assez violente, et s'il est venu ici, c'était en tout cas au début pour se mettre en danger. Ne m'en demande pas plus, je n'en sais rien. Il faut juste que tu me croies sur parole, il faut que tu m'aides. — Comment sais-tu qu'il est dans le pays ? — J'ai gardé une sorte de contact avec lui, très distant, mais un lien, quand même. Il m'envoyait des cartes de chaque endroit où il allait, juste pour signifier qu'il était bien vivant. J'avais fait la promesse à Mara de toujours savoir s'il était mort ou vivant. Cela dit, elle ne sait absolument pas qu'il est ici. Elle m'a juste demandé de me tenir au courant, moi. Pas de la tenir au courant, elle. Il y a quelques mois, Manuel m'a écrit une lettre me signifiant qu'il partait définitivement, qu'il se rendait en Algérie. En gros, pour mourir. En tout cas c'est ce que j'ai compris. Depuis, pas de nouvelles. Il doit être ici, et j'ai accepté d'aider Mara à le retrouver. Tu comprends ? — Pas tout, pas les dessous de l'affaire. Mais puisque tu me dis de te croire sur parole, je le fais. Je ne comprends pas par exemple pourquoi il voudrait mourir, se faire tuer. Ça c'est une chose que je ne peux pas comprendre. À moins qu'il y ait autre chose de plus grave. Mais je ne te demande rien, on va essayer de le trouver. Un étranger qui se bat en Algérie, ça ne devrait pas passer inaperçu. — Il n'est pas si étranger que ça, il doit bien se fondre dans le décor. Et puis il parle l'arabe, pas l'algérien bien sûr, mais il doit tout à fait se faire comprendre. — OK, je vais m'informer. S'il est encore vivant, il y a de fortes chances qu'on le retrouve. À moins qu'il n'ait pris le maquis. — Je ne peux pas le croire, c'est... C'est quelqu'un de bien, il ne peut pas avoir changé à ce point. Sauf si... — Sauf si quoi ? » demande Hanane, mais Hicham hausse les épaules. Sauf si son ressentiment et sa haine de soi ont pris une telle part qu'il a opéré un suicide non seulement physique mais moral. Hicham ne veut pas croire une chose pareille.

Hanane est intriguée par l'histoire que lui conte Hicham. Elle pressent des secrets lourds auxquels elle n'aura pas accès. Aussi demande-t-elle, avant de se lancer dans l'aventure, par acquit de conscience : « Tu ne me demanderais pas d'aider un criminel ou de couvrir un crime, n'est-ce pas ? — Non, Hanane. Pas celui en tout cas que tu pourrais imaginer. » Mais cette dernière phrase la laisse dubitative. Pourtant, elle décide de faire confiance à Hicham. La vie qu'elle mène depuis maintenant quinze ans lui a appris à ne pas juger. Elle se tiendra à ses principes. « Veux-tu participer aux recherches avec moi ? » Hicham a déjà réfléchi à la question. « Oui, je préfère être au courant de tout, si c'est possible. — Alors suis-moi, on retourne à la maison de la presse. Il y a quelques personnes à interroger là-bas, des amis, qui n'ébruiteront pas l'histoire. Si Manuel est quelque part, c'est plus probablement à Alger ou dans les environs. — Nous verrons bien. Notre visa dure un mois, j'espère que nous aurons le temps. »

Ils reprennent le chemin inverse, et retrouvent les bureaux animés des différents grands journaux concentrés en un seul lieu, protégé par les militaires. Ils entrent dans le bureau de Nabil, le rédacteur en chef du plus grand quotidien, celui où Hanane travaille. C'est un ami de longue date, leurs familles se connaissaient bien avant qu'ils ne travaillent ensemble. C'est lui sans doute qui centralise le plus d'informations. Si Manuel est dans les parages, il le saura ou l'apprendra tôt ou tard. Hanane lui demande quelques minutes d'entretien pour une affaire personnelle. Il les convie à s'asseoir. Elle demande alors à Hicham d'exposer sa requête, en quelques mots. « Nous recherchons un ami, Manuel, qui est entré en Algérie il y a plus de six mois, peut-être un an, je ne sais pas exactement. Il est français, en réalité moitié français moitié algérien, il parle le dialecte du nord marocain, et il est susceptible d'avoir pris les armes, a priori aux côtés de l'armée, ou de la population. Je ne sais rien de plus. — Manuel, vous dites ? Il aurait pu changer de nom, j'imagine — Bien sûr. — Et il a disparu, dites-vous ? — Oui. Il n'a pas toujours été en Algérie. Aujourd'hui je suis quasiment sûr qu'il y est. — Pourquoi le recherchez-vous ? Et pourquoi serait-il venu en Algérie ? — C'est une affaire compliquée, vient à sa rescousse Hanane. Il est parti après une crise profonde dans sa vie, et ils le recherchent parce que c'est le frère de sa femme. Elle est ici aussi, en Algérie, elle vient de retrouver sa grand-mère. Les deux enfants ont été abandonnés à la naissance, leur mère était algérienne, elle a épousé un Français. Ils sont rentrés en 1962. La mère est morte en couches. Le père les a mis à l'Assistance publique. Je sais, c'est un peu compliqué, surtout à résumer en cinq minutes, mais c'est pour te donner le contexte. Peut-être est-il là lui aussi pour retrouver sa famille, on ne sait rien. — Est-il possible que Manuel ne veuille pas revoir sa sœur ? » Hicham hésite. « Oui, mais si vous savez où il est, si vous le connaissez, il faut absolument que vous lui fassiez part de sa requête. Elle va rester ici presque un mois, je ne sais pas quand elle pourra revenir. Sa grand-mère est une femme très âgée, s'il a une chance de la connaître, c'est maintenant. Je pense que ça peut intéresser Manuel. — Je vais me renseigner. » Hicham le remercie. Ils sortent du bureau, et remontent à la résidence.

Dans la voiture Hicham ne dit rien. Il ne pense qu'à une chose : va-t-on retrouver Manuel ?

Hanane n'ose pas poser de questions.

Quand il rejoint Mara, elle a préparé un café et lit, allongée. La chambre est obscure mais elle n'a pas pensé à allumer une bougie. En le voyant entrer, elle pose son ouvrage et s'assoit. « Comment s'est passée ta matinée ? » demande Hicham. Ils n'ont pas encore eu le temps d'évoquer la rencontre de ce matin avec Aziza, il attend que Mara en éprouve le besoin. Pour le moment, les émotions qu'elle emmagasine sont trop denses pour qu'elle les démêle ou veuille seulement en parler. Mais son visage a changé, il semble plus lumineux, animé d'une vie nouvelle, tout intérieure. Des choses se descellent en elle, qui font imperceptiblement bouger ses traits. Le contact avec sa grand-mère, ce contact charnel, humain, est le contact qu'elle attendait avec elle-même. Hicham est intimidé face à cette force inédite qui irradie de Mara. Cette indépendance nouvelle est ce qu'il espérait pour elle, pourtant il ne peut s'empêcher d'y voir la possibilité d'un départ.

Mais Mara parle d'autre chose. Les photographies de Hanane la hantent, elle imagine un projet d'exposition à Paris, certaine de l'impact que peuvent avoir sur les Français ignorants de ce qui se passe ici la découverte de l'horreur que portent ces visages de femmes. Elle a immédiatement saisi la portée artistique de ces portraits, que Hanane sous-estime, y cherchant avant tout un message, un propos. Hicham est surpris par cette énergie, mais ne commente pas. Devant son silence entêté, Mara se rend compte à quel point elle l'a négligé. « Veux-tu que nous allions dîner ensemble ? Tout ça est si neuf, si étrange pour moi. J'aimerais qu'on le partage plus. — Si tu veux, répond Hicham, laconique. — Je demande à Hanane si elle peut nous déposer et nous remonter, je pense que ça ne posera pas de problème. »

Mara laisse Hicham se changer et va frapper à la chambre où Hanane a élu domicile. Celle-ci lui ouvre aussitôt. Derrière elle, son amie écrit sur son ordinateur portable. « Je peux te demander un énième service ? demande-t-elle, embarrassée. — Bien sûr ! — Je voudrais emmener Hicham dîner en ville, on a besoin de se retrouver un peu tous les deux. — Bien sûr ! Je vous conduis ? — Peut-être qu'on peut emprunter ta voiture si tu préfères rester là ! — T'inquiète, j'ai du monde à voir, ou je passerai dans ma famille, ça fait longtemps que je n'ai pas dîné avec eux. — Merci, Hanane. Tu sais... Je travaille dans une galerie à Paris, une grande galerie, je me demande si nous ne pourrions pas t'aider, il y a quelque chose à faire de tes photos... — Si c'est juste pour me remercier, ce n'est pas la peine, tu sais. — Te remercier ? Mais quel rapport ? Je ne pourrai jamais te remercier pour ce que tu m'as permis d'obtenir, Hanane. C'est une dette à vie. Mais ces photographies, c'est autre chose. Toutes les tragédies s'y retrouvent. On dirait même que tu connais ton histoire de l'art sur le bout des doigts, ou peut-être que c'est moi ? Les madones à l'Enfant m'ont toujours émue. Là, il n'y a plus les enfants. Mais il reste les mères. Je n'ai jamais vu des portraits de mères aussi bouleversants. »

Le ton avec lequel Mara exprime sa pensée ne laisse subsister aucun doute sur la sincérité de ses propos. Hanane la première en est étonnée. « Alors soit. Si tu peux m'aider, j'accepte. » Elle la scrute. « Tout va bien ? J'ai senti que Hicham était un peu anxieux tout à l'heure. Ça va peut-être prendre un peu de temps pour retrouver Manuel. » Mara la regarde, interloquée. Hicham a donc fait part à Hanane de ses recherches, ils ont commencé, peut-être même sont-ils déjà sur une piste. Hanane se souvient alors du secret dans lequel Hicham a souhaité entamer ces recherches et se mord les lèvres d'en avoir trop dit. « Je n'en sais rien, en fait. Je me mêle de ce qui ne me regarde pas. » Mais c'est trop tard, Mara ne peut cacher le bouleversement dans lequel la plonge cette simple possibilité d'évoquer Manuel avec quelqu'un d'autre que Hicham. Ce qui le fait d'un coup exister au-delà de son souvenir. Manuel est bien réel, son frère vit quelque part et des personnes sont à sa recherche... « Je n'aurais pas dû aborder le sujet. Si tu dois aller dîner avec Hicham, oublie, s'il te plaît. Il s'occupe de ce que tu lui as demandé, mais je crois qu'il voudra t'annoncer les résultats, seul, quand il les aura. Avant, ça ne sert à rien d'en parler, n'est-ce pas ? — Bien sûr, tu as raison, mais... Tu crois qu'il a pu le contacter ? — S'il te plaît, je n'en sais rien. Quelle idiote je suis ! — Excuse-moi. C'est que... ça me rend fébrile, je ne l'ai pas vu depuis si longtemps, et... et c'est compliqué. — Ne te justifie pas, je ne veux rien savoir, si tu penses que c'est bien et si tu en as fait la promesse à Aziza, tu ne peux pas revenir en arrière. — Ce que je me demande, c'est pourquoi j'ai promis, alors que je n'ai aucune certitude qu'il est encore en vie... — C'est normal, elle te l'a plus ou moins demandé, non ? Tu dois tout faire pour qu'elle le voie avant de mourir... — Qu'est-ce que ça changerait ?

— Qu'est-ce que ça a changé qu'elle te rencontre, à ton avis ? Tu ne vois pas qu'elle rayonne, que ça illumine sa vieillesse, qu'avec toi elle a l'impression que sa fille ressuscite ? — Je sais, mais quand même. Je me demande si j'ai eu raison. — Mara, je ne connais pas ton histoire, mais je te supplie de ne pas en parler à Hicham, il me tuerait. Il m'a bien dit qu'il voulait t'épargner, s'il devait y avoir des déceptions ou je ne sais quoi. Alors changeons de sujet, ça me gêne. — Très bien, excuse-moi », se reprend Mara, qui a cédé à cette curiosité longtemps refoulée en elle. Cette conversation n'arrive pas au bon moment. Elle ne voulait pas évoquer ce sujet avec Hicham, mais renouer les liens, retrouver la complicité de naguère, lui raconter Aziza, sa famille, lui faire partager les émotions qu'elle éprouve, chaque jour. Elle fronce les sourcils, mécontente d'elle-même ; pour autant, l'envie de savoir ne s'éteint pas. « On part dans dix minutes ? reprend-elle. — Dix minutes, c'est parfait pour moi. »

Avant de rentrer dans la chambre de Hanane où l'attend Hicham, Mara fait des allers-retours dans les couloirs, pour calmer sa nervosité. Pourquoi Hicham en a-t-il parlé à Hanane ? Est-ce par indiscrétion ou peut-elle l'aider d'une manière ou d'une autre ? Mais si elle peut l'aider, c'est que Manuel est quelque part en Algérie. Cette possibilité surgit comme une fulgurance, Mara s'arrête, stupéfaite : en Algérie ? Un souvenir fugace s'interpose, puis repart sans qu'elle puisse mettre la main dessus précisément. Une image qui rend crédible l'hypothèse. Pourtant, cette coïncidence l'inquiète. Qu'est-ce que Manuel serait venu chercher, s'il était bien en Algérie ? Serait-il lui-même sur la piste de sa famille ? L'imaginer à quelques kilomètres d'elle lui coupe le souffle. Ce n'est pas possible, se dit-elle, mais, à ce moment, l'image qu'elle cherchait s'impose à elle :

la carte postale. La carte figurant une vue d'Alger, tombée des papiers de Hicham, une carte sans rien derrière, juste un tampon de la poste et une date. Que lui avait-il dit ? Que c'était lié à ses repérages ? Mais elle se souvient de son air inquiet, et de sa hâte à ranger la carte. Une évidence glaçante fond sur elle : Hicham savait qu'il était là, c'était leur manière de communiquer. Hicham comme Manuel ont tenu parole, ils ont gardé un lien, ces cartes muettes. Quand elle a demandé à Hicham de retrouver Manuel, sa réaction a été violente. Certes, c'était normal. Mais il y avait aussi quelque chose dans son attitude de résigné. Comme s'il savait, en arrivant à Alger, qu'il serait amené d'une manière ou d'une autre à revoir Manuel. Le puzzle se recompose peu à peu devant Mara, effarée. Pourquoi ne lui en avoir rien dit ? Comment interpréter, chez Hicham, son empressement à l'aider pour faire ce voyage, à l'accompagner, à faciliter les démarches, avec pourtant ce doute insoutenable : la possibilité de croiser Manuel dans la rue. Elle ne sait s'il faut l'admirer pour son courage ou soupçonner autre chose. Mais quoi, que pourrait-elle lui reprocher, sinon ce sang-froid admirable qui dissimulait une souffrance immense. Elle frappe à nouveau à la porte de Hanane : « Je ne suis pas sûre de vouloir sortir finalement, je te préviens dans une heure. » Hanane hoche la tête, inquiète devant l'air de Mara, se sentant coupable.

Mara redescend à l'étage du dessous et rentre dans sa chambre. Hicham est prêt et l'attend, allongé sur le lit de camp, les mains croisées derrière la tête. Lorsqu'il lève les yeux sur Mara, l'égarement qu'il lit sur ses traits l'alarme. « Qu'est-ce qui se passe ? — Je ne suis pas sûre qu'aller dîner en ville soit une bonne idée. — Pourquoi ? — Parce que je veux te parler de choses désagréables. » Hicham respire un bon coup :

« Manuel ? — Oui, et ce n'est pas parce que ça m'obsède. Mais j'ai compris une chose que tu ne m'avais pas dite, il faut que j'en aie le cœur net. — Vas-y. — Il est en Algérie, n'est-ce pas ? — Qu'est-ce qui te fait dire ça ? — La carte, la carte postale que tu as rangée dans tes affaires, tu avais peur que je la voie, n'est-ce pas ? C'était une carte de Manuel, j'en suis sûre... » Hicham l'observe, hésitant à répondre, et, ne voyant d'autre alternative : « Oui, c'est bien une carte de Manuel. Il m'avait semblé qu'on s'était mis d'accord pour ne pas en parler tant que je ne l'aurais pas trouvé. — Oui, on s'est mis d'accord, mais qu'il soit en Algérie change un peu la donne, tu ne crois pas ? — Non, je ne vois pas en quoi. — Tu aurais pu me prévenir, depuis quand tu savais qu'il était là ? — Depuis longtemps. Te prévenir de quoi ? — Qu'on pouvait le rencontrer, je ne sais pas, moi ! Tu as pris ce risque tout seul ! — Quel risque ? puisque c'est toi-même qui veux le revoir. — Non, ce n'est pas moi, c'est Aziza. — Arrête, Mara, ne me dis pas que tu es contrainte et forcée ! — D'accord, je ne suis pas forcée, mais je redoute autant que toi de le revoir ! — Pourquoi ? Qu'est-ce qui te fait peur ? — Je ne sais pas, je pensais avoir tourné cette page. — Tu pensais vraiment ? — Oui, qu'est-ce que tu crois, que je rêve de revivre à ses côtés ? — Peut-être pas précisément... — Je ne comprends pas pourquoi tu as pris ce risque si c'est ça que tu crois : tu n'as donc pas peur de me perdre ? — Je n'en dors pas la nuit, mais que veux-tu ? Que je t'attache, que je te cloître quelque part ? On savait tous les deux qu'un jour ou l'autre tu le retrouverais, n'est-ce pas ? — Apparemment tu le savais plus que moi. — Eh bien oui, j'ai pris ce risque. Mais je n'aurais pas pu t'empêcher de faire ce voyage. » Mara ne sait plus que dire, elle se prend la tête dans les mains. « Et lui, il sait qu'on est là, tu le lui as dit ? — J'essaye. Je n'ai pas de nouvelles depuis longtemps, nous n'avons jamais communiqué à proprement parler. Il m'envoyait juste des cartes de là où il était pour que je puisse le situer. Mais je ne lui ai jamais rien dit. — Comment avait-il ton adresse ? — Le bureau, à Tanger, et une boîte postale. — Excuse-moi, je suis parfaitement coupable de te demander tout ça, tu n'as fait que tenir ta promesse, n'est-ce pas ? Mais ce que tu fais là, je... Je t'admire. Je n'en reviens pas que tu aies couru ce risque. — Parce que tu penses que tu ne résisteras pas, c'est ça ? — Mais tu me fais passer une épreuve ? C'est l'épreuve de passage pour voir si je peux continuer de vivre avec toi ? — Évidemment, qu'est-ce que tu crois, Mara ? Que je supporterai qu'il nous sépare encore longtemps ? — Je ne pensais pas qu'il avait pris une telle place dans ta vie. — Et moi je me doutais de celle qu'il avait gardée dans la tienne. — Tu te trompes. — Tu sais bien que non. — On en a déjà parlé. Quand Manuel sera là, tu verras. — Ouais, c'est ce que je verrai. En attendant, il nous a encore volé une soirée, et ce n'est ni la première ni la dernière. »

Rien ne se passe comme elle l'avait prévu. Mara voulait retrouver Hicham, tout partager avec lui comme elle le fait depuis plus d'une année déjà, mais les choses tournent autrement. « Hicham, je veux vraiment qu'on trouve des moments seuls, surtout avant... — Avant qu'il réapparaisse ? — Oui, il faut qu'on soit forts, tous les deux, pour surmonter l'épreuve, et ce n'est pas seulement la mienne, tu as tendance à l'oublier. » Hicham a du mal à se débarrasser de la colère dans laquelle le met chaque fois le nom de Manuel, principalement quand c'est elle qui le prononce ; pourtant, il sait qu'elle a raison, c'est leur seul moyen de ne pas laisser le couple se disloquer, la seule issue pour survivre à ce voyage – il ne s'était pas trompé, il y aurait un avant et un après. Mais s'il abandonne en route, il cède la place, aussi prend-il sur lui pour lui proposer de maintenir malgré tout ce dîner en ville, avec l'obligation de taire les sujets maudits. Ils frappent tous deux chez Hanane, le visage défait, elle ne dit rien et les accompagne dans le restaurant où ils ont pris leurs habitudes, leur donnant rendez-vous pour 10 h 30. Mieux vaut rentrer tôt, c'est plus sûr.

Une fois assis, ils semblent embarrassés, désireux l'un comme l'autre que la soirée se passe bien. Les jours d'intimité qui leur restent sont peut-être comptés, mais c'est précisément ce sursis qui les empêche d'être totalement eux-mêmes. C'est Mara qui prend l'initiative, Mara qui depuis quelque temps déjà se sent plus sûre d'elle, et en même temps de son amour. C'est ce qu'elle veut lui dire. Que Manuel arrive ou non, cela ne change rien à leurs projets. Mais comment l'en assurer ? Hicham a surmonté depuis le début ses hésitations, ses retours en arrière, ses moments de dépression, est-ce maintenant que le but est presque atteint qu'il renoncerait à elle ? Mara pressent confusément qu'il est temps de changer les rôles, que c'est à elle de le protéger. Et elle a la force de le faire, elle a la volonté, elle doit lui prouver qu'elle a changé, en profondeur, que cette année de vie commune n'était pas un leurre. « Hicham. » Il fixe la carte. « Hicham, regarde-moi s'il te plaît. » Il lève les yeux sur elle, et elle peut y lire une détresse sans fond. Une immense pitié se répand en elle. « Hicham, tu dois m'écouter, et me croire. » Il murmure du bout des lèvres : « Je ne demande que ça. — Ce que je souhaite, si tu le souhaites toujours, ce que je veux plus que tout, c'est un enfant de toi. Dès que nous serons rentrés. Et s'il y a un problème, j'irai voir les meilleurs spécialistes, et je ne lâcherai rien, j'irai jusqu'au bout, je veux cet enfant, et je le veux avec toi. » Ses yeux bruns changent d'expression, Hicham est troublé par l'accent de sincérité qu'il perçoit dans la voix de Mara. Elle lui prend la main, discrètement, consciente de la présence des autres clients à quelques mètres d'eux. « Est-ce que c'est toujours ce que tu veux ? » Hicham reste silencieux, il voudrait répondre, mais rien ne sort. « Est-ce cela que tu veux, réponds-moi ! » D'une voix éraillée, il finit par lâcher : « Bien sûr, c'est ce que je veux, ce que j'ai toujours voulu, et j'ai cru jusque-là qu'on y arriverait. — Alors pourquoi doutes-tu aujourd'hui ? — Tu sais très bien pourquoi, Mara, s'emporte-t-il. — Mais Manuel ne doit rien changer à tout ça, c'est ce que tu ne comprends pas. Manuel doit venir pour boucler une boucle, pour que s'achève un cycle et qu'en commence un nouveau. Manuel doit nous voir ensemble, te serrer la main, m'embrasser sur les joues, se réconcilier avec nous, et savoir que sa grand-mère existe ; qu'il a eu une mère qui ne l'a pas abandonné, qu'il l'a fait mourir en venant au monde, et que c'est par vengeance, par haine que son père l'a laissé à l'Assistance publique. Il doit savoir que notre histoire est liée à une autre histoire qui nous dépasse, qui a dépassé nos parents. Que nous sommes des victimes collatérales. Il doit savoir qu'il a une famille et une grand-mère qui est prête à l'aimer, qui l'aurait accueilli si elle avait connu son existence plus tôt. Comprends-tu qu'il doit savoir tout ça, que c'est la seule chose qui pourra le libérer, l'unique chance pour lui de continuer de vivre, de vivre pour de vrai ? Je n'ai pas le droit de le priver de ça. » Hicham malgré lui est troublé. « Ça n'a rien à voir avec nous. Quand nous serons rentrés chez nous, j'aurai accompli ce que je devais accomplir, plus rien ne nous fera obstacle... — C'est étrange de t'entendre parler comme ça. — Pourquoi étrange ? — Parce que tu as pris de l'assurance. Je ne pensais pas que les choses étaient si claires dans ta tête. — Elles le sont, Hicham, je t'assure qu'elles le sont. Tu es le seul. Est-ce que tu vas enfin le comprendre ? »

Hicham écoute ces mots dans une joie mêlée de terreur. Si tout cela pouvait être vrai, il aurait alors accompli son plus cher souhait, ce bonheur si proche, ou qui en a l'air, ce bonheur qu'il touche presque. Il voudrait tant la croire, et il y parvient presque. Elle a parlé avec fougue, passion. Son désir est réel, il peut le lire sur son visage, dans ses yeux, éclairés d'une lumière nouvelle. Elle ne peut pas lui mentir, à cet instant, c'est impossible. Alors ils se font des promesses. Oui, ils auront un enfant, et ils fonderont cette famille que rien ne pourra plus détruire, le passé sera derrière eux, clos, elle a libéré l'espace pour la suite, pour ce futur qui se vallonne et fleurit sous leurs belles paroles. 10 h 30 ont sonné, ils s'en rendent compte à temps. Tout est passé trop vite. Ce moment de grâce, inespéré en cette journée trop lourde, leur a rendu le lien dont ils ont si besoin l'un et l'autre – intact, et peut-être même renforcé. Hanane s'aperçoit que l'orage est passé tandis qu'ils montent dans sa voiture. Une joie irrationnelle emplit le petit espace qui les tient serrés les uns contre les autres. Elle-même en profite, c'est une joie contagieuse.

Cette nuit, ils se retrouvent vraiment, leurs gestes sont tendres, ils s'embrassent longuement, profondément, font l'amour dans un silence presque sacré, écoutant les battements de cœur qui de concert s'accélèrent.

Au même moment, Tawfiq est assis face à Manuel, dans la chambre sans lumière qu'il occupe chez Mounir. Manuel a la tête dans les mains, Tawfiq ne peut pas voir son visage, ni les traits accusant un rictus de douleur intense, ni les yeux qui fixent la fenêtre, et brûlent d'un regain de folie. « Voilà, ils te demandent de venir. Elle veut que tu rencontres avec elle ta grand-mère. Je n'en sais pas plus, je n'ai rien dit, ni où tu étais, ni même que je te connaissais. Je ne savais pas si je devais leur faire confiance, même si c'est Hanane qui me les envoie. » Manuel ne répond pas. Tawfiq commence à appréhender ce silence qui règne depuis qu'il a exposé la requête. Il n'a jamais vu son ami comme ça, et comprend qu'il vient de mettre au jour une histoire appelée à s'effacer, une histoire qu'il avait fuie, en venant ici, et qui le rattrape ici même, parce que cette histoire, c'est là qu'elle a commencé. Les sautes d'humeur de Manuel lui apparaissent sous une lumière nouvelle, c'était donc ça, ce secret, moteur de ses actes suicidaires ? Trop d'éléments lui échappent encore, et le secret à vrai dire apparaît fragmenté, impropre à lui livrer la clef qu'il cherche depuis qu'il a rencontré cet homme énigmatique et tourmenté. « Si tu veux réfléchir, bien sûr, tu as tout ton temps. Il m'a dit qu'ils partaient dans un peu moins d'un mois. D'ailleurs tu n'es pas obligé de répondre, je ne suis pas censé t'avoir découvert. » Il entend un mouvement dans la pièce, c'est Manuel qui relève enfin la tête : « Tu l'as vue ? — Hicham ? Bien sûr, je viens de te le dire. — Non, elle. — Elle, je l'ai aperçue quand ils sont venus visiter la maison de la presse, je n'ai pas fait attention, même si j'avoue qu'il est difficile de ne pas la remarquer. — C'est-à-dire ? — C'est-à-dire, pardonne-moi, qu'elle est belle. »

Ses paupières sont lourdes. Mara est là, enfin, elle est revenue. Il avait pourtant décidé de ne jamais la revoir, il avait presque réussi à l'oublier, il lui suffisait d'un peu de temps encore, et il en aurait fini avec le passé. Mais le passé ne l'entend pas ainsi, et vient le chercher dans son antre, jusque dans l'enfer où il s'est réfugié. Le passé comme une vague déferlante, charriant avec lui non seulement sa femme, mais encore sa sœur et avec elle toute sa famille. Elle lui a fait signe, elle a demandé à le voir, et, s'il sait qu'il devrait refuser, il sait avec la même évidence qu'il n'en fera rien. Résister à l'appel est proprement impossible, tant qu'il ne résonnait pas, il pouvait faire la sourde oreille, maintenant qu'il est réel, concret, audible, comment l'ignorer ? C'est lui qu'il a fui tout autant que Mara, ce chant de sirène qu'il connaît trop bien et qui l'a déjà mené sur une autre terrasse dans un port voisin, le laissant exsangue, sans force et sans désir, délesté de cette envie de vivre qu'il avait si chèrement acquise, en trichant, souvent, en puisant en elle qui l'a abandonné. Et d'une voix d'outre-tombe, il retient Tawfiq qui va pour partir : « Tu lui diras que c'est d'accord, dans deux jours, je viendrai chez cette grand-mère, mais ça ne sera que pour une fois, la seule, après elle n'entendra plus parler de moi. »

Au moment où il prononce ces phrases définitives, il n'est plus sûr de vouloir l'espérer. Il s'est donné deux jours pour pouvoir réfléchir, pas trois, c'est déjà trop long, il redoute son impatience. Mais il a besoin de démêler les informations brutales qu'il vient de recevoir, cette grand-mère, si proche géographiquement de lui sans qu'il en sache rien et le fil remonté jusqu'à une mère dont il ignore encore tout, Tawfiq ne l'ayant qu'évoquée. Son corps tremble d'une fièvre nouvelle, il transpire abondamment, de l'eau dégouline le long de son torse, devant ses yeux, impossible de retourner dans son lit, il arpente la chambre, tente de faire des pompes pour faire passer l'excès de l'angoisse et de l'excitation qui ensemble se sont emparées de ses membres, mais il abandonne, trop nerveux, cherche à tâtons son paquet de cigarettes, en allume une en s'assoyant sur son lit. Il n'a plus rien pour l'aider à dormir, et, n'y tenant plus, sort dans la rue, malgré le danger qui cantonne chacun chez soi à cette heure de la nuit. Il marche dans Alger, à pas de loup, humant l'air frais et menaçant, un chat déboule devant lui, terrorisé, il s'arrête net, prenant soudain conscience qu'il veut vivre cette rencontre, vivre ces retrouvailles, avant qu'une balle perdue ne l'atteigne, que la mort qu'il est venu chercher ne doit pas le surprendre à ce moment précis, en rasant les murs, il revient dans sa chambre, sans faire de bruit et s'allonge sur son lit, les yeux grands ouverts, laissant le flot d'images l'envahir.

Le jour suivant, Mara et Hicham se rendent ensemble chez Aziza. C'est pour Mara une façon d'intégrer Hicham dans cette famille en construction. Cette fois, elle désire qu'il participe à la conversation comme parti prenante et pas simplement comme traducteur. Le regard d'Aziza légitime une union déjà évidente à son sens – puisque pour elle Hicham est définitivement associé à l'image de sa petite-fille : elle les a vus sortir ensemble de cette voiture le premier jour, se diriger vers les arcades où elle s'était dissimulée. « Pourquoi n'avez-vous pas encore d'enfant ? » est la première question qu'elle pose au couple. Mara explique posément : « Nous avons dû beaucoup travailler avant de pouvoir nous installer. Maintenant, c'est à ça que nous allons travailler. — J'espère, ma petite, j'espère pouvoir un jour connaître mes arrière-petits-enfants, les petits-enfants de Meriem. C'est la seule revanche sur la vie que j'espère. » Et plus bas, en aparté : « C'est la seule manière de garder ton mari », à la façon de Khadija. Et l'opportunité de cette phrase lui saute aux yeux avec ironie – la vieille sagesse de ces femmes, qui tombent juste souvent, en croyant dire autre chose. Elle lui tapote le dos, pour la rassurer. « Tu verras tes arrière-petits-enfants », murmure-t-elle en rêvant... Hicham doit expliquer son métier, parler de sa famille, mais Mara l'interrompt, consciente de la gêne dans laquelle peut le mettre cet interrogatoire. Elle raconte alors Paris, décrit leur appartement. C'est le jour qu'elle a choisi pour apporter les magazines dont elle a fait la couverture, n'ayant d'autres photos à sa disposition. C'est aussi un point délicat. Aziza lui a demandé si elle possédait un album de son enfance. Mais les albums sont dans sa famille adoptive. De toute façon, elle y était toujours triste et à l'écart. Elle explique à Aziza qu'elle a coupé les liens avec cette autre famille. Aziza s'en inquiète : « Il ne faut pas rejeter la faute sur eux, ma fille », et cette phrase encore va droit au cœur de Mara. Le rejet catégorique dans lequel elle les a tenus lui semble soudain excessif, violent, injuste. Mais il lui est difficile d'imaginer un retour. C'est Hicham qui prend les devants. « Nous irons leur faire une visite quand nous rentrerons, pour vous Aziza, pour vous envoyer des photographies, que vous vous fassiez une idée de la vie de votre petite-fille. N'est-ce pas, Mara ? » Elle hoche la tête sans répondre, c'est un peu tôt, pourtant elle sait qu'elle finira par le faire. Au fond, le plus dur a été accompli.

« Je t'ai apporté les journaux pour lesquels j'ai travaillé. » De son sac, elle sort une pile de magazines féminins, sur lesquels elle pose, maquillée et coiffée de façon à la rendre parfois méconnaissable. Aziza met ses lunettes et appelle ses deux filles, aujourd'hui présentes, pour regarder. Les trois femmes retrouvent les réflexes d'une féminité oubliée, pendant ces années de guerre. Leurs doigts sont fébriles sur les pages en papier glacé, elles murmurent, elles rient, elles s'exclament. Mara, qui craignait que ces images les choquent, s'aperçoit avec étonnement qu'elles y puisent un plaisir d'autant plus puissant qu'il est interdit, ou ancien, leur admiration est palpable, leurs regards passent des pages au visage de Mara, amusée par leur réaction. « Tu nous les donnes ? demande Luisa. — Bien sûr ! » répond Mara qui songeait depuis longtemps à les jeter à la poubelle, et qui par un instinct encore flou s'en était gardée. Hicham lui-même jette un regard curieux sur ces magazines qu'il ne connaît pas. Il se sent étranger à cette femme déguisée, ébloui par sa beauté, sa jeunesse – elle avait entre dix-sept et vingt-cinq ans –, troublé de découvrir Mara qui prend encore soin de passer le plus inaperçue possible, de s'exposer avec autant d'impudeur et d'exubérance, de professionnalisme sans doute, fier enfin de vivre aux côtés de cette femme que tant d'hommes ont dû désirer, punaiser peut-être dans leur chambre d'étudiant.

Le contact des deux mondes se fait dans une légèreté inattendue. La tension qui avait pu exister au début de l'entretien, plus solennel que d'habitude s'est entièrement dissipée pour laisser place à une joie communicative et complice qui n'exclut pas Hicham. Commentant les étoffes et les maquillages d'un regard d'amateurs éclairés, les femmes en oublient l'heure. Les enfants rentrent de l'école, il faut ranger les magazines, que Aziza va dissimuler dans un recoin de sa chambre où elle conserve ses reliques, l'album de Meriem, ses lettres. Elle leur propose de rester déjeuner et d'inviter Hanane qui a frappé à la porte pour venir les chercher. Ils s'interrogent du regard, mais Mara ne peut laisser passer l'occasion et accepte pour eux tous. Les hommes de la famille sont absents, ce qui libère les femmes et les enfants de leur retenue. On se parle avec familiarité. C'est Luisa qui prépare le déjeuner tandis qu'ils sont tous montés sur la terrasse, où la famille a l'habitude de prendre ses repas, lorsque aucun visiteur ne la contraint à descendre dans la pièce d'apparat. Laquelle est recouverte de tentures bon marché et d'un tapis hérité d'une arrière-grand-mère, des bibelots en faux cristal trônent sur les étagères, aux murs sont accrochées les photographies officielles des mariages et des circoncisions. À l'étage en revanche tout est nu, les murs sont peints à la chaux, les coussins recouverts d'une grosse toile, la table basse d'un plastique – facile à laver.

La température monte de quelques degrés, mais une brise marine caresse les visages. Les enfants s'allongent, Aziza elle-même replie ses pieds sous ses fesses et enlève son voile, Luisa arrive avec des grillades et des petites salades sur un plateau en fer-blanc. Aucun couvert n'est dressé, on mange à même le plat, un morceau de pain plat en guise de fourchette. Les enfants posent des questions à Hanane qui porte toujours sur elle son appareil photo, elle prend des clichés et leur montre juste après, photographie aussi Mara et Aziza, puis toute la famille réunie. Des rires fusent au milieu des murmures, il y a comme un air de fête, une trêve dans la guerre, l'annonce de vacances ou d'un temps plus léger. Chacun le ressent à sa manière ; pourtant, Mara ne peut s'empêcher d'éprouver une pointe d'amertume : pourquoi avoir attendu si longtemps pour vivre ça, qui ne durera pas, qui s'évanouira à peine sera-t-elle rentrée, qui peut-être sera balayé par l'arrivée de Manuel – s'il vient. Mais même les regrets ne parviennent pas à briser son enthousiasme.

Mara mange avec appétit sous le regard affectueux et encourageant d'Aziza. Hanane et Hicham échangent en français leurs impressions sur les magazines et la réaction enjouée des femmes. Luisa explique qu'ici les femmes n'ont pas renoncé à la coquetterie. Que dans cette maison, elles ont dû en faire l'impasse, mais que partout dans Alger s'organisent des défilés de mode, des séances de maquillage dans les maisons. Que les instituts de beauté n'ont jamais été aussi remplis, bien que chacune de ces activités soit frappée de menaces de mort. Ici, elles ne peuvent pas laisser traîner ce genre de magazines au cas où l'oncle débarquerait – mais on ne croit plus trop à sa réapparition. Peut-être est-il mort, dans son maquis, avec ses fils. Il deviendrait trop dangereux pour lui de revenir dans son quartier, tous les habitants lui sont hostiles, jusqu'à sa famille qui condamne sans appel ses engagements. Ses sœurs ont peur de lui, on espère secrètement qu'il sera fait prisonnier, pour retrouver la paix. Pour Mara, ce rejet de celui qui avait été le plus virulent contre sa mère est un retour en grâce, la preuve que les temps changent, et surtout la consécration d'une victoire posthume dont elle entend bien profiter. Ses paupières se ferment, quand elle sent une main la secouer : « Il faut qu'on y aille, Mara, dit Hicham penché au-dessus d'elle. Aziza s'est endormie, les enfants retournent à l'école, Hanane a besoin de passer à la maison de la presse, tu viens ? » Elle sort de son rêve et se lève, la tête engourdie, pose un baiser sur le front d'Aziza, suit Hicham dans la voiture de Hanane. « On fait un saut à la maison de la presse, et je vous ramène après, ça vous va ? » Tout va à Mara, qui veut d'ores et déjà téléphoner à la galerie et commencer à mettre au point son idée d'exposition – histoire qu'une autre attente ne se fasse pas trop sentir.

À la maison de la presse, Hicham est attendu par Nabil. Discrètement, le cœur battant, il entre dans son bureau. Il sait qu'il y a des nouvelles. Hanane le lui a murmuré chez Aziza tandis que Mara s'était endormie. « Assieds-toi, dit Nabil. Je crois que j'ai quelque chose pour toi. En effet, un étranger dans cette guerre, ça ne passe pas inaperçu. Mais j'ai eu du mal à avoir des informations, apparemment on le protège. Il n'est pas loin d'ici, et certains journalistes ont entendu parler de lui. Je pense même qu'un ou deux le connaissent plus que ce qu'ils veulent bien me dire. Je n'ai pas pu les convaincre de m'en dire plus, ils voudraient te rencontrer. Je crois que tu l'as déjà croisé, celui qui pourrait t'aider. Il s'appelle Tawfiq. Il habite à l'hôtel sécuritaire, dans un autre bâtiment que celui de Hanane. Ils se connaissent bien sûr, pas très bien, mais ils se connaissent, comme des gens qui se croisent presque tous les jours. Tawfiq est l'un de nos enquêteurs. Il a reçu des menaces de mort très claires dès le début du conflit. Depuis il vit là-bas, mais en réalité il en sort assez souvent. C'était un universitaire autrefois, il a rejoint nos rangs un peu avant le début du conflit. Il veut te rencontrer avant de te parler. Il est dans son bureau, si tu veux bien me suivre. »

Les événements vont trop vite pour Hicham, il n'est pas prêt à entendre qu'il va revoir Manuel d'ici quelques heures. Pourtant, à quoi ça sert d'attendre, mieux vaut que les choses aillent vite, qu'il en ait le cœur net, et que le reste de sa vie puisse commencer.

Nabil le laisse devant la porte de Tawfik. Le journaliste est assis derrière son bureau, une cigarette brune à la main. Ses traits accusent des années de tabagie intensive, son teint est gris, ses doigts jaunis au bout, il porte de larges lunettes noires aux verres épais, sa bouche est large et charnue, son regard fixe, il observe son hôte avec attention.

Hicham attend pour s'asseoir que Tawfiq l'y invite. Ce qu'il ne fait pas. Sa méfiance surprend Hicham, il est habitué à ce que des Européens l'accueillent de la sorte, mais là, c'est différent. Pourquoi serait-il dangereux, lui, et surtout pour qui ? Les rumeurs, dans le couloir, d'un nouvel assassinat le rappellent à la réalité. On est en temps de guerre, et ce journaliste ne le connaît pas malgré les recommandations de Hanane.

« Il paraît que tu cherches un Français qui s'appelle Manuel ? — En effet. — Puis-je te demander pourquoi ? — Nabil ne vous a pas mis au courant ? — En quelque sorte, mais ce n'était pas très clair. — Très bien, alors je reprends. Ce n'est pas exactement moi qui le cherche, c'est sa sœur. — Pourquoi n'est-elle pas venue me voir elle-même ? » Hicham est décontenancé par cette question, l'expliquer serait rentrer dans des détails trop sinueux pour garder à l'exposé quelque clarté. « Sa sœur, Mara, sa sœur jumelle a retrouvé leur grand-mère. Elle est avec elle et m'a demandé de faire les recherches à sa place pour le prévenir. — Et toi, qui es-tu ? — Son compagnon. » Tawfiq l'interroge du regard. « Tu le connais bien toi-même ? — Assez, oui, j'ai longtemps travaillé avec lui. — Et pourquoi avez-vous perdu sa trace ? — Parce qu'il l'a souhaité. Mais la donne a changé. — Y aurait-il une raison pour que Manuel refuse de vous voir ? — Peut-être. Mais je pense que ça n'est pas la question. » Tawfiq reste songeur. Il cherche. Il pense à Manuel, ce mystère sur sa vie et la raison de sa présence ici, son silence, ses absences, son air parfois désespéré qu'il cache derrière une dureté de façade. Il manque encore une clef. Mais peut-être manquera-t-il toujours une clef. « Manuel vous rencontrera après-demain, chez sa grand-mère. Après il ne vous reverra plus. »

L'annonce est brutale, Hicham a besoin de s'asseoir. « Vous l'avez donc vu ? Qu'est-ce qu'il vous a dit ? — Ce que je viens de vous dire. — Mais où est-il ? Vous le connaissez bien ? — Assez, oui, je travaille avec lui depuis plusieurs mois. » Tawfiq a laissé de côté sa réserve. Il désire lui-même obtenir les informations que

Manuel ne lui livrera pas, sans pour autant vouloir le trahir. « Travaille ? Qu'est-ce qu'il fait comme travail ? s'étonne Hicham. — Un travail de mémoire. » Devant l'air sidéré de Hicham, Tawfiq explique : « Il m'aide à collecter des informations sur la guerre. Pour plus tard. » Hicham sourit malgré lui. Un travail de mémoire, n'est-ce pas ce qu'ils sont tous en train de faire, à leur façon ? Tous, non, pas lui, lui il travaille pour l'avenir, cet avenir qui à cette heure lui semble compromis, ou tout au moins en danger. Ainsi Manuel a accepté. Pourquoi ? Pour sa mémoire personnelle ou pour revoir Mara ? « Il ne vous a rien dit d'autre ? » soupçonne soudain Hicham, mais qu'est-ce que Manuel aurait pu raconter à cet homme ? La passion qui l'a mené dans le lit de sa sœur, puis sur cette terrasse, à Tanger ? « Pas suffisamment, je suppose, pour que je démêle les fils de votre histoire. Mais il m'a confirmé qu'elle était bien sa sœur. Je ne sais pas ce qui s'est passé, ce que vous avez vécu. En tout cas il a accepté une rencontre. Une seule. — Depuis quand le connaissez-vous ? Comment l'avez-vous rencontré ? Comment va-t-il ? — Je suppose que c'est à lui de vous répondre. Je peux juste vous dire qu'il va ... correctement, sa vie ici est austère et dangereuse. Il a été blessé, mais il se porte bien maintenant. — Blessé ? Comment ? — Un attentat, dans une usinc. Il a été bien soigné, ne vous inquiétez pas. » Cette dernière injonction distrait Hicham de sa stupeur, serait-il en train de s'inquiéter ? D'une certaine manière, oui ; pourtant, si Manuel était mort, tout ne serait-il pas plus simple ? « Je vais devoir prévenir Mara. Il vous a demandé quelque chose sur elle ? — Il avait l'air troublé, c'est tout. — Je comprends. » Chacun de son côté songe à ces deux personnes que des retrouvailles bouleversent tant. Un mystère plus fort qu'eux plane au-dessus de leurs têtes, même Hicham est pris par la force de ce lien, intrigué malgré lui par cette rencontre qui lui fait si peur. Au bout d'un moment, ils sortent de leurs réflexions. « Alors merci beaucoup, je ne pensais pas que ça irait aussi vite. — Vous êtes tombé sur la bonne personne. Mais vous seriez venu un an plus tôt, vous auriez eu plus de mal. — Est-ce qu'il vous a dit ce qu'il était venu faire ? — Non, personne ne le sait, mais nous lui faisons tous confiance, c'est ainsi. On a compris qu'il fuyait quelque chose de pire que la guerre, mais rien ne peut être pire que ça. — Je sais, et peut-être s'en est-il rendu compte lui-même. C'est ce que je pense. Au début il combattait, maintenant il écrit, il y a déjà du progrès, n'est-ce pas ? On n'écrit pas quand on est totalement désespéré, il faut l'être juste un peu... »

L'hypothèse que Manuel aille mieux n'est pas pour plaire à Hicham. Et si son crime ne lui faisait plus peur, s'il ne se haïssait plus ? Et s'il revenait la chercher ? Mais ces suppositions lui apparaissent vite infondées. C'est elle, à travers lui, qui l'a appelé. Pas l'inverse. L'inverse ne se produira pas. Il est là pour y veiller. « Vous en savez sûrement plus que moi, j'espère qu'un jour je pourrai mieux comprendre Manuel. — Faut-il vous le souhaiter ? » ironise Hicham, mais il s'aperçoit que cette question ouvre un champ de possibles effrayants. « S'il ne vous raconte pas son histoire, c'est qu'il veut l'oublier. Il n'a tué personne, si c'est ce que vous pensez. — Je ne pense rien du tout, je m'interroge. J'attendrai qu'il ait plus confiance en moi. Je le considère comme un ami. — Il a de la chance, mais je ne suis pas sûr que ce soit une question de confiance... » Hicham s'interrompt, surpris de parler de Manuel comme s'il le connaissait mieux que personne, comme s'il était son ami intime – aucune intimité n'est possible avec Manuel, et Hicham a compris pourquoi. Mais qui d'autre saura, qui d'autre pourra supporter un secret qui emporte avec lui ceux qui le partagent ? Hicham se rend compte à quel point Manuel a été important à une époque de sa vie, combien lui-même était intrigué par son comportement, ses silences, ses questions décalées, combien il a souffert de ce manque de confiance, qu'il prenait contre lui. Et pourtant, ils étaient proches. Ni l'un ni l'autre n'avait jamais été aussi proche d'un autre homme. Il sent ses épaules s'affaisser, la charge est si lourde et il la porte depuis si longtemps. Demain Manuel sera là, devant eux, devant elle, et lui, le troisième, le témoin, l'autre, aura beau agiter ses désirs, ils ne le verront pas, ils ne pourront voir qu'eux, leur passé, leur présence si physique, et ce sang identique qui coule dans leurs veines.

Hicham se lève pour stopper net la montée de cette angoisse récurrente qu'il avait jusque-là réussi à tenir à distance, mais qui les heures passant s'intensifie. Tawfiq a parlé de confiance, mais de quelle confiance ? La confiance est bien la chose qu'on ne peut accorder ni à Manuel ni à Mara, parce qu'ils sont prisonniers d'autre chose, d'une chose plus importante que le monde. Ils trahiront tout sur leur passage, nul ne peut avoir confiance en eux, et eux-mêmes ne feront jamais confiance qu'à eux-mêmes. Une rage croissante s'empare de Hicham. « Et pourtant, c'est le pari que j'ai fait. Les dés sont lancés, il est trop tard. » Au fond demeure un espoir, mince, mais lumineux, c'est à lui qu'il s'accroche.

Quand il retrouve Mara et Hanane, elles sont lancées dans une discussion animée avec Nabil. Hanane jette un coup d'œil à Hicham et comprend à ses traits tirés qu'il a obtenu un résultat et que d'une manière ou d'une autre, ce résultat changera le cours de leur voyage. Elle relance pourtant la conversation avec Nabil pour lui donner un peu de répit. Il s'assoit dans un coin, silencieux. Au bout d'un moment, Mara le prend à partie, et s'aperçoit enfin de sa prostration. Ce qui l'arrête net dans son élan. Hanane conclut leur rendez-vous animé par une pirouette, et les entraîne dans sa voiture pour les ramener à l'hôtel. Elle commente seule l'enthousiasme suscité par l'idée de Mara, mais les deux autres se taisent, tout entiers tendus vers le moment de l'explication. Hanane se rend bien compte du malaise mais fait comme si de rien n'était. Elle-même est gagnée par la tension qui a envahi la voiture à peine se sont-ils assis. Le trajet semble interminable. Ils finissent par se garer en bas du grand immeuble gris piqué de paraboles à chaque étage. Mara sort de la voiture, les membres engourdis. Elle remercie Hanane et monte dans la chambre, suivie de près par Hicham, qui murmure à l'oreille de son amie : « Je t'expliquerai plus tard. Manuel est d'accord. » Hanane hoche la tête, le cœur battant, curieuse de découvrir ce frère énigmatique.

Malgré elle, elle est entrée dans cette histoire.

Quand Hicham ferme la porte derrière eux, Mara, penchée sur le lavabo, se passe de l'eau froide sur le visage. Il fait chauffer de l'eau, prépare un café, s'affaire en s'empêchant de penser, mais, tandis que l'eau bout, il lève les yeux sur Mara qui l'observe fixement. Ce regard le défie-t-il ou le questionne-t-il ? Son ambiguïté le met mal à l'aise. Il leur sert un café dans un silence pesant, leur allume à chacun une cigarette, et finit par parler. « J'ai eu des nouvelles. — Oui, je sais. » Hicham la regarde, bien sûr qu'elle sait. Elle a tout de suite su, à peine a-t-elle vu son visage fermé, dans le bureau du rédacteur en chef. Et depuis elle est dans l'attente, une torture qu'elle tente de masquer, mais qu'il imagine sans difficulté. Pourquoi ne la laisserait-il pas souffrir un peu ? Après tout, il a eu sa part. Chacun son tour. Mais cet éclair de cruauté passe vite. Ce sont peut-être les derniers intants où il aura le pouvoir, ce pouvoir de savoir et de ne rien dire, de changer les faits, de lui mentir, de les séparer à jamais. Il a sur leur destin ce point de vue qui le surplombe. Mais dès qu'il sautera, il ne pourra plus rien, ni pour lui ni pour eux. Il jouit encore quelques secondes de cette place privilégiée. Il est leur pont, leur lien. Hicham a le temps d'apprécier l'ironie de sa situation.

« Il est d'accord. » Mara tente de garder son calme et répond posément, avec une lenteur seule suspecte. « D'accord ? C'est-à-dire ? — D'accord pour rencontrer Aziza, ou plutôt pour te revoir chez Aziza. — Ce sont les mots qu'il a employés ? — Je ne connais pas les mots qu'il a employés, mais je te traduis en clair. — Essaye juste de me donner les faits, pour la traduction on verra après. » Le ton adoucit le propos. « Je suppose en effet que tu peux aussi bien le faire que moi. » Mara ne répond pas. Ce n'est pas le moment d'envenimer la conversation. « C'est pour après-demain. Après, il disparaîtra à nouveau. » Mara digère l'information en tâchant de ne pas laisser son visage trahir ses sentiments. « Comment as-tu appris tout ça ? demande-t-elle d'une voix qui a baissé d'une octave. — Apparemment il est connu ici. Un journaliste est en contact avec lui. Il habite chez quelqu'un, je ne connais pas son nom, à Alger. Tu vois, il n'était pas très loin, sourit-il. — Qu'est-ce qu'il est venu faire ici ? — Mourir, je crois. Mais apparemment il a changé d'avis. — Comment ça, mourir ? — Il m'a écrit une lettre d'adieu, il y a plus d'un an maintenant, pour dire qu'il partait combattre, en espérant trouver une balle sur son passage. » Mara est stupéfaite, Hicham savait, et pas seulement par ces cartes postales anonymes. « C'est la seule lettre qu'il m'ait écrite, je pense qu'il croyait vraiment partir, mais tu vois... — Et tu ne m'en as rien dit ? — Ne recommence pas, Mara. Nous étions d'accord pour ne pas parler de ça. — Sauf s'il arrivait quelque chose de grave. — Est-ce qu'il est arrivé quelque chose de grave ? — Oui, puisqu'il voulait mourir. — Il voulait, oui. J'étais censé te faire part de ses états d'âme ? — Mais enfin, il est quand même ici, dans un pays en guerre, dangereux ! — Comme toi. Tu ne veux pas mourir, n'est-ce pas ? » Mara se rend, décidée à ne pas reprendre une polémique inutile qui les a déjà menés à une dispute violente. « Et alors ? Que lui est-il arrivé ? — Je n'en sais rien, tu le lui demanderas. Je suppose qu'il t'accordera quelques heures avant de repartir *à jamais*. » Elle l'interroge du regard : « Je ne souhaite pas rester seule avec lui. — De quoi as-tu peur ? — De rien, mais je ne suis pas sûre que ce serait agréable. — Il le faudra bien pourtant. Tu devras raconter tout ce que tu as appris. Vous réglerez les comptes que vous pourrez régler. Ce qu'il faut, c'est ne rien laisser derrière soi. Si tu repars avec un regret ou une frustration, alors cette rencontre n'aura servi à rien, et j'en serai très ennuyé, si tu vois ce que je veux dire. — Nous verrons bien comment ça se passe, j'ai un jour pour me faire à l'idée. Et nous devons prévenir Aziza. Je ne peux pas croire qu'il soit là. — On s'habitue vite aux choses peu croyables. » En disant cela, il a clairement la volonté de blesser Mara. Ne s'est-il pas, lui, habitué à l'inceste qui marque au fer rouge le corps de celle qui partage ses nuits ? Peut-être pas. Peut-être qu'il ne s'habituera jamais, lui aussi il verra bien demain. Pour le moment que faire, sinon attendre ? Mais attendre avec elle, enfermé dans cette pièce, est insoutenable. « Je vais faire le tour des familles de nos camarades parisiens, avec Hanane, cet après-midi. On se retrouve ce soir. » Une détresse subite se lit dans le regard effrayé de Mara. « Ne m'abandonne pas, dit ce regard, pas maintenant. » Mais elle se tait, résignée à endurer sa jalousie, ses craintes, et ses propres angoisses. C'est le prix à payer.

Hicham s'échappe de la chambre et va frapper à celle de Hanane qui attendait avec impatience que l'un d'eux se manifeste. « Tu m'accompagnes ? » Elle prend ses affaires et descend avec lui, avide de confidences, qu'il entend bien lui faire, pour décharger le trop-plein de venin que la peur nourrit au fond de lui.

Mara s'est allongée. Ses yeux sont secs, écarquillés comme s'ils ne pouvaient plus se refermer. Pourtant ils ne voient rien. Il faut résister. Il faut résister est le message qu'elle reçoit. Mais résister à quoi ? Les choses qu'elle a construites pourraient-elles se détruire ? Non, répondent des éclairs de lucidité. Oui, murmure son ventre, son ventre qui se noue, à tel point que les douleurs deviennent intolérables et qu'elle doit se lever. Son corps retrouve alors sa forme et son aplomb.

« Pourquoi m'a-t-il laissée seule ? Il ne faut pas qu'il me laisse seule, il ne le faudra pas. Je peux retrouver le cours normal des choses tant qu'il est là. » Un vertige la saisit qui fait remonter d'anciennes sensations. Un flottement, un ciel, une main sur sa peau, un baiser qui parcourt ses membres. La faim, puis le vide, l'inconscience, ce lent abandon des forces, l'errance dans un entre-deux, mais toujours cette main sur son corps, et la mort pas loin, à travers un plaisir au fur et à mesure incertain. La succession des jours et des nuits, de plus en plus indifférents l'un à l'autre, un simple changement de luminosité. Des odeurs encore précises, puis le flou, une angoisse fulgurante et le flou à nouveau, pendant des heures, des jours, des siècles, avant que ne fassent irruption les cris, des voix familières, d'autres inconnues, des meubles qu'on déplace, une sirène, un roulement, et des tuyaux dans les bras. Des néons verdâtres et l'odeur de médicaments mélangés à de la nourriture industrielle.

Elle ne pourrait dire la dernière fois qu'elle l'a vu, ils étaient encore ensemble, se touchaient sans doute, mais ne se voyaient plus, leurs yeux s'étaient fermés, leurs peaux se caressaient encore, les frontières s'étaient effacées. Ils ne formaient plus qu'un, dans cet immense cloaque qui avait perdu ses limites. Ils voguaient l'un en l'autre, mais se voir, se reconnaître, cela n'était plus possible. Alors, quand l'a-t-elle vu pour la dernière fois ? C'est une question à laquelle elle ne peut répondre. Elle entend son cœur battre et son souffle régulier, quoique faible, elle respire son odeur bien connue, mais il n'y a plus deux êtres étendus l'un contre l'autre, il n'y a plus de mari et femme, ni de frère et sœur, il y a cette chose qu'ils sont devenus, encastrés l'un en l'autre. Les paroles ont disparu depuis longtemps, les mots se sont dispersés, les voix se sont tues, juste le souffle, l'haleine, la peau.

Pourtant, il avait été dans la chambre d'à côté pendant toutes ces semaines. On pouvait circuler de l'une à l'autre, par le couloir qu'empruntaient les médecins, les infirmières et les visiteurs. Une simple cloison les séparait. Les mots de Mara revenaient petit à petit, ses yeux voyaient à nouveau, ses jambes ne marchaient pas encore. À aucun moment elle n'a demandé à ce qu'on la conduise de l'autre côté du mur. Elle était restée là, allongée, encore cloîtrée au fond d'elle-même et séparée, amputée sur son lit à barreaux. L'autre partie d'elle-même gisait dans la chambre mitoyenne, et peut-être n'en restait-il rien.

Elle contemple la mer de la fenêtre à moitié murée, une vague nausée l'envahit. Elle sait pourtant que cette amputation avait été vitale, salvatrice. Serait-elle là aujourd'hui, en serait-elle là à cet instant ? Quand Hicham rentre-t-il ? Si elle lui a demandé de le prévenir, ce n'était pas pour ça. Ce retour en arrière, ce vertige, là, niché dans ses veines et qu'elle aurait préféré ne jamais sentir à nouveau. « Il le fallait, se dit-elle. N'y étais-je pas obligée, pour lui, pour Aziza, pour que cette histoire prenne enfin un sens ? Il faut se laver du crime, ensemble. » Mais si l'aboutissement était autre ? Et ce doute – infime – est insupportable.

Hanane tente de calmer Hicham bien qu'il fasse tout pour masquer son anxiété. Il lui a raconté que le surlendemain, elle rencontrerait enfin ce frère maudit dont elle n'a cessé d'entendre parler. Qu'il ne se réjouissait pas, que cet homme faisait du mal à Mara, que son influence était mauvaise. Et puis il s'est tu, s'apercevant de l'inanité de ses propos. Mentir pour exprimer le vrai, c'est quelque chose qu'il ne sait pas faire, il a l'impression de la trahir. Mais comment faire autrement ? Alors il se concentre sur les détails concrets, prévenir Aziza, organiser la rencontre. Il sait qu'il devra les laisser seuls, sa fierté l'empêche d'être présent lors de l'entretien. Il hésite cependant. Hanane lui propose d'être là, à sa place, de veiller au grain. Il sourit de sa bonne volonté, finit par accepter. Il les accompagnera bien sûr, il serrera la main de son ancien associé, puis il ira se promener. Après ils verront, il sait qu'il ne peut pas tout planifier à l'avance, ce n'est qu'une façon illusoire de se rassurer.

Ils s'arrêtent dans les maisons, découvrent d'autres quartiers. Hicham s'entretient avec des familles bouleversées de recevoir des nouvelles fraîches et des photographies de leurs fils, oncles, cousins. Il est accueilli comme un sauveur, un héros qui aurait bravé le danger inutile de venir jusqu'ici pour maintenir ce lien évaporé avec la France, et cette petite Algérie que leurs parents ont reconstituée là-bas, dans ce 20e arrondissement. Il raconte leurs vies, leurs appartements, le restaurant d'Ounissi, leur réussite, l'exagérant un peu, les rassure. À la fin de la journée, il est épuisé, mais ces visites lui ont fait du bien, elles ont momentanément occulté l'objet de son inquiétude. Il faut revenir à la résidence. Il préfère ne pas imaginer dans quel état il va retrouver Mara. Son anxiété est à son comble quand il ouvre la porte, mais il la trouve endormie. Sur le rebord du lavabo, une boîte de calmants traîne. Il souhaite bonne nuit à Hanane et se couche aux côtés de sa femme.

Le lendemain, comme chaque jour, ils descendent dans la ville, frappent à la porte d'Aziza, sans échanger un mot. Là, il faut bien en venir aux faits. Mara le regarde, hésitante. D'un signe de la tête, il lui dit d'y aller, alors elle se lance. « Ton petit-fils sera là demain. » Aziza n'en revient pas, déjà, aussi vite, comment se fait-il ? Hicham prend alors le relais. Il était en Algérie, il travaille là. Mara l'ignorait, il accepte de venir. Ils n'en savent pas plus, c'est à lui qu'il faudra poser des questions. Aziza ne comprend rien, cette nouvelle qui aurait dû l'enthousiasmer la laisse perplexe. Mara est obligée de la rassurer, Manuel était peut-être lui aussi sur la trace de sa famille, c'est l'explication la plus rationnelle. Aziza commence à s'y faire, et la joie à se libérer. « Il faudra préparer un repas de fête », annonce-t-elle à Luisa. Un remue-ménage envahit la maison, la liesse met du désordre dans ces pièces habituellement calmes et obscures. Aziza ne cesse d'embrasser sa petite-fille, de la remercier, elle lui prête des pouvoirs magiques. Quand Hicham monte à la terrasse pour aider Luisa à ranger des affaires, Mara lui dit : « Nous sommes jumeaux, nous n'avons jamais été vraiment séparés, nous ne sommes jamais loin, c'est ainsi. » Aziza acquiesce. Évidemment, les jumeaux ressentent les mêmes choses en même temps, elle l'a entendu dire. Toute cette agitation met Mara mal à l'aise, pourtant la joie de sa grand-mère finit par être contagieuse. Lorsqu'ils repartent, Mara pose la main sur la cuisse de Hicham. Il va pour la retirer, à l'arrière de la petite voiture, mais elle la garde fermement sous sa paume, et il cède. Il cède aussi quand ils entrent dans leur chambre et qu'elle l'embrasse avec impétuosité, le déshabille fébrilement, lui murmure des mots passionnés, des mots sans queue ni tête.

Le reste de l'après-midi, elle le passe lovée entre ses bras, comme un enfant recroquevillé, puise sa force dans sa chaleur à lui, se sent réconfortée tant qu'elle ne quitte pas ce nid fait de ses membres et de son torse lisse, doux, dont elle brosse les poils noirs du dos de la main. Ils ne dînent pas, restent encastrés jusqu'au lendemain, dorment à peine, se parlent, se caressent, pleurent, sèchent leurs larmes, et se font des promesses.

L'aube point, ils sont fatigués, et tendus. C'est elle la première qui se lève pour faire sa toilette et se vêtir, lentement. Elle prépare le café. Il la regarde dans la lumière naissante. Ses cheveux sont tirés en arrière, son front haut, bien dessiné, ses yeux noirs, ses lèvres pleines, son cou étiré, ses épaules rondes, malgré les os saillant des trapèzes, ses oreilles petites. Il a compté cette nuit les cicatrices qui lacèrent ses jambes, la dernière était pour lui, il espérait qu'il n'y en aurait plus. Mara lui sourit timidement, comme pour lui demander son pardon d'avance, ou son absolution. Il écarte les mains, dans un geste d'impuissance, il lui faudra s'en passer cette fois, elle a seule décidé de ce qui devait arriver, elle doit seule assumer jusqu'au bout cette journée. Après ils verront, elle lui a lancé un défi, il attend la suite, la nuit, le lendemain, alors tout sera joué. Mais, aujourd'hui, il ne peut rien faire. Elle baisse la tête et respire lentement, pour puiser une force qu'il y a peu elle ne pouvait trouver en elle. « Tu m'accompagnes quand même là-bas ? — Si tu le souhaites. — Oui, bien sûr, je le veux. — Alors je t'accompagne. » Il s'habille à son tour, et se passe le visage sous l'eau tandis qu'on entend frapper à la porte. C'est Hanane qui vient les chercher, elle a mis une veste pour l'occasion, sans vraiment y réfléchir, fébrile et émue, Mara s'en aperçoit, mais ne dit rien, elle-même est gagnée par la peur.

Ils s'installent tous les trois, comme chaque matin, dans la voiture, Hicham à côté de Hanane, Mara derrière. Comme chaque matin elle regarde le paysage défiler devant elle, avec une distance qui rend son observation plus précise encore. Personne ne parle, jusqu'à l'entrée dans Alger. Là, Hanane leur donne les nouvelles, de nouveaux attentats qui la veille ont fait plusieurs morts, dans un quartier d'Alger qu'ils ne connaissent pas. Le quartier est bouclé, d'où la circulation plus dense ce matin. Cette information les distrait un moment d'eux-mêmes, les autres continuent de vivre et de mourir, leur histoire est une goutte d'eau, participe de l'histoire du pays de façon si dérisoire qu'ils en sont soulagés ; les autres, eux-mêmes, et d'autres encore. Quel rapport entre eux tous, quels rapports entre ces tragédies dénuées de sens, et le retour de l'enfant perdu, à quelques centaines de mètres de là ? Et pourtant, tous ces faits semblent être reliés, ils font partie les uns des autres, ne sont pas indifférents les uns aux autres. Ils communiquent. Mara a brisé l'isolement dans lequel la retenait Manuel. Elle voit désormais les fils invisibles qui courent entre les choses et les êtres. Elle ne peut les suivre d'un bout à l'autre, mais en devine des segments, dans les moments où sa lucidité surplombe le quotidien, les inquiétudes, la peur, les habitudes. D'un coup, elle se sent délestée du poids qui pesait sur elle depuis deux jours. Sa douleur s'efface, et laisse la place à un étonnement joyeux. Ce sentiment finit par passer aussi, quand ils arrivent près de la rue d'Aziza.

Hanane se gare, et le corps de Mara se met à trembler, son esprit a cessé de fonctionner, c'est sa peau qui s'y substitue. Ils marchent comme des condamnés vers la porte, qui s'ouvre sur Aziza vêtue de sa plus belle robe. Des boucles d'oreilles en or pendent à ses oreilles, des bracelets tintent autour de ses poignets fragiles, elle a même mis du rouge à ses lèvres. Luisa se tient derrière elle, sa gandoura est brodée de fils d'argent, elle a relevé ses cheveux, et sent le parfum. Hicham les complimente, et ces premiers mots apaisent Mara, qui lui adresse un sourire complice. Ils vont s'asseoir sur la banquette, des plateaux de thé et de pâtisseries sont disposés sur les tables rondes. Aziza demande à quelle heure il arrive. « Dans un quart d'heure, normalement », répond Hicham qui regarde sa montre, s'apercevant qu'il ne tiendra pas aussi longtemps. « Je vais faire un tour. » Il ne veut pas être celui qui attend, il les rejoindra plus tard, pour le déjeuner peut-être, ou peut-être jamais. Il n'a pas envie de le voir, et pourtant, sa curiosité est plus forte que lui. Et puis, il doit surveiller. Mara tente de le retenir, mais il s'en va, sachant qu'il lui sera plus simple à elle aussi d'être seule quand Manuel arrivera. Hanane le suit dehors. « Tu veux vraiment y aller ? — Oui. Je les laisse entre eux, le temps de se retrouver. — Tu es sûr ? — Certain. » Et il ne dit pas ça par ressentiment, ou démission, il désire réellement ne pas être dans cette pièce quand Manuel entrera.

Mara se retrouve seule avec les femmes de sa famille. Hanane revient, et propose elle aussi de les laisser, mais c'est par pure politesse ; elle désire plus que tout assister à ce moment. Mara par politesse aussi lui répond que c'est inutile, qu'elle peut rester, Hanane n'insiste pas, et va aider Luisa à préparer le déjeuner. Aziza a sorti l'album. Elle et Mara contemplent la couverture rouge devant elles. Aziza lui demande de lui décrire Manuel. Lui ressemble-t-il ? « Je ne sais pas », répond Mara, et c'est la pure vérité, elle ignore leurs différences, mais elle ignore aussi leur apparence. Pourtant elle n'a rien oublié. Aziza lui sert du thé. Mara boit, pour occuper ses mains, puis, n'y tenant plus, va sur la terrasse, pour fumer une cigarette. Elle se lave les mains dans la salle d'eau, jette le mégot dans la cuvette et tire la chasse. Tandis qu'elle redescend, on frappe à la porte. Luisa est déjà en train d'ouvrir tandis qu'elle atteint les dernières marches.

C'est lui qui la voit en premier, et c'est sa voix qu'elle entend avant de le voir. Elle pose ses yeux sur cet homme si bien connu, si volontairement oublié. Manuel est devant elle.

C'est lui, si intégralement lui qu'elle en perd l'équilibre. Le soleil, les souffrances, l'ascèse, la vie dehors, en pleine mer, dans le désert ne l'ont pas changé. C'est bien son frère, son frère jumeau. Sans doute ne peut-il en dire autant d'elle, mais le regard qu'ils échangent retrouve d'un coup l'intensité qu'il n'a jamais cessé d'avoir. Un regard qui brûle, qui fait mal, qui détruit les couches sédimentées pour toucher au fond, au même endroit apparemment intact. Un endroit qu'eux seuls connaissent, dangereux et intime, un endroit qu'il faut vite recouvrir, pour se mettre à l'abri, il suffit de détourner le regard, de parler, de rendre cette scène réelle pour arrêter le vertige. Alors Mara s'avance dans la pièce et lui dit de sa voix rauque, sans plus le regarder : « Bonjour Manuel, je te présente Aziza, ta grand-mère, et Luisa ta tante, notre mère aurait trois ans de plus, si elle n'était pas morte en nous donnant la vie. Tu vois, tu vivais à côté de ta famille, et tu ne le savais pas. Eh bien maintenant tu ne peux plus y échapper, elles sont là, c'est notre famille. » Elle parle très vite, en français, les autres ne comprennent pas.

Manuel voudrait qu'elle le regarde, au lieu de lui parler comme s'il était un meuble, mais un meuble qu'on voudrait frapper parce qu'on s'est cogné contre lui, projetant sa fureur. Il éprouve cette même folie qu'elle suscite et qu'il entend dans sa voix. Il faut se ressaisir, ce qu'elle lui dit là, c'est leur histoire enfin. Ces deux femmes, habillées de leurs plus beaux vêtements l'attendent, lui, et cette émotion-là est recouverte par une autre, qui vient phagocyter des sentiments qu'il voudrait plus purs. Alors il s'avance au centre de la pièce, prend les mains d'Aziza dans les siennes et la salue en arabe. Mara lui a dit « nous », d'emblée, un « nous » dont il n'a jamais pu se défaire, un « nous » qui le reprend comme une malédiction, mais qui lui fait tant plaisir. Aziza pleure, il se rend compte que cette vieille femme pleure. Et alors seulement il comprend la portée de ce rendez-vous, au-delà des retrouvailles, au-delà d'elle, qui aux yeux de ces femmes ne peut être que sa sœur. Il ne sait comment réagir à ces larmes, il les a tant souhaitées, imaginées, appelées quand il était enfant. Mais son enfance a disparu en même temps qu'il a rencontré Mara. Et de la voir réapparaître, devant celle qui l'a engloutie, efface ses repères. Manuel est perdu, il est devant sa grand-mère, cette attache si désirée. Était-ce un hasard s'il avait décidé de terminer ses jours dans ce pays-là, à quelques kilomètres d'elle ? Mais Mara en a décidé autrement. Elle est venue le chercher jusque-là, pour lui montrer d'où ils viennent, elle lui offre ces deux femmes suspendues à lui, le visage baigné de larmes, elle l'a fait venir pour lui cracher au visage ces racines et cette terre qui doivent les séparer. Mais dans le même temps, elle a ressuscité ce vieux cauchemar où ils étaient embarqués l'un et l'autre, l'un en l'autre. Ainsi pense Manuel, tandis qu'au-dessus de la tête des deux femmes accrochées à ses bras, il peut à nouveau croiser le regard de Mara.

Aziza et Luisa finissent par se calmer et le conduisent sur la banquette, lui servent du thé, des gâteaux, avant de pouvoir prononcer une parole. Hanane, de loin, observe la scène. La beauté de Manuel la frappe, la tension qui a envahi la pièce est différente. Elle ne pourrait la définir. C'est une tension physique, qu'elle peut éprouver dans sa chair. Manuel est assis, entre Luisa et Aziza. Personne n'a encore rien dit, rien dit de significatif. Mara élève alors la voix, pour raconter l'histoire, commencer un récit que Aziza doit continuer, quand elle se sera remise. Sa voix est ferme, son corps ne tremble plus, elle donne au récit une précision quasi clinique, d'abord en arabe puis en français, pour revenir à l'arabe. Aziza prend alors la relève, et leur parle de leur mère. Mara connaît l'histoire, pourtant de l'entendre en compagnie de Manuel en change la teneur. Cette mère qui n'appartenait qu'à elle doit être partagée, et elle n'en apparaît que plus réelle. Presque vivante.

Manuel écoute, imperturbable, retenant même son souffle pour ne pas exploser. Il n'éprouve pas les mêmes sentiments que Mara à l'égard de cette mère pour laquelle il garde une rancune nécessaire, le fondement de sa colère, elle-même le fondement de son être. Il résiste contre ce bonheur possible, cette réconciliation. Sans doute est-il trop tard pour lui.

Mara et lui ne se sont pas encore touchés. Il entend les paroles d'Aziza, c'est cette même femme qui ne les a pas cherchés, quand ils étaient abandonnés dans un orphelinat, puis dispersés dans des familles d'accueil. Il ne peut refouler l'émotion qui malgré lui le submerge, même si la rage est loin de baisser la garde. Elle l'observe en douce, pour mieux le voir, chercher les menus changements, retrouver ses traits, guetter ses réactions. Peut-être se sait-il épié puisque son visage fait un effort surhumain pour rester froid, inexpressif. Mara le connaît bien. Elle voit en lui l'effort et le tourment, l'alternance des émotions, la résistance, devenue inutile à ses yeux, et cette obstination la met soudain hors d'elle. Il ne changera donc pas. Il restera collé au passé, incapable de le surmonter, de le transformer. Il ne veut pas de tout cela qu'elle lui offre sur un plateau d'argent. Il ne veut pas grandir, souffrir lui est plus facile. Elle voit pourtant ses traits céder à plusieurs reprises, puis reprendre leur contenance. Enfin elle regarde Aziza, et voit son visage bouleversé, fripé et tordu, lavé par les larmes, rougi, épuisé et heureux. Alors elle se dit qu'elle a eu raison, que pour cette expression-là, sur la figure de sa grand-mère, elle a eu raison d'aller jusqu'au bout, de le revoir, lui, en chair et en os, assis à quelques centimètres d'elle, respirant son odeur, écoutant sa voix. Ce danger, elle l'a bravé pour celles qui habitent cette maison. Et peu importent les autres raisons, elles sont emportées par cet air de joie que la mort ne prendra pas.

Quand Aziza ouvre l'album, Mara se lève et fait le service. Elle se dirige vers Hanane, et lui propose en français d'aller fumer une cigarette sur la terrasse. À cet instant elle se sent légère, soulagée, maîtresse de la situation et de sa vie, surplombant ses émotions et celles des autres, victorieuse. Mais les impressions sont fugaces. Quand elle redescend et qu'elle voit Manuel penché sur une photographie de sa mère, son cœur s'arrête. Elle doit reprendre son souffle, pour atteindre la banquette. « Il faut que Hicham arrive, se dit-elle, il faut qu'il arrive vite, je ne tiendrai pas. » Aziza se lève à son tour, laissant à Manuel l'album et une place vide entre le frère et la sœur. « Je reviens tout de suite », promet-elle, on l'entend fouiller dans une pièce mitoyenne. Manuel continue de feuilleter l'album pour ne pas avoir à lever les yeux, Mara se tient immobile, soudain paralysée. Elle entend alors : « Comment vas-tu ? » et ces simples mots déclenchent en elle une tempête. Que veut-il qu'elle lui réponde ? C'est la première fois qu'il s'adresse directement à elle, en utilisant les termes de leur première rencontre. Et c'est cela qu'il voulait en posant cette question formelle, dont il n'attend aucune réponse. « Je vais bien, merci, coupe-t-elle court. Et toi ? — Je suppose que je dois dire la même chose, tu veux le savoir vraiment ? » Mais elle ne veut rien savoir vraiment, c'est interdit, elle a promis. « Oui, pourquoi pas ? — Il nous faudrait un peu plus de temps, tu ne crois pas ? — Je croyais que tu voulais disparaître dès ce soir. — Un après-midi suffira peut-être. — Très bien. » Aziza revient. La sueur ruisselle sur les joues de Mara, elle doit se passer de l'eau sur le visage, une rage violente s'empare d'elle : « Quelle idiote, quelle sombre idiote, je ne vaux donc que ça. » Elle remonte sur la terrasse et s'enferme dans la salle d'eau.

Quand elle redescend, Hicham est dans la pièce et serre la main de Manuel. Le soulagement se mêle à la culpabilité. Elle s'approche de lui et s'assoit à ses côtés, le plus loin possible de son frère. Elle lui prend la main et la serre avec force. Hicham observe, et attend, il s'est préparé à revoir Manuel, pourtant le choc l'a surpris. L'autre n'a rien laissé paraître. Ils se toisent, sans mot dire. La matinée touche à sa fin et les parfums de cuisine envahissent la maison. Luisa met la table, aidée de Hanane. Aziza a supplié Manuel de rester manger. Elle lui pose des questions, mais il esquive. Ses réponses sont lapidaires, des fragments, elle n'arrive pas à lui faire dire pourquoi il vit en Algérie. Les premiers plats arrivent sur la table. Personne n'entre, ni enfants ni tante, ils ont dû être tenus à distance. Aziza voulait être seule, seule avec ses petits-enfants. On commence à manger en silence, jusqu'à ce que Manuel pose des questions plus précises. Aziza répond du tac au tac, elle a tant ressassé cette histoire qu'il ne manque aucun détail. Les autres découvrent des choses nouvelles, que Aziza avait omis de leur raconter. De nouveaux fils s'enchaînent aux autres, jusqu'à parvenir aux plus récents, les oncles, la guerre actuelle.

Manuel veut savoir, il veut comprendre, mais sa grand-mère semble incapable de fournir des explications : pourquoi ce fils, cet oncle, membre du GIA, pourquoi une partie de sa famille, d'abord sympathisante du FIS ? Il semble bien connaître les ressorts de cette guerre, Mara s'en étonne. Il vit donc bien ici, tout cela n'était pas plus un mirage que sa présence à cet instant. Hicham lui-même écoute avec intérêt. Manuel cherche des liens entre le bannissement de sa mère et cette dérive d'une partie des frères. Aziza tente de l'aider mais s'avoue trop ignorante pour le satisfaire. Mara a pitié d'elle. « Que veux-tu qu'elle te dise ? Tu ne vois pas qu'elle souffre déjà bien assez ? — Mais, Mara, c'est toi qui ne vois pas combien ces deux guerres ont foutu en l'air cette famille ? Il serait temps de s'intéresser un peu à l'histoire et à la politique ! — Il serait temps ? Pour qui ? » La question reste en suspens, la présence des autres convives les empêche d'aller plus loin, Mara sent la tension du corps de Hicham à ses côtés. Manuel se tait, une révolte est ici inutile. Aziza est trop âgée. Et pour Mara, savoir suffit à réparer. Il se sent empêché par la présence de Hicham et de cette femme pourtant sympathique qu'on lui a présentée comme étant une journaliste de guerre. Elle pourrait comprendre peut-être de quoi il parle, mais ce n'est ni le moment ni le lieu. Manuel est sur le point d'étouffer.

Sa grand-mère, assise à côté de lui, le reprend dans ses bras, et fait une prière adressée à Meriem, sa mère, morte d'avoir engendré ces monstres.

Le repas se termine. Manuel se lève et promet à Aziza de revenir la voir, plus tard, beaucoup plus tard. Il veut la questionner, tant d'autres choses restent irrésolues, incomplètes – mais pas en présence de Mara, c'est trop compliqué. Cela il ne le dit pas, elle le comprend. Elle comprend aussi qu'il tiendra la promesse de retourner voir cette grand-mère exhumée de ce désert qu'était jusqu'alors sa vie, qu'avant ça il aura besoin de beaucoup réfléchir, de beaucoup pardonner. Elle a accompli sa mission, celle qu'elle s'était prescrite, qui venait au fond de plus loin, de sa mère peut-être se dit-elle, oui ce qu'elle a accompli était demandé par sa mère. Hicham se lève à son tour, Mara et Hanane le suivent : « Merci pour le déjeuner, à plus tard, n'est-ce pas ? » Elles sortent, la porte se ferme derrière elles. Aziza avait besoin de se reposer, a dit Luisa. Elle est épuisée par ces émotions trop violentes.

Ils se retrouvent tous les quatre sur le pas de la porte, sans savoir que faire, un peu embarrassés. Manuel se tourne alors vers Hicham : « Je peux parler à Mara, seul ? — Demande-le-lui à elle, elle ne m'appartient pas. » Manuel ne relève pas le sous-entendu, et regarde Mara, celle-ci acquiesce. « Évidemment, où veux-tu aller ? — N'importe, dans un café. » Mais Hanane intervient : « Vous ne voulez pas retourner à la résidence, vous serez sans doute plus tranquilles ? » Manuel les interroge du regard. « Un hôtel sécuritaire, on ne sera pas dérangés en effet. » Hanane s'assure du côté de Hicham qu'elle n'a pas fait de bêtise, mais il semble rassuré à l'idée de les avoir sous la main, à un étage de distance. Ils montent dans la voiture de Hanane, Manuel repère le policier en civil qui les suit. « Il est toujours derrière vous ? — Presque toujours », répond Mara, en riant. Manuel trouve alors la solution de l'hôtel sécuritaire très avantageuse.

Dans la voiture, personne ne parle. Trop de questions satureraient l'espace. La tension est à son comble. Hanane n'ose pas, Hicham s'y refuse. Mara est trop bouleversée pour prononcer un mot, coincée entre ces deux hommes qui la connaissent bien mais si différemment qu'elle serait nécessairement une étrangère pour l'un des deux. Quant à Manuel, il attend le moment de se retrouver seul avec elle, affaibli par la peur. Chacun attend que l'autre commence, mais personne ne prend l'initiative. La route est anormalement longue, chaque embouteillage est une torture pour les quatre occupants. Hicham et Mara se sont assis derrière, avant que Manuel puisse hésiter. Hanane conduit nerveusement, freine trop brusquement et démarre mal, la voiture cale à deux reprises. Dès que la route se libère, et que la voiture file vers les hauteurs, le soulagement le cède à l'angoisse d'approcher, puis à celle d'arriver. Hanane qui n'y tient plus allume la radio, d'où surgit de la variété de mauvaise qualité qui leur semble se jouer d'eux. Manuel change la station, ce n'est guère mieux. Il finit par laisser une station cryptée qu'on entend de façon décousue, le son grésille, mais il vaut mieux que ce silence pesant qui met les nerfs à vif. Mara ouvre sa fenêtre, pour respirer l'air de la mer, et ne plus entendre le bruit intérieur proche d'une explosion. Elle voudrait prendre la main de Hicham mais ne s'y résout pas. Manuel porte parfois ses regards malgré lui sur le rétroviseur, leurs yeux se croisent une fois et se détournent dans le même instant, aussi préfère-t-elle fixer le paysage pour éviter toute collusion. Hicham fume dans la voiture, l'air devient irrespirable, Hanane l'imite, ses mains sont moites sur le volant, elle se demande ce qu'elle est venue faire dans cette histoire dont elle ignore presque tout. Hicham lui en dira peut-être plus quand ils se retrouveront seuls. Enfin la grille de l'hôtel apparaît après le dernier virage. Hanane respire, mais les trois autres, s'ils sortent de leur torpeur, sont tétanisés.

La voiture se gare, ils descendent lentement, hésitant devant la marche à suivre. Faut-il monter tout de suite, faire visiter l'hôtel, boire un café ? Mara se rapproche de Hicham, comme pour se protéger, trouver en lui une bénédiction qui ne viendra pas, elle lui chuchote : « Es-tu sûr ? Je ne sais pas si j'ai vraiment envie de me retrouver seule. — Ce n'est pas à moi d'être sûr, tu fais ce que tu veux », répond-il avec humeur, une rage sourde s'est lentement emparée de lui, faisant son lit dans le silence oppressant de l'interminable trajet, mais plus personne n'est sûr de rien, ce qu'ils savent, c'est qu'ils ont peur. C'est Hanane encore une fois qui les sort de l'indécision, avec ingénuité : « Vous venez ? Je vous montre le chemin. — Je suis déjà venu ici, répond Manuel. « Tawfiq a une chambre dans l'un de ces bâtiments, j'ai même dormi là. » Hanane s'étonne, elle ne l'a jamais rencontré. Alors peut-être aurait-elle mieux compris ce personnage étrange, d'une beauté presque embarrassante, silencieux et brutal, dont la présence ici et les liens avec Mara restent obscurs. Tawfiq a toujours été très discret. Elle reconnaît là son camarade et collègue, jaloux de son éthique, prudent à l'excès, aux accointances souvent inattendues. « Vous connaissez alors les lieux ! — Pas très bien, chaque fois que je suis arrivé, il faisait nuit. Idem pour les départs. Je ne connais que la chambre de Tawfiq mais je suppose qu'elles sont toutes semblables. — Pratiquement, oui. » Tandis qu'ils discutent, ils sont entrés dans le hall, suivis de Mara et de Hicham qui rumine son appréhension. Manuel se tourne vers lui : « Je suppose qu'on doit se parler aussi — Il n'y a pas d'obligation — Je sais, rien n'est obligatoire, pourtant on a suffisamment de choses à se dire pour ne pas repartir comme ça, n'est-ce pas ? — Quand il y a trop de choses à dire, c'est que c'est un peu tard, et nous n'avons pas l'intention de passer un mois ensemble pour rattraper le temps perdu ? — En effet. Il faudra pourtant régler quelques détails techniques. — Si tu penses à la boîte, elle tourne. Étant donné que tu étais censé être mort à cette heure, je me suis habitué à régler les choses tout seul. Mais d'accord. » Manuel encaisse le coup, se souvenant avec remords de sa dernière lettre, trop définitive et peut-être légèrement emphatique, qu'il a écrite avec conviction. Pourtant le fait est là : il n'est pas mort, et il revoit Mara. Ses deux vœux ne sont pas exaucés, ou peut-être n'étaient-ce pas des vœux d'une sincérité totale. « Je me suis trompé en effet. J'imagine que tu regrettes que les choses ne se soient pas passées comme je l'avais prévu, mais c'est comme ça. Donc adaptons-nous. » Mara, qui redoute le ton que commence à prendre la conversation, intervient : « Vous vous verrez après, dès que nous aurons nous aussi réglé nos détails *techniques*. » Son ton est plus vif qu'elle ne l'aurait voulu. Elle ajoute : « Mais sans moi de préférence. — On a toujours fait comme ça », répond Hicham, un mauvais sourire aux lèvres. Ils montent, sans plus échanger une parole, se suivant dans l'escalier qui résonne de leurs pas. Hanane sort ses clefs et ouvre la porte de la chambre, laissant passer Manuel et Mara, avant de refermer. Mara ressort et embrasse Hicham : « Tout se passera bien », murmure-t-elle. La porte se referme derrière elle. Elle se retrouve seule avec Manuel.

Il observe la mer par la fenêtre. Lui tourne le dos. Elle reste immobile dans la chambre. Attend. Au bout d'un moment, la voix caverneuse de son frère brise le silence. « La vue est moins jolie qu'à Tanger... Mais tu as l'air d'aller mieux. » Mara pince les lèvres. « De toute évidence, toi aussi, répond-elle sèchement. — Ne te fie pas aux apparences. » Mara ne sait comment le prendre, que veut-il dire, comment pourrait-il aller aussi mal qu'à moitié mort dans une pièce blanche construite à cet effet ? C'est donc qu'il a laissé quelque chose là-bas, quelque chose qu'il ne retrouvera plus. C'est donc qu'il n'a pas rompu le pacte, qu'il est toujours là, avec elle, en elle, qu'il ne sera jamais autre part. Souhaite-t-elle qu'il soit autre part ? Mara préfère ne pas se poser la question.

« Comment as-tu vécu ? — Hicham ne t'a rien dit ? — Non. — J'ai été marin, longtemps, j'ai vivoté, et puis je suis arrivé ici. — Pourquoi ? demande-t-elle, agressive. — Pas pour les mêmes raisons que toi, même si je savais que nous venions de là. C'est trop tard, pour moi, tout ce retour en arrière, ces recherches de tes origines. Il n'y a plus rien à sauver, même si j'apprécie que tu aies pensé à moi. — Ça t'étonne ? Tu ne trouves pas normal que je pense à mon frère quand je retrouve la trace de notre mère, de notre grand-mère et de toute notre famille ? — Je pensais que tu préférais m'oublier. Et puis, je ne suis pas seulement ton frère. »

Tandis qu'il dit cela, Manuel se retourne et la regarde dans les yeux, avec ce même regard qu'ils ont subi plus qu'échangé lorsqu'ils étaient chez Aziza. Un regard qui vrille, transperce Mara, ravive cette brûlure qu'elle a passé tant de temps à éteindre. Elle voudrait dire : « Non, non ne me regarde pas comme ça, Manuel, nous sommes à nouveau des frère et sœur, nous avons une famille, tu connais le visage de notre mère, nous ne pouvons être que des frère et sœur », mais elle ne dit rien de tout cela. Ses membres commencent à trembler, sa gorge se serre, elle sent monter cette vague qu'elle connaît bien, elle repense à ses mots, *il est trop tard pour moi*, c'est donc qu'il n'en veut pas de cette famille, et s'il n'en veut pas c'est pour sauver autre chose, qu'elle croyait abandonné sur une terrasse aujourd'hui occupée par d'autres. Le visage et les mots de Hicham traversent son esprit, sa promesse, sa promesse comme gage du futur, de leur famille, de leur enfant, d'une vie possible : « Fais-moi confiance », lui a-t-elle dit, et il le faut, il doit lui faire confiance sans quoi rien ne sera plus comme avant, il peut lui faire confiance. Elle était sûre d'elle-même jusqu'à cet instant où elle le voit approcher, les traits déformés par une rage suant d'un désir qui ne se contient plus. Il ne s'y attendait pas lui non plus, croyait pouvoir échanger quelques mots, reparler un peu d'avant, un peu d'après, se dire au revoir en faisant la paix. Elle voudrait l'arrêter, le voit s'approcher d'elle comme au ralenti, mais elle n'est pas spectatrice, elle-même a amorcé un geste vers lui, lent, lui aussi, dans une réalité qui n'est pas la sienne, mais qui devient tout entière son unique réalité, ce désir absolu qui anéantit tout sur son passage, sa main qui se tend vers lui, sa joue, son cou, le corps qui tremble, habité, la haine dans leurs yeux balayée par une autre passion, et ils sont dans les bras l'un de l'autre. D'un coup leurs gestes semblent plus rapides, il y a une urgence à atteindre le but, toucher leur peau, ôter les vêtements qui les séparent encore, goûter, lécher, sentir, se retrouver en l'autre, le seul lieu où ils sont eux-mêmes, protégés, hors du monde. Il faut se mordre, se dévorer, se pénétrer est l'unique salut possible, comme si la mort les attendait s'ils n'y parvenaient pas. Mais la mort les attend aussi s'ils y parviennent, et ils se fichent de la mort, ils n'obéissent qu'à une pulsion plus ancienne, plus forte, une pulsion primitive qui déchaîne leur peau, leurs muscles, leurs veines. Ils se mêlent, ils s'aiment, ils halètent, ils s'essoufflent, ça ne peut s'arrêter, car à cet acte-là, il n'y a pas d'après, ça ne peut s'arrêter alors ils continuent, le désir ne s'éteint pas dès la première fois, la jouissance est exponentielle. Ils croient retrouver cette paix intérieure, ce bonheur absolu, où le sentiment explose en même temps que le corps, ces retrouvailles de l'autre qui sont des retrouvailles de soi-même mais d'un soi ancien, oublié, exhumé dans une folie elle-même ressuscitée. Un égarement dont ils connaissent pourtant bien le chemin. Et cela dure, ils ne sont pas rassasiés, même si la conscience de ce qu'ils sont en train de faire s'infiltre peu à peu dans leur esprit, mais alors l'horreur de leur acte est si évidente qu'ils replongent dans le corps de l'autre, qu'ils se baisent l'un l'autre en redoublant de violence à mesure que le réel reprend ses droits.

Espèrent-ils se faire surprendre ? Ils n'ont pas même verrouillé la porte. Mara s'en aperçoit, tandis qu'elle est recroquevillée par terre, mais elle n'a pas peur. N'est-ce pas une autre mort dans laquelle elle a sombré ? Elle qui croyait être investie d'une force nouvelle, elle qui croyait avoir tant reconstruit. C'est sur cet abîme-là qu'elle a échafaudé cette vie nouvelle, sur cet abîme qui l'engloutit devant ses propres yeux écarquillés. « Qu'ai-je fait, se dit-elle, mais qu'ai-je fait ? » Et en se disant « je », elle a retrouvé le fil d'avant, cette personne séparée de l'autre étendue à ses côtés, qui ne la touche plus et regarde le plafond, les yeux vides. « Tu dois partir, Manuel », arrive-t-elle à murmurer, puis de plus en plus fort : « Tu dois partir, j'ai refait ma vie, sans ça, loin de ça, de toi, et de ça. — Non, Mara, tu n'as rien refait, la preuve. » Elle se lève brutalement, remet ses vêtements à la hâte dans des gestes désordonnés, « Oh si, j'ai réussi. Tu vas voir comme j'ai réussi. Tu dois disparaître complètement, c'était ma dernière erreur, je te le jure. — Je connais tes promesses. — Tu ne connais plus rien de moi ! crie-t-elle. Je veux que tu t'en ailles. » Des larmes coulent le long de ses joues, mouillent sa chemise. Elle se passe de l'eau sur le visage, se frotte si vigoureusement qu'elle s'érafle la peau, son corps la démange, elle se gratte, le torse, puis les cuisses, jusqu'au sang. « Tu n'es plus mon frère, Manuel, tu refuses de l'être. Je suis venue te chercher pour que tu le deviennes, mais tu ne veux pas, alors tu dois disparaître de ma vie. — Il est trop tard pour que je sois ton frère. Il a toujours été trop tard. Nous étions bien ensemble, des orphelins qui se serrent les coudes. On n'avait pas besoin de parents puisqu'on était ensemble ! Qu'est-ce que tu es venue chercher ici ? Notre séparation ? — Oui, notre séparation. — Et tu croyais pouvoir la provoquer, comme ça, juste en découvrant d'où tu viens ? — D'où *nous* venons, tous les deux. Du même ventre, de la même famille ! — Mais tu vois bien que ça ne suffit pas, que le lien est trop fort, que tu ne peux pas le briser. — C'est toi qui ne peux pas le briser, notre lien n'a plus de réalité pour moi. — Alors explique-moi ce que tu viens de faire, ce que nous venons de faire, ce que nous ne pouvons nous empêcher de faire quand nous nous voyons ? — Une bêtise, une immense bêtise. Ce que nous venons de faire est un crime. — Et ça ne l'était pas avant ? À Tanger, à Paris, partout où nous avons voyagé ? — Non, ça l'était moins, nous ne savions pas. — Nous savions exactement ce que nous faisions, comment oses-tu renier tout ce que nous avons vécu ? — Mais c'est fini, tu comprends. Cette période-là est finie, révolue. Nous savons où ça mène, nous l'avons déjà expérimenté, n'est-ce pas, et je ne veux plus mourir, Manuel. Toi, peut-être, c'est ce que tu es venu chercher ici, mais pas moi, je veux vivre maintenant.

Tout m'attend pour que je vive une vie normale, un homme, une maison, une famille. — Un artifice. — Non, je ne veux pas être condamnée, nous ne sommes pas condamnés. — Si, nous le sommes, tu ne le vois donc pas ? Revivre normalement, faire comme si nous étions frère et sœur, tu dis ? Mais quelle blague ! Je me fous que tu sois ma sœur. Tu es mon amante, ma maîtresse, et tu es ma femme ! Nous sommes mariés, rien ne peut plus nous séparer. Nous avons fait un pacte de sang. — Eh bien je le défais, tu vois, je le romps, je veux que tu partes, gémit-elle. Je vais aller chercher Hicham et Hanane. Je vais aller avec eux, dans leur chambre, et quand je descendrai tu seras parti. — Je ne te crois pas, Mara. Je ne crois pas que tu m'aies appelé pour ce que tu prétends. Je ne crois pas que tu n'aies pas eu envie de me voir, de me prendre, de me toucher, c'est tout ce dont tu avais envie, et besoin. C'était plus fort que toi, n'est-ce pas ? Et je ne sais pas ce que tu leur as dit, ce que tu t'es dit à toi-même, mais ce sont des mensonges, et tu le sais. »

Manuel a élevé la voix. La colère monte en lui. Elle n'a pas besoin d'attendre la suite pour savoir comment sa rage peut éclater, et tout briser sur son passage. Mara a peur. Elle voudrait fuir, loin. Mais, cette fois, elle doit affronter ce qu'ils viennent de faire : il y a peut-être encore quelque chose à sauver. Elle prend le visage de Manuel entre ses mains et plonge son regard dans le sien, un regard noir, dur, que le désespoir rend ferme. « Écoute-moi bien, que tu t'appelles Manuel ou Antoine, que tu sois mon frère ou mon mari, tout ça n'a plus d'importance pour moi, parce que si ça en avait, je serais déjà morte. Et si je ne l'étais pas encore, je le serais dans si peu de temps que tu n'aurais même pas pu profiter de nos retrouvailles. Là, tu as pu en profiter une dernière fois, et moi aussi peut-être, ou peut-être que j'ai cédé une fois de trop. Pas à toi, je ne te jette pas la pierre. Juste à cette pulsion, là, que je croyais éteinte, mais qui ne l'était sans doute pas tout à fait. Alors considère que le moment que nous venons de passer ensemble était nos adieux. Qu'il nous fallait des adieux puisque nous ne nous étions pas quittés, mais que désormais, je ne dois plus jamais te voir, pas même t'apercevoir. Je connais notre faiblesse, et je ne la nie pas, contrairement à ce que tu penses. Mais je vais la fuir de toutes mes forces, parce que j'ai envie de construire autre chose que cette vie de merde que j'ai menée depuis mon enfance, depuis ma naissance. Parce que je ne veux pas être le jouet de leur histoire, à eux tous, à ce pays de malheur. Je veux la mienne désormais, mon histoire à moi que je me chargerai d'écrire. » Manuel se dégage et lance un coup de pied sur le réchaud qui voltige avec fracas. Elle lui jette ses habits. Avant de les enfiler, il la fixe, le regard plein de haine. « Très bien, ma belle, ma vénéneuse sœur. C'est bien comme ça qu'on t'appelait à l'agence, n'est-ce pas ? La vénéneuse. Tu ne le savais pas, peu importe, peut-être d'ailleurs que c'était la venimeuse. Regarde-moi bien, c'est la dernière fois que tu me vois. Tu diras à ton petit ami que nous avons baisé si fort que j'ai dû partir pour ne pas l'humilier. Que tu ne retrouveras jamais ça, ni avec lui ni avec personne. Qu'il te faudra mentir toute ta vie, à lui en premier, et aux autres, parce qu'on n'efface pas un inceste juste à coups de volonté et d'efforts. Tu te crois plus forte que tout ça, tu crois qu'on peut décider de la vie qu'on mène, qu'on peut combler les manques. Mais qu'est-ce qu'il t'a fait, qu'est-ce qu'il t'a enfoncé dans le crâne ? Je te croyais plus maligne que ça ! — Adieu, Manuel ! — Je ne serai plus là quand tu te traîneras à mes pieds, en suppliant de te reprendre, parce que tu n'y arrives pas, parce que tu ne sais pas vivre, contrairement à ce que tu crois. Vivre c'est un métier trop ambitieux pour toi. — Adieu. — Ne compte plus sur moi pour te ramasser dans le caniveau comme je l'ai déjà fait, une fois, des milliers de fois. — Adieu. — Tu es en train de rompre le seul lien que tu pouvais avoir avec un homme. » Mara cette fois lui tourne le dos et claque la porte. Il reste là, nu encore, hébété.

Que fait-il après ? Nul ne le sait. Lorsqu'ils rentrent dans la chambre, quelques heures plus tard, il a disparu, laissant derrière lui un journal. En apparence un journal de guerre, mais dans ce journal, que Mara a soigneusement caché dans sa valise et enfermé dans un coffre, il n'y avait pas que des scènes d'horreur.

Quant à elle, elle a dû faire cet effort surhumain pour frapper à la porte de Hanane, et tomber dans les bras de Hicham, en pleurs. « Il est parti. Tu ne le verras pas. Il est parti pour de bon. C'est la meilleure chose qui puisse nous arriver », et Hicham ne demande rien, il attend, il attendra longtemps qu'elle lui dise quelque chose. Il ne peut rien déduire de sa décision brutale de quitter l'Algérie, promettant à Aziza et à Luisa de revenir, plus tard, et pourquoi pas de les faire venir en France. Il reste à ses côtés, et lorsqu'ils disent au revoir à Hanane sur le tarmac de l'aéroport, qu'ils montent dans l'avion, il pense, il essaye de penser que tout va bien, qu'ils vont pouvoir commencer cette nouvelle vie tant attendue, cette vie promise.

Et cette vie, en revanche, il ne l'attend pas longtemps. Un mois plus tard, Mara rentre à la maison et lui annonce qu'elle est enceinte. Il ne comprend pas pourquoi elle pleure, se convainc que ce sont des larmes de joie, même si elles durent, même si elles l'accompagnent tout au long de sa grossesse. Au bout de neuf mois, elle accouche d'un garçon. Les larmes cessent. Ce garçon hérite de tout l'amour qu'elle n'a pas pu, pas su donner. Un amour sans condition.

Hicham élève ce garçon, il l'aime lui aussi. Mais a parfois des comportements étranges. Il ne rentre pas, débarque ivre mort au petit matin, part une semaine, puis deux, revient le regard fou, mal rasé, devient violent avec sa femme, jamais avec son fils. Puis un beau jour ne revient pas du tout.

Cet enfant, c'est moi. Je suis le fils de Mara. Je ne saurai jamais qui est mon père.

J'ai pourtant une famille, au loin. Une famille uniquement constituée de femmes. J'ai assisté à l'enterrement de mon arrière-grand-mère, puis à celui de ma grand-tante. Avant de mourir, elles m'ont montré des albums de famille, j'ai pu voir le visage de ma grand-mère, et aussi celui de mon oncle Manuel, le frère de ma mère. Ce jour-là, ma mère est partie se promener dans Alger. Je ne l'ai retrouvée qu'au soir. J'ai vu qu'elle avait pleuré.

J'ai atteint un âge où j'avais besoin de savoir. J'ai commencé à poser des questions. Sur Hicham, mon père. Pourquoi était-il parti ? Qu'avais-je fait ? Qu'avais-je fait pour qu'il m'abandonne ?

Et puis un jour, que ma mère était à son travail, j'ai fouillé de fond en comble la maison, comme ça m'arrivait de plus en plus souvent. Je suis tombé sur ce coffre scellé. Je n'ai eu aucun mal à faire sauter le verrou. Dedans, j'ai trouvé le journal de Manuel.

Toute ma vie ma mère a attendu, pleurant silencieusement, persuadée que je ne la voyais pas, en écoutant cette chanson de Jacques Brel : « Regarde bien, petit, regarde bien... Est-ce mon frère qui vient me dire qu'il est temps d'un peu moins nous haïr ? Ou n'est-ce que le vent qui gonfle un peu le sable... Non, ce n'est pas mon frère, il ne l'oserait plus... Mon frère a pu mourir, cette ombre de midi aurait plus de tourments s'il s'agissait de lui... »

Ce jour-là, quand elle est rentrée, j'ai posé devant elle le journal de Manuel.

Ma mère est restée silencieuse, a débouché une bouteille de vin, s'est servie, lentement. Une fois qu'elle a terminé son verre, elle a commencé à me raconter. Et moi, peut-être que je n'étais pas prêt, je n'avais soudain plus envie de savoir. J'ai essayé de l'en empêcher, je me suis bouché les oreilles, j'ai hurlé, je l'ai traitée de tous les noms. Elle n'en a pas moins continué à raconter, si bien qu'à force j'ai été obligé de prêter l'oreille, obligé d'entendre ce qui m'est apparu comme une atroce vérité, mais qui n'était qu'une vérité parmi d'autres – la mienne. Elle avait aimé son frère. En me donnant naissance, elle parachevait une histoire familiale qui s'arrêterait sans doute avec moi.

C'est alors que j'ai su que cette histoire ferait de moi son dépositaire. J'étais en charge de la mémoire de ma mère, responsable du sens de sa vie, j'avais déjà appris que les mots étaient porteurs de sens : ils devraient combler les lacunes, reconstituer le fil pour que Mara, ma mère, ne se perde pas dans le silence qu'impose le secret, pour que je ne me perde pas dans l'ignorance de mes origines, comme elle-même avait failli s'abîmer. Pour me sauver en la sauvant.

Et c'est ainsi que j'ai compris qu'au fond elle ne savait pas qui elle attendait.

Était-ce Manuel ? Était-ce Hicham ? Lequel des deux était en réalité mon père ?

Elle les avait aimés, l'un comme l'autre.

Mais qui attendait-elle ?

Merci à Benjamin Stora pour sa lecture attentive.

Merci à Noémie de Lapparent.
Et à Betty Mialet, comme d'habitude.

Cet ouvrage a été composé et mis en pages
par ÉTIANNE COMPOSITION
à Montrouge.

Imprimé en France par

MAURY-IMPRIMEUR
à Malesherbes (Loiret)
en août 2011

POCKET – 12, avenue d'Italie - 75627 Paris cedex 13

N° d'impression : 166581
Dépôt légal : septembre 2011
S21108/01